ASTRID FRITZ

# DER DUNKLE HIMMEL

HISTORISCHER ROMAN

Rowohlt Taschenbuch Verlag

Originalausgabe
Veröffentlicht im Rowohlt Taschenbuch Verlag,
Hamburg, April 2022

Covergestaltung Cordula Schmidt Design, Hamburg
Coverabbildung Schwarzwaldlandschaft, Hans Thoma,
1867, Kunsthalle Bremen – Lars Lohrisch / ARTOTHEK
Innenseite vorn: Landesmuseum Württemberg, Hendrik Zwietasch
Innenseite hinten: Vulkanausbruch Krakatau, Lithographie 1888,
Parker & Coward, Großbritannien, Wikimedia Commons
Satz aus der DTL Vandenkeere
bei Pinkuin Satz und Datentechnik, Berlin
Druck und Bindung Druckerei C. H. Beck,
Nördlingen, Germany
ISBN 978-3-499-00592-3

Die Rowohlt Verlage haben sich zu einer nachhaltigen Buchproduktion verpflichtet. Gemeinsam mit unseren Partnern und Lieferanten setzen wir uns für eine klimaneutrale Buchproduktion ein, die den Erwerb von Klimazertifikaten zur Kompensation des $CO_2$-Ausstoßes einschließt.
www.klimaneutralerverlag.de

FSC www.fsc.org
MIX
Papier aus verantwortungsvollen Quellen
FSC® C019821

Die Liebe höret nimmer auf

*(Inschrift an der Grabkapelle*
*von Königin Katharina*
*auf dem Württemberg bei Stuttgart)*

# *Prolog*

*Auf der indonesischen Insel*
*Sumbawa, den 5. April 1815*

Ein krachender Donnerschlag kündigte das Unheil an. Doch diesmal war es kein Gewitter, das sich an der Flanke des Vulkans Tambora über Buschland und Reisfeldern zusammenbraute, vielmehr begann die Erde spürbar zu beben. Sie schüttelte sich, als wolle sie alles Böse von sich abwerfen.

Erschrocken rannten die Menschen des Dorfes aus ihren Hütten hinaus in die schwülwarme Abenddämmerung. Sie kannten den Zorn der Berggötter, die in den Feuerbergen ihrer Inselwelt hausten, doch diesmal war es anders. Kein einziger Vogel war zu hören noch zu sehen, Hunde und Katzen hatten sich in irgendwelche Winkel verkrochen, in der Luft lag Schwefelgeruch. Rasch befahl der Dorfälteste, ein Bündel mit dem Nötigsten zu packen und nach Süden zu ziehen.

Obwohl die Menschen unter dem ersten Ascheregen und auf schwankendem Boden fast ununterbrochen fünf Tage und Nächte marschierten, kamen sie nicht weit genug. Am Abend des 10. April schossen Flammensäulen aus dem Krater des himmelhohen Bergmassivs, dann verwandelte sich der Tambora in ein Inferno aus flüssigem Feuer. In einer gewaltigen Explosion, die über Hunderte Meilen hinweg zu hören war, wurden Gesteinsbrocken in der Größe von Schiffen in die Luft gesprengt.

Glühende Ströme von mörderischer Hitze wälzten sich die Flanken herab und verbrannten alles, was ihnen im Weg war: Hütten und Häuser, blühende Kaffeeplantagen und Reisfelder, Maulesel und Federvieh, Männer, Frauen und Kinder. Über Tage hinweg verdunkelte die Aschewolke den Himmel, die niedergehenden grauen Flocken bedeckten ganz Sumbawa und die umliegenden Inseln, Wirbelstürme tobten über das Land hinweg, haushohe Flutwellen türmten sich im Wasser auf und verschlangen an Land das, was bis dahin noch verschont geblieben war. Zehntausende Menschen fanden den Tod. Der Natur war dies alles gleichgültig. Bald schon würde auf den fruchtbaren Böden neues Leben sprießen.

Die Menschen auf der Nordseite der Erdkugel ahnten indessen nicht, was auf sie zukam.

# Kapitel 1

*Hohenstetten auf der Rauhen Alb im Königreich Württemberg, am Silvesterabend 1815*

Aus der alten Wehrkirche im Herzen des schwäbischen Marktfleckens hallte vielstimmiger Gesang in die sternenklare Winternacht.

«Großer Gott, wir loben dich», ertönte es aus Hunderten von Kehlen. In den drei Bankreihen, die gegen eine gute Spende aufs Jahr gepachtet werden konnten, fand sich kein einziger freier Platz mehr, und auch dahinter standen die Kirchenbesucher dicht an dicht. Alle waren sie gekommen, selbst die Alten und die Verkrüppelten mit ihren Gehstöcken oder Krücken. Alle wollten sie an diesem Abend den Herrn und Schöpfer um Segen für das neue Jahr bitten.

Schon während der zweiten Strophe des schönen Eingangsliedes schweiften Pfarrer Untersehers Gedanken ab. Würde es ihm gelingen, seiner Gemeinde Mut zuzusprechen? Ein gesegnetes, ein gutes Jahr hatten sie bitter nötig, war doch die Ernte nach den eisigen Wintern, zu nassen Saatzeiten und zu kühlen Sommern der letzten Jahre alles andere als üppig gewesen. Man war zwar hier oben auf der Rauhen Alb, wo aus den kargen Böden die Steine hervorwuchsen wie andernorts Blumen, an harte Winter und an die Launen des Wetters gewöhnt. Aber die wiederholten mageren Ernten von Flachs, Feldfrucht und Viehfutter hatten die Preise in eine solche Höhe getrieben, dass es einem Angst machen konnte.

Sehr, sehr bald schon mussten sich die Dinge zum Besseren wenden, litt doch das ganze Land noch immer unter den Kriegslasten und Folgen der jahrelangen napoleonischen Truppendurchzüge. Wieder und wieder waren damals die Franzosen durch Württemberg marschiert, hatten Vieh und Pferde requiriert, sich an den Vorräten der Bauern schadlos gehalten. Bis heute ächzten die Menschen unter den hohen Abgaben und Kriegssteuern, und nicht wenige Familien hatten einen Vater, Bruder oder Sohn auf den fernen Schlachtfeldern verloren. Allein der Russlandfeldzug vor drei Jahren hatte sechzehntausend Württembergern das Leben gekostet, nur einige hundert waren zurückgekehrt, viele davon kriegsversehrt. Wie etwa die beiden Webergesellen Fritz und Hannes, die sich jetzt an Krücken herumschleppten, weil ihnen ein Bein zerschossen worden war – dem Fritz das linke, dem Hannes das rechte.

Zu dieser Bedrückung kam etwas Merkwürdiges hinzu. Seit Oktober konnte man seltsame Himmelserscheinungen beobachten: Oftmals war der Himmel mit einem durchsichtigen Gewölk überzogen, das abends, wenn die Sonne unterging, in flammenden Farben zu glühen begann. Und als der erste Schnee kam, später als sonst, fiel er in ungewöhnlich dicken, rötlich braunen Flocken vom Himmel. Blutregen, so nannten ihn die Leute, und dass so manche unter den ganz Frommen dies beides als Vorboten des nahenden Weltendes deuteten, machte die Menschen noch unruhiger und sorgenvoller, als sie ohnehin schon waren.

Immerhin herrschte nun seit Juni endlich der ersehnte Frieden, nach zwei Jahrzehnten Krieg. Über viele Monate hinweg hatten die Mächtigen in Wien um ein neues Europa gerungen und schließlich eine revolutionäre Weltordnung geschaffen, mit

Großstaaten, die es derart zuvor nicht gegeben hatte und die unter dem Dach des Deutschen Bundes den europäischen Frieden garantieren sollten. Vor allem aber, dachte sich Carl Unterseher im Stillen, war man diesen Kriegstreiber Napoleon Bonaparte, an dessen Seite und von dessen Gnaden Württemberg zum Königreich aufgestiegen war, ein für alle Mal los. Aus seiner Verbannung auf der fernen Atlantikinsel Sankt Helena würde er hoffentlich nie zurückkehren. Doch das Goldene Zeitalter vor den Kriegen, als hier oben auf der Rauhen Alb der Flachsanbau und die Leinenweberei blühten und gediehen und noch selbst den Tagelöhnern und Kleinbauern ein Auskommen sicherten, war wohl endgültig vorbei.

# *Kapitel 2*

*Zur selben Zeit in der Kirche von Hohenstetten*

Angesichts der sorgenvollen Mienen der Kirchgänger rundum unterdrückte Friedhelm Lindenthaler ein Seufzen. Er liebte sein Heimatdorf und bereute es keinen Tag, dass er vor bald vier Jahren, nach seiner Ausbildung zum Volksschullehrer am Lehrerseminar Esslingen, hierher zurückgekehrt war. Aber manchmal konnte es einem bei all dieser ängstlichen Frömmigkeit unter den hiesigen Pietisten schon recht eng in der Brust werden.

Unwillkürlich ging sein Blick hinüber zur Mutter, die zusammen mit seiner Schwester Auguste gleich rechts vom Mittelgang in der Bankreihe bei den Frauen saß, während er selbst keine zwei Schritte vor ihr entfernt seinen Platz auf der Männerseite hatte. Nur Auguste wegen hatte er für sich selbst einen Sitzplatz gepachtet, nachdem sie ihm unentwegt zugesetzt hatte, dass es für den Schulmeister des Ortes alles andere als schicklich sei, im Gottesdienst mitten unter dem gemeinen Kirchenvolk stehen zu müssen.

Ganz in sich zusammengesunken, schmächtig wie ein Kind, kauerte die Mutter in ihrer Bank, die Hände im Schoß ineinander gekrampft. Sie verlor zusehends an Kraft, wie Friedhelm mit großer Sorge beobachtete, und gerade heute, an diesem letzten Tag des Jahres, war es ihr besonders schwer: An Silvester vor genau drei Jahren hatte sie von einem heimgekehrten württembergischen Leutnant erfahren müssen, dass ihr Mann und der Vater ihrer Kinder bei Wilna auf freiem Feld von Kosaken schwer verwundet und dann in der Eiseskälte erfroren war. Wie so viele Tausende andere deutsche Soldaten des Rheinbunds auch, die Napoleon auf seinen verheerenden Russlandfeldzug gezwungen hatte.

Plötzlich begannen die mageren Schultern seiner Mutter zu beben. Sie weinte. Eilig stand Friedhelm auf. Seinen Sitzplatz bot er dem einbeinigen Weberhannes an, der sich an der Lehne der Kirchenbank abgestützt hatte, und trat zu seiner Mutter, um ihr tröstend die Hand auf die Schulter zu legen. Da stiegen auch ihm die Tränen in die Augen.

Was den Krieg betraf, hatte er mehr Glück als andere gehabt. Voll freudiger Erwartung hatte er damals, frisch examiniert mit gerade mal 21 Jahren, in Hohenstetten seine erste Stelle als Provisor, als Hilfslehrer, angetreten. Er hatte gewusst, dass es unter den Argusaugen des Pfarrers als Schulaufseher nicht leicht werden würde, erst recht nicht unter seinem gestrengen Vater, dem allseits hochgeschätzten und von den Kindern gefürchteten Schulmeister und Webermeister. Doch nur sechs Wochen später, im Mai des Jahres 1812, war Friedhelm beim Ausbessern des Hausdachs abgerutscht und hatte sich in der Folge einen Knöchel dick wie einen Elefantenfuß zugezogen und den linken Arm gebrochen, zur großen Missbilligung des Vaters und zu seinem eigenen Glück im Unglück: Just an diesem Tag hatten nämlich königliche Werber ihren Flecken aufgesucht, um Rekruten für diesen unseligen Russlandfeldzug auszuheben. Man hatte vor allem ledige Männer zwischen zwanzig und dreißig Jahren im Auge, die das württembergische Kontingent der Grande Armee verstärken sollten. Mit seiner Verletzung kam Friedhelm für den langen Marsch ans baltische Meer selbstredend nicht in Betracht, und so hatte das Schicksal ihn mit diesem Unfall vor dem Krieg bewahrt. Umso größer war der Schrecken, als neben zwei Dutzend Webergesellen trotz fortgeschrittenen Alters sein eigener Vater eingezogen wurde! Dessen Verhängnis war seine Stärke und Gesundheit gewesen, vor allem aber verfügte er über gute Französischkenntnisse. Man hatte der entsetzten Familie zwar hoch und heilig versichert, dass Johann Friedrich Lindenthaler nicht an der Front würde kämpfen müssen, sondern im Tross des württembergischen Kronprinzen Wilhelm als Schreiber und Übersetzer dienen sollte. Beim Abschied am nächsten Morgen hatte Friedhelm jedoch geahnt, dass er ihn nie wiedersehen würde.

Verstohlen wischte er sich über die Augen. Nicht einmal Augustes Hochzeit und die Geburt seines Enkelsohnes Eduard hatte der Vater miterleben dürfen. Auch wenn Friedhelm oft mit ihm aneinandergeraten war, vermisste er ihn nun umso schmerzlicher. Manchmal hatte er sogar ein schlechtes Gewissen: Nur dem Tod des Vaters verdankte er, dass man ihn trotz seiner Jugend und Unerfahrenheit vor drei Jahren vom Hilfslehrer zum Schulmeister befördert hatte.

Pfarrersfrau Dorothea Unterseher, die in der Bankreihe vor ihnen saß, drehte sich zu seiner Mutter um: «Verzage nicht, meine liebe Agnes. Deinem Mann geht es gut an der Seite des Herrn», flüsterte sie ihr zu. Nach einem kurzen Zögern dann: «Und dem Adam auch.»

Adam! Mit Friedhelms drei Jahre älteren Bruder hatte das Unglück in der Familie seinen Anfang genommen. Zum Entsetzen der Eltern hatte Adam sich vor nun fast sieben Jahren im April des Jahres 1809 ganz und gar freiwillig für den Kriegsdienst an Napoleons Seite gemeldet, und das, wo der Vater kurz zuvor neben einigen anderen Männern aus dem Dorf in der Schlacht von Austerlitz hatte kämpfen müssen. Die schrecklichen Erlebnisse hatten aus dem Schulmeister nicht nur einen Kriegsgegner gemacht, sondern auch einen finsteren, ja mitunter verstockten Mann. Nicht erst seit diesem verdammten Russlandfeldzug also hasste man hier die Franzosen und nannte Napoleon nur noch den Teufel. So konnte Friedhelm die maßlose Enttäuschung seines Vaters über Adams Entscheidung damals nur allzu gut verstehen, und seiner Mutter hatte sie schier das Herz gebrochen. Eine Todesnachricht wie vor drei Jahren über den gefallenen Vater war ihnen nie überbracht worden, gehört hatten sie dennoch nie wieder vom Sohn und Bruder. Dass es kein Grab gab, wo die Mutter den Tod ihres Ältesten beweinen konnte, war für sie inzwischen vielleicht das Schlimmste.

Als hätte Pfarrer Unterseher Friedhelms Gedanken erraten, hob der jetzt mit folgenden Worten zu predigen an:

«Liebe Gemeinde, liebe Schwestern und Brüder. Ja, es war wieder ein mageres Jahr – das nächste darf gerne besser kommen, wird sich ein jeder von euch denken. Aber ich will euch sagen: Es gibt keinen Grund, kleinmütig zu sein, denn der Herrgott hat uns in diesem Jahr das allergrößte Geschenk gemacht. Nach mehr als zwanzig Kriegsjahren in unseren europäischen Landen hat er uns endlich Frieden geschenkt. Wir dürfen aufatmen und uns von Herzen freuen. Liebe Schwestern und Brüder, nun danket alle Gott, der Wunderbares schafft an allen Enden, der uns vom Mutterschoß an lebendig erhält und uns alles Gute tut. Er gebe uns ein fröhliches Herz und verleihe uns immerdar Frieden …»

Friedhelm spürte, wie ihn jemand ansah. Kaum merklich wandte er den Kopf nach rechts. Hinter der letzten Bankreihe der Frauen stand Paulina, die Tochter des Postwirts Justus Georg

Gutjahr. Wie er selbst hielt sie nichts davon, bei den Honoratioren des Dorfes zu sitzen, obwohl ihr Vater selbstredend dazugehörte, war er doch zugleich Schultheiß und Gemeindeschreiber. Kurz trafen sich ihre Blicke, dann sah sie zu Boden. Dicht neben ihr stand ihre engste Freundin Luise, die Pfarrerstochter.

Friedhelms Herz schlug augenblicklich schneller. Wie er selbst war Paulina hier aufgewachsen, doch da sie um vier Jahre jünger und noch dazu ein Mädchen war, hatte er früher wenig mit ihr zu schaffen gehabt. Als ein reichlich wildes Kind hatte er sie in Erinnerung, das mutig in jede noch so finstere Höhle kroch oder auf Bäume kletterte und sich auch nicht scheute, mit den Dorfbuben zu raufen, wenn es denn sein musste. Nun ja, schließlich war sie auch mit zwei älteren, reichlich großspurigen Brüdern aufgewachsen. Nach seiner Konfirmation hatte Friedhelm sie aus den Augen verloren. Mit bestandenem Landexamen war er sogleich an der altehrwürdigen evangelischen Klosterschule zu Maulbronn angenommen worden und durfte vier Jahre später, mit dem Reifezeugnis in der Tasche, an das neu gegründete Schullehrerseminar Esslingen. Als er im Frühjahr 1812 schließlich in sein Heimatdorf zurückkehrte, war aus dem einstigen Wildfang Paulinchen mit den ewig aufgeschrammten Knien eine anmutige junge Frau geworden.

Wenn er richtig rechnete, musste sie nun zwanzig Jahre zählen. Konnte man sie schön nennen? Ach, was wusste er schon über die Schönheit der Frauen, wo er bislang nie Augen für das andere Geschlecht gehabt hatte. Von seiner ersten großen Verliebtheit als Knabe in Maulbronn vielleicht abgesehen. Da hatte er monatelang heimlich für die kecke, dralle Küchenmagd der Klosterschule geschwärmt, aber zum einen war er damals erst fünfzehn gewesen und die Magd schon mindestens fünfundzwanzig, zum anderen war er nicht der einzige liebestrunkene

Trottel gewesen: Eines Tages hatte er herausgefunden, dass diese Magd mit den ältesten Schülern gegen kleine Geschenke heimlich im Kuhstall zugange war, und er hatte sich mit Grausen und voller Enttäuschung von ihr abgewandt. In Esslingen dann hatte die Professorentochter Irmtraut seine Nähe gesucht, ohne dass er das begrüßte. Sie war ihm viel zu eitel und oberflächlich mit ihrem künstlichen Lachen, ihrem makellosen Gesicht mit den riesigen blauen Augen und der porzellanweißen Haut. Vor allem aber war sie zu sehr von sich eingenommen. Nachdem sie ihm in einer dunklen Ecke am Hafenmarkt gezeigt hatte, wie man sich richtig küsste, hatte sie ihn fallen gelassen und fortan keines Blickes mehr gewürdigt. Was ihn, obwohl er gar nicht an ihr interessiert war, verletzt hatte. Fortan hatte er von den Mädchen die Nase voll gehabt und sich mit grimmigem Fleiß nur noch seinen Studien gewidmet.

Erst mit Paulina war das vor gut drei Jahren plötzlich anders geworden. Nie zuvor hatte der Anblick eines Mädchens ihn so tief berührt, und wenn er ihr begegnete, musste er an sich halten, sie nicht wie ein tumber Ochse anzustarren. Ihr lockiges, kastanienbraunes Haar war von den bunten Bändern, die sie meist trug, kaum zu bändigen. Die dunkelgrünen Augen über den hohen Wangenknochen, die schmale Nase und die vollen Lippen ihres Mundes, der, wenn sie lachte, zwei tiefe Grübchen auf ihre Wangen zauberte, hatten etwas Sanftes und Herausforderndes zugleich. Ja, ganz zweifellos: Für ihn war Paulina die schönste Frau auf Erden!

Ohne es zunächst selbst zu bemerken, hatte er schon bald nach seiner Rückkehr ins Dorf immer häufiger ihre Nähe gesucht – vor oder nach dem Kirchgang, beim Wasserholen am Dorfweiher, der sogenannten Hüle, beim Vieh- und Krämermarkt zu Pfingsten oder bei den Dorffesten. Die fanden bei Schönwetter unter der großen Linde vor Gutjahrs Gasthaus Zum Hirschen oder bei Regen im dortigen Tanzsaal statt. Doch zu mehr als zum Austausch von ein paar freundlichen Grußworten war es zwischen ihnen nie gekommen. Dann endlich, zur letzten Kirchweih im Oktober, hatte er allen Mut zusammengenommen und mit ihr getanzt. Und wie sie getanzt hatte, leicht wie eine Feder! Er war sich vorgekommen wie im Paradies, als sie über drei Lieder hinweg mit ihm auf dem Tanzboden geblieben war, bis ihr Bruder Ludwig Georg sie zurück an den Tisch der Eltern geholt hatte. Kurz darauf hatte seine Mutter Friedhelm beiseite genommen. Mit einer tiefen Sorgenfalte auf der Stirn hatte sie ihm gesagt: «Gib acht, was du tust, mein Junge. Mit dem Gutjahr ist nicht gut Kirschen essen, was seine einzige Tochter betrifft. Und dich würde er, da bin ich mir sicher, niemals zum Schwiegersohn haben wollen.» Entschieden hatte Friedhelm ihre Unterstellung, er sei verliebt, von sich gewiesen, dabei hatte sie ins Schwarze getroffen. Obendrein wusste er, dass sie recht hatte. Justus Georg Gutjahr war der Besitzer der größten Schildwirtschaft weit und breit, die an der Straße nach Ulm lag und vor gut fünf Jahren zur offiziellen Post- und Umspannstation erhoben wurde, was ihm einen enormen Vorteil mitsamt dem zugehörigen Umsatz brachte. Obendrein war er nicht nur Ortsvorsteher auf Lebenszeit, sondern auch einer der reichsten Männer von Hohenstetten – wenn nicht gar der reichste überhaupt. Für Gutjahr kam nur einer, der ordentlich Haus, Grund und Vieh besaß, als Schwiegersohn in Frage. Dazu zählte Friedhelm indessen nicht, wenngleich ein Schulmeister, ebenso wie Schultes, Pfarrer oder Gemeindepfleger, zu den Ehrbaren gehörte. Zudem würde Friedhelm sich als durchaus vermögend bezeichnen: Zusammen mit seiner Mutter bewohnte er ein stattliches halbes Weberhaus mit Scheune, Stall und Krautgarten, das eines Tages ihm gehören würde – seine

Schwester hatte bereits zu ihrer Hochzeit die andere Haushälfte übernommen –, ebenso wie zwei Morgen Ackerland und ein Kartoffelacker in der Feldmark der Gemeinde. Eine Milchkuh mit Kalb nebst fünf Hennen und einem tüchtigen Ross hatten sie auch im Stall stehen. An den Besitz der hiesigen Wirte, Bäcker, Metzger, Kaufleute und Maierbauern reichte das allerdings nicht heran. Was noch hinzu kam: Sein Vater und der Schultes hatten sich nie leiden mögen. «Dem Gutjahr ist nicht zu trauen», hatte er die Worte des Vaters noch immer im Ohr. «Eines Tages wird es unseren Flecken teuer zu stehen kommen, dass die Regierung einen solchen Mann zu unserem Ortsvorsteher bestimmt hat.»

Insgeheim schüttelte Friedhelm den Kopf über sich selbst, während die Gemeinde wieder ein Lied anstimmte. Was machte er sich da nur für blödsinnige Gedanken? Wusste er doch noch nicht einmal, ob Paulina ihn ebenfalls mochte. Er selbst aber wusste sehr wohl, dass es spätestens seit der Kirchweih vollends um ihn geschehen war, und seither konnte er manchmal vor Aufregung nachts kaum einschlafen. An jenem Nachmittag im Oktober hatte er geschworen, sich Paulina noch vor Jahresende zu offenbaren. Jetzt war Silvester, doch er hatte nie die Gelegenheit gefunden oder vielmehr, wenn er ehrlich zu sich war, sich schlichtweg nicht getraut. Er, der Herr Schulmeister, der seine beiden Klassen – sechsunddreißig kleine Mädchen und vierzig Knaben – fest im Griff hatte, kam sich in Paulinas Gegenwart selbst vor wie ein dummer Schuljunge. Und das wurde mit der Zeit immer schlimmer.

Womöglich hatte sie längst einen Bräutigam. Im Ort, wo viel geschwatzt wurde, war zwar nichts dergleichen zu hören, aber wer weiß, vielleicht hatte sie ja einen heimlichen Verehrer.

In diesem Augenblick geschah ein kleines Wunder. Ohne es zu merken, hatte er wohl während seiner Grübeleien immer noch hinüber zu Paulina gestarrt. Jetzt wandte sie ihm das Gesicht zu – und lächelte ihn an! Ihr offenes, strahlendes Lächeln fuhr im direkt ins Herz, eine gefühlte Ewigkeit lang. Dann drehte sie sich auch schon wieder weg und sah nach vorne zur Kanzel.

«Vertraut also auf den Herrn und danket ihm, er wird schon alles richten», hörte Friedhelm den Pfarrer wie aus weiter Ferne sagen. «Der Herr segne und behüte euch. Amen.»

Nach dem Loblied «Heil unserm König, Heil» verließen sie die Kirche, diejenigen, die hinter den Bankreihen und damit näher zum Portal standen, zuerst.

«Geht ihr nur schon vor an Vaters Grab», sagte er hastig zu Auguste und seiner Mutter. «Ich komme gleich nach.»

Er hatte es eilig hinauszukommen. Nach dem Silvestergottesdienst würden sich alle rasch zerstreuen: Wer Familie hatte, würde sich daheim zu einer gemeinsamen Andacht in diesen letzten Stunden des Jahres versammeln, wer ledig war, in Conrads Gassenschenke auf eine Maß Bier.

«Der Pfarrer hat recht, wir haben allen Grund, wieder Hoffnung zu schöpfen», hörte er hinter sich im Gedränge den alten Webermeister Leberecht sagen. «Die Wintersaat ist rechtzeitig ausgebracht worden, der Herbst war trockener und der Winter bislang milder als sonst. Was meinen Sie, lieber Schulmeister? Wird es für uns Weber auf der Alb endlich einen Umschwung geben?»

Friedhelm wandte sich um. Er mochte den rechtschaffenen Alten, der ihn, obwohl er Friedhelm von klein auf kannte, inzwischen respektvoll siezte.

«Nun ja», erwiderte er, während er schon weiterging, um Paulina noch zu erreichen. «Die Handelsschranken aus Kriegszeiten werden nun fallen, und es werden wieder freie Märkte für unser Leinen entstehen. Aber ob damit auch die goldenen Zeiten zurückkehren, liegt wohl in Gottes Hand. Zumal wir es schwer haben werden gegen diese Billigtuche aus England.»

Bei seinen letzten Worten trat er durch das Kirchenportal in die sternenklare, bitterkalte Nacht und sah sich suchend um. Draußen begannen sich die Menschen in losen Gruppen zu versammeln, als er Paulina auch schon an der Seite ihrer Freundin Luise nahe der Wehrmauer entdeckte. Und sie ihn. Sie winkte ihm wahrhaftig zu!

«Ein gesegnetes neues Jahr, Meister Leberecht», wünschte er dem Weber, um sich dann eilig zu entfernen.

Reichlich verlegen stand er gleich darauf vor den beiden jungen Frauen. Täuschte er sich, oder unterdrückte Luise ein Grinsen?

«Ein gesegnetes neues Jahr, lieber Friedhelm», wünschte ihm die Pfarrerstochter. «Ihr entschuldigt mich, ich muss meiner Mutter den kleinen Gustav abnehmen – die ist von ihrem Enkelsohn gewiss schon völlig enerviert.»

Damit verschwand sie in der Menge der herausströmenden Kirchgänger, und Friedhelm war allein mit Paulina. Mit einem Mal wusste er nicht mehr, was er sagen sollte.

«Nun ja», begann er, «ich sollte dann auch zu meiner Mutter. Sie wartet am Grab meines Vaters auf mich.»

«Drei Jahre ist die Schreckensnachricht nun her, nicht wahr?» Voller Mitgefühl sah sie ihn an. «Das muss immer noch schwer sein für deine Mutter.»

«Ja, das ist es.»

Er biss sich auf die Lippen. Warum nur musste er seinen Vater erwähnen? Eigentlich hatte er die kurze Zeit, die Paulina auf ihre Familie wartete, nutzen wollen. Und zwar um sie zu fragen, ob sie und Luise mit ihm auf dem Weiher Schlittschuh laufen wollten. Gleich morgen Vormittag nach der Predigt zur Jahreslosung, wenn sie denn Zeit hätte.

Stattdessen gab er unbeholfen von sich: «Hoffen wir, dass sich wenigstens das Wetter im neuen Jahr gnädig zeigt. Wir brauchen dringend eine gute Ernte.»

«Neujahrsnacht still und klar, deutet auf ein gutes Jahr», hörte er in diesem Moment eine tiefe Bassstimme. Jovial legte ihm der Schultes die Hand auf die Schulter. «Wenn die gute alte Bauernregel stimmt, kann nichts schiefgehen, junger Freund. In diesem Sinne: dir und deiner Familie alle guten Wünsche für ein gesundes Jahr!»

Friedhelm hätte sich ohrfeigen mögen. Jetzt war es zu spät. Auch Paulinas Mutter und ihr Bruder Ludwig Georg traten hinzu, Letzterer mit misstrauischem Blick.

«Das wünsche ich Ihnen auch, liebe Familie Gutjahr.» Er rang sich gegenüber Gutjahr und seiner Frau ein freundliches Lächeln ab. «Sie werden ja morgen zum Neujahrstag sicher alle Hände voll zu tun haben mit der Gastwirtschaft. Ich selbst habe zum Glück schulfrei und will einmal erproben, ob das Eis der Hüle gut trägt.»

Ob Paulina diese Andeutung verstand? Sie dabei anzuschauen wagte er nicht.

Gutjahr lachte dröhnend. «Dann brich mir nur nicht ein, Lindenthaler. Bislang haben wir ja leider noch immer keinen Hilfslehrer gefunden, der dich halbwegs ersetzen könnte.»

Gutmütig fiel Friedhelm in sein Lachen ein. Da kam ihm blitzartig ein weiterer Gedanke: «Sie bekommen doch dienstags und freitags immer die neuesten Druckerzeugnisse mit dem Postwagen aus Stuttgart und Ulm, nicht wahr?»

Gutjahr nickte. «Wer sich bei uns einen Krug Bier bestellt, darf auch kostenfrei darin lesen.»

«Das Angebot nehme ich gerne an, Herr Schultes.»

Da verzog Paulinas Bruder spöttisch die Lippen.

«Unserem Schulmeisterlein wird wohl das Dorf zu eng, dass er sich über die große weite Welt informieren will?»

«Warum nicht?», erwiderte Friedhelm. «Ein Blick über den Tellerrand hinaus würde auch dir nicht schaden, lieber Ludwig. Eine gesegnete Nachtruhe Ihnen allen und bis bald im neuen Jahr.»

Jetzt war es Paulina, die ganz offensichtlich ein Schmunzeln unterdrückte, und mit einem leisen Glücksgefühl verließ er die Runde, um sich auf den Weg zum Friedhof zu machen. Schmale Wolkenfetzen schimmerten silbern im Licht des Mondes, und der harschig gewordene letzte Schnee knirschte unter seinen Schuhsohlen. Frohlockend, wie ihm schien.

# *Kapitel 3*

*Am Neujahrstag 1816*

Obwohl der Neujahrstag ein Montag war, hatten die Kinder schulfrei. Nach altem Brauch zogen sie von Tür zu Tür und trugen ein kleines Lied vor, um dafür mit Nüssen, Apfelschnitzen oder Süßigkeiten entlohnt zu werden. Auch im Hof vor der Hirschenpost, der rechts und links von Stallungen und Remise begrenzt wurde, hatte sich am Vormittag eine große Schar eingefunden. Dick eingemummelt und mit vor Kälte roten Nasen und Wangen hoben die Kleinen erwartungsfroh zu singen an: «Hopp, hopp, hopp, Pferdchen, lauf Galopp ...»

Lächelnd stand Paulina mit ihrer Mutter und der jungen Schankmagd Rosina auf den Stufen zum Eingang, ein Säckchen mit Kuchenrändern lag in der Diele für die Kinder bereit. Auch wenn der Gesang einem rechten Schulchor nicht gerade zur Ehre gereichte. Da würde Friedhelm wohl noch ein wenig üben müssen mit den Kleinen, besonders mit den Buben, dachte Paulina belustigt und reckte unwillkürlich den Hals in Richtung Dorfweiher, der sich auf der anderen Seite der Landstraße befand, die als Poststraße Stuttgart mit Ulm verband.

Dort auf der zugefrorenen Hüle trieben sich vor allem ältere Kinder und junge Leute herum, aber auch so einige Erwachsene, die am Schlittschuhlaufen ebenfalls ihren Spaß hatten. Den Schulmeister konnte Paulina unter den vielen dunkel gekleideten

Gestalten, die da auf dem in der Sonne glitzernden Eis hin und her flitzten, nicht ausmachen, dazu war die Entfernung zu groß. Aber sie war sich sicher, dass sie ihn richtig verstanden hatte und er jetzt dort war. Hatte er das mit dem Eislaufen wohl ihretwegen gesagt, oder war es ihm nur so herausgerutscht?

Liebend gerne würde sie mit den anderen jungen Leuten auf der Hüle herumschlittern, und wenn es nur für ein halbes Stündlein wäre. Was gab es Schöneres an solch einem kalten, sonnigen Wintertag? Auch ihre Freundin Luise hatte versprochen, heute Vormittag dort zu sein. Für Paulina würde es indessen nicht so einfach sein, von zu Hause wegzukommen. Zwar hatte sie mit Rosina eigens vereinbart, dass sie ihr beim Eindecken der Tische und beim Auftragen helfen würde, um dann, wenn alle Gäste bei Tisch saßen, bis zu ihrem eigenen Mittagessen noch ein wenig an die frische Luft zu gehen. Aber dazu brauchte sie natürlich die Erlaubnis des Vaters, denn in einer Wirtschaft half die ganze Familie mit.

Nun, einen kleinen Spaziergang an diesem schönen Neujahrstag würde ihr der Vater gewiss nicht verwehren, und dass sie zum Schlittschuhlaufen wollte, musste sie ihm ja nicht unbedingt unter die Nase reiben. Hütete er sie doch auffälligerweise in letzter Zeit wie seinen Augapfel. Sie erschrak, als ihre Mutter sie in die Seite knuffte.

«Was starrst du da Löcher in die Luft, Mädchen? So bring den Schülern die Kuchenränder hinaus.»

Paulina hatte gar nicht bemerkt, dass die Kinder zu singen aufgehört hatten und nun unruhig von einem Bein aufs andere traten.

Sie klatschte in die Hände: «Schön habt ihr das gemacht! Dafür bekommt ihr jetzt eure Belohnung.»

Kaum waren die Schulkinder verschwunden, stapften auch

schon die ersten Gäste die Treppe hinauf. Mit Stirnrunzeln beobachtet Paulina, dass sich die große Stube viel schneller als sonst füllte, und so hatte sie bald alle Hände voll zu tun. Wollten die Leute heuer diesen Tag ganz besonders feierlich begehen, weil sie diesmal besonders große Hoffnung ins neue Jahr legten? Das halbe Pfarrdorf strömte herbei, und wahrscheinlich würde kaum einer, wie sonst üblich an Neujahr, nachmittags an den Webstuhl zurückkehren. Weber und Spinner waren sie hier nämlich fast alle, selbst die Maierbauern. Man lernte das Weben von Kindesbeinen an, und sogar die Frauen verstanden etwas davon. Auch ihr Vater hatte einen Stuhl im Untergeschoss, in der Dunk, wie man hier sagte. An dem arbeitete aber nur noch ihr zweitältester Bruder Ludwig Georg. Der älteste hatte vor zwei Jahren nach einem heftigen Streit mit dem Vater nach Ulm geheiratet, betrieb dort das Gasthaus seiner Schwiegereltern und hatte sich seither nicht mehr zu Hause blicken lassen.

Dass Hohenstetten wie die anderen Flecken in der Gegend ein Weberort war, war für Paulina als Kind das Selbstverständlichste der Welt gewesen – alle Orte mussten Weberorte sein. Bis zu dem Tag, als sie mit den Eltern ihre erste Reise unternommen hatte, in die riesige, uralte Stadt Ulm. Wie hatte sie sich damals gewundert, dass dort in den Gassen auch Schuster und Schneider, Nagelschmiede und Hafner, Seifensieder und Seiler ihre Werkstätten hatten. Da erst hatte sie begriffen, wie klein ihre Welt bis dahin und wie einfältig sie selbst gewesen war: Woher sollten schließlich all diese herrlichen Dinge herkommen, die es in Hermanns Kaufladen oder auch im Gewölbe der beiden Leinwandkaufleute Pinache zu kaufen gab?

Diese drei saßen übrigens – der Krämer und Strumpfstricker Paul Hermann mit Weib und Kindern – drüben am Stammtisch beim Kachelofen, zusammen mit dem Dorfmetzger Lorenz

Stumpp, und bestellten sich einen Krug Neckarwein am anderen. Und das, obwohl es im Unterland seit Jahren kein richtiges Herbsten mehr gegeben hatte und der Wein kaum noch bezahlbar war. Sogar der Nebenraum, der ihnen sonst als Wohnstube diente und nur besonderen Gästen vorbehalten war, hatte sich inzwischen bis auf den letzten Platz gefüllt. Wer jetzt noch kam, musste abgewiesen werden. In der Küche herrschte höchste Geschäftigkeit, und Paulina sah schwarz für ihren kleinen Ausflug.

«Wenn für alle aufgetragen ist, kann ich dann für eine halbe Stunde hinaus?», fragte sie den Vater, der neben der Köchin schwitzend am Herd stand. «Zusammen mit Luise?»

«Wo denkst du hin? Du siehst doch, wir brauchen jede Hand», gab er unwirsch zurück. «Oder willst du deine arme Mutter die schweren Krüge schleppen lassen? Wenn viel gegessen wird, wird auch reichlich getrunken.»

«Das kann doch auch der Ludwig machen.»

«Ludwig Georg muss mir heute beim Bierbrauen helfen. Tut mir leid, mein Liebes.» Unbeholfen tätschelte er ihr mit seiner kräftigen Hand die Wange.

«Kann es sein, dass mein Schwesterlein zur Hüle will?», mischte sich ihr Bruder ein, der eben die Küche betreten hatte. «Ein wenig übers Eis sausen, wie unser braver Schulmeister? Den habe ich dort nämlich grad seine Pirouetten drehen sehen.»

Sie spürte, wie sie über und über rot wurde.

«Das geht dich gar nichts an», fauchte sie mit einem Seitenblick auf den Vater. Der schien die gehässige Bemerkung ihres Bruders zum Glück nicht gehört zu haben, denn er war bereits wieder damit beschäftigt, Speckstreifen in der riesigen Pfanne anzubraten, die immer wieder gewendet werden mussten.

Dann war Friedhelm also tatsächlich beim Eislaufen. Enttäuscht und traurig zugleich, nahm sie die beiden Weinkrüge entgegen, die Rosina ihr reichte, und folgte ihr zurück in den Gastraum. In ihrer Vorstellung hatte sie sich schon Hand in Hand mit ihm ihre Kreise ziehen sehen. Daraus wurde nun nichts. Aber vielleicht gab es ja bald schon eine andere Gelegenheit, um mit ihm eislaufen zu gehen.

Fast erschrocken über ihre Gedanken stellte sie die Krüge am Stammtisch ab. War sie etwa verliebt in den Schulmeister? Der eher nachdenkliche, manchmal ein wenig linkisch wirkende Friedhelm war ihr früher nie groß aufgefallen, und wenn, dann, weil er sie in Kinderzeiten manchmal aufgezogen hatte wegen ihrer ungestümen, jungenhaften Art. Wahrscheinlich hielt er sie noch immer für einen reichlichen Kindskopf. Andererseits hatte er an Kirchweih mit ihr getanzt, und sie bekam jetzt noch Herzklopfen, wenn sie daran zurückdachte. Sofort sah sie sein schmales, bartloses Gesicht mit dem ewig verstrubbelten strohblonden Haar wieder vor sich. Mit seinen tiefblauen Augen hatte er sie die ganze Zeit angesehen, und sie hätte den ganzen Abend mit ihm weitertanzen mögen. Zumal er ein sehr guter Tänzer war. Der Vater hatte hinterher eine abfällige Bemerkung über den allzu jungen Schulmeister gemacht, dem das Tanzen wohl leichter fiele, als seinen Kindern lesen und schreiben beizubringen, und hatte ihn wieder einmal einen Reingeschmeckten genannt. Obwohl Friedhelm doch hier geboren war, seine Mutter Agnes vom hinteren Maierhof stammte und nur sein Vater aus Urach zugezogen war, um das Amt des Schulmeisters anzutreten.

«Ach herrje, die arme Paulina», hörte sie mit halbem Ohr den jüngeren der Pinache-Brüder ausrufen. «Jetzt muss die schöne Jungfer für uns so schwer schleppen.»

«Da hast du recht, Robert», pflichtete ihm Lorenz Stumpp bei. «Vor allem was das *schön* betrifft. Ich wette, liebe Paulina, du hast an jeder Hand zehn Verehrer.»

Sie ging mit einem höflichen Lächeln über die Schmeicheleien der Stammtischbrüder hinweg und beeilte sich, in die Küche zurückzukehren, von wo schon die Schelle für die nächste Bestellung geklingelt hatte. Vor allem die Artigkeiten des Dorfmetzgers gingen ihr gegen den Strich, erst recht, seitdem er sich letztes Jahr ausbedungen hatte, dass sie ihn mit Vornamen und Du anreden solle. Sie mochte den untersetzten Mann mit dem Stiernacken nicht besonders, der den Vater seinen besten Freund nannte und mit Fleisch- und Wurstwaren belieferte. Anfangs hatte er ihr noch ein wenig leidgetan, da seine Frau vor drei Jahren mitsamt dem Neugeborenen im Kindbett verstorben war und er sich allein um seinen fünfjährigen Sohn kümmern musste, doch inzwischen fand sie, dass er sich allzu viele Vertraulichkeiten herausnahm.

Als endlich die letzten Gäste die Schankstube verließen – Lorenz mit einem lautstarken Gruß in Richtung Paulina –, schlug es von Sankt Alban ein Uhr, und in der Küche türmten sich Berge von Geschirr, Töpfen und Pfannen. Das wüste Durcheinander wieder in Ordnung zu bringen, war nun Aufgabe der Frauen, während sich der Vater und der Bruder eine Ruhepause bei einem Pfeifchen Tobak am Kachelofen gönnten, wobei der Vater in den neuesten Zeitungen zu lesen pflegte.

Es war gegen zwei Uhr, als eine große Schüssel mit sauren Kutteln und Pfannenkuchenstreifen auf dem Tisch stand. So spät hatten sie schon lange nicht mehr zu Mittag gegessen.

«Na, wenn das heute kein umsatzträchtiger Neujahrstag war», brummte der Vater zufrieden und legte das Ulmer Intelligenzblatt beiseite.

«Sind das die Zeitungen vom heutigen Postwagen?», fragte die Mutter, während sie Teller und Löffel verteilte.

«Ja, sozusagen postfrisch.»

«Was gibt es denn Neues aus der Welt?»

Der Vater lehnte sich zurück, wobei seine ärmellose Strickweste über dem mächtigen Bauch spannte. «Ach, wieder das übliche Lamento über die unerträgliche Schuldenlast unseres kriegsgebeutelten Staates und die Folgen der abgebrochenen Handelsbeziehungen und der verlorenen Märkte. Aber immerhin auch ein Lob über die neue Friedensordnung. Alle sagen, dass mit Fleiß und Zuversicht die Geschäfte alsbald wieder in Gang kommen werden.» Er erhob seinen Bierkrug. «Das will ich meinen, so gut, wie das neue Jahr heute angefangen hat. Und jetzt kommt endlich alle zu Tisch, ich habe Hunger!», rief er in Richtung Küche, wo Rosina und die alte Köchin Agathe noch immer geräuschvoll hantierten.

«Warte.» Die Mutter deutete auf die abgelegte Zeitung. «Es steht doch bestimmt wieder eine Poesie zum neuen Jahr darin.»

«Ach, ihr Frauen. Euch interessiert wieder mal nur das Schöngeistige.» Er reichte ihr das Blatt.

Sie kniff ein wenig die Augen zusammen, als sie die Zeilen und Spalten überflog. Paulinas Mutter war eine zierliche Frau, die in jüngeren Jahren ausnehmend hübsch gewesen war. Inzwischen aber hatten sich rechts und links ihrer Mundwinkel zwei tiefe Falten eingegraben, und das Haar wirkte schütter und farblos.

«Ah, da ist das Gedicht ja. Ich lese es euch vor.»

Mit ihrer etwas dünnen Stimme begann sie, die Zeilen vorzutragen:

*Aufgeheitert durch die Hoffnung froher Zeiten*
*Lächelt uns ein neues Jahr heut freundlich zu.*
*Leidensfrei wird endlich es für uns bereiten*
*Eines dauerhaften Glückes süße Ruh.*

«Das ist schön», entfuhr es Paulina, und sie nickte ihrer Mutter zu.

«Nicht wahr? Und nun lasst uns das Tischgebet sprechen.»

Paulina hatte sich getäuscht – zum Schlittschuhfahren sollte es nicht mehr kommen. Schon am Tag nach Neujahr war ein heftiger Sturm übers Land gebraust, der Tauwetter gebracht hatte. Das Eis auf dem Dorfteich wurde erst sulzig, dann verschwand es ganz.

Viel zu mild zeigte sich der Januar. Stürme wechselten sich mit tagelangen Regengüssen ab, sodass man kaum noch vor die Haustür wollte, wenn es denn nicht sein musste. Frost gab es keinen mehr, dafür drohte nach wochenlangem Regen die Wintersaat auf den Äckern zu ersaufen, die Kutschen und Fuhrwerke blieben im Schlamm stecken, und die Brotpreise wurden zum zweiten Mal binnen eines halben Jahres heraufgesetzt. Doch Paulina hatte ganz andere Sorgen: Mittlerweile erschien der Dorfmetzger jeden Sonntag bei ihnen im Gasthaus zum Mittagessen, wobei er auffallend modisch gekleidet war: Statt des üblichen brauntuchenen Sonntagsrocks der Männer trug er nun einen schicken gelben Gehrock, statt des braunen Kamisols eine neumodische, bunt gestreifte Seidenweste, und das Brusttuch war ebenso schreiend rot wie seine Wollstrümpfe unter der ledernen Kniebundhose. Den Vollbart hatte er neuerdings zu einem akkuraten Backenbart gestutzt, mit dem er sein fleischiges Gesicht wohl schmaler wirken lassen wollte.

Die letzten beiden Male war er so spät gekommen, dass er zusammen mit der Gutjahr-Familie bei Tisch saß und diese Vertraulichkeit sichtlich genoss. Paulina nahm sich vor, mit ihrer Mutter zu reden, ob das denn nicht wieder zu ändern sei. Schließlich gehörte dieser Lorenz weder zur Familie noch zum Gesinde. Was sie ihrer Mutter nicht sagen würde, war, dass sie seine Blicke förmlich an sich kleben spürte, sodass ihr gänzlich der Appetit verging. Wie sehr hätte sie sich gerade jetzt gewünscht, dass Friedhelm nach seinem Feierabend die Gaststube besuchte, um in der Zeitung zu lesen. Nicht ein einziges Mal hatte er sich bisher bei ihnen blicken lassen. Lag ihm also doch nichts an ihr?

Erst zum Sankt Valentinstag, nach fast sechs Wochen Regenwetter, hatte der Herrgott ein Erbarmen und bescherte ihnen wieder Sonne. Das ganze Pfarrdorf zog am frühen Nachmittag hinaus auf die Felder, um die Schäden zu besehen, denn ein jeder hier besaß ein Stück Land, und selbst der ärmste Taglöhner bewirtschaftete sein Äckerle, das ihm als sogenanntes Bürgerteil auf der Allmende zur Verfügung stand.

«Was ist? Kommst du nicht mit?», fragte Rosina, während Paulina sich aus dem weit geöffneten Fenster der Gaststube lehnte und das Treiben auf der Straße beobachtete.

«Was soll ich mir die überschwemmten Felder angucken und dabei nasse Füße holen?», gab sie ein wenig unwillig zurück. Andererseits verlockte die ungewöhnlich warme Nachmittagssonne schon dazu, ins Freie zu gehen. Auch wenn ihr das mit den Sonnenflecken zu denken geben hatte, von denen neuerdings die Zeitungen berichteten. Und dem aufdringlichen Metzger wollte sie dort draußen auch nicht begegnen.

Da fiel ihr ein, dass Friedhelm und seine Mutter das kleinere ihrer beiden Feldstücke gleich bei dem großen Gerstenfeld der Gutjahrs hatten.

«Warte auf mich, Rosina», rief sie der Schankmagd zu, die gerade den Hof überquerte. «Ich will nur eben noch Stiefel und Jäckchen anziehen.»

«Hast es dir also doch anders überlegt?», schmunzelte Rosina, als sich Paulina wenig später zu ihr gesellte. Täuschte sie sich, oder hatte das Schankmädchen den Grund für ihren Meinungsumschwung durchschaut? Ihr Herz begann jedenfalls augenblicklich schneller zu schlagen, kaum dass sie sich auf den Weg gemacht hatten.

# Kapitel 4

*Am selben Tag, Sankt Valentin im Februar 1816*

Hohenstetten war ein recht großer Marktort mit über tausend Seelen und von weitläufiger Markung. Die zumeist strohgedeckten Weberhäuser mit ihren Scheunen, Ställen und Krautgärten duckten sich in einer leichten Senke, mit der Hüle und dem angrenzenden Marktplatz als tiefstem Punkt. Rundum erstreckten sich, über flache Kuppen und Senken hinweg, in alle Himmelsrichtungen die Ackerflure, dünn bewachsene, steinige Grasböden, Wacholderheiden und der Gemeindewald. So war es fast ein Wunder zu nennen, dass das Dinkelfeld der Lindenthalers direkt an die Wintergerste der Gutjahrs grenzte, die nun genau wie Friedhelm in ihren klobigen, schlammbespritzten Arbeitsstiefeln durch den Matsch stapften. Alwine Gutjahrs Lamentieren war dabei weithin zu hören. Friedhelm hatte seine Mutter erst gar nicht mitgenommen. Er wollte ihr den trostlosen Anblick der im Wasser stehenden Wintersaat ersparen.

Wieder hörte er die Postwirtin jammern, bis ihr Mann ihr beschied, sie solle endlich still sein, allen anderen erginge es schließlich ebenso. Womit der Schultes vollkommen recht hatte. Jeden hier beschäftigte wohl im Augenblick eine einzige Frage: ob die warmen Tage andauern würden, damit die Felder abtrocknen konnten. Ansonsten würde die Saat unweigerlich verfaulen.

Dabei hatten die Gutjahrs noch Glück, zumindest was diesen Teil ihrer Ackerflächen betraf. Ihr Grund besaß eine leichte, gleichmäßige Neigung zum Feldweg hin, sodass das Wasser an normalen Regentagen gut abfließen konnte. Friedhelms Dinkelfeld hingegen mündete in eine kaum sichtbare Senke, in der sich jetzt ein rechter See gebildet hatte.

Mit einigem Widerwillen trat er an den Rand des Wassers, nahm den Spaten von der Schulter und begann zu graben.

Vom nahen Feldweg her winkten ihm seine Schwester Auguste und Schwager Emil zu, die in der Nähe ihren Krautacker hatten.

«Wir gehen gleich weiter zu unserem Winterroggen. Kommst du allein zurecht?», rief seine Schwester.

«Ja, es geht schon.»

In Wirklichkeit fragte er sich zum zigsten Male, warum sein Vater damals diesen so ungünstig gelegenen Acker überhaupt dazugekauft hatte. Seit er zurückdenken konnte, hoben sie hier Jahr für Jahr aufs Neue Abflussgräben aus, aber was es nutzte, das lag auf der Hand: nämlich gar nichts. Angeblich war der Boden besonders fruchtbar, doch Friedhelm war zu wenig Landmann, um das beurteilen zu können. Wohl aber hatte er gesehen, dass der Ertrag der letzten Jahre hier auch nicht besser gewesen war als auf den anderen Feldern.

Im Augenwinkel nahm Friedhelm wahr, dass die Gutjahrs weiterzogen, in Richtung Eichhalde, wo sich ihr größtes Feldstück befand. Dass Paulina nicht mitgekommen war, hatte ihn noch verdrießlicher gemacht. Wäre ihr nur ein kleines bisschen an ihm gelegen, hätte sie die Gelegenheit genutzt, um wie alle im Ort hinauszugehen und die Schäden zu besichtigen. Zumal sie sicher sein konnte, dass er hier war. In diesen Regenwochen hatte er sie lediglich zwei-, dreimal von Weitem gesehen, jedes Mal in der Nähe des Schulbecks, der so hieß, weil er seine Bäckerei neben dem Schulhaus hatte. Besser, er schlug sie sich ein für alle Male aus dem Kopf. Schließlich war sie ja auch an Neujahr nicht zum Eislaufen gekommen, obwohl Luise ihm erzählt hatte, dass Paulina sich hierfür mit ihr eigens verabredet habe. Tagelang hatte er sich gegrämt darüber, schließlich bot sich die Gelegenheit, sich unbefangen zu begegnen, nicht alle Tage. Schon gar nicht im Winter, wenn sich jeder ins Haus zurückzog. Und mit dem verdammten Regenwetter der letzten Wochen war es nicht besser geworden.

Er hielt inne, um sich Umhang und Kamisol aufzuknöpfen. Was war das nur plötzlich für eine Wärme! Gerade so, als würde einem ein riesiges Pferd seinen warmen Atem ins Gesicht blasen. Das war schon mehr als unnatürlich für Mitte Februar.

Der Graben begann sich mit dem schlammigen Regenwasser zu füllen. Er wollte einen Schritt zurücktreten, als sein linker Fuß wie festgesogen steckenblieb und sein Stiefel prompt voll Wasser lief.

«Mist!», entfuhr es ihm. Er warf den Spaten neben sich, zog mit beiden Händen den Fuß aus dem Morast und rettete sich auf die kleine Uferböschung des Feldweges. Immerhin lief das Wasser nun ab.

«Hast du nasse Füße bekommen?»

Er fuhr herum. Hinter ihm stand Paulina mit der Schankmagd. So peinlich es ihm war, dass sie sein Missgeschick mit angesehen hatte, so sehr freute er sich, sie wiederzusehen. Sie war also doch gekommen! Bildete er es sich ein, oder strahlten auch ihre Augen?

«Grüßt euch», sagte er verlegen. «Deine Familie, liebe Paulina, ist übrigens schon weiter zur Eichhalde.»

«Ach ja?» Sie wandte sich der Schankmagd zu. «Gehst du voraus und sagst, dass ich gleich nachkomme?»

Rosina nickte und schickte sich an weiterzugehen, als Paulina fortfuhr: «Nein, warte. Sag ihnen, dass ich zurück nach Hause muss, weil ich nasse Füße bekommen habe.»

Sie tat einen ungeschickten Schritt und patschte nun ebenfalls in den Graben.

Die Magd lachte laut auf, dann nickte sie erneut und machte sich auf den Weg.

Mit großen Augen sah Friedhelm Paulina an. «War das mit Absicht?»

«Nun ja, jetzt haben wir eben beide nasse Füße. Um ehrlich zu sein, habe ich keine Lust auf die ewigen Klagen meiner Mutter und auf die großsprecherischen Worte von Ludwig. Es ist so ein herrlicher Tag heute. Fast wie im Frühsommer.»

Bei ihren letzten Worten schloss sie die Augen und hielt ihr Gesicht in die warme Sonne. Sie sah dabei so schön aus, dass es Friedhelm die Kehle zuschnürte.

«Wie schade, dass du zurückwillst», brachte er schließlich hervor.

Sie öffnete wieder die Augen. «Aber das habe ich doch nur so gesagt. Musst du noch zu eurem anderen Acker?»

«Eigentlich schon. Ach, was soll's – das kann ich auch morgen machen. Wollen wir … wollen wir ein wenig spazieren gehen?»

«Mit nassen Stiefeln?» Sie lachte. «Gehen wir lieber zu den Sandgruben beim Buchenhain. Dort ist es sonnig, und wir können unsere Stiefel trocknen.»

Jenseits des Feldweges stapften sie die Magerwiesen von Bauer Schwenk hinauf, dem reichsten Maierbauern im Ort. Am Waldrand bogen sie nach rechts ab, bis sie die aufgegebenen Sandgruben erreichten. Der Weg dorthin hatte vielleicht eine halbe Stunde gedauert, während der sie kaum ein Wort gesprochen hatten. Dass er plötzlich allein war mit ihr, an diesem schönen Tag und draußen in der freien Natur, raubte Friedhelm schier den Verstand. Sein Herz schlug so heftig, dass er glaubte, sie müsse es hören.

In der sonnenbeschienenen Senke war die Luft noch wärmer als unten am Feld, und sie setzten sich auf einen der breiten, fast weiß schimmernden Feldsteine. Dies in so großem Abstand, dass noch zwei Kinder zwischen ihnen Platz gehabt hätten. Er hätte sie gerne so vieles gefragt, brachte aber noch immer kein Wort heraus. Stattdessen folgte er ihrem Beispiel und zog sich Schuhe und Strümpfe aus, um sie auf dem sandigen Boden auszulegen, dessen Oberfläche bereits abgetrocknet war. Dann betrachteten sie stumm, Seite an Seite, das sanft gewellte Land rund um ihr Heimatdorf. Selbst aus dieser Entfernung war zu erkennen, dass auf den Fluren überall das Wasser stand. Auch die kleine, kreisrunde Hüle zu ihrer Rechten, die den Pferden bei der Feldarbeit als Tränke diente, war randvoll gelaufen.

«Was waren das nur für schreckliche Wochen», durchbrach er irgendwann die Stille und blickte scheu zu ihr hinüber. «Man hätte grad meinen können, die Sintflut hätte eingesetzt. Und jetzt diese plötzliche Wärme.»

Eine Sorgenfalte zeigte sich auf ihrer glatten Stirn.

«Heute nach dem Mittagessen hat mein Vater uns aus dem *Schwäbischen Merkur* vorgelesen. Dass an der Sonne immer mehr Flecken zu sehen wären. Und dass in Kreisen der Wissenschaft die Rede davon ist, dass die Sonne schwächer wird. Du kannst dir vorstellen, wie es meine Mutter sogleich mit der Angst zu tun bekommen hat: Das wäre das Ende der Welt, jetzt endlich würden wir den Zorn Gottes zu spüren bekommen! Schon das mit dem rötlichen Schnee zu Beginn des Winters hatte ihr große Angst gemacht.»

Friedhelm wusste, dass Alwine Gutjahr zu den besonders

frommen Frauen im Dorf zählte, die sich mehrmals die Woche zum Gebetskreis trafen.

«Ach Paulina», versuchte er sie zu beruhigen. «Schon seit Ewigkeiten scheint die Sonne auf uns herunter und wird es noch auf ewig weiter tun.»

«Aber ich hab diese Flecken selbst gesehen. In der Zeitung stand, dass man mit einer gerußten Glasscherbe in die Sonne schauen dürfe, was ja ansonsten das Augenlicht zerstört, und mein Bruder hat es prompt ausprobiert. Wir alle haben hindurchgesehen, bloß meine Mutter nicht. Und sämtliche Nachbarn, die auf der Straße standen, haben es uns nachgemacht. Wir waren alle ganz schön erschrocken.»

Als sie ihm während ihrer Rede direkt in die Augen blickte, wurde ihm warm ums Herz.

«Und was genau habt ihr gesehen?», fragte er und hätte am liebsten ihre Hand genommen.

«Nun, eben seltsame Flecken. Für mich haben sie ausgesehen wie ein grimmiges Gesicht.»

Da musste er lachen. «Das wird der Teufelskerl Napoleon gewesen sein, den man nun auf die Sonne verbannt hat, damit er dort auf ewig im Feuer schmort.»

«Du machst dich über mich lustig!»

«Aber nein. Solche Flecken gab es schon immer auf der Sonne, und trotzdem ist sie nie erloschen. In einem Buch über die Welt und das Universum habe ich einmal gelesen, dass diese Flecken sogar eine stärkere Aktivität unseres Sonnengestirns anzeigen. Also nichts mit Erlöschen, wie man an diesem warmen Tag heute ja auch wahrhaftig spürt. Du musst dich wirklich nicht beunruhigen.»

Jetzt ergriff er tatsächlich ihre Hand und drückte sie kurz. «Glaubst du mir?»

«Ja», erwiderte sie und streckte ihre Beine unter dem langen Rock aus, sodass ihre nackten Füße unter dem Saum zu sehen waren. Sie waren zierlich und schmal, und er musste sich zwingen, den Blick wieder abzuwenden.

Lange Zeit sprachen sie kein Wort, aber jetzt war es ein angenehmes Schweigen. Ein sehr vertrautes Schweigen. Es war wunderschön, so ganz allein mit ihr hier zu sitzen. Das Dorf, seine von Sorge erfüllten Bewohner, die kränkelnde Mutter – alles schien weit weg.

Er blickte zum Himmel, der noch immer wolkenlos war. Indessen nicht blau, wie sonst an klaren Wintertagen, sondern mit einem Dunstschleier überzogen.

«Warum bist du eigentlich niemals zum Zeitunglesen zu uns gekommen?», hörte er Paulina fragen.

«Na ja …» Er zögerte. «Ich hatte viel um die Ohren in den letzten Wochen. Du weißt ja, dass ich noch immer allein unterrichten muss, weil sich kein Hilfslehrer findet, und dann ist da noch das Messneramt und der Kirchenchor.»

Das stimmte zwar, und mehrmals die Woche arbeitete er noch dazu am zweiten Webstuhl von Schwager Emil. Aber das war eben nicht die ganze Wahrheit. Auf ein Bier ins Wirtshaus – dazu hätte er allemal hin und wieder die Zeit gefunden. In Wirklichkeit hatte er sich nicht getraut und sich eingeredet, dass Paulina ihn aufdringlich finden würde.

«Das ist schade», sagte sie leise. «Ich hätte dich gerne mal wiedergesehen. Ich hab unser Brot sogar eigens beim Schulbeck gekauft statt wie sonst in der Marktbäckerei. Aber ich bin dir nie begegnet.»

«Wirklich?» Überrascht und erfreut zugleich sah er sie an.

In diesem Augenblick krachte es hinter ihnen wie Kanonendonner. Erschrocken fuhren sie beide herum. Eine schwarze

Wolkenwand ragte im Westen steil in den Himmel und begann sich vor die Sonne zu schieben. Schlagartig erhob sich ein starker, kalter Wind, und der erste Blitz fuhr durch die Wolken.

«Ein Gewitter! Wie kann das sein, mitten im Februar?» Paulina war aufgesprungen. «Wir müssen rasch ins Dorf zurück.»

«Das schaffen wir nicht mehr. Komm, laufen wir zum Hohlen Stein.»

Eilends rafften sie Stiefel und Strümpfe an sich und rannten barfuß los. Als sie den Waldrand erreichten, war das Unwetter schon genau über ihnen. Blitz und Donner wechselten sich ab, der Regen peitschte ihnen in dicken Tropfen ins Gesicht, die Äste der Eichen und Buchen über ihnen ächzten bedrohlich im Sturm.

Der Eingang zum Hohlen Stein lag als langgestreckter, mannshoher Spalt in einer Senke. Kurzerhand nahm Friedhelm sie bei der Hand und half ihr den vom Regen rutschig gewordenen Abhang hinab. Gerade noch rechtzeitig, bevor sich der Regen in Hagel verwandelte, erreichten sie die Höhle, die sich hinter dem Eingang als große Halle auftat.

«Das war knapp», murmelte er und ließ sie los. Inzwischen tobte der Gewittersturm mit unbändiger Kraft, es schien vorzeitig Nacht werden zu wollen, und sie waren beide tropfnass. Aber hier waren sie wenigstens in Sicherheit.

«Hast du Angst?», fragte er sie, während sie mit bangem Blick nach draußen starrte, wo ein Blitz nach dem anderen die Bäume vor dem schwarzen Himmel in gleißendes Licht tauchte.

«Nein, jetzt nicht mehr.»

Mit einem Mal hatte er alle Schüchternheit verloren.

«Es ist sehr schade, dass du an Neujahr nicht beim Eislaufen warst. Stundenlang hab ich meine Kreise gezogen, weil ich gehofft hatte, du kommst noch.»

«Ich wäre sehr gerne gekommen», erwiderte sie leise. «Aber mein Vater hat mich nicht weggelassen. Wir hatten zu viele Gäste.»

Er holte tief Luft. «Was kann ich tun, damit wir beide uns öfters sehen?»

Sie zwinkerte ihm zu. «Beim lieben Gott schönes Wetter bestellen, damit man wieder mehr aus dem Haus kommt.»

«Nun ja, wenn Gott jedes seiner Schäfchen erhören würde – was wäre das für ein tägliches Durcheinander beim Wetter.»

Sie lachten beide.

Er strich ihr die nassen Locken aus dem Gesicht und konnte nicht anders, als sie zu seiner eigenen Verblüffung sachte auf die Stirn zu küssen..

«Verzeih … entschuldige …», stotterte er verlegen.

Auch Paulina wirkte verlegen, aber ihre Augen strahlten ihn an. «Setzen wir uns dort drüben auf den Felsvorsprung und warten, bis der Gewittersturm vorbei ist.»

Er nickte, nahm ihr und sich selbst den nassen Umhang ab und breitete alles über einem starken Ast aus, den jemand in die Höhle geschleppt hatte. Dann zog er sein Kamisol aus, legte es als weiche Unterlage über den Felsvorsprung und bat sie, sich zu setzen.

«Sind dein Kleid und deine Jacke wenigstens trocken geblieben?», fragte er sie besorgt. Dass sie ihm den vorwitzigen Kuss nicht übelgenommen hatte, erleichterte ihn ungemein.

«Ja, und kalt ist mir auch nicht.» Im Halbdunkel konnte er sehen, wie sie lächelte. «Fast schon gemütlich haben wir es hier.»

Er nahm noch einmal allen Mut zusammen. «Das mit dem Sich-öfter-Sehen … das ist mir ernst. Du könntest mich vielleicht in der Schule unterstützen.»

«Ach Friedhelm – wo gibt es denn so etwas? Eine Frau als

Volksschullehrerin! Das Unterrichten erlaubt man doch allenfalls dem alten Weib eines Schulmeisters.»

«Nun ja, ich dachte auch eher an die Gesangsstunden. Ich schaffe es einfach nicht, den Kindern die richtigen Melodien beizubringen.»

Sie lachte. «Das habe ich beim Neujahrsumgang gemerkt.»

«Wirklich? Ich muss zu meiner Schande gestehen, dass ich hoffnungslos unmusikalisch bin. Ich treffe beim Singen kaum den richtigen Ton, und in der Kirche schaffe ich es mit Mühe und Not, einhändig die alte Orgel zu bedienen. Und das, wo ich zu Hause ein Cembalo habe, von meinem Vater geerbt. Aber bei mir ist in dieser Hinsicht Hopfen und Malz verloren.»

In Wirklichkeit war ihm der Gesangsunterricht herzlich gleichgültig, und der Männerchor kannte die Kirchenlieder ohnehin in- und auswendig. Er fand es viel wichtiger, den Knaben und Mädchen ordentlich Lesen, Schreiben und Rechnen beizubringen, ihnen einen Einblick in die Welt und in den Glauben zu geben und aufrichtige, rechtschaffene Menschen aus ihnen zu machen.

«Warum übernimmt das dann nicht der Herr Pfarrer?», fragte sie.

«Der hat schon genug Aufgaben mit der Schulaufsicht und dem Kirchenkonvent. Und Bibelunterricht und Christenlehre obliegen ihm ja auch noch.»

«Was ist mit seiner Frau?»

«Die gibt bei den Mädchen schon die Handarbeitsstunden. Nein, ich habe bei der Musik an dich gedacht. Du hast solch eine schöne, klare Stimme, und bei der Tauffeier des kleinen Eduard im letzten Sommer habe ich dich im Gasthaus Klavier spielen hören. Es klang wunderbar.»

Sie machte eine wegwerfende Handbewegung. «Das ist

nichts, wenn ich es mit dem Spiel meiner Mutter vergleiche.» Sie machte eine Pause. «Weißt du, ich würde das schon gerne machen, das mit den Gesangsstunden, aber der Kirchenkonvent würde dem niemals zustimmen, auch mein Vater nicht, der ja dort Mitglied ist.»

Das hatte Friedhelm nicht bedacht, und wahrscheinlich hatte Paulina recht.

«Aber», fuhr sie fort, «da gäbe es noch eine andere Möglichkeit. Wenn du in der Lage wärst, die Kinder beim Singen zu begleiten, lernen sie die Lieder viel schneller. Ihr habt doch im Klassenzimmer ein Harmonium stehen. Ich könnte dir also Klavierstunden geben, nachmittags, wenn wir die Gaststube geschlossen haben und du keinen Unterricht hast. Zu Hause müsstest du dann allerdings auch fleißig üben», fügte sie keck hinzu.

Dieser Einfall klang noch viel verlockender, und er sah sich schon dicht neben ihr am Klavier sitzen. Dann schüttelte er den Kopf.

«Das würde dein Vater erst recht nicht erlauben.»

«Aber meine Mutter. Sie findet dich ganz sympathisch, das weiß ich. Und wenn wir uns an Anstand und Schicklichkeit halten, wird sie sich beim Vater dafür einsetzen. Gerade an Kirchenmusik liegt ihr sehr viel, und sie wird das für eine wichtige Aufgabe halten. Sie wird natürlich dabei sein wollen, aber da sie oft bei ihren Gebetsschwestern ist, wird halt», dabei zwinkerte sie verschwörerisch, «hin und wieder Rosina als Anstandswächterin herhalten müssen.»

«Dann fragst du deine Mutter also?»

«Aber ja, heute noch.»

Er glaubte zu träumen. Das war mehr, als er in den letzten Wochen und Monaten zu hoffen gewagt hatte. Er suchte nach

Worten, um seine Freude auszudrücken, doch sie sprach schon weiter.

«Was ist eigentlich aus Gottlob geworden? Warum hatte er letzten Sommer seine Stellung als Hilfslehrer hingeworfen und ist nach Stuttgart gegangen? Er ist doch dein bester Freund. Oder habt ihr euch gestritten?»

Gottlob, der älteste Sohn von Pfarrer Unterseher, war einer der klügsten Menschen, die Friedhelm kannte. Ihm war in der Schule ohne große Anstrengung alles zugeflogen. Sie beide hatten nicht nur zusammen die vier Jahre an der Lateinschule in Münsingen verbracht, sondern auch die Zeit in Maulbronn und am Lehrerseminar Esslingen. Zum großen Kummer seines Vaters hatte Gottlob nie die Laufbahn eines Pfarrers einschlagen wollen, sondern Lehrer werden wie er selbst. Da Gottlob ein wenig jünger als Friedhelm war, hatte er sein Examen als Volksschullehrer ein Jahr später absolviert und war dann ebenfalls nach Hohenstetten zurückgekehrt, um die Stelle als Provisor anzunehmen und die kleine Wohnung im Schulhaus zu beziehen. Anfangs hatte Friedhelm gefürchtet, sein Freund würde sich schwertun, eine ihm untergeordnete Stellung anzunehmen, doch das war es nicht, was ihn veranlasste, dem Dorf den Rücken zu kehren. Gottlob war ein Zweifler und Grübler, Ungerechtigkeiten konnten ihn schier rasend machen. Als dann im letzten Sommer nach einer neuerlichen schwachen Ernte die Lebensmittelpreise weiter anstiegen, während König Friedrich in der Residenzstadt Stuttgart Unsummen für seinen Hofstaat verprasste, wurden seine Gedanken immer aufrührerischer. Ein entschiedener Gegner des Königs war er schon vorher gewesen und hatte Friedrich als Tyrannen und Despoten gebrandmarkt. Als einen, der mit harter Hand regiere, mit seiner rücksichtslosen Jagdleidenschaft allerorten der Landwirtschaft schade und für seine üppige Hofhaltung die Untertanen mit hohen Steuern bluten lasse, selbst in diesen schwierigen Zeiten. Nicht zuletzt hätte Friedrich, in seiner Gier nach neuen Territorien und der Königskrone, Zigtausende Männer als Kanonenfutter für seinen Bundesgenossen Napoleon geopfert.

Friedhelm hatte genügend solcher hitzigen Dispute im Pfarrhaus, in Gottlobs kleiner Wohnstube oder bei sich zu Hause miterlebt, um zu wissen, dass sein Freund sich in seinem Eifer mehr und mehr auf gefährlich dünnem Eis bewegte. «Die Not des Volkes schert diesen König von Napoleons Gnaden keinen Deut, solange er sich nur fetter und fetter fressen kann. Und es wird noch viel schlimmer werden, das prophezeie ich dir», hatte er Friedhelm mehr als einmal gesagt und ihm am Ende sogar vorgeworfen, den Kopf in den Sand zu stecken und es sich in diesem weltabgeschiedenen Flecken namens Hohenstetten allzu behaglich einzurichten. In vielem waren sie sich zwar einig, aber Friedhelm sah sich schlicht und einfach nicht zum Rebellen berufen, sondern wollte im Kleinen für Gerechtigkeit sorgen. So hatten sie sich, obwohl bis dahin beste Freunde, tatsächlich nach der letzten Ernte zerstritten, und bald darauf hatte Gottlob sein Bündel gepackt, um sich in Stuttgart Menschen anzuschließen, die nicht mehr nur reden, sondern etwas tun wollten. Seither hatte er nie wieder von ihm gehört, wusste aber von dessen Schwester Luise, dass es ihm gut ging und er mit Gelegenheitsarbeiten sein Auskommen hatte.

«Du sagst ja gar nichts mehr?», unterbrach Paulina seine Gedanken.

«Ich habe über Gottlob nachgedacht», erwiderte er und zögerte kurz. Wie sollte er ihr all das erklären? «Ja, am Ende hatten wir uns gestritten, aber nicht deshalb ist er fortgegangen. Er war fast besessen davon, die Welt zu verändern, und dafür war ihm das Pfarrhaus oder auch unser Hohenstetten zu eng geworden. Schade, er war ein wunderbarer Lehrer.»

«Du vermisst ihn sehr, nicht wahr?»

«Manchmal schon. Aber für dieses Jahr habe ich mir fest vorgenommen, ihn in Stuttgart zu besuchen. Um mich wieder mit ihm zu versöhnen.»

«Ich wünschte, ich könnte mitkommen. Ich würde gern einmal mit dir in die Residenzstadt.»

«Wirklich? Das wäre wunderbar!»

Sie lehnte ihren Kopf an seine Schulter. Dass sie, während er den Arm um sie legte, nicht von ihm abrückte, machte ihn zum glücklichsten Menschen der Welt.

# *Kapitel 5*

*Ende März 1816*

Bis zum Abendessen blieb noch ein wenig Zeit. Carl Untersehr entzündete die Lampe an seinem Schreibpult, öffnete das Tintenfass und schlug die Pfarrchronik auf, in der er alle wichtigen Ereignisse im Leben seiner Gemeinde aufzeichnete. Hierzu gehörte mehr denn je auch das Wetter.

«Am heutigen Tag von Mariä Verkündigung», begann er in seiner schwungvollen Handschrift, «wehte den ganzen Tag über ein stürmischer Baierwind, nachdem uns wieder fast den ganzen März hindurch starker Regen heimgesucht hat. Erneut, wie schon zur Mitte des letzten Monats, steht in unserem Pfarrdorf überall das Wasser auf den Fluren, ja sogar auf dem Marktplatz und in so manchem Keller. Dabei sollten wir doch baldigst die Sommersaat ausbringen! Zu unserem Glück ist das Wasser in den Hülen und Erdfällen dabei, wieder abzugehen, und so Gott will, wird der Baierwind ein paar Tage anhalten und helfen, die Felder zu trocknen. Die schaffigen Menschen hier ziehen seit Tagen tatkräftig Gräben, wobei sich ihr sorgenvoller Blick immer wieder gen Himmel richtet.»

Er strich sich das schüttere, grau gewordene Haar zurück und musste an das alte Bauernwort denken: *Wind an Mariä Verkündigung bläst Hunger und Teuerung*! An Teuerung litten sie jetzt schon, und es gab immer weniger Bürger, die sich mit der Weberei und ihrem Ackerbau ein artiges Vermögen erwirtschaften konnten. Vor den Kriegen war es den Leuten weit besser gegangen, als durch den guten Absatz der Tuche noch viel Geld unter ihnen war. Falls also heuer in Württemberg eine weitere schlechte Ernte hinzukam, würde das mit Sicherheit eine Hungersnot nach sich ziehen. Zwar war der Menschenschlag auf der kargen Rauhen Alb genügsam, fleißig und erfindungsreich, aber ihre zumeist doch recht kleine Landwirtschaft könnte ihnen nach den harten Kriegszeiten und schlechten vorherigen Jahren dann kaum zum Überleben reichen.

Als Seelsorger beunruhigte ihn darüber hinaus das Erwachen einer neuen, übereifrigen Volksfrömmigkeit, mit all diesen selbsternannten zwielichtigen Propheten und Erweckern. Im altgläubigen Oberschwaben hatten sie besonders großen Zulauf, seitdem König Friedrich überall im Land Wallfahrten, Bußpredigten und die Segnungen von Haus und Flur verboten hatte. Selbst das Wetterläuten war als schädlicher alter Brauch abgeschafft worden. Dem einfachen Volk gegenüber mochte dies ein Fehler der Staatskirche sein, denn womöglich trieb man die Gläubigen nun erst recht in die Arme religiöser Eiferer. Aber auch unter den hiesigen Stundenleuten, wie man die strengen Pietisten nannte, entstand Unruhe. Viele sahen in Misswuchs und Unwetter die Strafe Gottes und wandten sich Endzeitpredigern zu. Ein Stück weit konnte Unterseher sie in ihren Ängsten verstehen, er selbst indessen hielt es mit der aufgeklärten evangelischen Amtskirche. Für ihn war Gott kein strafender Gott, sondern ein barmherziger, liebender. Nach seinem Verständnis musste in solchen Zeiten das Vertrauen in Gottes Güte nur umso stärker gefestigt werden. Aber sogar sein eigenes Weib Dorothea hing dieser Schwarmgeisterei nach und traf sich mehrmals die Woche mit ihren Glaubensgenossinnen zu einer Herzensandacht, wie sie das nannten. Auch jetzt hörte er sie von der Pfarrstube nebenan halblaut beten, und er wusste, dass *ein* Stuhl wie immer leer stand: der Stuhl des Herrn.

Eigentlich müsste er das dem Dekan vermelden, da häusliche Bibelstunden von der Amtskirche nur innerhalb der Familie gebilligt wurden, nicht jedoch, wenn sie ohne Aufsicht in größeren Versammlungen stattfanden. Zu unberechenbar wurde da die Gefahr der Zersetzung, wenn hinter den verschlossenen Türen radikale Abweichler predigten. Im Gegensatz zur kirchlichen Obrigkeit war Carl Unterseher allerdings der Meinung, dass der Mensch durchaus seinen eigenen Verstand benutzen sollte, und bei den häuslichen Andachten geschah schließlich nichts anderes: Die Gläubigen wollten sich von der Staatskirche nicht jeden Gedankengang vorschreiben lassen, sondern selbst den Sinn der biblischen Geschichten erkennen. Nun, solange das hier im kleinen Kreis verblieb, würde er gar nichts melden und stattdessen selbst ein Auge darauf haben. Ganz davon abgesehen, konnte die Kirche stolz darauf sein, wie belesen die Menschen hier auf der Rauhen Alb waren – er jedenfalls fühlte großen Stolz. Jeder Haushalt, ob arm oder reich, besaß sein geistliches Schatzkästlein, und der Totengräber Traugott gab sogar noch den letzten mühsam ersparten Kreuzer für Predigt- und Erbauungsbücher aus.

Er nahm die Brille ab und strich sich über die müden Augen, als es an der Tür zu seinem kleinen Arbeitskabinett klopfte.

«Herein.»

Seine Tochter Luise trat ein, den dreijährigen Gustav auf dem Arm. Der Anblick seines schlafenden Enkelsohnes stimmte ihn augenblicklich milde und ruhig.

«Entschuldige, wenn ich dich störe, Vater, aber die Mutter lässt ausrichten, dass wir ein klein wenig später zu Abend essen.

Sie möchte im Gebetskreis erst noch etwas Erbauliches vorlesen.»

Unterseher nickte, als er auch schon die sanfte Stimme Dorotheas hörte. Er erkannte eine Sequenz aus Stöltzlins Geistlichem Donner- und Wetterbüchlein. Nun, das war sicher nichts Verkehrtes.

«Und Bauer Schenk», fuhr Luise fort, «lässt den Christian entschuldigen, weil er doch gestern nicht zur Sonntagsschule gekommen ist. Man hätte alle Mann auf den überschwemmten Feldern zum Gräbenziehen gebraucht.»

«Nun, sei's drum für diesmal», winkte er ab.

Dabei war es für ihn immer wieder enttäuschend, wenn nur die Hälfte der jungen Leute die Christenlehre besuchten, um stattdessen zu arbeiten. Aber gerade die Bauern und Weber waren der Auffassung, ganz nach Martin Luther, dass der eigentliche Gottesdienst bei der täglichen Mühsal stattfinde und dass das Versäumen von Gottesdiensten oder der Sonntagsschule nur halb so schlimm sei. Für sie stand die Arbeit auf der Stufenleiter ins Himmlische Jerusalem ziemlich weit oben. Dem konnte auch Unterseher durchaus etwas abgewinnen. Nicht demutvolles Erleiden, sondern aktives Gestalten des eigenen Lebensschicksals führte seiner Meinung nach zum seelischen Frieden und gefestigten Glauben.

Sein jüngster Sohn indessen, dachte er plötzlich, hätte gewiss lieber die Christenlehre besucht, als Gräben zu schaufeln. Christian nämlich hielt nichts von Mühsal und von schwerer körperlicher Arbeit schon gar nicht. Er hatte weder die Lateinschule in Münsingen zu Ende gebracht noch die Weberlehre bei Meister Leberecht. Dabei mangelte es dem Neunzehnjährigen nicht an Verstand, sondern an Reife und Durchhaltevermögen. Schon als Junge hatte er sich nicht an Recht und Ordnung gehalten. Einmal, noch zu seinen Zeiten als Weberknappe, sollte Christian zum Heuen auf ihre Wiese bei der Dorfmühle. Er hatte vergessen, die Sense zu schärfen, und deshalb kurzerhand und ohne zu fragen eine Sense aus dem Schuppen des Müllers entwendet. Woraufhin der ihn im Rathaus des Diebstahls bezichtigte und Christian dorthin vorgeladen wurde. Nicht nur, dass der Junge stur darauf beharrte, die Sense nur ausgeliehen zu haben – nein, er war obendrein im fleckigen Weberkittel und mit Zottelkappe auf dem Kopf in der Amtsstube erschienen anstatt im Sonntagsrock, wie es sich ziemte. Das Ende vom Lied: Wegen strafbaren Ungehorsams hatte man ihn für einen Tag und eine Nacht bei Wasser und trocken Brot ins Arresthaus gesteckt.

Carl Unterseher konnte froh sein, dass Schwenk den Jungen vor einem Jahr als Taglöhner auf seinen Hof genommen hatte. Der Abstand zum elterlichen Pfarrhaus tat Christian gewiss gut. Er würde schon noch vernünftig werden, und der reiche Maierbauer war zwar ein strenger, aber gerechter Brotherr. Christian war schon immer ein unbändiges Kind gewesen, und womöglich hatten Dorothea und er ihm als Heranwachsenden zu viel durchgehen lassen. Aber sie hatten damals auch schwere Zeiten gehabt: Bei diesem größenwahnsinnigen Russlandfeldzug war ihr Schwiegersohn gefallen und hatte ihre Älteste Christina, die guter Hoffnung war, allein zurückgelassen. Doch die schlimmste Prüfung sollte erst noch kommen: Die arme Christina überlebte die Geburt nicht, und so musste der kleine Gustav nun als Waisenkind aufwachsen, wobei Dorothea und er, so gut es ihnen in ihrem Alter noch möglich war, die Elternstelle vertraten. Ohne seine jüngste Tochter Luise allerdings, die sich rührend um den Jungen kümmerte, wären sie verloren gewesen.

Da erst bemerkte er, dass sie noch immer im Türrahmen verharrte.

«Wolltest du mir noch etwas sagen, Luise?»

«Ja, Vater. Ich habe einen zweiten Brief aus Stuttgart bekommen. Von Gottlob. Möchtest du ihn lesen?»

Ach, er hätte die Zeilen seines Sohnes liebend gern gelesen, doch sein Stolz ließ es nicht zu.

«Nein, Luise, das ist *dein* Brief. Aber wenn er sich schon nicht bei seinem Vater melden mag, dann könnte er wenigstens eurer Mutter hin und wieder schreiben.»

Sie zog die Nase kraus, wie immer, wenn sie überlegte.

«Ich glaube, er traut sich nicht. Aber er lässt euch beide von Herzen grüßen», sagte sie schließlich.

«Grüßen lässt er uns also, wie schön», bemerkte er spöttisch. «Lebt er denn immer noch von der Taglöhnerei?»

«Nein, er hat eine Arbeit in einer Buchdruckerei gefunden.»

Unterseher ließ sich in seinen Lehnstuhl neben dem Stehpult sinken.

Er hatte Gottlob mit dessen vielversprechenden Anlagen schon als seinen Nachfolger gesehen, ja mehr noch: als Dekan in Münsingen oder gar bei der Landeskirche in Stuttgart. Stattdessen schlug der Junge sich nun als ungelernter Buchdrucker durch. Das war fast noch enttäuschender als der Werdegang von Christian. Als Arbeiter würde sich Gottlob womöglich irgendwelchen Aufrührern anschließen, hiervon hörte man ja, was die großen deutschen Städte betraf, immer wieder. Was, wenn er eines Tages wegen Majestätsbeleidigung im Zuchthaus landete?

Wie wohlgeraten war hingegen Luise, die ihrer Mutter in jungen Jahren immer ähnlicher sah mit ihren rötlich blonden Haaren und den hellblauen Augen. Der kleine Gustav in ihrem Arm, der eben gerade gähnend erwachte, hätte ihr Kind sein können. Mit ihren einundzwanzig Jahren sollte sie bald schon einen guten

Mann finden und eine eigene Familie gründen, doch der Gedanke daran, dass auch Luise sie verlassen könnte, zerriss ihm schier das Herz.

«Nimmst du eigentlich auch an diesem Gebetskreis teil?», fragte er, um sich selbst abzulenken.

«Aber nein», entgegnet sie fast entrüstet. «Ich bereite in der Küche das Essen vor.»

«So komm einmal her, Luise.»

Er hätte seine Tochter gerne umarmt, aber das wäre ihm seltsam vorgekommen: Seitdem sie keine kleinen Kinder mehr waren, hatte er seine Söhne und Töchter nie wieder in den Arm genommen. Er wusste gar nicht, wie das gehen sollte, hatte er es doch selbst nie erfahren. Er entstammte einer einfachen Familie von Lehensbauern aus Blaubeuren, da gab es dergleichen nicht.

So nahm er nur Luises Hand und drückte sie fest. Dann nahm er ihr den Jungen ab.

«Geh du nur zurück in die Küche, ich kümmere mich schon um Gustav.» Er nahm den Kleinen auf den Schoß. «So, mein Junge, wir reiten jetzt durch die weite Welt, während deine Tante das Essen richtet.»

«Danke, Vater.» Sie strich sich eine Haarsträhne aus der Stirn. «Darf ich denn morgen Nachmittag hinüber in die Hirschenpost, um bei Paulinas Klavierstunden zuzuhören?»

«Meinetwegen. Ich habe gehört, dass sie den Schulmeister unterrichtet – stimmt das?»

«Ja, Vater.» Sie lächelte. «Und er macht wohl große Fortschritte.»

Versonnen sah er ihr nach, als sie hinausging. Hatte sie etwa ihr Herz an den jungen Lindenthaler verloren? Nun, eine schlechte Wahl wäre das nicht. Zwar hatten Dorothea und er ihr eher den

Sohn seines Pfarrcollegen aus Münsingen zugedacht, aber wo Gott zwischen Mann und Frau eine tiefe Zuneigung stiftete, da sollten sich die Eltern nicht dazwischenstellen.

# Kapitel 6

*April 1816*

Mit klopfendem Herzen lehnte Paulina am Fenster der kleineren der beiden Schankstuben und wartete. Hinter ihr verbreitete der gusseiserne Ofen eine behagliche Wärme in dem ebenso behaglich eingerichteten Raum, der ihnen sonntags als gute Stube und mit dem Klavier auch zum Singen und Musizieren diente. Um die Nachmittagszeit herrschte eine himmlische Ruhe in der Hirschenpost, da die Wirtschaft erst wieder um fünf Uhr öffnete – sofern sie nicht Schlafgäste im Haus hatten, die oben auf dem Dielenboden herumstampften.

Noch hatten die Glocken von Sankt Alban nicht vier Uhr geschlagen. Immer wieder wischte sie mit dem Zipfel ihres Halstuches über die runde Butzenscheibe, die von ihrem Atem beschlug, um hinaus in Richtung Poststraße schauen zu können. Eine fahle Sonne zeichnete sich am dunstigen Himmel ab.

Inzwischen war es wieder so kalt wie um Weihnachten, und alle Welt verfluchte das Wetter. Seit Ende März hatte es erneut geschüttet und vor zwei Tagen dann, am ersten April, plötzlich Stein und Bein gefroren, sodass die Rinden der Obstbäume aufplatzten und das Eis auf der Hüle wieder trug. Nur hatte inzwischen niemand mehr Lust auf Schlittschuhfahren, so mitten im Frühling, nicht einmal die Kinder. Den Gesichtern der Erwachsenen war die Furcht vor einer neuerlichen Missernte deutlich anzusehen.

Fast hatte Paulina ein schlechtes Gewissen, dass ihr die Wetterkapriolen in diesem Frühjahr fast gleichgültig waren. Der Sommer würde schon noch kommen, sagte sie sich, und hier oben auf der Alb war es schließlich immer einen Kittel kälter als drunten im Unterland. Selbst die sonntäglichen Besuche von Metzgermeister Lorenz Stumpp rührten sie nicht mehr sonderlich, und sie begegnete ihm sogar mit Freundlichkeit, mit einer recht kühlen jedoch, wenn er sie denn wieder einmal beehrte. Nein, sie lebte Tag für Tag, Stunde für Stunde nur noch auf die Mittwochnachmittage hin, an denen Friedhelm zur Klavierstunde in der Hirschenpost erschien. Dann empfing ihre Mutter ihn in aller Höflichkeit an der Eingangstür und geleitete ihn hinüber in die Nebenstube. Hernach rief sie Rosina, die sich als Anstandsdame zu Friedhelm und Paulina gesellte und auf der Holzbank gleich neben dem Klavier Platz nahm, um sich an ihre Putz- und Flickarbeiten zu machen. Die breite, zweiflügelige Tür zum großen Gastraum musste natürlich trotzdem offen bleiben.

Die letzten beiden Male indessen hatte Luise sie zur Klavierstunde besucht, und Rosina konnte sich wieder zurückziehen. Ihre beste Freundin wusste natürlich längst, wie viel Paulina an Friedhelm lag, und so setzte sie sich mit ihrem Strickzeug im größtmöglichen Abstand zum Klavier ans Fenster und drehte ihnen halb den Rücken zu. Hoffentlich würde sie auch heute wieder dabei sein.

Paulina zuckte zusammen, als hinter ihr die hübsch bemalte Wanduhr, die immer ein wenig vor der Zeit war, die vierte Stunde schlug. Im selben Moment sah sie Friedhelm den weitläufigen Vorplatz überqueren, mit wehenden Rockschößen. Sie musste lachen: Gerade als er die drei Eingangsstufen hinaufeilte, schlug auch die Kirchturmuhr an. Noch kein einziges Mal war er zu spät gekommen.

«Der Schulmeister ist da!», rief sie in Richtung Treppenhaus, da sie nicht wusste, wo sich ihre Mutter gerade aufhielt. Dann zog sie ihr Jäckchen über dem Schnürmieder glatt, zupfte das neue hellblaue Halstuch zurecht und setzte sich auf den Klavierschemel.

Kurz darauf hörte sie die immer etwas gequält wirkende Stimme ihrer Mutter: «Danke, lieber Herr Schulmeister, aber das wäre wirklich nicht nötig gewesen. Soll doch die Klavierstunde Ihren Schülern zur musikalischen Erbauung dienen.»

In der Hand hielt sie einen kleinen Strauß Veilchen, als sie mit Friedhelm im Schlepptau eintrat. Dessen schmales Gesicht war von der Kälte gerötet oder auch von der Eile. Wie immer war er frisch rasiert, hatte versucht, seine widerspenstigen blonden Haare nach hinten zu kämmen – wobei ein Wirbel in der Stirn schon wieder nach oben stand –, und war tadellos und gediegen gekleidet. Ganz so, wie es ihrer Mutter gefiel, in seinem offenen schwarzen Sonntagsrock, dem meerblauen Kamisol darunter, das so gut zu seiner Augenfarbe passte, und den langen, grautuchenen Hosen. In seinen blank geputzten Schuhen hätte man sich spiegeln können.

«Einen schönen guten Tag, Paulina.» Er knetete die Krempe seines Huts in den Händen und lächelte sie an. «Was ist das nur wieder für eine Kälte heute. Aber wenigstens regnet es nicht mehr.»

«Nun, bei uns ist zum Glück immer gut eingeheizt, Herr Schulmeister», erwiderte die Mutter, noch bevor Paulina den Gruß erwidern konnte. «Wo bleibt denn nur Rosina?»

Da hörten sie auch schon Frauenstimmen von draußen, und die Magd führte Luise herein. Paulina fiel ein Stein vom Herzen. Ihre Freundin hatte es also wieder möglich machen können.

Die Mutter klatschte in die Hände. «So lass ich euch denn jetzt allein. Was werdet ihr beide heute üben?», wandte sie sich an Paulina.

«Zur Fingerübung wie immer die Tonleitern rauf und runter. Und dann Meister Gerhardts Lied *Geh aus, mein Herz, und suche Freud.*»

Die Mutter nickte. «Sehr schön, dieses Stück. In der Melodie allerdings ein wenig schwierig.»

Sie wartete noch ab, bis sich Luise auf den vorgesehenen Stuhl beim Klavier gesetzt und Friedhelm seinen Gehrock abgelegt hatte, dann verließ sie zusammen mit Rosina den Raum.

Paulina hoffte, dass Friedhelm ihre Botschaft verstand: Sie liebte dieses Lied von Paul Gerhardt, das nicht nur Gott und dessen Schöpfung pries, sondern auch viel Gefühl ausdrückte.

Betont langsam spielte sie die Tonleitern in Dur und Moll durch, damit er ihre Fingerbewegungen beobachten konnte, dann tauschten sie den Platz, und sie stellte sich neben ihn ans Klavier. Derweil raffte Luise ihr Strickzeug zusammen.

«Dann setze ich mich mal ans Fenster.» Sie zwinkerte Paulina zu. «Da habe ich besseres Licht.»

Paulina nickte ihr dankbar zu, während ihr ein leichter Freudenschauer über den Rücken fuhr. Es fühlte sich so wunderbar an in Friedhelms Nähe, zumal es fast so war, als wären sie allein. Sie liebte es, seinen schmalen, feingliedrigen Händen beim Klavierspiel zuzuschauen. Er roch ein wenig nach Seife und Bohnerwachs, seine Augenlider waren halb geschlossen, die Unterlippe leicht vorgeschoben, während er sich in gespannter Aufmerksamkeit seiner Aufgabe widmete. Beim letzten Akkord sah er zu ihr auf.

«Am Schluss habe ich mich verspielt.» Er lachte verlegen.

«Aber doch nur ein einziges Mal! Du hast zu Hause auf deinem Cembalo geübt, das höre ich. Wenn du weiter so gute Fortschritte machst», im Geiste sah sie sich eng neben ihm sitzen, «können wir bald versuchen, vierhändig zu spielen.»

Seine blauen Augen strahlten sie an. «Das wäre wunderbar.»

Wie gerne hätte sie ihn in diesem Moment umarmt, aber das wagte sie nicht einmal vor ihrer besten Freundin.

«Und jetzt zu Paul Gerhardt.»

Sie wechselten abermals den Platz, wobei sich ihre Arme berührten. Er knöpfte sein Kamisol auf, unter dem ein blütenweißes Hemd sichtbar wurde.

«Ich spiele erst einmal ganz langsam die Melodie, und du schaust genau zu», beschied sie ihm. «Beim zweiten Mal singen wir beide dazu. Du ein wenig leiser.»

Verschmitzt grinste er. «Weil ich so falsch singe ...»

«Genau deshalb. Du musst gleich die richtige Tonfolge ins Ohr bekommen.»

Sie spielte alle fünfzehn Strophen, und gegen Ende wurde seine Stimme immer sicherer.

«Das war sehr schön», sagte er und begann noch einmal leise zu singen: *«Schau an der schönen Gärten Zier, und siehe, wie sie mir und dir sich ausgeschmücket haben.»*

Dabei ließ er den Blick nicht von ihr. Sie wusste: Der Dichter richtete seine Worte zwar im Zwiegespräch an Gott, aber jetzt waren sie beide gemeint. Ein warmes Gefühl breitete sich in ihr aus.

Sie holte tief Luft: «Du bist an der Reihe mit Spielen.»

Es ging überraschend gut. Bis auf zwei, drei Fehler brachte er die Melodie fast ohne Stocken zu Ende. Beim dritten Durchgang verspielte er sich kein einziges Mal mehr.

Wie immer war die Stunde viel zu schnell vorüber. Die Standuhr schlug die fünfte Stunde, und somit würde der Knecht die Haustür weit öffnen, zum Zeichen, dass der Ausschank zum Abend bereit war. Aus der Küche hörte man Teller und Töpfe klappern, der Geruch von heißem Bratfett wehte herüber. Gleich würde die Mutter zur Verabschiedung auftauchen, und so verließ Luise rasch ihren Fensterplatz, um wieder ihren Stuhl am Klavier einzunehmen.

«Ich weiß, wir sollen nur christliche Lieder einüben», beeilte sich Paulina zu sagen und rückte ein gutes Stück ab von Friedhelm. «Aber da gibt es neuerdings dieses lustige Lied aus Herings Klavierschule, mit dem du deinen Kindern die Tonleiter beibringen könntest. Sie werden den Kanon lieben.»

«Du meinst c-a-f-f-e-e?»

«Du kennst es also! Damit fangen wir an, sobald *Geh aus, mein Herz, und suche Freud* richtig sitzt.»

«Ich freu mich darauf. Das heißt, ich freue mich auf alles, was du mir beibringst.»

Schon stand die Mutter im Raum, groß und hager und mit unbeweglicher Miene.

«Somit ist die Stunde beendet für heute, Herr Schulmeister. Ich hoffe, Sie haben wieder etwas dazugelernt.»

«Aber ja, ganz bestimmt. Und haben Sie wieder herzlichen Dank, Frau Gutjahr, dass Sie mir diese Gelegenheit bieten.»

Er reichte erst Luise, dann Paulina förmlich die Hand. Sie spürte, wie er ihre Hand einen kurzen Augenblick länger hielt als schicklich und dabei sanft drückte. Dann verschwand er mit der Mutter nach draußen.

Währenddessen hatte Luise das Strickzeug in ihrem Korb verstaut.

«Musst du gleich nach Hause?», fragte Paulina.

«Ja, leider.»

«Dann begleite ich dich.»

Das Pfarrhaus neben der Albankirche lag auf der anderen Seite der Landstraße, ein Stück weit vom Marktplatz entfernt. So hatten sie ein wenig Zeit, ungestört zu plaudern.

«Danke, dass du wieder gekommen bist», begann Paulina, nachdem sie die Hauptstraße überquert hatten. «Bei Rosina habe ich immer den Eindruck, dass sie jede unserer Bewegungen mit Argusaugen beobachtet.»

«Das kann ich gut verstehen. Ich jedenfalls sehe euch beiden deutlich an, wie sehr ihr euch mögt.»

Paulinas Herz trat einen Freudensprung. Seit jenem schüchternen Kuss in der Höhle war es zwar zwischen Friedhelm und ihr nie wieder so weit gekommen, doch während dieser Klavierstunden, selbst unter Aufsicht, spürte sie, dass er ganz nah bei ihr war.

«Dann glaubst du also, dass er genauso für mich empfindet wie ich für ihn?»

«Aber ja doch!» Luise lachte auf. «Weißt du, was? Mein Vater denkt, ich selbst sei in Friedhelm verliebt. Weil ich doch so gern bei der Klavierstunde dabei bin.»

«Untersteh dich!» Paulina drohte ihr scherzhaft mit dem Finger.

«Da mach dir mal bloß keine Sorgen.» Luise wurde wieder ernst. «Es gibt da nämlich jemanden, den ich sehr mag.»

Paulina blieb stehen und sah ihre Freundin mit großen Augen an. «Du hast eine Schwärmerei? Wer ist es?»

«Nun ja», druckste die ein wenig herum und blickte sich um, ob jemand in der Nähe war. «Es geht schon seit ein paar Wochen, dass er mir schöntut. Es ist … es ist der Gide.»

«Nein! Der Wanderkrämer Egidius aus Oberschwaben?»

Paulina war vollends verdutzt. Der junge Wanderkrämer mit dem schwarzen Lockenkopf zog mit seinem Bauchladen einmal die Woche über die Dörfer, und jeder hier mochte ihn, vor allem die älteren Frauen. Weil er immer eine lustige Geschichte zu erzählen wusste. Aber er hatte nun mal, wie fast alle Menschen aus Oberschwaben, den falschen Glauben.

In Luises Augen begann es zu leuchten. «Ebender. Ach Paulina, der Gide ist so ein fröhlicher Kerl. Wir haben immer was zu lachen miteinander.»

«Aber der ist katholisch, Luise! Eine Heirat würde dein Vater niemals erlauben – und deine Mutter schon gar nicht.»

«So weit ist es doch noch gar nicht.»

«Wie weit denn?»

«Na ja, als er letzten Freitag hier war, hat er mir gesagt, dass er mich mag. Und …» Sie stockte. «Und geküsst haben wir uns auch. Im alten Schafsstall oben auf der Steinhalde.»

«Geküsst? Du meinst, so richtig.»

Luise wurde rot. «Ja, und es war sehr schön.»

«Ach herrje, gerade du als Pfarrerstochter. Wenn das mal keinen Ärger gibt.»

«Du hältst doch den Mund, oder?»

«Darauf kannst du dich verlassen», versicherte Paulina und hakte sich bei ihr unter. «Ich mach mir bloß Sorgen um dich.»

Ein wenig beneidete sie Luise sogar. Wie gerne hätte sie Friedhelm einmal richtig geküsst. Wenn es doch dazu nur eine Gelegenheit gäbe …

Anfang April war das Wetter milder geworden, doch stattdessen stellte sich ein steter Landregen ein, sodass die Felder noch immer nicht mit Hafer und Sommergerste bestellt werden konnten, obwohl es Wochen über der Zeit war. Das ging so bis zum

Georgitag, längst standen die Äcker wieder einmal halb im Wasser. Dabei hieß es, Georgi bringe grüne Schuh – spätestens ab diesem Tag gingen die Landkinder normalerweise barfuß, um die Schuhe zu schonen. Aber in diesem Jahr war alles anders, auch für Paulina.

In den letzten beiden Klavierstunden hatte sie die Nähe zu Friedhelm kaum noch ausgehalten, zugleich war so etwas wie Befangenheit zwischen ihnen entstanden. Auch was den Kirchgang betraf, wo man hernach immer noch ein wenig beieinanderstand, hatte sich etwas verändert. Entweder ging Friedhelm gleich nach Hause, oder er verweilte noch bei den anderen Kirchgängern und nickte ihr dann nur freundlich, aber reserviert zu. Bis er ihr zuletzt eingestanden hatte, im Flüsterton vor dem Klavier, er wolle sie nicht ins Gerede bringen. Sie möge ihm seine Zurückhaltung verzeihen, aber da wäre ja immer noch ihr gemeinsamer Unterricht, wo sie einander nahe sein konnten. Wenn diese Worte ein Eingeständnis bedeuten sollten, wie viel ihm an ihr lag – warum wurde er dann nicht deutlicher? Ein kurzes, geflüstertes «Ich mag dich» etwa hätte sie unendlich glücklich gemacht. Kurzum: Fast schon litt sie an Liebeskummer.

Zudem musste sie in diesen Tagen immer wieder an Luise denken. Wegen der verschlammten Straßen war Gide schon länger nicht mehr ins Dorf gekommen, den Handel beschränkte er derzeit wohl auf seine nähere Umgebung. Oder aber es war ihm bewusst geworden, was er mit seinem Kuss angerichtet hatte. Luise jedenfalls wirkte dementsprechend traurig. Während der Klavierstunde starrte sie aus dem Fenster, anstatt sich ihrer Handarbeit zu widmen. Als Paulina sie einmal fragte, ob sie sich wegen Gide gräme, hatte sie abgewinkt: «Lass nur. Dass er nicht mehr kommt, ist wohl das Beste so.»

Mit dem 27. April, einem Samstag, änderte sich alles. Paulina stand mit ihrer Familie auf dem Hof, man winkte den Nachbarn zu, und alle strahlten sie vor Freude. Der warme Westwind der letzten Tage hatte Wege und Fluren einigermaßen abgetrocknet, und am Morgen dieses Tages stieg eine warme Sonne im wolkenlosen Himmel auf. In Paulinas Erinnerung hatte es einen solch sonnigen Tag letztmals im Februar gegeben, an Sankt Valentin, als Friedhelm sie auf die Stirn geküsst hatte.

«Ich sag's doch», brummte ihr Vater gut gelaunt und klatschte vor seinem mächtigen Bauch in die Hände. «Warum um Himmels willen hätte der Frühling in diesem Jahr ausfallen sollen? Immer dieser Pessimismus der Leute. Vor allem ihr Stundenfrauen», er stupste die Mutter in die Seite, «glaubt immer gleich an den Weltuntergang.»

Er wandte sich an den Knecht. «Gib dem Rathausdiener Bescheid. Er soll im Flecken ausrufen, dass heute und morgen die Sommersaat ausgebracht werden kann. Schule und Arbeit fallen aus. Danach spannst du die beiden Braunen ein. Und du, Ludwig Georg, schaffst alles auf den Wagen, was wir brauchen. Mit dem großen Feld fangen wir an.»

«Aber morgen ist Sonntag, das wird der Herr Pfarrer nicht gut finden», wagte der Knecht einzuwenden.

Der Vater lachte dröhnend. «Bin *ich* der Schultes hier oder etwa der Pfaffe? Außerdem wird der selber sein Feld bestellen wollen. Nun macht schon.»

Die Mutter runzelte die Stirn. «Ich finde, Josef hat recht. Dass am Sonntag wieder einmal gearbeitet wird, wird dem Herrgott sehr missfallen.»

«Ach, hör schon auf. Der Herrgott wird uns nicht hungern sehen wollen. Weißt du denn, ob es ab übermorgen nicht wieder hagelt oder schneit?»

Keine Stunde später rumpelten Fuhrwerk für Fuhrwerk, Karrenpflug für Karrenpflug hinaus in alle Richtungen.

Wer wie ihr Vater, der neureiche Heiligenbeck oder die beiden Maierbauern das Glück hatte, mehr als ein Pferd oder einen Ochsen zu besitzen, kam mit dem Doppelgespann auf dem noch immer schweren Boden besser voran und brauchte die Frauen nicht zur Feldarbeit. Zumal wenn man wie der Vater einen fleißigen Knecht und einen kräftigen Sohn hatte. So half Paulina dabei, die Brotzeit für die Männer zu richten, danach hatte sie frei.

Sie wusste, wo Friedhelm sein kleines Sommerfeld hatte, nämlich gleich hinter dem Hirtenhäusle. Sie nahm all ihren Mut zusammen und beschloss, zu ihm zu gehen.

«Brauchst du mich noch?», fragte sie ihre Mutter. «Sonst würde ich bei Luise vorbeischauen.»

«Nein, geh du nur. Zum Mittagessen bist du zurück. Nicht, dass du dich wieder im Pfarrhaus zum Essen einlädst.»

«Aber nein, das hab ich noch nie getan», wies sie entrüstet zurück, jubilierte aber innerlich. «Das war schon immer der Herr Pfarrer, der mich eingeladen hat.»

«Was ist eigentlich mit deiner Freundin Luise?» Die Mutter sah sie durchdringend an.

Sie tat erstaunt. «Warum?»

«Sie sieht so niedergeschlagen aus in letzter Zeit.»

«Ich weiß nicht – vielleicht schlägt ihr das Wetter aufs Gemüt. Wie allen hier.»

«Ich dachte nur, sie sei unglücklich verliebt in den Schulmeister.»

Nun war Paulina tatsächlich überrascht. «Wer sagt das?»

«Das geht halt so durch den Flecken.»

«Unsinn. Immer dieser Dorftratsch. Bis später also.»

Damit verließ sie die Küche. Wer immer dieses dumme Gerede in die Welt gesetzt hatte – es würde zumindest vom Wanderkrämer Gide ablenken. Und auch von ihr selbst und Friedhelm.

Das ärmliche Häuschen des Schafhirten, der zusammen mit seinem Sohn Michel die Gemeindeherde hütete, lag am Dorfrand neben dem Feldweg zur Mühle, die mangels fließenden Wassers mit Pferdekraft betrieben wurde. Genau dazwischen, in einer langgestreckten Mulde, befand sich der mit aufgelesenen Steinen umsäumte Acker der Lindenthalers.

Als sie Friedhelm mit dem Pflug hinter einer Baumreihe hervorkommen sah, schlug ihr Herz schneller. Was würde Frau Lindenthaler wohl von ihr denken, wenn sie hier auftauchte? Die kleine, zierliche Frau nämlich führte das Pferd, während Friedhelm hinter ihr den schweren Boden umpflügte. Das gedrungene hellbraune Pferd mit der blonden Mähne, das sowohl zum Reiten über Land als auch zur Feldarbeit diente, schwitzte unter dem Nackenjoch, und Friedhelm arbeitete im bloßen Hemd.

Sie lief ein Stück den Feldweg entlang, dann blieb sie stehen und winkte.

«Warten Sie, Frau Lindenthaler – ich nehme Ihnen mal das Pferd ab.»

Beide – Mutter und Sohn – hatten sie im Eifer der Arbeit wohl gar nicht kommen sehen, denn jetzt hielten sie an und blickten erstaunt auf. Friedhelm mit einem strahlenden Lächeln, seine Mutter mehr als überrascht.

«Ach, Kindchen, das ist lieb von dir», sagte Frau Lindenthaler, als Paulina ihr die Zügel abnahm, und unterdrückte ein Hüsteln. «Das Schnaufen fällt mir halt immer schwerer.»

Paulina mochte die sanfte, herzensgute Frau, der man das Alter an ihrem krummgearbeiteten Rücken und dem fast weißen Haar deutlich ansah. Spontan sagte sie: «Dann gehen Sie ruhig ganz nach Hause und ruhen sich aus.»

Dankbar nickte Frau Lindenthaler. «Eigentlich machen wir das ja immer zusammen, mit meiner Tochter Auguste und ihrem Mann Emil. Erst unser Feld, dann Emils Feld. Aber wer weiß, ob es morgen oder übermorgen nicht schon wieder regnet.»

«Da haben Sie recht, Frau Lindenthaler. Ich mach das gerne, hab ohnehin nichts zu tun.»

Dabei wusste Paulina, dass sie gegenüber ihrer Mutter eine gute Ausrede brauchen würde, wenn sie nun länger als geplant weg sein würde. Am besten sagte sie ihr, dass sie vor dem Besuch des Pfarrhauses bei dem schönen Wetter einen Spaziergang gemacht und dabei gesehen hätte, wie sehr sich die arme Frau Lindenthaler abmühte.

«Dort hinten», Frau Lindenthaler wies auf den Korb am Stamm einer Buche, die den Feldweg säumte, «ist ein Vesper gerichtet, mit Brot, Käse und Most. Lasst mir nichts übrig.»

«Keine Sorge, wir werden bestimmt hungrig sein.» Paulina zog ihr Jäckchen aus und übergab es der Frau. «Könnten Sie das bitte zum Korb legen? Es ist ganz schön warm heute.»

Tatsächlich stand die Sonne schon hoch am Himmel, der zwar immer noch wolkenlos, indessen abermals mit diesem seltsamen Dunstschleier überzogen war. Aber wenigstens war kein Gewitter in Sicht.

«Wissen denn deine Eltern, dass du hier bist?», fragte Frau Lindenthaler.

«Nein. Meine Mutter denkt, ich sei im Pfarrhaus.»

«Dann gebe ich im Gasthof Bescheid.»

«Das wäre sehr nett von Ihnen. Und auch, dass ich nicht zum Mittagessen komme.»

Kaum dass seine Mutter außer Sichtweite war, nahm Friedhelm ihre Hand. «Wie schön, dass du gekommen bist! Und dass du mir hilfst, freut mich natürlich auch.»

Er errötete und zog seine Hand wieder zurück.

Sie wurde ebenfalls verlegen. «Jetzt haben wir den ganzen Tag für uns.»

«Dann machen wir uns also an die Arbeit.»

Mit Pferden kannte sich Paulina aus, besaß ihr Vater doch gleich drei davon, und seitdem der Hirschen Poststation war, standen neben den Pferden der Reisenden auch noch ständig mindestens zwei Kutschpferde der württembergischen Staatspost in ihrem Stall. Friedhelms Hellbrauner war ein braves, kräftiges Tier, und so kamen sie gut voran, auch wenn die Arbeit sehr anstrengend war und höchste Konzentration verlangte. Manchmal hörte sie hinter sich einen leisen Fluch, wenn der Pflug mal wieder einen Stein geschrammt hatte oder aus der Furche geraten war. Dann konnte sie nicht anders, als sich umzudrehen, wobei sie sich innige Blicke zuwarfen und Paulina gleich eine ganze Schar von Schmetterlingen im Bauch spürte.

Bis zur Mittagszeit hatten sie den Ackerboden umgepflügt und mit der Egge glattgezogen. Sie beschlossen, sich eine Erholung zu gönnen, bevor sie mit der Aussaat beginnen würden. Während Friedhelm den Hellbraunen tränkte und anschließend ausspannte, um ihn grasen zu lassen, breitete Paulina die Decke, die zuoberst im Korb gelegen hatte, im Schatten der Buche aus. Dann schnitt sie das Brot in handgerechte Stücke. Hunger hatte sie keinen, dazu war sie viel zu aufgeregt. Fast fühlte es sich so an, als seien sie Mann und Frau, die gemeinsam ihr Tagwerk verrichteten.

Sie rückte auf der Decke ein wenig zur Seite, als Friedhelm sich neben sie setzte. Da der Feldweg hinter einer Böschung lag, waren sie von dort nicht zu sehen, auch nicht vom nächsten Acker, der hinter der langgestreckten Mulde lag und dem Müller gehörte. Das Schnauben eines Pferds und die fernen Rufe von Männerstimmen verrieten, dass auch dort gearbeitet wurde.

«Was für ein schöner Tag», sagte sie leise.

«Ja. Es ist … es ist ein großes Geschenk, diesen Tag mit dir zu verbringen.» Er schnitt einen Streifen vom Hartkäse ab und reichte ihn ihr. «An dir ist ja eine rechte Bäuerin verloren gegangen.»

«Ach, ich bin schon als Kind gern mit meinem Vater aufs Feld.»

Während sie ohne Eile ihre Wegzehrung vertilgten, hatten sie endlich Gelegenheit, ungestört miteinander zu reden. Paulina fragte ihn nach seiner Zeit am Esslinger Lehrerseminar aus, und er erzählte so manch drollige Anekdote über seine Kommilitonen und Professoren. Es war einfach herrlich, so ganz allein mit ihm hier zu sitzen, zu plaudern und zu lachen, während das Pferd zufrieden das Gras von der Böschung zupfte. Über ihnen raschelten die Blätter der Buche im Wind, ein Amselpärchen trillerte sich fröhlich zu. Irgendwann lehnte sich Paulina mit dem Rücken an den Baumstamm und schloss die Augen. Da spürte sie Friedhelms Hand auf ihrer Linken. Sie umfasste seine Finger und öffnete die Augen. Sein Gesicht war dicht an ihrem.

Sie zögerte keinen Augenblick. Vorsichtig küsste sie ihn auf seine Lippen, die ganz weich waren. Er zog sie in seine Arme und küsste sie zurück, zunächst ebenso vorsichtig und zart, dann wurde er forscher, und sie erlebte den ersten richtigen Kuss ihres Lebens. Es fühlte sich wunderbar an. Wären sie vor der Außenwelt verborgen gewesen, irgendwo in einer Scheuer oder einem Stall – sie hätte ihm noch viel mehr erlaubt!

Als er sich von ihr löste, leuchteten seine Augen.

«Ich hab dich lieb», flüsterte er, und seine Stimme klang rau.

«Ich dich auch, Friedhelm. Schon lange.»

Er wandte den Blick ab und schien nach Worten zu suchen. Als er ihr wieder in die Augen sah, sagte er mit fester Stimme: «Paulina, würdest du mich denn zum Mann haben wollen?»

Ihr war, als würde sie schweben, und sie zögerte keinen Moment mit ihrer Antwort.

«Von ganzem Herzen ja!»

# *Kapitel 7*

*Einige Tage später, Anfang Mai 1816*

*C-a-f-f-e-e, trink nicht so viel Caffee. Nicht für Kinder ist der Türkentrank, schwächt die Nerven, macht dich blass und krank. Sei du kein Muselmann, der ihn nicht lassen kann.»*

Aus voller Kehle schmetterten die Kinder das Lied, das Friedhelm auf dem schuleigenen Harmonium begleitete. Den vierzig Buben und zweiunddreißig Mädchen, allesamt im Alter zwischen sechs und zehn Jahren, war anzusehen, dass sie großen Spaß hatten.

Friedhelm erhob sich.

«Das habt ihr sehr schön gemacht, Kinder!», lobte er.

«Du hast aber auch schön gespielt, Herr Lehrer», rief Anna, die jüngste Tochter des Schulbecks.

Er musste lachen. «Danke, Anna. Das liegt daran, dass ich eine sehr gute Klavierlehrerin habe.»

Der Sohn von Webermeister Pommer ließ seinen Zeigefinger in die Luft schnellen.

«Ja, Wilhelm?»

«Werden Sie die Paulina Gutjahr mal heiraten, Herr Lehrer?»

Am liebsten hätte er das frank und frei bejaht. Fünf Tage lag der Kuss im Schatten der Buche zurück – inzwischen herrschte bei kaltem Ostwind wieder ein ungewöhnlich strenger Frost, doch die Saat war zum Glück auf allen Feldern ausgebracht –, und seither träumte er jede Nacht von Paulina. Nun also waren sie heimlich verlobt! Er hätte es gerne öffentlich gemacht, aber Paulina hatte wohl recht damit, noch zu warten. Zumindest, bis er im August volljährig und bürgerfähig sein würde. Dann wollte er bei Justus Georg Gutjahr um ihre Hand anhalten. Auch wenn der sich Friedhelm sicherlich nicht als Schwiegersohn erträumt hatte, war da noch Alwine Gutjahr, die ihn, das wusste er von Paulina, sehr schätzte. Und im schlimmsten Fall konnte ein richterlicher Entscheid herbeigeführt werden. Er jedenfalls würde um Paulina kämpfen wie ein Löwe.

Zum Zeichen, wie ernst er es meinte, hatte er ihr bei der gestrigen Klavierstunde feierlich einen vergoldeten Ring an den Finger gesteckt, während Luise kurz auf dem Abtritt war. «Du weißt, dass ich ihn nicht tragen darf, wenn wir uns nicht verraten wollen», hatte Paulina ihm mit Tränen der Rührung in den Augen zugeflüstert, und er hatte, wenn auch widerstrebend, erwidert: «Am besten versteckst du ihn, bis es so weit ist. Meinen Ring werde ich unter dem Hemd um den Hals tragen. Nah an meinem Herzen.»

Ja, noch in diesem Jahr würde er Paulina heiraten. Doch wie kam der kleine Wilhelm auf diesen Gedanken? Gab es etwa schon Gerüchte? Statt dem Jungen seine Frage zu beantworten, tadelte er ihn nun in gespielter Strenge: «Sei nicht immer so vorwitzig, Wilhelm!»

Dabei ging sein Blick zur Pendeluhr, die neben dem Fenster an der Wand hing. Wo blieb nur der neue Unterlehrer, der gestern Abend frisch vom Lehrerseminar hier eingetroffen war? Eigentlich hätte der zur ersten Schulstunde hier sein sollen. Wahrscheinlich steckte er noch im Pfarrhaus, um mit Carl Unterseher, dem die Schulaufsicht oblag, die Formalitäten durchzusprechen. Die Wartezeit hatte Friedhelm genutzt, um mit den Kindern abermals das neue Lied von Carl Gottlieb Hering zu üben, das ihnen so großen Spaß machte.

Über die Nachricht, dass endlich ein Provisor gefunden war, hatte er sich sehr gefreut. So würde er wieder mehr Zeit für die Haushaltung, ihre kleine Landwirtschaft und nicht zuletzt für seine Mutter haben. Und zum Zeitunglesen würde er sich jeden Dienstag- und Donnerstagabend in der Hirschenpost einfinden, um sich von Paulina ein Lächeln, einen lieben Blick schenken zu lassen. Aber auch für die Schulkinder war es von Vorteil: Sie konnten wieder, wie in den evangelischen Landesteilen von Württemberg üblich, in den beiden Schulstuben nach Geschlechtern getrennt unterrichtet werden, wobei der Hilfslehrer traditionell die Mädchenklasse übernahm. Seit Gottlobs überstürzter Abreise war das nicht mehr möglich gewesen, und so hatten sie es nun, obgleich sie die größere Stube nutzten, so eng, dass sieben seiner Schüler sogar auf dem Boden sitzen mussten.

Er bemerkte, wie die Kinder unruhig wurden, und stellte sich auf das Podest des Katheders.

«Jetzt singen wir das Ganze als Kanon. In den drei Gruppen, in die ich euch vorhin eingeteilt habe.»

Der mehrstimmige Gesang gelang zunächst nicht ganz so gut, doch als Friedhelm am Ende die Arme hob, um den Schlussakkord zu setzen, hatten sich alle Stimmen richtig eingefunden. Was nicht zuletzt Paulina zu verdanken war, dachte er und musste innerlich lächeln.

«Gut gemacht, das reicht für heute.»

Hinter sich hörte er ein Räuspern. Als er sich umdrehte, sah er den Pfarrer mit der neuen Lehrkraft im Türrahmen stehen.

Sofort standen die Kinder stramm. «Guten Morgen, Herr Pfarrer! Guten Morgen, Herr Unterlehrer!»

«Guten Morgen, Kinder», erwiderte der Pfarrer mit seinem

milden Lächeln. «Das hier ist der neue Provisor Emmanuel Dürr. Er wird die Mädchenklasse unterrichten. Lasst uns gemeinsam Luthers Morgensegen sprechen, dann folgt ihr Mädchen uns in die Schulstube nach nebenan.»

Verstohlen betrachtete Friedhelm während des Betens den Neuen, den er bereits gestern Abend begrüßt und mit allen nötigen Schlüsseln versehen in die Lehrerwohnung begleitet hatte, da der Pfarrer aushäusig gewesen war. Emmanuel Dürr machte seinem Nachnamen alle Ehre: ein schlaksiger, hochgewachsener junger Mann, dem der schmächtige Pfarrer nicht einmal bis zur Schulter reichte. Nicht nur deshalb war Dürr, der nach Aussage des Kirchenkonvents sein Examen mit höchstem Lob bestanden hatte, eine auffallende Erscheinung. Er hatte glattes, pechschwarzes Haar, das er recht lang trug und sich immer wieder aus dem Gesicht strich. Dieses wiederum war im Gegensatz zur Haarfarbe auffallend bleich und hohlwangig, die dunklen Augen lagen tief in den Höhlen. Obendrein war er gänzlich in Schwarz gekleidet. So hatte sich Friedhelm immer den Mephisto aus Goethes Fausttragödie vorgestellt, und er wusste noch immer nicht zu sagen, ob er den Provisor nun sympathisch fand oder nicht.

Nach dem Gebet trat Friedhelm zu ihm hin und schüttelte ihm die Hand.

«Willkommen zu Ihrem ersten Unterrichtstag, lieber Herr Dürr. Auf dass Sie sich wohlfühlen in unserer kleinen Schule.»

«Danke», kam es knapp zurück.

Insgeheim zuckte Friedhelm die Schultern. Nun gut, wir werden sehen. Die besten Freunde müssen wir ja nicht werden. Hätten sie sich auf dem Seminar kennengelernt, würden sie sich selbstverständlich duzen, doch das förmliche *Sie*, das nun angebracht war, empfand Friedhelm mit einem Mal als durchaus angenehm.

«So, ihr Mädchen», rief Unterseher und klatschte in die Hände, «in Zweierreihen aufgestellt und dann Abmarsch hinüber in die andere Schulstube.»

Nachdem sich der Raum zur Hälfte geleert hatte, setzte Friedhelm seinen Unterricht mit der Katechismuslehre fort. Jetzt, wo die Buben in den engen Bankreihen wieder mehr Platz hatten und weiter auseinander saßen, war mit ihnen ein ganz anderes Lernen möglich. Ruhig und aufmerksam hörten sie ihm zu und bemühten sich um richtige Antworten, was aber auch daran liegen konnte, dass nebenan der Pfarrer war, der den ersten Unterrichtstag von Dürr begleitete.

Am Ende übte Friedhelm mit den Älteren noch ein wenig Lesen und Schreiben, während die Jüngeren emsig Buchstaben auf ihre Schiefertafeln malten. Schließlich sagte ihm ein Blick auf die Uhr, dass er wieder einmal über der Zeit war. Nebenan war es bereits still.

«Schluss für heute», verkündete er, und die Kinder konnten gar nicht schnell genug die Stube verlassen, nachdem sie sich im Chor verabschiedet hatten. Er wischte die Tafel sauber, räumte seine Utensilien in die verschließbare Schublade des Lehrerpults und schlüpfte in seinen wollenen Wintergehrock. Darum, dass die Glut im Ofen nicht ausging, brauchte er sich nun nicht mehr zu kümmern, das war fortan Dürrs Angelegenheit.

Als er aus dem Schulhaus ins Freie trat, musste er erst einmal seinen Rock zuknöpfen und den Kragen hochschlagen, so kalt war die Luft noch immer, obwohl es schon Mittagszeit war. Und das Anfang Mai!

Zu seinem Erstaunen erwartete ihn an der Ecke von Schul- und Kirchgasse der Pfarrer.

«Auf ein Wort, werter Schulmeister», sagte der mit ernster Miene. «Darf ich Sie ein Stück begleiten?»

Wenn Carl Unterseher ihn mit *werter Schulmeister* ansprach, musste es sich um eine eher unangenehme Sache handeln. Sonst nannte er ihn schlicht beim Vornamen.

«Gerne, Herr Pfarrer.»

Sie bogen in die Weite Gasse ein, an deren anderem Ende Friedhelms Elternhaus stand.

«Nun denn, ich will es kurz machen», begann der Pfarrer. «Letzten Sonntag hatten wir wieder unsere monatliche Sitzung des Kirchenkonvents, und da kam zur Sprache, dass Sie mit den Kindern diese Lieder von Hering singen. Die Mehrheit der Anwesenden war der Ansicht, dass dies in einer evangelisch-lutherischen Volksschule fehl am Platze sei, zumindest im offiziellen Unterricht, wo unsere schönen Kirchenlieder und Psalmen geprobt werden sollen. Erst recht in diesen harten Zeiten, wo die Menschen große Sorge umtreibt. Ich muss zugeben, ich hatte das bereits wieder vergessen, aber als ich eben den Kanon hörte … Kurzum: Ich muss Ihnen das hiermit untersagen, ansonsten wird der Konvent Ihnen eine Rüge aussprechen.»

Friedhelm biss sich auf die Lippen. Da hatte der kleine Wilhelm zu Hause wohl allzu begeistert von *C-a-f-f-e-e* geschwärmt. Sein Vater, Webermeister Pommer, saß nämlich ebenfalls im Konvent, der die Aufsicht führte über Armenpflege, Kirchen- und Schulordnung.

Schon einmal hatte Friedhelm eine Rüge erhalten, im letzten Sommer. Weil er nämlich keine Tatzen verteilte, geschweige denn den Rohrstock einsetzte, der als ständige Drohung an einem Haken neben der Pendeluhr hing. Als Kind hatte er erlebt, wie einem Mädchen von ihrem damaligen Hilfslehrer so stark mit dem Stöckchen auf die Fingerkuppen geschlagen wurde, dass das Blut unter den Nägeln hervorquoll. Und das nur, weil es mit ungewaschenen Händen in die Schule gekommen war. Er selbst hatte mehr als einmal den Rohrstock auf dem Hosenboden zu spüren bekommen, auch von seinem Vater. Und sein Freund Gottlob musste einmal den halben Vormittag lang auf scharfkantigen Holzscheiten knien, sodass er danach kaum mehr laufen konnte. Seit jener Rüge seitens des Kirchenkonvents verteilte Friedhelm zwar hin und wieder leichte Tatzen auf die Handflächen, den Rohrstock indessen rührte er weiterhin nicht an. Er wusste: Nach einer dritten Rüge würde der Konvent ihn vor das Sittengericht laden.

Der Pfarrer war stehengeblieben. «Nun schauen Sie doch nicht so bekümmert drein, Friedhelm. Sie wissen, wie sehr ich Ihre Arbeit als Schulmeister schätze, so jung Sie auch noch sind. Ihr Herr Vater wäre stolz auf Sie.»

Das bezweifelte Friedhelm. Sein Vater war vom alten Eisen gewesen: Neben Kirche und Arbeit galt ihm die Schule nur als eine weitere Werkstatt des Heiligen Geistes, in der die Kinder vor allem zur Furcht Gottes angewiesen werden sollten. «Dem Herrn ist nicht mit geschickten, sondern mit frommen Leuten am meisten gedient», war eines seiner Lieblingsworte gewesen, genau wie der Spruch: «Wen der Herr liebhat, den züchtigt er.» Friedhelm hingegen freute es, dass die Kinder keine Angst vor ihm hatten, ihm aber dennoch mit Respekt begegneten. Gewiss, Disziplin und Gehorsam waren wichtige Grundpfeiler der Erziehung, aber warum sollten Kinder nicht auch hin und wieder einfach Spaß haben? Manchmal war es schier zum Verzweifeln, wie verbiestert und philisterhaft die Alten das Leben sahen.

Der Pfarrer streckte ihm die Hand zum Abschiedsgruß hin. Für Unterseher schien die Sache damit erledigt, aber Friedhelm konnte sich ausrechnen, dass der Kirchenkonvent zur Kontrolle demnächst unangemeldet seinen Unterricht besuchen würde.

«Ich denke, ich habe verstanden, Herr Pfarrer», sagte er und schlug ein. «Es wird zu keiner zweiten Rüge kommen.»

Zu Hause wartete die Mutter schon mit einer dampfenden Rindfleischsuppe auf ihn. Er trug den schweren Topf aus der rauchigen kleinen Küche in die Wohnstube, die warm eingeheizt war. In der Wiege beim Ofen schlummerte Eduard, der Sohn seiner Schwester, auf dem Tisch stand ein Schälchen mit Mehlbrei für ihn bereit.

Er setzte sich zur Mutter und sprach mit ihr das Tischgebet. Sie sah müde aus.

«Du gibst wohl wieder mal die Kindsmagd für Auguste?», fragte er neckend, während sie ihm den Teller füllte.

«Ach, ich mach das doch gerne. Und wozu sonst ist ein altes Weib wie ich noch gut? Wo mir schon das bisschen Arbeit im Hausgärtle und im Feld so schwerfällt.»

«Von wegen! Ohne dich würde ich mittags verhungern. Und um das Vieh kümmerst du dich auch noch. Nein, andersherum ist es richtig: Ich sollte dir weitaus mehr Arbeit abnehmen. Aber das werde ich auch tun, denn seit heute ist der neue Unterlehrer da. Emmanuel Dürr heißt er.»

«Ist er denn nett, dieser Herr Dürr?»

«Nun ja, zumindest soll er sehr gescheit sein.»

Der kleine Eduard wimmerte leise, dann schlief er ruhig weiter.

Plötzlich sah Friedhelm vor seinem inneren Auge Paulina mit am Tisch sitzen, seiner Mutter gegenüber, und in der Wiege schlief ihr eigenes Kind. Hätte es Hunger, würde Paulina es mit einem seligen Lächeln an die Brust nehmen und stillen, anders als Auguste, die wie alle vornehmen oder vermeintlich vornehmen Mütter das Stillen für unpassend hielt. Statt gesunder Muttermilch erhielten die armen Würmchen also diesen klebrigen schwäbischen Mehlbrei oder zu kalte und zu fette Kuhmilch, Zuckerwasser oder sogar Gerstenkaffee! Dabei starben, wie Friedhelm einmal in der Zeitung gelesen hatte, aus genau diesem Grunde so viele Neugeborene in den ersten Wochen nach der Geburt an bösen Krankheiten, während dies bei den Taglöhnerfrauen, die aus Sparsamkeitsgründen so lange als möglich stillten, viel seltener war. Er hatte hierüber einmal mit Chirurgus Keller gesprochen, der auch für die operative Geburtshilfe zuständig war und einen Gebärstuhl besaß. «Ob das Neugeborene nun ein Sterberle oder ein Leberle ist», hatte der ihm geantwortet, «entscheidet am Ende immer der Herrgott. Was willst du da beklagen, lieber Friedhelm? Diese unschuldigen Kindlein sind aller Mühsal enthoben, und das Jammertal auf Erden bleibt ihnen erspart auf ihrer gesegneten Himmelfahrt zum Herrn.» Hierüber hatte Friedhelm nur den Kopf schütteln können.

Sein Blick ruhte immer noch auf dem schlafenden Neffen, als seine Mutter in die Stille hinein sagte, gerade so, als ob sie seine Gedanken gelesen hätte: «Es wäre schön, wenn du bald heiraten würdest. Dann hätte ich mehr Ruhe zu gehen, wenn es denn so weit ist mit mir.»

«Aber Mutter – was redest du da? Du wirst noch lange nicht von uns gehen!»

«Mir tät es nicht schwerfallen. Wenn ich nur dich, mein Sohn, in guten Händen wüsste.»

Er verspürte plötzlich den brennenden Wunsch, sein Geheimnis mit ihr zu teilen.

«Ich habe eine Braut, Mutter. Seit letztem Samstag sind wir heimlich verlobt. Es ist die Paulina.»

Sie wirkte keinesfalls erstaunt.

«So etwas hatte ich mir schon gedacht, als das Mädchen zu uns auf den Acker kam. Wie du gestrahlt hattest!» Über die

Tischplatte hinweg griff sie nach seiner Hand. «Die Paulina ist ein guter Mensch. Ein wenig keck vielleicht, aber warum sollten wir Frauen auch zu allem schweigen? Nur fürchte ich, dass Gutjahr dich nicht als Schwiegersohn haben will.»

«Er kann die Hochzeit nicht verhindern, wo wir uns beide feierlich die Ehe versprochen haben. Der Pfarrer wird das nicht anders sehen.»

Prüfend sah sie ihn an. «Ihr habt doch wohl keine Dummheiten gemacht? Du verstehst, was ich meine ...»

«Aber nein, wo denkst du hin? Niemals würde ich etwas tun, was Paulina Schande machen könnte!»

Sie seufzte leise. «So wünsche ich euch alles Gute. Weißt du, was? Lade sie doch für Sonntag zum Essen ein. Als Dank für ihre Hilfe bei der Feldarbeit.»

Er sprang von seinem Stuhl auf und umarmte die Mutter. Sie fühlte sich zerbrechlich wie ein junges Vögelchen an. Der Gedanke, sie eines Tages verlieren zu können, trieb ihm mit einem Mal die Tränen in die Augen, und so sah er verlegen zur Seite.

«Danke, Mutter!»

«Ist schon recht, mein Junge. Heute kam übrigens mit der Kutsche Post aus Stuttgart für dich.»

«Von Gottlob?»

«Ich habe das Kuvert nicht geöffnet. Es liegt drüben auf der Anrichte.»

«Ich werde den Brief später lesen. Jetzt lass uns erst einmal fertig essen.»

Dabei brannte er darauf, Neuigkeiten von seinem alten Freund zu erfahren.

Nachdem der Tisch abgeräumt war, zog sich die Mutter zu einer kurzen Mittagsruhe in das elterliche Schlafzimmer zurück, das von der beheizten Wohnstube abging und somit einigermaßen warm war. Er hatte ihr versprochen, ein Auge auf den kleinen Eduard zu halten und ihn, wenn er wach würde, mit dem Mehlbrei zu füttern. Auch wenn es ihm widerstrebte, einem halbjährigen Kind von diesem Kleister zu geben.

Zum ersten Mal seit seiner Studienzeit spürte er das Verlangen, eine Tobakpfeife zu rauchen, so aufgeregt war er. Paulina würde am Sonntag zum Essen kommen, dazu der erste Brief von Gottlob! Er überlegte kurz, ob er sich in Hermanns Kaufladen ein Beutelchen Tobak holen sollte – zwei mit Silber beschlagene Meerschaumpfeifen hatte sein Vater ihm vererbt –, doch dann verwarf er den Gedanken wieder. Zu sehr würde ihn das an das Bild des Vaters erinnern, wenn er nach dem Mittagessen im gepolsterten Lehnstuhl am Ofen ruhte und mit geschlossenen Augen sein Pfeifchen schmauchte, während die restliche Familie keinen Mucks von sich geben durfte.

Er trat an die Nussbaumanrichte, das Prunkstück ihrer Stube, wo er den gefalteten Briefbogen neben den bunt bemalten Sammeltassen seiner Mutter liegen sah. Gespannt öffnete er mit einem Messerchen den zugeklebten Bogen und fand zu seiner Enttäuschung nur wenige Zeilen vor:

*Zu Stuttgart, den 30. April im Jahre 1816*

*Lieber, guter Freund!*
*Ich hoffe, ihr seid alle wohlauf in Hohenstetten. Mir geht es sehr gut, ich habe mein Auskommen mit einer Anstellung in der Cotta'schen Buchdruckerei, wo ich die Maschinen am Laufen halte oder repariere. Du hättest deine Freude mit all den Werken unserer schwäbischen Dichter, die hier durch die Holzpresse gehen. Was aber viel wichtiger ist: Ich habe Menschen gefunden, mit Herz und Verstand, die das Knechten und Schröpfen des kleinen Mannes nicht länger hinnehmen wollen. Lieber Friedhelm, ich bitte dich: Komm zu uns nach Stutt-*

*gart. Wir brauchen jeden Einzelnen, um etwas auszurichten. Einen Nachfolger für dich im Schulhaus wird man schon finden, und hier hast du allemal die Möglichkeit, als Hofmeister in einem vornehmen Haushalt verzogenen Blagen die deutsche Rechtschreibung beizubringen oder deine vorzüglichen Englischkenntnisse als Übersetzer anzubieten.*
*Du bist ein kluger Kopf, und ich weiß: Auch dir geht vieles gegen den Strich in diesem unseren Staat. Doch um etwas zu ändern, müssen sich viele zusammenschließen. Oder magst du lieber in der Enge unseres Heimatdorfes versauern, in biederer Behaglichkeit?*
*In der Hoffnung, dich bald schon bei mir zu haben, umarmt dich in brüderlicher Liebe*

*Dein Gottlob*

*Postskriptum: Richte Luise, die ich schmerzlich vermisse, aber auch dem Taugenichts Christian und meinen Eltern die besten Grüße aus.*

Er sah auf. Ja, eng um die Brust konnte es einem hier schon manchmal werden, wenn er nur an die verknöcherten alten Herren im Kirchenkonvent und Gemeinderat dachte. Aber sein Platz war bei Paulina. Und Behaglichkeit war ja nichts Schlechtes, besonders wenn sie von einer geliebten Frau und vielen Kindern bereichert wurde. Er hatte alles schon genau vor Augen. Sein Elternhaus war zwar anlässlich Augustes und Emils Hochzeit in der Mitte aufgeteilt worden, mit einem separaten Eingang in der jeweiligen Haushälfte, aber selbst als Halbhaus, wie man es nun nannte, bot es immer noch genügend Platz für eine eigene Familie. Es gab zwei Schlafräume im Erdgeschoss und zusätzliche Kammern im unteren Dachstock. Dass Paulina mit seiner Mutter gut auskommen würde, dessen war er sich sicher.

So glücklich er seit der Verlobung mit Paulina war, so machte ihm die Feldwirtschaft doch Sorge. Die Natur schien in diesem Jahr auf der Rauhen Alb weiterhin verrücktzuspielen. Es wollte einfach nicht wärmer werden. Die gesamte erste Maihälfte regnete es fast täglich, und wenn sich denn einmal die Sonne zeigte, dann hinter diesem gelblichen Dunstschleier, der am Horizont eine schwefelgrüne Farbe annehmen konnte und nicht nur ihn mehr und mehr in Unruhe versetzte. Obendrein hatten Schnecken die Wintersaat, Kohl und Rüben so gut wie abgefressen, genau wie den Klee für das Vieh im Stall. Viele Felder mussten wieder umgepflügt werden. So auch die Hälfte von Friedhelms Dinkelfeld. Wenn das so weiterging, würde er den restlichen Dinkel vorzeitig als minderwertigen Grünkern ernten müssen. Mit der Sommersaat stand es nicht viel besser, die zarten Halme auf den durchweichten Äckern gediehen kaum. Und das Gras auf den Schafweiden war so kläglich gewachsen, dass etliche Lämmer bereits im Vormonat gestorben waren. Wie sollte das für die Familien enden, die allein von ihren Feldfrüchten leben mussten? Von seinen Schulkindern wusste er, dass zu Hause die Angst vor einem neuerlichen Ernteausfall groß war.

Zum Entsetzen der Menschen brachten die Eisheiligen nicht den herbeigesehnten Wetterumschwung, sondern erneuten Frost. Die Hülen überfroren, in den Tiefbrunnen musste eine dicke Eisdecke zerschlagen werden, der starke Nachtfrost drohte die Apfel- und Birnenernte zu vernichten. Es war zum Verzweifeln. Nur noch die wenigsten glaubten an eine ausreichende Getreideernte. Und so zogen denn auch die Korn- und Brotpreise wieder spürbar an.

«Ach, mein Junge», seufzte Friedhelms Mutter und legte den Löffel beiseite. «Was soll das alles noch werden?»

Sie saßen beim Abendessen, die Mutter hatte den restlichen

Eintopf vom Mittagessen aufgewärmt. Durch die Wand zum Nebenhaus hörten sie den kleinen Eduard weinen.

«Wir dürfen nicht so schwarzsehen, Mutter», erwiderte er. «Bestimmt bekommen wir einen sonnigen Hochsommer, und alles wird gut.»

Sie schüttelte traurig den Kopf. «Alwine Gutjahr und Dorothea Unterseher meinen, das sei eine Prüfung Gottes. Zu sorglos und selbstsüchtig seien wir in den letzten Jahren mit den Gaben des Herrn umgegangen.»

«Mit Alwine Gutjahr sagt das gerade die Richtige! Unter ihrem Dach lagern die größten Getreidevorräte des ganzen Fleckens. Und ist es nicht ihr eigener Mann, der größten Wert auf Äußerlichkeiten legt? Schau dir doch nur das teure Mobiliar dort an.»

«Du weißt, dass Alwine anders ist.»

Er zuckte nur die Schultern. Seit kurzem besuchte seine Mutter den Gebetskreis der Stundenfrauen, der sich neuerdings sogar dreimal die Woche versammelte. Seither wirkte sie nur noch bekümmerter. Natürlich beunruhigten auch Friedhelm die niederschmetternden Aussichten, zumal er bei der Zeitungslektüre in der Hirschenpost vor zwei Tagen erfahren hatte, dass es den Bauern im milden schwäbischen Unterland keinen Deut besser erging. Mehr noch: Auch im benachbarten Baden, in Baiern oder in der Schweiz hatten die Menschen seit Jahresbeginn mit diesen Wetterkapriolen zu kämpfen. Es betraf also eine riesige Region. Viel schlimmer aber war für ihn, dass Paulina an den vergangenen beiden Sonntagen nicht hatte zum Mittagessen kommen dürfen. Ihr Vater hat es ihr untersagt, weil er angeblich ihre Hilfe im Gasthaus brauchte. Und am letzten Mittwoch war er umsonst zur Klavierstunde gelaufen: Gutjahr selbst hatte ihn an der Eingangstür empfangen und ihm freundlich, aber unmissverständlich deutlich beschieden, der Unterricht habe jetzt ein Ende, da er genug gelernt habe. Als er daraufhin enttäuscht und niedergeschlagen den Heimweg angetreten hatte, hatte er Paulina am Fenster stehen und ihm zuwinken sehen. Ob sie ebenso traurig war wie er, hatte er durch die Butzenscheiben nicht erkennen können. Anderntags war er erstmals und eigens wegen Paulina zur abendlichen Zeitungslektüre in die Hirschenpost marschiert, doch nur Rosina hatte ihm sein Bier gebracht. «Kannst du Paulina zu mir an den Tisch bitten», hatte er sie gefragt. «Nun ja, sie ist leider drüben für den Stammtisch eingeteilt.» Da war er kurzerhand aufgestanden und zu ihr an den Ausschank gegangen. «Es tut mir so leid wegen der Klavierstunde gestern», hatte sie ihm zugeflüstert. «Ich werde noch mal mit dem Vater reden, vielleicht kann ich ihn umstimmen.» Dann war sie von ihrer Mutter in die Küche gerufen worden. Friedhelm fühlte sich in seiner Sorge bestätigt, dass Gutjahr von ihrer heimlichen Liebe wusste und dagegen angehen wollte.

Er schob seinen Teller von sich weg und starrte auf die Tischplatte. Nein, als Mann war es *seine* Sache, mit Paulinas Vater zu sprechen. Morgen war Sonntag, und nach dem Kirchgang bot sich die Gelegenheit, Gutjahr zur Seite zu nehmen. Friedhelm war klar, dass er kein Recht hatte, auf die Klavierstunden zu beharren, aber eine Essenseinladung seiner Mutter auszuschlagen war schlichtweg beleidigend. Schließlich hatte Friedhelm sich in seinem Verhalten gegenüber Paulina niemals etwas zuschulden kommen lassen. Und er musste endlich seinen Mann stehen und Gutjahr klar machen, wie tief er Paulina verbunden war und dass er es ernst meinte mit ihr. Aber hierfür sollten seine Worte wohlüberlegt sein.

Im Grunde verstand er Gutjahr nicht: War er denn als durchaus angesehener Schulmeister, mit Landbesitz und einem halben

Weberhaus, eine so miserable Partie für die Tochter? Dass Friedhelms Vater und der Postwirt sich nicht grün gewesen waren, konnte doch kein ernsthaftes Hindernis für eine Verbindung zwischen Paulina und ihm sein, zumal sein Vater längst tot war. Es sei denn – und bei diesem Gedanken wurde Friedhelm plötzlich heiß und kalt zugleich –, Gutjahr hatte bereits einen anderen Schwiegersohn fest im Auge.

«Weißt du, was ich mir eben gedacht habe?», riss ihn die Mutter aus seinen Grübeleien. «Morgen nach dem Kirchgang laden wir Paulina erneut ein. Und zwar zusammen mit ihren Eltern, für kommenden Montag, wenn das Gasthaus geschlossen ist. Es war wirklich nicht ganz schicklich, sie allein zu uns einzuladen, das sehe ich nun ein. Und der unselige Streit zwischen deinem Vater und Gutjahr sollte dann endlich ein für alle Mal begraben werden.»

# Kapitel 8

*Am nächsten Morgen, Sonntag, den 19. Mai 1816*

Noch bevor die Glocken von Sankt Alban zu läuten begannen, füllte sich der von mächtigen Wehrmauern umgrenzte Vorplatz mit den herbeiströmenden Kirchgängern. Und das, obwohl von Osten her ein eisiger Wind wehte. Das Amt des Umgängers, der in den Häusern kontrollierte, ob ein jeder seiner Pflicht zum Gottesdienst nachkam, brauchte es in diesen Zeiten eigentlich gar nicht mehr, dachte sich Paulina und blickte sich um. Seit Monaten war die Kirche gut gefüllt, selbst zum zweiten Gottesdienst am Sonntagnachmittag. Manche im Ort forderten gar, dass Pfarrer Unterseher täglich jeden Morgen einen Bittgottesdienst abhalten sollte, um demütigst um besseres Wetter zu beten.

Sie hatte sich mit Rosina zu ihrer Freundin Luise und deren jüngerem Bruder Christian gesellt, einem lustigen, zuweilen auch recht kecken Kerl mit rotblonden Locken. Wie immer trug Luise ihren kleinen Neffen Gustav auf dem Arm, der so dick eingemummelt war, dass nur seine Augen und die gerötete Nasenspitze zu sehen waren. Zuvor, auf der Treppe zum Kirchhof, hatte Paulina ihrem Vater versprechen müssen, sich zum Gottesdienst wieder «wie eine anständige Tochter» zur Mutter in die Bank zu setzen, statt hinten im Kirchenschiff mit dem Pöbel herumzustehen. Dabei wollte er nur ein Auge auf sie haben und sie nicht in Friedhelms Nähe wissen. Was war ihr Vater nur plötzlich streng und ungehalten mit ihr! Heute beim Frühstück beispielsweise hatte sie allen Mut zusammengenommen und ihre Eltern gebeten, den Klavierunterricht fortsetzen zu dürfen, da Friedhelm noch lange nicht firm genug sei bei schwierigeren Liedstücken. Die Mutter hatte nur betreten geschwiegen, der Vater sofort losgepoltert: «Muss ein Schulmeisterlein jetzt das Piano spielen können wie Mozart?» Um sofort nachzusetzen: «Wenn der junge Lindenthaler sein Feierabendbier bei mir trinken möchte, dann freut mich das. Aber wenn er es nur tut, um dir schöne Augen zu machen, dann soll er sich eine andere Schenke suchen.»

Regelrecht erschrocken war sie über seine harschen Worte gewesen. Bislang hatte sie immer geglaubt, dass er Friedhelm für einen netten Kerl hielt. Nein, so barsch hatte sie ihren Vater selten erlebt. Er gab sich gerne gönnerhaft und leutselig, vor allem in Gesellschaft. Wenn es allerdings um seine ureigensten Anliegen ging, konnte er fast gnadenlos hart werden. Ihr gegenüber aber, seinem jüngsten Kind und der einzigen Tochter, war er meistens nachgiebig gewesen, hatte ihr, genau wie den Brüdern, alle Freiheiten gelassen, sofern sie nur fleißig genug im Haus und auf dem Feld mit anpackte. Dass an ihr damals, in ihrem ungestümen Wagemut, ein halber Junge verloren gegangen war, hatte ihn eher mit Stolz erfüllt, und er hatte ihr sogar das Reiten und Kutschieren beigebracht. Und jetzt musste sie ihn wegen jedem Mückenschiss um Erlaubnis fragen. Sie konnte es sich nur damit erklären, dass er von ihrer heimlichen Liebe wusste. Aber woher? Und warum war er so ganz und gar gegen Friedhelm?

Verdrossen zog sie ihren Wintermantel enger um sich. Wann wurde es endlich wärmer? Auch das zermürbte sie mehr und mehr. Immer dieses Frösteln, diese feuchte Kälte, die an einem klebte wie eine zweite Haut! Wie liebend gerne würde sie wieder einmal gehörig schwitzen, bei einer Heuernte unter sengender Sonne ...

In diesem Moment hörte sie den Vater drüben beim Portal laut mit den Männern vom Kirchenkonvent und Gemeinderat lachen, während er dem Webermeister Pommer fröhlich auf die Schulter klopfte. Das machte sie plötzlich wütend. Nur weil sie zur jungen Frau herangewachsen war, konnte er sie doch nicht mit einem Mal in Ketten legen.

«Was schaust du so missmutig?», fragte Luise sie und gab ihrem kleinen Neffen einen Kuss auf die Nase.

«Ach nichts.»

Da erst fiel ihr auf, wie sehr Luise heute strahlte. Sie hatten sich die ganze Woche über nicht gesehen. Ob ihre Freundin sich erneut mit Gide traf? Seitdem die Wege und Straßen wieder passierbar waren, waren auch wieder Wanderkrämer unterwegs. Wären Rosina und Christian nicht bei ihnen gestanden, hatte sie Luise kurzerhand danach gefragt. Jetzt musste sie auf eine andere Gelegenheit warten.

«Warum weichst du mir aus, liebe Paulina?», hörte sie hinter sich eine etwas zu hohe Männerstimme, und Christian begann prompt zu grinsen.

Sie fuhr herum. Lorenz Stumpp hatte ihr gerade noch gefehlt. Er stand so dicht vor ihr, dass sie einen Schritt zurückweichen musste. Aus seinen blassgrauen Augen hinter den dicken Tränensäcken starrte er sie flehentlich an wie ein bettelnder Hund, an der Hand hielt er seinen fünfjährigen Sohn August, der schon genauso feist war wie der Vater. Wie fast alle Männer beim Kirchgang trug der Dorfmetzger einen schlichten braunen Rock, aber sie wusste jetzt schon, dass er sich wieder auf lächerliche Weise in Schale werfen würde, wenn er heute Mittag in der Hirschenpost auftauchte.

«Wie kommen Sie … wie kommst du darauf?» Das vertrauliche Du fiel ihr immer noch unendlich schwer.

«Nun ja …» Er strich sich mit ausladender Geste über das streng nach hinten gekämmte Haar, was ein wenig albern wirkte. «Gestern hattest du die Straßenseite gewechselt, als ich dir auf der Radgasse entgegenkam.»

«Habe ich das? Dann muss es daran gelegen habe, dass ich dich nicht gesehen habe.»

«Und wenn du an unserem Stammtisch bedienst, hat du kein nettes Wort für mich übrig.»

Zu ihrem Glück begannen in diesem Moment die Glocken zu läuten. Die Menschen setzten sich in Bewegung, als Friedhelm in seinem Amt als Messner die Flügel des Kirchenportals aufschlug.

«Bis später vielleicht», sagte sie so freundlich, wie es ihr möglich war, und heftete sich Luise an die Fersen.

Als sie an Friedhelm vorüberging, warf der ihr einen liebevollen Blick zu, der sie wie eine zärtliche Berührung traf. Ach, wenn es doch nur nicht so schwer wäre, sich in diesem Flecken, wo jeder jeden kannte, unbeobachtet zu treffen. Sie hatte solche Sehnsucht danach, mit ihm allein zu sein. Und zugleich Angst davor, dass ihre Liebe schon in Gefahr war, bevor sie richtig begonnen hatte.

Nach dem Gottesdienst – um das Verschließen der Türen hatte sich der alte Totengräber Traugott zu kümmern – stand man wie immer noch ein wenig plaudernd in Grüppchen beisammen. Paulina wollte gerade ihre Freundin beim Arm nehmen und beiseite führen, um sie nach Gide zu fragen, da kamen zu ihrer großen Überraschung Friedhelm und dessen Mutter herüber. Wie zerbrechlich die kleine Frau inzwischen wirkte! In ihrem schwarzen

Sonntagsstaat mit der schwarzen Haube war ihr Gesicht bleich wie ein Leichentuch.

«Einen schönen guten Morgen, liebe Familie Gutjahr», grüßte sie alle und lächelte in die Runde. Paulina mochte Agnes Lindenthaler sehr gern, und wieder einmal dachte sie daran, wie wunderbar es wäre, sie Schwiegermutter nennen zu dürfen.

«Guten Morgen, liebe Agnes.» Ihre Mutter lächelte zurück. «Geht es dir denn gut? Was macht dein Gliederreißen bei dieser Kälte?»

«Ach, nicht der Rede wert. Der Husten am Morgen plagt mich derzeit ärger. Aber ich will nicht über meine Zipperlein klagen, sondern ich möchte euch gern einladen.» Ihr Blick ging zu Paulinas Vater. «Mein Sohn hatte ja die Paulina vor einiger Zeit zum Essen eingeladen, weil sie uns auf dem Feld geholfen hat, aber da hat Friedhelm mich wohl etwas falsch verstanden. Euch *alle* möchten wir gerne einladen, und da euer Ausschank montags geschlossen hat, würden wir uns freuen, wenn ihr morgen Abend zu uns kämt. Ich habe bei Lorenz einen feinen geräucherten Schinken erstanden.»

Paulina hielt den Atem an. Sie war sich sicher, dass ihr Vater ablehnen würde.

Der rieb sich das glattrasierte Kinn, schien kurz zu zögern, bevor er schließlich breit lächelte. «Räucherschinken ist meine Leibspeise, das klingt verlockend. Aber morgen bin ich, wie meistens am Montag, auf einer kleinen Handelsreise über Land. Wie wäre es mit Montag darauf? Das könnte ich mir einrichten. Sagen wir: gegen sechs Uhr?»

Agnes Lindenthaler nickte. «Wir freuen uns.» Sie wandte sich an Paulinas Bruder. «Du bist selbstverständlich auch eingeladen, Ludwig Georg.»

«Mal sehen. Wenn ich Zeit habe», erwiderte der reichlich von oben herab, wie Paulina fand. Als man sich voneinander verabschiedete, wagte sie es kaum, Friedhelm anzuschauen. Sie konnte immer noch nicht glauben, dass ihr Vater zugesagt hatte. Eine Einladung ohne ihre Familie wäre ihr zwar lieber gewesen, aber immerhin wären sie und Friedhelm einen ganzen Abend zusammen. Wer weiß, vielleicht würde ihr Vater ja dann endlich seine ablehnende Haltung gegenüber den Lindenthalers aufgeben.

«Feiner geräucherte Schinken …», brummelte der, als sie den Marktplatz bei der Hüle erreichten, wo ein paar Halbwüchsige am Ufer das restliche Eis mit ihren Stöcken zerschlugen. «Als ob wir davon in unserer Wirtschaft nicht mehr als genug hätten.»

«Du bist ungerecht, Justus Georg», wagte ihre Mutter einzuwenden. «Die Agnes ist eine liebe und bescheidene Frau, und es ist sehr nett von ihr, uns einzuladen. Höchste Zeit, dass du deinen Groll gegen die Lindenthalers ablegst.»

«Papperlapapp, was verstehst du schon davon?» Er wandte sich Paulina zu und blieb stehen. «Was ist das eigentlich zwischen dir und dem Friedhelm? Ich warne dich: Lüg mich ja nicht an.»

«Wie meinst du das?», gab sie ausweichend zurück. Wollte er sie jetzt auf die Probe stellen? Konnte sie es wagen, die Wahrheit wenigstens anzudeuten? Oder sollte sie besser vorerst schweigen und darauf hoffen, dass es in einer Woche zur Versöhnung der beiden Familien kommen würde?

«Du verstehst mich sehr wohl.» Der Vater zog seine hohe Stirn in Falten. «Ich will wissen, ob ihr euch heimlich trefft. Ob sich da womöglich hinter meinem Rücken eine Liebschaft angebahnt hat?»

«Aber nein», wies sie seinen Verdacht fast entrüstet von sich. Und das war nicht einmal gelogen: Seit ihrem leidenschaftlichen Kuss unter der Buche am Feldrand war nichts mehr geschehen, was man als unschicklich bezeichnen könnte – leider. Und heimlich getroffen hatten sie sich auch nicht.

«Das will ich dir auch geraten haben.» In seinen energischen Schritten ging er weiter.

Als sie am Eingang der Hirschenpost angelangt waren, beschloss Paulina, die Gelegenheit nicht ungenutzt verstreichen zu lassen, dem Vater auf den Zahn zu fühlen.

«Was hast du eigentlich gegen den Friedhelm einzuwenden, Vater?», fragte sie, während er die Tür aufsperrte. «Jeder hier im Ort findet, dass er ein rechtschaffener und netter junger Mann ist.»

«So? Sagt man das? Nun, ich habe gar nichts gegen ihn einzuwenden. Solange er meine einzige Tochter in Ruhe lässt.»

«Dann ist es wegen seinem Vater? Was war das für ein Streit damals zwischen euch?»

«Das geht dich nichts an. Und jetzt an die Arbeit, die ersten Mittagsgäste werden bald hier sein.»

Die acht Tage bis zur Einladung bei den Lindenthalers vergingen quälend langsam, und am Ende zählte Paulina jede Stunde. Von der Mutter erfuhr sie zuvor doch noch, wie es zu dem Zerwürfnis zwischen Johann Friedrich Lindenthaler und ihrem Vater gekommen war: Zum einen hatte der alte Schulmeister dem Vater in einem hitzigen Wortwechsel vorgeworfen, sich sein Schultheißenamt auf Lebenszeit bei der königlichen Kreis-Kommission gegen viel Geld erkauft zu haben, und ihm ein anderes Mal unterstellt, drüben auf der Zwiefalter Alb auf Kosten der notleidenden Bauern Kornwucher zu betreiben.

«Du kannst dir denken, wie tief dein Vater in seiner Ehre verletzt war, wo diese dreisten Anschuldigungen natürlich vollkommen aus der Luft gegriffen sind», hatte sie ihre knappen Ausführungen beendet. «Danach hatten die beiden sich nicht einmal mehr gegrüßt.»

Paulina indessen konnte sich durchaus vorstellen, dass zumindest an dem zweiten Vorwurf etwas dran war. War ihr Vater nicht seit Jahr und Tag fast jeden Montag mit dem Fuhrwerk unterwegs? Und war ihr Kornspeicher nicht stets gut gefüllt gewesen, auch in mageren Jahren? Sie wusste lägst, dass ihr Vater nicht der einzige unter all den Wirten, Bäckern und Maierbauern auf der Alb war, die nebenher und unter der Hand ein wenig mit Getreide handelten. Aber warum übertrug ihr Vater seine Abneigung nun auf Friedhelm? Jetzt, wo sie um den Grund für den Streit wusste, war sie sich fast sicher, dass es zu einer Versöhnung kommen würde.

An dem ersehnten Montagabend gab sich das Wetter kalt und trüb wie im November. Obwohl es schon auf Ende Mai zuging, musste noch immer der Ofen eingeheizt werden, nachts herrschte Frost, und das Baumobst war wohl unwiederbringlich verloren. Was ihre Mutter auf dem Weg zum Haus der Lindenthalers immer wieder lauthals beklagte, wo doch in ihrem Garten hinter dem Hof wunderbare Apfel- und Birnbäume standen.

«Jetzt hör endlich mit dem Jammern auf», brummelte der Vater.

Paulina hingegen bekam kein Wort heraus, so aufgeregt war sie. Bestimmt würde dieser Tag eine Wende bringen für ihre Zukunft mit Friedhelm. Wie unglückselig mutete dagegen Luises Schicksal an: Ihre Freundin hatte sich tatsächlich wieder mit Gide getroffen, im Schutze der dichtbewachsenen Eichhalde hinter der Ziegelhütte, wo er ihr erneut seine Liebe versichert hatte. Doch da der junge Wanderkrämer nun mal dem falschen Glauben anhing, würde Luises Vater einer Heirat niemals zustimmen. Allenfalls aus der Residenzstadt Stuttgart hörte man von solchen Mischehen, und es hieß, dass nur den wenigsten Glück beschieden sei.

Es war nicht allzu weit von ihnen zu den Lindenthalers, und so hatten sie Ludwig, der wie erwartet für diesen Abend etwas anderes vorhatte, mit ihrem Gastgeschenk vorausgeschickt, einem kleinen Fässchen selbstgebrauten Biers.

Paulina besuchte das alte Weberhaus in der Weiten Gasse nicht zum ersten Mal, hatte sie doch Friedhelms Mutter hin und wieder die Einkäufe heimgetragen. Es befand sich in Gesellschaft vieler anderer typischer Weberhäuser mit ihren Dunken im Untergeschoss. Von der Traufseite her war es in zwei Hälften geteilt, und nach dem Umbau hatte Friedhelm es zusammen mit seinem Schwager Emil in strahlendem Weiß frisch verputzt und die Fensterläden wie auch das Fachwerk ochsenblutrot gestrichen. Alles sah sehr gepflegt aus. Rechts und links der beiden Eingangstüren luden Bänke zum Ausruhen ein, wenn auch nicht bei diesem Wetter, und vom Krautgarten hinter dem Haus hörte man Hühner gackern.

«Dann wollen wir mal», verkündete der Vater und polterte kräftig gegen die Tür. Er hatte sich, wie immer, wenn er ausging, elegant herausgeputzt mit seinem stahlblauen Gehrock, dem schwarzen Kamisol mit goldenen Knöpfen und dem blau gestreiften Brusttuch. Dazu trug er weißseidene Strümpfe unter den ledernen Kniebundhosen, und sowohl den hohen Hut als auch die Schuhe schmückten silberne, blank geputzte Schnallen. Selbst sein Spazierstock war mit Silber beschlagen. Auch die Mutter hatte er genötigt, ihren neuen grünen Rock aus teurem Flanelltuch, das scharlachrote Schnürmieder und die Pariser Haube mit dem grünen Seidentuch anzulegen. Wahrscheinlich wollte er Eindruck schinden bei den Lindenthalers, dachte Paulina nicht ohne einen Anflug von Bitterkeit. Ihr Vater konnte es einfach nicht lassen, seine Weltläufigkeit als Postwirt und weitgereister Schultes herauszustellen, selbst in diesem bescheidenen frommen Flecken auf der Rauhen Alb. «Wir sind schließlich keine Hinterwäldler», pflegte er zu sagen, wenn die Mutter wieder einmal beanstandete, dass der Herrgott solcherlei Eitelkeiten nicht für gut befand.

Es dauerte keinen Atemzug, bis die Tür aufsprang und ein strahlender Friedhelm vor ihnen stand. Im Gegensatz zu ihrem Vater war er schlicht gekleidet. Statt eines engen Kamisols trug er eine bequeme, tiefblaue Strickweste, die gut zu seiner Augenfarbe passte.

Lächelnd deutete er eine Verbeugung an. «Willkommen in unserem Haus, liebe Frau Gutjahr, lieber Schultes. Und herzlichen Dank auch für das Gastgeschenk, über das wir uns sehr gefreut haben. So ein frisches Bier ist doch etwas anderes als Apfelmost.»

«Das will ich meinen», erwiderte ihr Vater herablassend und folgte ihm durch den dunklen Flur in die Wohnstube. Dort war der Tisch bereits festlich eingedeckt, mit dem guten Porzellangeschirr auf der weißen Linnendecke und einem Strauß bunter Gartenblumen. Mehrere Kerzenleuchter erhellten den Raum an diesem trüben Tag.

Mitten in der Stube blieb der Vater stehen und sah sich ungeniert um.

«Seit der Hausteilung war ich nicht mehr hier, und ich muss zugeben, ich hatte mir alles viel enger vorgestellt.»

«Nun, unser Haus ist ja eines der größten Weberhäuser am Ort», entgegnete Friedhelm nicht ohne Stolz. «Da blieb nach der Aufteilung genügend Platz für zwei Familien.»

Den Blick zu Paulina vermied er, was ihr ganz recht war. Womöglich hätten sie ihre Gefühle füreinander vorzeitig verraten.

«Wie viele Bücher du besitzt!» Der Vater trat an die hübsche Anrichte, in deren beiden oberen Fächern zahlreiche Bücher standen. «Na ja, ein Schulmeister muss schließlich ein wenig gelehrt sein, nicht wahr?»

Er schob die Nase dichter heran. «English Grammar and Dictionary», las er stockend vor. «Sag bloß, du sprichst Englisch!»

«Nicht fließend, aber doch ausreichend.»

«Und das hier», er zog einen der Buchrücken ein Stück heraus, «brauchst du wohl zur täglichen Nachhilfe? *Noth- und Hülfsbüchlein für Bauersleute …*»

Friedhelm lachte gutmütig. «Da liegen Sie nicht falsch. Ich bin nun mal kein geborener Landmann.»

«Ist die Agnes noch in der Küche?», meldete sich erstmals die Mutter zu Wort.

Da Friedhelm nickte, verschwand sie wieder in den Flur, von dem es ein paar Schritte weiter in die Küche abging. Paulina folgte ihr kurzerhand. Es war sicherlich nicht dumm, die beiden Männer erst einmal allein zu lassen.

Agnes Lindenthaler stand in der verrauchten kleinen Küche am Herd. In der Pfanne über der Glut brutzelten knusprige hellbraune Scheiben zwischen Zwiebelringen im Griebenschmalz. Erst auf den zweiten Blick erkannte Paulina, dass es sich um Kartoffeln handelte, die einen köstlichen Duft verbreiteten.

Nachdem sie die Hausherrin begrüßt hatten, beugte sich auch ihre Mutter neugierig über die Pfanne.

«Was ist das denn Feines?»

Die Lindenthalerin lächelte erfreut. «Grumbieren. Nur halb gar gekocht, dann in dünne Scheiben geschnitten und schön rösch ausgebacken.»

«Was es nicht alles gibt. Wir kochen die immer nur im Salzwasser.»

«Dann musst du das mal für eure Gäste zubereiten. Es ist ganz einfach. So, jetzt sind sie fertig. Zu dunkel dürfen sie nämlich nicht werden.»

Paulina half ihr, die gebratenen Kartoffeln aus der Pfanne in eine Schüssel zu schieben. Auf dem Beistelltisch neben dem Herd lag auch schon die Platte mit den Schinkenscheiben bereit. Was für ein leckeres Abendessen.

«Soll ich die Schüssel zu Tisch tragen?», fragte sie.

«Gerne. Ich nehme den Schinken. Wenn du, Alwine, noch das Brotkörbchen mitbringen könntest?»

Gemeinsam kehrte sie in die Stube zurück, wo der Vater an dem mit Intarsien verzierten Cembalo lehnte, das den alten Lindenthaler gewiss ein Vermögen gekostet hatte.

«Ihr habt ja ein Cembalo, wie schön!», rief ihre Mutter entzückt aus. «Da könnten wir doch nach dem Essen noch ein wenig zusammen singen, dem Herrgott zur Ehre.»

«Ja, das wäre schön.» Agnes Lindenthaler strahlte und stellte die Platte mit dem Schinken ab. «Mein Friedhelm spielt das Instrument inzwischen recht sicher, dank eurer Paulina. Aber jetzt setzt euch erst mal.»

Sie wies ihren Gästen die Plätze zu, wobei Paulina mit ihrer Mutter gegenüber von Friedhelm zu sitzen kam, während der Vater am Kopfende den Ehrenplatz erhielt, der Lindenthalerin gegenüber. Er durfte auch das Tischgebet sprechen – und das war denn auch, während er die Hände faltete und den Blick senkte, der einzige Augenblick, wo Friedhelm und Paulina sich anzuschauen wagten.

«Amen», schloss er und steckte sich das blütenweiße Mundtuch, das neben jedem Teller bereitlag, in den Kragen.

«Zum Wohlsein!» Er hob seinen Bierkrug. «Mit einem Dank den Gastgebern.»

Nachdem sie alle von dem kühlen, würzigen Bier getrunken hatten, waren eine Zeitlang nur Essensgeräusche zu hören. Dem Vater war anzusehen, wie gut ihm die gebratenen Kartoffeln schmeckten, doch hätte er das von sich aus niemals zugegeben. Dass Agnes Lindenthaler ihn immer wieder erwartungsvoll ansah, entging Paulina nicht.

«Wie findest du diese Art von Grumbieren?», fragte sie ihren Vater schließlich.

«Nicht schlecht», erwiderte er, was aus seinem Mund als Gastwirt schon ein großes Lob war. «Da soll noch mal einer sagen, diese Knollen wären nur zum Säuefüttern gut.»

So langte er ordentlich zu, und Paulina war es unangenehm zu beobachten, welche Mengen er als Gast in einem fremden Haus vertilgte. Zum Glück hatte die Hausherrin reichlich aufgetischt.

Nachdem er seinen Hunger gestillt hatte, plauderte man über dies und jenes im Ort. Als ihre Mutter beklagte, dass die junge Saat kaum gedieh in diesem schrecklichen Jahr, brauste er auf: «Wir reden heute einmal nicht übers Wetter und auch nicht über den Weltuntergang, den ihr in eurem Gebetskreis ja fast schon herbeibeschwört.»

Einen Moment lang herrschte Stille bei Tisch, als Friedhelm sich ihm zuwandte. «Was halten Sie eigentlich von dem Kronprinzen, Herr Gutjahr?»

Paulina warf ihm einen dankbaren Blick zu. Überhaupt hatte sich Friedhelm den ganzen Abend über sehr bemüht, ein höflicher und zuvorkommender Gesprächspartner zu sein. Ihr Vater schien auch recht angetan von ihm, soweit man das erkennen konnte.

«Nun», erwiderte er bedächtig, «Kronprinz Wilhelm war zwar als junger Mann ein Bewunderer von Napoleon, doch seine Abkehr von diesem Franzosenteufel erscheint mir aufrichtiger als bei seinem Vater. Ein erfolgreicher und wagemutiger Heerführer ist er obendrein.»

Friedhelm nickte. «Nicht zuletzt dank *seiner* Truppen am Rhein wurde Napoleon erstmals besiegt.»

«Seine zweite Ehefrau, die junge Zarentochter Katharina, soll ja ein ganz herzensguter Mensch sein», warf ihre Mutter schüchtern ein, und Paulina ärgerte sich wieder einmal, dass sie im Beisein anderer immer so unterwürfig tat. So ging ihr Vater über diese Bemerkung auch ungerührt hinweg, indem er fortfuhr: «Ja, unser Kornprinz ist schon von einem ganz anderen Schlag als sein träger Vater. Die beiden sind sich ja wohl auch nie sonderlich grün gewesen, wenn man den Klatschgeschichten der letzten Jahre glauben darf.»

Dann erging er sich in einer wahren Lobeshymne auf den Königssohn, der sich in seinen Studien eingehend der für Württemberg so wichtigen Landwirtschaft widmete und im Gegensatz zu dem tyrannischen, dünkelhaften Friedrich keinerlei Scheu davor habe, mit dem gemeinen Mann zu sprechen.

«Wir Württemberger können nur hoffen, dass der Kronprinz alsbald das Ruder übernimmt», schloss er seine Ausführungen und lehnte sich zurück.

Dabei warf er einen Blick auf die hübsch bemalte Standuhr neben der Anrichte. Als ob er deren Anzeige misstraute, griff er nach seiner goldenen Taschenuhr.

«Es ist spät geworden, und wir müssen morgen alle früh aus den Federn.»

Enttäuscht sah ihre Mutter ihn an. «Aber Justus Georg, wir wollten doch noch gemeinsam singen.»

«Ein andermal, liebe Alwine, ein andermal. Aber bevor wir aufbrechen, lasst uns noch einmal anstoßen mit dem restlichen Bier.»

Er gab Paulina einen Wink, und sie schenkte nach.

Mit einem Lächeln, das Paulina nicht zu deuten wusste, erhob er seinen Bierkrug. «Haben Sie also herzlichen Dank für den schönen Abend, liebe Frau Lindenthaler, lieber Friedhelm. Zum Abschluss möchte ich noch», er machte eine bedeutungsvolle Pause, «auf die Zukunft meiner Tochter Paulina anstoßen, die ja nun im heiratsfähigen Alter ist.»

Er sah sie durchdringend an, und Paulina spürte, wie sie errötete. Hatte der Vater also, wie sie dieser Tage vermutet oder besser befürchtet hatte, tatsächlich längst erkannt, wie Friedhelm und sie zueinander standen? Doch in seinem Tonfall lag etwas, das sie stutzig werden ließ, und auch Friedhelm hob erstaunt die Augenbrauen.

«Auf unsere Paulina, für die wir in meinem guten Freund, dem Metzgermeister Lorenz Stumpp, einen veritablen Bräutigam gefunden haben!»

Man hätte eine Haarnadel auf den Dielenboden fallen hören können. Als in Paulinas Verstand eindrang, was ihr Vater gerade verkündet hatte, schossen ihr die Tränen in die Augen.

«Entschuldigen Sie mich bitte», presste sie in Richtung der Gastgeberin hervor, sprang vom Stuhl auf, stürzte in die Diele, wo sie ihren Umhang vom Haken riss, und rannte hinaus auf die Straße.

Dort holte sie tief Luft. Lorenz! Ihr Vater hatte sie Lorenz versprochen. Dabei hatte sie schon geglaubt, dass dieser bittere Kelch an ihr vorübergegangen sei, wo sich der Dorfmetzger an den letzten beiden Sonntagen nicht mehr hatte bei ihnen blicken lassen. Was sollte sie bloß tun? Nie, niemals könnte sie mit diesem Kerl zusammen sein. Und das dann ausgerechnet heute zu verkünden. Wie konnte ihr Vater nur so boshaft sein! Nur aus einem einzigen Grund hatte er die Einladung der

Lindenthalers angenommen: um sie und Friedhelm zu demütigen!

Anstatt die Kurze Gasse einzuschlagen, die nach Hause führte, setzte sie sich auf zittrigen Beinen in Richtung Pfarrhaus in Bewegung. Sie brauchte jetzt Rat und Trost ihrer Freundin Luise.

«So warte doch!» Die Mutter kam ihr nachgeeilt und hielt sie beim Arm fest. «Wie konntest du dich so ungebührlich verabschieden?»

Paulina fuhr herum und blieb stehen. «Was tut das zur Sache? Sag bloß, du hast davon gewusst? Dass Vater diese … diese angebliche Verlobung heute Abend öffentlich machen wollte.»

«Nein, das wusste ich nicht.» Die Mutter sah sie beschwörend an, und Paulina glaubte ihr. Ruhiger fuhr sie fort: «Das wird schon, Kind. Du sollst ja schließlich nicht gleich morgen heiraten.»

Da näherte sich die große, massige Gestalt des Vaters. Mit ausgebreiteten Armen kam er auf sie zu, und Paulina trat unwillkürlich ein paar Schritte zurück.

«Warum hast du das getan?», fauchte sie ihn an und wischte sich die Tränen aus dem Gesicht. «Ihr wisst beide ganz genau, dass ich den Lorenz nicht leiden kann.»

«So beruhige dich doch, mein Mädchen. Du hast noch genug Zeit, dich an den Gedanken zu gewöhnen. Erst einmal wollen wir die Getreideernte abwarten, die mir als Schultes nämlich ebenfalls allergrößte Sorgen bereitet. Und bis dahin könnt ihr beide euch ein wenig besser kennenlernen.» Er legte ihr die Hand auf die Schulter. «Dass der Lorenz schon etwas älter ist und bereits eine Ehe hinter sich hat, wird dir nicht zum Schaden sein, im Gegenteil. Er hat seine Frau stets anständig behandelt, und dass er den kleinen August ganz allein großzieht …»

«Hör auf, Vater», unterbrach sie ihn barsch. «Ich werde den Lorenz niemals zum Mann nehmen. Weil ich nämlich schon verlobt bin!»

Die letzten Worte waren ihr ohne nachzudenken herausgerutscht, und ihr wurde im selben Moment bewusst, einen Fehler begangen zu haben.

Dem Vater sackten die Mundwinkel nach unten. «Ich habe mich wohl verhört? Doch wohl nicht mit diesem Friedhelm! Na warte, der Haderlump wird mich kennenlernen.»

«Er hat nichts Unschickliches getan, wenn du das meinst», gab sie zurück und musste sich zwingen, ihn nicht anzuschreien. «Aber wir lieben uns und haben uns die Ehe versprochen.»

«Dann ist jetzt Schluss mit diesem Kinderkram.» Seine Augen funkelten böse. «Ab heute wirst du das Haus nicht mehr allein verlassen.»

Ihr Herz raste.

«Sperrt mich meinetwegen daheim ein», stieß sie hervor. «Aber ihr werdet mich nicht zwingen können, Lorenz zu heiraten. Eher gehe ich ins Wasser!»

Dann rannte sie los, mit geballten Fäusten.

Sie hatte ihren Vater als Kind verehrt und geliebt, in späteren Jahren geschätzt und geachtet, manchmal mehr, manchmal weniger, wenn sie sah, wie er über andere bestimmte und immer seinen Vorteil suchte. In diesem Augenblick aber hasste sie ihn.

# Kapitel 9

*Ende Juni 1816*

Bedrückt verließ Carl Unterseher die armselige Hütte der ledigen Taglöhnerin Ursula, die ein wenig abseits des Ortes lebte, und trat hinaus in den kalten Wind. Er hatte bei Ursula die Krankensalbung vollzogen und sie am späteren Nachmittag in den Tod begleitet. «Bald werdet ihr alle gehen müssen», waren ihre letzten Worte gewesen. «Gott schickt uns ein Strafgericht.»

Auf dem Galgenbuckel am Allenholz, dem Hohenstettener Gemeindewald, blieb er stehen, zog sich seinen breitkrempigen, runden Hut tiefer ins Gesicht und blickte über den Ort hinweg, der sich in die Senke duckte wie ein von Unheil bedrohtes Tier. An den Hanglagen rundum waren die Menschen mit vereinten Kräften dabei, endlich und mit großer Verspätung das Heu einzubringen, nachdem sich der Vortag überraschend sonnig und trocken gezeigt hatte. Aber im Westen zog sich der Himmel schon wieder dunkelgrau zusammen. Es war zum Verzweifeln.

Normalerweise hätte es hier wie überall gestern Abend ein Fest zu Johanni gegeben, bei dem die Alten mit frisch gezapftem Bier anstießen und die Jungen um das Johannisfeuer tanzten. Doch die Festwiese bei der Hüle stand unter Wasser, und nach fröhlichem Feiern war ohnehin keinem zumute.

Seit Ende Mai, nach der langen Kälte, regnete es wieder so gut wie Tag und Nacht, der gewöhnliche Niederschlag wurde nur durch Gewitter und Sturzregen unterbrochen, der die Keller überflutete und dabei so manchen Webstuhl beschädigte. Kämpfte sich einmal die Sonne durch die Wolken, braute sich gleich wieder ein Wetter zusammen und brachte erneute Abkühlung. Sogar geschneit hatte es vor zwei Wochen, und das im Juni!

Es war, als laste seit Monaten eine riesige Regenwolke, die sich nicht fortbewegen wollte, über allen deutschen Landen, und noch immer musste man den Stubenofen anfeuern. Fast hatte man sich schon daran gewöhnt! Dabei sollte spätestens mit Johanni auch das Sommergetreide zu reifen beginnen – die Wintersaat war wohl ohnehin verloren –, aber das Unkraut wuchs weit höher als die Saat, die kaum über die Knöchel reichte. Beim Flachs, der den hiesigen Webern so wichtig war, sah es nicht besser aus, und auf manchen Fluren stand stiefelhoch eine schlammige Brühe. Schon warnten die Berichterstatter in den Zeitungen davor, dass die Getreideernte mancherorts gänzlich ausfallen könnte, sollte das feuchtkalte Wetter anhalten, schon zogen Schwarzhändler durch die Dörfer, kauften Korn in ganzen Fuhren gegen gutes Geld auf, um es außer Landes zu schaffen, anstatt dass es als Vorrat für die Menschen der Gegend in den eigenen Schrannen verblieb.

Er schnaubte. Dadurch würden die Preise immer weiter hochgetrieben. Der Gemeinderat, hier wie in den Nachbarorten, hatte diese zwielichtigen Geschäfte an der Haustür zwar verboten, doch wer wusste schon, was unter der Hand geschah? Die Regierenden, all diese ach so klugen Minister und Geheimen Räte, mussten endlich Maßnahmen ergreifen und Vorsorge treffen. Etwa den Verkauf in die Nachbarländer verbieten und zugleich den Bauern mit günstigen Crediten unter die Arme greifen. Oder für den Kornhandel Höchstpreise festsetzen und die eigenen königlichen Fruchtkästen auffüllen, bevor es zu spät war. Doch was tat König Friedrich in Stuttgart? Nichts. Stattdessen fanden sich in den Gazetten nur noch Schreckensmeldungen über Sturzregen, Erdrutsche und Überschwemmungen. So seien vor einer Woche im baierischen Bamberg nach einem Wolkenbruch mehrere Häuser eingestürzt und hätten fünfzehn Menschen unter sich begraben, am Neckar sackten ganze Weinberge ab, und an Rhein und Donau herrsche großes Elend wegen Hochwasser, da in den überschwemmten Niederungen nicht nur die Feldfrucht, sondern auch das Vieh ersoffen war. Das wenigstens hatten sie auf der an Gewässern armen Alb nicht zu fürchten, wenngleich auch hier die Wege inzwischen zum großen Teil unpassierbar waren, und wer es mit seinem Wagen dennoch wagte, dem drohten Rad oder Achse zu brechen.

Ach, er konnte seine Dorothea verstehen, dass sie keine Zeitung mehr lesen wollte. Die Berichte von diesen vermaledeiten Sonnenflecken taten ein Übriges, um überall, vornehmlich unter den Frauen, Furcht und Schrecken zu verbreiten. In Italien verkündete gar ein unbekannter Prophet das Weltende zum 18. Juli! Bis dahin würde die Sonne ihre Kraft verlieren und am Ende ausbrennen, alles Leben würde vernichtet – die bisherige Kälte sei nur ein Vorspiel. Dies sei Gottes Rache an der Welt wegen ihrer Verderbtheit. Als ein gelehrter Astronom der päpstlichen Universität Bologna diese Vorhersage mathematisch bestätigte, wurde der prompt verhaftet – für das Volk ein Beweis dafür, dass der Mann recht hatte!

Unterseher seufzte tief, während er den Heimweg antrat. Mit einem Mal war er sich nicht mehr sicher, was die allumfassende Güte des Herrn betraf, von der er seiner Gemeinde stets aufs Neue predigte. Hatte Gott tatsächlich vor, ihnen eine Art Sintflut zu bescheren? Sie in große Not zu bringen, um sie wie einstmals in Noahs Zeiten zu strafen? Oder war es gar nicht Gott, sondern die Natur selbst, die außer Rand und Band geraten war? Die Natur, die Gott in sieben Tagen erschaffen hatte, um sie danach, wie seine Menschengeschöpfe auch, sich selbst zu überlassen?

Vorsichtig setzte er Schritt vor Schritt, um auf dem matschigen Feldweg nicht auszurutschen. Plötzlich war ihm, als würden sich die Wipfel des Waldes, der zu seiner Rechten den Hügel bedeckte, bedrohlich auf ihn zu neigen. Dabei hatte der Wind sich gelegt, es wehte nicht das leiseste Lüftchen. Zugleich zogen sich die Baumstämme vor seinen Augen zusammen und dehnten sich wieder aus, immer im Rhythmus seines Herzschlages. Ein unbestimmtes Gefühl der Angst ließ ihm die Brust eng werden. Er blieb stehen, schloss die Augen und schnaufte tief durch.

Da vernahm er erst ein Rascheln, dann ein Flüstern. Eine helle Mädchenstimme lachte leise auf. Er wandte sich halb um und lauschte. Hinter dem dichten Haselgebüsch befand sich eine kleine Holzhütte, die dem Schweinehirten während der herbstlichen Saumast als Schutz diente. In der übrigen Zeit trafen sich dort gerne die jungen Liebespaare von Hohenstetten und den Nachbardörfern.

«Freitag komme ich wieder», vermochte er die leisen Worte gerade noch zu verstehen und glaubte in der Männerstimme den jungen Schulmeister zu erkennen. Als Pfarrer hätte er eigentlich eingreifen müssen, doch zum einen war es nun einmal die gottgegebene Natur der Jugend, dass sie ihre aufbrausenden Gefühle nicht immer unterdrücken konnte, zum anderen taten ihm Friedhelm und Paulina aufrichtig leid. Jeder im Ort wusste inzwischen, dass die beiden sich liebten und Gutjahr sich querstellte. Unterseher verstand nicht, warum der Schultes seine einzige Tochter partout in die Ehe mit Metzger Stumpp zwingen wollte, einem zwar rechtschaffenen, aber etwas tumben Mann. Der Schulmeister passte viel besser zu ihr, und Unterseher hätte die beiden mit großer Freude vor dem Traualtar gesehen. Nun aber mussten sie sich heimlich im Wald treffen!

«Das sind noch vier lange Tage», kam es als Antwort zurück, und Unterseher erstarrte. Das war nicht Paulinas Stimme, sondern die seiner eigenen Tochter Luise!

Voller Ingrimm schlug er mit seinem Gehstock eine Bresche in die Büsche und stürzte in den nach zwei Seiten offenen Unterstand. Die beiden lösten sich aus ihrer Umarmung und wichen zurück, Luise mit entsetztem Blick, der schwarzlockige Gide mit trotzig vorgeschobenem Kinn.

«Du bist es also, der Luise den Kopf verdreht», rief Unterseher mit bebender Stimme und hob den Arm, als wolle er ihn schlagen. «Ein hergelaufener papistischer Wanderkrempler will meiner Tochter die Ehre rauben.»

Luise ging dazwischen. «Es ist nicht, wie du denkst, Vater. Zwischen uns ist nichts Unrechtes geschehen.»

«Schweig! Wir reden später.» Er wies auf die geflochtene Rückentrage an der Wand. «Du, Gide, packst jetzt sofort deinen Kram und verschwindest. Auf immer!»

Außer sich fasste er Luise beim Arm und zerrte sie aus der Hütte.

«Bloß weil Sie der Herr Pfarrer und evangelisch sind», rief Gide ihm hinterher, «können Sie uns nicht auseinanderreißen. In Biberach gibt es einen Pfarrer, der traut auch solche wie uns.»

«Das werden wir ja sehen», rief er, ohne sich noch einmal umzudrehen.

In diesem Augenblick ließ ihn ein ohrenbetäubender Knall zusammenzucken, und Luise neben ihm schrie erschrocken auf. Wie aus dem Nichts brauste mit ungeahnter Wucht ein Sturm auf und peitschte ihnen harte Tropfen ins Gesicht. Donnerschlag folgte auf Donnerschlag, zwischen nachtschwarzen Wolken schossen in rascher Folge die Blitze hernieder. Unterseher rannte los, den Feldweg entlang hinunter ins Dorf, die schluchzende Luise neben sich herziehend. Er sah, wie die Pferde und Ochsen vor den Fuhrwerken vor Angst scheuten und durchgingen. Zwei Wagen kippten dabei um, das Geschrei der panischen Menschen drang durch das Tosen kaum an sein Ohr. Die meisten versuchten, sich unter das schützende Dach einer Scheune oder des nächstgelegenen Hauses zu retten, er aber rannte weiter, mitten durch diesen Aufruhr der Elemente. Einmal glitt er aus und landete mit Luise an der Hand bäuchlings im Morast, rappelte sich auf, lief unbeirrt weiter, ohne sich Schutz zu suchen. Sein Zorn war mindestens ebenso groß wie der des donnergrollenden Herrgotts, der über seinen Menschenkindern dieses neuerliche Unwetter vom Zaun brach. Dass das bereits geschnittene Gras in der einsetzenden Sturzflut ersoff und nicht mehr zu gebrauchen war, dass der Rest nun auf den Matten dahinfaulen würde, dass die ganze Heumahd hier und in der Umgebung somit vernichtet war – das alles war ihm in diesem Moment ganz und gar gleichgültig.

Am selben Abend suchte Carl Unterseher bei noch immer strömendem Regen den Schultes auf. Der saß sichtlich geknickt über die Ereignisse am Tisch der kleinen Stube.

«Nur diesen einen Tag und morgen noch hätte es doch trocken bleiben können», murmelte er, nachdem er den Pfarrer begrüßt hatte. «Was ist das nur für ein Dreckswetter in diesem Jahr. Den Schenk hat es sogar ein Ross gekostet. Noch auf dem Feld hat er ihm den Gnadenschuss setzen müssen.»

Unterseher nickte kummervoll. «Ja, wir müssen heuer schon viel ertragen.»

Dann holte er tief Luft, um auf den Punkt zu kommen. In etwas stockenden Worten schilderte er Gutjahr seine Entdeckung im Wald.

«Du musst übermorgen bei der Gemeinderatssitzung durchbringen, dass dieser Gide unsere Gemarkung nicht mehr betreten darf», bat er ihn inständig.

«Worauf du dich verlassen kannst, lieber Carl. Dieser Schwerenöter ist mir schon lange ein Dorn im Auge. Der verdreht ja selbst unseren Ehefrauen den Kopf. Hoffen wir nur, dass er nicht schon zu weit gegangen ist. Zuzutrauen wäre es ihm.»

«Nein, nein, da war nichts», wehrte Unterseher entschieden ab. «Meine Luise lügt mich nicht an.»

Zum Abschied schüttelten sie sich wie in tiefer Verbundenheit die Hände, was dem Pfarrer eher unangenehm war, und Gutjahr gab ihm noch eines dieser neumodischen Regendächer mit auf den Weg.

Unterseher bedankte sich. Nach kurzem Zögern fügte er hinzu: «Darf ich, lieber Justus, ein Wort zu Paulina sagen? Ich selbst wäre heilfroh, wenn meine Luise sich den jungen Schulmeister ausgesucht hätte. Vielleicht überdenkst du ja noch einmal deine Entscheidung mit dem Metzger. Du willst doch deine Tochter nicht unglücklich machen.»

«Fängst du jetzt auch noch an?», brauste Gutjahr sofort auf. «Seit Jahr und Tag ist es Brauch, dass die Eltern für die Töchter mitentscheiden. So war es bei meiner Mutter, und so war es auch bei Alwine und mir. Und damit sind wir nicht schlecht gefahren.»

«Aber Friedhelm ist, anders als dieser Nichtsnutz Gide, ein rechtschaffener Mann. Und den richtigen Glauben hat er auch.»

«Das lass alles nur meine Sache sein», gab Justus Gutjahr schon etwas versöhnlicher zurück. «Und dieser Wanderkrämer wird keinen Schritt mehr in unseren Flecken setzen, das verspreche ich dir.»

Voller Erleichterung, wenn auch mit einem gewissen Unbehagen, trat Unterseher hinaus auf den Hof. War er mit Luise nicht ebenso hart wie Justus mit Paulina? Andererseits hätte er gegen keinen anderen jungen Mann hier aus dem Ort oder der Umgebung etwas einzuwenden gehabt, da war er sich sicher. Luise würde schon noch jemanden finden, der nett und anständig zugleich war.

# *Kapitel 10*

*Sommer 1816*

Auch den ganzen Juli hindurch regnete es, nun aber fast immer mit Gewitter, Sturm und Hagel. Die tosenden Sturmböen zerschmetterten Bäume, deckten Häuser und Kirchen ab, warfen Fuhrwerke um. In Cottas «Morgenblatt für gebildete Stände» stand zu lesen, dass es sogar den berühmten Dichterfürsten und Geheimen Rat Goethe getroffen habe: Mit seiner Kutsche sei er auf dem Weg von Weimar nach Baden verunglückt, wobei er selbst unverletzt blieb, sein Begleiter Hofrat Meyer indessen schwer am Kopf beschädigt wurde. Das war im Übrigen die letzte Zeitungsmeldung, die Hohenstetten erreichte: Danach wurde wegen der Unwetter und überschwemmten Straßen der Postwagenbetrieb zwischen Stuttgart und Ulm eingestellt. Zum Glück waren die meisten Häuser im Ort noch strohgedeckt und damit gegen Sturm und Hagel besser geschützt als etwa das Rathaus mit seinen Ziegeln, das nach einem besonders heftigen Sturm zur Hälfte ohne Dach dastand.

Am 12. Juli schließlich ging ein schrecklicher Hagelsturm über der Rauhen Alb nieder. Zu Mittag wurde es so dunkel, dass sich das Geflügel zum Schlafen niederlegte und man Kerzen anzünden musste. Danach waren die Fluren vom Hagel weiß wie mitten im Winter, und man musste das Eis mit Schippen aus den Gassen wegschaufeln. Es sollte nicht der einzige Hagelsturm bleiben, und was der Regen nicht vernichtete, schafften taubeneiergroße Eiskörner. Immer wieder stand irgendwo ein Landbesitzer mit Weib und Kindern weinend vor den zerschlagenen Saaten und fragte sich fassungslos, wovon sie künftig satt werden sollten.

Noch Ende Juli war die Erde so durchnässt, dass überall Wasser hervordrang und Bäche entstanden, wo zuvor keine waren. Auf den Äckern schwamm eine ekelhafte Brühe aus Unrat und Kloake, die Wiesen schienen vergiftet, denn die ersten Schafe verendeten, und wo die Saat nicht schon weggeschwemmt war, verfaulte sie. Den Kühen gab man inzwischen die eigene Milch zu saufen, weil man kein Futter mehr für sie hatte, Obst und Gemüse reifte gar keines heran und war somit auch nirgends zu kaufen, die Kartoffeln vom Vorjahr waren aufgebraucht, der Scheffel Dinkel, um Pfingsten noch auf fünf bis sechs Gulden, galt jetzt über das Doppelte. Schon warnten die Bäcker, dass sie das Backen bald ganz einstellen müssten, wenn das Mehl noch teurer würde. Den 31. Juli fiel sogar Schnee, der den halben Tag auf den durchnässten Fluren liegen blieb, bis er sich in den vertrauten Sumpf aus Matsch und Dreck verwandelte. Jeder hier wusste: Es konnte nichts mehr wachsen bis zur Ernte. Die Verzweiflung der Menschen schlug in stummes Entsetzen um.

Nur zur Mitte des Monats, den 18. Juli, hatte es einen einzigen strahlenden Sonnentag gegeben. Mittags stürmten etliche der Weberbauern auf ihre Felder, um das unreife Korn zu schneiden für den Fall, dass es noch schlimmer kommen würde. Doch Schultes und Gemeinderat gingen gewaltsam dazwischen, da sich mit unreifer Frucht kein Brot backen ließ. Am nächsten Morgen zwangen einige Bürger und Bürgerinnen den Pfarrer, die Glocken zu läuten und einen Dankgottesdienst abzuhalten, da immerhin der Tag des prophezeiten Weltuntergangs an ihnen vorübergegangen war. Doch selbst diejenigen, die für dieses Menetekel nur Hohn und Spott übriggehabt hatten, lachten nicht mehr. Denn wenn die Welt auch weiterhin fortbestand – die große Heimsuchung stand ihnen mit dem Ernteausfall erst noch bevor. Da nutzte es auch nichts, wenn die Regierung über ihre Amtsboten plötzlich im ganzen Land bekanntmachen ließ, dass die Ernte durchaus zufriedenstellend ausfallen und man notfalls Getreide an die Bauern ausgeben werde. Das Volk durchschaute diese Verlautbarung als Lüge in der Not, denn zum einen gab es auf den Feldern nichts mehr zu ernten, zum anderen lagerten seit den Kriegsjahren kaum noch Vorräte in den königlichen und gemeindeeigenen Schrannen. Der König wollte Aufruhr und massenhafte Auswanderung verhindern, nichts weiter. Es wurde auch sogleich die Warnung an die Bürger hinterhergeschickt, dass jeder Auswanderer seine Staatsbürgerschaft verlieren würde und kein Recht auf Rückwanderung habe.

Eine so bleierne Zeit war angebrochen, dass sie an manchen Tagen stillzustehen schien. Das Leben auf den Dörfern wirkte wie erstarrt: In den verschlammten Gassen lärmten keine Kinder mehr, kein Fuhrwerk rumpelte mehr über Land, auf dem Acker und in den Krautgärten war nichts mehr zu tun, außer immer wieder aufs Neue Gräben zu schaufeln, und selbst wenn derzeit fleißig gesponnen und gewebt wurde, wobei man die Webstühle wegen der häufig vollgelaufenen Keller in die Stuben geschafft hatte, würde der Flachs bald kaum noch zu bezahlen sein, geschweige denn das Brot zum Sattwerden.

Für Friedhelm war ohnehin alle Hoffnung verloren, seine eigene Welt bereits untergegangen mit jenem Abendessen Ende Mai, bei dem sich seine Mutter und er so sehr bemüht hatten, das Wohlwollen dieses selbstgerechten Schultes zu gewinnen. Stattdessen hatte Gutjahr ihre Einladung als Bühne genutzt, um

Friedhelm einen solchen Schlag ins Gesicht zu versetzen, wie es nicht einmal sein eigener Vater vermocht hätte.

Seither lebte er dumpf vor sich hin, zehrte einzig von dem kurzen Lächeln, das Paulina und er sonntags verstohlen am Kirchenportal austauschten, wenn er an den offenen Türflügeln stand und alle Kirchgänger begrüßte. Oder von den sehnsuchtsvollen Augenblicken, wenn er mit seinen Schulkindern am sogenannten Schneckengärtlein stand, ein mit Drahtgitter umzäuntes Gehege, das in Sichtweite der Hirschenpost an der Landstraße errichtet war. Neuerdings zählte es nämlich zu seinen Aufgaben, zwei- bis dreimal die Woche, sofern es nicht blitzte oder stürmte, die Kinder nachmittags auf die Felder zu führen, wo sie die gefräßigen Schnecken gegen einen kleinen Obolus einsammelten, deren Bestand sich seit dem Frühjahr täglich zu verdoppeln schien. Unter lautem Gesang brachten sie dann ihre Beute zum Schneckengärtlein, wo die Weichtiere zu Tausenden darauf warteten, eines Tages fässerweise über Ulm ins katholische Baiern gebracht zu werden, um dort als Fastenspeise zu enden. Mit viel Glück stand Paulina, die das Haus immer noch nicht frei verlassen durfte, dann am Dachfenster der Hirschenpost, um Friedhelm zuzuwinken. Doch mitunter schmerzte ihn dieser Anblick mehr, als dass er ihn froh machte. Das Gasthaus selbst hatte er seit jenem Abend im Mai nie wieder betreten, wiewohl Gutjahr ihm auf der Straße oder vor der Kirche mit ausgesuchter Freundlichkeit begegnete, gerade so, als würde er sich an seinem Leiden ergötzen. Obendrein siezte er ihn seither und sprach ihn stets mit «Herr Schulmeister» an. Dann überkam Friedhelm jedes Mal große Lust, ihm ins Gesicht zu spucken.

Über Luise hatte Paulina ihn wissen lassen, dass er auf Gott und die Zukunft vertrauen solle. Das Beste sei, erst einmal abzuwarten, ob ihr Vater nicht doch ein Einsehen haben würde.

Und falls nicht, könne man immer noch zusammen weggehen von Hohenstetten. Auf eines aber könne Friedhelm sich felsenfest verlassen: Niemals würde sie Lorenz Stumpp heiraten, da müsste der Vater sie schon totprügeln. Paulina weigerte sich wohl inzwischen auch rundweg, den Dorfmetzger an seinem Stammtisch zu bedienen, obwohl dieser Stiernacken jetzt erst recht jeden Sonntag Essensgast in der Hirschenpost war. Dies und anderes, so auch Luises großes Unglück mit dem Wanderkrämer, erfuhr Friedhelm in kleinen, zusammengefalteten Briefchen, die Paulinas Freundin ihm jeden Sonntag beim Verlassen der Kirche heimlich zusteckte und die ihm zu seinem wertvollsten Schatz wurden. Abends vor dem Einschlafen las er sie allesamt wieder und wieder durch, doch Paulinas liebe Worte vermochten seine Schwermut nicht zu durchbrechen. Wie auch, da er sich um noch sehr viel mehr sorgen musste? Um seine immer noch kränkelnde Mutter mit dem hartnäckigen Husten, darum, was aus ihrer Familie ohne Ernte im Winter werden sollte, wenn die Preise weiter so anstiegen und er das mit seinem Schulsold nicht mehr bewältigen konnte, und erst recht, wie die Zukunft des gesamten Landes nach diesem letzten halben Jahr aussehen würde. Er selbst durfte Paulina nicht schreiben, da Gutjahr regelmäßig ihre Sachen durchwühlte. Auf diese Weise hatte er auch den Verlobungsring gefunden, den er postwendend Friedhelms Mutter mit den Worten übergeben hatte: «Euer Sohn hat das bei uns wohl irgendwann verloren.» Seither lag dieser Ring unter seinem Kopfkissen, und er küsste ihn jede Nacht, bevor er das Licht löschte. Eines Tages würde er ihn Paulina vor dem Traualtar anstecken. Das würden kein Justus Georg Gutjahr, kein Lorenz Stumpp und kein Weltuntergang verhindern können.

Schweigend wie so oft löffelten Friedhelm und seine Mutter an diesem Augustmorgen ihre Mehlsuppe, die Mutter mit zusammengekrümmten Schultern, da sie eben gerade wieder einen heftigen Hustenanfall überstanden hatte. Durch die geschlossenen Fenster drang das gewohnte Rauschen des Regens herein. Alles war inzwischen klamm geworden und roch muffig: die Schuhe, die Kleidung, das Bettzeug, ja selbst die Luft in den Häusern.

«Ich habe nachgedacht, mein Junge», sagte seine Mutter plötzlich in die Stille hinein. «Du solltest nach Stuttgart gehen. Dein Salär als Schulmeister erhältst du zur Hälfte in Naturalien – was soll das noch werden, wenn die Ernte erst einmal missraten ist? Und der Gulden verliert mit der Teuerung auch immer mehr an Wert. In einer großen Stadt wird es für dich leichter sein, ein Auskommen zu finden. Du könntest allemal als Hauslehrer unterrichten, sprichst Englisch, könntest dich als Briefschreiber anbieten ...»

«Wir werden schon durchkommen, Mutter», unterbrach er sie. «Außerdem habe ich von Gottlob erfahren, dass auch in Stuttgart große Sorge und Not herrschen. Inzwischen sind unsere Soldaten in Massen von den Kriegszügen und aus der Gefangenschaft heimgekehrt, und die meisten suchen Arbeit in der Stadt. Die Löhne sinken, während die Preise steigen. Womöglich gibt es bald schon Aufstände in den größeren Städten.»

«Trotzdem. Der liebe Gott hat dir so viele Fähigkeiten geschenkt, du würdest Arbeit finden, das weiß ich. Und deinem rebellischen Freund musst du dich ja nicht anschließen. Nein, mir ist da noch ein anderer Gedanke gekommen, ich sehe doch, wie sehr du leidest.» Sie lächelte ihm aufmunternd zu und schien sich kurz zu sammeln, bevor sie fortfuhr. «Schau her, Friedhelm, du könntest doch zusammen mit Paulina gehen. Bestimmt findet ihr dort einen Pfarrer, der euch auch ohne Erlaubnis des Brautvaters traut.»

Er starrte sie an. «Mit Paulina nach Stuttgart?»

«Ja, warum nicht? Ihr wäret nicht die Ersten, die die Heimat verlassen, um heiraten zu dürfen.»

Völlig überrascht von ihrem Vorschlag und zugleich voller Dankbarkeit drückte er über den Tisch hinweg ihre kleine, knotige Hand. Niemals hätte er von sich aus gewagt, einen solch wagemutigen Plan auch nur auszuspinnen. Und dann sprach ihn ausgerechnet seine Mutter für ihn aus. Doch so verlockend das auch klang – er wusste weder, ob Paulina mit ihm gehen und dafür mit ihrem Elternhaus brechen würde, noch konnte er seine Mutter im Stich lassen. Seine Schwester war nämlich zu sehr auf ihr eigenes Leben bezogen, um sich angemessen um die Mutter zu kümmern. Schon ihr einziges Kind schien Auguste neben der Haus- und Feldarbeit zu überfordern.

So schüttelte er den Kopf. «Nein, ich kann dich nicht allein lassen in diesen ungewissen Zeiten. Erst recht, wo dein Husten immer schlimmer wird statt besser. Nicht einmal Chirurgus Keller hat bislang ein probates Mittel dagegen gefunden.»

«Das macht diese elende Feuchtigkeit.» Sie lächelte erneut. «Uns werden noch Schwimmhäute wachsen, wenn das mit dem Regen so weitergeht.»

Er rang sich ebenfalls ein Lächeln ab, obwohl ihm kein bisschen nach Scherzen zumute war.

«In zwei Wochen», fuhr sie fort, «bist du fünfundzwanzig und damit volljährig. Deine Schwester hat zur Hochzeit, wie du weißt, ihren Hausteil von mir als Witwe überschrieben bekommen, zu einem Kaufpreis von dreihundert Gulden, von denen wiederum achtzig Gulden als meine Heiratsgabe abgezogen waren.»

Er nickte, während sie eine kleine Pause machte, um Atem zu schöpfen. Hier in Altwürttemberg waren Söhne und Töchter gleichermaßen erbberechtigt, und somit hatte auch jedes der Kinder Anspruch auf das Elternhaus mit dem dazugehörigen Land. Erfolgte die Aufteilung bereits zu Lebzeiten eines oder beider Elternteile, bekam man das vorzeitige Erbe nicht umsonst, sondern musste es den Eltern abkaufen, wenngleich zu einem günstigen Preis, von dem ein Gutteil als Heiratsgabe erlassen wurde, ein anderer Teil als jährliche Altersrente bezahlt werden musste.

«Nun bist du an der Reihe», fuhr sie fort. «Mit Erreichen der Volljährigkeit, ganz gleich ob du verheiratet bist oder nicht, stehen auch dir diese achtzig Gulden zu.»

Er wusste nicht recht, worauf sie hinauswollte.

«Aber du besitzt doch derzeit gar nicht so viel Geld?», wandte er ein.

«Das stimmt. Was ich damals von Auguste und Emil auf die Hand bekommen habe, waren nur dreißig Gulden, das Übrige bekomme ich von ihnen als Leibrente. Ich könnte unsere Haushälfte aber auch verkaufen, und du bekommst diese achtzig Gulden, um dir in Stuttgart mit Paulina ein Leben aufzubauen. Du kannst natürlich auch hoffnungsvoll warten, bis Gutjahr dir seine Tochter zur Frau gibt, und erwirbst dann Haus und Grund zu den Bedingungen wie Auguste und Emil. Ich glaube aber kaum, dass Gutjahr seine Meinung ändert, geschweige denn, dass er für eure Ehe zu einer Mitgift bereit wäre, die ihr ja für den Kauf bräuchtet. Deshalb biete ich dir stattdessen diese achtzig Gulden an.»

Er konnte es kaum glauben, was seine Mutter ihm da anbot. Mit dieser Summe konnte man selbst zu zweit schon etwas Neues anfangen, wenn auch nur in bescheidenem Maße.

«Und wo bleibst du dann bei diesem Handel?», fragte er, und ohne es zu wollen, begannen in seinem Kopf sogleich die Gedanken über eine gemeinsame Zukunft mit Paulina einander zu jagen.

«Beim Amtsnotar hatte ich mir damals das Recht vorbehalten, bei deiner Schwester einzuziehen, falls ich die andere Haushälfte je an Fremde verkaufen müsste. Dann bräuchte sie auch nicht mehr die volle Leibrente an mich bezahlen. Und wenn ich sterbe, erbt ihr beide mein Vermögen ohnehin zu gleichen Teilen.»

Vor Rührung traten ihm die Tränen in die Augen. «Ach Mutter, ich weiß gar nicht, was ich sagen soll. Das ist so … so großherzig von dir! Aber das kann ich niemals annehmen. Ich kann dich nicht einfach hierlassen.»

«Denk einfach darüber nach, mein Junge, und mach dir um mich keine Sorgen. Das wird schon wieder mit dem Husten. Und wenn es dich beruhigt: Ihr könnt mich ja auch nachholen, sobald ihr euch in Stuttgart eingerichtet habt.»

Er wusste, dass das geschwindelt war. Seine Mutter würde diesen Ort, in dem sie geboren und aufgewachsen war, niemals verlassen.

«Gut, ich denke darüber nach. Wie immer ich mich entscheide, ich kann dir gar nicht genug danken für deinen Großmut.» Er stand auf und umarmte sie. «Aber jetzt muss ich schleunigst ins Schulhaus. Bis später, Mutter.»

In diesem Augenblick klopfte es gegen die Haustür.

«Wer da?», rief er auf dem Weg in die Diele, wo er seinen Mantel vom Haken nahm. Doch statt einer Antwort klopfte es abermals, und so schlüpfte er in seine Stiefel und öffnete.

Vor ihm standen drei Kinder, triefnass und in erbärmlich abgerissenen Kitteln. Ihre nackten Füße starrten vor Dreck, sodass es auf den ersten Blick aussah, als hätten sie Schuhe an. Mit ihren großen Augen in den bleichen Gesichtern starrten die Kleinen ihn flehentlich an.

«Wir haben Hunger», riefen sie im Chor und streckten ihre Hände aus.

Die drei waren ihm unbekannt, mussten also aus einem der Nachbardörfer stammen.

«Habt ihr denn keine Eltern, die für euch sorgen?», fragte er fast ein wenig misstrauisch.

«Schon, aber es reicht nicht für alle», antwortete das älteste Kind, ein Mädchen von etwa zehn Jahren. «Da sind noch drei Kleine daheim.»

«Woher seid ihr?»

«Aus Suppingen.»

«Alsdann, wartet hier.»

Er schloss die Tür und eilte in die Küche, wo seine Mutter gerade den Abwasch vorbereitete.

«Wer war das?», fragte sie ihn erstaunt.

«Drei Bettelkinder. Ich schneide ihnen was vom Brot ab, wenn's dir recht ist.»

Sie nickte. «Gib den armen Tröpfen auch noch ein paar Walnüsse, wir haben noch so viele vom letzten Jahr.»

Mit den Nüssen und drei Scheiben Brot kehrte er an die Haustür zurück.

«Habt ihr keine Schule heute Morgen?», fragte er das Mädchen, nachdem es sich höflich bedankt hatte.

«Unsere Eltern können das Schulgeld nicht mehr bezahlen.»

Innerlich schüttelte Friedhelm den Kopf. Eigentlich musste das Schulgeld bei Armut die Pfarrgemeinschaft übernehmen, im Heiligenkasten der Kirche war hierfür eigens ein Posten vorgesehen. Aber vielleicht schämten sich die Eltern ja auch, um

Almosen zu bitten. Oder sie gehörten zu denjenigen, die ihre Kinder ohne Scham zum Betteln ausschickten, wer wusste das schon? Jedenfalls konnte er sich nicht erinnern, wann das letzte Mal Bettelkinder an ihre Tür geklopft hätten.

«Jetzt geht nach Hause, aber rasch. Nicht überall ist man so freundlich zu Bettlern.»

Er sah ihnen nach, wie sie in Richtung Landstraße davonliefen, dann machte er sich betrübt auf den Weg. Wahrscheinlich war das hier nur der Anfang.

Erst kurz vor dem Schulhaus fiel ihm auf, dass es nicht mehr regnete. Stattdessen spannte sich über ihm ein blauer Himmel, und im Osten schob sich eine strahlende Sonne durch die restlichen Wolken. Sofort wurde ihm viel zu warm unter seinem wollenen Überwurfmantel – ein Gefühl, das er schon lange nicht mehr verspürt hatte.

Sollte das Schicksal mit den Menschen im Land doch noch ein spätes Einsehen haben?

Die Sonne schien auch am nächsten und übernächsten Tag, und es wurde zum allerersten Mal in diesem Jahr sommerlich warm. Schultes und Pfarrer beriefen für mittags Schlag eins alle Einwohner Hohenstettens zu einer außerordentlichen Versammlung auf dem Markt ein.

«Wir dürfen wieder hoffen», hob Gutjahr von der Freitreppe des Rathauses, das seit letztem Herbst in einem frischen gelben Anstrich erstrahlte, zu sprechen an. «Aber wir dürfen auch keinen Fehler begehen. Das wenige, was die Regenfluten der letzten Monate auf unseren Äckern nicht weggeschwemmt haben, ist noch am Reifen, und es wäre ein verheerender Schritt, verfrüht zu ernten, auch wenn Anfang August die übliche Zeit bei uns auf der Alb ist. So hat der Gemeinderat gestern beschlossen, den

Beginn der Getreideernte auf die Tage um Bartholomä anzusetzen.»

Die Ersten begannen zu murren. «Das sind ja noch fast drei Wochen!» – «Was, wenn der nächste Hagelsturm den Rest zerstört?»

Friedhelm, der mit seiner Mutter am Rande der Menge stand, konnte zwar die Ungeduld der Leute verstehen, aber wo der Gemeinderat recht hatte, hatte er recht. Gerste, Roggen und Dinkel standen derzeit so kümmerlich auf dem Halm wie sonst Ende Mai, und drei Wochen waren das Mindeste, was es brauchte, um wenigstens eine Noternte einzufahren.

Pfarrer Unterseher ergriff das Wort. «Ihr habt gehört, was der Schultes gesagt hat. Lasst euch nicht entmutigen, bedenkt, dass die drückenden Beschwerden der Gegenwart sehr oft das Heil unserer künftigen Tage bewirken. Vertrauen wir also auf Gott, unseren Herrn, und bitten wir ihn nach dieser Versammlung in der Kirche um einen warmen und trockenen August.»

«Haben wir nicht schon genug gebetet?», rief der reiche Maierbauer Schwenk ziemlich aufgebracht und erhielt zustimmenden Beifall, wenn auch nur aus seiner unmittelbaren Umgebung.

«Ruhe!», brüllte Gutjahr mit grimmiger Miene. «Habe ich französisch rückwärts geredet? Dies ist ein Ratsbeschluss, und wer dagegen verstößt, kommt vor das Rüggericht! Das Brotkorn rührt keiner von euch an. Der Flachs mag ab heute gerauft und geröstet werden, sofern ihr ihn zur Grünreife ernten wollt. Ansonsten kümmert euch um das Unkraut, wo die Felder jetzt allmählich abtrocknen. Ich will euch nun unseren Ratsbeschluss im Einzelnen verlesen …»

Derweil hatte Friedhelms Blick die Menschenmenge nach Paulina abgesucht und entdeckte sie schließlich nur wenige Schritte entfernt im Schatten eines Haselstrauches. Sie befand sich in Gesellschaft von Luise und einigen anderen jungen Frauen und hatte ihn wohl längst gesehen, denn sie hob kaum merklich die Hand zum Gruß.

«Bin gleich zurück», flüsterte er seiner Mutter zu.

Ihm war es einerlei, wer ihn beobachtete, als er zu den Mädchen hintrat. Er musste Paulina unbedingt treffen, allein, und heute war sein arbeitsfreier Mittwochnachmittag.

Mit klopfendem Herzen nahm er sie beiseite.

«Können wir uns sehen, nach dem Bittgottesdienst?», fragte er leise. «Irgendwo außerhalb?»

«Ich glaube nicht, dass ich mich einfach davonstehlen kann.» Traurig sah sie ihn an. «Du weißt ja, mein Vater …»

«Versuche es, bitte. Ich warte am Hohlen Stein auf dich. Den ganzen Nachmittag.»

«Gut. Jetzt geh lieber.»

Als er zur Mutter zurückkehrte, nickte diese ihm zu.

«Mein Vorschlag mit den achtzig Gulden gilt immer noch, Friedhelm. Aber seid vorsichtig, falls ihr euch trefft, Paulina und du. Und tut nichts Unbedachtes.»

«Keine Sorge, Mutter. Nun denn, heute Nachmittag bin ich jedenfalls fort, und falls jemand nach mir fragen sollte, sagst du einfach, du wüsstest nicht, wo ich bin.»

Sie lächelte. «Ich will's auch gar nicht wissen, mein Junge.»

Nach dem Gottesdienst eilten die Menschen nach Hause, um sich für die anstehende Feldarbeit umzuziehen. Auch Friedhelm streifte sich daheim seinen alten Kittel über, zog die Handkarre aus der Scheune und legte Korb, Stecheisen und eine zusammengefaltete Pferdedecke hinein, wobei er keineswegs vorhatte, Unkraut zu stechen. Aber es sollte zumindest so aussehen, als sei er auf dem Weg zu seinem Winterdinkel unterhalb des großen

Buchenhains. Zuletzt rannte er nochmals ins Haus zurück, um das in Leder gebundene Buch zu holen, in dem er seit letzter Woche las: das bürgerliche Trauerspiel «Kabale und Liebe» von Friedrich Schiller.

Der kürzeste Weg hinaus zum Acker wäre ein Stück die Poststraße entlang nach Westen gewesen, doch hierbei hätte er die Hirschenpost passieren müssen, und Gutjahr war der Letzte, dem er begegnen wollte. So nahm er den kleinen Umweg über den Kirchenbuckel in Kauf, auch wenn ihm schon nach kurzer Zeit der Schweiß den Rücken herablief. Im Ort herrschte großer Umtrieb, er grüßte freundlich nach links und rechts, wich mit seinem Handwagen den tobenden Kindern aus, die endlich wieder unter freiem Himmel spielen durften, und vor dem Schulhaus sah er Emmanuel Dürr lesend auf der Bank neben der Treppe sitzen. Selbst bei dieser Hitze war er in seinen langen, schwarzen Gehrock gehüllt.

«Gott zum Gruße, Dürr», rief er ihm zu. «Genießen Sie den schönen Sommernachmittag?»

Der Provisor sah von seiner Lektüre auf. Dieser gestrenge Pietist würde wahrscheinlich niemals Schiller oder Goethe in die Hand nehmen, stattdessen las er in seiner freien Zeit in der Bibel oder in Erbauungsliteratur.

«Guten Tag», gab er förmlich zurück und versenkte seine lange Hakennase wieder ins Buch.

Nun, dann eben nicht, dachte sich Friedhelm. Er hatte ihn bereits zwei-, dreimal in die Schenke Zum Rad auf einen Abendtrunk eingeladen, doch Dürr hatte jedes Mal abgelehnt. Was für ein unnahbarer, freudloser Mensch. Obendrein hatte er sich, dessen war Friedhelm sich sicher, in Luise verguckt, doch die würdigte ihn keines Blickes, wenn er sich vor und nach den Gottesdiensten mit glänzenden Augen in ihre Nähe drängte.

Nachdem Friedhelm das letzte Weberhaus hinter sich gelassen hatte und den Feldweg betrat, begegneten ihm schon weniger Menschen. Jetzt konnte er nur noch hoffen, dass die Gutjahrs nicht auf ihrem benachbarten Gerstenfeld zugange waren. Doch das lag zum Glück verwaist, wahrscheinlich war der Schultes beim Flachs. Dafür weideten oben auf Schenks Magerwiesen die Schafe, und schon erhob sich der Gemeindeschäfer Thomas, einer der Ärmsten im Flecken, aus dem Schatten eines Felsens und winkte ihm fröhlich zu.

Friedhelm seufzte. Zumindest eine Zeitlang sollte er so tun, als sei er mit Unkrautjäten beschäftigt. Ein einziger Blick auf seinen Acker indessen genügte, um zu begreifen, dass hier nichts mehr zu retten war. Zwischen bald hüfthohem wildem Kraut war von den Dinkelpflanzen nichts mehr zu sehen, auch nicht dort, wo das Wasser dank seiner Gräben abgelaufen war. Es würde ihm nichts anderes übrigbleiben, als den Acker umzupflügen und neu einzusäen. Wenigstens stand es um die Sommergerste auf der anderen Seite des Ortes etwas besser, wie er gestern nachgeprüft hatte. Dennoch fuchste es ihn, dass das schlechte Wetter an Gutjahrs Winterfeld weitaus weniger Schaden angerichtet hatte.

«Deinen Acker kannst getrost den Wildschweinen überlassen», rief der Schäfer ihm zu, der bis auf Schultes und Pfarrer alle Leute im Ort frank und frei duzte. Wie so einiges andere ließ man das dem schrulligen Mann durchgehen, da er mit seiner Familie viel Unglück durchstehen musste: Seine Frau war vor langer Zeit dem Fleckfieber erlegen, von seinen vier Kindern hatte nur Michel, der Jüngste, überlebt, doch der war ein rechter Taugenichts. Dennoch war Thomas immer guter Dinge, was vielleicht daran lag, dass er mit der ledigen Näherin Christina, Tochter des kriegsversehrten Feldschützen, in heimlicher

Ehe verbunden war. Anfangs hatte man sich hierüber gehörig das Maul zerrissen, inzwischen nahm man es stillschweigend hin, was Friedhelm in dieser strenggläubigen Gegend mehr als erstaunte.

«Oder ich überlass den Acker deinen Schafen. Ist Michel auch hier?», fragte Friedhelm vorsichtshalber.

Thomas kam ein paar Schritte auf ihn zu und schüttelte den Kopf.

«Weiß mal wieder nicht, wo sich der Faulpelz rumtreibt.» Er verzog sein wettergegerbtes Gesicht. «Vielleicht steckt er mit dem Jungen vom Pfarrer zusammen. Die beiden sind ja neuerdings ein Herz und eine Seele. Aber dein Angebot nehme ich gerne an.»

Er stieß einen Pfiff aus, und schon kamen seine beiden struppigen Hunde angetrabt. Kein Vaterunser später hatten sie auf sein Zeichen hin die Schafe in Friedhelms missratenen Acker getrieben. So war der wenigstens noch als Futterweide nützlich.

«Ich gehe dann mal weiter zum Waldrand hoch, Beeren sammeln. Einen schönen Tag noch, Thomas.»

«Viel Glück. Ich glaub aber kaum, dass du reife Beeren finden wirst, bei dem Mistwetter in diesem Jahr.»

«Wir werden sehen.»

Mit seiner leeren Karre machte sich Friedhelm an den Aufstieg zum Buchenhain, in der großen Hoffnung, dass Paulina bald schon am Hohlen Stein eintreffen würde. Die vielen umgestürzten Bäume waren ein trauriger Anblick. Als Bauholz waren die Stämme nicht zu gebrauchen, allenfalls als Brennholz für den nächsten Winter.

Als er die Senke zum Eingang der Höhle erreichte, klopfte sein Herz schneller, und er hielt kurz inne. Dort hatte er Paulina am Valentinstag erstmals in den Armen gehalten, während der schreckliche Hagelsturm niedergegangen war. Es kam ihm vor wie gestern und zugleich endlos lange her.

Wenige Schritte vor dem Spalt zur Höhle lag eine umgestürzte Fichte, deren Zweige sie vor neugierigen Blicken schützen würden. Hinter dem Wipfel des vom Sturm gefällten Baumes breitete er die Pferdedecke aus, auf weichem Moos, halb in der Sonne, halb im Schatten. Er setzte sich mit dem Rücken an die Felswand und wartete. Dass der Zufall jemanden aus Hohenstetten hier vorbeiführen wurde, glaubte er nicht. Die nächsten Felder und Krautäcker lagen ein gutes Stück entfernt, höchstens eine Schar Kinder könnte sich hierher verirren, und denen würde er dasselbe sagen wie dem Schäfer.

Eine träge Müdigkeit überkam ihn, und er schloss die Augen. Hie und da knackte ein Zweig, schräg über ihm kreiste mit seinem gedehnten Pfeifen ein Roter Milan. Sonst war alles still hier oben. Die Ruhe und hochsommerliche Wärme ließen ihn halb eindösen, in seinem Traumgespinst sah er sich Hand in Hand mit Paulina zwischen den hohen Häusern der Residenzstadt schlendern, von den anderen Passanten aufs freundlichste gegrüßt.

Das Bellen eines Hundes schreckte ihn auf. Ein wenig verwirrt sah er sich um, doch weder Mensch noch Hund waren zu sehen. Die Sonne, die zuvor auf seine ausgestreckten Beine geschienen hatte, war verschwunden, aus der Höhle strömte ihm kühle Luft entgegen wie aus einer Grabesgruft. Von ferne hörte er Sankt Alban die vierte Nachmittagsstunde schlagen.

Er sprang auf. Gut zwei Stunden waren seit dem Bittgottesdienst vergangen, und Paulina war noch immer nicht gekommen. Oder sie hatte es versucht und war von ihrem Vater gehindert worden, das Haus zu verlassen. Trotzdem – er würde hier auf sie warten bis zum frühen Abend.

Da ihm die Zeit lang wurde, machte er sich auf die Suche

nach Walderdbeeren und Heidelbeeren. Doch er fand nur winzige, eingetrocknete Früchte, die zu pflücken sich nicht lohnte oder die bereits am Stängel verfault waren. Ruhelos schritt er noch eine Weile den Pfad, der den Wald säumte, auf und ab, um Ausschau nach Paulina zu halten, dann besann er sich auf das Buch, das er mitgenommen hatte, und nahm erneut auf der Decke Platz.

Er hatte «Kabale und Liebe» erstmals und mit großer Begeisterung während seiner Seminarzeit in Esslingen gelesen, wo er es günstig bei einem Händler für gebrauchte Bücher erworben hatte. Doch diesmal fand er nicht so recht hinein. Den beiden Liebenden Ferdinand und Luise stand zwar genau wie bei ihnen ein kaltherziger, machtbewusster Vater im Wege, doch bei Schiller war es Ferdinands adliger Vater, der diesen aus Standesinteressen heraus in die Ehe mit einer herzoglichen Mätresse zwingen wollte. Überdies: Allzu überraschend hatte jene Mätresse aus reiner Sympathie für die sittsame, aufrichtige Luise auf die erzwungene Ehe verzichtet, und allzu offensichtlich war die grausam gesponnene Intrige von Ferdinands Vater, als dass die Liebenden sie nicht hätten durchschauen können. Dass den beiden am Ende als einziger Ausweg der gemeinsame Tod blieb, war in Friedhelms Augen der denkbar schlechteste Ausgang, und so schlug er das Buch kurz vor dem letzten Akt zu.

«Friedhelm?»

Mit einem Satz war er auf den Beinen. Paulina hatte es tatsächlich wahrmachen können!

Erstmals in diesem Jahr sah er sie einen leichten Sommerrock und ein Hemd mit kurzen Ärmeln unter dem hübschen bestickten Schnürmieder tragen, ihr kastanienbraunes, lockiges Haar war mit einem roten Band zusammengebunden. Sie sah wunderschön aus!

Er lief ihr entgegen, nahm sie bei der Hand und führte sie hinunter zum Eingang der Höhle.

«Ich hatte schon gefürchtet, du kämst nicht mehr», stieß er dabei voller Freude hervor. «Ist dir jemand gefolgt?»

«Nein.» Sie strahlte ihn an. «Aber ich bin auch wie ein Hase im Zickzack durchs Dorf und durch die Wiesen und Felder.»

Sie deutete mit ausgestrecktem Arm auf den makellos blauen Himmel, der sich nun schon den dritten Tag wolkenlos und ohne den üblichen Dunstschleier zeigte. «Ist das nicht herrlich? Endlich haben wir Sommer!»

«Noch herrlicher ist, dass du bei mir bist.» Er gab ihr einen schüchternen Kuss auf die Wange. «Weißt du noch, damals, das schreckliche Gewitter hier vor der Höhle?»

«Wie sollte ich das je vergessen?»

Sie ließen sich nebeneinander auf der Decke nieder. Kurz überlegte er, ob sie sich nicht besser in die Höhle zurückziehen sollten, um vor neugierigen Blicken sicher zu sein. Doch dann verwarf er den Gedanken wieder: Dort drinnen war es feucht und kalt.

Sie entdeckte das Buch.

«Was liest du da?»

«Ein Trauerspiel von dem schwäbischen Dichter Friedrich Schiller. Es handelt ein bisschen von uns, von zwei unglücklich Liebenden, und endet leider sehr traurig. Möchtest du es lesen?»

«Meine Mutter sagt immer, Romane und Theaterspiele wären Gift für die weibliche Seele, weil sie sündhafte Dinge beschreiben.» Sie lachte. «Ja, ich möchte es gerne lesen.»

Er lachte auch. Das passte so sehr zu ihr. Liebend gern wäre er näher an sie herangerückt, wagte es aber nicht, weil seine Hände vor Aufregung mit einem Mal zu zittern begannen. So verschränkte er die Arme und holte tief Luft.

«Würdest du mit mir nach Stuttgart gehen? Gleich nach der Erntezeit?»

Ungläubig sah sie ihn aus ihren schönen dunkelgrünen Augen an. «Nach Stuttgart? Du meinst, heimlich?»

«Ja. Mein Freund Gottlob könnte für uns einen Pfarrer ausfindig machen, der uns traut. Und wenn wir erst verheiratet sind, schreibst du deinen Eltern, wo wir sind.»

Sie wirkte noch immer vollkommen überrascht. «Mein Vater würde mich enterben.»

«Und wenn schon. Ich werde bald volljährig, und meine Mutter würde mir vorzeitig mein Heiratsgut ausbezahlen.»

Er berichtete ihr vom Vorschlag seiner Mutter und schloss mit den Worten: «Sie hätte dich sehr gerne als ihre Schwiegertochter.»

In ihrem Blick las er eine Mischung aus Überraschung und tiefer Freude. Oder stand auch Zweifel darin?

«Ja, Friedhelm, lass uns weggehen von hier.» Sie schlang ihm die Arme um den Hals. «Aber was ist mit dir? Du zitterst ja!»

«Weil ich es immer noch nicht glauben kann, dass du bei mir bist. Und weil du mich zum Mann haben möchtest. Und weil wir unser Glück finden werden.»

In seinem Inneren jubilierte es, und er konnte nicht anders, als sie zärtlich auf den Mund zu küssen. Während sie zu Boden sanken, erwiderte sie seinen Kuss, ja, sie ließ es sogar zu, dass er ihr an Armen, Schultern und Hals zärtlich über die bloße Haut strich. Er schwebte in einem Meer aus Glückseligkeit. Alles würde gut werden. Nur die Erntezeit, in der er die Mutter nicht allein lassen wollte, mussten sie noch abwarten, danach wollte er seine Liebe zu Paulina vor niemandem mehr verstecken.

Ein deutliches Rascheln in der Nähe ließ sie auseinanderfahren. Sie hielten beide den Atem an.

«Wer da?», rief Friedhelm schließlich und rappelte sich auf.

Niemand antwortete.

Er eilte die kleine Böschung vor der Höhle hinauf bis zum Weg, doch auch hier war weit und breit niemand zu sehen.

«Wahrscheinlich nur ein Fuchs oder ein Marder», sagte er beruhigend, nachdem er zu Paulina zurückgekehrt war. Dabei steckte ihm der Schrecken noch immer in den Gliedern.

Sie erhob sich und strich sich ihre Kleider glatt. «Besser, ich gehe jetzt, bevor der Vater die ersten Abendgäste hat und mich vermisst. Sehen wir uns morgen wieder? Um diese Zeit in der Schafscheune? Die steht derzeit leer.»

«Nichts lieber als das.» Er zog sie an sich. «Sag mir, dass wir zusammenbleiben, was auch immer geschieht.»

«Ich schwöre es vor Gott, Friedhelm. Niemand wird uns auseinanderbringen – ein Lorenz Stumpp schon gar nicht.»

# *Kapitel 11*

*Am selben Tag, den 7. August 1816*

Paulina nahm den kürzesten Weg zurück ins Dorf, während Friedhelm in gebührendem Abstand mit seiner Handkarre über die Feldwege marschierte. Sie hatte ihn gebeten, vorsichtshalber noch eine Weile bei der Höhle zu bleiben, aber er wollte sie zumindest aus der Ferne im Auge behalten.

«Das Rascheln vorhin hätte auch ein fremder Wilderer gewesen sein können, der sich in unseren Wäldern herumtreibt», hatte er zu bedenken gegeben. «Was, wenn der dir unterwegs auflauert?»

Sie war nicht gerade ängstlicher Natur, schon gar nicht bei helllichtem Tag, aber sein Beschützerdrang rührte sie. Ach, wenn es nur schon Herbst wäre. Wie sollte sie die Wochen bis dahin nur aushalten? Als sie zuvor in seinen Armen lag, hatte sie sich gewünscht, dass er sie bis in die Nacht hinein küssen und liebkosen würde. Mit ihm war ihr kein bisschen bange vor dem, was ihre Mutter schamhaft *dem Mann zu Willen sein* nannte.

Als sie sich dem Ortsrand näherte, kehrten mit ihr die Ersten von der Feldarbeit heim. Fröhliche Grußworte flogen hin und her, den Menschen war die Erleichterung anzusehen, dass sie endlich wieder hinaus auf ihre Äcker konnten.

Drei Mägde schlossen sich Paulina an, was ihr gerade recht war. So kam sie nicht allein zurück.

«Ist das nicht ein Wunder?», sagte die alte Marie neben ihr. «Der Herrgott hat unsere Gebete erhört!»

Paulina nickte ebenso strahlend. Jetzt musste der Herrgott nur noch ihre eigenen Gebete erhören.

Im Hof der Hirschenpost spannte ihr Bruder gerade die Pferde aus.

«Geh nur hinein», rief er ihr mit abfälligem Grinsen zu. «Die Eltern erwarten dich schon.»

«Warum?»

«Das wirst gleich erfahren.»

Augenblicklich schnürte sich ihr die Kehle zu. Als sie die paar Stufen zum Eingang hinaufstieg und die Eingangsdiele durchquerte, wurden ihr die Beine schwer. Die Tür zum großen Saal, der zu dieser Nachmittagsstunde noch leer war, stand weit offen, dahinter sah sie im Nebenzimmer die Eltern am Tisch sitzen. Hatte sie bis dahin noch gehofft, unbemerkt in ihre Kammer zu gelangen, so sah sie sich getäuscht: Beide, Vater und Mutter, starrten ihr entgegen.

«Wo kommst du her?», fragte der Vater tonlos. Die Mutter sah verweint aus.

«Von draußen», stotterte sie verunsichert. «War da und dort spazieren bei dem schönen Sonnenschein …»

«Da und dort also.» Der Vater erhob sich und kam auf sie zu. «Und dabei ganz zufällig auch am Hohlen Stein?»

Dicht vor ihr blieb er stehen, während ihr vor Schreck der Herzschlag stockte. Das Rascheln war also doch kein Tier gewesen.

Mit unbewegter Miene holte der Vater aus und versetzte ihr eine schallende Ohrfeige.

«Du bist gesehen worden, du liederliche Dirne! Wie du dich von deinem Hurenhengst hast gebrauchen lassen. Pfui Teufel!»

Aus dem Nebenzimmer hörte sie die Mutter laut aufschluchzen.

«Das stimmt nicht», rief sie empört und hielt ihre brennende Wange. «Wer immer uns gesehen hat, der lügt.»

«*Uns*? So gibst du es also zu, dass du dich heimlich mit diesem verfluchten Schulmeister getroffen hast. Um miteinander am helllichten Tage Unzucht zu treiben.»

Zorn brandete in ihr auf – Zorn auf ihren Vater, ihre heulende Mutter und erst recht auf jenen unbekannten Denunzianten.

«Ja, ich war mit Friedhelm dort», presste sie hervor. «Weil wir uns anderswo nicht sehen dürfen. Begreift ihr denn nicht, dass wir uns lieben? Und Unzucht getrieben, wie du es nennst, haben wir schon gar nicht, dazu ist Friedhelm nämlich viel zu zurückhaltend.»

«Schweig!», schrie der Vater. «Halt bloß den Mund! Sobald wir die Flachs- und Kornernte hinter uns haben, werde ich bei Pfarrer Unterseher das Aufgebot für deine Hochzeit mit Lorenz bestellen.»

Mit eisenhartem Griff packte er sie am Handgelenk, zerrte sie neben sich her in die Diele und von dort die Treppe hinauf. In ihrer Schlafkammer ließ er sie los.

«Hier bleibst du bis morgen früh. Wollen doch mal sehen, ob du zur Vernunft kommst oder uns weiterhin auf der Nase herumtanzen willst. Wie konntest du deine Mutter nur so schwer enttäuschen!»

Bei den letzten Worten zog er den Schlüssel aus dem Türschloss, knallte hinter sich die Tür zu und sperrte von außen ab.

Sie ließ sich auf das Bett sinken. Welches Scheusal hatte sie verraten? Irgendjemand musste ihr unbemerkt gefolgt sein. Rosina etwa? Die junge Schankmagd war zwar wunderfitzig und mischte sich gern in Dinge, die sie nichts angingen, aber dass sie sie dermaßen hintergehen würde, glaubte sie nun doch nicht. Sie waren fast wie Schwestern miteinander. Dann schon eher ihr Bruder. Ludwig würde alles tun, um sich beim Vater einzuschmeicheln.

Von unten hörte sie die Mutter haltlos weinen – die kleine Stube lag direkt unter ihrer Kammer. Unwillkürlich ballten sich ihre Hände zu Fäusten. Warum tat die Mutter so, als hätte sie ihr ein schreckliches Unrecht angetan? Gar nichts hatte sie getan, hatte sich nur mit dem Mann ihres Herzens getroffen. Die Mutter war doch selbst eine Frau, konnte sie das nicht verstehen?

In der Dachkammer war es stickig und heiß, Paulina bekam kaum noch Luft. Sie öffnete die Luke, so weit es ging, und lehnte sich hinaus. Von hier aus blickte sie direkt auf das Schneckengärtlein, das sich neben ihrer Remise nahe der Poststraße befand, von hier aus hatte sie Friedhelm in den letzten Wochen manchmal zugewinkt, wenn er ein wenig verloren zwischen seinen Schülern stand und zu ihr aufsah. Selbst das war nun vorbei, waren die Kinder doch nun mit Feld- und Gartenarbeit beschäftigt.

Die Sonne stand schon tief über dem Buchenhain, jenem Wäldchen, in dem sie eben noch so unsagbar glücklich gewesen war. Sie atmete abermals tief durch. Es kam ihr vor, als würde es jetzt zum Abend hin nur noch wärmer und drückender. Oder lag es daran, dass ihr die Angst vor der Zukunft die Luft nahm?

Ihre Wut wich allmählich einer tiefen Traurigkeit. Warum durften Eltern ihre Töchter einfach mit irgendjemandem verheiraten? Ihre Mutter wusste doch ganz genau, dass sie Lorenz nicht ausstehen konnte!

Lorenz! War *er* ihr etwa gefolgt? Ihm traute sie eine solche Niedertracht sehr wohl zu. Aber dann fiel ihr ein, dass er mittwochs Schlachttag hatte und damit alle Hände voll zu tun, wenn er mit seinem Gesellen und der Schlachterkarre über die Höfe zog.

Sie trat vom Fenster zurück, warf sich aufs Bett und starrte gegen die Deckenbalken. Das Schluchzen ihrer Mutter war nicht mehr zu hören, stattdessen das Lärmen und Rufen der ersten Gäste. Man würde heute also ohne sie auskommen müssen. Und morgen? Würde der Vater sie jetzt nach jeder Mahlzeit wieder in der Kammer einschließen, aus Angst, sie könne davonlaufen?

Da kam ihr ein Gedanke. Ihrem Vater ging es in erster Linie um Ansehen und Geld. Sie wusste nicht, was er mit dem Dorfmetzger ausgehandelt hatte, aber eine gute Mitgift seiner Tochter zur Hochzeit würde er ihm schon versprochen haben. Vielleicht würde er ja seinen Widerstand aufgeben, wenn Friedhelm um ihre Hand anhielt und dafür auf alle Zuwendungen verzichtete? Was brauchte sie schöne Kleider, Schmuck und teuren Hausrat? Sie musste Rosina vor dem Schlafengehen beauftragen, ihm eine Nachricht zu überbringen, damit er gleich morgen hierher ins Haus kam und beim Vater vorsprach.

Aber noch war die Schankmagd am Bewirten, und die Zeit zog sich dahin wie eine Ewigkeit. Unruhig wälzte sich Paulina auf dem Bett hin und her, ihr Magen begann zu knurren, ohne dass sie Hunger gehabt hätte. Jetzt bereute sie es, dass sie Friedhelms Büchlein nicht mitgenommen hatte. Sie hätte gern gewusst, was das Trauerspiel mit ihnen beiden zu tun hatte. Aber sie hatte befürchtet, dass die Eltern es bei ihr finden würden.

Als es draußen dunkel war, hörte sie endlich Rosina die Treppe hinauftapsen und in ihre Kammer gehen, die unmittelbar an die von Paulina grenzte. Sie klopfte gegen die dünne Bretterwand.

«Rosina?», rief sie leise hinüber.

«Bist du das, Paulina? Ach herrje, du Ärmste! Ich kann leider nicht zu dir hinein, weil die Tür abgeschlossen ist.»

«Ich weiß. Deshalb sprich leise, uns braucht niemand zu hören.»

Von der anderen Seite war ein unterdrücktes Schniefen zu hören. «Das tut mir alles so leid, Paulina. Dein Bruder hat's im ganzen Haus herumerzählt, was geschehen ist.»

«Das kann ich mir denken.»

«Aber glaub mir, *ich* war's nicht, die dich verraten hat. Ich hab zwar längst gemerkt, dass der Schulmeister und du … dass ihr beide … Aber verraten hätte ich euch niemals, selbst wenn ich euch gesehen hätte.»

«Beruhige dich, Rosina, ich glaube dir ja. Hör zu: Du musst gleich morgen früh zu Friedhelm, noch bevor sein Unterricht beginnt, und ihm erzählen, warum ich eingesperrt bin. Und dann bittest du ihn um Folgendes, hör genau zu …»

Sie erklärte der Magd, was sie zu sagen hatte, und ließ es sich zweimal wiederholen.

«Du kannst dich auf mich verlassen», versicherte Rosina abschließend.

Nachdem sie sich eine gute Nacht gewünscht hatten, kam Paulina endlich zur Ruhe und fand sogar in einen tiefen, traumlosen Schlaf.

Ein lautstarkes Krachen erschütterte das ganze Haus. Paulina fuhr erschrocken von ihrem Kopfkissen auf und sah, wie gleißende Blitze die kleine Kammer erhellten. Im nächsten Augenblick erhob sich ein tosender Sturm, heulte durch den Dachboden über ihr und schien das ganze Gebälk zum Beben zu bringen.

Sie lief zu dem kleinen Fenster und hatte große Mühe, den äußeren Laden zu schließen. Ein ungeheurer Widerstand stemmte sich gegen ihre Arme, draußen krachte und blitzte es ohne Unterlass, der Lichtschein im Osten verriet, dass es gegen Morgen ging. Endlich hatte sie Fenster und Laden fest verschlossen, als auch schon der Himmel seine Schleusen öffnete. Der herabprasselnde Sturzregen war fast noch unheimlicher als Blitz und Donner. Allmählich wurde ihr angst und bange.

Ihre erste Regung war, nach unten zu laufen, doch dann fiel ihr ein, dass sie eingesperrt war.

Sie hämmerte gegen die Bretterwand.

«Rosina, bist du wach? Sag dem Vater, er soll mich rauslassen.»

Niemand antwortete. Wahrscheinlich war die Schankmagd längst in der Küche. Das Heulen über ihr wurde stärker, irgendetwas rumpelte und polterte, ein ohrenbetäubender Knall ganz in der Nähe ließ sie erneut zusammenzucken.

Sie kauerte sich neben der Tür auf den Boden, barfuß und im bloßen Hemd, und hielt sich die Ohren zu. Als kleines Kind war sie bei solchen Unwettern in das Bett der Mutter geflüchtet, jetzt wäre sie schon froh, wenn sie diese verfluchte Dachkammer verlassen dürfte. Aber wahrscheinlich sollte das zu ihrer Strafe dazugehören.

Irgendwann schwang die Tür neben ihr auf, und sie blickte auf ein Paar behaarte Beine in kurzen Lederhosen und Holzpantinen. Es war ihr Bruder.

Sie nahm die Hände vom Kopf und stellte fest, dass das schlimmste Wüten vorüber war.

«Da hat es mein Schwesterlein wohl mit der Angst zu tun bekommen», sagte Ludwig spöttisch. «Zieh dich an, du sollst runterkommen zum Morgenessen.»

Als sie wenig später die Treppe hinunterstieg, roch es im ganzen Haus nach frisch aufgebrühtem Bohnenkaffee. Diese vornehme städtische Mode, das Frühstück mit Kaffee und Butterbrot einzunehmen statt mit Milchbrei oder Mehlsuppe, hatte der Vater vor einiger Zeit voller Stolz bei ihnen eingeführt, wobei das Gesinde mit billigem Gerstenkaffee vorliebnehmen musste. Jetzt drehte ihr der Duft, den sie sonst so liebte, fast den hungrigen Magen um.

In der Stube saßen bereits alle beim Essen, nur Josef, der Knecht, fehlte. Rosina und die Köchin Agathe warfen ihr einen mitleidvollen Blick zu. Die Mutter betrachtete ihr goldumrandetes Kaffeetässchen, als sähe sie das wertvolle Stück zum ersten Mal, der Vater tat ebenfalls, als sei sie Luft, und schmierte sich eine dicke Schicht Butter auf den Brotkanten. Draußen prasselte noch immer der Regen gegen die Fenster.

Grußlos nahm sie ihren Platz auf der Bank neben Ludwig ein, als der Knecht eintrat und sich mit dem Ärmel über das regennasse Gesicht strich.

«Der Zaun hinterm Haus ist nicht mehr zu retten», sagte er. «Da liegt der halbe Birnbaum drauf. Den hat der Blitz mittendrin entzweigerissen.»

«Dann weißt du ja, was du heut zu tun hast», gab der Vater zurück. «Im Schuppen liegt noch ein Stapel Holzlatten. Und jetzt hock dich her zu uns, und iss erst mal.»

Josef nickte, füllte sich seinen Becher und sprach ein kurzes Tischgebet, zu dem Paulina ihre Hände faltete, ohne mitzusprechen.

Nach geraumer Zeit ungewohnter Stille bei Tisch schob der Vater ihr den Brotkorb hin.

«Bist du zur Besinnung gekommen?»

«Ja.» Trotzig sah sie in die Runde, da alle sie anstarrten. «Ich werde Friedhelm heiraten und sonst keinen.»

Erbost schlug der Vater mit der Faust auf den Tisch.

«Da hört sich ja alles auf! Die nächsten Wochen hast du häuslichen Arrest und verlässt das Haus nur noch an der Seite deiner Mutter, deines Bruders oder zusammen mit mir. Nachts bleibt deine Kammer verschlossen. Und damit dir nicht zu wohl wird, wirst du von Sonnenaufgang bis Sonnenuntergang arbeiten. Zu tun gibt es genug. Zum Beispiel den Fußboden im Tanzsaal mit der Handbürste schrubben. Am Sonntag haben wir eine Taufe.»

Der Tanzsaal mit seiner weißen Stuckdecke und dem Geigenständle für die Musiker war das Schmuckstück des Hauses und sein holzgetäfelter Boden mehr als mühsam zu putzen. Wenn der Vater nun glaubte, damit ihren Willen brechen zu können, hatte er sich getäuscht. Aber sie schwieg und nahm trotz ihres Hungers nur ein paar Brocken trocken Bot zu sich.

Nach dem Frühstück holte sie sich aus der Waschküche Eimer, Bürste und Seife und ließ sich am Herd von Rosina Warmwasser abfüllen.

«Bei dem Unwetter heut früh konnte ich leider nicht beim Schulmeister vorbei», flüsterte die ihr zu. «Aber heute Nachmittag dann ganz bestimmt, wenn der Regen nachlässt.»

Das Räuspern der alten Köchin ließ sie auseinanderfahren, und Paulina machte sich an ihre Arbeit.

Sie kam sich vor wie eine Zuchthäuslerin, wie sie da mit der kleinen Bürste in beiden Händen auf den Knien herumrutschte. Immer wieder warfen ihr Vater oder ihr Bruder einen prüfenden Blick durch die offene Tür – fehlte nur noch, dass sie eine Knute dabeigehabt hätten. Als schließlich ihre Mutter hereinschaute, zögerte diese kurz, dann trat sie ein paar Schritte näher.

«Du machst doch jetzt hoffentlich keine Dummheiten mehr?», fragte sie leise. In ihrer Stimme schwang tatsächlich so etwas wie Mitgefühl, und die Falten um ihre Mundwinkel wirkten heute noch tiefer als sonst.

«Wie meinst du das?»

«Nun ja … Ich meine, dass du womöglich mit dem Gedanken spielst wegzulaufen. Oder Schlimmeres.»

«Dass ich ins Wasser gehe? Meinst du das? Ich kann ja nicht mal aus dem Haus, wo ihr mich wie eine Gefangene haltet.»

«Ach Kindchen, es tut mir doch auch leid. Aber eine Tochter muss sich nun mal dem Willen des Vaters fügen.»

«Das war vielleicht zu deiner Zeit so», murmelte Paulina und schrubbte verbissen weiter.

«Nein, das sollte auch heute noch so sein, wenn ein Vater für seine Tochter das Beste will. Doch leider kümmern sich viele Eltern nicht mehr um das Wohl ihrer Kinder.» Sie stieß einen Seufzer aus. «Vor allem in den großen Städten ist eine ganz und gar verlotterte Zeit angebrochen.»

Mit Schwung warf Paulina die Bürste in den Eimer, sodass das Wasser aufspritzte, setzte sich auf ihre Hacken und verschränkte die Arme.

«Warum habt ihr eigentlich den Lorenz für mich ausgesucht? Der könnte fast mein Vater sein und hat so gar nichts … so gar nichts Geistvolles an sich. Und mit seinen hängenden Backen und dem Stiernacken sieht er bald selbst aus wie ein Schwein. Außerdem stinkt er nach rohem Fleisch!»

«Paulina!» Missbilligend funkelte die Mutter sie an. «Das sind doch nur Äußerlichkeiten.»

«Gut, mag sein. Dann will der Vater ihn wohl als Schwiegersohn, damit er künftig seine Schinken- und Wurstwaren billiger bekommt.»

«Still jetzt! So redest du nicht über den Vater!»

«Entschuldige.» Mit einem Mal tat ihr die Mutter leid. Paulina hatte sie nie anders erlebt, als dass sie ihrem Ehemann nach dem Mund redete. Dabei schien sie oftmals selbst unter dessen Art zu leiden.

«Es ist doch nur», fuhr sie fort und sah ihre Mutter flehentlich an, «dass ich mit diesem Mann todunglücklich wäre, weil ich einen anderen liebe. Wollt ihr das etwa?»

«Liebe ist nicht das Wichtigste in einer Ehe. Die vergeht ohnehin nach ein paar Jahren.» Ihre Worte klangen bitter. «Wenn ich ehrlich bin, Paulina: Der junge Lindenthaler wäre mir schon auch recht als Schwiegersohn. Er ist ein anständiger Junge, und ich möchte dir gerne glauben, dass ihr beide in eurem jungen Übermut die Grenzen der Schicklichkeit nur ein wenig überschritten habt, dort am Hohlen Stein. Aber dein Vater lässt nicht mit sich reden, sein Entschluss steht fest.»

«Dann hast du also versucht, ihn umzustimmen?», fragte Paulina erstaunt.

«Ja, aber es nutzt nichts.»

«Sagst du mir wenigstens, wer so boshaft war und mich beim Vater verpetzt hat?»

«Nein, mein Liebes, weil das ganz und gar unwichtig ist. Im Übrigen möchte ich dir eines sagen: Das, was du gerade erlebst, dieses Frühlingserwachen der Gefühle, ist das eine. Das wirkliche Leben, nämlich eine Ehe einzugehen und eine Familie zu gründen, das andere. So nimm dir ein Beispiel an deiner Freundin Luise: Auch sie hat erstmalig ihr Herz verloren, an diesen Wanderkrämer Egidius, aber nun fügt sie sich in dem Willen ihres Vaters.»

«Fügen? Der Gide darf nicht mehr nach Hohenstetten, was bleibt ihr anderes übrig? Aber sie leidet fürchterlich. Als Nächstes wird ihr Vater sie wohl mit diesem schrecklichen Hilfslehrer Dürr verbandeln wollen. – Bitte, Mutter, darf Luise mich wenigstens besuchen kommen, wenn ich schon nicht aus dem Haus darf?»

Die Mutter schüttelte den Kopf. «Nicht in nächster Zeit. Aber ich möchte, dass du ab jetzt an unseren Stunden teilnimmst. Unsere Andacht des Herzens wird deiner aufgewühlten Seele Kraft geben. Denke immer daran: Das Leben ist eine Zeit der Mühsal, Bewährung und Prüfung, ein dornenreicher Weg zu den Freuden im Reich Gottes.»

Damit wandte sie sich ab und verließ den Tanzsaal.

Paulina biss sich auf die Lippen, während sie mit dem Schrubben fortfuhr. Man behandelte sie nicht nur wie eine Gefangene, jetzt musste sie auch noch an den Gebetsstunden mit all diesen alten Weibern teilnehmen.

Bis zum Mittagessen hatte sie nicht einmal die Hälfte des Fußbodens geschafft. Knie und Rücken schmerzten, ihre Hände waren aufgeweicht wie ein Schwamm. Einzig die Hoffnung, dass Friedhelm bald den Vater aufsuchen würde – und dessen war sie sich sicher –, hielt ihre Verzweiflung in Grenzen.

Zu Paulinas Kummer regnete es weiterhin den ganzen Tag in Strömen und auch noch am nächsten Vormittag. Immer wieder hörte sie bei ihrer Strafarbeit den Vater lauthals fluchen und den Knecht schimpfen, dass nach den wenigen warmen Sommertagen nun alles erneut am Absaufen war. Erst zum Mittagessen, das sie diesmal früher einnahmen, da nur wenige Gäste gekommen waren, ließ der Regen merklich nach.

Die Stimmung bei Tisch war niedergeschlagen, indessen nicht wegen Paulina, sondern wegen der neuerlichen Angst vor einem Ernteausfall.

«Der Münsinger Amtsbote war heute in unserem Rathaus», berichtete der Vater. «Bei dem Unwetter von vorletzter Nacht hat an der östlichen Grenze des Königreichs ein Hagelsturm gewütet. Die gesamte Ernte und alles Obst und Gemüse ist vernichtet.»

«Gütiger Herr im Himmel!», entfuhr es der Mutter. «Die armen Menschen dort.»

«Vielleicht kannst du dich mit deinem Gebetskreis ja beim Herrgott dafür einsetzen, dass es nicht auch uns trifft.»

«Versündige dich nicht mit deinem Spott», kam es von ihr ungewohnt barsch zurück. Von da an herrschte Schweigen am Tisch.

Nach dem Essen räumte Paulina mit Rosina die Küche auf, während sich die Köchin zu ihrer Freistunde zurückgezogen hatte.

«Gehst du dann heute noch beim Schulmeister vorbei?», fragte Paulina sie im Flüsterton. «Der Regen hat aufgehört.»

Aus der kleinen Stube nebenan hörte sie Ludwig und den Vater sich leise unterhalten. Sie verstand immerhin so viel, dass der Vater sich über die ausbleibenden Gäste in dieser schrecklichen Zeit sorgte.

Rosina zögerte. «Ich würde ja gerne, aber der Herr hat es mir verboten. Sonst könnt ich mir eine neue Stelle suchen. Er hat wohl so etwas schon geahnt. Tut mir leid, Paulina.»

«Ich verstehe.»

Enttäuscht machte sie sich an den Abwasch. Jetzt blieb nur noch die Hoffnung, dass Friedhelm bald schon von ihrem häuslichen Arrest erfuhr und von selbst hier auftauchen würde.

Nachdem die Küche blitzblank geputzt war, griff sie sich den Eimer mit den Küchenabfällen, um sie den beiden Mastschweinen zu bringen. Gleich neben der Eingangstür zweigte ein schmaler Gang zum Stallgebäude ab, durch den man trockenen Fußes zu den Pferden gelangen konnte. Außer ihren eigenen Rössern und zwei Kutschpferden der württembergischen Staatspost waren heute keine weiteren Pferde angebunden, und so war es ihre Aufgabe für diesen Nachmittag, nicht nur auszumisten und hernach frisch einzustreuen, sondern auch die leeren Plätze zwischen den Ständern gründlich zu reinigen.

Die beiden Schweine hatten ihren Koben ganz hinten im Stall, von wo man in die Waschküche gelangte. Mit erwartungsvollem Grunzen streckten sie ihren Rüssel durch den Spalt zum Futtertrog.

«Ihr seid genauso eingesperrt wie ich», murmelte sie, während sie die Essensreste gleichmäßig auf beide Tröge verteilte. «Bloß, dass an Martini der Tod auf euch wartet.»

Und der Tod kommt durch Lorenz Stumpp, fuhr es ihr in den Kopf.

Gedankenverloren sah sie den Tieren beim Fressen zu. Dann ging sie nach nebenan in die Waschküche, wo eine mit Regenwasser gefüllte Tonne stand, um den Eimer auszuspülen, damit er in der Küche nicht zu stinken begann. Auf Sauberkeit legte die alte Agathe nämlich großen Wert. Da hörte sie durch das kleine, halb offenstehende Fenster vom Krautgarten her die Stimme ihres Vaters.

«Danke nochmals, Sie haben uns einen großen Dienst erwiesen.»

Mit gespitzten Ohren trat sie dichter an das mit Spinnweben umgarnte Fenster und sah den Vater auf dem Kiesweg beim Rübenbeet stehen, zusammen mit einer schlanken, schwarz gekleideten Gestalt, die ihr den Rücken zukehrte und die sie nicht gleich auf Anhieb erkannte.

«Nicht der Rede wert, Herr Schultes. Nein, nein, lassen Sie das Geld nur stecken», wehrte der Mann mit schnarrender Stimme ab. «Ich habe Ihnen das aus moralischem Pflichtgefühl gemeldet. So ein sündhafter Frevel darf schließlich nicht ungesühnt bleiben. Trotzdem möchte ich Sie bitten, nicht allzu streng mit Ihrer Tochter zu sein.»

Sie traute ihren Ohren nicht. Der vermeintlich Fremde war Emmanuel Dürr, der neue Hilfslehrer! Doch es kam noch ärger.

«Bitte, nehmen Sie das Geld, Herr Dürr. Es soll Ihr Schaden nicht sein, wenn Sie nur weiterhin ein Auge auf diesen Lindenthaler haben. Sie verstehen? Nicht dass mir meine Tochter noch größere Schande macht und vor ihrer Hochzeit mit einem dicken Bauch heimkommt.»

Paulina ließ den Eimer sinken, während ihr die Tränen in die Augen schossen. Sie war zutiefst verletzt. Nicht etwa von diesem Hundsfott Emmanuel Dürr, sondern von ihrem Vater, der sie gegen Geld bespitzeln ließ.

# *Kapitel 12*

*Am Samstag, den 10. August 1816*

Außer sich verließ Friedhelm das Schulhaus. Es war ihm längst einerlei, dass Dürr seine Freundschaftsangebote immer wieder ausgeschlagen hatte, aber dass der junge College sich gegenüber ihm, dem Schulmeister, als Sittenrichter aufspielte, schlug dem Fass den Boden aus.

Nach dem Unterricht, der am Samstag bereits um elf Uhr endete, hatte der ihn in der kleinen Kammer mit den Lehrmitteln abgefangen.

«Es ist nicht recht, dass Sie die Tochter des Schultes so bedrängen», begann er in herausforderndem Tonfall. «Nicht, wo sie mit dem Metzgermeister Stumpp verlobt ist.»

«Bedrängen? Ich habe mich wohl verhört?» Entgeistert blickte Friedhelm von der Landeskarte des Königreichs Württemberg auf, die er gerade zusammenrollen wollte.

«Sie haben schon richtig verstanden, Herr Lindenthaler. Ich pflege eine gute Verbindung zu unserem Schultes und weiß deshalb, dass die arme Jungfer seit Mittwoch nicht mehr aus dem Haus darf. Sie soll sich nämlich heimlich mit Ihnen getroffen haben.»

«Wie bitte? Sie wollen *mir* vorschreiben, mit wem ich in meinem eigenen Heimatort Umgang haben darf? Was für eine Impertinenz!»

«*Umgang* ist noch ein sehr harmloses Wort dafür», fuhr der Hilfslehrer ungerührt fort. «Wenn Sie vermeiden wollen, dass der ganze Flecken Ihnen übel nachredet, dann halten Sie künftig Abstand zu ihr.»

«Weißt du was, Dürr?» Ohne es zu wollen, verfiel Friedhelm ins Du. «Ich werde mich beim Pfarrer als unserem Schulaufseher über dich beschweren. Wer hier nämlich üble Nachrede betreibt, bist du.»

Er warf die zusammengerollte Karte in den Schrank und knallte die Tür zu. Deshalb also war Paulina nicht zur Schafscheune gekommen, wo er sich stundenlang die Beine in den Bauch gestanden hatte. Plötzlich durchfuhr es ihn wie ein Blitz: Konnte es sein? War es etwa Emmanuel Dürr gewesen, der sie am Hohlen Stein beobachtet hatte?

Er drehte sich zu dem Provisor um, der noch immer lauernd im Türrahmen stand, und packte den um einen Kopf Größeren beim Kragen.

«Falls Paulinas Hausarrest irgendwas mit dir zu tun hat, dann gnade dir Gott!»

«Sie drohen mir? Lassen Sie mich sofort los!»

Friedhelm ließ von ihm ab. Fürs Erste konnte er nicht beweisen, dass der Kerl ein Denunziant und Schnüffler war. Wortlos schob er ihn zur Seite und verließ das Schulhaus.

Als er jetzt die Einmündung der Kirchgasse in die Weite Gasse erreichte, blieb er noch immer aufgebracht stehen. Nein, er würde nicht nach Hause gehen, sondern geradewegs zur Hirschenpost, um Gutjahr zur Rede zu stellen. Noch würden keine Mittagsgäste da sein, die kamen erst gegen zwölf.

Vor ihm, zwischen Rathaus und Stumpps Metzgerei, tat sich der gepflasterte Platz auf, der mittwochs und samstags als Wochenmarkt diente. Sofern das Wetter dem nicht, wie so oft in diesem Jahr, einen Riegel vorschob. Nach dem heftigen Unwetter vom Donnerstag war es seit heute wieder trocken, dafür jedoch gleich so schwülheiß, dass einem die Kleider am Körper klebten.

Gereizt schob er sich durch die erschreckend spärlich mit Viktualien bestückten Lauben, wobei ihn die Marktbesucher freundlich grüßten, aber auch, wie ihm schien, mit verstohlenen Blicken bedachten. Tuschelten die drei Weiber dort am Eierstand etwa über ihn? Als er zu ihnen hinübersah, wandten sie die Köpfe ab.

«Seien Sie gegrüßt, Herr Lindenthaler», hörte er hinter sich eine wohlbekannte, für einen gestandenen Mann ziemlich hohe Stimme.

Unwillig drehte er sich herum. «Guten Tag, Herr Stumpp.»

Der Dorfmetzger hatte ihm gerade noch gefehlt.

«Wollten Sie zu mir?», fuhr Stumpp mit seiner Kastratenstimme fort, die Friedhelm jedes Mal die Haare zu Berge stehen ließ. «Ich könnte Ihnen heute eine wunderbare Blutwurst anbieten. Zum Sonderpreis.»

Dabei setzte er ein falsches Lächeln auf. Seine rosige Stirn unter dem zurückgekämmten Haar glänzte vor Schweiß, der Lederschurz vor seinem runden Bauch wies überall dunkle Flecken und Spritzer von geronnenem Blut auf. Der Gedanke, dass Paulina diesen Mann heiraten sollte, verursachte Friedhelm einen Würgereiz.

«Danke, nein. Wir haben alles, was wir brauchen», erwiderte er höflich.

«Sie sehen heute ganz grau im Gesicht aus, lieber Schulmeister. Geht es Ihnen nicht gut?»

Täuschte er sich, oder schwang da ein Frohlocken in Stumpps Frage mit? Womöglich zerriss sich schon der halbe Flecken über ihn das Maul.

«Sie irren sich, Meister. Mir geht es gut. Einen schönen Tag noch.»

Eilig entfernte sich Friedhelm aus dem Marktgeschehen und bog in das Gässchen zur Poststraße ein. Das Ufer der Hüle war noch immer mit schlammbraunem, stinkendem Wasser überschwemmt.

Seine Schritte wurden langsamer. Er musste Gutjahr gegenüber ruhig und gefasst auftreten. Und er hatte auch schon einen Einfall, wie er den Schultes möglicherweise umstimmen konnte.

Normalerweise blieben tagsüber die Haustüren überall im Ort unverschlossen. Nur die Wirtshäuser und Läden bildeten eine Ausnahme, damit sich Gäste und Kundschaft an die Öffnungszeiten hielten. Also betrat er die Hirschenpost durch den Pferdestall.

«Frau Gutjahr? Herr Schultes?», rief er, während er die drei Stufen zur Eingangsdiele hinaufeilte. Dort roch es nach frischem Bohnerwachs, aus der Küche hörte er Geschirr klappern.

Er rief erneut, und was er kaum zu hoffen gewagt hatte, geschah: Paulina lief ihm in großen Schritten entgegen.

«Dem Himmel sei Dank, dass du hier bist!» Sie strahlte, aber unter ihren Augen lagen dunkle Schatten. Als sie Anstalten machte, ihn zu umarmen, schüttelte er unwillkürlich den Kopf.

«Lass es uns nicht noch schlimmer machen.»

Da schob sich auch schon die massige Gestalt des Schultes in die Diele.

«Kreuzsackerment – wer hat denn Sie hierher geladen?», polterte er los. «Paulina, zurück in die Küche mit dir. Aber sofort!»

Friedhelm nickte ihr zu. Nach einem letzten traurigen Blick wandte sie sich ab und drückte sich an ihrem Vater vorbei. Dessen Kopf war hochrot.

«Verzeihen Sie, lieber Herr Schultes, dass ich hier so hereinplatze», begann Friedhelm, so demütig es ihm möglich war. «Wenn Sie erlauben, möchte ich mit Ihnen von Mann zu Mann sprechen.»

«Von Mann zu Mann», schnaubte Gutjahr. «Ich wüsste nicht, was wir beide zu besprechen haben. Aber gut, gehen wir in die kleine Stube, da sind wir ungestört.»

Friedhelm folgte ihm ins Nebenzimmer, wo Gutjahr die zweiflügelige Tür hinter sich zuzog. Er blieb stehen und lehnte sich mit verschränkten Armen gegen die Wand, ohne Friedhelm einen Platz am Tisch anzubieten.

«Ich höre.»

Am liebsten hätte Friedhelm ihm entgegengeschmettert, was für ein Unmensch er war, seine erwachsene Tochter wie ein ungezogenes Kind einzusperren, aber damit wäre nichts erreicht. Im Gegenteil.

So holte er tief Luft, versuchte sich an einem Lächeln und sagte feierlich: «Ich möchte hiermit um die Hand Ihrer Tochter Paulina anhalten und Ihnen zugleich einen Handel vorschlagen.»

Gutjahr begann schallend zu lachen.

«Der junge Schulmeister will dem Schultes von Hohenstetten einen Handel um seine Tochter vorschlagen! Ja, sind wir hier denn auf dem türkischen Bazar?»

Friedhelm ließ sich von den schmähenden Worten nicht aus der Fassung bringen.

«Hören Sie mich bitte erst einmal an. In einer Woche bin ich volljährig und habe damit Anspruch auf die Hälfte meines Elternhauses. Sie kennen die Haushälfte, sie ist groß genug, um eine Familie zu gründen. Nun ist es in unserem Land Brauch, dass die Brauteltern zu etwa gleichen Teilen ihren Kindern ein Heiratsgut in die Ehe mitgeben. In diesem Fall wäre es von Paulinas Seite, neben Hausrat und Wäsche, bares Geld, von meiner

Seite Haus und Grund, das mir meine Mutter nach Abzug meiner Mitgift und dem Begleichen einer kleinen Kaufsumme seitens der Brauteltern notariell überschreiben würde. So ist es üblicherweise geregelt.» Friedhelm machte eine kleine Pause und spürte, wie ihm unbehaglich wurde. Er fühlte sich tatsächlich wie auf einem türkischen Bazar, aber anders als mit handfesten geschäftlichen Vorteilen war Gutjahr nicht zu packen. «Nun jedoch würden meine Mutter und ich restlos auf die Mitgift der Braut verzichten, dafür erhält meine Mutter von mir ein lebenslanges Wohnrecht mit anständigem Unterhalt. Geschwister sind bei diesem Übereinkommen keine zu berücksichtigen, da meine Schwester ihren Anteil bereits erhalten hat und mein Bruder, wie Sie wissen, im Krieg gefallen ist.»

Gutjahr hatte sich derweil zum Klavier begeben und begann, mit zwei Fingern darauf herumzuklimpern, als würden ihn Friedhelms Ausführungen keinen Deut interessieren.

Endlich drehte er sich zu ihm herum. «Ihre Rechnung ist reichlich schöngefärbt, Schulmeisterlein. Halten Sie mich bitte nicht für blöde. Ich bin Kaufmann genug, um zu merken, dass Sie Schwester und Schwager vergessen haben. Die beiden werden Ansprüche an Sie erheben, schließlich wurde ihnen seitens der Mutter *nicht* der restliche Kaufpreis erlassen. Obendrein: Wie wollen Sie Ihrer Frau Mutter einen angemessenen Unterhalt bezahlen, wo die Hälfte Ihres Verdienstes in Naturalien erfolgt? Nein, Lindenthaler, Sie werden aus Ihrer Profession niemals einen auskömmlichen Verdienst ziehen können. Jedenfalls nicht auskömmlich genug, um meiner Tochter ein angemessenes Leben bieten zu können.»

«Ich denke nicht», gab Friedhelm zurück und wunderte sich selbst, wie ruhig er blieb, «dass für Paulina Seidenstoffe und Luxusgeschirr wichtig sind.»

«Ha! Da kennen Sie die Frauen schlecht. Nein, die Zukunft meiner Tochter sehe ich beileibe nicht an der Seite eines kleinen Dorfschullehrers.»

Friedhelm blieb nichts anderes übrig, als seinen letzten Trumpf aus dem Ärmel zu ziehen, auch wenn ihm das widerstrebte. Er war in den Wochen nämlich nicht untätig geblieben, sondern hatte Erkundigungen über Lorenz Stumpp eingezogen.

«Dann sehen Sie Paulina also lieber an der Seite eines Dorfmetzgers, der in Protz und Prunk über seine Verhältnisse lebt?»

«Was soll das, Lindenthaler!»

«Nun, haben Sie sich niemals gefragt, woher Lorenz Stumpp das Geld hat, um sich teure Kleidung, Schmuck und den neuen Einspänner mitsamt dem edlen Rappen davor leisten zu können? Die Geschäfte mit Fleisch- und Wurstwaren gehen seit langem schlecht, weil die Menschen aus lauter Angst vor einer Missernte ihr Geld zurückhalten und der Preis für Fleisch durch die vielen Notschlachtungen gesunken ist. Vielleicht sollten Sie sich ja darüber mal Gedanken machen. Geerbt hat Stumpp jedenfalls nicht. Aber drüben in Münsingen soll es einen heimlichen Glücksspielring geben, und die jüdischen Krämer und Viehhändler aus Buttenhausen verleihen derzeit gerne größere Summen.»

«Es reicht. Gehen Sie, Sie haben in meinem Haus nichts mehr zu suchen.»

«Gut, aber trotzdem bitte ich Sie: Denken Sie über mein Angebot noch einmal nach. Ihrer Tochter und dem Familienfrieden zuliebe.»

«Sparen Sie sich Ihre Worte, Lindenthaler. Mein Entschluss steht fest. Nach der Ernte wird Paulina heiraten, und zwar keinesfalls Sie.»

Er öffnete die Tür zur Gaststube und wies Friedhelm mit ausgestrecktem Arm den Weg.

Sein Vorstoß hatte also nichts genutzt. Jetzt blieb nur noch die Flucht nach Stuttgart.

Als er den Hof zwischen Stall und Remise betrat, hörte er über sich ein Fenster aufgehen und sah, wie sich Paulina hinauslehnte.

«Der Dürr war es», rief sie ihm zu. «Er hat uns verraten!»

Das Wetter blieb ein einziger Albtraum. Jedem halbwegs schönen Tag folgten Gewitterstürme mit Sturzregen oder Hagel, bis sich in der zweiten Augusthälfte abermals eine dunkle Wolkendecke übers Land legte, aus der es ohne Unterlass regnete. Der vom Gemeinderat zur Ernte angesetzte 24. August verstrich, und nichts war gereift. Schon die Flachsernte war miserabel ausgefallen, was sich aber dem Auge jetzt auf den Feldern und in den Gärten bot, war schlichtweg eine Katastrophe: Der Roggen auf den überfluteten Feldern war ebenso grün und mickrig wie die Gerste, vom Hafer waren kaum ein paar Halme zu sehen, auf manchen Äckern fand sich im Schlamm nichts als Unkraut, Schnecken, Mäuse. Nun rächte sich, dass viele Bauern ihre Kornvorräte an die Händler verkauft hatten, denn nun würden sie bald selbst nichts mehr zu beißen haben, geschweige denn genug Saatgut, um im Herbst auszusäen. So ging der Sommer zu Ende, keine Feldfrucht, kein Obst war wohlgeraten, und es gab noch immer kein Gras für eine zweite Mahd. Vom Futterklee für die Stalltiere ganz zu schweigen.

Obendrein mehrten sich die täglichen Meldungen von überall her. Nicht nur bei ihnen, nein, in ganz Württemberg würde es heuer wohl keine Ernte geben, und in den Nachbarländern, ja in halb Europa sah es nicht besser aus. Hier in den Weberdörfern auf der Rauhen Alb kam noch hinzu, dass England den Kontinent mit seiner billigen Fabrikware überschwemmte. Mit diesen Preisen konnten die hiesigen Weber und Handspinner nicht mithalten, und so wuchs der Zorn auf König Friedrich, der im fernen Stuttgart keinen Finger für sein Volk rührte und stattdessen in seinem Regierungsblatt wohlmeinende Ratschläge erteilen ließ. Wie etwa, dass gegen die Schneckenplage in diesem Jahr das Streuen von Torfasche oder gebranntem Kalk helfe. Schon war das Brot so teuer geworden, dass manche von Friedhelms Schulkindern hungrig zur Schule kamen oder erst gar nicht zum Unterricht erschienen, weil die Eltern sie zum Betteln ausschickten – auf die Nachbardörfer wohlgemerkt, aus Scham und Furcht, im eigenen Dorf geächtet zu werden. Und während das gemeine Volk immer ärmer wurde, trug eine Karawane von Mauleseln jeden Morgen säckeweise Weißbrot, Fleisch und Gemüse heran für den königlichen Tierpark! Die Tiere schienen genauso verfressen zu sein wie der fettleibige Landesherr.

An diesem letzten Morgen im August, einem Samstag, beschloss Friedhelm, nach der Schule den Pfarrer aufzusuchen. Es musste ein Wohltätigkeitsverein gegründet werden, damit die Kinder der Taglöhner und ärmeren Weber zweimal am Tag zu essen hatten. Drüben in Münsingen gab es so etwas schon.

Während seine Mutter stumm und tief über den Teller gebeugt ihre Mehlsuppe löffelte, blickte er niedergeschlagen auf die regennassen Fenster, durch die bei diesem trüben Wetter kaum noch Tageslicht hereindrang. Da die Mutter immer so schnell fror, hatte er von der Küche her wieder den Stubenofen eingeheizt. Immerhin: Der Brennholzvorrat der Gemeinde wuchs derzeit stetig an. Fast täglich rief der Schultes die Bürger in wechselnder Besetzung zur Holzfron ein – Friedhelm selbst war einige Male freiwillig dabei gewesen, obgleich er als Schulmeister nicht fronpflichtig war –, um das Sturm- und Bruchholz zu bergen und klein zu hacken. Bis zum Winter würde das ausreichen, aber das war kein Trost.

Seit Wochen, ja Monaten lebten sie nun schon unter diesem grauen Wolkenteppich, und wenn er morgens erwachte und wieder die Regentropfen aufs Dach prasseln oder den Sturm durchs Gebälk toben hörte, dann hätte er jedes Mal heulen können. Nie hätte er gedacht, so etwas jemals zu erleben. Auch ihm war inzwischen, als würde sich die Welt dem Untergang entgegenneigen. Und seine eigene Welt dazu.

Nachdem der Schultes ihn drei Wochen zuvor aus dem Gasthof hinauskomplimentiert hatte, war er, noch immer völlig vor den Kopf geschlagen, schnurstracks ins Schulhaus zurückgelaufen, um sich Emmanuel Dürr vorzuknöpfen. Wütend hatte er an dessen verriegelte Wohnungstür gehämmert, bis Dürr von innen brüllte, er solle sich fortscheren, sonst würde er ihn vor das Rüggericht bringen.

«Wage ja nicht, mir auf der Straße allein zu begegnen, du elender Denunziant», hatte Friedhelm zurückgeschrien. «Sonst kannst du deine Knochen einzeln aus der Gosse zusammenlesen.»

Seither ging Dürr ihm aus dem Weg, und wenn sie im Schulhaus aufeinandertrafen, herrschte eisiges Schweigen zwischen ihnen. Friedhelm bedauerte zutiefst, dass er an jenem Tag keine Gelegenheit gefunden hatte, diesem Mistkerl eine Tracht Prügel zu verabreichen, andererseits hätte ihm dies seine Stellung kosten können. Und Paulina wäre damit auch nicht geholfen. Noch immer durfte sie keinen unbeobachteten Schritt vor die Haustür machen, und wenn sie sich beim Kirchgang sahen, dann zogen ihre Eltern sie eilends mit sich fort. Ganz mager und blass war sie in diesen Wochen geworden, und von Luise wusste er, dass nicht einmal sie, als ihre beste Freundin, Paulina besuchen durfte. Die Flucht blieb ihr einziger Ausweg. Aber wie, um Himmels willen, sollten sie das anstellen? Es war zum Verzweifeln.

Die einzige gute Nachricht in diesen Tagen hatte Pfarrer Unterseher ihm gestern überbracht. Der hatte ihn nach dem Unterricht zu sich ins Pfarrhaus gebeten, um ihm eindringlich nahezulegen, seinen Frieden mit Dürr zu schließen.

«Ich kann mir denken, lieber Friedhelm, was Sie Ihrem jungen Collegen vorwerfen», wurde er deutlicher, nachdem er ihn in sein kleines Kabinett geführt hatte, wo sie ungestört waren. «Der halbe Ort spricht schließlich davon, dass jemand Paulina und Sie beim Schultes angeschwärzt hat. Aber zum einen können Sie das nicht beweisen, zum anderen ändert das nichts daran, dass Justus Gutjahr seine Tochter mit dem Metzgermeister verheiraten will. Im Übrigen sind die meisten hier auf Ihrer Seite, was Sie vielleicht ein wenig milder stimmen mag.»

Väterlich legte er ihm den Arm um die Schulter.

«Ich erwarte nicht, dass Sie Ihren Feind lieben, wie unser Heiland seine Jünger ermahnt, aber Sie sollten unserem Hilfslehrer dennoch mit Höflichkeit begegnen, wenn Sie ihm schon nicht verzeihen können. Rache und Hass haben noch nie ein Unrecht gutgemacht. Nehmen Sie stattdessen Emmanuel Dürr als einen unfertigen jungen Menschen an, der noch an seinen Schwächen arbeiten muss, und zeigen Sie darin Ihre eigene Stärke.»

Untersehers Worte, die einer Sonntagspredigt gleichkamen, riefen zunächst Widerwillen in ihm hervor, und er wusste nicht, was er antworten sollte. Aber was dann folgte, überraschte ihn doch.

«Auch ich bin auf Ihrer Seite, das sollten Sie wissen. Gestern Abend war der Schultes bei mir und bat mich, nächsten Sonntag in der Kirche das öffentliche Aufgebot zu bestellen, damit seine Tochter nach der Noternte Hochzeit mit Lorenz Stumpp halten kann. Ich habe es abgelehnt.»

«Sie haben es – abgelehnt?»

«Ja, und zwar aus gutem Grund. Gott will, dass Mann und Frau sich aus freien Stücken zur Ehe zusammenfinden. Von meiner Luise weiß ich über Paulinas Verzweiflung und auch von ihrer Liebe zu Ihnen. Und dass auch Sie Paulina lieben, kann ich mit eigenen Augen sehen. Ich schätze Sie sehr, Friedhelm, und bin überzeugt, dass Sie für das Mädchen ein guter Ehemann wären.»

Friedhelm war völlig verblüfft über diese unerwartete Wendung. «Aber was geschieht nun?»

«Ich habe dem Schultes gesagt, dass er sich einen anderen Pfarrer suchen müsse. Ich selbst würde einen Menschen nicht gegen dessen Willen trauen.»

Nach diesem gestrigen Gespräch hatte Friedhelm erstmals seit langem wieder die Nacht durchgeschlafen, doch schon heute Morgen war die Schwermut erneut über ihn gekommen. Sein Hass auf Dürr und Gutjahr – gegenüber dem Dorfmetzger hatte er seltsamerweise niemals Hass empfunden – hatte sich zwar tatsächlich gelegt, doch ihm wurde klar, dass Untersehers Weigerung nur einen Aufschub bedeutete. Nein, er musste bald schon handeln. Bloß, wie sollte er es bewerkstelligen, mit Paulina bei Nacht und Nebel Hohenstetten zu verlassen, wo sie doch nachts in ihrer Kammer eingeschlossen war und tagsüber von ihrer Familie mit Argusaugen überwacht wurde? Obendrein sorgte er sich mehr denn je um seine Mutter. In diesem nassen, kalten Jahr erwischte zwar reihum fast jeden einmal ein böser Katarrh, aber bei ihr hielt der Husten nun schon seit vielen Wochen an und wurde einfach nicht besser.

Ihre heisere Stimme riss ihn aus seinen Grübeleien.

«Vielleicht sollten wir Kuh und Kalb verkaufen, das Futter reicht nicht mehr.»

«Unsinn, Mutter, irgendwo treibe ich das Stallfutter schon

auf. Wir brauchen die Milch für deine Gesundheit, auf dem Markt gibt es keine mehr zu kaufen. Zwei, drei trockene Wochen im September, und schon wird sich die Lage bessern.»

Müde blinzelte sie ihn aus ihrem kleinen, faltigen Gesicht an. «Heuer wird es keine Ernte geben, das weiß ich. Die Männer wollen sich nicht länger vom Gemeinderat hinhalten lassen. Bald schon werden die ersten aus der Not heraus das unreife Korn schneiden, bevor die Schnecken und Mäuse den allerletzten Rest gefressen haben. Aber für Brot und Mehl wird es nicht taugen. Und Vorräte hat keiner mehr.»

Sie unterbrach sich, um ein Husten zu unterdrücken, und Friedhelm wusste, dass sie recht hatte.

«Diesen geldgierigen Händlern, die damals über die Dörfer zogen, hätte man längst das Handwerk legen sollen», brauste er sofort auf. «Selbst den Müllern und Bäckern haben sie das Getreide abgeschwatzt, um es in die Schweiz zu schaffen.»

«Sind diese Leute nicht selbst schuld? Niemand hat sie gezwungen zu verkaufen.»

«Nein, Mutter, das schnelle Geld hat sie verführt. Da hätten längst Gesetze hergemusst. Doch unseren vollgefressenen König Friedrich hat das nicht interessiert. Und jetzt ist es zu spät.»

«Ach mein Junge, wie soll das noch weitergehen? Ich bin alt, meine Zeit läuft bald ab – aber was ist mit euch Jungen, wenn es nun gar nichts mehr zu ernten gibt? Wenn bald schon der große Hunger kommt? Was soll nur aus uns allen werden?»

Sie wies mit ihren knotigen Fingern auf die Anrichte.

«Sei so gut, und bring mir meine Kassette her.»

Friedhelm erhob sich und holte aus dem verschließbaren Geheimfach hinter dem Wetterglas die Blechkassette, in der die Mutter ihre Ersparnisse aufbewahrte.

Sie öffnete das Kästchen. «Zähl nach, mein Sohn. Es müssten zwanzig Gulden sein. Nimm es an dich, und geh endlich mit Paulina nach Stuttgart, gleich nächste Woche. Ich weiß auch schon, wie. Sie ist ja jetzt bei unseren Gebetsstunden dabei, und donnerstags finden diese neuerdings bei Dorothea im Pfarrhaus statt. Dann bietet sich eine Gelegenheit, aus Hohenstetten fortzukommen. Vorher aber mähst du unsere beiden Äcker ab, als Futter für das Vieh, und tauschst Vaters Cembalo gegen einen Scheffel Dinkel ein.»

Fast entgeistert starrte er sie an. «Das ist nicht dein Ernst. Ich kann dich doch jetzt nicht allein hierlassen!»

«Und wenn ich dich darum bitte? Unter meiner Matratze habe ich noch weitere neun Gulden versteckt, die reichen mir fürs Erste, bis ich unser halbes Haus verkauft habe. Danach bekommst du die restlichen sechzig Gulden von deinem Heiratsgut. Außerdem lässt du mich gar nicht allein. Ich habe immerhin noch eine Tochter und einen Schwiegersohn nebenan.»

Ihm schwindelte bei dem Gedanken, die Mutter zu verlassen, aber es gab keinen anderen Ausweg. Und dass ausgerechnet sie ihn darauf stieß, dass Paulina donnerstags im Pfarrhaus war, rührte ihn zutiefst. Einen Vorwand, Paulina aus den Gebetsstunden wegzulocken, würde sich finden, und sie könnten zu Pferd fliehen. Bis nächsten Donnerstag blieben fünf Tage, genug Zeit also, um alles bis ins Kleinste vorzubereiten.

«Ich werde eine Nacht darüber schlafen», erwiderte er, trat neben sie und gab ihr einen Kuss auf die Stirn. «Danke!»

Ein heftiger Hustenanfall schüttelte ihren Körper. Beruhigend strich er ihr über den gekrümmten Rücken und reichte ihr schließlich sein Schnupftuch. Als sie sich aufrichtete, war das weiße Linnen blutrot.

# *Kapitel 13*

*Samstag, 28. September 1816*

Carl Unterseher lehnte am Stehpult und suchte vergebens nach den richtigen Worten für die morgige Sonntagspredigt. Entgegen seiner sonstigen Gewohnheit ließ er seit Wochen die Tür nach nebenan weit offen, damit die Wärme des Stubenofens in sein kleines Kabinett kroch. So lenkten ihn die Geräusche aus der Küche oder das Geplapper seiner Frau mit der Magd leider immer wieder von der Arbeit ab.

Es war schon spät, und bald würde Luise zum Abendessen rufen. Aber er kam einfach nicht weiter mit seinem Text. Wie sollte er den Menschen noch Kraft und Zuversicht geben? Was man über Monate hinweg befürchtet hatte, mit mehr und mehr Angst behaftet, war eingetroffen: Die Ernte war ausgeblieben. Die Armut hielt längst Einzug im Ort, und es waren beileibe nicht mehr nur die Taglöhner oder Weberknechte, die sich verschulden mussten, um in dieser Zeit der Teuerung an ihr täglich Brot zu kommen. Waren sie doch ohnehin schon alle, ob Kleinbauer oder Handelsmann, seit Jahren von den viel zu hohen Abgaben gebeutelt, die der König für seine Kriegsschulden verlangte. Die Schar fremder Bettler, die neuerdings sonntags mit ausgestreckten Händen an der Kirchenpforte um Mitleid barmten, führte ihm nur umso schmerzvoller vor Augen, was einem jeden bald schon blühen mochte. Wäre wenigstens Rettung in Sicht!

Wie also sollte er diesen Menschen die grenzenlose Liebe Gottes vermitteln, wenn sie in ihm doch einen strafenden Gott sahen? Einen zornigen Vater, der seine verstockten, sündigen Kinder lange genug gemahnt hatte und nun seinen himmlischen Zorn über sie ergoss? Oder schlimmer noch: das Weltenende einläutete? Ihm aber widerstrebte es, die uralte Sündenrhetorik in den Mittelpunkt seiner Kanzelreden zu stellen, er baute auf die Barmherzigkeit Christi, die den Menschen seit jeher in allen Zeiten der Not tröstete. Doch das wollte in diesen Zeiten kaum einer hören. Lieber rannten die Leute in Scharen irgendwelchen selbsternannten Propheten hinterher, wie diesem schwäbischen Seelenfänger Michael Hahn, der die anhaltenden Unwetter damit erklärte, dass der Satan bereits losgelassen sei und in den niederen Luftregionen tobe.

Zum Glück gab es in seiner Gemeinde auch noch Männer, die sich nicht den Verstand vernebeln ließen oder sich, wie einige der Honoratioren, hinter einer Mauer aus selbstsüchtigem Eigennutz verschanzten. Wie den jungen Lindenthaler, der ihn gebeten hatte, bei den Stundenfrauen anzufragen, ob sie nicht einen Wohltätigkeitsverein gründen wollten, mit Unterseher selbst als Schirmherrn, was die meisten begeistert begrüßt hatten. Seither machten die Frauen ihre Runden durch die Gassen, um zu erkunden, wo die Bedrängnis am größten war, um dann jeden Sonntag für diese Bedürftigen den Klingelbeutel herumzureichen. Allerdings war das nur ein Tropfen auf den heißen Stein, hing doch jegliche Zuwendung allein davon an, wie viel der Spender geben wollte. Seiner Ansicht konnte die brüderliche Hilfsbereitschaft untereinander nur der Anfang sein. Sollte die Not aber größer werden, und das würde sie ganz gewiss, dann stünden die Oberämter und somit der Staat in Pflicht und Verantwortung. Doch auf Seiten der königlichen Regierung tat sich nichts. Konnte er es also seinen Kirchgängern übelnehmen, wenn sie sich inzwischen weigerten, zum Abschluss des Gottesdienstes das Loblied auf den König zu singen?

Nein, weder ihr kleiner Wohltätigkeitsverein noch die Bittgottesdienste, die Unterseher inzwischen jeden Morgen abhielt, beruhigten die Menschen in ihrer Furcht. Allzu deutlich steuerten sie auf einen Abgrund zu. Das Korn auf den Feldern war grün geblieben, da ab Ende August die Tage von Nebel oder Regen so getrübt waren wie sonst im November. Schon Mitte September hatte es den ersten Nachtfrost gegeben, und seither waren nicht nur die Nächte, sondern auch die Tage kalt. Noch immer war die Wintersaat fürs nächste Jahr nicht ausgebracht, und vorgestern nun hatten sich gut zwei Drittel der Bürger von Hohenstetten darangemacht, trotz des Verbots durch den Gemeinderat das Korn zu schneiden. Das war einem Aufstand gleichgekommen, und Gutjahr hatte getobt. Doch die Männer und Frauen hatten sich nicht abbringen lassen und erklärt, dass das Korn nimmermehr reif würde und die Mäuse, die sich zu Abertausenden vermehrt hatten, sonst auch noch den Rest verderben würden. Das Ergebnis der Noternte war niederschmetternd: Beim Dreschen blieb fast nur leeres Stroh, für Mehl war das Korn unbrauchbar, die ganze Ernte taugte im Grunde nur noch als Viehfutter. Auch die Kartoffeln, diese so wohltätige Ergänzung zum Brotgetreide, waren gänzlich missraten, nämlich erbärmlich klein, käsig und glasig oder gleich ganz abgesoffen zwischen den Ackerfurchen, in denen immer noch das Wasser stand.

Unterseher legte die eingetrocknete Feder beiseite und stieß einen tiefen Seufzer aus. Das, was normalerweise als Kirchenzehnt in den Heiligenkasten ging, war so gering, dass er morgen bei der Sitzung des Konvents dafür plädieren würde, bei diesen armen Menschen auf die Abgabe zu verzichten. Seine einzige, wenngleich winzige Hoffnung hing noch an den Feldern der beiden Großbauern und denen von Gutjahr und dem Heiligenbeck, die sich fast allesamt in günstigerer Lage befanden. Diese vier waren übereingekommen, mit der Ernte auf ihrem Grund noch bis nächste Woche zu warten.

In der Zeitung hatte Unterseher gelesen, dass landesweit heuer die Ernte bei allen Feldfrüchten höchstens ein Drittteil betrage, womit den Menschen nur noch Nahrung auf vier Monate bliebe anstatt auf zwölf. Doch bei dem Misswuchs, den er vor Augen hatte, glaubte Unterseher nicht einmal mehr, dass es noch für diese vier Monate reichen würde. Hinzu kam, dass die meisten in dieser Gegend die Landwirtschaft nur nebenher auf kleinen Parzellen betrieben, in ihrem angestammten Handwerk aber ebenfalls kaum noch ein Auskommen fanden. Manch einer ließ die Arbeit schon schleifen und versank in Mutlosigkeit, wohl wissend, dass spätestens der Winter Notstand und Hunger bringen würde, und immer häufiger blickte Unterseher bei seinen Begegnungen in haltlos weinende Gesichter, in verzweifelte, furchtsame Augen. Schon hatten sich im Oberamt Winnenden die ersten vierzig Familien aus Württemberg nach Bessarabien aufgemacht, und nur das anhaltende schlechte Wetter hielt noch mehr Menschen davon ab, ihre Heimat zu verlassen und auf die weite, beschwerliche Reise zu gehen.

Er schlug die Hände vors Gesicht und spürte, wie die Verzweiflung nun auch ihn ansprang wie eine vom Sturm angefachte Feuersbrunst. Wenn er nur daran dachte, was für ein wohlhabender Marktflecken Hohenstetten einmal gewesen war …

Als er wieder aufsah, verharrte sein Blick auf dem großen Andachtsbild neben der Tür, das sein Vater ihm vererbt hatte. Eine kleine Stadt am Fluss war darauf zu sehen, dem Fluss des Lebens. Zwei Tore mit zwei Wegen führten aus der Stadt heraus, beiderseits den Fluss entlang: Zur Linken betrat man durch ein breites Tor mit der verheißungsvollen Inschrift «Willkommen» eine bequeme Promenade, die vielerlei Lustbarkeiten, aber auch Versuchungen bot. Hier wandelten die meisten Menschen, in Gruppen oder in Paaren. Die enge Pforte zur Rechten indessen führte zum «Kreuzesweg», einem schmalen, steinigen und steilen Pfad, für den man zunächst auf einem gefährlich wackelig aussehenden Brückchen den Fluss überqueren musste. Diesen beschwerlichen Weg nahmen nur einzelne Menschen. Diese hatten ihm als kleiner Bub immer ein wenig leidgetan. Sie wirkten so allein und waren auch ärmlicher gekleidet. Bis er den Sinn des Bildes erkannt hatte: Der breite, schöne Weg führte am oberen Bildrand zu einer brennenden Stadt, geradewegs in die Flammen der Verdammnis, der schmale, steinige jedoch hinauf auf einen Berg und von dort ins himmlische Jerusalem. Sein Vater hatte ihm erklärt, dass es jedem Menschen auf Erden freistünde, sich zwischen diesen beiden Wegen zu entscheiden, doch nur der beschwerliche führe zum Ziel.

«Dann sollen wir uns also das Leben möglichst schwer machen, um ins Himmelreich zu kommen?», hatte er damals den Vater gefragt.

«O nein, das nicht gerade», hatte der lächelnd erwidert. «Aber wir sollen Beschwernisse und Nöte nicht scheuen. Und selbst wenn der Weg uns an schwindelerregende Abgründe führt, brauchen wir nicht zu verzagen, weil der Herrgott uns durch alle Leiden führt, wenn wir ihm nur vertrauen.»

Bloß schienen die Menschen dieses Vertrauen derzeit zu verlieren, gerade so, als ob Gott im Begriff sei, sie zu verlassen. Er schlug die Lutherbibel auf und fand im Psalm dreiunddreißig endlich, wonach er gesucht hatte: *Siehe, des HERRN Auge sieht auf alle, die ihn fürchten, die auf seine Güte hoffen, dass er ihre Seele errette vom*

*Tode und sie am Leben erhalte in Hungersnot. Unsre Seele harrt auf den HERRN; er ist uns Hilfe und Schild. Denn unser Herz freut sich seiner, und wir trauen auf seinen heiligen Namen. Deine Güte, HERR, sei über uns, wie wir auf dich hoffen.*

Das waren die richtigen Worte, sie wollte er in den Mittelpunkt stellen. Er tauchte die Feder ins Tintenfass, die Sätze für seine Predigt kamen nun von ganz allein: *Wir alle wissen, dass unsere diesseitige Welt eine Kreuzschule ist in der Nachfolge der Leiden Christi, eine Welt, die von Krankheit, Schmerz, Angst und Tod gezeichnet ist. Wir aber wollen dieser Welt nicht entsagen, sondern uns in ihr bewähren – in Demut, aber auch in tätiger Nächstenliebe, in christlicher Barmherzigkeit. Die Wiedergeburt der frommen Seele, von der ihr in euren Gebetskreisen so gerne sprecht, sollte immer auch die Fröhlichkeit des Herzens mit einschließen, in einem unbegrenzten Vertrauen zu Gott, gerade auch in schweren Zeiten.*

Ein vorsichtiges Klopfen gegen den Türrahmen unterbrach seinen Gedankenfluss. Er sah auf. Vor ihm stand sein Konventscollege Konrad Wörlin vom hinteren Maierhof. Er war der Oheim des jungen Schulmeisters und ein braver, zutiefst gläubiger Mann.

«Gottes Segen zum Gruß, Herr Pfarrer. Verzeihen Sie, dass ich Sie so kurz vor dem Abendessen noch störe.» Sichtlich verlegen knetete er seinen tropfnassen Hut in den Händen. «Aber es ist wegen unserer Sitzung des Kirchenkonvents morgen nach dem Gottesdienst.»

«Gott zum Gruße, und treten Sie nur ein, lieber Wörlin, Sie stören nicht. Hängen Sie den nassen Mantel einfach dort drüben an den Haken.»

Er bot ihm den Lehnstuhl als einzige Sitzgelegenheit in seinem Kabinett an, doch der Maierbauer schüttelte den Kopf.

«Ich bleibe nicht lange. Und Sie sind ja am Vorbereiten der Kanzelrede, wie ich sehe. Ach, lieber Pfarrer, es steht schlimm um uns, nicht wahr? Die bisherige Ernte war verheerend, und um die restlichen Felder, die nächste Woche dran sind, steht es nicht viel besser. Obendrein sind die Kornböden überall wie leergefegt. Wenn wir dann endlich die Wintersaat ausbringen können, wird nichts mehr übrigbleiben für Mehl und Brot.»

Unterseher nickte bekümmert. «Ich weiß. Weshalb wir ja morgen bei unserer Sitzung die Eingabe an das königliche Präsidium formulieren und sie anschließend dem Gemeinderat vorlegen. Ich denke, wir alle, auch die Ratsherren, sind einer Meinung, dass die Regierung die örtlichen Wohlfahrtsvereine unterstützen und noch vor Einbruch des Winters die königlichen Fruchtkästen öffnen muss, um eine landesweite Hungersnot zu verhindern.»

«Ja, das ist das eine. Wir sollten aber noch zwei weitere Forderungen mit hineinnehmen: zum einen das sofortige Verbot von Getreideaufkauf durch umherziehende Mäckler, von Weiterverkauf außer Landes sowie dem heimlichen Horten von Vorräten, um auf steigende Preise zu spekulieren. Wucher und Spekulation sind eine große Sünde, die unterbunden werden muss. Der Fruchthandel darf nur noch unter staatlicher Aufsicht erfolgen.»

Unterseher nickte abermals. Er wusste darum, dass die Kornvorräte auch deshalb immer knapper und teurer wurden, weil skrupellose Händler das, was sie aufgekauft hatten, zurückhielten, um es erst, wenn die Preise wieder ordentlich anstiegen, zu verkaufen. «Sie sagen es, Wörlin. Nur fürchte ich, diese Forderung kommt ein wenig spät. Hier ziehen schon längst keine Händler mehr durch.»

«Aus diesem Grund sollten wir hieran eine weitere Forderung knüpfen: Die Oberämter müssen verpflichtet werden, alle privaten Speicher zu visitieren und aufzulisten, und man sollte diejenigen, die in geheimen Verstecken Vorräte horten, zur Abgabe zwingen. Ich bin mir sicher, da werden auch in unserer Gegend überraschende Funde gemacht werden.»

Erstaunt sah Unterseher ihn an. «Das klingt, als hätten Sie jemanden im Auge.»

Der Maierbauer zögerte mit seiner Antwort. «Nun ja, es heißt ja immer, dass die Kornjuden unser Getreide aufgekauft und ins Ausland verschafft haben. Aber nein, die Kornwucherer sind mitten unter uns.»

«Ich bitte Sie, Wörlin, sprechen Sie freiheraus.»

«Gut. Aber im Gegenzug versprechen Sie mir Ihr Stillschweigen. Was ich Ihnen sage, muss unter uns bleiben.»

«Ganz gewiss, ich verspreche es Ihnen.»

Wörlin holte tief Luft. «Drüben in Münsingen wurde entdeckt, dass ein Bäcker große Mengen Korn in einer verlassenen Scheune versteckt hat. Ich mochte das kaum glauben, aber dann hat mir mein Schwiegersohn berichtet, der einen Hof auf der Zwiefalter Alb führt, dass bei ihm und seinem Nachbarn ein Mäckler um Korn angeklopft habe. Ein christlicher, wohlgemerkt. Vor zwei Wochen war das gewesen. Er hat ihm nichts verkauft, aber aus lauter Neugier hat er sich dem Fuhrwerk genähert, um zu schauen, wie viele Säcke dort schon gelagert waren. Dabei hat er den Mann erkannt, der mit tief in die Stirn gezogener Mütze auf dem Kutschbock gewartet hatte: Es war Justus Gutjahr, unser Schultes!»

Unterseher war fassungslos. «Das ist ein ungeheuerlicher Verdacht. Möglicherweise hat sich Ihr Schwiegersohn ja geirrt?»

Wörlin schüttelte entschieden den Kopf. «Er kennt unseren Schultes recht gut, und auch den Zweispänner mit den kräftigen Füchsen davor hat er erkannt. Außerdem war es ein Montag, da hat der Gutjahr seine Wirtschaft zu.»

Unterseher mochte es immer noch kaum glauben. Andererseits: Ging es dem Schultes nicht allem Anschein nach blendend, obwohl kaum noch Gäste kamen? Seine Spende für den Klingelbeutel letzten Sonntag war die großzügigste überhaupt gewesen, und neuerdings trug er einen dicken goldenen Siegelring am Finger. Aber selbst wenn der Verdacht stimmte: Wie sollten sie vorgehen? Ein Schultes, der auf Lebenszeit bestimmt war, ließ sich nicht so einfach aus dem Sattel heben, schon gar nicht, wenn er Justus Georg Gutjahr hieß.

«Wenn Sie recht haben», gab er zu bedenken, «dann wird Gutjahr morgen im Kirchenkonvent wohl kaum dafür stimmen, dass amtliche Kontrolleure auf seinem Anwesen herumschnüffeln.»

«Nun, wir werden ja sehen, wie er reagiert. Sofern er es ablehnt, macht er sich von vorneherein verdächtig. Auf jeden Fall sollten wir ihn in nächster Zeit im Auge behalten.»

«Da haben Sie wohl leider recht. Möchten Sie mit mir zu Tisch gehen? Mir wäre jetzt nach einem starken Branntwein nach dieser Hiobsbotschaft.»

«Danke, aber ich will noch bei meiner armen Schwester Agnes vorbeischauen. Sie scheint so gar nicht mehr auf die Beine kommen zu wollen, auch wenn es ihr inzwischen ein kleines bisschen besser geht.»

«Ja, das ist furchtbar mit ihrem Bluthusten. Zum Glück kümmert sich Ihr Neffe Friedhelm ganz rührend um seine Mutter.»

Er brachte Wörlin zur Haustür und bemerkte im Vorbeigehen, dass der Abendbrottisch zwar eingedeckt, aber von den Frauen keine zu sehen war.

Fast schon verschwörerisch schüttelte ihm Wörlin zum Abschied die Hand. Gedankenverloren sah er ihm nach. Der Schultes von Hohenstetten ein heimlicher Kornwucherer? Allmählich stand die Welt kopf …

Draußen wurde es bereits dunkel, der Regen hatte eine Pause eingelegt. Da hörte er von der unteren Kirchgasse her aufgeregte Frauenstimmen, dann ein unterdrücktes Schluchzen.

Ohne sich etwas überzuziehen, eilte er die Straße hinunter und fand Dorothea mit der Magd Martha am Eingang zum Marktplatz, wo sie beide wie aufgescheuchte Hühner hin und her liefen.

«Was treibt ihr hier um Himmels willen?», fragte er seine Frau.

«Wir sind auf der Suche nach Luise», erwiderte sie mit tränenerstickter Stimme.

«Wie? Ihr hattet sie doch nach dem Mittagessen zur Mühle geschickt, um ein Säckchen Korn mahlen zu lassen.»

«Aber das ist Stunden her! Und jetzt ist es schon dunkel.»

Er legte ihr beruhigend die Hand auf die Schulter. «Sie wird sich verschwatzt haben.»

Dorothea brachte kein Wort mehr heraus, und Martha, eine besonnene ältere Frau, sagte: «Das dachten wir auch, und so waren wir als Erstes bei Paulina und dann bei der ältesten Tochter vom Schulbeck, mit der sie sich manchmal zum Spinnen trifft. Aber dort war sie nicht. Danach sind wir zur Mühle, aber der Müller sagte uns, dass sie schon vor gut zwei Stunden mit ihrem kleinen Handwagen heimgekehrt ist.»

Da beschlich auch ihn ein ungutes Gefühl.

«Gehen wir ins Haus zurück, vielleicht ist sie inzwischen daheim. Und dann soll sie uns erst einmal erklären, wo sie sich so lange herumgetrieben hat.»

Doch im Pfarrhaus war alles still. Mit kreidebleichem Gesicht stürzte Dorothea die Treppe hinauf, dann war ein unterdrückter Aufschrei zu hören.

Unterseher folgte ihr in Luises Schlafkammer, wo Dorothea in sich zusammengesunken auf dem Bett kauerte.

«Da!» Sie deutete mit zitternder Hand auf die offene Kleidertruhe und flüsterte kaum hörbar: «Die Wolldecke fehlt. Und ihr kleines Spardöslein auch.»

Er spürte, wie ihm schwindelig wurde. Egidius!, hämmerte es ihm gegen die Schläfen. Gide, der Wanderkrämer, hatte seine Tochter geholt! Und er wusste nicht einmal, wo dieser papistische Hundsfott lebte.

# Kapitel 14

*Am nächsten Morgen, den 29. September 1816*

«Paulina! Kommst du endlich zum Frühstück?», hörte sie die Mutter von unten rufen. «Der Gottesdienst fängt in einer Stunde an, und du liegst noch immer im Bett.»

Sie hatte keinen Hunger, und ihr schmerzte seit Tagen der Kopf. Die kommende Woche nämlich wollte ihr Vater das Korn schneiden, ganz gleich, ob es stürmte oder schneite. Und danach würde er sie vor den Traualtar zwingen.

Es hatte den Vater einige Mühe gekostet, den Pfarrer im Oberamt Münsingen zu überreden, zwei Hohenstettener zu trauen, aber angeblich hatte er dessen Einverständnis jetzt erlangt, wie auch immer. Das Aufgebot hing bereits an der Kirchenpforte von Sankt Alban, was hohe Wellen der Empörung im Ort geschlagen hatte. Dem Vater schien das herzlich gleichgültig zu sein, und er gab sich, wenn der Metzger bei ihnen zu Gast war, erst recht als dessen bester Freund aus, während Paulina es kaum noch ertrug, Lorenz Stumpp vor Augen zu haben.

Wäre Friedhelm doch nur schon mit ihr nach Stuttgart geflohen. Aber jetzt lag seine Mutter schwerkrank darnieder, in diesem Zustand konnte er sie wahrhaftig nicht im Stich lassen. Auch sie selbst hätte das im Fall ihrer eigenen Mutter niemals übers Herz gebracht. Aber was um Himmels willen sollte sie jetzt tun? In einem unbeobachteten Moment auf eigene Faust fliehen? Sie könnte sich zu ihrem ältesten Bruder Julius nach Ulm durchschlagen, der mit ihrem Vater gebrochen hatte. Aber wäre sie dort wirklich sicher vor den Fängen ihres Vaters? Oder gab es vielleicht doch noch eine Möglichkeit, um Zeit zu gewinnen? Zumindest bis Agnes Lindenthaler wieder gesund war. Von Luise wusste sie, dass Friedhelm in seiner Eigenschaft als ihr Verlobter bereits Einspruch gegen die Hochzeit erhoben hatte, doch was nutzte das bei einer heimlichen Verlobung, der der Brautvater niemals zugestimmt hatte?

Luise! Bei dem Gedanken an ihre Freundin war sie plötzlich hellwach und sprang aus dem Bett. Das war die nächste große Sorge, die sie gestern kaum hatte einschlafen lassen. Sie hatte Stoßgebete zum Himmel geschickt, dass Luise nur ja kein Unglück geschehen sei. Am frühen Abend war die Frau Pfarrerin bei ihnen hereingestürmt und hatte völlig aufgelöst nach ihrer Tochter gefragt. Aber dann hatte Paulina sich damit beruhigt, dass Luise es liebte, durch die Natur zu streifen, um dabei ihren Träumereien nachzuhängen, Schlechtwetter oder die einbrechende Dunkelheit schreckten sie nicht ab. Bestimmt war sie bald schon nach Hause gekommen und hatte die Nacht wohlbehalten in ihrem Bett verbracht.

Dennoch beschloss Paulina, während sie sich hastig ankleidete, als Erstes im Pfarrhaus vorbeizuschauen, ganz gleich, was die Eltern dazu sagten. Sollten sie ihr doch Ludwig zur Bewachung mitschicken.

Als sie die Treppe hinunterstieg, hörte sie besorgte Stimmen aus der Diele. Sie erkannte die des Vaters und des Pfarrers.

«Was ist mit Luise?», fragte sie atemlos, als sie vor dem Pfarrer und seiner Frau stand. Dorothea Unterseher hatte rot geweinte Augen, der Pfarrer sah aus, als hätte er die Nacht nicht geschlafen. Sofort fuhr ihr wieder der Schrecken in alle Glieder.

«Darüber wollte ich mit dir reden», presste der Pfarrer hervor. «Sie ist weg.»

«Weg?» Entsetzt sah sie ihn an.

Der Vater nahm sie beim Arm. «Gehen wir in die gute Stube und setzen uns erst mal.»

Auf dem Weg dorthin musste der Pfarrer seine Frau stützen, und in Paulinas Kopf jagten sich die Gedanken. War Luise auf den rutschigen Wegen gestürzt, oder lag sie irgendwo hilflos im Wald, von einem morschen Ast getroffen? Oder, noch schlimmer, war sie einem Gewaltverbrechen zum Opfer gefallen? Sofort fiel ihr dieser Dürr ein, der Luise mit seinem stieren Blick fast zu verschlingen pflegte.

Die Mutter brachte eine Kanne heißen Bohnenkaffee an den Frühstückstisch und setzte sich dazu. Auch sie wirkte fassungslos. Dann erfuhr Paulina, dass Luise ganz offensichtlich von zu Hause fortgelaufen war, mit Gepäck und Wegzehrung im Handwagen. Fürs Erste fiel Paulina ein Stein vom Herzen, dann aber spürte sie eine gewisse Enttäuschung. Wie konnte ihre Herzensfreundin verschwinden, ohne sich von Paulina zu verabschieden?

«Hör, Paulina, hat sie dir gegenüber etwas angedeutet?», fragte Pfarrer Unterseher, der nun ein klein wenig gefasster wirkte.

Sie schüttelte heftig den Kopf. «Nein, nie … Und ich verstehe das auch gar nicht. Sie war in letzter Zeit fast wieder die alte gewesen. Glauben Sie … glauben Sie, dass es etwas mit Gide zu tun hat?»

«Das solltest du wohl am besten wissen», mischte sich der Vater mit grimmigem Blick ein. «Ich dachte, ihr Weibsbilder redet immer über alles. Wenn du also etwas weißt, sag es gefälligst. Das hier ist kein Kinderspiel.»

«Ich weiß überhaupt nichts, glaubt mir», erwiderte sie, und

das war die Wahrheit. «Von Gide hat sie seit langem nicht mehr gesprochen. Ich dachte, das wäre vorbei.»

Der Pfarrer beugte sich zu ihr über die Tischplatte. «Hast du den Wanderkrämer vielleicht in letzter Zeit einmal in der Gegend gesehen? Oder von anderen gehört, dass er sich wieder hier herumtreibt?»

«Nein, Herr Pfarrer. Dem war es doch verboten, nach Hohenstetten zu kommen.»

«Kennst du wenigstens seinen Nachnamen?»

«Leider nein.»

«Aber du weißt doch sicherlich, wo er herkommt?»

Sie dachte angestrengt nach. Hatte Luise irgendwann einmal seinen Wohnort erwähnt? So vieles hatte sie über Gide erfahren – wie fröhlich und lustig er immer war, wie forsch und zärtlich zugleich, wie herrlich seine Küsse schmeckten. Nur seine Herkunft und seine Familie hatte Luise nie erwähnt. Oder doch? War da nicht von irgendeinem Dorf in Oberschwaben die Rede gewesen, mit *zell* am Ende? Aber so endeten viele Ortsnamen. Doch selbst wenn es ihr einfiele, würde sie es nicht über sich bringen, ihre Freundin zu verraten.

«Nein, es tut mir wirklich leid.» Sie zögerte und verriet dann doch etwas, von dem sie hoffte, dass es ihrer Freundin nicht schaden würde. «Ich weiß nur, dass Gide einen Pfarrer in Biberach kennt, der sie beide angeblich trauen würde. Das hat sie vor langer Zeit einmal erwähnt.»

«Das weiß ich leider selbst», bestätigte der Pfarrer mit kraftloser Stimme.

«Na also, das ist doch immerhin was.» Der Vater lehnte sich zurück. «Lieber Carl, noch heute vor dem Kirchgang schicke ich in meiner Funktion als Schultes den Amtsboten nach Biberach. Auf dem Weg dorthin soll er sich nach deiner Tochter umhorchen. Obendrein bitte ich den Biberacher Pfarrer darum, auch die anderen Pfarreien in Oberschwaben zu verständigen. Ich selbst mache mich morgen auf den Weg nach Münsingen, habe ohnehin einiges in der Gegend zu erledigen. Dann wissen auch die Pfarreien hier auf der Alb Bescheid. Kopf hoch, Carl, wir werden deine Tochter schon finden.»

«Ich danke dir für deine Unterstützung, Justus.» Pfarrer Unterseher erhob sich und bot seiner Frau den Arm beim Aufstehen. «Wir sehen uns dann beim Gottesdienst.»

Bevor die beiden die Stube verließen, beugte sich Dorothea Unterseher noch einmal zu Paulina hinunter.

«Glaubst du …», fragte sie sie mit bebender Stimme, «glaubst du, dass sich Luise etwas angetan haben könnte?»

«Niemals, Frau Pfarrerin! Nicht Luise. Außerdem: Hätte sie dann eine vollbepackte Handkarre mitgenommen?»

In Windeseile machte die Nachricht von Luises Verschwinden unter den Kirchgängern die Runde. Jedem taten die Eltern von Herzen leid, und der Pfarrer hatte alle Mühe, den Gottesdienst würdevoll zu Ende zu bringen. Nicht nur einmal hatte er seine Predigt mit tränenerstickter Stimme unterbrechen müssen, und am Ende bat er alle, Augen und Ohren offenzuhalten. Bevor sie das Kirchenschiff verließen, beteten sie noch einmal gemeinsam ein inbrünstiges Vaterunser zum Schutz und Seelenheil Luises.

Draußen stürmte und regnete es wieder einmal, und jeder beeilte sich heimzukommen. Paulinas Vater begleitete sie nur bis zum Rathaus, da dort heute die monatliche Konventssitzung stattfand. Er war sichtlich außer sich.

«Was für ein undankbares Gör!», schnaubte er, als sich auf dem Marktplatz ihre Wege trennten. «Den eigenen Eltern so etwas anzutun! Brennt einfach mit diesem hergelaufenen Wanderkrämer durch, der jedem Weibsbild den Kopf verdreht!»

«Ich bitte dich, Justus, wie kannst du so reden!», wagte die Mutter zaghafte Widerworte. «Womöglich ist dem Mädchen doch etwas zugestoßen.»

Paulina schwieg. In ihren Augen hatte Luise das einzig Richtige getan, indem sie dem Ruf ihres Herzens gefolgt war. Und in Biberach würde man sie mit Sicherheit nicht finden. So einfältig war Luise nicht, wo selbst ihr eigener Vater von diesen Heiratsplänen wusste. Fast beneidete Paulina ihre Freundin jetzt um deren wagemutigen Schritt in die Freiheit.

Doch plötzlich kam ihr ein ganz anderer, erschreckender Gedanke: Was, wenn Luise gar nicht zusammen mit Gide geflohen war, zumal den Wanderkrämer kein Mensch dieser Tage zu Gesicht bekommen hatte? Wenn sie also völlig allein unterwegs war, und zwar nicht zu Gide, sondern zu einer Engelmacherin? Hatte sie sich im Juni nicht mehrmals mit ihm in der Waldhütte getroffen, bis ihr Vater sie schließlich dort erwischt hatte? Das lag gut drei Monate zurück, Zeit genug für eine Frau, um zu merken, ob sie guter Hoffnung war. Das konnte auch der Grund dafür gewesen sein, dass Luise sich nicht von ihr verabschiedet hatte. Weil sie sich nämlich für ihr sündhaftes Vorhaben zutiefst schämte.

Paulina schwankte, als sie die Landstraße überquerten, und trat mitten in eine der zahlreichen Pfützen.

«Bist du besoffen?», zog ihr Bruder sie auf, doch die Mutter nahm sie besorgt beim Arm.

«Kind, was ist mit dir? Du bist ja ganz grün im Gesicht?»

«Nichts, Mutter, gar nichts. Vielleicht hätte ich doch etwas essen sollen heute Morgen.»

Mit finsterer Miene kehrte der Vater von der Sitzung zurück, und zwar zur Überraschung aller allein. Normalerweise brachte er bei dieser Gelegenheit seine Konventscollegen mit, und so hatten sie viel zu viel gekocht und aufgetischt. Reisende und Tischgäste aus dem Ort hatten sie heute nämlich gar keine.

«Dass du allein kommst, hättest du auch vorher sagen können», tadelte die Mutter ihn, als er sich zu ihnen an den Tisch setzte. «Soll ich jetzt die Reste an die Schweine verfüttern?»

«Glaubst du etwa», schnauzte er, «der Pfarrer und wir anderen hätten heute Lust auf eine fröhliche Tischrunde? Heb es halt auf für übermorgen, mit der Dienstags-Postkutsche werden wir auch wieder Gäste haben.»

«Du hast ja recht», versuchte sie mit sanfter Stimme einzulenken. «Gab es denn heute etwas Wichtiges in der Sitzung?»

«Nur das übliche Gejammer über die schlimmen Zustände. Als ob es das besser machen würde. Und jetzt lass mich in Ruhe essen.»

Der Rest der Mahlzeit verlief in angespanntem Schweigen, selbst Ludwig unterließ heute seine dummen Sprüche. Als der Vater nach nebenan in die große Stube ging, um dort am Kachelofen sein Pfeifchen zu rauchen, und Ludwig ihm folgen wollte, befahl er ihm barsch, ihn allein zu lassen, da er nachdenken müsse.

Während sich Paulina mit den Frauen ans Aufräumen und Abwaschen machte, fühlte sie sich von ihrer Mutter immer wieder beobachtet. Einmal stieß diese einen unterdrückten Seufzer aus und wischte sich verstohlen über die Augen. Kurz darauf gab sie Rosina und Agathe für den Nachmittag frei und schickte sie aus der Küche, obwohl noch zwei Pfannen zu schrubben waren. Dann zog sie Paulina neben sich auf die Küchenbank.

«Weißt du wirklich nicht, wo deine Freundin steckt? Oder was sie vorhat?»

«Nein, Mutter. Ich würde den Herrn Pfarrer doch nicht anlügen.»

«Dann machst du dir also auch große Sorgen?»

«Aber ja!»

Prüfend sah die Mutter sie an und fragte nach kurzem Zögern: «Du würdest aber niemals weglaufen, oder?»

Paulina fühlte sich ertappt und schüttelte fast erschrocken den Kopf.

«Steht es jetzt eigentlich schlecht um uns, weil keine Gäste mehr kommen?», lenkte sie ab.

«Nein, dein Vater hat alles bestens im Griff.» Mit leerem Blick starrte die Mutter auf ihre Hände, dann erhob sie sich wieder. «Sei so gut, und mach noch die beiden Pfannen sauber. Ich muss mich ein wenig ausruhen.»

Paulina sah ihr nach, wie sie in schleppenden Schritten die Küche verließ und die Schlafkammer betrat, die sich als einzige unten befand, zwischen Tanzsaal und großer Gaststube. Kurz darauf verschwand auch der Vater in der Kammer und schloss die Tür hinter sich. Man hörte die beiden leise miteinander sprechen.

Während Paulina die Pfannen schrubbte, drehten sich ihre Gedanken im Wechsel um Luise und Friedhelm. Dazu kam das schlechte Gewissen, weil sie ihre Mutter angelogen hatte. Aber hätte sie ihr sagen sollen, dass sie lieber heute als morgen mit Friedhelm von hier fortgehen würde?

Aus der Kammer klang es plötzlich, als würden die Eltern streiten. «Du übertreibst maßlos in deiner Mutterliebe», hörte sie den Vater wettern, dann folgte, um einiges gedämpfter, ein Satz, der nur noch halb zu verstehen war: «… bist schlimmer als eine Glucke … der Lorenz hat mir versprochen …»

Da tat Paulina etwas, was sie seit ihrer Kindheit nicht mehr getan hatte: Sie ließ alles stehen und liegen, schlich in die Diele und presste ihr Ohr an die Tür, um zu lauschen. Von Schankmagd und Köchin war nichts zu sehen, Ludwig hatte sich vermutlich mit seinen Freunden getroffen.

Die kräftige Stimme des Vaters war gut zu verstehen, obwohl er sich bemühte zu flüstern.

«Muss ich mir jetzt von meinem Weib Vorhaltungen machen lassen? Außer uns ist doch inzwischen jeder verschuldet. Der Lorenz kriegt das schon hin.»

«Mag sein, aber …» Der Rest der Antwort war unverständlich. Plötzlich schluchzte die Mutter auf, und Paulina zuckte zusammen, als sie sie mit tränenerstickter Stimme sagen hörte: «Willst du Paulina für immer verlieren?»

So ahnte ihre Mutter es also doch!

Jemand stupste sie in die Seite, und Paulina fuhr herum. Zum Glück war es nicht ihr Bruder, sondern Rosina. Rasch legte sie die Finger auf die Lippen und führte die Schankmagd zurück in die Küche.

«Verrat bitte nicht, dass ich gelauscht habe», bat sie Rosina inständig.

«Nein, niemals. Es ging um den Stumpp, nicht wahr?»

«Wie kommst du darauf?»

«Na ja, gestern Abend in der Wirtschaft, das ist der Stumpp als Letzter gegangen. Und draußen vor dem Pferdestall, da haben sich dein Vater und er noch heftig gezankt. Der Metzgermeister ist wohl doch nicht so vermögend, wie er immer tut.»

«Dann hast du also auch gelauscht.»

«Ein bisschen, ja. War halt gerade auf dem Weg zur Waschküche. Komm, ich helfe dir noch mit den Pfannen, sonst schimpft deine Mutter, wenn du nicht fertig bist.»

Zur Öffnung am Abend kamen trotz des starken Regens doch noch überraschend viele Gäste, und alle Gespräche drehten sich um Luises Verschwinden und die bedauernswerten Pfarrersleute. Es machte fast den Eindruck, als sei man froh, endlich über etwas anderes reden zu können als über das Wetter und den Misswuchs.

Lorenz Stumpp erschien nicht, worüber Paulina mehr als erleichtert war. Sie hatte alle Hände voll zu tun und kam gar nicht zum Nachdenken über Luises und ihr eigenes Schicksal. Nachdem sie ihr Tagwerk beendet und den Eltern eine gute Nacht gewünscht hatte, winkte der Vater sie mit ernster Miene in die Nebenstube, wo die Mutter am Tisch saß und die Einnahmen zählte.

«Heute war ein guter Tag», sagte sie und schob ihrem Mann einen Krug Bier zu.

Der nickte nur unwillig. «Hock dich hin, Paulina, wir haben dir etwas Wichtiges zu sagen.»

Beunruhigt setzte sich Paulina zur Mutter auf die Eckbank, während der Vater mit einem leisen Ächzen seinen massigen Körper auf den Stuhl ihr gegenüber platzierte. Sein Gesichtsausdruck sah nicht danach aus, als hätte er eine gute Nachricht für sie. Er wirkte müde, und erstmals fiel ihr auf, dass sein Haarkranz unter der Halbglatze fast weiß geworden war.

Er nahm einen tiefen Schluck. «Alsdann, du weißt, dass wir grad üble Zeiten erleben. Da ziemt es sich nicht, ein rauschendes Fest zu geben.»

Ihr Herz pochte heftiger. Worauf wollte er hinaus? Etwa auf ihre Hochzeit?

«Wenn im Hause Gutjahr geheiratet wird», fuhr er nach einem zweiten Schluck fort, «soll aber nicht geknausert werden. Und deshalb haben deine Mutter und ich schweren Herzens beschlossen, deine Hochzeit mit Lorenz zu verschieben.»

«Verschieben?» Sie glaubte, sich verhört zu haben. «Auf wann?»

«Nun, wir dachten bis nächstes Jahr Ostern.»

Am liebsten wäre sie vor Freude aufgesprungen, um ihn zu umarmen. Aber schon im nächsten Moment wusste sie, dass da noch andere Gründe hinter der aufgeschobenen Hochzeit stecken mussten. Selbst wenn kein Mensch in diesen Zeiten eine Hochzeit ausrichten würde – ihr Vater schon. Er hatte sich noch nie um das Gerede der Leute geschert.

So fragte sie ihre Mutter: «Ihr habt euch mit Lorenz gestritten, nicht wahr? Stimmt etwas nicht mit ihm?»

«Unsinn, mein Kind. Aber es müssen bis zur Hochzeit nun doch noch einige Dinge geklärt werden.» Es war ihrer Mutter anzusehen, dass sie diese Worte mit Bedacht gewählt hatte.

«Das geht unsere Tochter nichts an», fuhr der Vater ihr über den Mund.

Herausfordernd sah Paulina ihn an. «Und ob mich das etwas angeht. Schließlich bin *ich* es, die ihn heiraten soll.»

Da tat ihre Mutter etwas, was Paulina nicht für möglich gehalten hatte: Sie stand ihr zur Seite. «Paulina hat recht. Erkläre es ihr bitte.»

«Herrschaftszeiten, diese Weiber!», polterte er los, fasste sich aber wieder. «Also gut: Lorenz ist nach wie vor ein rechtschaffener, fleißiger Mann – sonst würden wir dich nicht mit ihm verheiraten wollen. Aber er hat sich … nun ja, ein wenig verausgabt. Er wird das in Ordnung bringen, darauf habe ich sein Wort.»

Einer plötzlichen Regung folgend, stand Paulina auf, kniete sich vor ihm nieder und nahm seine Hände. Mit dieser Geste hatte sie schon als Kind sein Herz erweichen können.

«Und falls nicht?», fragte sie flehentlich.

«Dann heirate meinetwegen diesen Schulmeister.»

Der Kelch war also noch einmal an ihr vorübergegangen, wenngleich aufgeschoben nicht aufgehoben bedeutete. Nach jenem Gespräch hatte sie vor Aufregung kaum einschlafen können, zumal ihre Mutter noch einmal an ihr Bett gekommen war, um ihr mit Tränen in den Augen zu versichern, dass sie als Eltern nur das Beste für ihr Kind wollten. «So etwas wie Luise darfst du mir niemals antun, versprichst du mir das?», hatte sie am Ende gesagt, und damit wurde Paulina klar, woher der neue Wind wehte: Die Eltern hatten Angst, dass sie mit Friedhelm davonlaufen könnte.

Noch am selben Abend hatte sie Rosina beauftragt, Friedhelm möglichst bald diese frohe Nachricht zu überbringen. Endlich durften sie wieder Hoffnung schöpfen! Doch so ganz traute sie ihrem Vater nicht über den Weg, dass er sein Wort halten würde. Zu oft schon hatte sie erlebt, dass er seine Meinung änderte.

Vier Tage nach diesem Sonntag war die restliche Ernte eingebracht, bei strömendem Regen, und sie war fast genauso verheerend ausgefallen wie die in der Woche zuvor. An jenem Abend kehrte auch der Amtsbote von seinem Marsch nach Biberach zurück. Über Luise hatte er nichts in Erfahrung bringen können. Nirgends war ein Mädchen mit einer Handkarre aufgefallen, weder allein noch in Begleitung eines schwarzlockigen jungen Mannes. Und einen Wanderkrämer namens Gide kannte auch keiner. Oder es wollte ihn keiner kennen, waren die Oberschwaben den Altwürttembergern doch nicht sonderlich gut Freund.

Jetzt machte sich Paulina erst recht große Sorgen. Hatte sich Luise womöglich doch etwas angetan in ihrer Verzweiflung? Wie gern hätte sie sich mit Friedhelm ausgetauscht, in ihrem Kummer wegen Luise wie auch in ihrer Freude über den Aufschub der Hochzeit und erst recht, um neue Pläne mit ihm zu schmieden. Aber noch immer durfte sie das Haus nur in Begleitung ihrer Familie verlassen.

# *Kapitel 15*

*Oktober 1816*

Friedhelm war erleichtert: Zwar lag die Mutter noch die meiste Zeit des Tages im Bett, und wenn sie sich einmal zu den Mahlzeiten an den Tisch schleppte, wirkte sie magerer und buckliger denn je, doch der blutige Auswurf beim Husten wurde seltener. Die gefährliche Entzündung der Atemwege, die Chirurgus Keller diagnostiziert hatte, schien abzuklingen. Aber noch kam täglich eine Aufwärterin vorbei, um ihr Zwiebelsaft einzuflößen und einen Quarkwickel auf die Brust zu legen, und hin und wieder brachte Alwine Gutjahr zum Einreiben der Brust Gänseschmalz vorbei, wofür er ihr sehr dankbar war, zumal sie keinen Kreuzer dafür haben wollte. Er selbst kochte jeden Morgen einen Sud aus Salbei, Thymian und Fenchel, den er der Mutter auf Anraten des Chirurgus zunächst siedend heiß zum Inhalieren ans Bett brachte, bevor sie ihn über den Tag verteilt trinken musste. Hierfür und für die Aufwärterin hatte er einiges zu berappen, und auch um den Unterhalt seines Pferdchens und der beiden Kühe sorgte er sich allmählich. Aus seinem schlechten Feld hatte er alles herausgeholt, was es an Stallfutter noch hergab, aber das würde nicht allzu lange reichen. Doch irgendwie würde es schon weitergehen, Hauptsache, die Mutter wurde wieder gesund.

Frische Luft statt des stickigen Heizungsmiefs in der Stube

hätte ihrer Lunge natürlich gutgetan, aber auch in diesem Herbst hatte es keinen einzigen wirklich schönen Tag gegeben, und seit zwei Wochen regnete es wieder am Stück aus der vertrauten dunklen Wolkendecke. So war die Wintersaat noch immer nicht ausgebracht, stand der Hafer vom Frühjahr noch immer mickrig und grün auf den verschlammten Feldern, während für die Pferde das Futter ausging. Dennoch dankte Friedhelm dem Herrgott jeden Tag, dass seine Mutter das Schlimmste überstanden hatte, auch wenn an ein Fortgehen derzeit noch nicht zu denken war. Doch er beruhigte sich damit, dass noch genug Zeit blieb, um die Übersiedlung nach Stuttgart sorgfältig zu planen.

Die wunderbarste Nachricht hatte ihm nämlich Gutjahrs Magd Rosina vor acht Tagen überbracht: Diese vermaledeite Hochzeit war tatsächlich auf Ostern nächsten Jahres verschoben worden! Und neuerdings war er Paulina sogar mehrmals allein begegnet, wenn auch jedes Mal viel zu kurz. Das reichte gerade mal für ein paar hastige Worte oder liebevolle Blicke. Diese kurzen Momente waren für Friedhelm wie warme Sonnenstrahlen im nassen Grau dieser Zeit. Und doch fühlte es sich hinterher jedes Mal wie schmerzhafte Nadelstiche an. Wann durften Paulina und er endlich für immer zusammen sein?

Erst gestern hatte sie ihn in seiner Mittagspause vor dem Laden des Schulbecks abgepasst, wo sie Brot gekauft hatte. Darauf bedacht, weder von Dürr noch von Pfarrer Unterseher beobachtet zu werden, hatten sie sich rasch in einen verborgenen Winkel zurückgezogen.

«Stell dir vor, Paulina», er wagte es sogar, ihr im Halbdunkel einen flüchtigen Kuss auf die Wange zu geben, «meiner Mutter geht es endlich besser! Sobald sie wieder auf den Beinen ist, siedeln wir nach Stuttgart um. Bleibt denn dein Vater bei dem Aufschub bis Ostern?»

Sie schmiegte sich an ihn. «Leider weiß man das bei ihm nie. Aber ich bin voller Hoffnung, auch was deine Mutter betrifft. Und neulich habe ich ein Gespräch meiner Eltern belauscht. Anscheinend hat sich Lorenz beim Glücksspiel verschuldet und muss das erst wieder in Ordnung bringen.»

Friedhelm lachte leise auf. «Da hab ich mit meiner Vermutung gegenüber deinem Vater ja genau ins Schwarze getroffen. Weißt du, was? Ich werde den Versuch wagen und demnächst bei euch mal wieder bei einem Krug Bier die Zeitung lesen.»

«O ja, das wäre schön!»

Sie strahlte, aber dennoch glaubte er, in ihren Augen einen Schimmer von Traurigkeit zu lesen.

«Du sorgst dich noch immer um Luise, nicht wahr?»

«Ach, Friedhelm, sie ist wie vom Erdboden verschwunden. Wenn sie mit Gide auf und davon ist, hätte sie mir doch längst eine Nachricht zukommen lassen. Was, wenn ihr jemand etwas angetan hat? Rosina behauptet, dass der Dürr ihr regelrecht nachgestellt habe.»

Auch er befürchtete inzwischen, dass Luise etwas zugestoßen sein könnte, und auch ihm war damals sofort Emmanuel Dürr durch den Kopf geschossen.

«Hör zu, Paulina.» Zärtlich strich er ihr eine Haarlocke aus der Stirn. «Ich werde ihn zur Rede stellen. Jetzt gleich.»

In diesem Augenblick waren in der Nähe Frauenstimmen zu hören.

«Geh jetzt lieber», flüsterte er. «Ich bleibe noch kurz hier in der Hofeinfahrt. Bis bald in der Hirschenpost.»

«Bis bald.»

Nachdem Paulina verschwunden war und die beiden schwarz gekleideten Stundenfrauen an ihm vorübergegangen waren, trat er wieder auf die Gasse und eilte zurück ins Schulhaus. Nach wie vor wusste er nicht, was er von seinem jüngeren Collegen halten sollte. Traute er ihm tatsächlich zu, sich an Luise vergangen zu haben? Und ihr in der Folge etwas noch Schlimmeres angetan zu haben? Doch wenn dem so war, dann sollte sich Dürr jedenfalls nicht mehr in Sicherheit wiegen dürfen.

Im Flur des Schulhauses roch es nach aufgewärmter Kohlsuppe. Auf Friedhelms Klopfen hin öffnete der Provisor mit unwilliger Miene die Wohnungstür.

«Ich hab jetzt Mittagspause, Lindenthaler.»

«Ich weiß, ich will auch nicht lange stören. Aber Luises Verschwinden lässt mich einfach nicht los. Sind Sie ihr vielleicht an jenem Samstagnachmittag, als sie verschwand, begegnet? Oder haben Sie sie irgendwo gesehen?»

«Was soll die Frage?» Dürrs dunkle Augen blitzten ihn böse an. «Das hätte ich dem Herrn Pfarrer längst gesagt.»

«Vielleicht haben Sie es ja aus gutem Grund verschwiegen?»

Statt einer Antwort sprang Dürr auf ihn zu und ließ seine geballte Faust in Richtung Friedhelms Kopf schnellen. Er konnte sich gerade noch rechtzeitig ducken, um dem Hieb auszuweichen, als auch schon sein ganzer Zorn auf den Hilfslehrer aus ihm herausbrach. Mit einem Aufschrei stürzte er sich auf ihn, Dürr ging zu Boden, und sie wälzten sich in einem erbitterten Zweikampf mitten im Flur des Schulhauses. Friedhelm war kleiner als sein Kontrahent, aber um einiges kräftiger und gewandter, und so gewann er nach einem schmerzhaften Tritt in die Magengrube endlich die Oberhand, indem er Dürr die Arme auf den Boden presste und ihm zugleich sein Knie gegen die Kehle drückte.

«Du missgünstiger, armseliger Tropf!», schnaubte er. «Hast Paulina und mir nachgeschnüffelt und uns bei ihrem Vater angeschwärzt, nur weil du es nicht erträgst, wenn zwei sich lieben.

Und der Luise bist du hinterhergerannt wie ein Hund, aber sie hat dich abgewiesen!»

Dürr rang nach Luft, die Augen weit aufgerissen.

«So rede schon, du Hundsfott! Was hast du mit Luise gemacht?»

Aus Dürrs offenem Mund kam nur ein Grunzen. Da packte eine harte Hand Friedhelm bei der Schulter und riss ihn zurück.

«Auseinander!»

Der maßlos enttäuschte Blick, den Carl Unterseher ihm zuwarf, ging Friedhelm durch Mark und Bein. Sofort gab er Dürr frei und rappelte sich verlegen auf.

«Verzeihen Sie, Herr Pfarrer.»

«Gehen Sie, Friedhelm. Das wird leider Folgen haben müssen – für Sie beide.»

Noch am selben Abend waren sowohl Dürr als auch er selbst vor den Kirchenkonvent geladen worden und hatten beide eine schriftliche Rüge erhalten, da Dürr mit der Prügelei angefangen hatte. Von seinem Oheim Konrad Wörlin hatte Friedhelm hinterher erfahren, dass man den Provisor wegen jenes Nachmittags, an dem Luise verschwunden war, noch einmal gehörig in die Mangel genommen hatte, doch es war nichts aus ihm herauszukriegen gewesen.

Auch wenn Friedhelm nun die zweite Rüge hatte einstecken müssen – er bereute den Zweikampf im Schulhaus nicht, im Gegenteil. Noch jedes Mal, wenn er daran zurückdachte, erfüllte ihn eine tiefe Befriedigung.

In der Nacht auf den zwölften Oktober pfiff ein Sturm ums Haus und brachte heftigen Schneefall. Als sich Friedhelm morgens auf den Weg zur Schule machte, lag Hohenstetten bereits unter einer dichten Schneedecke. Es war ein schönes, friedliches

Bild, wie die dicken, weißen Flocken so durch die Morgendämmerung herabschwebten, doch ihm schnürte es die Kehle zu: Wenn das schon der Wintereinbruch war und es nun so weiterging, dann gnade ihnen Gott.

Das Schulhaus war bereits warm eingeheizt, und Dürr und er begrüßten sich im Flur kühlen Blickes und mit einem stummen Kopfnicken. Während Friedhelm von der überdachten Türschwelle den Schnee von seinem Wintermantel schüttelte, sah er die Kinder heranstürmen. Ausgelassen und voller Freude bewarfen sie sich mit Schneebällen, einige wälzten sich sogar übermütig in der weißen Pracht. Unwillkürlich musste er lächeln. Wenigstens die Kleinen hatten ihre Freude an dem plötzlichen Wetterumschwung.

Trotzdem kam er als Lehrer nicht umhin, dem Treiben ein Ende zu machen.

«Los, Kinder, sofort herein mit euch. Ihr werdet ja klatschnass! Und klopft euch Schuhe und Kleidung draußen ab und nicht etwa drinnen!»

Widerstrebend gehorchten sie. Es brauchte geraume Zeit, bis sich die Kinder im Flur aus ihren Kitteln und Mänteln geschält und alles an die Haken gehängt hatten. Ein Blick genügte um zu erkennen, dass viele der Kinder denkbar schlecht gerüstet waren für dieses Wetter.

Die Mädchen, wie immer die flinksten, verschwanden nach nebenan zu Dürr, unter den Kleiderhaken bildeten sich die ersten Pfützen auf dem Dielenboden. Peter, der kleine, schmächtige Sohn des kriegsversehrten Webergesellen Fritz, zupfte ihn am Ärmel und zeigte auf sein nasses Gesicht: «Die Vreni hat mich eingeseift, Herr Lehrer!»

«Das haut einen rechten Kerl nicht um», erwiderte er scherzhaft, bemerkte dann aber erschrocken, dass der Junge blaue Lippen hatte. Kein Wunder: Seine Füße unter den nur knielangen Hosenbeinen steckten in löchrigen, völlig durchnässten Wollsocken, denn er trug statt festen Schuhen nur offene Holzpantinen.

«Kommt alle nochmals her», rief er diejenigen zurück, die sich bereits in der Schulstube zwischen den Bänken verteilten. «Zurück in den Flur und in einer Reihe aufgestellt.»

Die sechsunddreißig Knaben – vier fehlten heute – reihten sich im Flur auf, und es war, wie er befürchtet hatte: Sieben der Kinder waren ohne rechtes Schuhwerk zum Unterricht gekommen, drei davon mit löchrigen Halbschuhen, von denen sich schon die Sohle ablöste, die übrigen in Holzpantinen.

Er ließ die sieben vortreten. «Ich nehme an, ihr habt ganz schön kalte Füße.»

Die Knaben nickten beinahe schuldbewusst.

«Dann zieht ihr jetzt die nassen Strümpfe aus und hängt sie ordentlich an die Leine über dem Ofen drinnen. Ich hole euch derweil Tücher aus der Lehrerkammer, damit ihr euch die Füße wieder richtig warm reiben könnt.»

Als er mit einem Stapel kleiner Leintücher zurückkehrte, die normalerweise zum Tafelputzen oder Händeabtrocknen dienten, hingen sieben Sockenpaare über dem warmen Ofen, sieben barfüßige Knaben kauerten sich darum herum.

«Sagt euren Eltern, dass ihr fortan bei diesem kalten und nassen Wetter nur mit richtigen Schuhen in die Schule kommen dürft. Sonst holt ihr euch noch eine Lungenentzündung.»

«Jawohl, Herr Lehrer», schallte es im Chor zurück, aber er ahnte, dass die Eltern ihre Sprösslinge wohl kaum aus Nachlässigkeit so schlecht beschuht in die Schule schickten. Dann fiel ihm die Mädchenklasse ein.

«Wartet hier.»

Wie befürchtet, hatten auch in der Stube nebenan etliche

Mädchen tropfnasse Strümpfe. Emmanuel Dürr war das selbstredend nicht aufgefallen.

Der strich sich mit herablassender Miene eine lange schwarze Haarsträhne aus dem Gesicht, nachdem Friedhelm seine Rede vor den Mädchen wiederholt hatte.

«Ihr habt gehört, was der Herr Schulmeister gesagt hat», befahl er in seiner schnarrenden Stimme. «Also los jetzt, aber flott. Wir wollen mit dem Katechismus weitermachen.»

«Achten Sie künftig darauf», raunte Friedhelm ihm zu, «dass die Kinder angemessen gekleidet kommen. Der Winter wird womöglich lang und hart werden.»

Dürr schob die Unterlippe vor. «Soll das ein Vorwurf sein?»

«Nehmen Sie es, wie Sie wollen.»

Damit verließ Friedhelm die Mädchenklasse und kehrte zu seinen Schülern zurück.

Da es samstags keinen Bibelunterricht durch den Pfarrer gab, endete der Unterricht bereits um elf Uhr. Anstatt gleich nach Hause zu gehen, nahm Friedhelm den kleinen Umweg über das Pfarrhaus. Es schneite immer noch und war viel zu kalt, als dass der Schnee bald wieder tauen würde, wie es sonst im Oktober auf der Alb üblich war. Er wusste: Die Kinder konnten nur dann den Winter über die Schule besuchen, wenn sie angemessenes Schuhwerk trugen. Und deshalb wollte er den Pfarrer um Unterstützung bitten. Der Wohltätigkeitsverein, der vor allem aus den zumeist älteren Gebetsstundenfrauen bestand, darunter auch die Pfarrersfrau, verfügte mit seiner Sonntagskollekte nicht über ausreichende Mittel für solcherlei Zusatzausgaben.

Nachdem er den Türklopfer des Pfarrhauses betätigt hatte, öffnete ihm zu seiner Überraschung Christian, Gottlobs jüngerer Bruder. Seine rotblonden Locken standen ihm wirr in alle Richtungen vom Kopf ab.

«Was machst *du* denn hier?»

Christian grinste ihn an. «Hast du vergessen, dass das mein Elternhaus ist?»

Friedhelm mochte den Jungen eigentlich recht gern, auch wenn er seinen Eltern schon so manchen Kummer beschert hatte.

«Na ja, normalerweise wohnst du ja bei Bauer Schenk, und wenn ich mich nicht irre, haben wir heute auch nicht Sonntag. Oder bist du krank, dass du nicht arbeitest?»

Mit einem «Komm rein, es wird kalt» zog Christian ihn in den Flur. Dann sagte er ernst: «Ich arbeite gar nicht mehr. Der Bauer hat mich entlassen.»

«Was?»

«Er meint, er hätte nicht mehr genug Arbeit für mich, aber wahrscheinlich will er bloß einen Esser weniger am Tisch haben.»

«Das ... das tut mir leid.»

Christian zuckte die Schultern. «Wart's ab, ich werde nicht der letzte Knecht sein, den man in diesem Herbst auf die Straße setzt.»

Friedhelm schlug ihm freundschaftlich auf die Schulter. «Auf der Straße sitzt du ja zum Glück nicht. Ist dein Vater daheim?»

«Ja. Er ist drinnen und sinniert über die Undankbarkeit der Menschen. Oder soll ich besser sagen: seiner Kinder?»

Als Christian ihm die Tür zur Stube öffnete, sah Friedhelm den Pfarrer am gusseisernen Ofen sitzen, vornübergesunken und mit einem Blatt Papier und der Lesebrille in der Hand. Aus der Küche hörte man seine Frau mit dem Enkelkind singen.

«Grüß Gott, Herr Pfarrer», begann Friedhelm verunsichert. «Ich hoffe, ich störe nicht.»

Er erschrak, als Carl Unterseher aufblickte. In dessen Augen standen Tränen.

«Nein, nein.» Verstohlen wischte sich der Pfarrer über das Gesicht und räusperte sich. «Gottes Segen zum Gruß, Friedhelm. Kommen Sie nur näher, und setzen Sie sich.»

Doch Friedhelm blieb stehen und deutete auf das Papier. Es fiel ihm schwer, seine Frage auszusprechen.

«Haben Sie schlechte Nachrichten? Ich meine, über Luise?»

«Ja und nein. Wie man es sehen mag. Aber sie ist am Leben und unversehrt.»

Friedhelm fiel ein Stein vom Herzen. Da hatte er Dürr wohl doch zu Unrecht verdächtigt. Er zog einen Stuhl vom Tisch heran und setzte sich Unterseher gegenüber. Dessen Hand, die das Papier hielt, zitterte.

«Ist das etwa ein Schreiben von Luise selbst?»

Der Pfarrer nickte. «Eine Magd hat es im Rathaus von Ulm abgegeben. Von dort hat es ein Amtsbote an mich weitergeleitet.»

Er schloss die Augen und atmete tief durch.

«Mögen Sie mir sagen, Herr Pfarrer, was sie geschrieben hat?»

Statt einer Antwort reichte er den Brief Friedhelm, der die wenigen Zeilen in Luises zierlicher Handschrift eilig überflog:

*Liebe Mutter, lieber Vater, ich weiß, dass ich euch großen Kummer bereite, aber ich habe keinen anderen Ausweg gesehen. Ihr wolltet Egidius niemals näher kennenlernen, aber mein Herz gehört nun einmal ihm. Da er nicht mehr zu mir kommen darf, gehe ich zu ihm. Ich weiß inzwischen, wo er derzeit wohnt, und werde in zwei Tagen bei ihm sein. Sobald wir vor Gott verheiratet sind, lasse ich euch wissen, wo ich bin. Bis dahin sucht nicht nach mir. Grüßt mir Paulina, Christian und alle lieben Menschen, und euch, liebe Eltern, bitte ich vielmals um Verzeihung.*

*Gott schütze euch, eure euch liebende Luise*

Er gab den Brief, in dem wohlweislich weder Datum noch Ort verzeichnet waren, an den Pfarrer zurück.

«So wissen Sie wenigstens, dass ihr nichts zugestoßen ist.»

«Ein schwacher Trost. Ach, Friedhelm, ich mache mir solche Vorwürfe.»

«Nein, Vater, du hast keine Schuld.» Christian löste sich aus dem Türrahmen. «Luise war einfach verblendet, ist es noch immer. Wie unglaublich einfältig sie doch ist, wenn sie glaubt, dass dieser Gide sie wirklich heiraten will! Ich finde zwar, dass Evangelische und Katholische überall auf der Welt heiraten sollen, wenn ihnen danach ist, aber der wollte doch nur seinen Spaß!»

Friedhelm fand diese Worte hart und wenig tröstlich, aber womöglich hatte Christian sogar recht.

«Weiß Paulina schon davon?», fragte er den Pfarrer.

«Nein, aber Dorothea trifft sich nachher mit den anderen Frauen zum Gebetskreis in der Hirschenpost. Sie wird die Nachricht weitergeben.»

«Das ist gut, das ist sehr gut.» Friedhelm erhob sich. «Dann gehe ich jetzt besser und komme ein andermal wieder.»

«Nein, warten Sie. Sie hatten doch bestimmt ein wichtiges Anliegen.»

«Nun ja», begann Friedhelm und dachte sich, dass er damit den Pfarrer ein wenig von seinem Kummer ablenken könnte. «Mit dem Schneefall heute habe ich wieder einmal gesehen, wie schlecht gekleidet einige Schüler sind. Wir haben es zwar schön warm in der Schulstube, wärmer als bei manch einem daheim, aber das Schlimmste sind die löchrigen Schuhe. Da sind die Füße Eisklumpen, wenn sie im Schulhaus angekommen sind. Die Füße der Kinder wachsen ja in diesem Alter Jahr für Jahr, aber für neue Winterschuhe haben viele jetzt kein Geld mehr.

Die Sonntagskollekte des Frauenvereins reicht da nicht aus, da müssen größere Summen her. Und deshalb dachte ich, ob es nicht möglich wäre, dass die Kirche Geld aus dem Heiligenkasten beisteuert.»

Unterseher hatte ihm aufmerksam zugehört. Jetzt wiegte er bedauernd den Kopf hin und her.

«Es rührt mich, wie viel Ihnen am Wohl der Kinder liegt, aber ich darf als Pfarrer nicht einfach Geld aus der Kirchenstiftung abzweigen. Was wofür verwendet wird, ist leider alles peinlich genau geregelt. Aber Sie haben recht, lieber Friedhelm. Der lange Winter steht uns erst noch bevor, und die Kinder brauchen anständige Schuhe, wenn sie aus dem Haus gehen, sonst werden sie krank. Ich will heute noch an das Dekanat in Münsingen schreiben, in der Hoffnung, dass uns bald schon erlaubt wird, mehr für die Wohlfahrt auszugeben.»

Sein Gesichtsausdruck indessen machte Friedhelm nicht allzu große Hoffnung.

«Danke, Herr Pfarrer. Vielen Dank.»

Ein Lächeln zeichnete sich auf Untersehers eingefallenen Wangen ab. «Sie brauchen mir weiß Gott nicht zu danken, wenn ich meine Christenpflicht erfülle.»

«Trotzdem. Ich muss nun auch zurück, meine Schwester hat bestimmt schon das Mittagessen vorbeigebracht.»

«Das ist schön, wenn sie euch unterstützt, solange die Mutter krank ist.»

«Ja, Auguste kocht inzwischen für uns mit.»

Dass er die Schwester hierfür gut bezahlte, da sie sich niemals aus freien Stücken um die Mutter gekümmert hätte, verschwieg Friedhelm dem Pfarrer. Der erhob sich ein wenig mühsam aus seinem Lehnstuhl am Ofen.

«Ich bringe Sie noch zur Haustür.»

Als sich Unterseher an seinem Sohn vorbeischob, fragte er ihn: «Hast du das Holz gehackt?»

«Ich sollte doch erst den Schuppen aufräumen.»

Unterseher schüttelte nur den Kopf und ging weiter. Sehr einträchtig wirkte das nicht zwischen den beiden, fand Friedhelm.

An der Haustür legte ihm der Pfarrer die Hand auf den Arm.

«Wenn ich dir einen väterlichen Rat geben darf, lieber Friedhelm ...» Wohl ohne es zu merken, war Unterseher zum altvertrauten Du zurückgekehrt. «Tu jetzt nichts Unbedachtes, was Paulina betrifft. Das würde der guten Alwine das Herz brechen. Ich weiß, ihr liebt euch wirklich, aber die Zeit ist auf eurer Seite. Gutjahr meint es ernst mit dem Aufschub, er will Lorenz ganz offensichtlich auf die Probe stellen. Irgendetwas scheint zwischen den beiden vorgefallen.»

Friedhelm nickte. «Ja, ich habe davon gehört. Hoffen wir, dass es sich der Schultes nicht bald schon wieder anders überlegt.»

«Da ist noch etwas», fuhr Unterseher fort. «Ich würde mich sehr freuen, wenn du dich bei unserem Provisor in aller Form entschuldigst. Um des lieben Friedens willen.»

«Das werde ich tun, Herr Pfarrer. Wenn Sie möchten, auch gerne in Ihrem Beisein.»

Der Schnee blieb noch über etliche Tage knöcheltief liegen. Als er dann endlich abschmolz, verkündete der Ausrufer den Beschluss des Gemeinderats, dass die Wintersaat unverzüglich ausgebracht werden müsse, auch auf den Schattenfluren, wo noch Schnee lag. Zwei Tage später erließ König Friedrich ein Auswanderungsverbot für seine Untertanen. Wer dennoch unrechtmäßig das Land verlasse, habe seine Rückkehr auf ewig verwirkt.

Immerhin, und das war für Friedhelm die zweite gute Nachricht nach Luises Brief, erlaubte das Münsinger Dekanat den Pfarreien im Oberamt, künftig eine größere Summe im Rahmen der Wohlfahrt auszugeben: Mit knapper Mehrheit des Gemeinderats wurde aus den Geldern des Heiligenkastens ein kleiner Fonds für arme Kinder eingerichtet, über dessen Verwendung die wohltätigen Frauen entscheiden durften, die sich fortan Armen-Verein nannten. Am Vorabend zum Reformationstag schließlich erreichte den Marktflecken eine weitere Freudennachricht: Der neue Herrscher über Württemberg hieß nun König Wilhelm – sein vom Volk so ungeliebter Vater Friedrich war zur frühen Morgenstunde überraschend verschieden. Es hieß, bei der Besichtigung einer Fundstätte von Mammutstoßzähnen auf dem Kannstatter Seelberg habe er sich eine tödliche Lungenentzündung zugezogen. Und wie es Gottes Fügung wollte, gebar die frischgebackene Königin Katharina am selben Tag eine Tochter, Prinzessin Marie Friederike Charlotte.

# Kapitel 16

*31. Oktober 1816*

Während Paulina für die zahllosen Gäste, die den Tanzsaal wie auch die beiden Gaststuben bevölkerten, Krüge mit Most und Bier heranschleppte, schweifte ihr Blick immer wieder sehnsuchtsvoll suchend über die Feiernden. Doch bislang konnte sie Friedhelm, der bereits zweimal zum Zeitunglesen in die Hirschenpost gekommen und dem Vater in aller Freundlichkeit begegnet war, nirgends entdecken.

Die Stimmung war ausgelassen an diesem Reformationstag, der ursprünglich nur mit einem Bittgottesdienst hätte gefeiert werden sollen. Doch die Nachricht aus Stuttgart hatte unter den Menschen einen wahren Freudentaumel entfacht, so große Hoffnung schöpfte man aus dem Herrscherwechsel, und noch am gestrigen Nachmittag hatten sich die Honoratioren von Hohenstetten zu einer Sondersitzung versammelt und für diesen Nachmittag eine Freudenfeier zu Ehren des neuen Königspaares beschlossen. Sogar ein Musikantentrio hatte ihr Vater in aller Eile zusammengerufen, das auf dem Geigenständle zum Tanz aufspielte.

Im Mittelpunkt der Gespräche stand natürlich das neue Herrscherpaar. Die Männer schwärmten von König Wilhelms Schneid, den er schon als junger Kronprinz in Kriegszeiten bewiesen habe, sowie von seiner Leidenschaft für Landwirtschaft und Viehzucht, die Frauen hingegen, zumal die Jüngeren, von dessen gutem Aussehen und seiner volksnahen Art. Dabei hatte wohl kaum einer von ihnen ihn je zu Gesicht bekommen. Immer wieder ließ jemand mit einem donnernden «Heil!» den König oder das Königspaar hochleben, und alle prosteten sich zu. Paulina musste dann jedes Mal lächeln: Einen solchen Umsatz wie heute machte der Vater sonst während einer ganzen Woche nicht. Aber davon abgesehen verspürte auch sie selbst heute eine gewisse Leichtigkeit. Nachdem es in diesem traurigen Jahr weder ein fröhliches Erntedankfest noch den Tanz zur Kirchweih oder andere Festlichkeiten gegeben hatte und man sich selbst zu Taufen oder Bestattungen lediglich im engsten Familienkreis versammelte, war es einfach nur schön, die Menschen wieder einmal alle miteinander feiern zu sehen. Und ja, sie schienen neue Hoffnung zu schöpfen.

Im ruhigeren Nebenzimmer hatten sich die Frauen des Armen-Vereins niedergelassen, darunter auch die Pfarrerin und Paulinas Mutter. Den Gesichtern war anzusehen, wie sehr ihnen der ausgelassene Trubel in diesen bitteren Zeiten gegen den Strich ging, aber erleichtert wirkten auch sie. Wenn Paulina ihnen frischen Most brachte, entnahm sie den Satzfetzen, dass sie ihre Hoffnung vor allem auf die russische Zarentochter setzten, die ein Herz für die Bedürftigen habe.

«Königin Katharina hat ihren eigenen Kopf», hörte sie einmal die Frau vom Maierbauern Wörlin sagen. «Als sie ein junges Ding war, hatte Napoleon um ihre Hand angehalten, und wisst ihr, was sie ihrem Vater gesagt hat? Lieber nehme ich den letzten russischen Ofenheizer als diesen Korsikaner!»

Wenn das für unsereins nur so einfach wäre, den Ehemann selbst zu bestimmen, dachte sich Paulina und spürte, wie ihre gute Laune, von der sie sich zuvor noch hatte anstecken lassen, wieder schwand. Zum einen vermisste sie Luise so sehr, und ob sie inzwischen Gide und damit ihr Glück gefunden hatte, blieb weiterhin ungewiss. Zum anderen hing immer noch das Damoklesschwert der Hochzeit über ihr. Wenngleich mit dem Aufschub zumindest die schwärzesten Wolken vom Himmel verschwunden waren.

Als sie jetzt mit vier vollen Bierkrügen in den Tanzsaal zurückkehrte, kam ihr mit einem breiten Grinsen der Vater entgegen und nahm ihr ihre Last ab.

«Du hast eine Tanzrunde frei», beschied er ihr und winkte Lorenz herbei, der erst vor kurzem eingetroffen war. Fast schüchtern erhob der sich von der umlaufenden Bank an der Wand des Tanzsaals und verbeugte sich mit einem schiefen Lächeln vor ihr.

«Darf ich bitten, liebe Paulina?»

Er war frisch barbiert, der Backenbart sorgfältig gestutzt, und heute trug er einen schlichten blauen Rock mit blauer Weste darunter. Dafür roch er stark nach Veilchenwasser.

«Aber nur für einen Tanz», erwiderte sie halbwegs freundlich, da ihr Vater noch immer neben ihr stand. «Ich habe viel zu tun.»

«Eine Runde», verbesserte Lorenz mit einem albernen Augenzwinkern. «Dein Vater hat's dir erlaubt.»

Gottergeben ergriff sie seine dargebotene Hand, die sich kalt und fleischig anfühlte wie ein Fischleib. Dann legte er ihr seinen rechten Arm um die Hüfte. Erstmals fiel ihr auf, dass der Dorfmetzger trotz seiner Körperfülle kaum größer war als sie selbst und dass seine schwarzen Haare wie von Schuhwichse gefärbt wirkten. Wahrscheinlich war er längst ergraut.

Er tanzte gar nicht einmal schlecht, als die Musikanten jetzt zu einem flotten Ländler im Dreivierteltakt aufspielten, kam aber alsbald gehörig ins Schwitzen. Sie wich seinen Blicken aus und betete inbrünstig, dass Friedhelm diese erzwungene Tanzeinlage nicht mit ansehen musste. Erst recht, wo Lorenz seinen Arm jetzt fester um ihre Taille drückte.

«Ist vielleicht gar nicht falsch, wenn wir bis Ostern warten», raunte er gegen ihr Ohr. «Da bleibt uns viel Zeit, uns besser kennenzulernen.»

Ihre Antwort war ein fast trotziges Schweigen.

«Hast du gehört, was der neue König in seinem Manifest zur Thronbesteigung verkündet hat?», fragte er in dem Versuch, ein Gespräch zu beginnen. Und fuhr fort, da sie nichts entgegnete: «Sein größter Herzenswunsch sei die Mehrung des Wohlstandes seiner Untertanen und dass unsereins die Folgen des Misswuchses alsbald überwinden wird.»

«Ein frommer Wunsch, der zu spät kommt», murmelte sie und sah dabei starr an ihm vorbei.

«Na, na, mein Mädchen. Warum diese Mutlosigkeit? Alles wird gut.» Er strich ihr reichlich zudringlich über den Rücken.

«Ich bin nicht Ihr Mädchen, und das wissen Sie auch!»

«Waren wir beide nicht längst beim Du?» Er tanzte sich dichter an sie heran.

«Meinetwegen, aber dann lass gefälligst diese Aufdringlichkeiten.»

Sie schien den richtigen Ton getroffen zu haben, denn er rückte tatsächlich von ihr ab. Und er schwieg fortan, was aber wohl daran lag, dass der nächste Tanz noch lebhafter wurde und er sichtlich außer Atem geriet.

Innerlich schlug sie drei Kreuze, als der dritte Tanz, mit dem die Runde ihr Ende finden würde, begann, nun ein wenig gemächlicher. Sein Schweißgeruch, vermischt mit dem süßlichen Veilchenduft, verursachte ihr allmählich Kopfschmerzen, noch ärger aber war, dass alle Welt zu ihnen herüberglotzte. Genau das war es wahrscheinlich, was ihr Vater gewollt hatte. Hatten sich die beiden etwa wieder versöhnt?, schoss es ihr mit Schrecken durch den Kopf. Hatte Lorenz seine Schulden womöglich wieder so weit im Griff, dass einer baldigen Heirat nichts mehr im Wege stand? Aber dann fiel ihr ein, was Lorenz ihr beim Tanzen zugeflüstert hatte, nämlich dass es nicht falsch sei, bis Ostern zu warten, und sie beruhigte sich wieder.

In diesem Augenblick betrat Friedhelm den Tanzsaal. Sofort begegneten sich ihre Blicke, und sie wäre am liebsten im Boden versunken. Als die Kapelle zum Abschluss einen Tusch spielte, ließ sie Lorenz los, als habe sie sich verbrannt. Der verbeugte sich abermals, mit einem breiten Grinsen im geröteten Gesicht, und deutete einen galanten Handkuss an,

«Danke, liebste Paulina. Ich hoffe, wir haben später nochmals die Gelegenheit zum Tanz. Es war wunderbar.»

Sie nickte nur und beeilte sich, zum Ausschank zurückzukommen. Dabei musste sie an Friedhelm vorbei, der sichtlich enttäuscht wirkte.

«Ich konnte nichts dafür», flüsterte sie ihm zu und war heilfroh, als sie sich wieder in ihre Arbeit flüchten konnte. Es dunkelte bereits, und so half sie Rosina, überall die Tranlampen zu entzünden. Inzwischen war ihre Wirtschaft gestopft voll mit Menschen, auch aus den Nachbardörfern, die wenigstens für ein paar Stunden ihre Nöte und Ängste vergessen wollten. Vor allem die Mannsbilder waren bald schon entsprechend betrunken. Friedhelm indessen saß bei einem einzigen Krug Apfelmost in der großen Stube an einem Tisch mit dem Pfarrer, seinem Oheim Konrad Wörlin und dem alten Webermeister Leberecht. Alle vier wirkten eher nachdenklich, ja bedrückt unter all den Feiernden, wenn auch gewiss aus unterschiedlichen Gründen.

Zur siebten Abendstunde verkündete der Vater, dass die Küche nun geschlossen sei.

«Eigentlich hätten wir jetzt Zapfenstreich», rief er mit seiner kräftigen, alles durchdringenden Stimme. «Aber unser hochverehrter König im fernen Stuttgart hat sicher nichts dagegen einzuwenden, wenn wir ihm zu Ehren heute ein bisschen länger feiern. Die letzte Runde Bier eines jeden geht aufs Haus. Heil unserem König, Heil!»

Der donnernde Applaus ging unter in einem dreifachen Tusch der Musikanten, während sich Paulina daranmachte, rundum das Essgeschirr abzutragen. Schon begann der Dielenboden unter den stampfenden Füßen der Tanzpaare erneut zu beben, und sie war froh, dass sie jetzt mit dem Aufräumen der Küche erst einmal zu tun haben würde. Sollte sich der Dorfmetzger doch ein anderes Mädchen zum Tanzen suchen. Als sie an den Tisch des Pfarrers kam und Friedhelm ihr seinen leeren Suppenteller reichte, berührten sich kurz ihre Hände. Ihrem Blick aber wich er aus.

In der Küche sah es aus, als hätte ein Donnerwetter dreingeschlagen. Zusammen mit dem Schankmädchen und der Köchin machte sie sich an Berge von Abwasch, wobei Rosina immer wieder nach draußen zum Ausschank gerufen wurde, um an die Gäste die letzten Krüge Bier zu verteilen.

«Dein Vater hätte das besser nicht angeboten», bemerkte sie, als sie nach dem zweiten oder dritten Mal zurückkehrte. «Die meisten der Männer sind schon sturzbetrunken.»

In diesem Augenblick brach drüben im Tanzsaal die Musik ab, und die Stimme von Luises Bruder Christian ertönte.

«Wie schön, dass wir alle etwas zu feiern haben», rief er. «Ich beispielsweise, dass ich fortan keine Arbeit mehr hab. Manch anderer hier kann feiern, dass er über beide Ohren verschuldet ist, weil die unerträglich hohen Abgaben seine kargen Erträge auffressen.»

«Halt's Maul, Christian», rief jemand erbost dazwischen. «Ich will heute feiern und nicht dein blödes Gejammer hören.» Und ein anderer: «Der Bauer Schenk hat dich halt rausgeworfen, weil du ein elender Faulpelz bist!» Der Nächste: «Nein, lasst ihn reden, er hat recht. Ich selbst werd bald meine letzten Kornvorräte verkaufen müssen, um die Holzschuldigkeit zu begleichen und meinen Kindern Brot kaufen zu können.»

Der Tumult wurde lauter. Paulina trocknete sich rasch die Hände ab und trat in die große Diele, die Küche, Tanzsaal und Gaststuben miteinander verband. Die meisten Gäste drängten sich jetzt auf dem Tanzboden, zwischen den Rücken der Umstehenden entdeckte sie Christian oben auf dem Geigenständle, ein wenig schwankend, aber mit entschlossen vorgerecktem Kinn. Den Vater sah sie mit verschränkten Armen neben Lorenz Stumpp an der Wand lehnen, sein versteinertes Gesicht verriet, dass er bald außer sich geraten würde.

«Ich sage euch, Männer», hob Christian erneut an, wobei ihm die Worte schwer von der Zunge gingen, «das, was wir jetzt erleben, ist erst der Anfang. Zu Martini, wenn das neue Gesindejahr beginnt, wird es hier wie überall von entlassenen Knechten, Mägden und Gesellen nur so wimmeln.»

Da schob sich der Pfarrer an Paulina vorbei in den Saal.

«Lass gut sein, Junge», rief er, «und komm mit mir nach Hause.»

«Nein, Vater, ich bin noch nicht fertig. Ich frage euch: Sieht hier jemand im Saal einen der bitterarmen Häusler, denen das einzige Äckerle, für das sie an die Gemeinde hohen Zins bezahlen müssen, abgesoffen ist? Ist irgendwo unter uns einer der Taglöhner oder Webergesellen, denen die Teuerung die Haare vom Kopf frisst? Nein? Die haben nämlich nicht das Geld im Sack, um sich bei unserem verehrten Postwirt und Schultes ein warmes Essen und ein Bier aufs andre leisten zu können. Wenn ihr», sein ausgestreckter Zeigefinger wanderte über die immer unruhiger werdende Menge, «nur die Hälfte eurer Zeche von heute in die Sonntagskollekte geben würdet, dann wäre schon vielen armen, rechtschaffenen Menschen geholfen. Aber in der Kirche ist euch der Beutel ja wie zugenäht.»

«Halt endlich dein Maul, du Haderlump», unterbrach ihn der älteste Sohn von Chirurgus Keller. «Hast ja selbst zu viel gesoffen.»

Empörte Schmährufe folgten, wobei nicht auszumachen war, gegen wen sie gerichtet waren. Paulina fand, dass Christian trotz seiner Trunkenheit durchaus recht hatte. In dem lauter werdenden Durcheinander wagte sie es, sich nach Friedhelm umzusehen, doch der war nirgends zu entdecken. Der Tisch in der Gaststube, an dem er zuvor gesessen hatte, war leer.

Als sie zum Tanzsaal zurückkehrte, erklomm ihr Vater gerade die Stufen zum Geigenständle und stieß Christian grob zur Seite.

«Jetzt will ich dir mal was sagen, du Herr Neunmalklug. Die Armen sind oftmals selbst schuld an ihrer Misere. Heiraten zu früh, setzen zu viele Kinder in die Welt und vergeuden ihr letztes Geld für sündhaft teuren Kaffee oder fürs Lotteriespiel. Für andere wiederum ist harte Arbeit eine Beleidigung, da holt man sich doch lieber Hilfe von der öffentlichen Fürsorge. Ich aber finde, und da stimmt ihr mir wohl alle zu: Wer gesund ist, der soll gefälligst auch arbeiten.»

«Ihr habt leicht reden, Herr Schultes», meldete sich der alte Nachtwächter zu Wort, der eigentlich ein bedächtiger Mensch war. «Ihr schüttet den Bohnenkaffee wahrscheinlich in den Schweinetrog, wenn morgens welcher übrig ist. Ich hab mein Lebtag hart gearbeitet, wie alle einfachen Leut hier im Flecken, aber auch unsereins möcht sich mal was Feines leisten! Aber das ist dann ein billiger Zichorienkaffee mit ein bisschen Zucker und sonntags ein paar echten Bohnen drin. Wissen Sie, was? Es ist sehr großzügig, uns die letzte Runde zu spendieren, aber ich will mein letztes Bier doch lieber selbst berappen.»

«Ich auch», rief der Webergeselle Fritz und schlug mit seiner Krücke hart gegen den Boden. «Und ich sag Ihnen noch was, Schultes: In Hohenstetten gibt's keine faulen Schmarotzer, das ist eine dreiste Unterstellung. Und viele Kinder zu haben ist ein Gottessegen. Und Sie, Herr Pfarrer, will ich fragen, was aus der Kirche geworden ist. In guter alter Zeit hat's für die Armen ein Almosen gegeben, heut gibt's aus dem Heiligen ein Hilfsgeld nur noch gegen Zinsen, und die sind genauso hoch wie beim Kaufherrn oder beim Kornjuden!»

Christian reckte den Arm in die Luft: «Und faul sind nicht die Knechte, sondern die Ratsherren, Staatsdiener und reichen Maierbauern.»

Erst zaghaft, dann lautstark brandete Beifall auf. Fast erschrocken merkte Paulina, wie die Stimmung endgültig zu kippen drohte, zumindest unter denjenigen, die nicht zu den Honoratioren gehörten. Während ihr Vater Christian anbrüllte, er solle sich zum Teufel scheren, sonst lasse er ihn wegen Ehrverletzung eintürmen, tippte Rosina ihr auf die Schulter.

«Rasch, komm mit – Friedhelm wartet auf dich.»

Sie fand ihn im halbdunklen Gang zum Pferdestall, wo er mit gesenktem Kopf an der Wand lehnte. Sofort hatte sie wieder ein schlechtes Gewissen wegen dem erzwungenen Tanz mit Lorenz. Vielleicht hätte sie sich doch weigern sollen.

«Willst du schon gehen?», fragte sie ihn leise.

«Ja, das ist nichts für mich. Ich hätte besser gar nicht kommen sollen.»

«Ach, Friedhelm, ich wollte wirklich nicht mit diesem Kerl tanzen, glaub mir. Mein Vater hat das eingefädelt. Bist du sehr enttäuscht?»

«Enttäuscht? Aber nein.» Er trat näher auf sie zu und lächelte auch schon wieder. «Ich war nur traurig im ersten Moment. Dass nicht wir beide tanzen durften wie ein ganz normales verliebtes Paar. Aber ich weiß auch, dass wir Geduld haben müssen und dass dir das alles ebenso schwer fällt wie mir.»

Sie nickte heftig. Dann fragte sie: «Wie geht es deiner Mutter?»

«Ein klein wenig besser. Die neue Arznei von Keller scheint anzuschlagen. Aber glaub mir», seine Stimme wurde leiser, «noch ist es zu früh, um zu planen, so liebend gerne ich das täte. Zumal sich meine Schwester kein bisschen um die Mutter kümmert.»

«Ich weiß doch, Friedhelm.» Fast hatte sie das Gefühl, ihn trösten zu müssen, so jammervoll sah er jetzt drein. «Kommt ihr wenigstens zurecht mit dem Geld, wo du so hohe Ausgaben für die Krankenpflege hast? Was Christian vorhin gesagt hat, hat mir zu denken gegeben. Weißt du», unwillkürlich nahm sie seine Hand, «dass ich mir inzwischen wie ein schrecklich verwöhntes Gör vorkomme? Uns fehlt es an nichts, dabei wird die Not rundum immer größer. Mein Vater hat mir übrigens zugesteckt, wahrscheinlich aus reiner Gehässigkeit, dass dir der Kirchenkonvent nicht die Erhöhung des Salärs zahlen kann, die dir eigentlich seit deiner Volljährigkeit zusteht.»

«Nun ja, für meinen rechtmäßigen Lohn fehlen derzeit die Mittel, wo die Gemeinde so hohe Ausgaben hat für die Bedürftigen und die Notvorräte an Korn. Aber keine Sorge, wir kommen schon durch, und eine Aufwärterin braucht die Mutter zum Glück nicht mehr. Außerdem arbeite ich jetzt viel für Emil. Der kann sich keinen Gesellen mehr leisten für den zweiten Webstuhl, seitdem der Absatz für schmale Tuche so zurückgegangen ist.»

«Ach herrje», entfuhr es ihr. Sie wusste, dass Friedhelm die Weberei im feuchten, dunklen Keller seines Schwagers hasste. Da hörte sie schwere Schritte näher kommen, und sie fuhren auseinander. Es war ihr Vater.

«Hier steckst du also», schnauzte er.

«Der Schulmeister hat mich nur gefragt, ob ich jetzt frei hätte», log sie ihm ins Gesicht. «Aber ich hab ihm nein gesagt.»

Mit finsterer Miene starrte er Friedhelm an. «Ich warne dich, Kerl. Lass meine Tochter in Ruh. Und mach dir bloß keine falschen Hoffnungen, sonst brauchst du keinen Fuß mehr in meine Wirtschaft zu setzen.»

# Kapitel 17

*25. November 1816*

Zur Mittagszeit stand Carl Unterseher auf der obersten Stufe der Treppe zum Kirchhof, den breitkrempigen Hut tief ins Gesicht gezogen, und ließ den Blick über die schneebedeckten Gassen und Häuser rund um Sankt Alban schweifen. Am Tag vor Martini hatte es erneut zu schneien begonnen, seither lag das Land unter einer dichten weißen Decke. Es war so kalt, dass die Fenster zufroren.

Hier oben, mit seinem Gotteshaus im Rücken, hielt er oft inne in letzter Zeit. Leider wurden seine Gedanken immer düsterer. Nach Luises Brief vom zwölften Oktober hatte er nie wieder von ihr gehört, er wusste nicht einmal, ob sie noch am Leben war, und so galten seine täglichen Gebete immer auch ihr. Er hatte so vieles falsch gemacht.

Dazu kam die Not der Menschen. Der lange Winter stand bevor, und es wurde nicht besser. Im Gegenteil. Der Hafer, den man im Herbst voller Hoffnung hatte weiterwachsen lassen, war durch den frühen Schneefall endgültig vermodert und diente nur mehr als Schweinefutter, die verfaulten Kartoffeln überließ man notgedrungen den Mäusen auf den Äckern, anstatt sie für den Winter einzulagern. Auf den Märkten gab es nicht einmal mehr Weißkohl zu kaufen oder die so wichtigen nahrhaften Ackerbohnen und Linsen. Und wenn, dann war alles maßlos überteuert und schlecht geraten. Dafür blühte nun der Schwarzhandel, bei dem entbehrlicher Haus- und Zierrat gegen Lebensmittel eingetauscht wurden. Aber auch die Futterpflanzen hatte das kalte, nasse Jahr verdorben, in der Folge wurde immer mehr Vieh notgeschlachtet. Das Schlimmste aber war: Durch die Missernte war kaum noch Korn auf dem Markt, und es besaß keinerlei nährende Kraft. Wo blieben die staatlichen Kornlieferungen an die Gemeinden? Warum stand der Kornhandel noch immer nicht unter staatlicher Aufsicht? Warum blühten noch immer Wucher und Spekulation im Verborgenen? Der Antrag des Kirchenkonvents von Ende September, mit dem das Oberamt in die Pflicht genommen werden sollte, alle privaten Speicher zu visitieren, war im Gemeinderat in geheimer Abstimmung knapp abgelehnt worden – die entscheidende Gegenstimme mochte von Gutjahr gekommen sein. Woraufhin der gute Konrad Wörlin tatsächlich mit seinen beiden Söhnen die Umgebung nach versteckten Kornvorräten abgesucht, aber nichts gefunden hatte. Der ungeheuerliche Verdacht, dass der Schultes sich an der Not der Menschen bereichern könnte, trieb auch Carl Unterseher noch immer um, bloß beweisen ließ es sich nicht. Und so galt für ihn noch immer die Unschuldsvermutung.

Ach, es war ein Jammer! Für Mehl musste man mehr bezahlen als für Zucker, den sich sonst nur die Reichen leisten konnten, und das täglich Brot war zum Luxusgut geworden, wenn die Bäcker denn überhaupt genug Mehl zum Backen hatten. Wo sollte das alles noch hinführen? Wo blieb die versprochene Hilfe der Regierung? Leider hatte sich mit der neuen Herrschaft noch längst nichts zum Guten gewendet. Carl Unterseher war bewusst, dass grundlegende Veränderungen ihre Zeit brauchten, aber die Mühlen der Regierung mahlten doch erschreckend langsam. Viel Gutes hatte König Wilhelm zwar bald schon angekündigt und dafür großen Beifall seitens seiner Untertanen geerntet, auch hier in Hohenstetten. So sollte die Geheimpolizei abgeschafft, das Brief- und Postgeheimnis wiederhergestellt werden, im Landtag begannen Verhandlungen über die Wiedereinführung einer bürgerlichen Verfassung, dazu gab es ein Generalpardon für alle Deserteure und Sträflinge der napoleonischen Kriege, desgleichen für bislang begangene Klein-Frevel, allem voran Holzdiebstahl oder Mundraub. Wie dem zum Hohn hatte der hiesige Gemeinderat indessen die Strafe bei Holzfrevel verschärft: Auf nur einen Armvoll weggeschafften dürren Holzes stand nun drei Tage Arrest bei Wasser und Brot – und als einen der Ersten hatte es ausgerechnet Christian und dessen Freund Michel, den Schäfersohn, getroffen. Als Grund hatten die beiden angegeben, dass man im Hirtenhäusle frieren müsse und dass das Gemeindeholz viel zu teuer abgegeben würde. Carl Unterseher hatte sich schon überlegt, ob er dem König wegen dieser Arreststrafe eine Protestnote schicken sollte, denn auch das war nun möglich geworden, war aber davon wieder abgerückt. Sein Sohn musste endlich lernen, sich an Recht und Ordnung zu halten.

Er schlug sich den Mantelkragen gegen den eisigen Wind hoch. Drei ältere Frauen stapften die Kirchgasse hinunter in Richtung Markt, ohne ihn zu bemerken, und wichen dabei einer Schar Kinder aus, die ihnen mit ausgestreckten Händen entgegenliefen. Die Frauen waren von Kopf bis Fuß in Schwarz gekleidet, obwohl heute gar nicht Sonntag war. Alle älteren Frauen gingen nur noch in Schwarz, gerade so, als sei eine allgemeine Trauerzeit ausgebrochen. Aber war dem nicht auch so?

Ihm trieb es die Tränen in die Augen, wenn er mit ansehen musste, wie die Menschen mit Schaufeln den unreifen Haber, die erfrorene Kartoffeln oder das matschige Kraut unterm Schnee hervorkratzten, und das nicht nur auf dem eigenen, sondern bei Nacht auch auf fremdem Acker. Was sonst nur als Saufraß taugte, wurde nun selbst gegessen. Wen wunderte es, dass auch durch ihren einst so beschaulichen Marktflecken inzwischen Scharen von auswärtigen Bettlern zogen, waren doch pünktlich zu Martini, dem Ende des Gesindejahres, die Knechte und Mägde zuhauf entlassen worden. In diesem Punkt hatte Christian also recht behalten. Um dem Elend zu begegnen, hatte man in aller Eile wieder das uralte Amt des Bettelvogts eingeführt, der fremde Habenichtse mit Schlägen aus dem Ort trieb oder im Arresthaus festsetzte, bis die Gendarmerie sie abholte.

Als Unterseher jetzt daran zurückdachte, wie letzte Woche der Schultes im Pfarrhaus aufgetaucht war, schüttelte er unwillkürlich den Kopf. Gutjahr hatte allen Ernstes seinem Sohn dieses niedere Gemeindeamt angeboten. Hatte Unterseher zunächst noch geglaubt, dass er ihm und Christian damit einen, wenn auch irrigen, Gefallen tun wollte, so wurde ihm rasch klar, dass das Angebot als Demütigung gemeint war. «Jetzt, wo du nicht mehr in Lohn und Brot stehst», hatte Gutjahr zwischen Tür und Angel losposaunt, «sollst du vom Ortsvorstand eine Chance erhalten. Als Bettelvogt hast du eine sinnvolle Aufgabe und kannst zeigen, dass du guten Willens bist, dich in unserer Gemeinde einzufügen.» – «Ich schlage nicht mit dem Prügel auf Leute, die unverschuldet in Not geraten sind. Niemals», hatte Christian zur Antwort gegeben. Da war Unterseher fast ein wenig stolz auf seinen Jüngsten gewesen. Seiner Ansicht nach bekämpfte man mit einem Armenvogt ohnehin nur die Symptome dieser Notzeit, nicht aber die Ursachen. Zwar zeigte das neue Herrscherpaar, was die Armen betraf, viel Mitgefühl und hatte sogleich die Gründung einer Stuttgarter Armenstiftung angekündigt, mit Niederlassungen in allen Oberamtsstädten und Geldern aus der königlichen Kasse. Doch bislang war außer schönen Worten wenig geschehen.

Unterseher seufzte und begann vorsichtig, die mit festgefrorenem Schnee bedeckten Stufen hinabzusteigen. Ja, die Euphorie über den Herrscherwechsel war vorbei, die allgemeine Bedrückung wieder offensichtlich. Nicht nur der Bettel, auch der Diebstahl hatte in den letzten Wochen deutlich zugenommen, aber was war schon ein Mundraub gegen betrügerischen Kornwucher? Bei dem, der noch genug besaß, wichen Moral und Gemeinwohl dem Eigennutz, der Nachbar wurde misstrauisch beobachtet, Haus und Hof waren mit einem Mal verschlossen und verriegelt. Andere wandelten nur noch gesenkten Hauptes durch die Gassen, mit ständigen Gebetslitaneien auf den Lippen, im Glauben, dass Unwetter und Misswuchs die Strafe für mangelnde Gottesfurcht und sündhaftes Leben seien. So hatte denn vor zwei Tagen eine Schar Weiber die ledige Näherin Christina aus dem Dorf gejagt, weil sie in heimlicher Ehe mit dem Schäfer lebte. Seine Dorothea war zum Glück nicht mit dabei gewesen, aber das hätte sie auch niemals über sich gebracht.

Die wenigen Schritte hinüber zum Pfarrhaus begegnete er keiner Menschenseele und war froh darüber. Als er die Haustür aufschob – sein Haus blieb tagsüber weiterhin für jeden offen –, schlugen ihm Wärme und der köstliche Duft nach Hühnersuppe entgegen. Im Stillen dankte er Gott für diese Gnade der Nahrung, die ihm, bis jetzt zumindest, zuteil war, und schlüpfte aus Mantel und Schuhen. In seinen Filzpantoffeln betrat er die Stube, wo der Mittagstisch bereits eingedeckt war. Gustav kauerte auf einer Decke am Boden und baute mit bunten Klötzen, die ihm Christian gesägt und bemalt hatte, einen Turm. Voller Konzentration hielt er das Köpfchen schief, die Zunge im Mundwinkel eingeklemmt. Als der Turm zu schwanken begann und schließlich polternd umfiel, begann er enttäuscht zu weinen.

«Komm her zu deinem Großvater.» Unterseher hob ihn vom Boden auf. «Nach dem Essen bauen wir zusammen einen ganz, ganz hohen Turm.»

«Bist du das, Carl?», hörte er seine Frau aus der Küche rufen, und er ging mit dem Jungen im Arm hinüber. Dorothea stand mit der Magd Martha am Herd und schöpfte die Suppe in eine große Schüssel.

«Das ist schön, dass du da bist, das Essen ist fertig.» Ihr sonst so blasses Gesicht war vom Herdfeuer gerötet.

«Ich habe fremde Bettelkinder auf der Straße gesehen», sagte er. «Haben die auch bei uns angeklopft?»

«Ja, aber ich habe ihnen nur ein Stücklein Brot gegeben und sie wieder weggeschickt. Ich finde es nicht recht, wenn Eltern ihre Kinder auf Bettelgang in fremde Dörfer schicken.»

Er nickte nur, wusste er doch, dass Dorothea der Meinung war, dass sich eine fromme Seele gerade in Mühsal, Krankheit und Tod bewährte und daher ein jeder sein Leid still erdulden und auf die Freuden im Jenseits hoffen sollte.

Dann aber schlug sie zu seinem Erstaunen vor, künftig jeden Sonntag jemanden von den hiesigen Hausarmen zum Mittagessen einzuladen.

«Immer reihum im Wechsel, damit jeder was davon hat.» Ihre Augen strahlten. «Und bei den großen Familien wird aufgeteilt, weil's sonst in der Stube denn doch zu eng wird.»

Er setzte den Jungen ab, der in letzter Zeit ziemlich schwer geworden war. «Das ist ein sehr guter Gedanke.»

«Dann bist du also einverstanden? Weißt du, Carl, ich finde, wir vom Armen-Verein können immer noch zu wenig tun für die

Bedürftigen. Es fehlt einfach das Geld. Wenn doch Königin Katharina endlich ihr Versprechen wahrmachen würde.»

«Das wird sie, ganz bestimmt. Wo ist eigentlich Christian?»

Das Strahlen in ihren Augen erlosch.

«Ich weiß es nicht. Ich fürchte, er ist wieder mit diesem Michel unterwegs. Du solltest ihm den Umgang mit dem Schäfersohn verbieten, der bringt ihn nur wieder auf dumme Gedanken.»

«Christian ist fast erwachsen, er muss selbst wissen, was er tut. Und für die Folgen dann halt geradestehen.»

Er nahm ihr die Suppenschüssel ab, und sie gingen zu Tisch. Auch er machte sich selbstredend Sorgen um seinen Jüngsten. Seitdem er keine Arbeit mehr hatte, lungerte er den lieben langen Tag im Dorf oder in der Umgebung herum. Und wenn er sich zu Hause nützlich machen sollte, bedurfte es mehrmaliger Aufforderungen. Wenigstens hing er nicht dem Branntwein an wie so viele andere jungen Männer.

Sie hatten gerade zu essen begonnen, als es mehrfach gegen die Tür klopfte.

Martha schob ihren Stuhl zurück. «Ich gehe schon.»

Von draußen war ein lautes «Allmächtiger Herr im Himmel!» zu hören. Fast gleichzeitig sprangen Unterseher und seine Frau auf und eilten zur Haustür, wo sie Alwine und Paulina Gutjahr vorfanden, in ihrer Mitte – Luise!

Unterseher blieb mit offenem Mund im Flur stehen, während seine Frau die Tochter mit einem Schluchzen in die Arme schloss.

«Kommt … kommt erst einmal alle herein ins Warme», stotterte er noch immer fassungslos und ging voran in die Stube. Am Tisch drehte er sich um und starrte seine Tochter an, als sei sie eine Erscheinung. Sie trug einen schäbigen alten Wollmantel, der ihr viel zu groß war, an den Füßen verdreckte Stiefel, um den Kopf ein Tuch von unbestimmbarer Farbe. Auf der Straße hätte man sie für eine Bettlerin halten können. Sie trat einen Schritt auf ihn zu und sah ihn aus rot geweinten Augen an, unter denen tiefe Schatten lagen.

«Verzeih mir, Vater.»

Er spürte die Mauer, die zwischen ihnen stand, fast körperlich, und es kostete ihn Überwindung, nun ebenfalls auf sie zuzugehen. Im Raum herrschte angespannte Stille, selbst Gustav saß wie erstarrt am Tisch.

«Wir gehen dann mal wieder», murmelte Alwine Gutjahr schließlich sichtlich verunsichert, während Paulina Luise umarmte und fest an sich drückte.

«Bitte, Herr Pfarrer», hörte er Paulina wie aus weiter Ferne sagen, «urteilen Sie nicht zu streng. Sie selbst haben uns in der Kinderlehr das Gleichnis von der Liebe des Vaters erzählt, der seinen verlorenen Sohn wieder in die Arme schließt.»

In diesem Moment stieß Gustav ein helles Jauchzen aus. «Tante Luise ist wieder da!»

In Windeseile krabbelte er von der Eckbank und stürmte auf sie zu. Luise ging in die Knie, um ihn aufzufangen.

«Ja, mein kleiner Schatz.» Die Tränen liefen ihr über die eingefallenen Wangen. «Ich bin wieder da.»

Da spürte Unterseher sein Vaterherz wieder schlagen. «Komm her zu mir, Kind», raunte er, nun ebenfalls unter Tränen. «Willkommen daheim.»

Während des Mittagessens erzählte Luise ihre Geschichte. Aus Angst vor dem Zorn des Vaters hatte sie zunächst bei den Gutjahrs angeklopft und erst einmal, ausgehungert, wie sie war, einen großen Teller gebratener Kartoffeln mit Speck verschlungen, bevor die Frauen sie ins Pfarrhaus begleiteten. Auch jetzt aß sie noch immer mit Heißhunger, und die Mutter musste sie ermahnen, langsam zu essen.

Erst stockend, dann ruhiger berichtete Luise, wie sie auf einem kleinen Einödhof in Oberschwaben als Stallmagd gearbeitet hatte und vom Bauern übel gehalten worden war. Trotzdem hatte sie durchgehalten, aus lauter Scham, wieder heimzukehren. Doch zu Martini war sie entlassen worden und hatte sich mit ihrem kleinen Zehrgeld, das die Bäuerin ihr heimlich zugesteckt hatte, zu Fuß durch die eisige Kälte nach Hohenstetten durchgeschlagen.

Dass sie tatsächlich ihren Gide wiedergefunden hatte, erfuhren sie schließlich erst ganz zum Schluss: In einem Dorf bei Biberach sei das gewesen, wo er am Tag zuvor seine langjährige Braut zum Traualtar geführt hatte.

Zwei Wochen später notierte Carl Unterseher in seiner Chronik für den 10. Dezember 1816:

Lieber Gott, wie soll ich dir nur immer wieder danken, dass du uns unsere Luise zurückgebracht hast? Sie hat Schlimmes durchgestanden, infolge ihres jungen Leichtsinns, aber dank deiner schützenden Hand hat sie überlebt. Damit hast du mir das größte Geschenk meines Lebens gemacht, und ich weiß nicht einmal, womit ich diese deine Güte und Gnade verdient habe.

Nun aber bitte ich dich, Allmächtiger, halte deine schützende Hand auch über meine Gemeinde, sie hat es bitter nötig. Hunger und Not sind nun mitten unter uns angekommen, die Angst vor der Zukunft ist umgeschlagen in Erstarrung und Hoffnungslosigkeit. Die große Mehrheit hat sich inzwischen überschuldet, um Holz und Nahrung kaufen zu können, lebt von der Hand in den Mund, nicht wissend, ob man sich morgen noch Brot für sich und die Kinder wird leisten können. Viele Frauen versuchen sich tapfer und erfinderisch an Selbstgebackenem aus Kleie und Mehlstaub, sogar mit Stroh und Sägespänen vermischt, andere nehmen ihre Zuflucht zu gemahlenen Eicheln, Gras und vermoderten Herbstblättern. Brennnesselbrei zu einem Bissen Brot ergibt für diese armen Menschen eine willkommene Mahlzeit, nur finden sich im gesamten Umkreis längst keine Brennnesseln mehr. Die Suppenküche, die unsere braven Frauen neuerdings ins Leben gerufen haben, kann den Hunger zwar einmal am Tag ein wenig lindern, doch gegen die Not, die immer mehr um sich greift, kommt sie nicht an.

Der Bauer hat kein Saatgut mehr fürs nächste Jahr, der Handwerker keine Kundschaft, das Feder- und Mastvieh ist, außer in den Ställen der wenigen Reichen, mangels Futter geschlachtet, und schon sind die ersten Pferde und Zugochsen an der Reihe. Nur unsere genügsamen Gemeindeschafe, die der Schäfer und sein Sohn durch die verschneiten Hügel treiben, finden noch ihr Fressen. Nachts müssen ihnen Flurschütze zur Seite gestellt werden. Aber es sind nicht wie sonst die wilden Tiere, die den Bestand bedrohen, sondern die ausgehungerten Menschen. Bei Münsingen sollen auf dem Schindanger sogar die Kadaver verendeter Pferde und Kühe ausgegraben und verzehrt worden sein. Und gestern hat sich im benachbarten Supplingen ein armer, verzweifelter Familienvater am Scheunenbalken erhängt.

So sieht es aus bei uns und anderswo – Herr, erbarme dich unser!

# *Kapitel 18*

*Mitte Dezember 1816*

Der Atem der Menschen, die auf dem Vorplatz der Hirschenpost Schlange standen, stieg in kleinen Wölkchen in die eisige Luft. Seit fünf Wochen lag nun schon Schnee unter einem trüben, grauen Himmel.

«Nur nicht drängeln», bat Paulina mit einem verständnisvollen Lächeln. «Es ist genug Suppe für alle da.»

Sie tauchte die Schöpfkelle in einen der beiden großen Kessel, aus dem es noch immer dampfte, während Luise neben ihr dasselbe tat. Mit einem «Gesegnete Mahlzeit» füllte sie dem kriegsversehrten Hannes mit seinem Holzbein den Blechnapf randvoll.

«Vergelt's Gott», murmelte der Alte und machte Platz für den Nächsten.

Fast täglich wurden es mehr Bedürftige, die mittags ihre Suppenküche unter dem Vordach des Gasthauses aufsuchten, doch noch immer, das wusste Paulina, scheuten sich manche, hier vorbeizukommen und sich die Blöße der Armut zu geben. Gerade so, als sei ihr Zustand selbst verschuldet, was natürlich ein jammervoller Irrglaube war. Paulina jedenfalls freute sich, endlich helfen zu können, wo es ihr selbst doch so gut ging – in diesen Tagen wunderte sie sich erst recht, warum es im Hause Gutjahr noch immer an nichts mangelte, wo doch rundum Hunger und Not herrschten. Als sie ihre Mutter einmal darauf angesprochen hatte, hatte diese ihr erklärt, dass der Vater in guten Zeiten ausreichend zurückgelegt hätte. Vor allem aber war Paulina überglücklich, dass Luise wieder bei ihr war, und nun hatten sie auch noch eine gemeinsame Aufgabe.

Den Einfall, in Hohenstetten wie bereits andernorts täglich eine kostenlose warme Mahlzeit auszugeben, hatten die Frauen des Armen-Vereins gehabt. Der Ruf der Gemeinden nach staatlicher Wohlfahrt und der Einrichtung von Suppenanstalten war nämlich bislang ungehört verhallt, und so hatte man beschlossen, aus eigenem Antrieb tätig zu werden. Hierzu standen die älteren Frauen des Vereins im Wechsel jeweils zu dritt in ihres Vaters Küche und bereiteten eine sogenannte Rumford'sche Suppe zu, die gemeinhin in den Zucht- und Arbeitshäusern zur Speisung gehörte und deren Rezept nun in allen Gazetten und Nachrichtenblättern propagiert wurde, da sie sich auch für die Armenspeisung bestens eigne. Ein gewisser Reichsgraf von Rumford hatte diesen einfachen, aber nahrhaften Eintopf einst für Soldaten erfunden. Er bestand aus am Abend zuvor eingeweichten Erbsen und Gerstengraupen, aus Kartoffeln und Wurzelwerk, alles in gesalzener Knochenbrühe mit etwas Bieressig verkocht, faserweise wurden auch Fleischreste zugegeben. Die Knochen und Fleischreste bekamen sie unentgeltlich von Paulinas Vater und aus Lorenz' Metzgerei, um die restlichen Zutaten kümmerte sich Pfarrer Unterseher. Laut den Zeitungsschreibern enthielt die Suppe alles, was der Mensch brauchte, und sie roch nicht einmal schlecht.

Die Speisung selbst wurde von den jungen Frauen im Ort vorgenommen. Das heißt, eigentlich waren es zumeist Paulina und Luise, die sich für diesen Dienst meldeten. Paulina hatte die Freundin mit ins Boot geholt, um sie von ihrem Kummer abzulenken. Die Entbehrungen und Ängste auf ihrem wochenlangen

Fußmarsch durch halb Württemberg hatten Luise ebenso gezeichnet wie die Enttäuschung über Gides Falschheit. Sie hatte, so schien es Paulina, all ihre Fröhlichkeit verloren.

Ihr Herz schlug heftiger, als sie in der Schlange vor ihr plötzlich Friedhelm entdeckte. Rechts und links hielt er zwei zerlumpt gekleidete Knaben an der Hand, die schüchtern zu Boden starrten. Immerhin trugen sie festes Schuhwerk bei dieser Kälte, mit dicken Wollsocken darin, wie Paulina sofort bemerkte. Sie wusste, dass sich Friedhelm nach dem ersten Schneefall eigens darum gekümmert hatte. Die Kinder konnten wirklich froh sein, einen so guten Lehrer zu haben, dem es nicht nur um den Schulstoff ging.

Als Friedhelm endlich vor ihr stand, strahlte er sie an. Sie hatte ihn seit mindestens drei Tagen, seit einer Ewigkeit also, nicht mehr gesehen. Bei ihrer letzten Begegnung hatte er ihr geschworen, im neuen Jahr, sobald seine Mutter wieder auf den Beinen sei, alles für die Umsiedelung nach Stuttgart in die Wege zu leiten.

«Grüß euch Gott», begrüßte er sie und Luise mit einem freudigen Lächeln. «Ich bring euch den Franz und den Paul, die beide großen Hunger haben.»

Er schob die Knaben mit ihren Suppenschüsseln vor der Brust näher an den großen Kessel heran, dann sagte er leise zu Paulina: «Ihre Eltern trauen sich leider nicht hierher.»

Sie nickte und strich den beiden kurz über die Wangen, die von der Winterluft gerötet waren. «Dann wollen wir doch mal sehen, ob wir nicht auch ein Stücklein Fleisch für euch finden.»

«Das wäre schön», murmelte der Ältere.

Sie fischte auf dem Bodensatz des Kessel nach möglichst viel Dickem, denn mehr als eine Schöpfkelle durfte sie nicht ausgeben.

«Und morgen bringt ihr bitte eure Eltern mit, ja? Sagt ihnen, das sei eine Anordnung der Tochter des Schultes.»

«Ja, Fräulein Schultes.»

Sie musste lachen. «Ich heiße Paulina. Alsdann, bis morgen.»

Friedhelm zwinkerte ihr zu. «Ich kümmere mich darum.» Dann beugte er sich vor und flüsterte ihr ins Ohr: «Paulina, ich liebe dich!»

Bevor sie in ihrem Glück etwas erwidern konnte, war er verschwunden, und der nächste Hungrige stand vor ihr. Aus dem Augenwinkel sah sie, wie Luise mit ihrer Kelle halb in der Luft ins Leere starrte.

«Ist dir nicht wohl?», fragte sie sie.

«Nein, nein, es ist alles in Ordnung.»

Doch Luises traurige Augen straften ihre Antwort Lügen. Wie konnte sie die Freundin nur trösten? Wenigstens hatten die Eltern ihr die Flucht längst verziehen.

Nach gut einer halben Stunde war auch der Letzte verköstigt, und der Vorplatz der Hirschenpost leerte sich. In beiden Kesseln befand sich nur noch ein winziger Rest Suppe, es hatte also wieder einmal gerade so ausgereicht. Dabei waren längst nicht alle, die es nötig hätten, gekommen. Und die, die kamen, brachten oft nicht einmal ein «Danke» über die Lippen. Aus Scham, aus Verzweiflung – wer wusste das schon?

Mit eigenen Augen hatte Paulina dieser Tage gesehen, wie ganze Familien unter dem Schnee nach Wurzeln gruben, um ein Gemüse daraus zu kochen, oder den Boden nach Löchern von Mäusen absuchten, um deren Vorräte zu plündern. Die Alten im Ort erinnerten sich noch an die große Hungersnot vor vielen, vielen Jahren, und sie prophezeiten, dass es bald noch schlimmer kommen könnte. Was das hieß, mochte sich Paulina kaum vorstellen. Wie hatte die ledige Spinnerin Gertrud, die drei kleine Kinder zu versorgen hatte, eben gerade beim Warten in der Schlange geklagt? «Ein kleines Häfele wässriger Milch gilt jetzt schon drei Kreuzer, dafür hättest früher eine große Kanne gekriegt!» Und ihre Base hatte zur Antwort gegeben: «Wer weiß, wer von uns über den Winter noch das Leben hat!»

Was für ein trauriges Jahr ging da nun bald zu Ende, dachte Paulina, während sie mit Luisas Hilfe den schweren Kessel zur Seite kippte, um das letzte Restchen in eine Schüssel fließen zu lassen. Dasselbe taten sie mit dem zweiten Kessel, denn es durfte nichts vergeudet werden. Die halbvolle Schüssel würde sie in die Küche tragen, wo der Inhalt mit der nächsten Mahlzeit verkocht würde.

«Morgen werden die Frauen mehr Suppe machen müssen», sagte Paulina, während sie die leeren Kessel gemeinsam auf den Handwagen hievten. «Es wäre schlimm, wenn wir am Ende jemanden wegschicken müssten.»

Luise trat zitternd von einem Bein aufs andere. «Da hast du wahrlich recht. Herrje, ist das eisig!»

Auch Paulina steckte die Kälte nach dem langen Stehen in allen Knochen.

«Gleich sind wir fertig und können uns drinnen aufwärmen», sagte sie. «Hast du auch so einen Hunger wie ich?»

Zwar hatte man in der Hirschenpost längst zu Mittag gegessen, doch an den Tagen, an denen sie bei der Armenspeisung half, hob man in der Küche etwas für sie auf. Und zwar so reichlich, dass es auch für Luise langte.

Die schüttelte den Kopf. «Heute esse ich nicht bei euch. Ich musste den Eltern versprechen, gleich nach Hause zu kommen.»

Enttäuscht sah Paulina sie an. «Schade. Dabei gibt es Hühnerklein mit Kartoffelstampf. Das magst du doch so gern.»

«Schon.» Luise schluckte. «Aber ich hab's versprochen.»

«Bitte! Du weißt doch, dass auch meine Mutter sich jedes Mal freut, wenn du bei uns bist.»

Tatsächlich hatte Paulinas Mutter, die über den Armen-Verein eng mit der Pfarrersfrau verbunden war, zu Hause durchgesetzt, dass Luise nach jedem Dienst in der Suppenküche bei ihnen zu Mittag essen durfte. Zwar herrsche im Pfarrhaus nicht gerade Not, waren ihre Worte gewesen, aber Schmalhans sei auch dort inzwischen Küchenmeister, und das arme Mädchen wäre gar so dünn seit der Heimkehr von seinem Irrweg.

«Aber bis jetzt bist du doch immer zum Essen mit zu mir gekommen», bohrte Paulina nach. «Gibt es etwa einen triftigen Grund?»

Luise errötete. «Nein, nein, aber ich habe noch viel zu tun im Haushalt.»

Misstrauisch sah Paulina sie an. Lag es an ihr und Friedhelm? Sie hatte der Freundin angedeutet, ohne allerdings Einzelheiten zu verraten, dass sie auf jeden Fall heiraten würden und dass Friedhelm auch schon einen Plan habe. Ertrug es Luise möglicherweise nicht, dass Friedhelm treu zu ihr stand, wo sie selbst von Gide so schmählich hintergangen wurde?

«Dann vielleicht übermorgen, wenn wir wieder an der Reihe sind mit der Armenspeisung?»

Traurig schüttelte Luise den Kopf. «Mein Vater will es nicht», erwiderte sie leise. «Er will keine Almosen.»

Paulina war empört. «Das ist kein Almosen. Du gehörst schließlich fast zur Familie. Wenn du willst, rede ich mit deinem Vater.»

«Tu das lieber nicht. Bis übermorgen also.»

Damit eilte sie davon.

Paulina war wie vor den Kopf geschlagen. Hatte es vielleicht mit etwas anderem zu tun? Ihr war schon länger aufgefallen, dass das Verhältnis zwischen ihrem Vater und dem Pfarrer seit einiger Zeit reichlich angespannt war.

«Seid ihr fertig?», hörte sie den Knecht von der Eingangstreppe rufen. «Das ging ja fix heute mit der Armenspeisung.»

«Wer Hunger hat, hält sich nicht mit Plaudern auf», gab sie fast patzig zurück, obwohl Josef für ihren Unmut nichts konnte. «Bringst *du* die Kessel in die Waschküche?»

«Ja, ja, ich mach das schon. Geh du dich erst mal aufwärmen.»

Drinnen saß der Vater mit einem halben Dutzend Männern am Stammtisch in der großen Stube. Zum Essen hatten sie zwar so gut wie keine Gäste mehr in die Hirschenpost, aber die Honoratioren oder zumindest die, die sich dafür hielten, schauten immer noch gern auf einen Krug Bier herein, zumal man die neuesten Nachrichten im Wirtshaus als Erstes erfuhr. Da die Geschäfte schlecht liefen, Felder und Gärten brachlagen, kamen die Männer nicht erst nach Feierabend, sondern auch am helllichten Tage. Jetzt hatten sich am Kachelofen die drei Ortsbäcker, der reiche Webermeister Pommer, Chirurgus Keller, Lorenz Stumpp sowie die beiden Leinwandkaufleute Robert und Gilbert Pinache versammelt. Letztere zeigten sich nach der neuesten städtischen Mode in schicker Reitkleidung und wollten damit wohl ihre Weltläufigkeit ausdrücken.

Nachdem sich Paulina in der Diele mit steifen Fingern aus ihrem Wintermantel geschält hatte, huschte sie rasch an der offenen Tür vorbei. Aber Lorenz hatte sie schon entdeckt.

«Paulina! So komm doch einmal her!»

Da der Vater ihr einen warnenden Blick zuwarf, trat sie näher an den Stammtisch und begrüßte die Runde mit einem halbwegs freundlichen «Grüß Gott».

«Nun, hat mein Fleisch in der Suppe allen gemundet?», fragte der Metzgermeister sie freudestrahlend.

«Ein wenig mehr Fett hätte dran sein dürfen», gab sie keck zurück, und die Brüder Pinache brachen in Gelächter aus.

Dann besann sie sich und wurde ernst. «Das sollte nur ein kleiner Scherz sein, lieber Lorenz. Wir Frauen vom Armen-Verein sind sehr dankbar für diese Spende, aber wir bräuchten tatsächlich ein wenig mehr. Wir sollten künftig drei statt zwei Kessel Suppe kochen, sonst langt es womöglich nicht.»

«*Wir* Frauen vom Armen-Verein», wiederholte der Vater mit spöttischem Unterton. «Dann zählst du dich inzwischen also dazu?»

«Ja, Vater. Ich will mehr für die Bedürftigen tun und werde künftig auch beim Spendensammeln mitmachen.»

Er runzelte die Stirn. «Nun, wir werden sehen. Ich werde das nachher mit deiner Mutter besprechen. Allerdings frage ich mich bei alldem grundsätzlich, ob diese sogenannten Armen die Unterstützung nicht für allzu selbstverständlich halten. Dankbarkeit gegenüber ihren Wohltätern zeigen sie jedenfalls nicht gerade.»

Paulina starrte ihn an. «Dankbarkeit? Die armen Leute können doch nichts dafür, dass es ihnen so schlecht geht.»

Am Tisch war es still geworden.

«Bist du dir da sicher?», fuhr er fort. «Die wenigsten können doch mit ihren Mitteln richtig haushalten. Was meint ihr anderen? Als Schultes sehe ich es als dringend notwendig an, künftig genauestens zu prüfen, wer von den Leuten wirklich arm ist und wer seine Bedürftigkeit nur vorgibt, um Hilfe zu erschleichen.»

Paulina blieben die Worte weg. Plötzlich schämte sie sich zutiefst für ihren Vater, wie er da so behaglich mit seinem dicken Bauch beim Biertrinken und Pfeifeschmauchen saß und die Armut der Menschen anzweifelte. Sie musste sich eingestehen, dass sie nicht zum ersten Mal insgeheim dieses Gefühl verspürte. Nur war es noch nie so stark gewesen. Zu ihrer Überraschung schlug sich der Schulbeck auf ihre Seite.

«Du willst doch nicht im Ernst wieder das Heilig's Blechle einführen, lieber Justus Georg, nur damit sich einer vor dem Suppenkessel anstellen darf? Das ist doch gar zu entwürdigend.»

Woraufhin sich ein heftiger Disput unter den Männern entspann und Paulina in die Küche flüchtete. Der Hunger auf das Mittagessen, das auf dem Herd wartete, war ihr vergangen.

Sie erkannte mit einem Mal, wie sehr der Vater sich selbst schädigte, wenn er halb öffentlich solch hartherzige Parolen herumposaunte. Seit dem Reformationsfest wurde der Unmut im Ort gegen ihn spürbarer, zumindest unter den einfacheren Leuten, und das tat ihr weh, denn er war immerhin ihr Vater. Manch einer wechselte auf der Straße die Seite, wenn er dem Schultes begegnete, nur um ihn nicht grüßen zu müssen. Von Rosina wusste sie, dass in den Gassenschenken sogar das Gerücht in die Welt gesetzt wurde, er habe sich an Not und Mangel im Land auf betrügerische Weise bereichert, was immer das auch heißen mochte. Ihr Bild des gutmütigen, großzügigen Vaters, das sie seit ihrer Kindheit in sich trug, hatte jedenfalls in diesem schrecklichen Jahr mehr und mehr zu bröckeln begonnen.

Am Sonntag vor Weihnachten hatte mit einem starken Sturm, der etliche Bäume umriss und die Ziegel von den Dächern zerrte, mildes Tauwetter eingesetzt. Bei strömendem Regen, der den Schnee auf den Straßen in knietiefen Matsch verwandelte, hatten die Männer die Schäden am Gasthaus und Stall notdürftig beseitigt, und nun saßen sie alle miteinander beim Mittagessen, einem kräftigen Eintopf mit Speck.

«Höchste Zeit, dass wir das Weihnachtsessen besprechen»,

sagte die Mutter, nachdem auch der Vater seinen Teller leer gekratzt hatte.

«Meinetwegen», brummte der und wischte sich mit seinem Mundtuch das Kinn sauber. «Auf deinen Wusch hin habe ich übrigens die Pfarrersleute eingeladen, aber Unterseher hat dankend abgelehnt. Er meinte, er habe bereits eine arme Familie zu sich eingeladen.»

«Wie lobenswert. Das könnten wir doch auch machen.» Die Mutter sah ihn bittend an. «Zum Beispiel den Totengräber Traugott mit seinem Weib. Die beiden sind so gute, fromme Menschen. Wusstest du, dass Traugott über fünfzig geistliche Bücher besitzt?»

Der Vater verzog das Gesicht. «Da hast du es! Was verschwendet ein Totengräber seinen kargen Lohn für Bücher? Bücher kann man in Notzeiten nicht essen.»

«Immerhin kann man damit im Winter heizen», warf Ludwig spöttisch ein. «Jetzt, wo das Brennholz knapp wird.»

«Schäm dich, Junge», empörte sich die Mutter. «Das ist Blasphemie!»

Der Vater winkte ab. «Nein, Alwine, ich finde, wir tun schon genug für die Armen. Lass uns den Weihnachtstag wie immer im kleinen Kreis verbringen. Nicht umsonst habe ich die Wirtschaft an diesem Tag geschlossen. Man will ja auch mal seine Ruhe haben. Was also schlägst du als Festessen vor?»

«Nun, ich dachte daran, zwei Hühner zu schlachten. Als Vorsuppe dann eine kräftige Brühe mit Knöpfle, dann gebratenes Huhn mit Grumbieren und zum Nachtisch eine süße Mehlspeise.»

«Das nennst du ein Festessen? Lächerlich! Wofür haben wir denn unsere Gans gemästet? Und als Nachtisch könntet ihr zumindest einen Mandelkuchen backen.»

Da vermochte sich Paulina nicht länger zurückzuhalten.

«Für andere Menschen ist schon ein Kleienbrei mit trocken Brot ein Festessen», stieß sie hervor. «Und bei uns …»

«Paulina!», fiel ihr die Mutter ins Wort. «Bist du wohl still!»

Der Vater schlug mit der flachen Hand auf den Tisch. «Genug jetzt. Das Weihnachtsessen ist hiermit besprochen. Und jetzt lasst uns endlich die neuesten Zeitungen lesen, bevor die ersten Gäste hereinschneien. Zum Glück kam der Postwagen gestern noch vor dem Sturm durch. Was dich betrifft, mein Fräulein», wandte er sich an Paulina, «wirst du mir in letzter Zeit gar zu widerborstig. Lass dir das als Warnung gesagt sein.»

Sie biss sich auf die Lippen. Fast mehr noch als über die Worte des Vaters ärgerte sie sich darüber, dass die Mutter wieder einmal klein beigegeben hatte. Aber so war das nun einmal zwischen den beiden. Plötzlich musste sie an Friedhelm denken, der so ganz das Gegenteil ihres Vaters war und ihr niemals so von oben herab begegnen würde. Allein bei dem Gedanken an ihn wurde ihr sehnsüchtig ums Herz.

Nachdem sie Rosina geholfen hatte, den Tisch abzuräumen, kehrte sie mit Erlaubnis der alten Agathe an den Tisch zurück. Normalerweise liebte sie es, an den Tagen, an denen die Post kam, die neuesten Nachrichten aus aller Welt zu erfahren, doch in diesen Zeiten konnte einem dabei auch angst und bange werden.

«Na, wer sagt's denn – in Deutschland geht es voran!» Ihr Vater zeigte auf eine Zeichnung im Ulmer Intelligenzblatt. «In Preußen ist das erste deutsche Dampfschiff vom Stapel gelaufen und hat mit hundertsechzig Passagieren erfolgreich seine Jungfernfahrt bestanden.»

«Ein Dampfschiff? Also ein Schiff ganz ohne Segel?», fragte ihr Bruder.

«Aber ja. Die Dampfmaschine wird unsere Zukunft sein.» Er reichte ihm das Blatt und griff nach dem Schwäbischen Merkur, während die Mutter die Todesanzeigen im Stuttgarter Wochenanzeiger studierte.

«Und hier steht», wie immer verkündete er lautstark, was er gelesen hatte, «dass im Alpen-Gebirge riesige Schneemengen lagern, da die Schneeschmelze heuer ausgeblieben war.»

Die Mutter sah auf. «Heißt das, wir haben im nächsten Sommer überall Überschwemmungen? Das wäre ja furchtbar.»

«Unsinn! Die Sommerwärme lässt immer gleich viel Schnee schmelzen, ganz egal, wie groß die Schneemassen im Gebirge sind. Und dass es nächstes Jahr endlich wieder einen Sommer gibt, wollen wir ja wohl alle hoffen.» Er kniff die Augen zusammen. «Liest du etwa wieder nur die Todesanzeigen?»

«Aber nein.» Sie blätterte rasch um. «Hört mal, unser neuer König hebt das Auswanderungsverbot auf. Ist das nun gut oder schlecht?»

«Von Luise habe ich gehört», warf Paulina ein, «dass drüben auf der Zwiefalter Alb schon halbe Dörfer über die Donau nach Bessarabien ausgewandert sind. Wo liegt das überhaupt?»

«In Russland, du Dummchen», gab ihr Ludwig zur Antwort. «Aber da geht nur der Pöbel hin, weil er nämlich kein Geld für ein Schiff nach Amerika hat.»

«Das stimmt nicht», widersprach sie. «Luise sagt, das wären alles sehr gläubige und mutige Menschen und es gäbe schon eine richtige deutsche Kolonie dort. Außerdem herrscht dort keine Hungersnot, weil überall riesige Weizenfelder liegen. Nicht wahr, Mutter? Du hast doch auch davon gehört?»

Die nickte. «Ja, mein Kind. Das sind fromme Pietisten, die ihren Glauben leben wollen, wie es die Heilige Schrift lehrt.»

Bei ihren letzten Worten verdrehte der Vater prompt die Augen.

«Trotzdem», kam ihm Ludwig zuvor. «Ich würde nur nach Amerika auswandern. Dort liegt die große Zukunft.»

«Damit magst du zwar recht haben», sagte der Vater, «aber trotzdem halte ich die Freiheit zur Auswanderung für keine gute Entscheidung. Wenn es bald wieder aufwärtsgeht, brauchen wir jede Arbeitskraft im Land. Lass mal sehen, was darüber geschrieben steht.»

Er zog der Mutter den Stuttgarter Anzeiger weg. Mit einem Mal lief sein breites Gesicht rot an.

«Das ist ja die Höhe!», schnaubte er. «Das königliche Ministerium des Inneren plant, das Bierbrauen zu verbieten, da man die Gerste zur Nahrung brauche. Da kann ich mein Gasthaus ja gleich ganz schließen.»

«Beruhige dich, Justus Georg. So weit wird es bestimmt nicht kommen.»

«Ach! Was weißt du schon von der Politik!»

In diesem Augenblick deutete Ludwig auf eine fette Überschrift im Schwäbischen Merkur. «Erste Erlasse wider den Kornwucher», konnte Paulina entziffern.

«Unser hochlöblicher König Wilhelm», las ihr Bruder vor, «befiehlt, dass künftig keine Feldfrucht mehr nach auswärts verkauft werden darf und es den Getreidemäcklern ferner untersagt ist, bei den Bauern aufzukaufen. Scharfe Kontrollen durch die Landjägercorps sollen dies gewährleisten. Der Handel mit sämtlichen aufgrund des bösen Wetters und der vergangenen Kriegsjahre knapp gewordenen Lebensmittelgütern darf nur noch in den öffentlichen Schrannen erfolgen. Auf diese Weise soll dem betrügerischen Kornwucher und der Speculation durch künstliche Zurückhaltung ein Riegel vorgeschoben werden.»

Aus dem Gesicht des Vaters war jegliche Farbe gewichen. Sein Erschrecken war so offensichtlich, dass Paulina ein Schauer über den Rücken fuhr. War das Gerede über ihn doch kein bloßes Gerücht?

«Wer ist damit gemeint, Vater?», fragte sie leise.

«Wer wohl?» Er holte tief Luft. «Der Jude natürlich. Der durfte bislang im ganzen Königreich ungehindert seinen strafbaren Wucher mit dem armen gedrückten Bürger treiben. Und damit soll jetzt wohl Schluss sein.»

# *Kapitel 19*

*Ende Januar 1817*

«Ich habe hier ein wunderschönes Gedicht, liebe Mutter.» Friedhelm ließ sich auf dem Bettrand nieder. «Es ist von unserem schwäbischen Dichter Ludwig Uhland und heißt *Neujahrswunsch 1817*.»

Er hielte den Zeitungsausschnitt ins Licht, den Paulina ihm vor einigen Tagen heimlich nach dem Gottesdienst übergeben hatte, und begann betont deutlich vorzutragen.

*Wer redlich hält zu seinem Volke,*
*Der wünsch ihm ein gesegnet Jahr!*
*Vor Misswachs, Frost und Hagelwolke*
*Behüt uns aller Engel Schar!*
*Und mit dem bang ersehnten Korne,*
*Und mit dem lang entbehrten Wein,*
*Bring uns dies Jahr in seinem Horne*
*Das alte, gute Recht herein!*

*Man kann in Wünschen sich vergessen,*
*Man wünschet leicht zum Überfluss,*
*Wir aber wünschen nicht vermessen,*
*Wir wünschen, was man wünschen muss.*
*Denn soll der Mensch im Leibe leben,*

*So brauchet er sein täglich Brot,*
*Und soll er sich zum Geist erheben,*
*So ist ihm seine Freiheit not.*

Er ließ das Blatt sinken und strich ihr über die Stirn. Die Augen hatte sie geschlossen, und er glaubte schon, dass sie eingeschlafen war. Doch dann bewegte sie ihre rissigen Lippen.

«Das ist wirklich schön, mein Junge.»

«Nicht wahr? Und mich wundert, dass das Gedicht in mehreren Zeitungen abgedruckt war, wo Uhland sich nicht nur ein Ende der Not, sondern auch die alten bürgerlichen Rechte zurückwünscht. Als Armenadvocat in Stuttgart weiß er, wovon er spricht, und hat dabei wohl selbst kaum was zu beißen.»

Sie nickte schwach. «Habe Durst.»

«Aber ja, warte.»

Er füllte den Becher auf dem Nachttisch halbvoll mit Kräutersud und gab ihr, mit der Linken ihren Nacken stützend, in kleinen Schlucken zu trinken. Wie ein zartes, hilfloses Vogeljunges kam sie ihm vor, ihr Gesicht wirkte ganz klein auf dem riesigen Daunenkissen. Aber wenigstens hatte sie kein Fieber mehr, sagte er sich und wischte sich verstohlen eine Träne aus dem Auge.

Das nasskalte, mal regnerische, mal neblige Wetter seit Weihnachten, das fast noch unerträglicher war als die eisige Kälte zuvor, hatte der Mutter einen Rückfall beschert. Anstatt im Spätjahr endlich auf die Beine zu kommen, hustete sie wieder Blut und war inzwischen zu kraftlos, um aus dem Bett aufzustehen.

«Kann ich dich jetzt wirklich allein lassen?», fragte er.

«Geh nur …» Ihre Stimme wurde schwächer. «Die gute Bärbel … schaut ja nach mir.»

Ihr Kopf sank zur Seite, sie war wieder eingeschlafen. Friedhelm nahm ihre blutleeren Hände zwischen seine und streichelte sie sachte, während er ein stilles Gebet zum Herrgott schickte, er möge die Mutter doch wieder gesund machen. So lange quälte sie sich nun schon mit ihren Schwächeanfällen, ihrem Husten, ihrer Atemnot.

Viele Menschen, viel mehr als sonst, waren in diesem Winter krank geworden, und der Chirurgus hatte bei seinem letzten Besuch gemeint, dass dies nicht nur an der mangelhaften Nahrung, sondern auch an der fehlenden Wärme und Sonne des letzten Jahres liege, was die Menschen in ihrer Konstitution geschwächt habe. Aber seine Mutter war schon so lange nicht mehr richtig bei Kräften gewesen. Wenn er es recht überlegte, war es mit dem Tod des Vaters und seines Bruders Adam losgegangen, das hatte ihr wohl mehr zugesetzt, als Friedhelm je gedacht hätte.

Er gab sich einen Ruck und stand auf. Die Tür zur Wohnstube ließ er wie immer offen, damit die Wärme des Stubenofens in Mutters Schlafkammer überschlug, vor allem aber, damit die anderen ihre Rufe hören konnten. Dann durchschritt er eilig die Diele und blieb im Türrahmen zur Küche stehen. Dort, möglichst weit entfernt vom rauchigen Herdfeuer, saß die Taglöhnerin Bärbel und schnitt schrumpelige Kohlraben klein, die sie aus der verschlammten Erde im Krautgarten gezogen hatte. Zusammen mit Runkelrübenschnitzen, die sonst als Viehfutter dienten, und ein wenig Speckschwarte würde das die morgige Sonntagsmahlzeit ergeben. In der Wiege unter dem Tischchen lag ihr vier Monate alter Säugling und schlief selig. Die kleine Mathilde wusste zum Glück noch nicht, in welch schreckliche Zeit sie hineingeboren war.

«Ich mache mich dann mal auf den Weg», gab er Bescheid. Vom Hof hinter der Küche hörte er Heinrich Holz hacken. «Möchte Ihr Mann nicht doch mitkommen? Ich denke, in zwei Stunden sind wir von der Ortsversammlung zurück.»

Sie schüttelte den Kopf. «Er sagt, unsereins hätte dort eh nichts zu vermelden. Warum sollte das diesmal anders sein?»

«Nun, je mehr Bürger heute im Rathaus erscheinen, desto größeren Druck können wir ausüben. Wir alle wollen wissen, für welche Posten im Einzelnen wir unsere Ortssteuer bezahlen sollen. Auch dass die jährliche Gemeindeabrechnung erst jetzt verlesen wird und nicht wie vorgeschrieben im letzten April, ist nicht rechtens. Womöglich folgt die nächste Abrechnung schon bald im Frühjahr, und dann trifft uns eine zweite Abgabe in Folge, und das in dieser Notzeit. Für euch heißt das: erneute Schulden.»

«Ich weiß», erwiderte sie müde und sah dabei viel älter aus, als sie mit ihren gut dreißig Jahren war. «Gehen Sie jetzt, lieber Herr Lindenthaler, sonst kommen Sie noch zu spät. Und keine Sorge, ich kümmere mich um Ihre kranke Mutter.»

«Danke. Und setzen Sie Mathildes Wiege doch hinüber in die Stube, die Luft in der Küche ist gar zu schlecht.»

Zurück in der Diele, zog er sich seinen Wintermantel über und trat hinaus in den grauen Nieselregen. Nebenan sah er seine Schwester Auguste in der Haustür stehen, doch statt ihn zu grüßen, drehte sie sich brüsk um und warf die Tür hinter sich ins Schloss. Er zuckte verständnislos die Schultern: Sie war ihm also immer noch gram.

Auguste war entsetzt gewesen, als die Mutter und er am Tag nach Neujahr diese arme Familie bei sich aufgenommen hatten. Bärbel und Heinrich waren arbeitslose Taglöhner, ihre Söhne Franz und Paul seine Schüler. Nach Weihnachten hatten sie ihren einzigen Besitz, ein armseliges, winziges Seldnerhaus mitsamt Möbeln und Kochgeschirr, verkaufen müssen, um ihre Schulden zu begleichen. Jetzt besaßen sie nur noch ihr Bettzeug und die schäbige Kleidung auf dem Leib. Friedhelms Mutter und er waren sich einig gewesen, dass man diesen in Not geratenen Menschen helfen müsse, aber erst nach Pfarrer Untersehers ergreifender Neujahrspredigt wussten sie, was sie zu tun hatten – das war im Übrigen das letzte Mal gewesen, dass die Mutter in der Lage war, mit ihm in die Kirche zu gehen.

Schon bei dem alten Kirchenlied *Wann wir in höchsten Nöten sein und wissen nicht, wo aus noch ein …* waren etliche in Tränen ausgebrochen, erst recht rührten die Worte des Pfarrers, als er die Not beschrieb, die über halb Europa hereingebrochen war. Bis er am Ende einen dringlichen Appell an seine Gemeinde richtete: «Wer aber unter euch *nicht* mit den schlimmsten Sorgen der Nahrung zu kämpfen hat, wer *nicht* den Kummer der Armut erleiden muss, der richte voll Demut seinen Blick auf die Tausende seiner armen Mitbrüder und danke Gott, dass er verschont ist. Und in dieser demütigen Dankbarkeit frage er sich: Wie kann ich meinem Mitmenschen helfen? Mitbringen lasset uns also in das neue Jahr heilige Vorsätze. Mitbringen lasset uns die Bereitschaft, die Not der Bedürftigen, der Hungernden, der Frierenden, der Kranken und Elenden zu lindern. Mitbringen lasset uns den redlichen Willen, uns in diese Zeit zu schicken, ob sie uns nun gut oder böse erscheine. Auf dass unser Geist und unser Herz nicht ärmer werde an Glaube, Liebe und Hoffnung.»

Da hatten einige derjenigen, die zuvor noch haltlos geweint hatten, den Blick verschämt zu Boden gerichtet, erst recht, als Carl Unterseher als ein Beispiel für wahre und schuldlose Bedürftigkeit Bärbel und Heinrich sowie eine weitere obdachlose Familie namentlich erwähnte.

Kaum war die Mutter nach dem Gottesdienst erschöpft und durchgefroren heimgekehrt und wieder zu Bett gegangen, hatte sie Auguste, Emil und Friedhelm zu sich gerufen und ihnen eröffnet, dass sie eine der beiden erwähnten Familien bei sich aufnehmen wolle.

«Du, Friedhelm, kennst diese Menschen doch. Die Kinder gehen bei dir zur Schule.»

«Ja, Mutter. Der Franz und der Paul.» Dieser barmherzige Wunsch seiner Mutter berührte ihn zutiefst, während seine Schwester sichtlich erbleichte. «Für Bärbel und Heinrich ist es besonders schwer. Erst im Herbst haben sie wieder ein Kind bekommen. Wenn du also bereit bist, sie aufzunehmen – ich fände es wunderbar.»

«Hast du nicht neulich erst wieder gejammert», blaffte Auguste ihn an, «wie knapp es bei euch geworden ist mit deinem gekürzten Schulmeistersalär? Und da willst du künftig noch fünf arme Seelen mit durchfüttern?»

«Vier», berichtigte er. «Im Gegensatz zu dir stillt die Bärbel ihren Säugling. Außerdem bekommen sie als anerkannte Hausarme ihr Mittagessen in der Suppenküche, und es ist ja auch nur vorübergehend.»

«Vorübergehend! Dann bist du also auch noch zum Prophet geworden und weißt, wann die Not ein Ende hat? Was ist, wenn die euch alles unterm Hintern wegstehlen?»

«Schäm dich, Auguste», ging die Mutter dazwischen. «Das sind ehrliche Leut. Sollten sie aber je etwas nehmen, was ihnen nicht zusteht, so ist das immer noch unser Hab und Gut, das geht dich also nichts an. Jetzt lasst mich bitte allein, ich bin müde.»

So waren ihre Hausgäste am nächsten Tag bei ihnen eingezogen. Friedhelm hatte ihnen zum Schlafen die beiden Kammern unterm Dach zugewiesen – er selbst hatte seine kleine Schlafkammer unten, gleich neben der Mutter –, Wohnstube und Küche standen ihnen zum Aufenthalt im Warmen jederzeit zur Verfügung. Bärbel indessen hatte es vorgezogen, nur eine der

Kammern zu beziehen, wo sie alle zusammen in einem großen Bett schliefen, der kalten Nächte wegen. Und die zweite arme Familie, die obdachlose ledige Spinnerin Gertrud mit ihren drei Kindern, hatte Carl Unterseher kurzerhand bei sich im Pfarrhaus untergebracht.

In einem indessen hatte Auguste recht gehabt, wenn er jetzt an jenen Neujahrstag zurückdachte: Auch in ihrem Haushalt war die Knappheit täglich spürbarer, obgleich er über ein regelmäßiges, wenn auch eher karges Einkommen an Geld und Naturalien verfügte. Durch die steigenden Preise rann einem das Geld für das Lebensnotwendige nur so durch die Finger. Wenn das so weiterging, würde auch das Ersparte der Mutter bald aufgebraucht sein und damit sein Anteil, den er für den Neubeginn in Stuttgart so nötig brauchte. Dabei waren die Aussichten düster: Fast überall im Oberamtsbezirk Münsingen gingen die gemeindeeigenen Erntevorräte seit dem Jahreswechsel zur Neige, nur bei einigen reichen Maierbauern konnte man noch um viel Geld und gute Worte Gerste kaufen. Zwar hatte es bereits im Spätjahr einen königlichen Befehl am alle Oberämter gegeben, amtliche Fruchtvorräte anzulegen, doch wo nichts war, konnte auch nichts angelegt werden. Ohne Korn gab es kein Brot, und so buken die Bäcker von Hohenstetten nur noch lächerlich kleine Kleiebrötchen, zum Preis eines früheren ordentlichen Vierpfünderbrots. Manch einer von Friedhelms Nachbarn hatte vorige Woche tatsächlich noch den letzten Haber von seinem Acker aus dem Schneematsch gegraben, im Backhaus geröstet und dann gemahlen. Das Brot war aber nicht aufgegangen, unter der harten Kruste verbarg sich ein ekliger grauer Brei, klebrig wie Kleister, der heftige Leibschmerzen verursacht hatte. In einem Dorf bei Münsingen sollten welche vor Hunger sogar wahnsinnig geworden sein. Mitten in der Nacht seien sie bei Eiseskälte in ein Waldstück gestürmt, weil es dort Manna regnen würde wie zu Mosis Zeiten in der Wüste – ein Kind hatten sie dabei verloren und erst am Morgen erfroren aufgefunden. Das mochten Gerüchte sein, doch selbst hier in Hohenstetten musste er erleben, wie die kleineren Kinder von fauligen Kartoffeln krank wurden, vom ewigen Kleiebrei Durchfall bekamen, und in manchen Häusern hörte man sie vor Hunger schreien.

Nein, dagegen hatten seine Mutter und er es noch gut, und fast schon war er dankbar um seine neuen Mitbewohner, die sich für ihr kostenfreies Obdach mehr als nützlich machten. Die tüchtige Bärbel tat alles, um aus den Zutaten der Natur, die Franz und Paul herbeischafften, sowie den streng rationierten Vorräten aus der Speisekammer eine halbwegs genießbare Mahlzeit zuzubereiten, die ihnen dann als Mittag- und Abendessen diente. Sie zauberte Gemüsebrei aus Kohl und Rüben, aus getrockneten Heidelbeeren, Brennnesseln oder Heublumen, streckte Mehl mit Erbsen, Bucheckern und zerstoßenen Rosskastanien. Morgens, wenn sie alle gemeinsam und dicht gedrängt am Stubentisch saßen, gab es nur einen heißen Sud aus Waldmeister- und Erdbeerblättern, die die Mutter im Sommer zum Glück in großen Mengen gesammelt hatte, mit einem Kanten Brot dazu. Von der Kuhmilch bekamen nur die Mutter und Bärbel, die ja noch stillte, ein Schälchen zur Kräftigung ab, dafür gab es sonntags Käse für alle, den Bärbel selbst zubereitete. Friedhelm hatte die Milchkuh nur der kranken Mutter wegen noch nicht wie die übrigen Tiere verkauft, obwohl sie das Geld dringend bräuchten. Dafür hatten nun eben das Cembalo und die wertvolle Anrichte dran glauben müssen. Dass er im Dezember aus Futtermangel sein treues Pferdchen verkauft hatte, schmerzte ihn noch immer – vom Händler war es mit Sicherheit geradewegs an den Schlachter weiterverkauft worden.

Aber so war er bislang wenigstens unverschuldet geblieben. Inzwischen mussten nämlich immer mehr Familien ihre Güter um einen Spottpreis verkaufen. Mit großer Sorge beobachtete Friedhelm, wie der rechtschaffene Handwerker in dieser Zeit immer ärmer, der ohnehin betuchte Landbesitzer oder Kaufmann aber immer reicher wurde. Wie die Geier aufs Aas stürzten sich Letztere, darunter auch Schultes Gutjahr, auf jeden Notverkauf! Und kamen sich sogar noch als Wohltäter dabei vor.

Der Glockenschlag von Sankt Alban ließ ihn zusammenzucken: zwei Uhr schon! Das letzte Stück der an diesem Samstag menschenleeren Gasse, die von seinem Haus direkt zum Rathaus am Markt führte, nahm er im Laufschritt. Eigentlich war die jährliche Rechnungsverkündung, die laut den Satzungen jedes Frühjahr öffentlich zu erfolgen hatte, ein übles Possenspiel. Die Einnahmen und Ausgaben der Gemeinde ergaben in aller Regel ein Defizit, den sogenannten Amts- und Fleckenschaden, der je nach Vermögen auf jeden Bürger umgelegt wurde – zusätzlich zu den zahlreichen persönlichen Steuern und Abgaben. Das Ärgerliche daran war, dass nun schon seit Jahren kein Einblick mehr in die einzelnen Posten des Gemeindehaushalts gewährt, sondern nur das Ergebnis verlesen wurde. Dennoch musste jeder Anwesende unterschreiben, dass er die Verkündung des Flecken- und Amtsschadens vernommen habe.

Friedhelm konnte dem Dichter Uhland nur zustimmen: Die guten alten Rechte der Württemberger, die der Bürgerschaft beispielsweise einst erlaubten, ihren Schultes und Gemeinderat selbst zu wählen, waren seit König Friedrich perdu. Einzig das Rügegericht hatte Friedrichs Despotismus überlebt, das dem gemeinen Mann erlaubte, einmal jährlich dem Oberamtmann Beschwerden über die Amtsführung seines Ortes vorzubringen, zusammen mit Verbesserungsvorschlägen. Doch wer es wagte, dieses sein Recht wahrzunehmen, wurde von der Obrigkeit nicht selten als Flegel und Rebell beschimpft oder gar mit Arrest bedroht. Leider tat sich der neue König schwer mit seinem Regierungsversprechen, eine gerechte Verfassung mit Freiheit der Presse, freier Wahl der Volksvertreter und Mitsprache in Gemeindeangelegenheiten einzuführen. Seit Monaten ging es deshalb hoch her zwischen König Wilhelm und dem Stuttgarter Landtag.

Schon als sich Friedhelm der Rathaustreppe näherte, hörte er von drinnen lautes Stimmengewirr. Zu seinem Erstaunen war der große Saal voller Menschen, wo sich doch sonst zu diesem Anlass höchstens ein Dutzend Bürger herbemühte. In seinen Augen war das ein gutes Zeichen, das Zeichen für einen erstarkten Bürgerwillen.

Er begrüßte den Pfarrer und seinen Oheim Konrad Wörlin, die dicht bei der Saaltür standen, als auch schon Chirurgus Keller, der sich ob seines hohen Amtes als Rechnungsführer der Gemeinde neuerdings stolz «Bürgermeister» nannte, das Podest mit dem Rednerpult erklomm. Dort lag bereits das dicke, gebundene Buch aus feinstem handgeschöpftem Papier, das er nun feierlich aufschlug. Ein wenig abseits von ihm kauerte an einem niedrigen Tischchen die mächtige Gestalt des Schultes, der hernach in seiner Funktion als Gemeindeschreiber die Anwesenden unterzeichnen lassen würde.

«Ich bitte um Ruhe.» Keller klopfte mit einem Hämmerchen auf das Pult, obgleich längst gespannte Stille eingekehrt war. «So verlese ich nun als euer Bürgermeister zum heutigen 25. Jänner 1817 das Ergebnis des Haushaltsjahres unserer Gemeinde Hohenstetten von Georgi 1815 zu Georgi 1816. Nach sorgfältigen Berechnungen ergab sich ein Amts- und Fleckenschaden in Höhe von eintausend und achthundertzehn Gulden, umzulegen je nach Vermögensstand auf alle Gemeindemitglieder.»

«So viel!» Ein ungläubiges Raunen brandete durch den Saal.

«Nun, ihr vergesst, dass sich allein meine Arbeit an der Bürgermeisterrechnung auf dreihundert Gulden beläuft.»

«Das möcht ich auch mal so nebenher verdienen», rief Webergeselle Fritz dazwischen, und einige lachten.

«Ruhe!» Das Hämmerchen schlug erneut gegen das Pult. «Ihr wisst genau, dass uns nicht erst die große Not des vergangenen Jahres bedrängt. Die schon seit langem anhaltende Stockung des Handels und des Weberhandwerks beschert uns kaum noch Einnahmen, wohingegen die Kriegslasten an die Regierung nicht minder geworden sind. Unsere geliebte Heimatgemeinde weiß die Schuld kaum noch zu tilgen.»

Da meldete sich tatsächlich Friedhelms Oheim zu Wort. «Früher hat der Schaden dreihundert Gulden ausgemacht, jetzt langen tausend nicht mehr! Und wir Bürger sollen diese Schulden übernehmen, nur weil ihr nicht rechnen könnt und Geld zum Fenster hinauswerft! Für den gelben Anstrich des Rathauses zum Beispiel oder die neue, kaum benutzte Straße zum Arresthaus, die sogleich wieder im Schlamm versunken ist.»

«Dein Vorwurf der Verschwendung ist ungeheuerlich, Wörlin!»

«So? Ist er das?», kam der ansonsten so besonnene Webermeister Leberecht Wörlin zu Hilfe. «Dann lasst uns endlich die Bücher einsehen, wie es unser angestammtes Recht ist.»

Keller wurde rot. «Wie soll das gehen? Will jetzt jeder von euch hier und heute im Rechnungsbuch herumfleddern? Nein, lieber Leberecht, ich mache die Buchführung nach bestem Wissen und Gewissen, glaub mir das, und obendrein ist alles durch Schultes und Gemeinderat penibel geprüft. Genau wie ich selbst und alle Bürger hier hast auch du den Schaden mitzutragen. Und wenn es dir nicht passt, kannst dich ja beim Oberamt beschweren.»

«Ha!», rief jemand hinter Friedhelm empört. «Als ob man Recht bekommen würde, wenn man sich höheren Orts beklagt!» Und ein anderer: «Genau! Bei der Obrigkeit stecken doch alle unter einer Decke. Und jetzt sollen wir wieder mal ungeprüft eure Schulden begleichen.»

«Herrschaftzeiten!», fuhr nun Gutjahr dazwischen. «Das sind nicht unsere Privatschulden, sondern die unserer Gemeinde. Wann begreift ihr das endlich?»

«Trotzdem!» Der alte Seldner Matthes reckte den Hals. «Mir wurden Mobiliar, Werkzeug und Kochgeschirr gepfändet, nur weil ich den Zins für den Heiligen nicht zahlen konnte. Und jetzt soll ich auch noch für die Verschönerung des Rathauses berappen? Wie denn, wenn meine Taschen leer sind?»

«Ihr von der Obrigkeit nehmt uns doch aus wie die Weihnachtsgänse», rief der alte Nachtwächter. «Für die letzte Steuerforderung auf mein geringes Vermögen musste ich zwei Gulden vier Kreuzer berappen – an Schreibgebühr für den Schultes, wohlgemerkt!»

«Leute, so beruhigt euch doch.» Gutjahr erhob sich und gesellte sich zu Chirurgus Keller an das Rednerpult. «Ich weiß doch, dass vielen von euch das Wasser bis zum Hals steht. Und deshalb will ich euch nun gute Nachrichten verkünden. Es geht nämlich aufwärts im neuen Jahr, dank unserem neuen hochverehrten König Wilhelm und unserer vielgeliebten Königin Katharina.»

«Hört, hört!»

«Ja genau, hört nur zu. Dem König ist es nämlich gelungen, eine umfangreiche Kornlieferung aus Russland zu erwerben.»

Gutjahr schwellte stolz die Brust, als sei dies sein eigenes Verdienst. «Die königlichen Kästen werden sich also wieder füllen, und alsbald wird man das Korn an die Gemeinden zu Gnadenpreisen verteilen.»

Vereinzelt war verhaltener Beifall zu hören, doch schon rief jemand dazwischen: «Zu Gnadenpreisen – dass ich nicht lache! Als unser lieber Bürgermeister zuletzt eine Fuhre Grumbieren aufgekauft hat, hat er für uns Bürger beim Verkauf noch draufgeschlagen.»

«Das ist eine Lüge», protestierte Keller mit hochrotem Kopf.

«Ruhe!» Gutjahr schlug gegen das Pult. «Des Weiteren hat unsere vielgeliebte Königin in Stuttgart einen Landeswohlfahrtsverein eingerichtet, mit Geldern aus ihrem eigenen Vermögen sowie einer überaus großzügigen Spende seitens ihrer Mutter, der von uns allen hochverehrten Zarengattin und württembergischen Prinzessin Maria Feodorowna, die derzeit zu Besuch in der Residenz weilt. Dieser zentrale königliche Armen-Verein ist nun allen örtlichen Vereinen zur Unterstützung übergeordnet, auch dem unsrigen, und so können wir darauf zählen, dass bald schon Gelder für unsere Suppenanstalt und zur weiteren Unterstützung unserer Hausarmen fließen werden. Überdies wird den von der Königin hochgelobten Frauenvereinen im Land ein Handbuch der Armenpflege übergeben, das die Königin selbst ausgearbeitet hat. Für die Großherzigkeit unserer Königin also ein kräftiges ‹Vergelt's Gott›!»

«Vergelt's Gott!», schallte es im Chor zurück, und auch Friedhelm verspürte eine gewisse Dankbarkeit gegenüber der rührigen Zarentochter.

«Nach einer königlichen Verfügung», fuhr Gutjahr fort, und seine heruntergezogenen Mundwinkel verrieten eher Missbilligung als Freude, «muss in den Kirchenkonventen künftig mehr für die Armen- und Wohlfahrtspflege getan werden, und so haben wir vom Gemeinderat gestern beschlossen, die Unterstützung durch den Heiligenkasten zu verdoppeln, zumindest, bis wir Gelder aus Stuttgart erhalten. Indessen, und hierbei folgen wir in voller Überzeugung der Verfügung aus Stuttgart, muss zum einen die Bedürftigkeit jedes Einzelnen genauestens geprüft werden, zum anderen werden nur Kinder, Kranke und Alte ohne Gegenleistung versorgt. Alle anderen wollen wir zur Arbeit bringen, ganz nach dem königlichen Leitsatz: Hilfe zur Selbsthilfe. So sind unsere Straßen und Wege allesamt in einem erbärmlichen Zustand und müssen dringlichst instandgesetzt werden.»

Leises Murren war im Saal zu hören, wobei Friedhelm gegen diese Einschränkung wenig einzuwenden hatte, sofern die Prüfung durch Pfarrer und Kirchenkonvent und nicht durch die Ortsvorsteher erfolgte. Dass der Schultes ein scharfer Hund war bei der Anerkennung von Bedürftigkeit, war allgemein bekannt.

«Auch auf anderen Gebieten lässt sich das Königshaus gut an», übertönte Gutjahr das Murren. «Dem Wildschaden wird ein Riegel vorgeschoben, indem die Hasen und Wildsauen fortan von jedem erlegt werden dürfen.»

«Soll ich die etwa mit einem Zaunpfahl erschlagen?», rief Matthes. «Keiner von uns einfachen Leuten besitzt ein Gewehr oder eine Pistole. Und was sagt der König zum Laub und Reisig in den Wäldern? Das liegt dort rum und verrottet, aber wenn wir vom Förster beim Auflesen erwischt werden, werden wir unmäßig gestraft.»

Sichtlich verdutzt sah Gutjahr ihn an. «Darüber habe ich nichts in den neuen Verlautbarungen gelesen.»

«Da habt ihr's», meldete sich Webergeselle Fritz zu Wort und schwenkte seinen Krückstock. «Des Königs Säue wühlen uns die Äcker um, und wir dürfen nicht mal Laub und Reisig holen.»

«Aber Wegegeld fürs Vieh dürfen wir berappen», rief ein anderer empört, «auch wenn's nur auf den eigenen Acker hinterm Haus kommt! Das ist die reinste Willkür.»

«Sag bloß, du hast noch Viehzeug im Stall!» – «Nein, lieber Fritz, hab ich seit diesem Winter nicht mehr. Weil nämlich die einen immer reicher werden und die andern am Hungertuch nagen.»

Ein zustimmendes Johlen hob an. Mit Sorge stellte Friedhelm fest, dass die Stimmung bedrohlich kippte. Hatte der Schultes gehofft, durch seine guten Nachrichten die Anwesenden von dem Schuldenberg der Gemeinde abzulenken, so sah er sich nun wohl getäuscht.

Da ergriff Matthes erneut das Wort. «Sie haben ja wirklich sehr schön geredet, Schultes, von den Neuerungen unserer Herrschaft. Aber wir alle hier, denke ich, sind gekommen, weil wir den Amtsschaden nicht mehr unbesehen unterschreiben wollen. Nicht heute und nicht fürderhin. Der Chirurgus soll uns jetzt sämtliche Gemeindeausgaben vorlesen sowie das, was ihr von uns eingenommen habt. Und wenn's bis in die Nacht dauert. Ansonsten könnt ihr Ortsvorsteher den Schaden allein begleichen.»

Heftiger Beifall folgte. «Gut gesprochen, Matthes!»

«Das ist Aufruf zur Rebellion!», schrie der Chirurgus. «Dafür kommst du ins Arresthaus!»

«Dann bring uns nur alle dorthin», entgegnete ihm Leberecht ruhig.

Jetzt brach tatsächlich ein lautstarker Tumult aus, und die Männer der vorderen Reihen rückten dem Rednerpult mit gereckten Fäusten bedrohlich nahe. Schließlich verschaffte sich der Pfarrer Gehör.

«So bleibt doch bitte friedlich, ihr Männer! Ich verstehe euer Misstrauen gegen die Obrigkeit und weiß selbst, dass eure Beschwerde ans Oberamt über die letzte Haushaltsrechnung damals nichts gefruchtet hat. Doch es gibt da noch eine andere Möglichkeit: Unser neuer König gestattet seinen Untertanen, wie ihr vielleicht gar nicht wisst, dringliche Bitten und Wünsche an ihn höchstpersönlich zu richten. Lasst uns also eine friedliche Lösung finden und gemeinsam einen Brief an König Wilhelm verfassen.»

Der Schultes nutzte den Augenblick der verblüfften Stille und hob die Arme: «Ich möchte einen Vorschlag zur Güte machen. Ihr alle, die ihr Einsicht haben wollt, tragt euch jetzt in eine Liste ein. Damit habt ihr morgen Nachmittag die Möglichkeit, in geordneten Gruppen von jeweils fünf Mann in unserem Beisein Einsicht ins Rechnungsbuch zu nehmen. Sagen wir: um vier Uhr bei mir im Gasthaus.»

Tatsächlich beruhigten sich die Männer, und Friedhelm dachte: Was für ein kluger Schachzug. Er war sich sicher, dass die Ortsvorsteher mitsamt ihrem Bürgermeister Keller das Buch bis morgen in irgendeiner Weise nachbessern würden, um einen erneuten Aufruhr zu vermeiden. Doch wenn dabei ein niedrigerer Amtsschaden herauskam, so war den Ärmeren hier im Ort wenigstens ein Erfolg beschieden.

Auch er stellte sich in die Schlange der Wartenden, um sich in der Liste, die Gutjahr auf seinem Tischchen bereitlegte, einzuschreiben. Zu Webermeister Leberecht, der hinter ihm stand, sagte er leise: «Ganz gleich, was morgen herauskommt: Wir sollten dem Vorschlag des Herrn Pfarrer folgen und eine Petition an den König richten.»

Der nickte zustimmend. Dann entfuhr dem alten Mann ein tiefer Seufzer. «Es dauert mich so sehr, das alles erleben zu müssen: Vor zwanzig Jahren gaben wir Weber dem Ort das Leben, zahlten guten Lohn, waren zugleich die Versorger und Ernährer der Ärmeren. Und jetzt sind viele von uns selbst bis zum Bettelstab heruntergekommen.»

Als Friedhelm eine Stunde später – der Beschwerdebrief an den König war verfasst – zusammen mit Carl Unterseher den Heimweg antrat, kam ihm auf halbem Wege der Taglöhner Heinrich entgegengerannt.

«Rasch, kommen Sie, Herr Lindenthaler. Sie auch, Herr Pfarrer! Ihre Frau Mutter …»

«Was ist mit ihr?»

«Sie schnauft kaum noch und rührt sich nicht.»

Im Laufschritt und in Begleitung des Pfarrers eilte Friedhelm nach Hause. Als er die Schlafstube betrat, brannten dort drei Kerzen, und Bärbel kniete betend vor dem Bett. Darin lag bleich und mit geschlossenen Augen die Mutter, das Kinn zur Brust gesenkt, die Hände über der Bettdecke gefaltet.

Es hatte den Anschein, als würde sie friedlich schlafen, doch Friedhelm wusste sofort: Sie war tot.

# *Kapitel 20*

*Sonntag, Ende Januar 1817*

Dass seine Mutter für immer von ihm gegangen war, vermochte Friedhelm erst zu glauben, als sie einen Tag später unter der Erde lag. So war der Sonntagsgottesdienst zu einem Trauergottesdienst geworden, und fast der ganze Flecken hatte den Sarg von der Kirche zum Grab begleitet. Viele Tränen waren geflossen, doch er selbst konnte erst weinen, als er zu Mittag allein an ihrem leeren Bett stand.

Er hörte, wie hinter ihm leise die Tür geöffnet wurde.

«Kommst du?», fragte seine Schwester Auguste mit rot geschwollenen Augen und zog im selben Augenblick fast verschämt den Trauerschleier vor das Gesicht. «Es warten schon alle in der Hirschenpost.»

«Geh du nur, ich komme gleich.»

Es hatte ihm widerstrebt, das Trauermahl bei Gutjahr in Auftrag zu geben, doch der hatte nun einmal die größte Gaststube im Ort. Und der Gedanke an Paulinas Nähe, die ihn am Grab der Mutter vor aller Augen in die Arme genommen hatte, gab ihm Trost.

Er schickte ein letztes Gebet zum Himmel und machte sich niedergeschlagen auf den Weg. Bis zum Schluss hatte er die Hoffnung nicht aufgegeben, dass seine Mutter wieder gesund werden würde. Als Kind und als junger Mann war sie ihm der stärkste Mensch auf Erden gewesen, nichts hatte sie aus der Fassung bringen können, nicht einmal die Donnerworte des Vaters, der in Auseinandersetzungen mit ihr oder den Söhnen stets hatte recht behalten wollen. Im Grunde hatte Friedhelm die Augen davor verschlossen, dass ihre Kraft seit dem Tod des Vaters und seines Bruders Adam Stück für Stück geschwunden war. Hätte er sie die letzten Jahre vielleicht mehr schonen müssen?

Nicht nur in der großen Stube, auch im Nebenraum des Gasthofs waren alle Stühle und Bänke besetzt, und etliche weitere Trauergäste drängten sich in der Diele. Alle trugen sie Schwarz, auch diejenigen unter den Honoratioren, die sich nach dem Kirchgang sonntags gerne aufputzten, und die älteren Frauen waren zumeist verschleiert. Vielleicht war manch einer auch nur gekommen, um an diesem Sonntagmittag einen Teller heiße Hühnersuppe und einen Schluck Branntwein zu ergattern, aber das hatte in Friedhelms Augen nichts Schändliches. Seine Mutter hätte es so gewollt, dass niemand abgewiesen wurde.

Durch das Gewühl kam ihm Paulina entgegen, nahm ihm beim Arm und führte ihn zur längsten Tafel, wo am Kopfende noch ein einziger Platz frei war, zwischen seinem Oheim Konrad samt dessen Familie sowie seiner Schwester und seinem Schwager. Kaum hatte er sich hingesetzt, kletterte ihm sein Neffe auf den Schoß.

«Großmutter?», fragte der Anderthalbjährige ernst und mit großen Augen. Für sein Alter war Eduard ausgesprochen weit.

«Deine Großmutter ist jetzt im Himmel», gab er mit belegter Stimme zur Antwort.

«Himmel?», wiederholte der Junge und zeigte mit seiner kleinen Hand nach oben.

«Ja, dort ist sie jetzt ganz bestimmt. Und von dort oben passt sie auf dich auf.»

Da lachte der Kleine fröhlich, ließ sich wieder zu Boden gleiten und rannte hinüber zu Pfarrer Untersehers Enkelsohn Gustav.

Wenn es nur so einfach wäre, dachte Friedhelm. Wenn man seinen Kinderglauben doch bis ans Lebensende bewahren könnte.

Wie aus weiter Ferne hörte er die Ansprache des Pfarrers über das Leben im Diesseits und im Jenseits und dass der Tod nur den Übergang ins wahre Leben an der Seite des Herrn darstelle. Dann ward das Totenmahl eröffnet, und bald schon gab ein jeder eine Anekdote zu Agnes Lindenthaler zum Besten, die einen mit einem beseligten Lächeln, die anderen mit Tränen in den Augen.

«Ich werde nie vergessen», Oheim Konrad Wörlin hob seinen Humpen und schlug dabei Friedhelm auf die Schulter, «wie meine Schwester vor dem Vater stand und ihm eröffnete, dass sie den neuen Schulmeister heiraten wolle. Ihr hättet das zornrote Gesicht unseres Vaters sehen sollen. *Was? Einen Reingeschmeckten aus Urach willst du, noch dazu einen Bücherwurm? Niemals! Meine Tochter wird einen hiesigen Weber oder Bauernsohn heiraten.* Aber die Agnes hatte wie immer ihren Willen durchgesetzt.»

«Ja, so war sie», rief die Schwenkbäuerin vom unteren Tafelende ihm zu. «Die hatte von klein auf ihren eigenen Kopf.»

So ging es weiter im Gedenken an die Verstorbene. Einerseits hatten all die Geschichten, die Friedhelm umschwirrten, etwas Tröstliches, andererseits machten sie ihm den Verlust der Mutter nur noch schwerer. Als ihn plötzlich inmitten der Trauerfeier der Gedanke durchfuhr, dass er nun endlich frei war zu gehen und durch das Erbe auch das Geld dazu hatte, schämte er sich dafür.

Das Stimmengewirr begann ihm wie ein misstönendes Katzenkonzert im Kopf zu dröhnen. Er musste hinaus, frische Luft schnappen.

In der Diele traf er auf den alten Leberecht, der eben vom Abtritt zurückkehrte.

«Sie wollen doch nicht etwa schon gehen, lieber Schulmeister?»

«Nein, nein, ich muss nur mal an die Luft.»

Der Webermeister nickte verständnisvoll. «Als mein liebes Weib vor drei Jahren starb, wäre ich vor dem Leichenschmaus auch am liebsten davongelaufen. Aber glauben Sie mir: Die Gemeinschaft ist, neben dem Gebet zum Herrgott, der beste Trost.»

«Ich weiß.» Friedhelm versuchte sich an einem Lächeln. «Keine Sorge, ich komme gleich wieder.»

Leberecht wollte schon weitergehen, als er sich noch einmal umdrehte.

«Apropos Gemeinschaft: Für unseren gemeinsamen Einblick in das Haushaltsbuch nachher sehe ich schwarz. So fleißig, wie unser Schultes Bier und Branntwein ausschenkt, werden die wenigsten nüchtern genug sein, um den Zahlenkolonnen zu folgen.»

Doch Friedhelm zuckte nur die Schultern. Ihm selbst war das nicht mehr wichtig.

Draußen hatte, wie immer an diesen trüben Tagen, verfrüht die Dämmerung eingesetzt. An der Wand des Pferdestalls schlug jemand, dem das Warten vor dem Abtritt wohl zu lang geworden war, sein Wasser ab. Friedhelm durchquerte den weitläufigen Vorplatz zur anderen Seite hin, wobei er den immerwährenden leichten Nieselregen schon gar nicht mehr wahrnahm, als er im Tor zur Remise einen Schatten bemerkte.

«Ist da jemand?»

Es kam keine Antwort. Ein fremder Bettler? Einer der hiesigen Armen, der sich nicht ins Gasthaus traute?

Langsam näherte sich Friedhelm der Toreinfahrt. Bei der hochgewachsenen Gestalt schien es sich doch eher um einen Reisenden zu handeln, wie der große lederne Schnappsack zu seinen Füßen andeutete.

«Wollen Sie nicht hereinkommen und sich aufwärmen?», fragte Friedhelm freundlich.

Fast erschrocken sah ihn der schwarzbärtige junge Mann jetzt an. Irgendwie kam er Friedhelm bekannt vor, auch wenn er die Gesichtszüge im fahlen Dämmerlicht kaum ausmachen konnte.

«Ich muss Ihnen aber gleich sagen», fügte er hinzu, «dass hier heute ein Leichenschmaus stattfindet.»

Der Mann nahm den Hut vom Kopf. «Erkennst du mich denn nicht mehr?»

Ungläubig starrte Friedhelm ihn an. Das konnte nicht wahr sein, das musste ein Irrgespinst seiner Vorstellung sein. Nur zögernd kam ihm der Name von den Lippen: «Adam?»

Der Mann mit den eindringlich blickenden, braunen Augen, den hohen Wangenknochen und dem dunklen Haar – er war es tatsächlich. Sein Bruder Adam!

Reglos und schweigend standen sie sich gegenüber, bis Friedhelm die Arme ausbreitete und den Bruder ungelenk an sich zog.

«Ich … ich dachte, du wärst tot», stotterte er, als sie sich voneinander lösten. «Wir alle haben das geglaubt.»

«Nein, nein, ich hatte nur eine schwere Verwundung, in einer Schlacht bei Wien, und danach kam ich in österreichische Kriegsgefangenschaft. Übrigens war ich schon bei uns zu Hause, aber da ist alles abgesperrt.»

«Na ja, auch hier wird inzwischen gestohlen, was nicht festgenagelt ist. Da lässt keiner mehr seine Tür offen stehen.» Friedhelm war noch immer völlig fassungslos. «Du siehst so fremd aus, mit deinem Vollbart. Viel älter.»

Adams Lachen klang ein wenig rau, aber es war immer noch der Bruder mit seiner oftmals ein wenig frech und spöttisch klingenden Stimme. «Es liegen ja schließlich auch drei Jahre zwischen uns. Aber sag mal, wie lange haben wir uns nicht mehr gesehen? Ich kann es nicht mehr genau sagen. Die Zeit ist mir abhandengekommen. Sieben Jahre? Acht Jahre? Und warum ist unser Elternhaus auf einmal zweigeteilt?»

«Das ist, weil Auguste zur Hochzeit vorzeitig ihr Erbe angetreten hat. Sie ist mit Emil verheiratet, dem Weber, der mit dir zur Schule gegangen ist. Und die beiden haben einen niedlichen Jungen, den Eduard.»

Friedhelm zögerte. Er spürte, wie er um das eigentlich Wichtigste herumredete wie um den sprichwörtlichen heißen Brei. Doch sein Bruder kam ihm zuvor.

«Sind die Eltern auch da drinnen?» Er machte eine Kopfbewegung zur Hirschenpost. «Wer ist eigentlich gestorben im Flecken?»

Friedhelm holte tief Luft. Jetzt musste es heraus. «Unsere Mutter. Gestern Nachmittag.»

«Nein!»

Adam hob die Arme, als wolle er einen unsichtbaren Angreifer abwehren, schwankte dann rückwärts gegen das Tor und starrte zu Boden. Trotz der Dunkelheit konnte Friedhelm sehen, wie seine Schultern zu zittern begannen.

«Sie war schon länger krank», erklärte er leise. «Aber sie ist ganz friedlich eingeschlafen.»

«Ich wusste es.» Adam unterdrückte ein Schluchzen. «Ich wusste, dass ich zu spät komme. Bringst du … bringst du mich nach Hause?»

«Willst du nicht doch lieber zur Trauerfeier? Auguste würde sich sehr freuen, dich zu sehen. Gerade jetzt.»

Heftig schüttelte Adam den Kopf. «Ich kann nicht, ich kann dem Vater nicht gegenübertreten. Womöglich macht er mich mitschuldig an Mutters Tod. Du kennst ihn doch.»

«Ach, Adam.» Friedhelm legte ihm den Arm um die Schultern. «Der Vater ist ebenfalls tot, beim großen Russlandfeldzug vor vier Jahren gefallen.»

Sein Bruder zuckte zusammen. «Dieser verfluchte Franzosenteufel», sagte er schließlich «Komm, gehen wir heim. Mir ist jetzt wirklich nicht nach vielen Leuten.»

Das kurze Wegstück nach Hause schwieg er, und auch Friedhelm überließ sich seinen Gedanken. Da hatte der Herrgott ihm seine Mutter genommen und zugleich den Bruder zurückgegeben. Eigentlich hätte ihn das trösten müssen, tat es aber nicht. Vielleicht lag es daran, dass sie sich in jungen Jahren nie sonderlich nahegestanden hatten. Dazu waren sie zu verschieden.

Nachdem sie sich in der Diele aus ihren feuchten Mänteln geschält hatten, nahm Adam die Öllampe vom Wandhaken und sah sich sichtlich verwundert um.

«Wie klein das Haus jetzt wirkt.» Er hatte sich offenbar wieder gefangen. «Dann habt ihr es also hier in der Diele und in der Küche geteilt?»

«Ja, Diele und Küche sind fürwahr ein wenig eng jetzt. Aber das große Elternschlafzimmer mit dem Fenster zum Garten haben wir zur Stube gemacht, mit einem schönen gusseisernen Ofen darin …»

Doch Adam hatte schon die Tür geöffnet und stand mitten in der Stube.

«Die beiden Räume dahinter», fuhr Friedhelm fort, «sind jetzt Mutters Schlafstube und meine. Und von den vier Dachkammern oben sind uns zwei geblieben, eine größere und eine kleinere. Ich finde, wir haben trotz allem Platz genug.»

Irgendetwas an Adams Miene hielt ihn plötzlich zurück, ihm von den Hausgästen zu erzählen.

Der nickte. «Die größere Kammer mit dem Birnbaum vor der Dachluke war einmal meine gewesen. Über die Äste bin ich manchmal abends heimlich aus dem Fenster geklettert.»

«Und hast vom Vater dafür den Hosenboden vollgekriegt, wenn er es gemerkt hat.» Friedhelm musste plötzlich lachen und spürte einen ersten Anflug von Wiedersehensfreude. «Du hast sicher Hunger. Komm, in der Küche müsste noch etwas Sauerkraut im Topf sein.»

Während sich sein Bruder heißhungrig über das Essen hermachte, legte Friedhelm im Herd Holz nach und schürte auch für den Stubenofen noch einmal die Glut an.

«Haben die Eltern es mir eigentlich verziehen», fragte Adam mit vollem Mund, «dass ich damals freiwillig mit Napoleon losgezogen bin?»

«Ich denke, schon», schwindelte er, wohl wissend, dass vor allem der Vater zeit seines Lebens Adams Entschluss als Verrat angesehen hatte. Und dass sein vermeintlicher Tod der Mutter schier das Herz gebrochen hatte. «Du warst halt jung und dumm damals.»

«Da hast du recht. Wie konnte ich nur so blind sein, diesem Kriegstreiber zu folgen? Er hat ganz Württemberg ins Unglück gestürzt. Nun ja, ich hab ordentlich bezahlt für meinen Irrtum.»

Er hob seinen linken Arm. Jetzt erst fiel Friedhelm auf, dass an der Hand sowohl der kleine und als auch der Ringfinger fehlten und sich über das Handgelenk eine tiefe Narbe zog.

«Ein Granathagel der Österreicher hat mir den halben Unterarm zerrissen, ich bin fast dran verblutet. Vom Lazarett aus kam ich dann bei Wien in Kriegsgefangenschaft.»

Friedhelm runzelte die Stirn. «Aber der Krieg der Franzosen gegen die Österreicher ist doch schon ewig her. Und nachdem Württemberg endlich die Fronten gewechselt hatte, wurden die Österreicher zu unseren Verbündeten. Wie konntest du da so lange in Gefangenschaft sein?»

Adam kratzte das letzte bisschen Sauerkraut aus dem Topf, das eigentlich für den morgigen Tag bestimmt war, dann ließ er sich auf die Küchenbank sinken.

«Ich will dir die ganze Wahrheit erzählen. Nach Napoleons Niederlage bei Leipzig wurden alle Württemberger Gefangene ausgelöst und dem Kommando von Kronprinz Wilhelm, unserem heutigen König, unterstellt. Ein äußerst tapferer Heerführer übrigens. Das war im Winter vor drei Jahren, als der große Marsch auf Frankreich begann. Aber ich hatte die Nase voll vom Krieg. In einer nebligen Nacht bin ich in der Nähe von Basel desertiert und in die Schweiz geflohen.»

«Das verstehe ich gut», murmelte Friedhelm.

«Jedenfalls konnte ich deshalb nicht zurück in die Heimat. Auf Fahnenflucht stand Zuchthaus. Erst nachdem König Wilhelm vor zwei Monaten ein Generalpardon für alle Deserteure ausgesprochen hatte, traute ich mich zurück. Wobei mich die Angst vor dem Zorn unseres Vaters immer wieder hat zögern lassen. So hab ich die letzten Wochen in Ulm verbracht.»

Sofort schossen ihm wieder die Tränen in die Augen.

«Ach, wäre ich nur früher hergekommen! Dann wüsste die Mutter, dass ich noch am Leben bin. Und ich hätte mich von ihr verabschieden können …»

Ein wenig hilflos stand Friedhelm vor ihm. Adam hatte als Kind sehr an der Mutter gehangen, so sehr, dass ihn die Schulkameraden schon als Muttersöhnchen verspottet hatten.

«Und wo warst du *vor* Ulm?», fragte er ihn, mehr um ihn und auch sich selbst von der Trauer um die Mutter abzulenken. «Ich meine als Deserteur, in den letzten drei Jahren?»

«Ich hatte mich eine Zeitlang im Berner Unterland versteckt, bis mich eines Tages in meinem Unterschlupf im Wald eine junge Kriegerwitwe aufgespürt hat. Sie war beim Holzsammeln und hatte mich kurzerhand zu sich nach Hause mitgenommen. Die gute Charlotte!»

«Ihr wart ein Paar?»

«Ja, schon. Nur heiraten wollte sie mich nicht, wo ihr Mann doch erst gefallen war. Und als ich dann von König Wilhelms Generalpardon erfahren habe, konnte ich nicht anders, als mich auf den Weg machen. Ich musste euch alle einfach wiedersehen.»

«Warum hast du Charlotte nicht mitgenommen?»

«Weil … weil sie niemals aus ihrem Dorf weggegangen wäre.»

Ein wenig verwundert sah Friedhelm ihn an. Sehr groß konnte die Liebe zwischen den beiden nicht gewesen sein. Andererseits hatte sich Adam auch schon früher nie auf ein Mädel festlegen und sich wirklich um es kümmern wollen. Plötzlich stieg ein tiefer Groll in Friedhelm auf.

«Warum hast du uns nie geschrieben, dass du am Leben bist?», fragte er scharf. «Spätestens nachdem du desertiert warst, hättest du ein Lebenszeichen von dir geben können.»

«Ich wollte ja immer», druckste Adam herum und war wieder still. Dann brach es unvermittelt aus ihm heraus. «Was weißt du schon, was ich alles durchgemacht habe? Was weißt du schon von meinem Leben? Du warst ja immer der Liebling des Vaters, bist brav nach seinem Willen Schulmeister geworden, hast ein behagliches Leben geführt, während ich im Kanonendonner auf dem Dreck der Schlachtfelder um mein Leben gekämpft habe und in Gefangenschaft schier verhungert bin!»

«Ich weiß nicht, was du durchgemacht hast, Adam. Aber

mach mir das nicht zum Vorwurf. Das war deine Entscheidung gewesen», erwiderte Friedhelm leise. «Ich gehe jetzt zurück ins Gasthaus. Auguste und die anderen sollen wissen, dass du wieder hier bist.»

In Wahrheit wollte er nur noch in Paulinas Nähe sein. Die Wiedersehensfreude von eben war zerstoben. Da war er wieder, der Bruder, der sich für nichts verantwortlich fühlte, bei dem immer die anderen schuld waren. Das war schon so gewesen, als sie noch Kinder waren.

«Willst du wirklich nicht mitkommen?», fragte er nochmals, mehr um des Anstands willen.

«Nein, ich bin hundemüde von dem langen Marsch von Ulm hierher. Ich will nur noch eines: schlafen.»

«Du kannst dich in Mutters Kammer hinlegen. Dort ist es warm von der Stube her.»

«Ist sie ... ist sie in ihrem Bett gestorben.»

«Ja.»

«Dann nehme ich doch lieber meine alte Dachkammer.»

Friedhelm zögerte kurz. «Das geht nicht. Weil ... Dort wohnen unsere Hausgäste. Aber du kannst auch bei mir schlafen, unterm Dach ist es ohnehin sehr kalt und ...»

«Hausgäste?», unterbrach ihn Adam und sah ihn verständnislos an.

«Nun ja, auch Hohenstetten hat die Not schwer getroffen, so einige sind schon obdachlos. Deshalb hatten Mutter und ich», er schluckte beim Gedanken an seine Mutter, «zum neuen Jahr eine mittellose Taglöhnerfamilie aufgenommen. Du kennst sie vielleicht noch, die Bärbel und der Heinrich, rechtschaffene Leute. Die beiden haben drei Kinder und kein Dach mehr über dem Kopf.»

Adam sprang von der Küchenbank auf. «Willst du damit sagen, dass hier einfach so fünf Fremde wohnen? Fütterst du die etwa auch noch durch?»

Friedhelm war sprachlos. Hatten Krieg und Gefangenschaft seinen Bruder so hartherzig gemacht?

«Es war die Entscheidung unserer Mutter, als Besitzerin dieser Haushälfte. Es ist sozusagen ihr Vermächtnis. Und nein, wir teilen zwar vieles mit ihnen, aber als Hausarme des Ortes dürfen sie mittags in der Suppenküche essen. Noch dazu machen sie sich mehr als nützlich.»

Aber schon während er diese Worte aussprach, wusste er, dass er künftig nichts mehr allein zu entscheiden hatte.

# Kapitel 21

*Februar 1817*

Von den einen, vornehmlich den Jüngeren im Ort, wurde Adam gefeiert wie ein Held, der aus einer siegreichen Schlacht heimgekehrt war, andere begegneten ihm mit Argwohn oder gar, wie Friedhelms Oheim oder der alte Leberecht, mit offenen Vorwürfen, dass er damals dem Franzosen gefolgt war. Friedhelm selbst war in den nächsten Tagen in seiner freien Zeit vor allem damit beschäftigt, alles Nötige für die Erbschaft in die Wege zu leiten. Ihm war klar, dass nun auch Adam erbberechtigt war, aber für einen Grundstock, um mit Paulina in Stuttgart neu anzufangen, würde es allemal reichen. Und zur Not hatte er ja auch noch Mutters Spargroschen, sollte sich das mit der Erbschaft zu lange hinziehen. Noch wusste keine Menschenseele von ihrem Plan, in die Residenzstadt zu ziehen, und er hatte Paulina gebeten, vorerst auch ihrer Freundin Luise nichts zu verraten.

Dass die Mühlen der Obrigkeit langsam mahlten, überraschte ihn nicht, aber dass Gutjahr, als Schultes und Gemeindeschreiber, ihn mit der Erbangelegenheit dermaßen und fast schon genüsslich hinhielt, erfüllte ihn allmählich mit dumpfer Wut. Allein um das Inventar ihrer beweglichen Habe aufzulisten, wofür Gutjahr immer mal wieder für ein viertel oder halbes Stündlein ins Haus kam, brauchte es eine Woche, obwohl das an einem

Nachmittag hätte erledigt sein können, und obendrein kostete ihn das unverschämte drei Gulden an Schreibgebühr – ihn allein wohlgemerkt, da Adam nur mit einer Handvoll Kreuzer in der Tasche heimgekehrt war.

Des Weiteren musste ihr Grundbesitz geschätzt werden, durch einen von den Ortsvorstehern bestimmten dreiköpfigen Ausschuss. Da erst wurde Friedhelm wirklich bewusst, in was für eine missliche Lage er durch Adams Heimkehr geraten war: Sein Bruder hatte ihm von Anfang an unmissverständlich klar gemacht, dass er Haus und Grund niemals verkaufen würde, und so würde er Friedhelm ausbezahlen müssen. Doch von welchem Geld? Allmählich wurde ihm nun doch bange, ob er in den nächsten Wochen auch nur einen Gulden aus seinem Erbe in den Händen halten würde. Dabei war er mit Paulina bei ihrer letzten kurzen Begegnung am Grab seiner Mutter übereingekommen, dass sie spätestens Anfang März, also rechtzeitig vor Ostern, ihr Vorhaben in die Tat umsetzen wollten. Da hatte er sich wohl zu früh über einen sorglosen Neuanfang in Stuttgart gefreut.

Seine Erleichterung, dass Adam am Leben war, hatte leider schon nach wenigen Tagen einen schalen Beigeschmack bekommen. Nicht nur, dass sich der Erstgeborene im Haus breitmachte, als sei er der alleinige Hausherr. Nein, er traf auch keinerlei Anstalten, sich nützlich zu machen, geschweige denn, mit irgendwelchen Taglohnarbeiten – genau wie Friedhelm hatte Adam als Kind das Weben gelernt – Geld zu verdienen. Mehr und mehr führte er sich wie ein Tyrann auf, hatte gleich am Tag nach seiner Ankunft ihre Mitbewohner aus der Stube in die verqualmte Küche verwiesen und beschwerte sich jedes Mal lauthals, wenn der Säugling vor Hunger schrie. Zu Mittag zog er es vor, drüben bei Auguste zu essen, da es dort keinen solchen

Armenfraß gebe, wie er betonte. Friedhelm wunderte sich nicht wenig über diese Gutmütigkeit der Schwester, zumal auch Auguste und Emil sich kaum noch frisches Brot leisten konnten, doch Adam hatte die Schwester schon in Kinderjahren mit schönen Worten umgarnt und ihr jedes Spielzeug abluchsen können. Allerdings war es schon eine Woche später mit dem Mittagessen nebenan vorbei.

«Ich hätt's mir denken können», kam Adam an jenem Samstagmittag schnaubend zurück. «Dieser Emil, dieser Pfennigfuchser! Von mir, seinem eigenen Schwager, verlangt er jetzt ein Kostgeld, das ich vormittags an seinem zweiten Webstuhl abarbeiten soll. Aber der wird sich noch gehörig wundern, das prophezeie ich dir.»

Friedhelm sah von seinem Teller mit Gemüsebrei auf, in den heute sogar ein gebratenes Ei eingerührt war. Er war allein in der Stube, da Bärbel, Heinrich und die Knaben sich gerade ihr Essen in der Suppenküche abholten.

«Das mit dem Kostgeld wundert dich? Nichts ist derzeit teurer als Lebensmittel.»

«Du sagst es. Und genau aus diesem Grund werde ich heute Bärbel und Heinrich mitsamt ihren Blagen vor die Tür setzen.»

Friedhelm fiel der Löffel aus der Hand. «Das tust du nicht.»

«Und ob! Jeden Abend füttern wir zusätzlich zwei Erwachsene und zwei ewig hungrige Kinder durch, das hat jetzt ein Ende. Auguste sieht das übrigens genauso.»

«*Wir* füttern sie durch?» Friedhelm spürte, wie er zornrot wurde. «Wer von uns beiden bekommt denn für seine Arbeit Brot, Mehl, Kartoffeln und ein paar Gulden obendrauf, vom Brennholz ganz zu schweigen? Du oder ich?»

«Du kriegst schon noch dein Geld von mir. Aber schon jetzt kann ich bestimmen, mit wem ich unser Haus und unsere kargen

Vorräte teile und mit wem nicht. Jedenfalls nicht mit diesem Armenpack, das uns womöglich noch Krankheiten und Läuse aus der Suppenküche mitbringt.»

«Was bist du nur für ein Mensch geworden, Adam? Wenn das unsere Mutter hören würde.»

«Lass die Mutter aus dem Spiel, hörst du?», fauchte Adam. «Wenn ich sage, dass diese Leute heute noch von hier verschwinden, dann setze ich das auch durch. Dies ist ebenso mein Haus wie deines.»

«Wir sollen also verschwinden?», fragte eine Männerstimme erschrocken, und Friedhelm wie Adam fuhren herum. In der Stubentür standen Heinrich und Bärbel mit von der Kälte geröteten Wangen.

Friedhelm sprang auf. «Nein, das wird er nicht wagen. Der Gemeinderat wird mir recht geben, dass mein Bruder euch nicht einfach auf die Straße setzen kann.»

«Ha!» Adam sah ihn herausfordernd an. «Den Weg kannst du dir sparen, dort war ich bereits. Der Gemeinderat stimmt mir zu. Packt also euer Bettzeug zusammen», wandte er sich an Heinrich, «und geht bitte.»

Bärbel, den schlafenden Säugling vor der Brust, begann lautlos zu weinen

Bebend vor Wut nahm Friedhelm sie bei der Schulter. «Kommen Sie, wir gehen zum Pfarrer. Der wird einen Ausweg wissen.»

Im Pfarrhaus war man gerade beim Mittagessen. Zu Friedhelms großem Erstaunen saß zwischen Christian und der Pfarrersfrau Emmanuel Dürr mit am Tisch und blickte ihn mit einem, wie ihm schien, triumphierenden Lächeln an.

Friedhelm entschuldigte sich vielmals für die Störung, doch Carl Unterseher winkte ab.

«Ich ahne, dass Sie in einer wichtigen Angelegenheit kommen, lieber Friedhelm.»

«Ja, Herr Pfarrer, und es ist dringlich.» Er wies auf Heinrich und Bärbel, die verschämt auf der Schwelle stehengeblieben waren. «Meine Hausgäste haben kein Obdach mehr. Mein Bruder hat sie vor die Tür gesetzt.»

«Das ist eine Frechheit!», entfuhr es Luise, die immer noch erschreckend schmal und blass wirkte. Von Paulina hatte er erfahren, dass sie nachts von Albträumen geplagt wurde. «Was denkt sich dieser Kerl eigentlich, wer er ist!»

«Nun, leider hat auch er jetzt Hausrecht.»

Christian kratzte sich den rotblonden Bart, den er sich neuerdings stehen ließ. «Bei uns wohnt schon die Gertrud mit ihren drei Kindern.»

«Wie kannst du so reden, Junge?», fuhr die sonst so stille Dorothea Unterseher ihren Sohn an. «Unser Heiland lehrt uns Barmherzigkeit, und Hilfe am Nächsten ist Gottesdienst. Tretet also nur herein.»

«Das meine ich auch.» Der Pfarrer erhob sich. «Christian, hol vom Dach die beiden Strohsäcke. Wir richten in der Stube ein Lager für unsere Gäste.»

«Wir dachten eigentlich eher an das Armenhaus», warf Heinrich leise ein, und Friedhelm nickte bestätigend. Wobei ihn die Hilfsbereitschaft der Pfarrleute zutiefst rührte.

Tatsächlich wurde mittlerweile sehr viel mehr für die Wohlfahrt getan, und Pfarrer Unterseher hatte durchgesetzt, dass die alte Ziegelhütte am Ortsrand, deren Haupthaus inmitten von eingefallenen Schuppen und Lagern ein massiver kleiner Fachwerkbau war, zum Armenhaus umgebaut wurde. Jede obdachlose Familie sollte dort ein Zimmer erhalten, mit kostenlosem Brennholz aus der Zehntscheuer und der Speisung einmal täglich durch die Suppenküche. Auf Gutjahrs Kappe ging hingegen, dass Männer wie Frauen im Gegenzug Holz schlagen und im Wegebau schuften mussten, fast wie zu Zeiten der Leibeigenschaft, die eigentlich abgeschafft war.

«Nun ja», erwiderte der Pfarrer, «die Zimmer werden wohl frühestens Ende nächster Woche zu beziehen sein. Andererseits ist das Wichtigste, nämlich die Gemeinschaftsküche mit dem Herd, bereits fertig.»

«Wir könnten alle zusammen heute und morgen daran arbeiten», schlug Friedhelm vor. «Vielleicht schaffen wir das erste Zimmer ja in zwei Tagen. Ich weiß, dass morgen Sonntag ist, aber …»

«… aber auch Arbeit ist Gottesdienst», vollendete der Pfarrer seinen Satz lächelnd.

Als Friedhelm an diesem Abend mit schmerzenden Muskeln von der Arbeit im Armenhaus heimkehrte, hätte er laut singen mögen vor Glück. Die Frauen hatten mitgeholfen beim Herrichten des ersten Zimmers, hatten Böden und Wände geschrubbt und den gebrauchten alten Herd in der Küche auf Hochglanz gebracht. Und Paulina war mit dabei gewesen! Es war Luises Einfall gewesen, zusammen mit ihrer Mutter bei Alwine Gutjahr vorzusprechen und sie zu bitten, Paulina für einige Zeit freizugeben für diesen Dienst an den Armen. Drei Stunden hatte Friedhelm nun mit Paulina bei der gemeinsamen Arbeit verbracht, drei ganze Stunden! Bestimmt hatte jeder ihnen ihr Glück angesehen, wenngleich sie in der großen Gesellschaft, in der zu seiner Überraschung auch Dürr fleißig mitarbeitete, nur selten Gelegenheit hatten, Blicke oder heimliche Berührungen auszutauschen. Aber sie waren einander nah gewesen. Er hatte ihr sogar, auf ihre Frage nach Adam, berichten können, dass es schwierig sei mit ihm, schwieriger als gedacht, vor allem, was die Erbschaft beträfe. Da hatte sie ihn voller Wärme angelächelt und geantwortet, dass Geld nicht wichtig sei. Und er hatte verstanden. Paulina würde mit ihm gehen, ganz gleich, unter welchen Umständen. «In etwa drei Wochen ist es so weit», hatte er ihr zum Abschied noch zuflüstern können.

Er konnte sein kleines Glück von heute Nachmittag noch immer nicht fassen und war Luise unendlich dankbar dafür, als er jetzt vor seine Haustür trat.

Drinnen saß Adam am Stubentisch, vor sich ein Beutel mit Münzen. Und zwar ebenjenes Beutelchen, das die Mutter im Bett versteckt hatte und er selbst, eigens damit Adam es nicht finden würde, ganz nach hinten unter die Matratze geschoben hatte. Was augenscheinlich zu kurz gedacht war.

«Wo hast du das her?», fragte Friedhelm ihn barsch, und seine beseelte Stimmung von eben kehrte sich in Ärger um. «Das war Mutters eiserne Reserve.»

«Die Alten verstecken ihr Geld immer unter der Matratze.»

«Dann hast du womöglich auch schon in meinem Zimmer herumgestiert, während ich weg war?»

«Bist du noch bei Trost? Glaubst du etwa, ich bestehle den eigenen Bruder? Ich will nur, was mir gehört. Andersherum gefragt: Wolltest du mir diese neun Gulden etwa unterschlagen?»

Der Zorn, der in Friedhelm aufstieg, galt auch sich selbst. Zum Glück hatte er wenigstens die Blechkassette aus der Stube in Sicherheit gebracht, schon gleich in den ersten Tagen nach Adams Ankunft, und im Stall unter einem losen Brett versteckt. Dieses letzte Sparpolster sollte dem leichtfertigen Bruder nicht in die Hände fallen. Zwar waren die zwanzig Gulden, die die Mutter darin dereinst angespart hatte, in den vergangenen Monaten auf vierzehn zusammengeschrumpft, und sieben davon hatte er noch am Todestag der Schwester übergeben. Aber was ihm geblieben war, war immer noch mehr, als etliche hier im Flecken besaßen.

«Nein, das wollte ich nicht. Aber ich habe diesen Beutel unter der Matratze nach Mutters Tod völlig vergessen», log er Adam kurzerhand ins Gesicht. «Umso besser, dass du das Geld gefunden hast, dann kannst du jetzt nämlich auch mal selbst Brot und Eier kaufen gehen.»

Er leerte den Inhalt des Beutels auf die Tischplatte und zählte drei Silbergulden und zehn Halbgulden.

«Da fehlt ein Gulden. Es waren, wie du soeben richtig gesagt hast, neun.»

Adam grinste. «Ich hab mir im Wirtshaus Zum Rad einen Abendtrunk gegönnt. Mitsamt einem gebratenen Hühnerschlegel.»

Jetzt erst bemerkte Friedhelm, dass sein Bruder nach billigem Branntwein roch. Rasch nahm er sechs Gulden an sich und steckte sie in die Westentasche.

«Wenn du meinst, dass du das Geld zum Fenster hinauswerfen kannst – meinetwegen. Ich bringe jetzt jedenfalls drei Gulden zu Auguste, was da noch liegt, gehört dir.»

«He, warte!» Adam reckte herausfordernd das Kinn. «Du willst doch wohl nicht behaupten, dass diese lächerliche Summe alles an Erspartem unserer Eltern ist? Vater hatte doch früher immer so eine verschließbare Blechkassette.»

«Die ist weg», log Friedhelm abermals und ganz ohne schlechtes Gewissen. «Genau wie die wertvolle Anrichte, die Standuhr und Vaters Cembalo, wie du vielleicht schon bemerkt hast. Unsere Mutter lag nämlich seit Ewigkeiten krank darnieder, und da waren die Aufwärterin, der Chirurgus und die teuren Arzneien zu bezahlen. Den Rest der Ersparnisse haben die Lebensmittel aufgezehrt.»

Aus leicht glasigen Augen sah Adam ihn zweifelnd an, und Friedhelm beschloss, zum Angriff überzugehen.

«Aber vielleicht verrätst *du* mir jetzt, wovon du in nächster Zeit zu leben gedenkst?»

Adam lehnte sich zurück. «Es werden wieder bessere Zeiten kommen. Dann will ich mich im Handel betätigen, das habe ich schon in der Schweiz gemacht.»

«Auf dem Schwarzmarkt, nehme ich an.»

Er zuckte die Schultern. «Na und? Das eine ist wie das andere.»

«Und bis dahin willst du auf meine Kosten leben? Von meinem spärlichen monatlichen Lehrersalär? So geht das nicht.»

«Keine Sorge, Bruder. Sobald wir unsere Erbschaftsunterlagen beisammenhaben, gehen wir zum Notar nach Münsingen. Der wird dann schon das Erbe nach Recht und Gesetz aufteilen. Ist dir eigentlich bewusst, dass mir ein Drittteil des Gesamterbes zusteht und nicht etwa nur die Hälfte von deinem Besitz? Für bereits erfolgte elterliche Leistungen müssen ledige Geschwister entschädigt werden, so steht es nun einmal im Gesetz. Emil und Auguste werden also noch ordentlich löhnen müssen für mich.»

Nein, das hatte er nicht bedacht. Mit seiner Rückkehr hatte sich Adam wahrlich ins gemachte Nest gesetzt, und Friedhelms Zweifel, dass sein Bruder auch nur irgendeinen Finger rühren würde, um ihn auszubezahlen, wurden nur noch größer. So konnte er sich glücklich schätzen, dass er immerhin zehn Silbergulden auf der Seite hatte. Dafür bekam man zwar nicht einmal mehr einen halben Scheffel Dinkel, aber für den Mietzins in der Stadt über zwei, drei Monate hinweg würde es reichen. Sofern er das Geld nicht anrührte bis zu dem Tag, da er mit Paulina fortgehen würde.

Nach dem Sonntagsgottesdienst am nächsten Morgen nahm Friedhelm seinen Oheim zur Seite, um ihn um Rat zu bitten.

«Ich halte es mit Adam nicht länger unter einem Dach aus», begann er, nachdem sie ein paar Schritte die Schulgasse hinuntergeschlendert waren. «Das kannst du vielleicht verstehen, nach allem, was du gehört hast.»

Konrad Wörlin nickte. «Mit diesem Rauswurf der Taglöhnerfamilie hat er sich nicht gerade beliebt gemacht im Flecken.»

«Ich will mir also etwas Eigenes suchen, irgendwo unterkommen, und wenn es in der zweiten Schlafkammer von Dürrs Lehrerwohnung ist. Auf die hätte ich sogar einen Anspruch.»

«Na, dann kommst du besser zu mir auf den Hof», lachte der Oheim. «Ich weiß doch, dass ihr beide euch nicht grün seid.»

Friedhelm stieß hörbar die Luft aus. «Ich sehe bloß kommen, dass Adam mich nicht ausbezahlen will.»

«Ja, damit kann er dich fürwahr lange Zeit hinhalten. Aber zunächst einmal kannst du verlangen, dass euer bewegliches Gut, sofern ihr es nicht zum Leben braucht, verkauft wird und er damit schon einmal eine Anzahlung an dich macht. Ihr habt da doch diese wertvolle Anrichte.»

«Die ist längst verkauft, Oheim. Genau wie die Kuh und das letzte Huhn.»

«Es wird sich schon noch das eine oder andere Möbelstück finden.»

«Aber wenn sich Adam weigert, auch nur irgendein Stück zu verkaufen? Er hat doch jetzt bei allem mitzureden. Sogar die Taschenuhr unseres Vaters hat er sich frech als Erbe unter den Nagel gerissen.»

«Du kannst aber verlangen, dass er auf seinen Hausteil Schulden aufnimmt. Wenn er sich hierbei ebenfalls weigert, musst du allerdings vor Gericht ziehen. Aber keine Sorge, wir haben altbewährte Erbschaftsgesetze in diesem Land, und die gelten auch für einen Tunichtgut wie unseren Adam.»

«Und wie lange kann er die Auszahlung an mich hinauszögern?»

«Längstens ein Jahr. Danach müsste er zwangsverkaufen.»

Friedhelm sah ihn erschrocken an. «Ein Jahr?»

«Ach Junge, das wäre doch kein Weltuntergang, wo du doch deine sichere Stellung als Schulmeister hast. Oder hegst du etwa heimlich Heiratspläne?»

Endlich hatten sie das Gutachten über den Grundbesitz schwarz auf weiß, und Friedhelm erschrak regelrecht. Weniger über die erneut unverschämt hohe Summe von vier Gulden, die er an die Gemeinde zu zahlen hatte, als über die Schätzung selbst: Zur Hochzeit der Schwester war das gesamte Haus mit zugehörigem Grund sechshundert Gulden wert gewesen, jetzt hatte man es nur noch auf zweihundertsiebzig angesetzt. Das war weniger als die Hälfte! Wahrscheinlich spekulierten längst der reiche Maierbauer Schwenk oder Gutjahr auf ihren Besitz. Adam indessen frohlockte wahrscheinlich über den Wertverlust.

An diesem Mittwoch hatte Friedhelm sich schulfrei geben lassen, um sich mit seinem Bruder auf den Weg zum Notar zu machen. Jetzt, Mitte Februar, war der Winter mit voller Wucht zurückgekehrt, erst mit Schneefall, dann mit klirrender Kälte. Bis in die Oberamtsstadt Münsingen war es ein gut dreistündiger Fußmarsch, quer durch das Hardt, ein mit Magerwiesen durchsetztes Waldstück. Wieder einmal lag der Himmel wie eine schwere graue Decke über der Welt, das entsetzliche Wetter mit Kälte, Schnee oder eisigem Regen und heftigen Stürmen schien in diesem Jahr gerade so weitergehen zu wollen. Unterwegs begegneten sie bis auf zwei streng dreinblickenden Förstern keiner Menschenseele, nur Scharen von Krähen bevölkerten die Wegränder und die wenigen brachliegenden Felder. Mit ihrem Krächzen klangen sie wie Vorboten des endgültigen Untergangs. Friedhelm fragte sich, wann er zuletzt zwei, drei sonnige Tage am Stück erlebt hatte. Aber immerhin waren die gefrorenen Wege gut passierbar.

Adam und er sprachen die ganze Zeit über kein Wort. Ihr Verhältnis zueinander war inzwischen so eisig wie das Wetter. Erst recht nach ihrem Streit am Vorabend. Da war Adam aus Conrads Gassenschenke heimgekehrt, der Branntwein hatte ihm wohl die Zunge gelöst, und in einem unbedachten Moment war ihm der wahre Grund seiner Trennung von dieser Charlotte aus dem Berner Unterland über die Lippen gerutscht: Sie war schwanger gewesen. «Aber die hat mir das Kind nur anhängen wollen. Nie und nimmer war das Balg von mir, das Weib hat nämlich auch zu anderen Mannsbildern nicht nein gesagt.» Vollends angewidert hatte Friedhelm ihn einen elenden Taugenichts gescholten, mit dem er nichts mehr zu tun haben wolle.

Kurz vor dem Tor der ummauerten Stadt hielt Adam inne.

«Warum willst du eigentlich so dringlichst ausbezahlt werden?», fragte er. «Hast du etwa eine heimliche Braut?»

«Das geht dich rein gar nichts an», entgegnete Friedhelm schroff. Innerlich war er indessen zusammengezuckt. Das war nun schon das zweite Mal, dass ihm jemand diese Frage stellte. War da womöglich bereits ein Gerücht in Umlauf? Paulina und er gaben sich alle Mühe, keinen Verdacht zu erregen, ja sie hatte sogar bei ihren Eltern und dem Gesinde anklingen lassen, dass ihr der älteste Sohn des Schwenkbauern recht gut gefalle. Bis zu ihrer Abreise, die nun täglich näher rückte, durften sie sie sich keinen Fehler erlauben.

«Geh her, Friedhelm, ich will dir ja nur die Hand reichen. Wir beide könnten doch friedlich miteinander in einer Haushaltung leben, solange wir keine Heiratsabsichten haben.»

«Damit du von meinem Einkünften schmarotzen kannst? O nein, das hast du dir so gedacht. Ich will nicht mit einem Bruder unter einem Dach wohnen, der mir fremd geworden ist und nur auf seinen eigenen Vorteil aus.»

«Wie du meinst. Dann lass uns jetzt also Tatsachen schaffen.»

Am Stadttor lungerten etliche zerlumpte Gestalten herum, und sofort schoss eine Horde Kinder mit ausgestreckten Händen auf sie zu.

«Eine milde Gabe, bitte! Wir haben Hunger!», flehten sie.

Der Anblick der hohlwangigen Gesichter mit den viel zu großen, weit aufgerissenen Augen schnitt Friedhelm ins Herz. Wie gerne hätte er ihnen die paar Kreuzer zugeworfen, die er lose in der Tasche trug, doch das hätte nur zu einer bösen Rauferei unter den Kleinen geführt, wie er aus Erfahrung wusste.

«Das ist doch wirklich die Höhe!», schnaubte Adam. «Da richten gewissenlose Familien ihre Kinder zum Betteln ab, während unsereins in Ehren den Gürtel enger schnallt oder sogar sein Hab und Gut verkauft.»

«Das sagt gerade der Richtige», fuhr Friedhelm ihn an, als Adam auch schon losbrüllte: «Verschwindet!»

Dabei schwang er drohend seinen Wanderstock, während der Torwächter wenige Schritte entfernt breit grinste. Wie alle Stadttore war auch dieses tagsüber bewacht und wurde nachts geschlossen, um Strauchdiebe, Bettler und fahrendes Volk fernzuhalten.

«Habt ihr keinen Bettelvogt in Münsingen?», herrschte Adam den Wärter an.

«Solange die Bagage draußen bleibt, ist's mir wurscht», entgegnete der Mann immer noch grinsend. «Wer sind Sie, und wohin wollen Sie?»

«Sehen wir aus wie Lumpengesindel, dass wir unsere Papiere vorzeigen müssen? Ich bin Adam Lindenthaler, meines Handwerks ein Weber und ein Kriegsveteran, und mein Bruder Friedhelm Lindenthaler ist Schulmeister in Hohenstetten.»

«Sieh an, hoher Besuch also.»

Da trat Friedhelm vor ihn. «Wir müssen zum amtlichen Notar, wegen einer Erbschaftsangelegenheit», erklärte er freundlich.

«Wissen Sie den Weg?»

«Ja, wir kennen uns aus.»

Der Wächter winkte sie durch, doch Friedhelm eilte zurück zu einer älteren Frau, die teilnahmslos in eine zerrissene Decke gehüllt auf dem kalten Boden kauerte. Ihr drückte er drei Kreuzer in die Hand, zum Dank nickte sie nur müde.

«Was für ein barmherziger Samariter», bemerkte Adam spöttisch, als Friedhelm wieder zu ihm aufschloss.

«Und du gibst dich als tapferer Kriegsheld aus – lächerlich!»

Trotz seiner Bedeutung als Oberamtsstadt waren die Straßen von Münsingen nur an den wenigsten Stellen gepflastert und die Gebäude nicht im besten Zustand. Auch hier war die dem Niedergang verfallene Weberei stark vertreten, und so machte die halb ausgestorbene Stadt auf Friedhelm einen ebenso grauen und trübseligen Eindruck wie Hohenstetten.

Die Oberamtei befand sich neben dem Alten Schloss, und nachdem sie sich angemeldet hatten, wurden sie von einem Büttel in die Amtsschreiberei geführt. Dort folgte die nächste böse Überraschung.

Der Notar, ein weißhaariges Männlein mit dicker Brille,

der sich als Doktor Nothdurft vorstellte, begrüßte Adam aufs freundlichste.

«Wie schön, lieber Herr Lindenthaler. Dann haben Sie nun also alle Unterlagen beisammen. Und Sie sind, nehme ich an, der Bruder Friedhelm Lindenthaler. Ihren Herrn Vater habe ich übrigens recht gut gekannt.»

«Du warst schon mal hier?», fragte Friedhelm seinen Bruder verblüfft.

«Ja, und? Ich wollte halt schon mal vorfühlen, was mir zusteht.»

«So setzen Sie sich erst einmal», unterbrach sie Doktor Nothdurft und wies auf die Bank vor seinem riesigen Eichenholzschreibtisch. «Wir brauchen Ihrer beider Geburts- oder Taufscheine, den Totenschein der Mutter sowie sämtliche amtliche Papiere zu Ihren Besitzständen.»

Angespannt zog Friedhelm aus seiner Tasche die erforderlichen Unterlagen heraus und legte sie auf den Tisch. Er war sich sicher, dass das dicke Ende noch nachkam, so frohgemut, wie Adam sich gab.

Der Notar rückte seine Brille zurecht, überflog unter beständigem Gemurmel die Angaben zur Erbmasse, griff zu Feder und Tinte und machte sich auf einem vergilbten Blatt Notizen. Dann öffnete er eine Schublade und klaubte ein eng beschriebenes Papier heraus.

«Und nun zu Ihren Ansprüchen, Herr *Adam* Lindenthaler. Sie lagen durchaus richtig in Ihrer Annahme, dass Ihnen ein Ausgleich für die entgangene Ausbildung zusteht. Ich habe das hier einmal aufgelistet …»

Friedhelm glaubte, sich verhört zu haben. «Wie bitte?»

Erstaunt sah der Notar auf. «Haben Sie beide denn nicht darüber gesprochen?»

«Kein Wort.» Friedhelm starrte seinen Bruder an. «Was bist du nur für ein feiger Hund!»

«Beruhigen Sie sich, Herr Lindenthaler. Ich habe alles geprüft. Während Sie selbst vier Jahre an der evangelischen Klosterschule Maulbronn waren, hatte Ihr Herr Bruder eine Lehre als Weber gemacht, eine fürwahr weitaus kostengünstigere Ausbildung. Ich habe hier nun die Ausgaben Ihres Herrn Vater aufgelistet, addiert und zu Ihren Gunsten nach unten gerundet, dasselbe gilt für die Ausgaben für Ihre Zeit am Schullehrerseminar Esslingen, während der Ihr Bruder zum Kriegsdienst eingezogen war ...»

«Eingezogen!», wiederholte Friedhelm schnaubend, doch Doktor Nothdurft sprach schon weiter. Was folgte, war eine endlose Litanei von Zahlen und Summen, während der er auch die Papiere über ihren Besitzstand zur Hand nahm und sich gleichzeitig weitere Notizen machte.

Friedhelm hörte längst nicht mehr zu. Ihm schwindelte.

Schließlich erhob sich der Notar, und Friedhelm erwachte aus seiner Erstarrung.

«Ausgehend von dem Wertgutachten des gesamten, ungeteilten Hauses in Höhe von zweihundertsiebzig Gulden, wovon jedem der drei erbberechtigten Kinder neunzig Gulden zustehen, komme ich denn zu folgendem Ergebnis: Da Sie, Herr Adam Lindenthaler, die väterliche Haushälfte übernehmen wollen, bleiben Sie Ihrem Bruder, Herrn Friedhelm Lindenthaler, nach Abzug der eben dargelegten Ausbildungsansprüche und unter Berücksichtigung der hier aufgelisteten beweglichen Habe noch einen Ausgleich schuldig in Höhe von siebzehn Gulden und vierundzwanzig Kreuzern. Diese Ausgleichszahlung an Ihren Herrn Bruder ist zu begleichen in dem Augenblick, in dem Ihre Schwester Auguste Häberle, geborene Lindenthaler, ihrerseits die noch ausstehende Erbschuld an Sie beglichen hat. Die

Berechnungen hinsichtlich Auguste Häberle liegen hier gesondert vor. Über unseren Boten bekommen Sie nächste Woche alles amtlich beurkundet und besiegelt nach Hohenstetten überbracht, zusammen mit der Rechnung über die Beurkundung in Höhe von fünfzehn Gulden, sprich fünf Gulden für jeden von Ihnen drei Erbberechtigten.»

Auch Friedhelm hatte sich inzwischen erhoben. Als der Notar sie nun beide erwartungsvoll ansah, schüttelte er ihm hastig die Hand, presste einen Gruß hervor und stürzte aus der Amtsschreiberei. Draußen holte er erst einmal tief Luft.

Er konnte es nicht fassen. Auf zwölf Gulden und ein paar Kreuzer war sein künftiges Vermögen also zusammengeschrumpft, wenn er die Barschaft der Mutter außen vor ließ. Es war zum Heulen! Sein Traum, Paulina mit dem mütterlichen Erbe eine halbwegs sichere Zukunft zu bieten, war zerplatzt. Einfach blauäugig mit Paulina nach Stuttgart marschieren, fürs Erste mit ihr in einem Gasthaus absteigen und sich dabei nach einer kleinen Wohnung umsehen, das konnte nur schiefgehen in diesen teuren Zeiten. Sollte er also seinen Plan ändern und sich zuallererst in Stuttgart eine Arbeit suchen, um sie dann nachzuholen? Doch damit würde Paulina mit Sicherheit nicht einverstanden sein.

# *Kapitel 22*

*Ende Februar 1817*

An der Schwelle des Hirtenhäuschens mit dem tief herabgezogenen Strohdach hielt Paulina einen Augenblick inne. Ohne Luise fiel ihr der Gang zu den Armen im Ort, den sie jeden Mittwoch- und Samstagvormittag unternahm, noch viel schwerer. Doch ihre Freundin war seit ein paar Tagen stark erkältet und wollte diese ohnehin geschwächten Menschen nicht mit ihrem Husten gefährden. Litten die doch inzwischen immer häufiger an Fieber und Durchfall, einerseits durch den Mangel an gesunder Nahrung, andererseits weil sie das verschmutzte Wasser nicht abkochten, um Brennholz zu sparen. Die ersten waren bereits an Fleck- und Faulfieber gestorben, selbst Männer und Frauen im besten Alter. Und wer das hitzige Fieber mit Gottes Hilfe überstanden hatte, kam nur ganz langsam wieder auf die Beine.

Ja, Armut machte krank. Und arm wurde man, wenn man keine Arbeit und kein Auskommen mehr hatte und Schulden auf sich laden musste, um die Familie zu ernähren. Wenn es dann ans Zurückzahlen ging, bedeutete das das Ende: Bei vielen der hochverschuldeten Seldner und Taglöhner hier im Ort konnte nichts mehr gepfändet werden, weil die Menschen nicht einmal mehr Kochkessel oder Betten hatten und am Leib nur noch Lumpen trugen. So nahm man ihnen eben ihre Häuschen und Hütten.

Das Armenhaus war bereits überfüllt, und dort, wo noch jemand ein Dach über dem Kopf hatte, rückte man eng zusammen. Wie hier, beim alten Gemeindeschäfer Thomas und dessen Sohn Michel.

An manchen Tagen ertrug Paulina das Elend kaum noch, so sehr litt sie an der Not der anderen mit. Dann sagte sie sich, dass auf Regen noch immer Sonnenschein gefolgt war, und rief sich den tröstlichen Satz des Pfarrers ins Ohr: Wenn die Not am größten, ist Gottes Hilfe am nächsten. Auch wenn ihre Mutter mitsamt ihren Glaubensgenossinnen das anders sehen mochte und beständig jammerte, dass das Strafgericht Gottes über die Sündhaftigkeit des Menschen noch lange nicht zu Ende sei.

Seit Wochen arbeitete Paulina nun schon gemeinsam mit Luise im Armen-Verein mit, doch dem Gebetsstundenkreis blieb sie fern. Sie konnte das furchtsame Raunen der Frauen über den baldigen Weltuntergang und die Wiederkunft Christi nicht mehr hören, all diese düsteren Worte, die gleichsam die Stube verdunkelten: dass der Himmel seit über einem Jahr bitterlich weine über die Laster dieser Welt, dass eine neue Sündflut das Menschengeschlecht verschlingen werde, dass all diese Heimsuchungen nichts anderes als das zornige Schwert Gottes seien. Man müsse noch viel mehr beten und Buße tun, der Herr Pfarrer und die obrigkeitliche Kirche täten hierbei viel zu wenig.

Nein, da half sie schon lieber in der Suppenküche mit oder sammelte für das Notwendigste, um es den Bedürftigen zu bringen. Vor ein paar Tagen hatte sie sich deswegen mit der Mutter in der Küche fast gestritten. «Es tut mir im Herzen weh», hatte diese angefangen, «dass du nicht an unseren Stunden teilnimmst. Weil ich nämlich Angst um deine Seele hab. Das Leben ist nun mal ein Jammertal, eine beständige Prüfung, und der Mensch eine sündhafte, nichtswürdige Kreatur, aufgerufen, sich zu bekehren. Gehorsam, Buße und Demut sind der einzige Weg zur jenseitigen Herrlichkeit und Seligkeit, zur Gnade des Herrn. Und du, du verschließt dieser Gnade dein Herz.» – «Das ist nicht wahr, Mutter. Ich weiß wohl um die Gnade des Herrn, und das Jammertal habe ich beständig vor Augen. Aber eure Reden haben so gar nichts Frohes mehr, kein Wort mehr vom Liebesgebot des Herrn Jesus Christus. Ihr folgt einem einzigen Regelwerk von Drohungen und Mahnungen, gespeist aus ein paar Psalmen. Ich frag mich: Wo bleibt da der Mensch mit seinem Lachen und Weinen, seinen Träumen und Hoffnungen für das Leben hier auf Erden?» Da war die Mutter in Tränen ausgebrochen, und einmal mehr hatte Paulina sich gefragt, wie ihr sinnesfreudiger, tatkräftiger Vater und ihre verhärmte Mutter überhaupt zueinandergefunden hatten.

Schrecklich, all dieses Darben und Leiden, dem sich die Mutter verschrieben hatte! Für sich selbst sah Paulina ein ganz anderes Leben vor sich. Ihr Lichtstrahl in diesen Zeiten war die Liebe zu Friedhelm, und dieses Licht, diese Liebe würde niemals erlöschen. Wenn sie nur daran dachte, dass sie bald schon mit ihm zusammen sein würde, ertrug sie das Elend rundum gleich sehr viel leichter. Dass auch das Leben in Stuttgart voller Entbehrungen sein würde, war ihr sehr wohl bewusst, schreckte sie aber nicht. Nicht mit Friedhelm an ihrer Seite. Und in nur ein, zwei Wochen war es so weit, wobei sie spürte, wie sie mit jedem Tag aufgeregter, aber auch ungeduldiger wurde. Warum ihre Flucht noch weiter aufschieben? Andererseits hatte Friedhelm schon recht. Es war besser, das Ende des Winters noch etwas abzuwarten, und sie verstand auch, dass er in seinem Erbstreit mit Adam erst klarer sehen wollte.

Sie atmete noch einmal tief durch, klopfte gegen die Tür des Schäferhauses und schob sie auf. Drei, vier Haushaltungen mit etlichen Kindern drängten sich in der kleinen Stube und der angrenzenden Schlafkammer, halbnackt oder in zerfransten Lumpen, die Alten glichen Totengerippen, die Kinder hatten von der Wassersucht aufgedunsene Bäuche. In einer Wiege lag ein Neugeborenes, reglos und still, in Fetzen gewickelt. Die Mutter daneben starrte nur stumpfsinnig zu Boden. Vielleicht würde das Kleine übermorgen schon tot sein. Möbel fanden sich keine mehr, bis auf ein einziges schmales Bett, in dem der Schäfer mit seinem Sohn schlief. Die anderen lagerten auf zerschlissenen Matratzen am Boden oder gleich auf Strohschütten wie das Vieh im Stall. Der Schmutz in den beiden kleinen Zimmern und der winzigen Küche war erschreckend, doch wie hätte man hier auch, mit zwanzig Menschen auf engstem Raum, Ordnung halten sollen? Aber wenigstens war es halbwegs warm herinnen.

An den beißenden Gestank aus feuchtem Brennholz, Schweiß und Exkrementen hatte Paulina sich inzwischen fast gewöhnt, nachdem sie anfangs jedes Mal mit Brechreiz zu kämpfen gehabt hatte. Was sie inzwischen viel mehr niederdrückte, war die Stille, die nur vom leisen Wimmern der Kleinsten durchbrochen wurde. Die Menschen schienen sich der Teilnahmslosigkeit und Gleichgültigkeit ergeben zu haben. Aus hohlen Augen und eingefallenen Gesichtern blickten sie stumm ins Leere. Außer für den Gang zur Suppenküche verließen die meisten nicht mehr das Haus, weil sie sich für ihr verdrecktes Äußeres schämten. Und so kamen viele Kinder nicht mehr in die Schule, die Eltern nicht mehr in den Gottesdienst.

Als sie den Schäfer einmal gefragt hatte, warum es so still sei bei ihm, hatte der mit hoffnungsloser Stimme erwidert: «Alle hier nagen wir am selben Hungertuch. Hat man sich an diesem fast zu Tode genagt, so spricht man gar nichts mehr miteinander.» Dass sein Sohn es nicht aushielt in dieser Hütte, konnte

Paulina gut verstehen. Michel zog es vor, am Tag durch die Fluren und Wälder zu streifen, auf der Suche nach Essbarem, und so manche Nacht bei den Schafen im Winterpferch zu verbringen.

Sie rief ein freundliches «Gottes Segen zum Gruß» in die Runde, wohl wissend, dass niemand außer Thomas darauf antworten würde. Der erhob sich langsam von der Bettkante und suchte sich seinen Weg durch die Schlaflager seiner Hausgenossen.

«Hier.» Sie reichte ihm zwei dicke Pferdedecken, die der Verein als Spende empfangen hatte, eine davon überraschenderweise von Hilfslehrer Dürr. «Mehr habe ich heute leider nicht für euch.»

Thomas verzog den fast zahnlosen Mund zu einem Lächeln. «Ich danke dir, liebe Paulina, im Namen von uns allen.»

Dann verteilte sie aus ihrem Korb an jeden einen Wecken vom sogenannten Riedlinger Brot, das die hiesigen Bäcker mittlerweile überall herstellten, und zwar aus Kartoffeln, Rüben und ein wenig Mehl. Ein katholischer Pfarrer aus Oberschwaben hatte dieses Brot erfunden, und es schmeckte gar nicht übel.

Am Ende übergab sie dem Schäfer noch einen Beutel mit steinharten Brotrinden aus der Wirtshausküche. «Das ist für die Kinder, wenn der Hunger abends gar zu arg wird. In den Zeitungen schreiben sie, dass beim Kauen von altem Brot der Hunger weniger wird.»

«Hoffen wir's.»

«So sehen wir uns also dann heute Mittag.» Sie besann sich, was der Vater ihr für ihren Rundgang aufgetragen hatte. «Die Suppe wird heute etwas später verteilt. Zuvor gibt es eine wichtige Bekanntmachung am Markt. Zum Zwölf-Uhr-Läuten sollen sich dort alle versammeln.»

«Wegen der Warnung vor den Amerika-Werbern? Ach, Mädchen. Sehen wir aus, als hätten wir das Geld zum Auswandern? Nein, wir werden hier sterben und nirgendwo sonst. Und das vielleicht schon bald.»

Bedrückt verabschiedete sie sich und trat hinaus in die wunderbar frische Luft, die, wie sie sich einbildete, ein wenig nach Frühling roch. Da fiel ihr Blick auf die Reihe von Buchen, die den neu angelegten Weg zur Mühle säumten. War es wirklich schon fast ein Jahr her, dass sie dort mit Friedhelm den Acker gepflügt hatte? Und dann den ersten Kuss ihres Lebens mit ihm ausgetauscht hatte. Was war seither nicht alles geschehen …

Jetzt lag der Acker brach, zerwühlt und verschlammt unter den Schneeresten, und nähergekommen waren sich Friedhelm und sie mangels Gelegenheiten seither viel zu selten. Doch schon der Gedanke an ihn und ihre gemeinsame Zukunft gab ihr wieder Zuversicht.

Sie beschloss, der Bekanntmachung beizuwohnen. Nicht, weil es sie interessiert hätte, was ihr Vater als Schultes zur herrschenden Auswanderungswut, wie er es nannte, zu sagen hatte. Nein, sie wollte Friedhelm wiedersehen, und wenn es nur in geziemendem Abstand war.

Dass so viele Menschen in ihrer Verzweiflung die Heimat verlassen wollten, um wenigstens ihren Kindern eine bessere Zukunft zu ermöglichen, konnte Paulina gut verstehen. Die Nachrichten aus dem ganzen Land und den angrenzenden Staaten waren zu schrecklich. Allerorten wurden Speicher gestürmt und geplündert, Saatgut für das Frühjahr schien nicht mehr vorhanden, nach dem Mastvieh waren längst auch die Pferde und Zugochsen geschlachtet, überall zogen Bettler- und Diebesbanden übers Land. Zwar gab es, wahrscheinlich aus den Beständen der Wucherer, immer noch hie und da Korn, Mehl und Kartoffeln zu kaufen, indessen zu unerschwinglich hohen Preisen. Inzwischen war sogar den Kindern das sogenannte Häuserlaufen bei Arrest verboten, was viele Eltern dennoch nicht davon abhielt, sie zum Betteln auszuschicken. Denn die Suppenanstalten, die auf Befehl des Königs nun in jeder Gemeinde eingerichtet waren, konnten den Hunger nicht stillen und das Elend nicht beheben.

So kamen denn nun, kaum dass die Tage spürbar länger wurden, auch zu ihnen nach Hohenstetten die Werber, die mit verführerischen, bildreichen Worten nach Amerika oder in das befreundete Russland lockten, zumal die Flüsse als Reisewege wieder eisfrei waren. Erst drei Tage zuvor war ein Amerikaner durch den Ort gezogen und hatte sich den ganzen Tag verköstigen lassen. Doch nachdem er gemerkt hatte, dass hier kaum noch vermögende Leute lebten, die die teure Schiffsfracht von Holland nach Amerika begleichen konnten, war er weitergezogen. Mehr Erfolg hatten da schon diejenigen, die für einen frommen Staat in Russland warben, wo angeblich Milch und Honig fließe und alles wachse und gedeihe. Aus dem nahen Lenninger Tal war schon ein halbes Dorf nach Kaukasien aufgebrochen, über Ulm die Donau hinab, um dort ein neues Jerusalem zu bauen, und zwei große Familien aus dem benachbarten Suppingen hatten sich angeschlossen. Auch der Totengräber Traugott hatte mit seinem Weib fortgewollt und hierfür seine vielen Bücher verkauft, doch das Oberamt in Münsingen hatte ihm den Reisepass verweigert, weil er noch Schulden und keine Bürgen hatte.

Paulinas Vater hatte Traugott hinterher in der Familienrunde für einfältig und kindisch erklärt: «Der weiß doch gar nicht, was einen in der Fremde erwartet. Hier aber hat man seine Freunde und die Dorfgemeinschaft und den Frieden. Die Zeiten kommen auch wieder besser, so Gott will.»

Als Paulina jetzt in die Hirschenpost zurückkehrte, war der

Vater bereits außer Haus. Sie half in der Küche, Rüben und Kohlraben für ihr Mittagessen klein zu schneiden – die Rumford'sche Suppe für die Armen war schon fertig –, und deckte anschließend den Tisch in der kleinen Stube. Dann ging sie zum Klavier und spielte gedankenverloren eine Melodie. Im Geiste sah sie Friedhelm auf dem Bänkchen neben sich sitzen.

«Kommst du?», schreckte die Mutter sie auf, ausgehfertig in Stiefeln und dem neuen, perlverbrämten Mantel, den sie nur dem Vater zuliebe trug. «Der Ausrufer läutet schon mit der Schelle.»

Bis auf die Köchin Agathe verließen sie alle zusammen das Haus. Vor dem Rathaus hatten sich unter dem wolkenverhangenen Himmel Hunderte versammelt, Alte wie Junge, Frauen und Kinder. Nur die Ärmsten fehlten. Als Paulinas Vater in Begleitung des Kirchenkonvents und Gemeinderates auf der Freitreppe erschien, ging ein Raunen durch die Menge. Indessen nicht wegen der bevorstehenden Bekanntmachung, sondern weil sich just in diesem Augenblick die Wolken teilten und ein Stück strahlend blauen Himmels freigaben. Dann schien eine schon fast warme Sonne auf sie nieder.

«Es wird Frühling!», rief eine Kinderstimme begeistert, und alle klatschten in die Hände. Paulina lief ein Freudenschauer über den Rücken. Sollte das ein Zeichen der Hoffnung sein?

Das Läuten der Rathausglocke brachte die Menschen zur Ruhe. Ihr Vater hob die Arme, in der rechten Hand ein Blatt haltend.

«Hiermit eröffne ich die heutige amtliche Bekanntmachung, die die gegenwärtige Auswanderungssucht zum Inhalt hat. Denn auch bei uns treiben diese Seelenverkäufer ihr Unwesen, wollen die Leichtgläubigen unter euch verführen. Deshalb», er schwenkte sein Blatt, «warnt unser hochverehrter König und sein Ministerium des Inneren eindringlich vor all diesen falschen

Nachrichten und erdichteten Briefen von angeblich Ausgewanderten, die goldene Berge versprechen. Oder seid ihr etwa so einfältig zu glauben, dass in Bessarabien das Korn zum Himmel wächst und ein Jerusalem auf Erden errichtet wird?» Paulina spürte, wie die Mutter neben ihr bei diesem Satz zusammenzuckte. «Dass in Amerika jeder Morgen Acker sechzehn Scheffel Welschkorn und zehn Scheffel Weizen zugleich trägt? Dass bei der Ernte so viel liegen bleibt, dass man nicht mal mehr zu säen braucht? Diese gottlosen Lügen habe ich mit eigenen Ohren gehört, mit eigenen Augen gelesen. Nur arglose Schwärmer oder tumbe Seelen fallen darauf herein, denn es erwartet euch nicht etwa das Paradies auf Erden, sondern eine Zukunft im Elend, unter fremden, rohen Menschen, fernab der Lieben in der Heimat. Wenn man denn die gefährliche Reise überhaupt gesund und lebend übersteht.»

«Lieber will ich Sklave in Amerika sein als hier verhungern», rief jemand dazwischen.

«Ruhe! Ich will euch noch etwas sagen …» Die Stimme des Vaters wurde schneidend. «Nur Taugenichtse, Gescheiterte und Vagabunden lassen ihre Heimat im Stich, treulose Vaterlandsverräter also. Wollt ihr das sein? Nein, das wollt ihr nicht, denn gerade in diesen harten Zeiten ist es Pflicht eines jeden Einzelnen durchzuhalten. Fragt nur euren Herrn Pfarrer.» Er nickte Carl Unterseher zu, doch der blickte zu Boden. «In der Bibel steht nichts vom Auswandern, es sei denn, Gott ruft dazu auf. Stattdessen findet ihr dort den Satz: Hoffe auf den Herrn und tue Gutes, bleibe im Land und nähre dich redlich.»

An dieser Stelle wurden einzelne Buhrufe laut, doch der Vater sprach ungerührt weiter.

«So will ich denn nun vorlesen, was das königliche Ministerium des Innern hierzu verlautbart hat. Im Übrigen wird das Blatt hernach auch am Rathaus und an der Kirchenpforte angeschlagen sein.»

Während ihr Vater zu lesen begann, schweiften Paulinas Blicke suchend durch die Menge, bis sie Friedhelm endlich im Torbogen der Marktbäckerei entdeckte.

«Ich gehe wieder nach Hause», flüsterte sie ihrer Mutter zu. «Der Köchin helfen.»

Die Mutter, die angespannt zuhörte, nickte nur geistesabwesend.

Friedhelm hatte sie wohl kommen sehen, denn er trat tiefer in den schützenden Schatten des Torbogens. Als sie vor ihm stand, schloss er sie kurz in die Arme und drückte sie zärtlich an sich. Ihr lief ein warmer Schauer über den Rücken. Dann trat er einen Schritt zurück.

«Ich habe so darauf gehofft, dass wir uns hier treffen. Geht es dir gut? Wird dir die Armenarbeit nicht zu viel?»

«Mir geht es gut, wenn ich an uns beide denke.» Sie lächelte. «Hast du inzwischen Geld von deinem Bruder bekommen?»

Sein Blick verfinsterte sich. «Nein. Und das, obwohl unsere Schwester ihm bereits einen Teil seines Anspruchs ausbezahlt hat.»

Paulina spürte Wut aufsteigen. «Das ist nicht rechtens, was dein Bruder macht! Erst hat er deinen Eltern das Herz gebrochen, und jetzt will er alles an sich reißen. Allein, dass er einen Ausgleich dafür erstritten hat, dass er nicht studiert hat. Dabei hat er doch deinem Vater damals selbst gesagt, dass er nicht Schulmeister werden will, sondern Weber, weil man damit mehr Geld verdienen kann.»

Friedhelm nickte traurig. «Genau deshalb werde ich vor Gericht Einspruch einreichen.»

«Aber das kann ewig dauern. Wir sollten nicht länger warten. Meinem Vater ist es immer noch ernst mit der Hochzeit. Du weißt, dass ich mit dir gehe, auch wenn wir beide keinen Kreuzer in der Tasche haben.»

«Ich weiß, Paulina, aber das Leben in der Stadt ist ebenso hart wie hier, vielleicht noch härter. Und ich fühle mich für dich verantwortlich. Lass es mich wenigstens versuchen, wir brauchen einen Grundstock für den Anfang. Außerdem kann es nicht sein, dass Adam alles bekommt, was er will. Und Ostern ist noch lange hin.»

Ihr war nicht wohl bei dem Gedanken. «Sechs Wochen sind keine lange Zeit. Und Lorenz und mein Vater haben sich längst wieder versöhnt, das weißt du doch. Anscheinend hat er seine Schulden bezahlt.»

«Gut, ich mache dir einen Vorschlag.» Er zögerte, als hätte er Angst, das Folgende auszusprechen. «Bis in acht Tagen habe ich das Wichtigste geregelt, dann mache ich mich auf den Weg in die Residenz, mit einem Umweg über das Münsinger Oberamtsgericht. Ganz gleich, was bei Gericht herauskommt – Stuttgart ist ja nicht aus der Welt. Ich kann bei Gericht ebenso gut die Adresse von Gottlob angeben. Ich würde allerdings zunächst allein reisen und dich etwa zehn Tage später nachholen. Bis dahin habe ich mich in Stuttgart umgeschaut, eine Arbeit gefunden, und obendrein schöpft dein Vater keinen Verdacht. In seinen Augen habe ich mich einfach aus dem Staub gemacht, was ihm nur recht sein kann.»

«Ich soll nachkommen?», wiederholte sie enttäuscht. So hatte sie sich den Beginn ihres neuen Lebens nicht vorgestellt.

«Das ist das Beste so, glaub mir. Mein Gedanke ist, Christian einzuweihen, er soll dich, gegen ein gutes Handgeld natürlich, nach Stuttgart bringen. Ich bin mir sicher, er macht diesen Handel gerne mit.»

Fast zweifelnd sah sie ihn an. «Dir ist es doch ernst mit uns, Friedhelm?»

«Aber ja! Vertraust du mir etwa nicht mehr? Ich will bis dahin eine schöne Unterkunft für uns finden, habe dann vielleicht sogar eine Anstellung als Hauslehrer.»

Sie biss sich auf die Lippen. Auf Christian war in solchen Dingen zwar Verlass, das wusste sie. Dennoch behagte ihr dieser Plan nicht, auch wenn alles sehr vernünftig klang.

«Darf ich wenigstens Luise davon erzählen? Sie wird schweigen wie ein Grab, das weiß ich.»

Er nickte. «Aber besser erst, wenn ich mit Christian alles besprochen habe. Ich gebe dir in den nächsten Tagen in der Hirschenpost Bescheid. Leider habe ich ja immer Unterricht, wenn du zu den Armenhäusern unterwegs bist, sonst hätten wir es einfacher, uns zu treffen.»

Mit einem Mal schwindelte ihr. «Dann ist es also bald so weit», sagte sie leise. «Verabschiedest du dich dann noch von mir, bevor du gehst?»

«Aber ja, Paulina, ich werde alles daransetzen, dich kurz vorher noch einmal zu sehen. Und für die Tage danach mach dir keine Sorgen. Christian wird mit dir in Verbindung bleiben und alles vorbereiten für den Tag deiner Abreise. Du musst übrigens nur ein kleines Bündel mit dem Allernötigsten packen, eine warme Jacke, ein wenig Wäsche, mehr nicht. Um Geld und Wegzehrung brauchst du dich nicht zu kümmern, das wird Christian bei sich haben.»

In die Menschenmenge auf dem Marktplatz kam Bewegung, die Stimme ihres Vaters war verstummt. Die Bekanntmachung hatte offenbar ein Ende gefunden.

Friedhelm drückte ihre Hand. «Ich verschwinde lieber über den Hinterhof, bevor uns jemand entdeckt. Du wirst sehen, liebste Paulina: Alles wird gut. Jetzt, wo sogar wieder die Sonne scheint.»

Selbstredend hatte Paulina Vertrauen in Friedhelm, doch die Unruhe, ob alles gut gehen würde, wuchs von Tag zu Tag. Desgleichen ihr schlechtes Gewissen und die Furcht vor dem Abschied, wo sie doch die Eltern, besonders die Mutter, maßlos enttäuschen würde. Trotzdem stand ihr Entschluss felsenfest: Sie musste fort aus Hohenstetten.

Wie versprochen erschien Friedhelm zwei Tage später zu seiner Zeitungslektüre in der Hirschenpost. Nachdem er bei ihr seine Bestellung aufgegeben hatte, flüsterte er ihr hastig zu, dass Christian nun eingeweiht sei. Er selbst wolle sich am 6. März auf den Weg machen. Mehr konnten sie einander nicht sagen, da die Mutter vom Ausschank her schon einen misstrauischen Blick herüberwarf. Kurze Zeit darauf erbat sie sich vom Vater die Erlaubnis, später noch für eine Stunde mit ihrem Strickzeug zu Luise zu dürfen, da ohnehin nicht viel zu tun sei. Friedhelm saß noch immer bei seinem kleinen Krug Bier am Tisch.

«Meinetwegen, aber dann geh jetzt gleich. Ludwig soll dich nachher im Pfarrhaus wieder abholen, du wartest also auf ihn.»

«Danke, Vater.»

Eigentlich hatte sie darauf gehofft, erst später zu gehen, wenn Friedhelm ausgetrunken und bezahlt hatte, um ihn irgendwo draußen zu treffen. Aber dann hätte der Vater sie womöglich gar nicht fortgelassen.

So eilte sie hinüber in die Nebenstube, um ihren Korb mit dem Strickzeug zu holen, und verabschiedete sich mit einem möglichst unbekümmerten «Auf Wiedersehen» von Friedhelm und den wenigen anderen Gästen.

Erst draußen spürte sie, wie beklommen ihr plötzlich zumute war. Wie würde ihre Freundin reagieren, wenn sie erfuhr, dass sie bald schon Hohenstetten für immer verlassen würde? Würde sie ihr diesen Entschluss womöglich sogar ausreden wollen?

Es war noch immer erstaunlich mild, und Paulina begann in ihrem Wintermantel zu schwitzen. Besser, sie nahm für die Reise ihre leichtere Jacke mit. Waren es wirklich nur noch sechs Tage, bis Friedhelm ging? Und zehn Tage mehr, die ihr selbst in ihrem Heimatdorf blieben?

Zu ihrer Überraschung saß Luise auf der Holzbank neben der Haustür.

«Ich wollte dich zu einem kleinen Spaziergang abholen», rief Paulina ihr schon von Weitem zu. «Jetzt, wo das Wetter endlich wieder trocken ist und sich deine Erkältung gebessert hat.»

Sie erschrak, als Luise aufsah: Ihr Gesicht sah verweint aus.

Paulina setzte sich neben sie und nahm ihre Hand. «Was ist mit dir? Ist etwas Schlimmes geschehen?»

Luise schluckte sichtlich. «Das fragst du noch? Ich habe eben mit meinem Bruder geredet, habe ihn gefragt, was er gestern und heute so in aller Heimlichkeit mit deinem Friedhelm zu schaffen hatte.» Sie unterdrückte ein Husten. «Da hat er mir gesagt, dass Friedhelm zu seinem Bruder nach Stuttgart will, aber dass das vorerst niemand wissen darf. Schon gar nicht unser Vater, denn dem würde Friedhelm es erst am Tag vor der Abreise selbst sagen. Als ich Christian gefragt habe, was dann mit dir sei, wo ihr doch verlobt seid, hat er nur noch herumgedruckst. Da war mir alles klar.»

«Wollen wir ein Stück die Straße hinauf?», fragte Paulina leise. «Es muss uns ja nicht jeder hören.»

Luise nickte und erhob sich.

Nachdem sie sich ein Stück weit vom Haus entfernt hatten,

gab sich Paulina einen Ruck. «Ja, du hast es richtig erraten. Friedhelm und ich werden fortgehen, Friedhelm schon bald, ich erst in gut zwei Wochen. In Stuttgart wollen wir heiraten und uns ein gemeinsames Leben aufbauen. Glaub mir, der Entschluss fällt mir nicht leicht, allein schon wegen dir, meiner einzigen und liebsten Freundin, aber wenn wir erst Mann und Frau sind, können wir auch wieder hierher zurückkommen.»

«Deine Eltern werden dich nicht mehr in ihr Haus lassen, wenn du das tust. Zumindest dein Vater nicht.»

«Vielleicht. Aber ich kann nicht anders.»

Da lächelte Luise, und dabei kamen ihr schon wieder die Tränen. «Aber deshalb weine ich doch nicht. Ich musste nur wieder an Gide denken, der mich so schändlich betrogen hat. Das macht mich noch immer so traurig, auch weil ich so kreuzdumm gewesen war, auf ihn hereinzufallen. Glaub mir», sie zog Paulina in die Arme, «ich kann dich von allen Menschen hier am besten verstehen. Ich werde dich ganz schrecklich vermissen, aber du musst es tun. Selbst wenn dein Vater dich nicht mit diesem tumben Lorenz vor den Traualtar zwingen kann – den Friedhelm würde er niemals als Schwiegersohn anerkennen.»

Diese Worte ihrer Freundin trösteten und bestärkten Paulina mehr als alles andere.

«Dann bist du mir also nicht gram, wenn ich fortgehe?»

«Niemals. Ich weiß, dass wir uns nicht aus den Augen verlieren werden. Und ich verspreche dir, von mir wird niemand auch nur eine Andeutung erfahren.»

Am nächsten Tag wurde Paulina erneut Zeuge einer Situation, in der sie sich für ihren Vater zutiefst schämte. Es war ein Samstagmittag und nur der Stammtisch in der großen Stube gut besetzt, die restlichen Tische und Bänke indessen blieben wie so oft in letzter Zeit leer. Da die Schankmagd mit einem Katarrh darniederlag, übernahm Paulina die Bewirtung allein, für die Suppenausgabe draußen hatten sich die Töchter vom Schulbeck eingefunden.

«Eigentlich sollte der Staat das Auswandern der Ärmsten noch fördern», hörte sie den Kaufmann Robert Pinache sagen, als sie vier volle Krüge Bier heranschleppte. «So hat man diese finanzielle Bürde endlich los!»

«Ja, so ein Aderlass durch Auswanderung von Zeit zu Zeit kann recht nützlich sein», gab Lorenz zurück und legte Paulina dabei seine fleischige Hand auf die Hüfte.

Widerwillig streifte sie sie von sich ab, dabei entging ihr nicht der warnende Blick, den ihr Vater Lorenz zuwarf. In letzter Zeit wurden die Avancen des Metzgers sichtlich ungenierter, doch inzwischen dachte sich Paulina nur noch, dass er sich gewaltig verschätzte, wenn er noch immer an eine Hochzeit glaubte, und zeigte ihm die kalte Schulter. All das würde nun zum Glück bald vorbei sein.

«Habt ihr eigentlich von diesem Vulkan gehört?», fragte der Vater jetzt in die Runde. «Tambora heißt er und liegt auf einer Insel fernab in Asien. In Cottas Morgenblatt habe ich diese Woche einen langen Bericht hierzu gelesen. Einen solch gewaltigen Ausbruch hat die Menschheit noch nicht erlebt. Ein britischer Gouverneur auf Java war Zeuge der Katastrophe. Zehntausende Menschen mussten sterben, weil es den riesigen Berg sozusagen zerrissen und in die Luft geschleudert hatte.»

«Gütiger Himmel, wie schrecklich!», entfuhr es Paulina.

Ihr Vater winkte ab. «Der Brite hat's überlebt, und außerdem ist der Vulkanausbruch schon lange her.»

Der Heiligenbeck wiegte seinen breiten Schädel hin und her. «Ich frage mich, warum das Morgenblatt uns solche Geschichten auftischt. Haben wir nicht genug eigene Probleme im Land?»

«Genau!», pflichtete ihm Lorenz bei. «Was gehen uns diese fernen Katastrophen an? Bringst du mir ein Gläschen Selbstgebrannten, liebste Paulina? Die Schweinshaxe liegt mir doch schwer im Magen.»

Sie nickte nur und trat hinter den Ausschank, wo sich das Branntweinfässchen befand. Wo der Vater es aufgetrieben hatte, wusste der Himmel. Am Stammtisch ging der Meinungsaustausch derweil weiter, und Paulina hörte halb neugierig, halb angewidert zu.

«Mich als Mann der Wissenschaft», sagte Chirurgus Keller, «interessiert viel mehr als irgendein Vulkanausbruch am Ende der Welt, warum das Vorjahr so erschreckend kalt, nass und dunkel war.»

«*War*, sagst du?», rief Gilbert Pinache dazwischen. «Ich habe mir heute Morgen in meinem Gewölbe fast die Füße abgefroren.»

«Du vergisst, lieber Gilbert, dass auf der Alb Ende Februar noch Winter herrscht. Wir leben schließlich nicht am Neckarstrand. Nein, nein, die letzten Wochen hatten wir mehr freundliche Tage als im ganzen letzten Jahr zusammen. Was also war die Ursache, dass halb Europa erfroren ist? Darüber sollten sich die naturforschenden Gesellschaften mal den Kopf zerbrechen. Das mit den Sonnenflecken kann ich nicht mehr hören, und an Gottestrafen oder gar an einen baldigen Weltuntergang glauben wir aufgeklärten Geister hier am Tisch doch wohl alle nicht.»

«Ich habe gelesen, dass es an den neuartigen Blitzableitern liegt, die in den Städten neuerdings überall in Mode sind», warf der eher bedächtige Kaufladenbesitzer Hermann ein. Von der

Mutter wusste Paulina, dass er sich den Wirtshausbesuch eigentlich gar nicht mehr leisten konnte, so schlecht gingen seine Geschäfte inzwischen.

«Diese Blitzableiter», fuhr er fort, «würden durch die Ableitung der Elektrizität zwar Gewitter und Blitzeinschläge verhindern, auf der anderen Seite aber führt diese konzentrierte Elektrizität zur Kondensierung von Wolken. Sprich: zu Dunkelheit und heftigem Regen. Auch den Höhenrauch würde das erklären, der selbst an besseren Tagen den Himmel überzieht und den Morgen- und Abendhimmel in flammendes Rot oder Gelb setzt.»

«Und in dem unsere Weiber schon das Höllenfeuer zu erblicken meinen», lachte ihr Vater.

«Das mit der Elektrizität ist Unsinn.» Keller schüttelte abfällig den Kopf. «Eher schon folge ich den Ausführungen des Physikers Chladni. Seefahrer haben nämlich berichtet, dass in den zirkumpolaren Gewässern des Nordens ein unerklärlicher Klimawandel stattgefunden haben muss: Sie fanden vor Grönland turmhohe Eisbarrieren vor und ausgedehnte Eisflächen, die nach Süden driften. Genau darin sieht Chladni die Ursache für die Abkühlung in Europa. Die nach Süden driftenden Eisberge beginnen zu schmelzen und entziehen dabei der Luft den Wärmestoff, der in unseren Landen nun gefehlt hat. Das Ergebnis: Es war im Sommer so kalt wie sonst im Herbst und Winter. Was wiederum bedeutet: Ist der Schmelzprozess zu Ende, kommt das Wetter auch wieder in Ordnung.»

«Sehr interessant», riefen die Pinache-Brüder fast gleichzeitig aus.

Gerade als Paulina mit weit ausgestrecktem Arm das Gläschen Branntwein vor Lorenz auf den Tisch stellte, betraten der Webergeselle Hannes und der Seldner Matthes die Gaststube und steuerten auf den Stammtisch zu – Matthes lautlos wie eine Katze, Hannes unter dem steten Klackern seiner Krücken.

Sofort wandten sich ihnen alle Gesichter zu, und auch Paulina fragte sich erstaunt, was die beiden hier wollten. War die Hirschenpost doch nicht gerade die Wirtschaft der einfachen Leute.

«Wir schließen gleich», rief ihr Vater denn auch prompt.

«Aber, aber, lieber Justus Georg.» Lorenz erhob sich schwerfällig. «Für ein Bierchen wird noch Zeit sein. Kommt nur her, ich spendiere euch ein Krüglein. Hier gibt's noch echten Gerstensaft und nicht solch zusammengepanschten Mist wie in Conrads Gassenschenke. Von Conrads Bier wird man dumm, solltet ihr wissen.»

Matthes blieb dicht vor ihm stehen und kniff die Augen zusammen. «Dumm wird man also davon? Dumm wird man auch vom Hungern, lieber Metzgermeister. Aber Ihnen hier», er wies auf die abgenagten Schweinshaxen, «scheint es ja an nichts zu fehlen.»

Angespannt zog sich Paulina an den Schanktisch zurück. Das sah nicht nach einem harmlosen Wirtshausbesuch aus. Aufrecht und stolz standen die beiden alten Männer da, ihrer ärmlichen, mehrfach geflickten Kleidung wie zum Trotz. Mit einem Blick erkannte sie, dass sich von Matthes linkem Schuh die Sohle löste und dass Hannes' zerschlissener Gehrock für diese Jahreszeit viel zu dünn war. Aber immerhin hatte der Armen-Verein ihm und seinem Gesellenbruder Fritz neue Gehhilfen zukommen lassen, mit denen sie behände unterwegs waren.

«Lass gut sein, Matthes», ergriff Hannes das Wort und nahm seine Zottelkappe ab. «Ihr Herren, lieber Schultes, wir kommen nicht auf ein Bier zu Ihnen, sondern wegen Mehl und Korn.»

«Wegen Mehl und Korn also.» Ihr Vater grinste schief und beugte sich unter die Tischplatte, als suche er dort etwas. «Nein, ich muss euch enttäuschen. Hier findet sich auch kein Mehl und Korn.»

Paulina biss sich auf die Lippen. Wie beschämend sich ihr Vater benahm!

Scheinbar ungerührt fuhr Hannes fort: «Mehl und Korn brauchen wir. Und wir sprechen im Namen aller Taglöhner, Gesellen und Häusler am Ort, die seit Herbst kein Mehl mehr im Haus haben, von dem dringend benötigten Saatgut für den nächsten Monat ganz zu schweigen. Draußen in Ihrem Hof stehen über hundert hungrige Mäuler um einen Teller Suppe an.»

«Hört, hört», warf Keller dazwischen. «Wir haben also eine Abordnung vor uns!»

Da trat Matthes dichter an den Tisch. Seine Augen funkelten zornig. «Sagen Sie uns eines, Schultes: Wo bleibt die versprochene Staatshilfe mit russischem Korn, von der Sie vor vier Wochen geredet haben? Ist die auf dem Weg zu uns in geheimen Erdlöchern verschwunden? Im Oberamt, haben wir uns sagen lassen, ist nämlich längst eine Lieferung angekommen.»

Der Vater erhob sich. Gegen seinen massigen Körper wirkte der schmächtige alte Seldner wie ein Hälmchen im Wind.

«Das war ein Tropfen auf den heißen Stein und hat kaum für die Oberamtsstadt ausgereicht. Hast du denn nicht gehört, dass inzwischen alle Staaten die Schotten dicht gemacht haben, du Dummkopf? Und zur Saat taugt der russische Weizen in unseren Landen ohnehin nicht.»

«Einen Dummkopf lass ich mich von Ihnen schon gar nicht schimpfen. Aber Sie alle hier an diesem schönen Stammtisch wollen uns für dumm verkaufen, das ist die Wahrheit. Ist das Korn für die Müller und Bäcker etwa vom Himmel gefallen? Genau wie Ihre Gerste fürs Bierbrauen? Wir wissen genau, dass in der Gemeindescheuer noch Vorräte lagern, und deshalb fordern wir für jede Familie zwei Simri Frucht. Und zwar zu den versprochenen Gnadenpreisen und nicht etwa, wie seinerzeit bei den Grumbieren, zu überhöhten Marktpreisen.»

«Da hört sich doch alles auf!» Der Vater wurde rot. «Ohne das Korn für uns Wirte, Bäcker und Müller gäbe es im Ort gar nichts mehr zu beißen, und glaub mir, wir zahlen selber teuer dafür. Und du schwafelst mir was von Gnadenpreisen! Hättest halt besser gewirtschaftet im letzten Jahr. Außerdem: Im Gegensatz zu den Ärmsten da draußen hast *du* noch kein Gaulfleisch gegessen oder nach Wurzeln gegraben. Warum also sollten wir dir dann die Frucht für fast umsonst geben?»

«Und ob wir Gaulfleisch gegessen haben!», brauste nun auch Matthes auf. «Der Abdecker drüben in Suppingen verkauft jetzt nämlich sein Pferdefleisch, da kann sich unsereins wenigstens hin und wieder Knochen für eine Brühe leisten.»

Lorenz schlug mit der Faust auf den Tisch. «Das ist ja wohl die Höhe! Der Schinder wagt es, sein krankes Fleisch zu verkaufen? Das muss sofort unterbunden werden.»

«Ich kümmere mich darum», versuchte der Vater ihn zu beruhigen, und Paulina wurde immer trauriger zumute. Wie vermessen diese Männer doch waren, wie hartherzig und selbstsüchtig. Vor allem von ihrem Vater war sie maßlos enttäuscht. War er schon immer so gewesen? War es ihr in ihrer sorglosen Kinder- und Jugendzeit nur nicht aufgefallen? Setzte sich die Mutter deshalb so eifrig für die Wohlfahrt ein – aus schlechtem Gewissen wegen der Haltung ihres eigenen Mannes? Dass sie schon bald ihr Elternhaus verlassen würde, war Paulina in diesem Moment fast eine Erleichterung.

Hannes gab derweil nicht auf. «Dann wenigstens *einen* Simri!», bat er den Vater flehentlich

«Nichts da! Wo nichts ist, kann auch nichts verteilt werden.»

«Ach ja?» Matthes reckte herausfordernd das Kinn. «Vielleicht haben Sie selbst ja irgendwo geheime Vorräte versteckt? Oder Sie, Heiligenbeck? Beim Maierbauern Schenk könnten wir auch mal auf die Suche gehen ...»

Paulina zuckte zusammen. Da war es wieder, dieses Gerücht, dass der Vater und einige andere Honoratioren mit dem knapp gewordenen Getreide spekulierten und sich daran bereicherten. Würde das nicht erklären, warum es ihrer Familie an nichts mangelte, obwohl kaum noch jemand das Geld hatte, zu verreisen oder im Gasthaus zu speisen, weshalb sie inzwischen nur noch an drei Tagen die Woche geöffnet hatten?

«Hinaus!», brüllte der Vater in diesem Augenblick. «Sonst lass ich euch beide wegen Verleumdung ins Arresthaus bringen.»

Hannes nahm seinen Bundesgenossen beim Arm. «Gehen wir. Es hat keinen Sinn.»

Paulina taten die beiden von Herzen leid. Die Wut auf ihren Vater wurde nur noch größer und ihr Misstrauen gegen ihn erst recht.

In der Tür drehte sich Matthes noch einmal um. «Dafür werden Sie eines Tages bezahlen müssen, Schultes. Und dass so viele Leute auswandern wollen, liegt auch an dem Unrecht, das ihnen geschieht.»

«Raus!», kam es brüllend zurück.

Paulina eilte ihnen nach. In der Diele flüsterte sie: «Sie müssen zum Herrn Pfarrer gehen. Vielleicht kann der ja weiterhelfen.»

Hannes sah sie niedergeschlagen an. «Dort waren wir gerade. Nun ja, der Herr Pfarrer tut schon alles, was ihm möglich ist. Er meinte, dass Schultes und Gemeinderat nun mal den Fruchtkasten verwalten, er selbst habe da leider Gottes nichts zu vermelden.»

Am selben Abend kam das Gespräch am Familientisch auf

die Verwaltungsreform, die König Wilhelm plante. Unter anderem sollten sowohl Schultes wie auch die Ortsvorsteher in naher Zukunft von den Bürgern gewählt und nicht mehr von der Regierung auf Lebenszeit ernannt werden. Der Vater hatte herüber deutlich seinen Unwillen geäußert, mehr noch: Es schien ihn sichtlich zu beunruhigen.

«Aber du hast doch nichts zu befürchten, oder?», fragte ihn die Mutter schließlich.

«Aber nein, wie kommst du darauf?»

Wenn Paulina indessen an den Streit zu Mittag dachte, kamen ihr mehr als Zweifel. Der Vater hatte allen Grund zu fürchten, dass seine Zeit als Schultes zu Ende ging. Mehr noch, schon jetzt konnte er offenbar zum Rücktritt gezwungen werden. Viele Gefolgsleute hatte er nämlich nicht mehr im Ort.

Sie beschloss, ihn auf die Verdächtigungen des Seldners Matthes anzusprechen. Die Gelegenheit ergab sich, nachdem sich der Vater allein und mit grimmigem Gesicht nach nebenan zurückgezogen hatte, um sein Pfeifchen zu rauchen.

«Ich muss mal eben auf den Abtritt», sagte sie der Mutter und der Köchin, mit der sie gemeinsam die Küche aufräumte.

In der großen Stube stand der Vater reglos am Fenster und starrte hinaus.

«Vater?»

Er fuhr herum. «Was gibt's?»

Mit klopfendem Herzen trat sie näher an ihn heran. Dann blickte sie ihm offen ins Gesicht.

«Darf ich dich etwas fragen, was mich sehr beschäftigt?»

«So frag halt», brummelte er, indessen nicht unfreundlich.

«Diese Gerüchte in letzter Zeit, über versteckte Kornvorräte … Wie kommt der Matthes bloß auf den Gedanken, auch dich zu verdächtigen?»

Schon bei den ersten Worten war sein Gesicht rot angelaufen, und sie fürchtete, er würde sogleich in Zorn geraten. Dann aber seufzte er laut auf und schüttelte den Kopf.

«Ach Kind, das wirst du noch lernen müssen. In Notzeiten werden die meisten Menschen missgünstig. Ich habe die letzten Jahre gut und vorausschauend gewirtschaftet, mit dem Ergebnis, dass wir ein gewisses Sparpolster haben. Das scheint man uns nun zu neiden. Hör also nicht hin, lass die Leute reden.»

Konnte sie ihm wirklich glauben? Verunsichert nickte sie. «Da bin ich sehr froh, dass an dem Gerücht nichts dran ist.»

Er kniff die Augen zusammen und musterte sie eindringlich. «Hättest du mir das wahrhaftig zugetraut? Das würde mich schon sehr enttäuschen.»

In den nächsten Tagen ertappte sie ihre Eltern immer wieder bei verhohlenen Gesprächen im Flüsterton, die sie abbrachen, wenn jemand in die Nähe kam. Obwohl Paulinas Gedanken beständig um ihre bevorstehende Flucht kreisten und sie hin- und hergerissen war zwischen freudiger Erwartung und dem Bangen, es könne noch etwas schiefgehen, entging ihr nicht, dass sich zu Hause etwas veränderte. Machte den Eltern das Gerede der einfachen Leute nun doch Angst? Oder hatten sie Sorgen, die ganz anderer Natur waren?

Ganz plötzlich wurde nämlich auch bei ihnen gespart. Schon seit einiger Zeit kam kein gutes Fleisch mehr auf den Tisch, der Kauf neuer Schuhe für sie und Ludwig wurde aufgeschoben, ihr drittes Pferd mitsamt dem leichten Einspänner verkauft, am Ende sogar das schöne Klavier. Und den dicken goldenen Siegelring trug der Vater auch nicht mehr. Hatte er ihr nicht drei Tage zuvor noch versichert, dass er ein ausreichendes Polster angespart habe? Was war geschehen, dass sich ihre Lage von einem auf den anderen Tag verändert hatte?

«Wie schlecht steht es um uns?», fragte sie ihre Mutter schließlich, nachdem zwei Trödler vor ihren Augen das Klavier fortgeschleppt hatten.

«Paulina, Liebes», erwiderte die Mutter, sichtlich angespannt, «auch wir müssen jetzt den Gürtel enger schnallen, aber das wird schon wieder. Mach dir keine Sorgen, und vertraue auf den lieben Herrgott.»

Paulina spürte, dass mehr dahintersteckte. Aber im Grunde konnte ihr das einerlei sein. An Hunger leiden würde in diesem Hause mit Sicherheit niemand, und bald schon würde sie ihrer eigenen Wege gehen.

Mit dem heutigen Samstag stand nämlich alles fest. Luise hatte sie am Vormittag, zusammen mit ihrem Bruder, zu ihrem Gang ins Hirtenhäusle abgeholt, und unterwegs hatten sie sich ungestört austauschen können. Am nächsten Donnerstag, drei Tage später als geplant, würde Friedhelm in aller Frühe aufbrechen, da nur an diesem Wochentag das Münsinger Oberamtsgericht, das am Weg lag, für Einsprüche der Bürger offenstand. Am Gertrudistag dann, in genau sechzehn Tagen also, würde sie sich vor Sonnenaufgang unter der alten Linde am Ortsausgang mit Christian treffen, und er würde Luise mitbringen, auf dass sie sich voneinander verabschieden konnten. Er schien hellauf begeistert von seinem Auftrag, Paulina nach Stuttgart zu begleiten, und hatte ihr ein ums andere Mal beteuert, dass sie sich um nichts sorgen müsse. Bis Urach seien es nur vier Wegstunden, von dort würden sie die Postkutsche nehmen, um noch am selben Tag in Stuttgart anzukommen.

«Wir könnten natürlich auch gleich die Kutsche ab Hohenstetten nehmen», hatte er am Ende noch gescherzt, «aber ich glaube kaum, dass dich dein Vater mit freundlichen Abschiedsworten einsteigen lassen würde.»

Nein, sie hatte keine Angst vor diesem Abenteuer. Der Abschied von ihrer Heimat würde sicher weh tun, aber die Vorfreude auf das Leben mit Friedhelm überwog alles bei Weitem. Daran, dass sie das Richtige tat, zweifelte sie inzwischen nicht mehr. Sie wusste, dass sie ihre Mutter vermissen würde, auch wenn ihr die Eltern immer fremder wurden. Ihre Freundin Luise würde sie sogar ganz schrecklich vermissen, doch Stuttgart war nicht aus der Welt. Und die Hoffnung, sich mit den Eltern eines Tages wieder zu versöhnen, wollte sie nicht aufgeben.

So verging für Paulina das Wochenende in einem Auf und Ab der Gefühle. Der Montag und der Dienstag folgten, und sie wurde immer fahriger und geistesabwesender in ihrem Tun, was aber weder ihren Eltern noch ihrem Bruder aufzufallen schien. Zweimal in diesen Tagen war sie Friedhelm begegnet, das eine Mal zum Gottesdienst am Kirchenportal, wo sie sich nur verstohlen angelächelt hatten, das andere Mal auf dem Heimweg von Luise, wo er sie offensichtlich abgepasst hatte. «Ich bin so glücklich, dass wir bald zusammen sind», hatte er ihr noch zugeraunt, als auch schon sein Oheim Wörlin und Meister Leberecht um die Straßenecke bogen.

Am Mittwochmorgen dann, dem Vortag von Friedhelms Abreise, stürzte eine heillos schluchzende Rosina zu ihr in die Waschküche. Paulina konnte es nicht fassen, als sie endlich verstand: Sowohl die Magd als auch ihr langjähriger Knecht Josef waren entlassen worden, wenn auch mit einer Abfindung und einem hochlöblichen Empfehlungsschreiben. Dabei waren sie noch kurz zuvor alle zusammen beim Morgenessen gesessen, ohne dass auch nur eine Andeutung in diese Richtung gefallen wäre.

«Das kann nicht sein», stieß Paulina hervor. «Warte hier.»

Sie rannte ins Haus, doch der Vater war nirgends aufzufinden. Nur die Mutter entdeckte sie in deren Schlafkammer, vor der offenen Wäschetruhe, wo sie Leintücher sortierte. Ihre Augen waren rot gerändert.

«Wie könnt ihr in diesen Zeiten Rosina und Josef entlassen?», rief Paulina aufgebracht.

«Jetzt mach mir bitte keine Vorwürfe, Kind, wo mich das selbst am meisten schmerzt.» Ihre Stimme klang weinerlich. «Unsere Lage ist gegenwärtig alles andere als einfach, aber das wirst du vielleicht erst später verstehen.»

«Und wenn wenigstens Rosina bleibt? Wenn sie nur gegen Kost und Logis arbeitet?»

«Nein, es reicht nun mal nicht für weitere Esser im Haus.»

Ungläubig schüttelte Paulina den Kopf. «Dann steht es also so schlecht um die Hirschenpost?»

Statt einer Antwort wandte die Mutter das Gesicht ab und schwieg.

Paulina brachte die immer noch leise schluchzende Schankmagd bis zur Landstraße. Dort nahm sie sie in die Arme und wusste nicht, wie sie sie trösten sollte.

«Du wirst schon wieder eine Anstellung finden, mit deinem guten Zeugnis», versuchte sie sie aufzumuntern und konnte dabei selbst die Tränen kaum zurückhalten.

«Wie denn, wo's nirgends mehr Arbeit gibt?»

«Hast du denn wenigstens jemanden, wo du unterkommen kannst?»

Rosina schulterte ihr Bündel und wischte sich über das Gesicht.

«Fürs Erste bei einem Vetter in Ulm. Aber dem geht's mit seiner Seifensiederwerkstatt grad so dreckig, wer kauft denn heutzutag noch was? Der wird mich unnützen Esser nicht lang durchfüttern wollen.»

Am liebsten hätte Paulina ihr vorgeschlagen, mit ihr zusammen in die Residenz zu gehen, aber das verbot sich von selbst. So blieb ihr nichts weiter, als der jungen Magd noch die Speckseite zuzustecken, die sie zuvor aus der Vorratskammer entwendet hatte, und ihr alles Gute zu wünschen.

# *Kapitel 23*

*5. März 1817*

Auf dem Weg ins Pfarrhaus wurden Friedhelm die Beine immer schwerer. Es war so weit. Kurz zuvor hatte er ein letztes Mal die Hirschenpost aufgesucht. Vorgeblich, um eine Zeitung zu kaufen, in Wirklichkeit aber, um vor seiner morgigen Abreise noch einmal Paulina zu sehen und in Erfahrung zu bringen, ob Gutjahr etwas ahnte. Doch der hatte ihn wie immer mit gönnerhafter Freundlichkeit begrüßt. Es war ihm sogar die Gelegenheit beschieden gewesen, Paulina beim Hinausgehen ein «Ich liebe dich!» zuzuflüstern. Dabei hatte es ihm fast das Herz zerrissen, dass er sie nicht bei der Hand und mit sich nehmen konnte, sondern zehn endlose Tage auf sie würde warten müssen.

Nun aber stand ihm ein weitaus schwererer Gang bevor: Er musste Carl Unterseher offenbaren, dass er Hohenstetten verlassen wollte. Würde der Pfarrer seinen Wegzug verhindern wollen? Immerhin verlor er den Schulmeister seiner Gemeinde.

Es war bereits dunkel, da er die Zeit des Abendessens abgewartet hatte, wo das ganze Haus bei Tisch saß. Bis zum Kirchplatz begegnete er niemandem außer dem Bettelvogt, der seine abendliche Runde machte und ihn ehrerbietig grüßte. An den beiden Tagen zuvor hatte es noch einmal kräftig geschneit, in großen, nassen Flocken, doch der sonnige Nachmittag heute hatte die ungeliebte weiße Pracht schnell zum Schmelzen gebracht und die Straßen wieder einmal mit Matsch bedeckt, der Friedhelm Stiefel und Hosenbeine bespritzte. Für einen zweitägigen Fußmarsch nicht eben die besten Verhältnisse, aber er war überzeugt, dass nun endlich der Frühling anbrach. Zumal unten im milden Neckartal.

An der Tür zum Pfarrhaus streifte er sich notdürftig den Dreck von den Schuhsohlen, dann fasste er sich ein Herz und läutete das Glöckchen, obgleich die Haustür nach wie vor jedem offenstand.

Die Hausmagd Martha öffnete. Ihm fiel erstmals auf, dass auch sie in diesen harten Zeiten sichtlich an Leibesfülle verloren hatte.

«Ach, der Herr Schulmeister! Ein herzliches Grüßgott, und kommen Sie herein.»

«Störe ich beim Abendessen?»

«Nein, nein, wir sind gerade fertig.»

Es roch nach Kohlsuppe, als er eintrat. Im Türrahmen zur Stube blieb er stehen und grüßte in die Runde. Luise und ihre Mutter warfen ihm ein warmes Lächeln zu, Christian grinste ihn mit einem verschwörerischen Augenzwinkern an.

«Ich will nicht lange stören», begann Friedhelm mit etwas unsicherer Stimme. «Aber ich bräuchte morgen einen freien Tag, Herr Pfarrer. Donnerstags darf der Bürger Einsprüche beim Oberamtsgericht einreichen, und nach reiflicher Überlegung habe ich beschlossen, die Erbaufteilung zugunsten meines Bruders anzufechten.»

«Na endlich!», rief Christian beifällig und schlug mit der flachen Hand auf den Tisch.

Unterseher nickte. «Ich denke, Sie haben sich den Entschluss nicht leicht gemacht. Aber Sie müssen wissen, dass das auf einen langwierigen Rosenkrieg hinauslaufen kann.»

«Ja, Herr Pfarrer. Aber was Adam da mit dem Notar ausgehandelt hat, ist zutiefst ungerecht.»

«Da bin ich ganz Ihrer Meinung. Gehen Sie nur, ich gebe Ihnen den Tag morgen frei. Emmanuel Dürr soll beide Klassen übernehmen, ich sage ihm morgen früh Bescheid. Er macht sich übrigens recht gut in letzter Zeit, wie ich finde.»

«Und er hat sein Herz für den Armen-Verein entdeckt», warf die Pfarrersfrau lächelnd ein. «Er ist einer der wenigen Männer im Ort, die sich für unsere Arbeit einsetzen. Von Ihnen, lieber Herr Schulmeister, natürlich abgesehen.»

Dürrs Engagement, dachte sich Friedhelm, lag wohl eher an Luise, aber auch er fand, dass sein College zugänglicher geworden war. Er bemerkte, dass Luise bei den Worten ihrer Mutter ein wenig errötet war – konnte es sein, dass sich zwischen den beiden etwas anbahnte?

«Sie dürfen mich», fuhr Unterseher fort, «sehr gerne als Bürgen Ihrer Aussage vor Gericht angeben. Wir alle hier würden bezeugen, dass Adam niemals eine höhere Laufbahn einschlagen wollte. Sondern dass er möglichst schnell das Weben lernen wollte, um Geld zu verdienen. Woran an sich nichts Verwerfliches ist. Nur dies dann gegen Sie zu verwenden, indem er Ihnen einen großen Teil des Erbes streitig macht, ist mehr als unverfroren. So wünsche ich Ihnen viel Glück für morgen.»

«Danke vielmals, Herr Pfarrer.» Er zögerte. Jetzt, wo er die Katze aus dem Sack lassen musste, wurde ihm zunehmend unwohl. «Da ist noch etwas. Aber das würde ich lieber unter vier Augen mit Ihnen besprechen.»

«Gut, gehen wir hinüber in mein Kabinett.»

Nachdem der Pfarrer die Tür hinter sich zugezogen hatte, sah er Friedhelm prüfend an. «Schon als Sie hereinkamen, wusste ich, dass Ihnen etwas schwer auf dem Herzen liegt. Sprechen Sie also freiheraus.»

Er wies auf den Lehnstuhl, doch Friedhelm schüttelte den Kopf.

«Ich will ehrlich zu Ihnen sein. Ich komme nicht zurück morgen. Ich will weiter nach Stuttgart, ein neues Leben beginnen. Als Hauslehrer oder Dolmetscher. Das mit meinem Bruder unter einem Dach, am selben Ort, das geht nicht mehr gut.»

Damit hatte Unterseher wohl nicht gerechnet. Erschrocken sah der Pfarrer ihn an, dann begann er in der kleinen Studierstube auf und ab zu schreiten. Vor dem schönen Andachtsbild blieb er stehen und schien ganz in Gedanken versunken. Friedhelm wagte nicht, ihn anzusprechen.

Endlich drehte Unterseher sich zu ihm herum. Er lächelte.

«Ich spüre, dass ich dich nicht zurückhalten kann, so gerne ich das täte», verfiel er wieder in das trauliche Du. «Du nimmst den beschwerlicheren Weg, wie ich sehe, und ich ahne, dass das nicht nur mit deinem Bruder zu tun hat. Nun, es steht dir frei, dir in der Residenz eine Arbeit zu suchen und dein Amt als Schulmeister aufzugeben. Allerdings ist es dir untersagt, vor dem Schuljahresende an Ostern zu kündigen.»

«Aber Ostern ist es zu spät!», entfuhr es Friedhelm fast verzweifelt.

Unterseher warf ihm einen durchdringenden Blick zu, dann nickte er.

«Ich verstehe, und ich will nicht weiter nach deinen eigentlichen Beweggründen bohren. Hör zu, Friedhelm: Als örtlicher Schulaufseher könnte ich dich vorzeitig in Unehren entlassen, aber das wirst du nicht wollen.»

«Nein, natürlich nicht.»

«Dann gibt es nur eine Möglichkeit: Ich weiß von nichts. Ich weiß weder, wohin du gegangen bist, noch, was du vorhast. Du hast dir lediglich freigenommen für den Einspruch bei Gericht, und wenn du nicht zurückkommst, werde ich ebenso überrascht sein wie alle hier am Ort. Und mehr will ich zu dieser Stunde auch nicht wissen.»

Friedhelm fiel ein riesiger Stein vom Herzen. «Das würden Sie für mich tun?»

Er seufzte leise. «Ich will deinem Lebensglück nicht im Wege stehen. Aber ich fürchte, es wird nicht leicht sein in Stuttgart. Dort wimmelt es nur von jungen Leuten, die ihr Glück suchen und die es dann vielleicht schlechter trifft als in ihrer Heimat. Und der Schuldienst hier im Oberamt wird dir auf immer verwehrt bleiben.»

«Ich weiß.»

«Ich nehme an, deinen Geburtsschein hast du noch, von deinem letzten Besuch beim Münsinger Notar.»

Friedhelm nickte.

«Dann schreibe ich dir jetzt noch eine Empfehlung und deklariere sie als Zwischenzeugnis.»

Mit so viel Entgegenkommen hatte Friedhelm nicht gerechnet, und fast kamen ihm die Tränen vor Erleichterung und Rührung, während der Pfarrer am Schreibpult zur Feder griff.

Am Ende tauschten sie einen herzlichen Händedruck aus.

«Sag meinem Ältesten», Untersehers Miene nahm einen wehmütigen Ausdruck an, «dass ich ihn sehr vermisse.»

«Das werde ich ganz bestimmt tun. Gottlob weiß Bescheid, dass ich komme, und ich darf vorerst bei ihm wohnen.»

«Dann lass von dir hören, sobald du dich in Stuttgart ein wenig eingerichtet hast. Oder vielleicht sollte ich besser sagen: *ihr* euch eingerichtet habt …»

Friedhelm wusste nicht, was er hierauf antworten sollte, doch der Pfarrer hatte ihm schon beim Arm genommen und die Tür zur Stube aufgeschoben. Luise und Martha räumten gerade den Tisch ab, die Pfarrerin saß mit ihrer Flickarbeit dicht beim Kerzenleuchter, und Christian schnitzte an einem Holzspielzeug für seinen Neffen Gustav.

Er sprang auf, als sich Friedhelm von allen verabschiedete. «Warte, ich begleite dich nach Hause. Ich brauch frische Luft, mit dem ewigen Kohlgestank hier herinnen.»

Friedhelm nickte. So hatten sie es ausgemacht.

Unterseher brachte sie noch bis zur Haustür, dort sagte er ernst: «Gott schütze Sie, Friedhelm. Auf Wiedersehen.»

«Auf ein Wiedersehen, Herr Pfarrer. Und danke für alles.»

Draußen hatte sich nach diesem sonnigen Nachmittag dichter Nebel gebildet. Kaum waren sie außer Hörweite, platzte Christian heraus: «Wie war es? Wie hat mein Vater reagiert?»

«Er hat mir sogar eine Empfehlung geschrieben. Er ist ein wunderbarer Mensch, dein Vater. Ich verstehe nicht, wie du ständig mit ihm in Streit geraten kannst.»

«Weil er ein verdammter Sturkopf sein kann, deshalb. Und weil es nicht immer ein Spaß ist, in einem tiefgläubigen Pfarrhaus aufzuwachsen, wo über einem nicht nur die Knute der Eltern, sondern auch die des Herrgotts ständig wacht. Du hast ihm ja wohl hoffentlich nicht verraten, dass Paulina dir nachfolgt? Und dass ich sie nach Stuttgart bringen werde? Ich selbst bin verschwiegen, das weißt du. Von mir erfährt niemand etwas von unseren Plänen. Aber mein Vater, mit seinen ewigen Gewissensnöten …»

«Nein, natürlich nicht. Aber das mit Paulina ahnt er, da bin ich mir sicher.»

«Herrschaftszeiten! Hast du dich etwa verplappert?»

«Das nicht. Aber dein Vater hat offene Augen und ein offenes Herz.»

Kopfschüttelnd ging Christian neben ihm her, die Weite Gasse hinunter.

«Wenn das mal gut geht», murmelte er.

Im Tor einer aufgegebenen Scheune blieben sie stehen. Friedhelm zog ein Beutelchen aus der Manteltasche.

«Hier. Das sind zwei Gulden in kleinen Münzen. Das sollte euch reichen für die Kutsche ab Urach. Im schlimmsten Fall überlasst es irgendwelchen Wegelagerern, bevor es gefährlich wird.»

Christian lachte auf. «Da soll nur einer kommen. Wie du vielleicht weißt, bin ich im Besitz einer Pistole.»

«Das ist nicht dein Ernst!»

«Doch. Michel hat sie mir über den Schleichhandel verschafft.»

Friedhelm starrte ihn an. War das nun beruhigend oder genau das Gegenteil? «Hör zu: Ich vertraue dir, dass du Paulina nicht unnötig in Gefahr bringst, also mach keine Dummheiten. Gottlobs Unterkunft findest du?»

«Aber ja, auf Anhieb. Ich war schon zweimal dort. Nicht gerade die feinste Gegend, übrigens.»

«Ich weiß. Deshalb will ich ja auch, dass Paulina nachkommt. Erst muss ich etwas Besseres finden. Ach ja, und vergiss nicht, ausreichend Wegzehrung einzupacken. Paulina wird nichts dergleichen dabeihaben, das würde nur unnötig Verdacht erregen.»

Sie waren kurz vor Friedhelms Haus angekommen, wo sie sich mit einer festen Umarmung verabschiedeten.

«Ich danke dir von ganzem Herzen, Christian. Du ahnst nicht, was für einen großen Gefallen du mir damit tust.»

«Schon gut. Bin froh, mal wieder eine rechte Aufgabe zu haben. Am Abend von Gertrudis wirst du deine Liebste bei dir haben, das verspreche ich dir.»

An der Linde, wo sich in zehn Tagen Paulina und Christian treffen würden, warf Friedhelm, der in der Nacht vor Aufregung kaum geschlafen hatte, einen letzten Blick zurück auf Hohenstetten. Der Marktflecken in der Senke lag in gespenstischer Ruhe, kalte Nebelschwaden schwebten über den menschenleeren Gassen, an den Hügeln ringsum lagen noch letzte Schneereste. Nur auf einem Acker am Waldrand konnte er schemenhaft zwei Gestalten ausmachen, die in aller Frühe die Erde umgruben. Wahrscheinlich auf der vergeblichen Suche nach verfaulten Grumbieren vom letzten Herbst.

Plötzlich ergriff ihn trotz der Vorfreude auf Paulina Wehmut. Würde er je hierher zurückkehren? Die Abschiede damals als Schuljunge nach Maulbronn und später als junger Mann nach Esslingen waren ihm doch um einiges leichter gefallen. Voller Erwartungen war er losgezogen, in der Gewissheit, wieder zurückzukommen in den Schoß der Familie, in den Kreis seiner Freunde. Jetzt aber herrschten andere Zeiten. Die nahe Zukunft in Stuttgart erschien ihm wie ein großes schwarzes Loch, und diejenigen, die ihm am Herzen lagen, allen voran die Pfarrersfamilie, ließ er in großer Not zurück.

Waren Paulina und er nun Verräter an ihrer Heimat, wie es dieser selbstgerechte Schultes genannt hatte? Nein, das waren sie nicht. Gutjahr selbst hatte sie zu Flüchtlingen gemacht. Wäre er nicht ihrem Glück im Weg gestanden, würde er als hiesiger Schulmeister liebend gerne alt und grau werden, während Paulina ihre Kinder aufziehen und sich weiterhin um die Bedürftigen im Ort kümmern würde. Nun aber hatten sie beide sich ein weitaus schwierigeres Los gewählt. Würde er in der Residenz baldmöglichst Fuß fassen können, um Paulina ein sorgenfreies Leben zu ermöglichen? Er machte sich nichts vor: Die anhaltende Teuerung, der Stillstand von Handel und Handwerk und die damit einhergehende Hungersnot mochten in der Stadt noch stärker zu spüren sein, da hatte Pfarrer Unterseher schon recht. Nur eine gute Ernte in diesem Sommer konnte das Land noch retten …

Er gab sich einen Ruck und begann zu marschieren, kräftig ausschreitend, soweit das auf der durchweichten Straße möglich war. Der schwere Rucksack drückte ihm anfangs auf den Schultern, vielleicht hätte er die Bücher doch zu Hause lassen sollen. Aber die Lutherbibel war ein altes Erbstück, die Englischbücher würde er in Stuttgart gewiss brauchen, und Schillers «Kabale und Liebe» bewahrte er für Paulina auf, die das Trauerspiel immer hatte lesen wollen, aber nie gewagt hatte, es mit zu sich nach Hause zu nehmen. Alle anderen seiner Bücher hatte er am Sonntag zuvor schweren Herzens bei einem Suppinger Schwarzhändler gegen Wegzehrung wie Dauerwurst und Hartkäse eingetauscht. Und die vier buntbemalten Sammeltassen mit den etwas rührseligen Aufschriften «Zum Angedenken aus treuem Herzen» oder «Aus Liebe und Dankbarkeit» sowie die mit Silber beschlagene Meerschaumpfeife seines Vaters wollte er in Stuttgart zu Geld machen.

Bis jetzt war er mutterseelenallein unterwegs, doch um seine Sicherheit sorgte er sich nicht. Es war noch sehr früh, aber bald schon würden sich die Wege füllen, sodass er sich einer Reisegruppe anschließen konnte. Außerdem hing an seinem Gürtel griffbereit das scharfe Jagdmesser, das Christian ihm geliehen hatte. Bislang hatte es zum Zerlegen der Beute gedient, die Christian und Michel beim Wildern machten. Zum Glück waren die beiden in ihrem frevelhaften Tun nie erwischt worden, und auch er, Friedhelm, hatte schon einige Male von einem Stück frischem Fleisch oder Geflügel profitiert. Ein wenig konnte er die Sorge des Pfarrers um seinen jüngsten Sohn schon verstehen: Nicht erst seit der großen Not stand Christian stets mit einem halben Bein im Gefängnis. Als Reisebegleitung für Paulina konnte es indessen keinen besseren Kerl geben. Mit ihm würde sie wohlbehalten in Stuttgart ankommen, denn wer Christian dumm kam, musste mit harten Fäusten rechnen. Oder gar nun mit einem Schuss aus der Pistole.

Am Abzweig nach Münsingen riss der Nebel plötzlich auf, und die Sonne zeigte sich am blassblauen Himmel. Wie auf ein geheimes Zeichen hin begannen rundum die Vögel ihre Frühlingslieder zu singen, trotz der Morgenkälte. Wenn das freundliche Wetter so weiterging, würde man bald schon die Sommersaat ausbringen können. Doch sogleich schoss Friedhelm düster durch den Kopf, dass hier auf den Dörfern noch immer nichts vom königlichen Saatgut angekommen war.

Unwillkürlich berührte er den Verlobungsring, den er Tag und Nacht an einem Lederband um den Hals trug und dessen Gegenstück für Paulina in seinem Hosenbund eingenäht war.

«Nein, liebste Paulina», murmelte er, «wir dürfen nicht schwarzsehen. Mit diesem Jahr brechen bessere Zeiten an.»

Die Kirchenglocken schlugen elf Uhr, als er Münsingen durch das nördliche Tor verließ. Ob bei Gericht etwas zu seinem Vorteil herauskommen würde, ließ sich nicht sagen. Aber allein für den Einspruch war er schon wieder zwei Gulden los von seinen zehn aus dem Sparstrumpf der Mutter. Blieben ihm, mit den zwanzig Gulden vom letzten Monatssalär, die er an verschiedenen Stellen in seine Kleidung eingenäht hatte, noch achtundzwanzig Gulden – nein, sechsundzwanzig, da er Christian hiervon bereits zwei zugesteckt hatte. Für Paulina und ihn zum Leben zu wenig, zum Sterben zu viel, sofern er nicht bald eine Anstellung fand.

Die Ehinger Poststraße verlief nach Norden auf Urach zu, zunächst spürbar bergauf. Am Hungerberg, noch nahe der Oberamtsstadt, füllte er an einer eingefassten Quelle seine Feldflasche auf, Seite an Seite mit einer erbärmlich verwahrlost aussehenden Familie. Von diesen armen Menschen hielt er sich tunlichst fern und beeilte sich weiterzugehen, indessen nicht aus Standesdünkel, sondern weil er nicht von Landjägern aufgegriffen werden wollte. Stattdessen schloss er sich wenig später zwei Wanderschustern an, die ihn sogleich duzten und ihm treuherzig erzählten, dass es ihnen nicht schlecht erginge in diesen Zeiten.

«Niemand hat Geld für neue Schuh', da braucht man uns erst recht. Auch wenn wir nicht reich werden mit unserm Handwerk, so gibt's doch auf jedem Hof was zu essen für uns.»

Seine Reisegefährten, beide mittleren Alters und mit wettergegerbten, vollbärtigen Gesichtern, schritten zügig aus, und auch Friedhelm war, als zöge ihn sein Ziel, selbst wenn es noch in weiter Ferne lag, an wie der Magnet das Eisen. Ohne müde oder hungrig zu werden, wanderte er an ihrer Seite durch die karge, steinige Landschaft der Alb, zunächst über windige, mit wildem Holz dünn bewachsene Grasböden, die nur einmal im Sommer gemäht werden konnten und trotzdem kein gutes Futter brachten, dann durch das Tal der Erms stetig leicht bergab. Die Straße war im Übrigen in einem beklagenswerten Zustand: Immer wieder waren die Ränder von Regenfluten weggerissen oder von Erdrutschen bedeckt und nur notdürftig freigeschaufelt, so manche Brücke halb zerstört. Immerhin wurde die Sonne nicht müde zu scheinen.

In der Oberamtsstadt Urach, dem einstmals weitberühmten Zentrum der Leinenweberei und drei Wegstunden von Münsingen entfernt, trennten sich die Wanderschuster mit einem herzhaften Händedruck von Friedhelm. Er befand sich nun wieder auf der Poststraße, die von Ulm her durch Hohenstetten nach Stuttgart führte, und war sich deshalb sicher, nicht lange allein zu bleiben. In Gedanken schickte er einen Gruß zu Paulina.

Doch er sollte sich täuschen. Schon zuvor war ihm aufgefallen, wie wenige Reisende unterwegs waren, jetzt fanden sich nur noch einzelne, grimmig dreinschauende Knechte auf der Straße, wohl auf der Suche nach einer Arbeit. Wenn man sich begegnete, warf man sich misstrauische Blicke zu statt eines freundlichen Grußes. Einmal traf er auf zwei magere, in Lumpen gehüllte Weiblein, die am Wegrand dürres Holz sammelten und die Flucht ergriffen, als er näher kam, ein andermal auf eine Familie, die frische Weidenkätzchen und Haselblüten von den Sträuchern schnitt und mit ausgestreckten Händen auf ihn zu liefen: «Erbarmen Sie sich, lieber Herr. Wir haben Hunger!» Nach kurzem Zögern fischte er ein paar Kreuzer aus der Tasche und überreichte sie dem Vater.

Als er die Ortschaft Dettingen erreichte, schlugen die Glocken des Kirchturms drei Uhr. Jetzt begann sein Magen doch zu knurren, aber als er sich am Marktbrunnen niederließ, um seine Brotzeit auszupacken, marschierte prompt ein Büttel herbei.

«Weitergehen, bitte schön. Wir dulden keine fremden Vaganten und Hausierer.»

«Bin weder das eine noch das andere», gab er fast empört zurück, «sondern auf der Durchreise nach Stuttgart.»

«Das ist mir wurscht. Machen Sie Ihre Rast woanders.»

Was ist das nur für eine Feindseligkeit überall, dachte Friedhelm traurig, während er wieder seinen Rucksack schulterte.

Nach einem kurzen Imbiss nahe der von Hochwassern stark beschädigten Brücke über die Erms beschloss er, bis ins Neckartal weiterzuwandern. Damit hätte er das längste Stück seiner Wanderung geschafft. Zunächst ging es noch einmal recht stramm bergauf, danach zum Glück stetig bergab, und er schritt schneller aus. Bis Einbruch der Dunkelheit wollte er die Oberamtsstadt Nürtingen erreicht haben und sich dort ein einfaches Quartier suchen. Obendrein wurde ihm allmählich mulmig zumute angesichts der fast ausgestorbenen Poststraße. Ihm war, als würde in der Welt kein richtiges Leben mehr stecken, als hätte sich alles in einen Dämmerschlaf verkrochen. Das bedeutete auch: Niemand würde ihm zu Hilfe eilen, sollte ein Wegelagerer ihn sich als Opfer aussuchen. Und ein begnadeter Kämpfer war er nicht gerade, trotz seines Jagdmessers. Dass Christian mit einer Pistole unterwegs sein würde, beruhigte ihn nun ungemein.

Als er in der Dämmerung das Stadttor von Nürtingen erreichte, schlug er drei Kreuze und dankte dem Herrgott inständig für dessen Schutz. Trotz der späten Tagesstunde war die Luft hier im Neckartal deutlich milder als auf der Alb, an vielen Büschen und Bäumen zeigten sich die ersten zarten Triebe, und die Vögel gaben nun ihr Abendkonzert, sich um keine Not der Welt kümmernd. Obwohl ihm die Füße von dem langen Marsch brannten, breitete sich in seiner Brust endlich das Gefühl freudiger Erwartung aus.

In der Oberen Stadt fand er denn auch sogleich eine kleine, wenn auch recht schäbige Herberge, wo ihm der freundliche Wirt einen Strohsack im fast leeren Männerschlafsaal zuwies. Unter anderen Umständen hätte er sich das Übernachtungsgeld gespart und sich irgendwo einen Heuschober gesucht, doch in diesen Zeiten voller Diebesbanden und Bettler schien ihm das zu gefährlich.

Nachdem er sich in der verrauchten Wirtsstube mit einem Becher Dünnbier und einer faden Graupensuppe gestärkt hatte, ließ er sich müde auf den Strohsack fallen, dachte daran, dass ihn nur noch fünf Wegstunden vom Ziel seiner Reise trennten und dass er alsbald auf immer mit Paulina vereint sein würde. Dann fiel er in einen traumlosen Schlaf.

# *Kapitel 24*

*7. März 1817*

Erst zum frühen Nachmittag erreichte Friedhelm den Rand des Stuttgarter Talkessels. Der Weg über die Filder war weiter und anstrengender gewesen, als er gedacht hatte. Zu seinem Schrecken lagen selbst auf dieser für ihre fruchtbaren Böden bekannten Hochebene die Äcker brach, und je näher er der königlichen Residenzstadt kam, desto größer wurden die Scharen von Bettlern.

Über die Heusteige ging es schließlich von der Filderhöhe steil hinab ins Nesenbachtal, auf halbem Wege hielt er inne. Zuletzt war er als Knabe in Stuttgart gewesen, mit der ganzen Familie. Er erinnerte sich noch genau daran, wie er gestaunt hatte über die herrschaftlichen Häuser, all die vornehmen Damen und Herren, die vor dem damals neu erbauten Königsschloss flanierten, und über den Lärm der zahlreichen Kutschen und Fuhrwerke. Der Vater hatte hierzu mit deutlichem Spott in der Stimme gesagt: «Guckt nur genau hin, Kinder – das alles brauchen wir nicht!»

Der Blick hinunter auf die Residenzstadt war beeindruckend. Sie lag in einem Seitental des Neckars, malerisch eingebettet zwischen Wald- und Weinbergen. Deutlich waren Altes und Neues Schloss mit den königlichen Gärten, die Stiftskirche und der weitläufige neue Marstall auszumachen, und das war auch die Gegend, die er damals mit seiner Familie erkundet hatte. Der

Rest der Stadt war ihm gänzlich fremd, und sie schien ihm von hier oben doch um einiges größer zu sein, als er es in Erinnerung hatte, was ihn nun doch ein klein wenig beunruhigte. Immerhin hatte er Gottlobs Wohnsitz im Kopf: Judenstraße 278 in der Leonhardsvorstadt.

«Juden leben hier schon lang nicht mehr», hatte Gottlob ihm hierzu in seinem letzten Brief geschrieben, «sondern rechtschaffene Taglöhner und Arbeiter. Das schmale Sträßchen ist leicht zu finden: Wenn du von den Fildern die Heusteige herabkommst, landest du auf dem großen Platz vor dem Waisenhaus, ein riesiges, fast dreieckig geschnittenes Gebäude. Dort nimmst du die Esslinger Straße zur Linken, dann wiederum die zweite Straße links. Das sechste Haus auf der rechten Seite ist es.»

Fröstelnd marschierte er weiter bergab, denn der Himmel hatte sich zugezogen, und es wehte ein kalter Wind. Auf besagtem Platz, an dem sich Reste eines alten Stadttors befanden, hatten sich ein halbes Dutzend Polizeidiener in schwarzer Uniform aufgestellt, zwei davon hoch zu Ross, um einem Großteil des ärmlichen Volkes den Einlass in die Stadt zu verwehren. Friedhelm selbst durfte, da er anständig gekleidet war, unbesehen passieren und fand sich bald darauf am Eingang zur Judenstraße wieder, einem düsteren Gässchen. Diese schäbige, ungepflasterte Gasse, die mit Löchern durchsetzt und von einem schmierigen Morast bedeckt war, eine Straße zu nennen, konnte nur ein Scherz sein, doch dann fiel ihm ein Zeitungsbericht ein, den er vor langer Zeit einmal gelesen hatte: dass nämlich der alte König Friedrich vor einigen Jahren den Begriff *Gasse* aus dem Straßenverzeichnis getilgt hatte, um seiner Residenzstadt mehr Glanz zu verleihen.

Friedhelm kam sich zwischen den rechts und links aufragenden Gebäuden vor wie in einer engen Schlucht, in die kaum Tageslicht hereinfiel, zumal die meisten oberen Stockwerke überkragten. Die spitzgiebeligen, recht hohen Fachwerkhäuser mit ihren vor Schmutz blinden Fenstern hatten schon lange keinen frischen Anstrich gesehen, von Fenstersims zu Fenstersims waren quer über die Gasse Leinen gespannt. Was daran zum Trocknen oder Lüften hing, war eher Lumpenzeug als Kleidung zu nennen. Hinzu kam der Gestank nach ausgeleerten Nachttöpfen und fauligen Essensresten, der ihm schier den Atem nahm, wo er doch an die raue, aber gute Luft der Alb gewöhnt war. Er mochte es kaum glauben, dass Gottlob hier freiwillig wohnte.

«Ist das die Judenstraße?», fragte er zwei schmutzige Knaben, die ihn misstrauisch beobachteten. Der ältere nickte, dann rannten sie zu ihren Kameraden davon. Plötzlich fühlte er sich von allen Seiten beobachtet: Fenster klappten auf, Türen öffneten sich einen Spalt breit, schräg gegenüber auf einer Schwelle entdeckte er eine unter einer Pferdedecke zusammengekrümmte Gestalt mit schlohweißem Haar, die unverhohlen zu ihm herüberstarrte. Ob Mann oder Frau, war nicht auszumachen.

Hausnummern konnte Friedhelm keine entdecken, und so begann er die Eingänge zu zählen: Das sechste Gebäude befand sich neben einem verfallenden Torbogen zu einem schmalen, dunklen Hof. Gerade als er dort vorbeikam, geschah, was er die ganze Reise über gefürchtet hatte: Jemand packte ihn schmerzhaft an der Gurgel! Er erschrak bis auf die Knochen, als er auch schon rückwärts in den Hof hineingezerrt wurde.

«Geld her, oder es geht dir dreckig», zischte eine noch junge Stimme dicht an seinem Ohr, während der Arm des Angreifers seinen Hals umklammerte wie eine Schraubzwinge. Trotzdem gelang es ihm, den Kopf zu wenden: Er blickte in das hagere, bartlose Gesicht eines Burschen, der um einiges jünger war als er selbst, mit struppigem Haar und rot geränderten Augen. Es war kein böses Gesicht.

Obwohl er kaum Luft bekam, wollte Friedhelm nicht klein beigeben. Nicht gleich an seinem ersten Tag in Stuttgart. Keuchend tastete er unter dem offenen Mantel nach dem Messer, bekam es schließlich zu fassen und zog es heraus. Indessen so ungeschickt, dass es ihm aus der Hand zu Boden fiel. Sofort setzte sein Widersacher seinen klobigen Stiefel darauf, wobei sich dessen Griff lockerte und Friedhelm wieder atmen konnte.

«Ich hab nur ein paar Kreuzer bei mir», stieß er hervor. «Willst du mich dafür abstechen?»

«Das schöne Jagdmesser ist auch nicht schlecht», grinste der Kerl und hob es auf. Dann gab er ihm noch einen kräftigen Stoß, der ihn gegen die Hauswand taumeln ließ, und ergriff die Flucht.

«Verdammter Mist!», fluchte Friedhelm, immer noch erschrocken, und rieb sich die schmerzende Kehle. Dass das gute Messer weg war, würde Christian nicht gerade freuen. Andererseits war er ungeschoren davongekommen. Er würde künftig um einiges vorsichtiger sein müssen.

Mit einem letzten Räuspern trat er aus dem Tor und sah sich um. Die Gestalt unter der zerschlissenen Decke war verschwunden, ebenso die Kinder. Nur ein paar herrenlose Hunde streunten herum. Was für eine elende Gegend!

Die wenigen Schritte zum Eingang des Hauses, das es seiner Berechnung nach sein musste, schlich er mit dem Rücken zur Wand. Als er die nur angelehnte Tür aufschob, schlug ihm modriger Geruch entgegen. Allerhand kaputtes Gerümpel fand sich im Flur, der von einem Fensterchen zum Hof nur spärlich erhellt wurde. Dort führte auch die Treppe nach oben, deren ausgetretene Stufen unter seinem Gewicht laut knarzten.

Zwei Türen fanden sich im ersten Stockwerk, von denen weder die eine noch die andere geöffnet wurde, als er kräftig dagegenklopfte. Im Stockwerk darüber befand sich nur eine einzige

Wohnung, deren Tür einen Spalt weit offen stand. Von drinnen hörte er Frauenstimmen.

«Ist jemand zu Hause?», rief er laut hinein.

«So komm halt herein, wo doch offen ist», schallte es zurück.

Es war ihm unangenehm, eine fremde Wohnung zu betreten, und so blieb er auf der Schwelle zu einem langen, dunklen Flur stehen, von dem mehrere Zimmer abgingen. Ein süßlich aufdringlicher Duft nach Veilchen oder Ähnlichem stieg ihm in die Nase.

«Hallo?», rief er erneut, als ihm auch schon eine junge Frau entgegenkam. Sie war mager und äußerst befremdlich gekleidet mit ihren langen, löchrigen Wollstrümpfen, dem hellblauen Unterrock, von dem vorne ein Stück Saum herunterhing, und der dicken, von Mottenlöchern durchsetzten Strickjacke darüber. Ihr blasses Gesicht mit den großen Augen und dem breiten Mund war umrahmt von feuerroten, künstlich wirkenden Locken.

«Wenn du zu mir willst, Fremdling», sagte sie nicht unfreundlich, «bist du zu früh.»

«Nein, nein, ich suche den Gottlob, Gottlob Unterseher», erwiderte er verwirrt. «Ich bin ein guter Freund von ihm.»

Ihr Blick wurde misstrauisch. «Wie heißt du?»

«Friedhelm Lindenthaler. Wir sind zusammen aufgewachsen.»

«Du bist also der Friedhelm?» Sie streckte ihm die schmale Hand entgegen, und er schlug ein. «Der Gottlob hat viel von dir erzählt. Ich bin die Fanny.»

«Seid ihr … seid ihr befreundet?»

«Schon. Aber nicht so, wie du denkst. Er wohnt oben, ist aber jetzt noch auf Arbeit. Warte, ich bring dich hinauf.»

Sie nahm einen Schlüssel vom Wandhaken, schlüpfte in ein paar Holzpantinen und stieg vor ihm die Treppe hinauf.

«Normalerweise kommt er um vier nach Hause», sagte sie dabei, «aber es kann auch später werden.»

Oben sperrte sie die Wohnungstür auf, von der die dunkelgrüne Farbe abblätterte, und rief in den Flur: «Ich bin's, die Fanny.»

Hatte Friedhelm gedacht, sein Freund würde allein hier wohnen, so sah er sich getäuscht. Die erste Tür rechts führte in ein mittelgroßes, offenstehendes Zimmer, in dem zwei Schnüre unter der Decke gespannt und mit Windeln, löchrigen Strümpfen und Unterkleidern behängt waren. Auf dem Bettrand kauerte eine Frau mit strähnigem Haar, die ihren Säugling stillte, neben ihr lag ein schnarchender Mann. Als Friedhelm sie freundlich grüßte, sah sie nur kurz auf, ohne eine Miene zu verziehen. Das gegenüberliegende Zimmer war verschlossen, das nächste ebenso, dann kamen sie an der verqualmten Küche vorbei, in der, das zeigte schon ein erster Blick, eine heillose Unordnung herrschte.

Vor der hintersten Tür blieb Fanny stehen und schloss auf.

«Hier wohnt der Gottlob. Nicht dass du denkst, von uns klaut wer, aber sicher ist sicher.» Sie zwinkerte ihm zu. «Du bist ja auch einfach ins Haus marschiert.»

Gottlobs Stube war ein dunkles Loch mit einem einzigen Fensterchen zum Innenhof. An Mobiliar fand sich nur ein Bett, ein wackliges Tischchen mit einem Schemel davor und ein schmaler Schrank. Mehr hätte hier auch nicht Platz gehabt.

Friedhelm traute seinen Augen nicht. Dass Gottlob so ärmlich hauste, hatte er ihm nie geschrieben.

«Wie gesagt, es kann noch 'ne Weile dauern, bis er wieder da ist. Kannst aber gern auch runterkommen und einen Kaffee mit mir trinken.» Sie strahlte ihn an und tätschelte dabei seinen Arm. «Ist aber nur aus gemahlenen Bucheckern.»

Diese Fanny wirkte sehr nett, aber irgendetwas an ihr war

seltsam, nicht nur ihr Aufzug. Außerdem verunsicherte ihn dieses überaus freizügige Dekolleté unter der offenen Strickjacke.

«Danke, sehr freundlich von dir», gab er zurück. «Aber ich will mich ein bisschen ausruhen. Der Weg von der Alb herab war weit.»

Sie lächelte noch breiter. «Wie du meinst. Kannst es dir ja noch mal überlegen. Ich an deiner Stelle tät die Tür auflassen, dann wird's ein bissle warm, von der Küche her.»

Er nickte und ließ sich auf den Bettrand sinken. Wenigstens hielt Gottlob sein Zimmer blitzblank geputzt und aufgeräumt.

Im Türrahmen drehte sich Fanny noch einmal um. «Bleibst du länger?»

«Vielleicht, mal sehen», gab er zurück und dachte bei sich, dass er es hier keine Woche aushalten würde.

Als sie verschwunden war, schloss er trotz der feuchten Kälte im Raum doch die Tür, da der Säugling zu schreien begann. Durch die Wand nach nebenan hörte er die tiefen Stimmen von Männern, die sich lautstark zankten.

Erschöpft streckte er sich auf dem Bett aus, nachdem er die schmutzigen Stiefel ausgezogen hatte, und schloss die Augen. Hier konnte er Paulina unmöglich unterbringen, zumal er seinem Freund in dieser Enge ohnehin nicht zur Last fallen wollte. Die Suche nach einer Wohnung war also genau so dringlich wie die nach einer Anstellung.

Kurz darauf musste er eingedöst sein. Als er von einem lauten Knarren auffuhr, wusste er im ersten Augenblick nicht, wo er sich befand. Er sprang vom Bett auf, als Gottlob auch schon vor ihm stand.

«Mensch Friedhelm, alter Freund, ich hatte dich erst für heute Abend erwartet. Komm her, lass dich umarmen.»

Voller Freude drückte Friedhelm ihn an sich. Dann trat er einen Schritt zurück und musterte Gottlob. Mit seinen breiten Schultern unter dem blauen Leinenkittel und dem wachen, neugierigen Blick aus den leicht hervorstehenden Augen sah er gesund und kräftig aus. Täuschte er sich, oder waren seine eher weichen, empfindsamen Gesichtszüge kantiger geworden? Jedenfalls wirkte er viel reifer und männlicher, als er ihn in Erinnerung hatte.

«Gut siehst du aus!»

«Du auch. Das Schulmeisterdasein scheint dir zu bekommen. Wie lange haben wir uns nicht mehr gesehen? Ein Jahr? Zwei Jahre?»

Friedhelm lachte glücklich. «Eineinhalb Jahre. Viel zu lange. Du hättest dich ruhig einmal in Hohenstetten blicken lassen können.»

«Oder du dich hier in Stuttgart.» Gottlob schlug ihm auf die Schulter, dann setzten sie sich nebeneinander auf die Bettkante. «Wie geht es meiner Familie? Man hört ja Schlimmes von der Not auf dem Land.»

«Ich soll dich von Christian, Luise und deinem Vater herzlich grüßen, deine Mutter weiß vorerst nicht, dass ich hier bin. Aber es geht ihnen allen so weit gut. Der Glaube hilft ihnen viel.»

Gottlob verzog das Gesicht. «Der Glaube an den gütigen oder an den zornigen Herrgott? Ich glaube lieber an den Fortschritt der Menschheit – nur der kann auf Dauer solche Notzeiten lindern.»

Ohne auf diese Bemerkung einzugehen, fuhr Friedhelm fort: «Von deinem Vater soll ich dir ausrichten, dass er dich sehr vermisst. Melde dich doch bald mal bei ihm.»

«Dann ist er mir also nicht mehr gram, wo ich in seinen Augen alles hingeschmissen habe?»

«Nein, genauso wenig wie ich. Himmel, was hattest du mir alles vorgeworfen bei unserem schlimmen Streit damals.»

Gottlob lächelte verlegen. «Na ja, du kennst mich ja. Manchmal kann ich schon ein rechter Hitzkopf sein. Aber ich hab dir ja geschrieben, dass es mir leidtut. Und auch das mit deiner Mutter tut mir sehr leid. Glaub mir, ich wäre gern an deiner Seite gewesen, als sie gestorben ist.»

«Ich weiß, das hattest du mir geschrieben.» Friedhelm stockte. «Sag, hast du es nie bereut, dass du hierhergezogen bist?»

«Nein. Ich habe gute Freunde gefunden, meine Arbeit in der Druckerei ist nicht schlecht, und ich lebe mein eigenes Leben. Auch wenn's manchmal hart ist.»

Unwillkürlich sah sich Friedhelm in dem schäbigen Zimmerchen um.

Gottlob schien seinen Blick bemerkt zu haben. «Bis vor einem halben Jahr hatte ich eine kleine Wohnung drüben in der Esslinger Straße. Aber die Stadt ist überfüllt mit Arbeitssuchenden und entlassenen Soldaten, Wohnungen sind knapp, und die Mietzinsen steigen fast wöchentlich. Da konnte ich noch froh sein über dieses Zimmer. Die anderen wohnen alle zu mehreren in einem Raum.»

Da platzte es aus Friedhelm nun doch heraus: «Wie hältst du es hier bloß aus? Ich bin gleich mal überfallen worden, im Torbogen nebenan.»

«Schockschwerenot! Was ist dir passiert?»

Friedhelm winkte ab. «Halb so schlimm. Irgendein hergelaufener Dieb hat mich in den Schwitzkasten genommen und mir mein gutes Jagdmesser abgeluchst. Das heißt, eigentlich gehört es deinem Bruder.»

«Du lieber Himmel, das hätte schlimmer ausgehen können. Ich hätte dich vorwarnen sollen. In der Stadt wimmelt es von

Verzweifelten. Da kommt so was schon mal vor in manchen Gegenden, zumal wenn man so offensichtlich ein Fremder ist und noch dazu gut betucht wie du.»

«Gut betucht», murmelte Friedhelm. Aber im Grunde hatte sein Freund recht. In den Augen dieser Leute hier musste er wie ein vom Schicksal begnadeter, wohlhabender junger Mann wirken.

«Ich wusste nicht», sagte er laut, «dass du so beengt lebst. Da will ich dir wahrhaftig nicht tagelang auf den Pelz rücken. Kennst du also eine einfache Herberge in der Nähe, wo ich im Schlafsaal unterkommen kann?»

«Wo dir dann deine Ersparnisse geklaut werden? Ich nehme mal an, du hast alles in den Saum deiner Kleidung eingenäht, was so manche Schlafgäste ganz genau wissen. Nein, du bleibst bei mir, bis du was gefunden hast. Ich besorge noch heute Abend einen zweiten Strohsack und schlafe auf dem Boden, und wenn Paulina kommt, kann ich auch vorübergehend unten bei den Mädchen wohnen.»

Friedhelm stupste ihn in die Seite. «Die Fanny kenne ich schon. Ist sie deine heimliche Braut?»

Gottlob lachte laut auf. «Aber nein, nur eine gute Freundin. Hast du nicht gemerkt, welcher Profession sie nachgeht?»

Er musste die Bestürzung in Friedhelms Miene gesehen haben, denn er lenkte sofort ab. «Du bist bestimmt hungrig. Es gibt bald eine Suppe, die Käthe kocht für mich mit. Die hast du auch schon gesehen, die mit dem kleinen Wurm. Ihr Mann hat keine Arbeit und säuft den ganzen Tag, wenn er nicht schläft. Sie verdient sich ein bisschen was, indem sie mich mitversorgt und bei mir aufräumt. Du wirst sehen, die sind alle sehr nett hier im Haus.»

Über diesen letzten Satz musste Friedhelm schon fast grinsen, auch wenn er innerlich noch immer reichlich fassungslos war. «Also gut. Wenn es dir wirklich nichts ausmacht, bleib ich bei dir. Zumindest so lange, bis Paulina ankommt. Nicht dass du denkst, ich wäre mir zu fein, um hier zu wohnen.»

«Das freut mich. Jetzt erzähl aber endlich von dir. Wie hat das mit Paulina angefangen? Ich finde ja, ihr beide passt wunderbar zusammen. Und von deinem wiederauferstandenen Bruder musst du mir auch erzählen. Du hast ja nur angedeutet, wie er dir das Leben schwer macht.»

So plauderten sie eine Weile, während sie darauf warteten, dass Käthe sie zum Essen in die Küche rief. Friedhelm hatte das wunderbare Gefühl, dass sie sich trotz der langen Trennung vertraut waren wie eh und je.

«Nach dem Essen will ich zu einer Versammlung meines Gesellenvereins», sagte Gottlob schließlich. «Komm doch mit. Es ist gleich hier um die Ecke, in der Brunnenstraße. Dann lernst du auch den Kaufmann Heinrich Lotter kennen, der dort seit Jahren die Suppen- und Beschäftigungsanstalt für die Armen betreibt. Ein beeindruckender Mensch, ohne jeden Standesdünkel. Und keine Angst, wir anderen sind auch keine tollkühnen Revolutionäre, die einen Umsturz planen. Wir wollen dem König und seinen trägen, gleichgültigen Ministern nur zeigen, dass man das gemeine Volk nicht einfach seiner Not überlassen darf.» Gottlobs Augen funkelten plötzlich vor Leidenschaft.

«Ich weiß nicht … Ich bin ziemlich müde von der Reise.»

«Aber es wäre schon wichtig, wenn wir im Verein mehr Zulauf von klugen Köpfen hätten. Du glaubst nicht, was für ein Elend jetzt selbst in der Residenz herrscht. Immer mehr Manufakturen entlassen ihre Arbeiter, die Handwerker ihre Gesellen, die Bürger ihre Dienstboten, und das, wo die Preise in den Himmel schießen. Du weißt es ja selbst, Lebensmittel, Kleidung oder

Brennholz sind kaum noch zu bezahlen. Grad die Dienstboten und Taglöhner haben hier eben kein Gärtle zur Eigenversorgung wie bei euch auf dem Land. Selbst Handwerker und niedere Beamte können sich kaum noch ernähren, und eine Krankheit oder ein Unfall kann das Aus bringen. Was meinst du, warum es hier nur so von Vaganten und Bettlern wimmelt?»

Sein Freund hatte sich wieder einmal in Fahrt geredet, und Friedhelm wollte ihn nicht enttäuschen. «Das nächste Mal gehe ich ganz bestimmt mit, versprochen.»

In diesem Augenblick schwang die Tür auf, und ein junger Kerl steckte den Kopf herein: «Das Essen ist fertig.»

«Wir kommen, Oskar.» Gottlob erhob sich vom Bettrand.

Doch Friedhelm blieb wie erstarrt sitzen, und auch der andere glotzte ihn mit großen Augen an. Dieser Oskar war kein anderer als der dreiste Dieb, der ihm das Messer abgenommen hatte!

«Da muss ich dir wohl was zurückgeben», murmelte Oskar entgeistert und nestelte an seinem Gürtel herum. «Hier. Tut mir wirklich leid.»

Friedhelm war drauf und dran, ihm vor Wut an den Kragen zu gehen, doch das erledigte bereits Gottlob.

«Bist du von Sinnen, meinen besten Freund zu überfallen?» Er schleuderte den sehr viel Schmächtigeren so heftig gegen den Türrahmen, dass dieser aufstöhnte.

«Verdammt, das konnte ich doch nicht ahnen», stieß Oskar hervor. «Ich sag doch, dass es mir leidtut.»

«Lass gut sein, Gottlob», beschwichtigte Friedhelm und musste plötzlich lachen. In was war er da nur hineingeraten? In eine Gesellschaft von Dieben, Huren und Säufern!

Am nächsten Morgen weckte Gottlob ihn früh, noch vor Tagesanbruch, aus einem wunderschönen Traum: Er saß mit Paulina in einer wohlbeheizten Stube mit Stuckdecke und hohen Fenstern, sie am Klavier, er selbst mit ausgestreckten Beinen im Lehnstuhl, ihr lauschend. Zwischen ihnen in der bunt bemalten Wiege schlief ihr kleines Töchterlein. Es erwachte, begann leise zu weinen, das Weinen wurde stärker … und mit einem Mal sah er das Gesicht des Freundes über sich, der ihn an den Schultern rüttelte und «Wach auf!» rief. Das inzwischen herzzerreißende Hungergeschrei kam aus der Küche, wo der Säugling von Gottlobs Zimmernachbarin offenbar nach der Brust verlangte.

Unter leichten Kopfschmerzen erhob sich Friedhelm und kleidete sich an. Mit Oskar hatte er sich am Abend zuvor bei einer Flasche billigem Fusel halbwegs versöhnt, das rächte sich jetzt. Zum Glück hatte er schon am Vorabend seine Kleidung gerichtet, den Staub aus Mantel und Hose geklopft und die Stiefel blank gewienert.

Sorgfältig fuhr er sich mit dem Kamm noch einmal durch die widerborstigen Haare, als Gottlob zu drängen begann.

«Los, beeil dich. Für jede Minute, die ich zu spät komme, wird mir eine Stunde vom Lohn abgezogen.»

«Ich will halt ordentlich aussehen und einen guten Eindruck machen.»

Sie hatten vereinbart, dass Friedhelm ihn in die königliche Hof- und Canzleydruckerei begleiten würde, um dort zumindest für die erste Zeit nach Arbeit zu fragen. Auf irgendwelche Hilfsarbeiten war Friedhelm natürlich auf lange Sicht nicht sonderlich erpicht, er wollte vielmehr gleich hinterher auch bei den vornehmen Bürgerhäusern anklopfen und war voller Zuversicht, dass er bald schon in guter Stellung sein würde.

So zogen sie los, beide mit einem Stück trocken Brot in der Tasche. Über der Stadt lag der rosige Schimmer des Tagesanbruchs, als sie die belebte Esslinger Straße entlangeilten, in einem Pulk von Leuten, die es ebenso eilig hatten, zur Arbeit oder sonst wohin zu kommen.

«Hast du eigentlich bemerkt», fragte Friedhelm in freudiger Erwartung, «dass die Sonne wieder richtig scheint, gerade so, wie es sein soll im Frühling? Dass die Vögel wieder singen und die Bäume wieder frühzeitig ausschlagen?»

«Nee», kam es brummelnd und mit müder Stimme zurück. «Ganz davon abgesehen: Sonne und Wärme mögen schön sein, aber sie bringen die Menschen nicht in Arbeit und machen sie nicht satt.»

Auf dem Charlottenplatz waren zu dieser frühen Stunde noch keine Polizeiwächter zu sehen, dafür strömte nun allerlei armes Volk in die Stadt. Darunter etliche hohlwangige, barfüßige Kinder und so einige Kriegsversehrte, ohne Arme, mit nur einem Bein oder gar keinem zwischen ihren Krücken.

«Die kommen zum Betteln aus den Dörfern rundum», erklärte ihm sein Freund. «Jeden Samstag, jeden Sonntag. Halte dich bloß zurück, vor allem bei den Kindern: Gibst du dem einen nur das Geringste, hast du das Jammern aller in den Ohren.»

Doch Friedhelm hatte nach seiner gestrigen Erfahrung ohnehin nur eine Handvoll Kreuzer eingesteckt, und die waren für ein bescheidenes Mittagessen in irgendeiner Kaschemme vorgesehen.

Als sie bei der altehrwürdigen Stiftskirche vorbeikamen, verstand er, was sein Freund meinte: Scharen zerlumpter Kinder umlagerten das Gotteshaus und die wenigen Viktualienstände zwischen Kirche und Altem Schloss, dazwischen kauerten Weiber auf dem Kopfsteinpflaster, mit ihren kleinsten Sprösslingen auf dem Schoß. Kaum dass sie den Platz betreten hatten, schossen die Bettelkinder auf sie zu, hängten sich an ihre Arme, zupften an ihrem Mantelsaum. «Ein Stückle Brot!» «Einen Kreuzer nur!» «Erbarmt euch, wir hungern», riefen sie klagend und mit aufgerissenen Augen. Und das, obwohl der Kinder- und Gassenbettel hier wie überall streng verboten war.

«Geh einfach weiter», zischte Gottlob ihm zu. «Wer wirklich helfen will, der muss die Verhältnisse umkrempeln.»

Friedhelm erschrak fast. Im Gegensatz zu den verschämten Armen in Hohenstetten kam der Bettel hier lautstark lamentierend daher, mit Weh- und Jammergeschrei. So flüchteten sie förmlich durch den Canzleybogen hinüber in die breite, schnurgerade Königsstraße, die an dieser Stelle die alte innere Stadt verließ, um vorbei an dem mit Bäumen umsäumten Schlossplatz der Residenz bis zum neuen Königstor zu führen – als wahre Paradestraße mit prachtvollen Gebäuden links und rechts, durchwegs gepflastert und mit fünf Schuh breiten, blitzsauberen Gehwegen aus Steinplatten versehen.

Nicht weit vom Schlossplatz befand sich auch die Druckerei, wo Gottlob ihn zu einem kleinen, dunklen Bureau neben dem Eingangstor führte, um sich dann eiligst zu verabschieden. Dort musste Friedhelm fast eine Stunde auf den Vorarbeiter warten, nur um dann zu erfahren, dass man keine Verwendung für ihn habe, trotz oder gerade wegen seiner qualifizierten Kenntnisse und Fähigkeiten.

«Meine Erfahrung sagt mir, dass gerade hochgebildete Leute wie Sie den Bettel alsbald hinschmeißen», erklärte der Mann missmutig. «Sie wären besser in Ihrer Schule auf der Alb geblieben.»

Zum Abschied schüttelte er ihm dann aber doch noch die Hand und wünschte ihm viel Glück.

Als er wieder auf die Königsstraße hinaustrat, glänzte das bronzene Pferdegespann auf der Kuppel des riesigen königlichen Marstalls in der Morgensonne, und die Prachtstraße hatte sich gefüllt. Schwere Fuhrwerke rumpelten über das Pflaster oder wurden vor den Toreinfahrten entladen, leichte, blankpolierte Einspänner mit eleganten Pferden davor hielten vor den Treppen der Wohnhäuser, um von Herren in Frack und Zylinder oder Damen in seidig glänzenden Umhängen bestiegen zu werden, eskortiert von Lakaien in blitzsauberer Livree. Nur vereinzelt ging auch jemand zu Fuß. Von Gottlob hatte er erfahren, dass sich in diese schönen Häuser vor allem Hofbeamte, reiche Handelsleute und die neue Klasse der Fabricanten und Capitalisten eingekauft hatten, die oft vor der Stadt wunderschöne Gärten, Gewächshäuser oder eigene Weinberge besaßen. Der Dreck und Gestank der Leonhardsvorstadt jedenfalls schien hier Welten entfernt, Bettler wagten sich keine her.

Da er eigentlich nur Gottlob zuliebe in der Druckerei vorgesprochen hatte, hielt sich seine Enttäuschung in Grenzen. Unschlüssig ging er ein paar Schritte in Richtung Königstor, kehrte um und schlenderte wieder zurück. Dieser untere Teil der königlichen Prachtstraße war noch neu, wie auch die eindrucksvollen, zumeist dreistöckigen steinernen Wohnhäuser mit ihren Mansardengeschossen. Sie ähnelten einander in ihrer klaren, fast nüchternen Aufgliederung durch Fenster und Gesimse, den haubenartigen Walmdächern, den herrschaftlichen Hauseingängen mit den kleinen Freitreppen davor, den seitlichen Toreinfahrten zum Hof.

Bei seinem Besuch als Kind war hier noch vieles im Bau gewesen. Doch das war es nicht allein, was seine Erinnerungen so unterschied von dem, was er nun vor Augen hatte. Damals flanierte auf der oberen Königsstraße, über den mit Kies bedeckten Schlossplatz oder unter den schattenspendenden Kastanien der Planie sowohl die vornehme Welt wie auch der schlichte Bauersmann einträchtig nebeneinander her, zwischen schnatternden

Gänsen, Drehorgelspielern und Burschen mit einer Kuh oder einem störrischen Schaf am Strick. An hölzernen Buden wurden damals frisches Kannstatter Mineralwasser zum Verkauf angeboten oder ein stärkender Imbiss. Jetzt aber wirkte alles seltsam öde und blutleer, auch war kein einziger Landmann oder gar Bettler zu sehen, dafür exerzierte ein Trupp Soldaten vor dem Königsschloss, mehrere berittene Gardeoffiziere patrouillierten die Straße auf und ab, nicht ohne Friedhelm argwöhnische Blicke zuzuwerfen, als er stehenblieb und an seinem Brot zu kauen begann. Ganz offensichtlich sollte das Volk dem königlichen Hofstaat wie dem reichen Mann nicht zu nahe kommen.

Mit einem Mal wagte er nun doch nicht mehr, sich in dieser Prachtstraße als Hauslehrer anzubieten. Ihm fiel ein, was der Vorarbeiter ihm geraten hatte, nämlich in der Gegend um das Kanzleigebäude anzuklopfen – dort würden gediegene Bürgersleute wohnen. Er fragte einen Gassenkehrer in bodenlangem grauem Kittel und einer Zottelkappe auf dem kahlen Schädel nach dem Weg und fand sich kurz darauf am Eingang der Kronprinzenstraße wieder – auch dies eine saubere, schmucke Wohngegend, wenngleich, was den Menschenschlag betraf, sehr viel durchmischter als die Königsstraße.

An der ersten Haustür beschied ihm eine schnippische junge Dienstmagd, dass die Herrschaften niemanden von der Straße empfingen, an der zweiten hatte er das Gefühl, dass ihm jemand gefolgt war. Womit er recht behielt: Kaum schwang die breite Eichenholztür vor ihm auf, drückten sich zwei in Flicken gehüllte Gestalten an ihm vorbei und fingen vor der erschrockenen Magd lauthals zu heulen an.

«Wir hungern!», schluchzten die beiden alten Frauen. «Wir hungern, und unsre Kinder sind sterbenskrank. Habt Erbarmen!»

Prompt schrie die Magd um Hilfe, zwei kräftige Mannsbilder stürmten die Treppe herunter, der eine mit einem Stock in der Hand, der andere mit geballten Fäusten, in dem einsetzenden Tumult fing sich Friedhelm schließlich einen heftigen Schlag gegen die Schulter ein, bevor er zur Tür hinausschlüpfen und das Weite suchen konnte.

Zurück auf der Königsstraße, stieß er erst einmal die Luft aus. Was für ein grausiger Gegensatz! Auf der einen Seite Schmutz, Lumpen, Hunger, Not aller Art – auf der anderen edle Pferde, Seidengewänder, fürstliche Häuser, blühende Gärten …

Seine anfängliche Zuversicht war verflogen. In Stuttgart Fuß zu fassen, würde für Paulina und ihn alles andere als einfach werden.

# Kapitel 25

*15. März 1817*

Seit Friedhelms Abreise, die nun schon neun Tage her war, hatte Paulina Tag und Nacht an ihn gedacht, hatte voller Ungeduld nicht nur die Tage, sondern jede Stunde bis zu dem Augenblick gezählt, an dem sie endlich vereint sein würden. Dass er wohlbehalten bei Gottlob eingetroffen war, hatte sie von Luise erfahren, mit der sie sich fast täglich traf. An deren Vater hatte Friedhelm gleich nach seiner Ankunft ein paar unverfängliche Zeilen geschickt. Mehr wusste Paulina indessen nicht. So hatte sie sich, mal bang, mal zuversichtlich, immer wieder gefragt, wie es ihm wohl erging in der fremden Stadt. Konnte sein Freund ihm weiterhelfen bei der Suche nach einer kleinen Wohnung? Hatte er schon eine Anstellung als Hauslehrer gefunden? Dass er ihr persönlich schrieb, wäre ein zu großes Wagnis – nicht auszudenken, wenn die Eltern seinen Brief gefunden hätten.

Noch etwas anderes hatte sie in diesen Tagen immer wieder sorgenvoll umgetrieben: Zu Hause ging etwas Seltsames vor sich. Die Mutter wich ihr aus, hatte tiefe Falten um die Mundwinkel und manchmal gar verweinte Augen. Dabei trafen mit dem zumeist freundlichen Frühlingswetter allmählich sogar wieder Reisende bei ihnen ein. Der Vater wiederum wirkte fahrig, war mehrfach den ganzen Tag unterwegs gewesen, mal mit dem Fuhrwerk, mal mit dem vornehmen Landauer, mal hatte er ihren Bruder Ludwig dabei, ein andermal den Lorenz. Diese beiden indessen strahlten seit Tagen um die Wette, und Paulina fragte sich zunehmend unbehaglich, was das zu bedeuten hatte. Für den Vater sah es nämlich nicht gut aus, die meisten Leute im Ort zeigten ihm gegenüber jetzt offen ihre Abneigung, und bis auf die Stammtischbrüder suchte niemand mehr ihr Gasthaus auf. Braute sich etwa ein Aufruhr gegen ihn zusammen? Warum aber war Lorenz dann so auffallend gut gelaunt? Er schaute inzwischen täglich bei ihnen vorbei, tauschte mit Ludwig auf alberne Weise ein verschwörerisches Augenzwinkern aus, für das er vom Vater dann böse Blicke erntete, oder er machte seine Scherze mit Paulina, die manchmal sogar lustig waren.

Noch am Vorabend hatte sie sich hierüber beim Einschlafen den Kopf zermartert, doch an diesem Morgen war sie mit einem gänzlich anderen Gefühl erwacht. Die Sorgen waren wie weggeblasen, alles in ihr war freudige Aufregung. In ihrem Kopf kreiste ein einziger, wunderbarer Gedanke: Übermorgen bin ich bei Friedhelm!

Nach dem Frühstück, das in angespanntem Stillschweigen verlief, beschloss sie, bereits heute ihr Bündel zu packen. Viel würde sie nicht mitnehmen: neben ihrer schönen kornblumenblauen Jacke aus gewalkter Wolle noch ein wenig saubere Wäsche, ein zweites, leichtes Kleid, falls es denn doch wieder einen richtigen Sommer geben würde, die kleine lederne Feldflasche, den rosig schimmernden Schmuckstein, den Luise ihr einmal geschenkt hatte, sowie das in den letzten Monaten angesparte Trinkgeld. Um Wegzehrung wollte sich Christian kümmern. Das trockene Wetter würde hoffentlich anhalten, wenngleich es mit dem Baierwind aus Osten recht frisch war.

Gerade als sie die fertig gepackte Tasche unter ihrem Bett

versteckte, rief die Mutter nach ihr: «Paulina, was treibst du die ganze Zeit da oben? Die Arbeit erledigt sich nicht von allein.»

Seitdem nur noch die alte Köchin zu ihrem Gesinde zählte, hatten Ludwig und sie alle Hände voll zu tun. Ihr war das in diesen Tagen ganz recht gewesen, verging doch damit die Zeit schneller. Heute zum Beispiel war Samstag, da musste sie neben der Haus- und Küchenarbeit auch noch bedienen, und bald schon würden die ersten Mittagsgäste eintreffen. Ob Friedhelm ihren Plan wohl für gut befinden würde, dass sie sich in der Stadt eine Anstellung als Schankmädchen suchen wollte? Natürlich in keiner düsteren Kaschemme, sondern in einem gediegenen Gasthaus wie hier. Sie wollte ihm nämlich nicht auf der Tasche liegen, zumindest nicht, bis sie Kinder hatten. Und Kinder wünschte sie sich mehr als alles andere …

«Kommst du jetzt endlich?», tönte es erneut herauf, und Paulina eilte die Treppe hinunter. Unten in der Diele öffnete der Vater gerade einem Fremden die Tür, und sie blieb neugierig auf der untersten Stufe stehen. Ein Übernachtungsgast? Der Mann trug Reitkleidung und hielt einen großen Umschlag in der Hand.

«Notar Nothdurft lässt vielmals entschuldigen, dass es so lange gedauert hat. Aber nun ist alles unter Dach und Fach.»

«Still!», zischte der Vater mit Blick auf Paulina. Dann nahm er den Boten beim Arm und verschwand mit ihm im Gang zum Pferdestall.

Kopfschüttelnd betrat sie die Küche. Was war das nur für eine Heimlichtuerei in letzter Zeit?

«Da ist ein Bote von einem Notar gekommen», sagte sie möglichst beiläufig zu ihrer Mutter. «Was will der denn hier?»

Die Mutter war bei ihren Worten zusammengezuckt. «Das muss dich nicht kümmern, Kind.»

Ihre Stimme sollte wohl ruhig klingen, aber ihre Hände zitterten, als sie nach der Pfanne griff. Wenig später kehrte auch der Vater in die Küche zurück, um ihnen beim Kochen zu helfen. Er nickte der Mutter zu und wirkte zum ersten Mal seit langem entspannt.

Keine Stunde später trafen mit Lorenz und den Pinache-Brüdern die ersten Essensgäste ein, kurz darauf auch Chirurgus Keller und der Heiligenbeck. Zusammen mit dem Vater brachte Paulina ihnen die Bierkrüge an den Tisch, woraufhin der Vater dem Metzgermeister leutselig auf die Schulter klopfte. «Du kannst die Standuhr haben», sagte er dabei grinsend. «Morgen früh holst du sie ab.»

Paulina entging nicht, wie Lorenz' Augen zu leuchten begannen. «Verstehe, mein lieber Justus Georg. Das freut mich sehr.»

Dann wandte er sich an die anderen. «Freunde, heute ist ein guter Tag. Die Runde Bier geht auf mich.»

Sie wunderte sich nur noch mehr. Seit wann interessierte sich ausgerechnet Lorenz für eine alte Standuhr? Plötzlich schoss es ihr durch den Kopf: Könnte die Bemerkung des Vaters eine verborgene Bedeutung haben, die mit dem Eintreffen des Boten zu tun hatte? Hatte der nicht gesagt, alles sei unter Dach und Fach? Sie beschloss, sich nicht länger für dumm verkaufen zu lassen. Gleich nachher beim gemeinsamen Mittagessen wollte sie die Eltern zur Rede stellen. Auch ihren Bruder, der anscheinend im Gegensatz zu ihr eingeweiht war in das, was auch immer hier vor sich ging. Was hatte er im Übrigen in den letzten Tagen ständig im Pferdestall und in der Remise zu schaffen? Und woher kamen all die Kisten dort, die, wie sie natürlich längst herausgefunden hatte, leer waren?

Lorenz verabschiedete sich als Letzter, und sie hörte ihn ein fröhliches «Bis morgen früh also» rufen, während er mit seinen schwerfälligen Schritten das Haus verließ. Sie war gerade dabei, das übriggebliebene Essen zu einem Eintopf zusammenzugeben und auf dem Herd nochmals zu erhitzen. Auch das hätte es vor einigen Wochen nicht gegeben und zeigte, wie sehr inzwischen gespart werden musste. Das letzte Schwein, das sich sonst an den Essensresten gütlich getan hatte, war ohnehin längst geschlachtet.

Wenig später trug sie die Schüssel in die Stube, wo ihre Familie mit der Köchin bereits um den Esstisch saß, schöpfte die Teller voll und setzte sich. Die Mutter sprach mit heiserer Stimme das Tischgebet, und Paulina wollte eben mit ihrer zurechtgelegten Rede anfangen, als der Vater lächelnd auf die Tischplatte klopfte.

«Hör zu, liebe Paulina. Wir haben Neuigkeiten für dich und auch für unsere gute Agathe.»

«Hat das etwas mit dem Notar zu tun?», fragte sie keck.

«Ganz recht. Alsdann: Wir machen morgen einen Familienausflug nach Heilbronn. Dort habe ich nämlich für Ludwig günstig ein Gasthaus erworben.»

Ihr Bruder grinste von einem Ohr zum anderen. «Damit hast du nicht gerechnet, Schwesterchen, was?»

Das hatte sie wahrhaftig nicht. «Dann ziehst du also morgen weg? Warum hat mir das niemand früher gesagt?»

«Nun ja.» Der Vater kratzte sich den weißen Haarkranz. «Da musste zuvor noch so einiges geklärt werden. Beim Notar wie beim Amtsgericht. Jetzt aber», er wiederholte die Worte des Boten, «ist alles unter Dach und Fach, dem Himmel sei Dank. Morgen früh geht es los, wir nehmen den großen Zweispänner. Was bedeutet: Wir werden gleich nach dem Essen die Kisten packen.»

Da wurde ihr so einiges klar.

«Herzlichen Glückwunsch, Ludwig, das freut mich für dich», sagte sie, und das war nicht einmal gelogen. Eine kleine

Spitze musste sie aber hinterherschicken. «Jetzt kannst du endlich unserem älteren Bruder nacheifern. Warst ja immer ein bisschen neidisch auf seinen Gasthof in Ulm. Wo liegt das eigentlich, dieses Heilbronn?»

«Nun, ähm, irgendwo im Norden, am Neckar ...»

«Heilbronn ist eine Oberamtsstadt», erklärte der Vater, «eine Tagesreise nördlich von Stuttgart.»

In diesem Moment unterdrückte die Mutter ein Schluchzen, und Paulina nahm ihre Hand.

«Aber Heilbronn ist doch nicht aus der Welt.»

Die Mutter schüttelte nur den Kopf und schluchzte lauter. Dann sprang sie auf und lief hinaus, ohne einen Bissen angerührt zu haben. Paulina wollte hinterher, doch der Vater hielt sie zurück.

«Lass sie. Sie fängt sich schon wieder. Ist halt ... ist halt schwer für sie, wenn auch der zweite Sohn aus dem Haus ist.»

Die Röte schoss Paulina in die Wangen. Erst jetzt wurde ihr bewusst, dass die Mutter ab übermorgen gar kein Kind mehr um sich haben würde.

«Sie tut mir leid», flüsterte sie.

Der Vater winkte ab und wandte sich der Köchin zu.

«Wir werden ein paar Tage weg sein, Agathe, und du hältst hier die Stellung. Die Wirtschaft bleibt geschlossen, ich hänge einen Hinweis an die Tür.»

Erschrocken starrte Paulina den Vater an. «Ein paar Tage?»

«Ja, was glaubst du denn? Heilbronn liegt nicht um die Ecke, selbst mit der Kutsche sind das von hier aus zwei Tagesreisen.»

Agathe sah ihn nicht minder entgeistert an. «Aber ich war noch nie allein über Nacht in diesem großen Anwesen ... Und wie soll ich das mit den Postpferden machen, wo der Josef nicht mehr da ist?»

«Keine Sorge, morgen Vormittag kommt der Heiligenbeck bei dir vorbei und schaut nach dem Rechten. Und wegen der Postkutschen brauchst dir auch nicht den Kopf zerbrechen, die Postillione kennen sich aus mit dem Pferdewechsel. Gibst ihnen halt wie immer einen kleinen Imbiss.»

«Bitte … sei mir nicht böse, Vater …», stotterte Paulina. «Aber ich bleibe hier bei Agathe. Ich schau mir Ludwigs Gasthof ein andermal an.»

«Hast du mich nicht verstanden?», donnerte er unvermittelt los. «Das ist ein Familienausflug, wir reisen alle gemeinsam.»

Paulina fuhr es heiß und kalt zugleich über den Rücken. Sie musste bei klarem Verstand bleiben, damit die Eltern nur ja keinen Verdacht schöpften. Gut, sie würde so tun, als fügte sie sich. Sie würde morgen in die Kutsche steigen, mit ihrem Bündel unterm Arm, und spätestens am Galgenbuckel, wenn die Pferde schwer zu ziehen hatten und langsamer wurden, würde sie hinausspringen und sich im Wald verstecken. Sie glaubte nicht, dass ihr jemand hinterherlaufen würde. Der Vater würde zwar kräftig fluchen über ihren Ungehorsam, dann aber weiterfahren.

«Wann wollen wir also los morgen?», fragte sie, wie um einzulenken.

«Gleich bei Sonnenaufgang. Die Gäule brauchen über Mittag eine längere Erholung, sie sind leider auch nicht mehr die Kräftigsten.»

«Aber wird das nicht ein bisschen eng zu viert?», machte sie einen letzten Versuch. «Noch dazu mit Ludwigs Kisten …»

Ihr Bruder grinste noch breiter als zuvor. «Kannst ja auch bei deinem künftigen Bräutigam mitfahren.»

Da schnellte der Vater von der Bank hoch und versetzte ihm über den Tisch hinweg eine Kopfnuss.

«Was soll das heißen?», fragte sie verdutzt. «Fährt Lorenz etwa mit?»

«Wir hätten's dir schon noch gesagt», erwiderte der Vater mit einem grimmigen Blick zu Ludwig. «Lorenz nutzt die Gelegenheit, in Heilbronn einen alten Freund zu besuchen, und praktischerweise wird er einen Teil von Ludwigs Gepäck in seinem Einspänner mitnehmen.»

Innerlich schüttelte sie empört den Kopf. Das hatten die Eltern ja wunderbar eingefädelt. Wahrscheinlich erhofften sie sich, dass Lorenz und sie sich bei dieser Reise endlich näherkommen würden.

Nach dem Essen brach große Geschäftigkeit aus. Während Paulina mit Agathe den Abwasch machte, eilten die Eltern und ihr Bruder zwischen den Zimmern hin und her, liefen treppauf, treppab. Nachdem die Küche aufgeräumt war, passte sie die Mutter in der Diele ab. Noch immer hatte sie gerötete Augen.

«Soll ich euch jetzt beim Packen helfen?»

Ihre Mutter ließ den halboffenen Lederbeutel, den sie in den Händen hielt, unter ihrer Schürze verschwinden, und für einen kurzen Augenblick war es Paulina, als hätte sie Schmuck darin glänzen sehen.

«Lieb von dir, Paulina, aber deine Aufgabe ist es, das Haus heute einmal gründlich auszukehren und die Butzenscheiben in der großen und kleinen Gaststube zu putzen. Natürlich gemeinsam mit Agathe.»

«Aber warum das denn?»

Sie wich ihrem Blick aus. «Weil ich's dir sage.»

Damit drehte sie sich um und eilte durch den Gang zum Pferdestall. Dorthin hatte man den Landauer nach dem Essen von der Remise herübergeholt, um ihn bequemer beladen zu können. Da derzeit keine Gastpferde eingestellt waren, bot der Stall genügend Platz für die Reisevorbereitung.

Erneut kam Paulina das Ganze seltsam vor. Warum schloss man sie aus? Und wie viel Kram sollte noch nach Heilbronn gebracht werden? Als ihr ältester Bruder Julius Georg damals nach Ulm gezogen war, hätte dessen Hab und Gut in zwei Handkarren gepasst.

Vermutlich sollte Ludwig bei dieser Gelegenheit reich beschenkt werden, warum auch immer, und man wollte sie nicht neidisch machen. Am liebsten wäre sie der Mutter hinterhergerannt, um zu sagen, dass ihr völlig einerlei sei, was ihr Bruder alles mitnehmen dürfe.

Stattdessen holte sie sich Besen, Kehrwisch und Kehrblech und machte sich in der Nebenstube ans Ausfegen. Seitdem das Klavier verschwunden war, mochte sie den Raum nicht mehr. Die hübsch bemalte Standuhr würde ab morgen Lorenz gehören, nur die Anrichte war noch da. Sie stutzte, als ihr Blick auf die beiden Glasfenster des Möbelstücks fiel: Die goldumrandeten Kaffeetässchen, die dahinter ihren Ehrenplatz hatten und die die Mutter so sehr liebte, waren verschwunden! Fehlte etwa auch das Silberbesteck? Sie wollte die Schubladen herausziehen, aber beide waren sie verschlossen.

«Paulina?», hörte sie Agathe von nebenan rufen. «Kannst du mir bei den Fenstern helfen?»

Sie atmete tief durch. Ganz tief im Innern machte es ihr nun doch zu schaffen, dass Ludwig offenbar den halben Hausstand mitnehmen durfte.

Bis zum frühen Abend waren die Kisten bepackt. Auch sie selbst war angewiesen worden, ein paar Sachen für die Reise zusammenzusuchen, und so hatte sie ihr Bündel unter dem Bett vorgezogen und in den Stall gebracht. Der Vater gab Ludwig noch die Anweisung, den beiden Pferden am Abend und Morgen noch eine gesonderte Ration Gerste zu verfüttern, dann fanden sie sich zum Essen ein. Paulina hatte keinen Hunger. Genau wie ihre Mutter, die völlig stumm bei Tisch saß, rührte sie ihren Milchbrei kaum an.

In dieser Nacht schlief sie schlecht. Fragen über Fragen geisterten ihr im Kopf herum. Warum sollte das Haus plötzlich blank geputzt werden, wo sie doch wegfuhren und keinerlei Gäste erwartet wurden? Warum machten die Eltern so ein Geheimnis um den Inhalt des Reisegepäcks? War Ludwigs Umzug etwa nur ein Vorwand, um sie nach Heilbronn zu locken und dort mit Lorenz zu verheiraten? Hatte der Vater die Hochzeit mit dem dortigen Pfarrer möglicherweise längst abgesprochen? Und war ihr Aufbruch nur deshalb so plötzlich, weil irgendwer Wind bekommen hatte von ihrer geplanten Flucht? Dass Friedhelm nach Stuttgart gegangen war, hatte sich nämlich längst herumgesprochen. Steckte also dessen Bruder Adam dahinter, der irgendwann einmal ein heimliches Gespräch belauscht hatte? Oder gar der Hilfslehrer Dürr, der auffallend oft in Luises Nähe war, seitdem er im Armen-Verein mit anpackte? Der hatte sie schließlich schon einmal beim Vater angeschwärzt. Wie auch immer: Sie fühlte sich von ihrer ganzen Familie verraten und verkauft.

Als sie vor der Morgendämmerung aus ihrem unruhigen Schlaf erwachte, war sie noch immer völlig verwirrt. Doch eines sah sie nun glasklar: Niemals durfte sie in die Kutsche steigen. Wenn nämlich tatsächlich geplant war, sie in Heilbronn zu verheiraten, dann würde man sie am Galgenbuckel auch nicht davonlaufen lassen, sondern alles daransetzen, sie zurückzuholen. Es gab nur noch einen einzigen Ausweg: Sie musste sofort ihr Bündel aus dem Stall holen und verschwinden!

Ihr war plötzlich fast schlecht vor Angst, als sie sich in fieberhafter Eile anzog. Im Dunkeln und auf Zehenspitzen tappte sie die Treppe hinunter, zu ihrem Glück war es noch still im Haus. Fröstelnd betrat sie den Stall. Die beiden Postpferde dösten im Stehen vor sich hin, ihre einzigen verbliebenen Rösser, zwei hochgewachsene Füchse, schnaubten leise und hoben erwartungsvoll die hübschen Köpfe. Doch diesmal hatte sie keine Leckerei für sie dabei.

Der vornehme Landauer stand mit offenem Schlag gleich beim Stalltor. Er glänzte wie neu im Schein der Tranlampe, das meiste Gepäck war schon drinnen und auf dem Dach verstaut. Nur eine große, mit einem dicken Eisenschloss verriegelte Holzkiste stand noch daneben, sie sollte offenbar in Lorenz' Einspänner transportiert werden.

Auf der Suche nach ihrer Tasche schweifte ihr Blick über all den Kram, der mit nach Heilbronn sollte, über Koffer, Körbe, Hutschachteln, Reisesäcke. Dann erkannte sie die Decken, die bereits über den Sitzen für die Fahrt bereitlagen. Das waren nicht etwa ihre alten, grauen Reisedecken, sondern die guten Wolldecken für ihre Schlafgäste. Zwischen den Sitzen fand sich ihr Bündel, in dem Korb daneben lagen sämtliche der wunderschön bestickten Tischdecken, die einmal ihr Erbe sein sollten. Sie unterdrückte einen Fluch. Wahrscheinlich befanden sich in der verschlossenen Kiste auch die goldumrandeten Tässchen und das Silberbesteck. Das, was hier auf die Reise gehen sollte, war offensichtlich nichts anderes als ihre Aussteuer!

Sie zog ihre Tasche zwischen den Sitzen hervor und beschloss, den hinteren Ausgang bei der Waschküche zu nehmen, um über den Garten zu verschwinden. Alles Weitere würde sie entscheiden, wenn sie weit genug von zu Hause fort war.

«Was schnüffelst du hier herum?», hörte sie hinter sich Ludwigs Stimme.

Zu Tode erschrocken fuhr sie herum. «Lass mich in Ruhe.»

Sie wollte sich an ihm vorbeidrücken, aber er hielt sie am Arm fest. Ihr Herz schlug bis zum Hals. War nun alles verloren?

«Lass mich los», fauchte sie. «Ihr glaubt wohl, ihr könntet mich hinters Licht führen? Mag sein, dass Vater dir in Heilbronn einen Gasthof gekauft hat, aber der wahre Grund für die Reise ist die erzwungene Heirat mit diesem tumben Metzger, und die Hälfte von dem Kram gehört zu meiner Mitgift.»

«Na und? Wäre eine Hochzeit mit ihm so schlimm? Hör doch endlich auf, dich dagegen zu wehren. Dein Schulmeister hat dich doch eh nicht wollen, jetzt, wo er sich ein schönes Leben in Stuttgart macht.»

Fast hätte sie ihm ins Gesicht gespuckt vor Zorn.

«Nie und nimmer fahre ich mit, da kannst du Gift drauf nehmen.»

«Das werden wir ja sehen.» Er lachte leise auf. «Wie einfältig bist du eigentlich? Glaubst du wirklich, wir feiern in Heilbronn deine Hochzeit und kutschieren dann deine Aussteuer wieder zurück nach Hohenstetten, in Lorenz' Metzgerei?»

Sie erstarrte. «Was willst du damit sagen? Zieht Lorenz ebenfalls dorthin?»

«Das wirst du noch früh genug erfahren.»

In diesem Moment hasste sie ihren Bruder. «Du steckst doch mit dem Vater unter einer Decke – pfui Teufel! Und jetzt lass mich endlich los!»

Stattdessen drehte er ihr schmerzhaft den Arm auf den Rücken und schob sie vor sich her zurück ins Haus.

Sie versuchte sich zu wehren, aber gegen die Kraft ihres Bruders kam sie nicht an. Der rief lauthals durch die Diele: «Vater, bist du wach?»

Die Tür zum elterlichen Schlafzimmer sprang sofort auf, und

die massige Gestalt des Vaters, in Nachthemd und Schlafmütze, erschien.

«Was ist hier los?» Er deutete auf Paulina, die vor Wut bebte.

Lorenz hielt sie nur noch fester. «Es tut mir leid, Vater, aber ich fürchte, wir müssen auf den Notfallplan zurückgreifen. Sie hat im Gepäck herumgeschnüffelt.»

Der Vater nickte ernst. «Bring sie in die kleine Stube, verschließ die Tür, und lass sie nicht aus den Augen, bis wir aufbrechen.»

Erst in der Stube ließ Ludwig sie los, blieb aber im Türrahmen stehen. Inzwischen zitterte sie am ganzen Leib.

«Eines Tages werde ich dir das heimzahlen», stieß sie hervor, aber Ludwig grinste nur.

Unwillkürlich ging ihr Blick zu den Fenstern. Doch bis sie eines davon geöffnet hätte, hätte Ludwig sie längst wieder gepackt. Entmutigt ließ sie sich auf einen Stuhl am Esstisch sinken.

«Was soll das heißen – Notfallplan?», fragte sie tonlos.

Ludwig gab keine Antwort.

Sie zwang sich, klare Gedanken zu fassen. Ihr Vorhaben, am Galgenbuckel aus der Kutsche zu springen und sich im Wald zu verstecken, konnte sie fürwahr vergessen. Ludwig würde ihr unweigerlich nachlaufen. Da fiel ihr ein, dass dieses Heilbronn nur eine Tagesreise von Stuttgart entfernt lag, und sie wurde ruhiger. Nein, noch war nicht alles verloren. Wenn sie dieses falsche Spiel mitspielte, würde sich am Ziel ihrer Reise gewiss eine Möglichkeit auftun, um unbeobachtet zu entkommen.

«Kannst dich ruhig hinsetzen», sagte sie mit gefasster Stimme. «Ich springe schon nicht durchs Fenster.»

Ludwig schien ihren Sinneswandel zu bemerken. «Bist du endlich zur Vernunft gekommen?»

Scheinbar gleichgültig zuckte sie die Schultern. «Was bleibt mir anderes übrig?»

Es klopfte gegen die Tür, und Ludwig öffnete. Die Mutter kam mit zwei Tellern voll warmem Gerstenbrei herein. Draußen war es inzwischen hell geworden.

«Esst rasch, es geht gleich los. Du, Ludwig, sollst dann helfen, die Pferde einzuspannen. Lorenz wartet schon vor dem Tor.»

Stumm löffelten sie beide den Brei in sich hinein, wobei sich Paulina zu jedem Bissen zwingen musste, während die Mutter zu Boden starrte.

«Gut, gehen wir.» Geräuschvoll stellte Ludwig seinen Teller auf dem Tisch ab. «Du bleibst an der Seite unserer Mutter.»

Die Mutter wollte sie beim Arm nehmen, doch Paulina schüttelte ihre Hand ab. «Warum tut ihr mir das an?», flüsterte sie ihr zu.

«Ach Kind. Ich will's doch auch nicht.» Über ihre Wangen liefen schon wieder die Tränen.

Mit einem flauen Gefühl im Magen folgte Paulina den beiden hinüber in den Stall. Die beiden Torflügel standen weit offen, davor wartete Lorenz' Einspänner mit dem hübschen Rappen. Als der Metzger Paulina entdeckte, lief er mit offenen Armen auf sie zu. Backenbart und Haar waren frisch geschwärzt, und zusammen mit der schreiend bunten Kleidung, die wohl elegant wirken sollte, machte ihn das zu einem lächerlich eitlen Gecken.

«Paulina, Liebste! Wie sehr ich mich auf diese Reise freue!»

«Fass mich nicht an!», zischte sie, und er wich zurück.

Während ihre Pferde eingespannt wurden, erschien Agathe mit einem Arm voll Brot. Sie wirkte sichtlich beunruhigt von diesem Aufbruch.

«Reicht das, Herrin? Ein Laib wäre noch in der Vorratskammer.»

Die Mutter winkte ab. «Schon recht so, ein Laib soll für dich bleiben.»

«Wusstest *du*», wandte Paulina sich an die Köchin, «dass ich in Heilbronn den Lorenz heiraten soll?»

«Aber nein, Paulina. Glaub mir, bis gestern wusste ich überhaupt nichts. Ach herrje, wie soll ich das denn allein hier die nächsten Tage schaffen?»

Gerade wollte sie Agathe zu verstehen geben, dass sie ihrer Freundin Luise schnellstmöglich Bescheid geben solle, als der Vater sie beim Arm packte und mit sich ins Innere der Kutsche zog. «Los geht's, du sitzt neben mir. Ludwig kutschiert die erste Wegstrecke, ich die zweite.»

Dann nahm auch die Mutter zwischen all den Körben Platz, ihr und dem Vater gegenüber. Der hielt plötzlich einen Strick in der Hand.

«Ich traue dir nicht», murmelte er, während er sich bückte und ihr blitzschnell die Stiefel zusammenband. Da ging auch schon ein Ruck durch den Landauer, und sie fuhren an. Paulina stockte der Atem. Ihr Vater hatte sie festgebunden wie ein Stück Vieh.

«Mutter!»

Die Mutter nahm ihre Hand und sah sie traurig an. «Du musst uns verstehen. Du würdest uns das Herz brechen, wenn du im letzten Augenblick davonlaufen würdest. Jetzt, wo wir doch …»

«Sei still!», fuhr ihr der Vater über den Mund.

Paulinas Herz krampfte sich zusammen. Morgen früh würde Christian vergeblich an der Linde auf sie warten, während sie als Gefangene nach Heilbronn gebracht wurde.

Das Gewicht des Vaters drückte ihr gegen die Schulter, als er ihr gegen die Morgenkälte fast fürsorglich eine Decke über Schoß und Beine breitete. Durch das heruntergelassene Schiebefester sah sie, wie sie den Einspänner überholten, den Lorenz eben bestieg.

Die Poststraße nach Stuttgart lag an diesem frühen Sonntagmorgen noch wie ausgestorben. Nur in der Dorfschmiede gegenüber und dem benachbarten Weberhaus lehnten die Nachbarn neugierig glotzend am Fenster, als jemand rief: «Gehst du auf Reisen, Schultes? Dann komm am besten nie wieder zurück.»

Paulina unterdrückte ein Schluchzen. Das alles war ein einziger Albtraum.

Dann aber war ihr doch noch ein Quäntchen Glück beschieden: Am Ortsende mussten sie innehalten, da der Schäfer und sein Sohn die Gemeindeschafe ohne Eile über die Straße trieben. Sie hörte Ludwig auf dem Kutschbock laut fluchen.

Kurz entschlossen beugte sie sich aus dem Fensterchen.

«Lauf ins Pfarrhaus, Michel, zu Christian und Luise! Meine Eltern bringen mich gewaltsam nach Heilbronn, wo ich den Lorenz heiraten soll! Hörst du? Nach Heilbronn.»

Beherzt wollte der Schäfersohn den Pferden in die Zügel greifen, doch da fuhr auch schon ein Peitschenschlag gegen ihn nieder. Wütend ballte er im Zurückweichen die Fäuste, dann fielen die Pferde in Galopp.

Der Vater zog Paulina mit einem Ruck ins Wageninnere.

«Bist du von allen guten Geistern verlassen?», donnerte er. Sanfter fuhr er fort: «Jetzt hör endlich auf, so störrisch zu sein. Glaubst du etwa, ich tue das gern?»

Sie presste die Lippen aufeinander. Genau wie ihre Mutter, die nur noch angestrengt aus dem Fenster sah, während der Vater vergebliche Versuche machte, eine ungezwungene Konversation zu beginnen.

Auch die nächsten Stunden schwieg Paulina. Ihre Gedanken kreisten nur noch um zwei Fragen: Würde Michel im Pfarrhaus

Bescheid geben? Und würde sie in Heilbronn Gelegenheit finden zu entfliehen? Nun, vor den Traualtar würde man sie wohl kaum in Fußfesseln schleppen …

Draußen stieg die Sonne immer höher, sie kamen gut voran, da die Straße abgetrocknet war. Nur hin und wieder mussten sie anhalten, da allerorten die im letzten Jahr zerstörten Chausseen repariert wurden. Männer wie Frauen, in abgerissenen Kitteln oder schäbigen Mänteln, füllten Löcher mit Granitsplit oder walzten Steinbrocken auf dem Untergrund fest.

«So ist's recht!», rief der Vater einmal. «So bringt man diese Armen wenigstens in Arbeit. Und bald haben wir in Württemberg wieder die schönsten Chausseen.»

Was war ihr Vater nur für ein selbstgefälliger Mensch! Und ihre Mutter, wie konnte sie nur so schwach sein …! Nein, es würde ihr kein bisschen schwerfallen, diese ihre Familie für immer zu verlassen. Wenn sie nur einen Weg finden würde, wie.

# *Kapitel 26*

*Am nächsten Tag in Stuttgart,*
*Montag, den 17. März 1817*

Friedhelms erwartungsfrohe Anspannung wuchs von Stunde zu Stunde: Heute war Paulina auf der Reise zu ihm, und spätestens am Abend würde er sie in den Armen halten!

Am Morgen hatte er, nachdem Gottlob zur Arbeit aufgebrochen war, jede, auch noch die verborgenste Ecke des Zimmerchens geputzt, die wenigen Möbel abgeschrubbt und sogar das blinde Fenster auf den Hof hinaus zum Glänzen gebracht – all das natürlich Paulina zuliebe, aber auch, um sich die Zeit zu vertreiben. Danach hatte er in den verwinkelten Gassen der inneren Stadt, mit ihren spitzgiebeligen Fachwerkhäusern und finsteren, von hölzernen Galerien umgebenen Hinterhöfen, nach einem Käufer für seine Meerschaumpfeife gesucht und gefunden, auch wenn er nicht ganz den Preis seiner Vorstellung erzielte. Und anschließend war er wieder einmal durch die Obere Stadt geschlendert, die einstmals «Reiche Vorstadt» genannt wurde, und hatte sich vorgestellt, wie er dort mit Paulina nicht gerade in der Beletage, aber doch in einer der durchaus erschwinglichen Mansardenwohnungen leben würde.

Abgesehen von den königlichen Park- und Gartenanlagen, die für das Volk zum Promenieren in großen Teilen freigegeben waren, mochte er diesen Teil der Residenzstadt am liebsten, der zwischen Postplatz, Hospital und Kanzleigebäude gelegen war. Reich im Sinne von vornehm war dieses alte Viertel vielleicht früher einmal gewesen – jetzt vermengten sich in den schachbrettartig angelegten Straßen stattliche Bürgerhäuser und öffentliche Gebäude mit kleineren Geschäften und Handwerksbetrieben in einträchtiger Nachbarschaft. Wie in der vornehmen Friedrichsvorstadt oder der neu angelegten Tübinger Vorstadt der Gerber wurde auch in der Oberen Stadt allerorten gebaut, erneuert, verschönert – zumindest bis zu König Friedrichs Tod. Dessen Sohn Wilhelm ging mit der Staatskasse sichtlich sparsamer um, und so sah man nun viele Baulichkeiten in halbfertigem Zustand stehen.

Über die Kastanienallee der Planie kehrte Friedhelm zur späteren Mittagsstunde schließlich zum Charlottenplatz zurück und ließ sich auf dem hübschen Brunnen nieder, um seinen Wecken zu essen – seit seiner Ankunft lebte er von trocken Brot und dem abendlichen Eintopf, den Käthe kochte, aber das störte ihn nicht. Was ihn allerdings immer noch betroffen machte, war, dass einem auf der Straße selbst ein solch trockener Brotkanten aus der Hand gerissen wurde. Hier auf dem Charlottenplatz wurde man zum Glück nicht von Bettlern bedrängt, da zu viele Polizeidiener ein Auge auf diesen Eingang in die Stadt hatten.

Inzwischen sah er sich vor. Je nach Ziel seiner Streifzüge ging er, so wie jetzt, in seiner ledernen Arbeitshose und einem von Gottlobs Kitteln aus grobem Zwilch aus dem Haus oder aber in Hut, Gehrock, Wams und Sonntagshose, wenn er sich irgendwo vorstellte. Dann waren die düsteren Ecken der Stadt natürlich zu meiden. Niemals aber nahm er Rucksack oder Tasche mit, um nicht zum Opfer von Straßenräubern zu werden. Ja, in diesen zehn Tagen hatte er von Gottlob und dessen Freunden einiges gelernt. Auch, wie man sich aus der plötzlichen Umklammerung eines Straßenräubers befreite und einem Schlag auswich, wenn einem jemand an die Kleidung wollte. Oder wie man sich Nahrung im Schwarzhandel besorgte, ohne übers Ohr gehauen zu werden – das Angebot auf dem Markt, das es durchaus gab, war nämlich nur noch für Reiche erschwinglich.

Nach seinen Besorgungen und Erkundigungen kam er oft und gern hierher zum Charlottenplatz, wo er manchmal bis in die Abenddämmerung am Brunnenrand saß, bevor er in die enge Judenstraße und Gottlobs dunkles Loch zurückkehrte. Er mochte diesen weitläufigen, sonnigen Platz, obwohl es hier an Tagen, wenn der Wind ungünstig stand, nach den Häuten der Rotgerber vom Nesenbach stank. Doch wenn die Fenster des Waisenhauses offen standen, das auch als Zucht- und Arbeitshaus diente, hörte man die Kinder singen, was ihn leicht wehmütig an seine Schüler denken ließ. Noch schöner war es, wenn in der nahen Klavierbauerwerkstatt die Instrumente erprobt wurden. Dann schwangen Etüden und Tonleitern durch die Luft, gerade so, als säße Paulina am Klavier, und mit etwas Glück durfte er den wunderbaren Stücken von Mozart lauschen.

Er knotete sein Halstuch auf, da ihm warm wurde. In der Sonne war es schon erstaunlich mild für Mitte März. *Sonniger Gertrudentag, Freud' dem Bauern bringen mag*, dachte er vergnügt. Bei schönem Wetter konnte einem die große Stadt durchaus gefallen, und er war sicher, dass sich auch Paulina rasch einleben würde. Hauptsache, sie waren endlich zusammen. Ob sie wohl sehr enttäuscht war, wenn sie erfuhr, dass er noch immer keine Arbeit und Wohnung gefunden hatte? Ein wenig graute ihm schon vor dem Moment, wo er sie in Gottlobs Zimmer führen würde, auch wenn sie es für sich allein hatten, da sein Freund ab morgen bei Oskar schlafen durfte. Und was, gütiger Himmel, würde sie dazu sagen, wenn sie nachts vom Liebesgestöhn aus der unteren Wohnung wach wurde?

Er seufzte. Seine Hochstimmung von eben war mit einem Schlag verflogen, und er kam sich vor wie ein Versager, der sein Versprechen nicht einlösen konnte.

Drüben in Schwaigles Gemischtwarenhandlung wurden mit lautem Poltern die Holzläden entfernt. Dessen Mittagspause war also zu Ende. Er erhob sich und fischte in der Kitteltasche, in der er ein paar lose Münzen mit sich führte, nach vier Pfennigen, was dem Wert eines Kreuzers entsprach. Montags, mittwochs und donnerstags holte er sich hier immer das Amtsblättchen, jedes Mal mit neuer Hoffnung. Etwas anderes konnte er sich leider nicht leisten, dabei gab es bei Schwaigle fast alles zu kaufen: vom Zichorien- und Bohnenkaffee bis zum Zuckerhut, vom Salzhering bis zur Fettglanzwichse, vom Notenpapier über Stickgarn bis zum Angelhaken.

«Guten Tag, junger Mann», begrüßte ihn Schwaigle, ein kleines, schmächtiges Männlein, freundlich. «Noch immer auf Arbeitssuche?»

«Leider ja. Wie schon gesagt – wenn Sie hören, dass jemand einen Hauslehrer sucht, geben Sie mir bitte Bescheid?»

«Aber ja, ich würde Sie sogar empfehlen, so freundlich, wie Sie immer sind. Judenstraße 278, sagten Sie, ist Ihre Adresse? Nun, diese Gegend hat leider nicht gerade den besten Ruf.»

«Ich weiß.» Friedhelm nickte bekümmert. «Aber was soll ich machen? Ohne Arbeit finde ich keine bessere Wohnung.»

Als er wieder draußen in der Sonne stand, schlug er im Stehen das dünne Blättchen auf. Wieder waren die Arbeitsgesuche von «tüchtigen Taglöhnern» oder «zuverlässigen Manufakturarbeitern» um ein Zehnfaches höher als die Angebote, und wieder wurden nur junge, adrette Mädchen zur Aufwartung gebraucht, einmal sogar ausdrücklich mit blondem, lockigem Haar, was ihn innerlich frösteln ließ. Ein einziges Angebot bezog sich auf das männliche Geschlecht: Da wurde einem weltläufigen, gebildeten jungen Mann eine Anstellung mit Eintritt auf Georgi angeboten, als Geigen- und Französischlehrer. Doch erstens war Ende April viel zu spät, zweitens spielte er nur ein wenig Klavier, und drittens hasste er die Sprache der Franzosen. Vielleicht sollte er sich doch als Arbeiter in einer der Spinnereien oder Papierfabriken verdingen? Von Gottlob wusste er, dass die mechanische Baumwollspinnerei von Schöllkopf und Bockshammer drüben in Berg über siebzig Arbeiter an zweitausend Spindeln beschäftigte, und die wechselten immer mal wieder. Doch vor der körperlich harten Arbeit in einer Manufaktur schreckte er noch immer zurück.

Er seufzte leise und faltete das Papier zusammen, um es später im Küchenherd zu verfeuern. Vielleicht kam ja heute Abend etwas heraus. Er hatte Gottlob fest versprochen, ihn diesmal zu seiner Versammlung, die immer montags und freitags stattfand, zu begleiten. Wobei ihn weniger die wohl doch recht aufrührerischen Ideen der Vereinsbrüder interessierten als vielmehr dieser Kaufmann Heinrich Lotter. Möglicherweise bot sich ja über ihn eine Anstellung an. Und nein, er sollte auch diesen Nachmittag nicht nutzlos verstreichen lassen, schon allein um Paulinas willen.

Eilig machte er sich auf den Heimweg, um sich zu waschen und umzuziehen. Er wollte endlich dort vorsprechen, wo er es bislang vermieden hatte: in den prächtigen neuen Häusern rund um die untere Königsstraße.

Die Glocken von Sankt Leonhard schlugen die vierte Nachmittagsstunde, als Friedhelm sich auf den Weg machte. Er hatte sich sogar die Fingernägel geschnitten und gefeilt, für den Fall, dass er auf dem Klavier vorspielen sollte. Bis Einbruch der Dämmerung blieben ihm also gut zwei Stunden Zeit, um sein Glück zu versuchen. Das Empfehlungsschreiben von Pfarrer Unterseher hatte er wie immer in der Westentasche.

Zu Beginn der Woche waren kaum Bettler unterwegs, auch nicht in der inneren Stadt. Nur am Gemäuer der Stiftskirche sah er eine Familie dicht beisammensitzen, trotz des schönen Tages in Decken gehüllt. Er zwang sich, nicht hinzuschauen.

Gerade als er aus dem dunklen Torbogen der Alten Kanzlei auf die Königsstraße trat, stieß er mit einem jungen Mann zusammen.

«Können Sie nicht aufpassen?», maulte der, und Friedhelm tastete sofort nach seiner Hosentasche, ob die Münzen noch da waren.

«Friedhelm?»

Verdutzt blickte er auf. Vor ihm stand Christian!

«Ich dachte, ihr kommt erst gegen Abend? Und wo ist Paulina?»

Suchend sah er sich um, mit vor Freude klopfendem Herzen.

«Sie ist … ich bin allein gekommen. Mit dem Eilwagen der Extra-Post … Ich war gerade auf dem Weg zu dir.»

Christian sah so unglücklich drein, dass Friedhelm sofort wusste: Es war etwas Schlimmes geschehen!

Er zog ihn weg von den Passanten unter eine der Kastanien vor dem Alten Schloss.

«Ist sie krank?», fragte er mit belegter Stimme.

Christian schüttelte den Kopf.

«Sie ist weg. Gestern in aller Frühe. Nachbarn haben beobachtet, wie der Schultes und dieser Lorenz ihre Kutschen bis unters Dach beladen haben. Dann sind sie losgefahren, mitsamt Gutjahrs Frau, dem Ludwig und der Paulina.»

«Lorenz und der Schultes?»

Friedhelm verstand gar nichts mehr.

«Nun ja …» Unbehaglich trat Christian von einem Fuß auf den anderen. «Paulina konnte auf der Straße noch dem Michel zurufen, dass man sie gewaltsam nach Heilbronn bringen würde, wo sie den Lorenz heiraten sollte. Der Michel ist dann gleich zu uns ins Pfarrhaus gelaufen.»

In Friedhelms Ohren begann es zu rauschen, und Christians Gesicht verschwamm vor seinen Augen. Er musste sich an den Baumstamm lehnen.

«Das ist aber gar nicht das Ärgste», fuhr Christian fort. «Nach dem Sonntagsgottesdienst machte es die Runde, dass sowohl die Hirschenpost als auch die Metzgerei verkauft sind. Sie kommen also nicht zurück. Das Gasthaus mit der Posthalterei gehört jetzt notariell dem Heiligenbeck und die Metzgerei dem Chirurgus Keller. Übrigens hat das halbe Dorf gestern Nachmittag noch den Dachboden der Hirschenpost inspiziert und entdeckt, dass eine Bretterwand eingezogen war. Drei Mann hoch mussten wir den Heiligenbeck festhalten, als wir die Wand aufhackten – dahinter lagen überall Hafer- und Gerstenkörner auf dem Boden. Der Schultes war also tatsächlich ein Kornwucherer und Spekulant, und seine Nachbarn sagen …»

«Wie – sie kommen nicht mehr zurück?», unterbrach Friedhelm ihn und hörte seine eigenen Worte, als würde sie ein anderer aussprechen.

«Verstehst du nicht? Die wollen klammheimlich auswandern. Und nicht etwa mit dem Pöbel nach Bessarabien, nein: Heilbronn liegt am Neckar, von dort gehen Boote zum Rhein und weiter zu den Überseehäfen in Holland. Die gehen nach Amerika!»

Friedhelm wurde speiübel, und Christian nahm ihn beim Arm.

«Gehen wir besser zu meinem Bruder, du bist ja ganz grün im

Gesicht. Dort gebe ich dir auch deine zwei Gulden zurück, der Vater hat mir die Hin- und Rückfahrt mit dem Eilwagen eigens bezahlt, damit ich dir Bescheid geben kann.»

«Ich fahre nach Heilbronn, gleich morgen früh.»

«Was willst du da? Bis du dort bist, sind die längst auf einem Boot. Jetzt komm schon, im Augenblick kannst du nichts machen. Du kannst nur darauf hoffen, dass deine Paulina irgendwie aus der Sache herauskommt. Vielleicht kann sie fliehen. Und ganz bestimmt wird sie sich bald mit einem Brief bei dir melden.»

# *Kapitel 27*

*Am selben Abend in Heilbronn*

Am späten Nachmittag erreichten sie die Handelsstadt Heilbronn, zwischen Weinbergen und dem Fluss Neckar gelegen. Paulina hatte keinen Blick für die Schönheit der Landschaft. Ihr tat der Rücken weh von der zweitägigen Reise, da sie auch während der ausgedehnten Mittagsrast die Kutsche nicht hatte verlassen dürfen. Die Augen brannten vom heimlichen Weinen und vom Straßenstaub, der durch die Fenster drang, ihr Magen knurrte, da sie kaum etwas zu sich genommen hatte. Die Nacht hatten sie in einer Reiseherberge in Kannstatt verbracht, nur einen Steinwurf von der Residenz entfernt. Der Gedanke, dass Friedhelm so nahe war und sie doch nicht zu ihm konnte, hatte ihr schier den Verstand geraubt. Eine Gelegenheit zur Flucht gab es nämlich in keinem Moment: Drei gestandene Männer bewachten sie, nachdem ihr die Fußfesseln abgenommen waren – die ihr im Übrigen danach auch nicht mehr angelegt wurden –, die Nacht verbrachten sie alle fünf in einer engen, stickigen Kammer, und als sie einmal den Abtritt im Hof aufsuchen musste, hatte die Mutter sie begleitet.

«Bitte, Mutter, ich flehe dich an: Lass mich gehen. Ihr zerstört mein Leben.»

«Ich kann nicht, Kind», war die fast ebenso verzweifelte Antwort gewesen.

Von Heilbronn bekam Paulina außer den Mauern und Türmen nichts zu sehen. Nachdem der Vater, der inzwischen kutschierte, die Pflaster- und Brückenmaut beglichen hatte, rumpelte der Wagen wieder weg von der Stadt über den breiten Neckarstrom mit seinen Wehren und Inseln. Der Hufschlag der Pferde auf der hölzernen überdachten Brücke dröhnte ihr noch schmerzhaft in den Ohren, als es schon weiterging zwischen einfachen Häusern, Gärten, Schuppen und Mühlen, während ihnen schwer beladene Fuhrwerke entgegenkamen. Sie wunderte sich ein wenig, dass sich in dieser eher bescheidenen Vorstadt Ludwigs Gasthaus befinden sollte, aber letztendlich war es ihr gleichgültig.

«Das da vorne muss es sein, das Wirtshaus zum Kranen», rief der Vater vom Kutschbock herunter, und Ludwig beugte sich aus dem Fenster. Auch Paulina sah hinaus. Dicht am Flussufer, hinter einer halboffenen Lagerhalle, stand ein mächtiger hölzerner Kran, der gerade ein langgestrecktes Frachtboot mit eingerollten Segeln entlud. Sie waren offenbar am Hafen der Stadt angekommen, zu dem ein Stück weit vom Ufer entfernt ein großes Gasthaus mit Stallungen und Remise gehörte. Es wimmelte nur so von Menschen, mit schwerem Gepäck auf dem Rücken, auf Handkarren, auf Maultieren. Manche hatten an der flussabgewandten Seite des Gasthofs sogar ihr Lager aufgeschlagen. Nicht wenige wirkten ärmlich in ihrer schäbigen Kleidung, aber es waren auch vornehme Herren darunter in Frack, Zylinder und mit Spazierstock an der Hand.

«Ach herrje», entfuhr es Ludwig neben ihr, «das hätte ich jetzt nicht erwartet.»

Auch die Mutter war ganz blass geworden.

«Freu dich doch, lieber Bruder», entfuhr es Paulina in beißendem Tonfall. «Von so vielen Gästen kann unser Vater zu Hause nur träumen.»

Ludwig antwortete nicht. Mit einem Ruck blieb der Landauer vor dem Treppenaufgang zum Gasthaus stehen. Vom Kutschbock herunter rief der Vater einen der herumstreunenden Knaben heran und befahl ihm, die Pferde festzuhalten. Dann öffnete er den Schlag der Kutsche.

Paulina stieg als Letzte aus und streckte den steifen Rücken durch. Dabei ging ihr Blick unwillkürlich hinüber zur Anlegestelle. Neben großen Booten waren auch kleinere Kähne vertäut, und ihre Hoffnung kehrte zurück. In der zugenähten Jackentasche hatte sie noch immer ihre Geldkatze mit dem angesparten Trinkgeld, immerhin ein Gulden und vierzig Kreuzer. Sie würde den Eltern jetzt gleich eröffnen, dass sie sich in ihr Schicksal fügen wolle, damit man sie nicht mehr wie eine Gefangene behandelte. Es war anzunehmen, dass sie diese Nacht noch mit den Eltern bei Ludwig übernachten würde, zumal beide Kutschen entladen werden mussten und es schon spät war. Wo hingegen Lorenz sein künftiges Domizil hatte, war ihr vollkommen einerlei: Noch heute Abend wollte sie jemanden ausfindig machen, der sie im Kahn von hier wegbringen konnte.

Lorenz, der neben ihnen zum Halten gekommen war, winkte ihr zu, und sie winkte mit einem erzwungenen Lächeln zurück.

«Ludwig, du bleibst mit der Mutter bei Paulina und der Kutsche», beschied ihr Vater. «Ich gehe den Wirt suchen, damit wir auf die Nacht noch ein anständiges Zimmer bekommen. Mit diesem Menschenauflauf hier hatte ich wahrlich nicht gerechnet.»

Verdutzt sah sie ihn an. «Wieso ein Zimmer auf die Nacht? Ich dachte, das hier ist der Gasthof, den du für Ludwig gekauft hast.»

«So sag es unserer Tochter endlich, Justus Georg!», stieß die Mutter ungewohnt scharf hervor.

Der Vater nahm Paulinas Hand und hielt sie fest wie ein Schraubstock.

«Wir bleiben nur für eine Nacht hier. Morgen geht es mit einem der Schiffe weiter, den Neckar und den Rhein hinab bis nach Amsterdam in Holland.»

«Wieso Amsterdam?»

«Wir werden nach Amerika auswandern. Alle zusammen.»

Das Wort Amerika fuhr auf sie nieder wie ein Keulenschlag. Sie wandte das Gesicht ab. Die untergehende Sonne tauchte die Weinberge am anderen Ufer in warmes, goldenes Licht, ihr Herz aber gefror zu Eis.

Eine Stunde später saßen sie eng beieinander in der überfüllten Schankstube des Kranenwirtshauses, Paulina eingezwängt zwischen dem Bruder und dem Vater. Die beiden strahlten mit Lorenz um die Wette, obgleich sie kurz zuvor noch über den gräulich verfärbten Eintopf, der an jeden Gast verteilt worden war, als «ungenießbaren Fraß» geschimpft hatten. Umso mehr schien ihnen das Heilbronner Bier zu munden, und Lorenz, der ihr gegenüber neben der Mutter saß, wirkte angetrunken.

Rundum herrschten eine drangvolle Enge und ein schrecklicher Lärm, die Luft unter der niedrigen Holzdecke war geschwängert mit Tabaksqualm, Schweiß- und Essensdünsten. All diese Menschen hier und in der Nebenstube wollten also auswandern, alle wirkten sie hoffnungsfroh und zuversichtlich. Bis auf Paulina und ihre Mutter. Noch draußen vor der Kutsche hatte die Mutter sie in den Arm genommen und dabei zugeflüstert, dass auch sie selbst niemals nach Amerika gewollt habe, dass man sich aber fügen müsse. «Eines Tages wirst du das verstehen, Paulina.»

Ums Haar hätte sie ihr da gebeichtet, dass sie noch immer mit Friedhelm verlobt sei und zu ihm nach Stuttgart wollte, in der Hoffnung, sie würde sie bei passender Gelegenheit ziehen lassen. Doch im selben Moment wusste sie, dass die Mutter unverbrüchlich auf Seiten des Vaters stand. Das hatte sie zeit ihres Lebens getan, und das tat sie auch jetzt, wo sie sichtlich gegen ihren Willen nach Amerika auswandern sollte. Eine Gelegenheit, noch an diesem Abend unbemerkt von hier zu entkommen, sah Paulina kaum noch. Zumal sie, gegen ein ordentliches Schmiergeld, tatsächlich eine abschließbare Kammer unterm Dach erhalten hatten, anstatt wie die große Mehrheit in der Gaststube oder gar im Stall oder in der Remise zu übernachten. Ihr Gepäck war schon an Bord eines der acht Schiffe, die am nächsten Morgen ablegen würden – auch das hatten sich Lorenz und der Vater einen guten Batzen kosten lassen. Pferd und Wagen waren bereits verkauft an einen der Händler, die sie vor dem Gasthaus sogleich angesprochen hatten, da Pferde durch das große Viehschlachten selten geworden waren. Spätestens da war Paulina klar geworden, dass die Auswanderung nach Amerika seit langem bis ins Kleinste geplant gewesen war und dass man am Ende nur noch auf die nötigen Papiere gewartet hatte und auf den rechtmäßigen Verkauf der Hirschenpost und der Metzgerei. Ihre Standuhr aus der kleinen Gaststube befand sich übrigens nicht im Gepäck, und sie begriff, dass das nur die Losung für Lorenz gewesen war, sich für den nächsten Morgen bereit zu machen.

Eine Frau in abgetragener Kleidung, die neben der Mutter saß, sah sie in diesem Moment mitleidsvoll an.

«Dir fällt es wohl schwer, die Heimat zu verlassen?»

Paulina nickte nur stumm.

«Ach Kind, unsere älteste Tochter hat auch den ganzen Tag geweint, als sie von unseren Plänen erfuhr. Und jetzt freut sie sich ebenso sehr wie wir. Nicht wahr, Mariechen?»

Das Mariechen neben ihr, ein mageres, etwa achtzehnjähriges Mädchen, nickte eifrig.

«In Amerika», plapperte sie fröhlich los, «herrscht überall

Wohlstand, alles gedeiht, und es gibt keine Nahrungssorgen. Mein Vater sagt, dass viele Orte deutsche Namen tragen und von deutschen Pflanzern bewohnt sind, die ihrer Sprache treu bleiben. Deshalb habe ich jetzt keine Angst mehr.»

«Wirst du dann in Amerika auch verheiratet?», fragte Paulina finster.

«Nein, wieso?»

«Glück gehabt.»

In gespielter Empörung schlug Lorenz auf die Tischplatte. «Na, das will ich jetzt aber mal überhört haben.» Er lachte mit seiner hohen Stimme. «Meine liebe Braut macht gerne Scherze!»

Dann wandte er sich an den Vater von Marie.

«Das gute Wetter scheint anzuhalten, besser hätten wir's nicht treffen können. Bis Mannheim mag es zwar ein wenig eng werden auf diesen Kähnen, aber dann geht's ja auf einem bequemen Rheinschiff bis Amsterdam. Wollen Sie auch über Amsterdam nach Philadelphia?»

Der Mann nickte. «O ja, es heißt, von Amsterdam gingen die meisten Schiffe ab. Wir würden allerdings auch nach Maryland oder Neu York gehen, wenn es denn sein müsste. Die Strapazen auf der Seefahrt werden wohl dieselben sein.»

Bei diesen Worten schnürte es Paulina das Herz zusammen.

«Denken Sie doch jetzt nicht schon an die Strapazen der Überfahrt, guter Mann», mischte sich ihr Vater ein. «Wir haben Glück, die beste Zeit zur Fahrt auf hoher See ist das Frühjahr, je zeitiger, desto besser: Die Winde sind dann günstig, die Fahrt kürzer, die Extreme an Hitze und Kälte nicht so groß. Da braucht's dann nur noch einen tüchtigen Segelschiffscapitain, und wir kommen alle wohlbehalten in Philadelphia an.»

«Wann wird das sein?», richtete Paulina zum ersten Mal an diesem Abend das Wort an den Vater, der prompt erfreut lächelte.

«Ich denke, Anfang oder Mitte Mai, wenn wir gleich ein Schiff bekommen. Bis Amsterdam brauchen wir etwa zwei Wochen, auf hoher See sind es in der Regel sieben Wochen.»

Maries Mutter entfuhr ein leiser, spitzer Entsetzensschrei. «So lange?»

Fast war es zum Lachen, dachte sich Paulina: Damit war die Hochzeit mit Lorenz wieder in weite Ferne gerückt. Was nichts daran änderte, dass sie möglichst bald eine Gelegenheit zur Flucht finden musste. Und sie hatte auch schon eine vage Idee.

«Zeigst du mir nachher das Boot, mit dem wir fahren?», fragte sie den Vater.

«Aber gerne, mein Schatz. Ich schlage vor, wir machen alle zusammen einen kleinen Spaziergang zur Schiffslände. Sobald ich mein Bier ausgetrunken habe.»

Paulina erwachte, als sich die Mutter neben ihr rührte. Lorenz und der Vater schnarchten noch auf ihren Strohsäcken um die Wette, die Luft in der engen Kammer war zum Schneiden. Von unten tönten Stimmen herauf, Tische und Bänke wurden hin und her gerückt.

«Es geht los», flüsterte die Mutter ihr zu und wirkte dabei kreuzunglücklich.

Paulina nickte in die einbrechende Morgendämmerung, dann erhob sie sich möglichst geräuschlos von ihrem Strohsack und kleidete sich hastig an, bevor Lorenz, wie in der Nacht zuvor, sie dabei beobachten konnte.

«Ich muss einmal», sagte sie leise. «Wir treffen uns dann in der Gaststube.»

Argwöhnisch musterte die Mutter sie. «Kann ich dich denn allein gehen lassen?»

«Aber ja. Oder willst du mich im Hemd zum Abort begleiten?»

Sie nahm ihr Reisebündel und streifte sich die Jacke über.

Unten warf sie einen kurzen Blick in die Gaststube, wo die Strohsäcke bereits weggeräumt waren, um das Morgenessen aufzutragen. Es herrschte eine fast feierliche Ruhe unter den Gästen, der Geruch nach salzigem Gerstenbrei drehte Paulina schier den Magen um.

Sie eilte hinaus in den kalten Morgen. Am Kranen hoben sich die Schiffsmasten mit den eingerollten Segeln schwarz gegen den rosenroten Morgenhimmel ab. Die kleineren Fischer- und Lastkähne, die gerudert wurden, lagen ein Stück flussaufwärts in einer künstlichen Bucht – das hatte sie gestern beim gemeinsamen Abendspaziergang herausgefunden.

Sie rannte los, zur Bucht.

Schon in einem der ersten Kähne kauerte ein älterer Fischer und bereitete seine Netze vor.

«Rasch, fahren Sie mich in die Stadt! Ich zahle Ihnen einen ganzen Gulden dafür. Bitte.» Sie klimperte mit den Münzen in ihrer Jackentasche.

Der Fischer lachte. «Da will wohl jemand nicht nach Amerika.»

«Nein, niemals. Bitte, seid so gut.»

«Na, dann steig ein, junge Frau.»

Mit klopfendem Herzen nahm sie in dem schwankenden Boot Platz. Der Fischer machte das Seil los, stieß sich vom Ufer ab und begann, mit kräftigen Schlägen zu rudern. Indessen vollführte das Boot schon nach kurzer Zeit einen Bogen und nahm wieder Kurs in Richtung Kranen und Wirtshaus.

«Aber das ist die falsche Richtung», rief Paulina.

«Hab was vergessen», murmelte der Mann.

«Bitte, nein! Fahren Sie in die Stadt!»

Da entdeckte sie auch schon die Mutter am Ufer, die aufgeregt hin und her rannte und lauthals ihren Namen schrie. Neben ihr Ludwig, barfuß und im losen Hemd über der Hose.

«Warum tun Sie das?», fragte Paulina tonlos.

«Weil man vor seinen Eltern nicht wegläuft, deshalb. Ich hab dich gesehen, gestern Abend im Kranenwirtshaus.»

Das Boot legte an, und Ludwig zerrte sie unsanft auf die Anlegestelle.

«Na, das wird unseren Vater aber freuen. Haben Sie vielen Dank, Fischer.»

Er drehte ihr den Arm auf den Rücken und schob sie vor sich her in Richtung Gasthaus.

«He, warten Sie, junger Mann! Das Mädchen hat mir einen Gulden geboten, den will ich jetzt von Ihnen haben.»

«Dann kommen Sie halt mit. Mein Vater wird Ihnen die Belohnung geben.»

So betrat sie, eingezwängt zwischen ihrem Bruder und dem Fischer, die Stube, ihre leise weinende Mutter hinter sich. Dort saßen Lorenz und der Vater beim Morgenessen.

«Sie wollte abhauen», verkündete Ludwig so laut, dass es jeder hören konnte.

Der Vater erhob sich und verpasste ihr vor aller Augen rechts und links eine Maulschelle.

«Wag das nicht noch mal! Jetzt hock dich hin und iss.»

Hasserfüllt starrte Paulina ihn an, doch sie gehorchte. Was blieb ihr auch anderes übrig? Von dem ekligen Brei rührte sie nichts an.

Wenig später begab man sich im großen Pulk zum Kranen, an die fünf-, sechshundert Menschen, um sich einzuschiffen. An Weglaufen war nicht mehr zu denken. Zwischen Kisten, Koffern und Käfigen mit Federvieh zog der Vater sie neben sich auf eine freie Bank unter der schützenden Plane und fluchte dabei, dass das Schiff völlig überladen sei. Als die Passagiere schließlich dicht an dicht gedrängt Platz genommen hatten, blies der Bootsmeister ins Horn, die Taue wurden eingezogen, das Segel gehisst, und ihr Schiff, das erste im Verband, nahm in der gleichmäßigen Strömung rasch an Fahrt auf. Am Ufer liefen die Zurückgebliebenen ein Stück mit und winkten, die beiden Frauen, die Paulina gegenübersaßen, begannen zu weinen.

«Wir werden die Heimat nie wiedersehen», schluchzte die eine. «Vielleicht wird man sterben müssen.»

Die Menschen im Boot hinter ihnen begannen laut zu singen, und alle fielen ein:

*Auf, auf, ihr Brüder, und seid stark,*
*der Abschiedstag ist da.*
*Schwer liegt er auf der Seele, schwer,*
*wir sollen über Land und Meer*
*ins ferne Nordamerika.*

Trotz ihrer warmen Wolljacke war Paulina kalt bis auf die Knochen. Ihr Vater, ihr Bruder und Lorenz sangen lauthals mit, die Mutter, die links von ihr an der Reling saß, biss sich auf die Lippen, und sie selbst starrte an der Mutter vorbei auf das glitzernde Wasser, das sie auf unheimliche Weise anzog. Sollte sie aufspringen und sich hineinstürzen? Dann hätte alles ein Ende.

Die Mutter griff nach ihrem Arm, als wolle sie sie festhalten.

«Tu es nicht!», flüsterte sie ihr ins Ohr. «Ich verspreche dir: Wenn du den Lorenz in Amerika immer noch nicht heiraten willst, werde ich das zu verhindern wissen.»

# *Kapitel 28*

*Hohenstetten am Samstagmittag,*
*den 22. März 1817*

Carl Unterseher saß mit Frau, Tochter und Magd am Mittagstisch und schämte sich fast dafür, wie reichlich gefüllt ihre Teller waren, mit Kraut und den inzwischen so kostbaren Kartoffeln, wo sich andere mit ausgegrabenen Wurzeln und gekochtem Gras begnügen mussten. Am morgigen Sonntag würde es sogar für jeden eine kleine Scheibe Speck geben, den die gute Martha, die mittlerweile ohne Lohn und nur noch gegen Kost und Logis für sie arbeitete, irgendwo aufgetrieben hatte. Mangel herrschte mittlerweile nämlich auch an Fleisch, seitdem die letzten Viehbestände gegen viel Geld außer Landes geschmuggelt wurden. Nein, an Hunger litten sie noch nicht, obgleich auch ihre Mahlzeiten immer karger und eintöniger wurden.

Eigentlich sollte allmählich alles besser werden, wo sich das Wetter wieder präsentierte, wie es der Jahreszeit zu eigen war: Nach einem durchaus normalen Winter waren sie mit einem milden, freundlichen März beschenkt worden. Aber die Folgen von Missernten und Teuerung zeigten sich unvermindert, die Not hatte sich festgesetzt wie die Krätze im Armenhaus und ließ sich nicht mehr vertreiben. Aus zwei Kesseln Rumfordsuppe zur Armenspeisung waren längst vier geworden, aber wenigstens schämte sich niemand mehr seiner Bedürftigkeit. Dafür kam es bei der Mittagsausgabe täglich zum Streit, wenn der eine beim anderen mehr Nahrhaftes im Napf wähnte als bei sich selbst oder das Stücklein Kleiebrot ein wenig größer schien.

Doch das war es nicht allein, was dem Pfarrer großen Kummer bereitete. Die ländliche Ordnung, der alte Zusammenhalt im Ort, drohte ganz verloren zu gehen. Die Menschen trauten einander nicht mehr über den Weg, ließen keinen mehr ins Haus, schickten ihre Kinder nicht mehr zur Schule, zogen sich in stummer Lethargie zurück. Knechte bestahlen ihre Dienstherren, um Brotschulden zu begleichen, Mägde ließen in der Küche aus Hunger heimlich Essen mitgehen, bis dahin unbescholtene Menschen hintergingen die eigenen Nachbarn, Handwerker ihre Genossen, und jeder versteckte vor dem anderen seine letzten Vorräte. Der Fruchtkasten der Gemeinde wurde rund um die Uhr bewacht, desgleichen die Vorratshäuser der Maierbauern, nachdem es verschiedentliche Einbruchsversuche gegeben hatte. Und am Waldrand war schon mehrfach gleich vom Fuhrwerk herab Gemeindeholz gestohlen worden. Das Wildern von Vögeln, Hasen oder Dachsen galt dagegen fast schon als Kavaliersdelikt. Drei Viertel der Einwohner von Hohenstetten waren inzwischen verschuldet oder besaßen gar nichts mehr, die meisten litten sichtlich unter der beängstigenden Knappheit an Lebensmitteln. Wer wollte da noch etwas abgeben an jene, denen es noch schlechter ging?

Der staatliche Ankauf von russischem Getreide war nämlich leider nur einmalig gewesen und taugte, wie man schon vermutet hatte, nicht zur Aussaat, die jetzt im milden Frühjahr anstand, und gleich danach hatten alle Staaten ihre Grenzen abgeschottet. Im hiesigen Oberamt hatten sie ohnehin vergeblich auf die Verteilung des russischen Korns gewartet. So waren denn die Notvorräte der Gemeinden so gut wie aufgebraucht, noch immer lagen die Äcker wüst.

Einen winzigen Funken Hoffnung gab es dennoch: Vor einigen Tagen endlich war es den königlich-württembergischen Kommissionären gelungen, aus dem preußischen Cölln und dem hessischen Mainz eine weitere Lieferung Korn zu beschaffen. Ein Anteil davon lagerte nun seit gestern in Münsingen, allerdings war der Preis, zu dem das Saatgut auch nach Hohenstetten abgegeben werden sollte, unverschämt hoch, wie Carl Unterseher fand. Zum Glück war der vorläufige Schultes Keller ein weniger eigennütziger Mann als Gutjahr, und gemeinsam hatten sie beide den Gemeinderat überzeugen können, dieses Korn umsonst zur Aussaat zu verteilen, an alle Einwohner gemäß ihren Ackerflächen. Die Kosten sollten aus der Gemeindekasse beglichen werden. Ob das Wenige indessen als Saatfrucht ausreichen würde, stand in den Sternen, und zum Beißen hatte man damit immer noch nichts.

Hätte sich der neue König doch nur schon viel eher gekümmert! Dann wäre manches anders und besser jetzt. Dafür schienen die Zeitungsschreiber ihren Schuldigen gefunden zu haben: Der wucherische Kornjude habe einen Großteil des Mangels zu verantworten. Angeblich begannen die ersten deutschen Staaten, alle Juden auszuweisen, und Presseberichte, wonach jüdische Händler auf offener Straße verprügelt wurden, fanden den Beifall der Leser. Offenbar brauchte der Mensch einen Sündenbock. Dass die Spekulanten viel eher in den eigenen Reihen zu finden waren, wie der Fall Gutjahr gezeigt hatte, wollte man nicht sehen.

Auch beim Heiligenbeck hatte man im Übrigen ein geheimes Kornlager entdeckt, in einer aufgegebenen Scheune am Rand der Wacholderheide. Widerstandslos hatte er es der Gemeinde übergeben, in einer fast schon unverschämt großzügigen Geste, und hiervon wurde nun ein halbwegs erschwingliches Mischbrot aus Kleie und Gerste gebacken. Auch wenn der Zweikreuzerwecken nur noch die Größe eines Hühnereis hatte – nach all den Hungerrezepturen war er ein wahrer Gaumenschmaus. Leider hatte Unterseher nicht durchsetzen können, dass dieses gute Brot nur auf Bezugsschein zu kaufen war, und so kamen die ersten Klagen, dass es jeden Morgen nach kürzester Zeit ausverkauft sei. Weil nämlich, so ging das Gerücht, die wenigen Reichen im Ort unter der Hand mehr bezahlten.

Man musste schon sehr stark sein, um in diesen Zeiten den Glauben an Gerechtigkeit nicht zu verlieren. Unterseher betete jeden Tag darum, dass Gott ihnen mit der Witterung weiterhin gnädig war, damit die Ernte im Sommer wenigstens der größten Not ein Ende machte. Bis dahin hieß es: durchhalten in der Hoffnung, dass nicht noch mehr Schwache, Alte und Kinder starben. Er selbst tat, was in seiner Macht stand. Immerhin hatte er durchsetzen können, dass die Fron zum Holzfällen und Wegebau nun für jedermann, und nicht nur für die reichen Maierbauern, mit einem kleinen Entgelt belohnt wurde. Und dass die alljährlich im Frühjahr neu besetzten Fleckendienste wie Flur- und Nachtwache, Grenzsteinkontrolle, Boten- oder Schützendienst nur noch an die Ärmsten vergeben wurden.

Seit Wochen versuchte er obendrein, seine Predigttexte, in denen er zum Ausharren in Treu und Glaube aufrief, zu Barmherzigkeit und Mitmenschlichkeit, gegen eine Spende zu veräußern, was leider nur wenig erfolgreich war. Er wusste längst, dass einige wenige sogar Gewinn aus der Armut zogen, indem sie Barkredite gegen Zinsen vergaben, statt dieses Geld dem Armen-Verein zu spenden. Bei der letzten Sonntagspredigt war ihm angesichts der selbstzufriedenen Gesichter der Honoratioren, die in der ersten Bankreihe saßen, fast der Kragen geplatzt. Am liebsten hätte er es seinen hitzköpfigen Söhnen gleichgetan und herausgebrüllt: «Wer glaubt, dass die Not uns alle gleich betrifft, der irrt gewaltig: Einige unter uns begehen Teufelswerk, indem sie mehr und mehr Besitz und Reichtümer anhäufen.» Doch er hatte geschwiegen. Was brachte es, noch mehr Unfrieden zu stiften?

Ach, es war alles so mühsam! Er kam sich vor wie Sisyphos, der dazu verdammt war, den Felsblock den Berg hinaufzuwuchten und es doch niemals schaffte. War hier ein Loch gestopft, tat sich dort ein neues auf. Die Zuversicht seiner Schäfchen täglich neu zu wecken, fiel ihm als Seelsorger zunehmend schwer. So oft wurde er gefragt, wie man es wohl noch aushalten solle bis zur Ernte. «Der Bauch ist eine tiefe Grube», hatte ihm letzthin eine mehrfache Mutter geklagt, «die sich nicht füllt. Sobald man isst, bekommt man nur noch mehr Hunger! Und die Tage sind so lang, die Zeit steht still. Man meint, man wär schon in der Hölle angekommen.»

Diese Worte hatten ihm die Tränen in die Augen getrieben. Half er nur noch sich selbst, wenn er jeden Morgen in der Kirche mit seiner Gemeinde Martin Luthers «Ein feste Burg ist unser Gott» sang? Oder den Psalm sprach: «Der Herr ist mein Hirte, mir wird nichts mangeln»? Der Zulauf zu diesen morgendlichen Bittgottesdiensten wurde geringer, die Beliebtheit des Gebetskreises der Stundenfrauen hingegen immer größer. Drüben im nahen Baiern wie auch in den katholischen Gebieten Württembergs erstarkten die Sekten in erschreckender Weise. Vollends außer Rand und Band gerieten derzeit die Schwarmgeister um den österreichischen Priester Thomas Pöschl, der für den kommenden Palmsonntag den Weltuntergang verkündet hatte. Etliche seiner Anhänger boten sich als Menschenopfer an, um Gott zu versöhnen. Und an der Südgrenze Badens tobte sich die evangelische Baronin Juliane von Krüdener aus, die die Ärmsten der Armen als auserwähltes Volk sah und zu einem Tag der Rache aufrief.

Unterseher zuckte zusammen, als eine warme Hand seinen Unterarm berührte.

«Was ist mit dir, Vater?», fragte Luise ihn mit besorgtem Blick.

«Warum?»

«Du hast laut aufgeseufzt. Und vom Essen hast du auch nichts angerührt.»

«Ach, Kind, mir geht so vieles im Kopf herum …»

Er lächelte sie an. Zum Glück stand seine Tochter ihm zur Seite und half, wo sie nur konnte. Sie ging zu den Kranken und Sterbenden ins Armenhaus oder in deren elende Hütten und schonte sich nicht dabei. Er betete jeden Tag, dass Gott sie dabei schütze. Ihre Enttäuschung mit diesem hergelaufenen Wanderkrämer Gide schien sie zum Glück überwunden zu haben, dafür trieb sie nun die Sorge um ihre Freundin Paulina um, von der man nicht wieder gehört hatte.

Er selbst war nicht minder entsetzt gewesen über die Ereignisse im Hause Gutjahr. Jetzt war es also heraus: Nicht nur durch übermäßige, ja unrechtmäßige Gebühren in seinem Amt als Schreiber hatte der Schultes sich bereichert, sondern weit mehr noch als Spekulant und Kornwucherer. Um dann am letzten Sonntag klammheimlich zu verschwinden und seine arme Tochter gewaltsam mit sich zu nehmen.

Carl Unterseher hatte ein wenig nachgeforscht: Schon vor Wochen hatte Gutjahr zusammen mit dem Metzgermeister im Oberamt Münsingen sein Auswanderungsgesuch gestellt, während er zugleich vor dem Volk gegen die gottlose Auswanderungssucht gewettert hatte. Wie vom Gesetz vorgeschrieben, hatten die beiden im *Schwäbischen Merkur* ihre Absicht angezeigt, um etwaigen Geldforderungen oder Rechtsansprüchen vorzubeugen, wobei diesen Eintrag in der langen Liste der Auswanderungswilligen natürlich niemand im Ort gelesen hatte. Infolge ihres ausreichend großen Vermögens und des anstehenden Verkaufs von Haus und Grund hatten sie wohl keinerlei Schwierigkeiten gehabt, die nötigen Papiere und Reisepässe zu erhalten. Und der damit einhergehende Verzicht auf das württembergische Bürgerrecht war gerade Gutjahr sicherlich nicht schwergefallen, angesichts des wachsenden Unmuts gegen ihn. Außer dem Chirurgus Keller und dem Heiligenbeck, die sich auf ihre neuen Besitztümer freuen durften, hatte anscheinend niemand etwas geahnt, und jetzt war die Empörung über Justus Georg Gutjahr nur noch größer, vor allem, was die arme Paulina betraf. Dass Christian sie hinter seinem Rücken nach Stuttgart bringen wollte, hatte Unterseher zunächst sehr erzürnt, aber im Grunde hatte er so etwas schon geahnt. Nun aber, im Nachhinein, dachte er oft: Hätten die beiden ihr Vorhaben nur schon früher ausgeführt! Dem armen Mädchen wäre viel erspart geblieben, und Friedhelm hätte seine geliebte Braut jetzt endlich an seiner Seite.

Als es in diesem Moment laut gegen die Haustür klopfte, schrak er erneut auf. Martha erhob sich, um zu öffnen. Auch sein Haus war inzwischen verschlossen, da während seiner Abwesenheiten bereits zweimal hungrige Seelen eingedrungen waren und von den Vorräten gestohlen hatten.

Sie kehrte mit dem Taglöhner Heinrich zurück, der jetzt als Amtsbote arbeitete. Mit reichlich verlegenem Gesicht stand er in der Stube und knetete die Krempe seines Filzhutes in den Händen.

«Verzeihen Sie vielmals die Störung, werter Herr Pfarrer. Ich wollte nur Bescheid geben, dass ...» Er stockte. «Dass Ihr Sohn Christian im Arresthaus ist. Ihn und den Schäfermichel hat der Förster im Allenholz beim Waldfrevel auf frischer Tat ertappt.»

«Im Arresthaus ist er?» Dorothea war erschrocken von der Bank aufgesprungen. «Gütiger Herr Jesus! Für wie lange?»

«Für drei Tage und drei Nächte bei Wasser und Brot. Der Michel sogar für fünf.»

«Wie bitte?» Unterseher schüttelte ungläubig den Kopf. «Drei Tage Arrest wegen ein paar Reisigbündeln?»

«Nun ja, beim Michel vermutet man schon lange, dass er sich mit Diebstahl und Schleichhandel über Wasser hält. Da wollte der neue Herr Schultes wohl ein Exempel statuieren. Außerdem war das kein kleiner Frevel, sondern ein Forstexcess, sagt der Herr Schultes. Sie haben nämlich *frisches* Holz geschlagen.»

Unterseher traute seinen Ohren nicht. Wie konnte sein Jüngster nur so dumm sein und am helllichten Tage einen Baum fällen?

«Das ist aber noch nicht alles», fuhr Heinrich fort. «Als sie vom Förster und seinem Gehilfen abgeführt wurden, haben sie lauthals gerufen: ‹Not kennt kein Gebot›, und hernach: ‹Victoria, Freiheit und Gleichheit für alle!› Das kommt jetzt wohl bis vor das Oberamtsgericht.»

# Kapitel 29

*Stuttgart am Dienstag, den 25. März 1817*

Bedrückt bog Friedhelm in die Judenstraße ein, wo wie immer zum Feierabend allerlei abgerissene Gestalten herumlungerten, um nicht in ihre trostlosen Behausungen zurückkehren zu müssen. Alte Frauen kauerten mit ihrem Strickzeug, Mütter mit ihren Kleinkindern auf den Treppenstufen, einige grell geschminkte Mädchen riefen den Burschen derbe Scherzworte zu. Diese armen jungen Frauen hatte der Traum von einer einträglichen Anstellung in die Stadt gelockt, nur um sie am Ende in der Gassenhurerei landen zu lassen. Friedhelm wusste: Manche dieser Leute in der Leonhardsvorstadt würden sogar die Nacht hier draußen verbringen, im Schutz einer Toreinfahrt oder eines dunklen Hausflurs, weil sie gar kein Zuhause mehr hatten.

Der schmale Streifen Himmels über ihm war grau, so grau, wie sich sein Innerstes anfühlte. Gut eine Woche war es nun her, dass Christian ihm die Hiobsbotschaft überbracht hatte, und von Paulina hatte er seither nichts mehr gehört. Hätte er sich doch nur nicht von Christian dreinreden lassen und wäre noch am selben Nachmittag nach Heilbronn aufgebrochen! Möglicherweise hatten die Gutjahrs ja gar nicht gleich einen Platz auf einem der Flussschiffe bekommen, so viele Menschen, wie mittlerweile auswanderten. Jetzt aber war es zu spät, wusste er doch nicht einmal, ob ihr Ziel Amsterdam, Antwerpen oder Rotterdam war. Bis dorthin hätte sein Reisegeld ohnehin nicht gereicht, davon abgesehen, dass man ihn unterwegs ohne gültige Papiere irgendwann aufgegriffen und nach einigen Tagen Arrest mit der sogenannten «Bettelfuhr» zurückgebracht hätte. Ihm blieb nur noch die Hoffnung, dass Paulina unterwegs den Klauen ihrer Familie entfliehen konnte. Also würde er hier ausharren und versuchen, endlich auf einen grünen Zweig zu kommen. Oder aber, fügte er mutlos in Gedanken hinzu, er würde in dieser durch die Landflucht überfüllten Stadt doch noch vor die Hunde gehen.

Wieder einmal hatte er nämlich den ganzen Tag mit der Arbeitssuche verbracht, wiederum vergebens. Dabei hatte König Wilhelm die sogenannte Residenzverschönerung seines Vaters erneut in sein Programm aufgenommen. Friedhelm hätte sich sogar als Bauarbeiter oder Lastenträger verdingt, so weit war er schon, nur um endlich an Geld zu kommen. Doch das Ganze war als Beschäftigungsmaßnahme für Arme, Bettler und umherziehende Vaganten, die man im Waisenhaus kaserniert hatte, gedacht, nicht für Menschen wie ihn, die eine Ausbildung genossen hatten. So wurden nun also ohne ihn allerorten die alten Stadtmauern eingerissen, störende Türme und Tore abgetragen, um Platz zu machen für weitere schöne Häuser, die sich nur die reichen Bürger zu leisten vermochten, während die anderen ihren Mietzins nicht bezahlen konnten. Das schürte natürlich die verzweifelte Wut der Menschen noch mehr. Nachts rotteten sich junge Leute vor dem Rathaus und der Pfarrei zusammen, um garstige Lieder gegen Obrigkeit und Kirche zu singen und dabei Steine zu werfen, auf dem Markt hatte vorigen Samstag eine große Schar Weiber einen Verkaufsstand völlig zerstört, da der Preis für das Säckchen Kleie erneut angestiegen war, und in den Vorstädten warf man den Bäckern die Fenster ein, wenn sie kein Brot mehr zum Verkauf hatten.

Ohne es zunächst zu ahnen, hatte sich auch Friedhelm an einem solchen Frevel schuldig gemacht: Gestern Abend war Gottlob mit einem halben Sack Kartoffeln heimgekommen, und es hatte einen Festschmaus für alle Mitbewohner gegeben. Am Ende war er mit der Sprache herausgerückt: Zusammen mit ein paar Freunden hatten sie in der Hauptstätter Straße einen Händler mit einer Fuhre Kartoffeln abgepasst, ihn vom Kutschbock gezwungen, mit Stricken gebunden und sein Maultier in eine dunkle Seitengasse geführt. Die mitgebrachten Leinenbeutel waren rasch gefüllt, den Rest hatten sie den Anwohnern überlassen, die auf ihren Ruf hin «Herbei, wer Hunger hat!» aus den Häusern gestürmt waren, während Gottlob und seine Freunde Fersengeld gaben. Friedhelm war über diese Geschichte reichlich entsetzt gewesen, doch sein Freund hatte nur ungerührt gemeint: «Mit diesen Wucherpreisen beraubt man die Armen, deshalb rauben wir für sie.»

Nun, geschmeckt hatten die geklauten Grumbieren trotzdem, sagte er sich fast trotzig, als er nun die knarzende Treppe hinaufstieg. Im Treppenhaus wartete bereits einer von Fannys Stammfreiern, ein feines Herrensöhnchen und armer Tropf zugleich, da er unsterblich in das Mädchen verliebt war. Aber war Friedhelm nicht ein ebenso armseliger Tropf? Nach zweieinhalb Wochen in Stuttgart hatte er nichts erreicht, im Gegenteil. Niemand in der ganzen Residenz schien einen Hauslehrer zu brauchen, als Arbeiter wollte ihn auch keiner einstellen, da er als Studierter zu hoch qualifiziert sei – einer der Herren Fabricanten hatte ihm gar ins Gesicht gesagt, er wirke für einen rechten Arbeiter nun doch zu schwächlich –, und selbst bei jenem Kaufmann Heinrich Lotter aus dem Gesellenverein, der in

Wirklichkeit nur ein Kleinkrämer war, hatte er nichts erreicht: Dessen Geschäfte liefen so schlecht, dass er bereits einen Angestellten habe entlassen müssen.

So waren denn Friedhelms Ersparnisse auf zehn Gulden zusammengeschrumpft, und das Gericht in Münsingen hatte sich bei ihm in Sachen Erbschaftsstreit auch noch nicht gemeldet. Dass das Leben in der Stadt um so viel teurer war als auf dem Lande, hatte er schlichtweg nicht erwartet. Und dass er noch immer bei Gottlob in diesem stinkenden, dunklen Loch lebte, schlug ihm allmählich aufs Gemüt. Obendrein war es eng geworden in der Wohnung: Käthe und ihr arbeitsloser Mann hatten eine ledige Wäscherin als Schlafgängerin bei sich aufgenommen, um den Mietzins begleichen zu können, und in Oskars winziger Kammer hausten aus demselben Grund inzwischen noch zwei Kerle, die ein und denselben Strohsack neben Oskars Bett benutzten. Der eine, ein Arbeiter in einer Wollspinnerei, schlief dort zur Nacht, der andere bei Tag, da er sich nachts als Dreckkarrenkutscher verdingte. Seither stank es in der ganzen Wohnung nach Jauche und Abort, weil keiner auf den Gedanken kam zu lüften, in der Küche herrschte inzwischen eine heillose Unordnung, überall in der Wohnung hingen vollbepackte Wäscheleinen.

Ach, wie sehr er sich manchmal auf die Alb zurückwünschte! Er sehnte sich nach dem Rauschen der Blätter im Frühlingswind, dem Duft von frisch geschnittenem Gras und aufgepflügten Erdschollen, dem herben Moos- und Pilzgeruch im Wald. Sollte er also aufgeben und nach Hohenstetten zurückkehren? Das hieße, sich weiterhin mit Adam erbittert zu streiten, Pfarrer Unterseher reumütig zu bitten, ihn auf irgendeine Weise zu beschäftigen, und sei es als Hilfslehrer an Emmanuel Dürrs Seite, und nicht zuletzt an allen Ecken und Winkeln schmerzhaft an Paulina erinnert zu werden und an deren selbstherrlichen Vater, der ihren Lebensplan zerstört hatte.

Er schob die stets unverschlossene Wohnungstür auf und wäre fast über ein Paar Stiefel gestolpert. Der beißende Geruch nach gebrannter Grießsuppe stieg ihm in die Nase, aus der Küche hörte er Käthe mit der Wäscherin streiten, während der Säugling brüllte. Er fischte in der Jackentasche nach dem Türschlüssel, den Gottlob ihm hatte nachmachen lassen, als er bemerkte, dass die Zimmertür nur angelehnt war. Drinnen lag Gottlob lang ausgestreckt auf dem Bett.

«Nanu, du bist schon zurück von der Arbeit?», fragte er ihn erstaunt.

«Man hat mich entlassen.»

«Ach du meine Güte!» Friedhelm ließ sich auf den Hocker sinken, der einzigen Sitzgelegenheit. «Warum das denn? Ich dachte, der Vorabeiter hält so große Stücke auf dich?»

Gottlob zuckte die Schultern. «Vielleicht war es ein Fehler, dass ich ein paar Kreuzer mehr gefordert hab, wo ich in letzter Zeit ständig länger arbeiten musste. Sei's drum, der Gestank nach Druckerschwärze hat mir ohnehin Kopfschmerzen gemacht. Und du? Hast du was gefunden?»

«Nein, nichts. Man scheint in Stuttgart nicht gerade auf mich gewartet zu haben.»

«Hör zu.» Gottlob richtete sich auf. «Ich hätte da vielleicht etwas für uns beide. Das hieße allerdings noch früher aufstehen. Dafür wären wir an der frischen Luft. Der Hinweis kommt von Johann, unserem Kloakenkutscher.»

«O nein, ich fahre nachts keine Scheiße aus der Stadt!»

«Das musst du auch nicht. Für die Obere Stadt und die Königsstraße werden Gassenkehrer gesucht. Weil nämlich für die feinen Herrschaften alles reinlich sein soll.»

Friedhelm starrte ihn an. «Gassenkehrer? Ich soll als Schulmeister den Dreck von der Straße kehren?»

Gottlob schlug ihm auf die Schulter. «Du vergisst, dass ich auch mal auf dem Lehrerseminar war. Aber gut, du kannst auch künftig von geklauten Kartoffeln leben. Die musst du dir dann aber selbst beschaffen. Und wenn wir dann den Mietzins nicht mehr zahlen können, lagern wir halt mit unserem jämmerlichen Mobiliar nachts unter freiem Himmel, wie so viele hier, bis die Polizei uns ins Arbeitshaus schleppt. Ich jedenfalls werde morgen früh zur Hauptwache gehen. Dort soll man sich melden.»

Nach kurzem Zögern nickte Friedhelm. «Ich will es mir überlegen.»

«Tu das. Mich tät's freuen. Übrigens hast du Post bekommen.»

Er wies auf das Tischchen, auf dem zwischen Nussschalen und einem vertrockneten Brotkanten ein verschlossener Briefbogen lag.

Friedhelms Herz tat einen Sprung. «Von Paulina?»

«Nein, tut mir leid. Der Brief ist von meinem Vater. Aber ich habe ihn nicht geöffnet, weil er an dich gerichtet ist. Fast könnte ich beleidigt sein.»

Mit dem Messer, das Christian ihm nun endgültig geschenkt hatte, trennte Friedhelm den Falz auf, wagte aber nicht, das Papier auseinanderzufalten. Es brannte plötzlich wie Feuer in seinen Händen: Was, wenn Paulina etwas zugestoßen war?

«Nun lies schon», drängte Gottlob. «Vielleicht gibt es ja Neuigkeiten über die Gutjahrs. Oder soll ich's dir vorlesen?»

«Nein, lass.»

Mit zittrigen Fingern klappte er den Bogen auseinander und begann zu lesen.

*Lieber Friedhelm,*
*erlaubst du mir, dass ich weiterhin du zu dir sage? Du bist mir ja ein bisschen wie mein eigener Sohn geworden, und so hoffe ich sehr, dass du eine Anstellung als Hauslehrer gefunden hast oder sonst etwas, das deinen Fähigkeiten entspricht.*
*Ich dachte mir, du musst wissen, was ich gestern über den Heiligenbeck, der ja jetzt die Posthalterei übernommen hat, erfahren habe: Gutjahr und Lorenz Stumpp sind mit einem Rheinschiff auf dem Weg nach Amsterdam, um sich von dort nach Philadelphia einzuschiffen. Von Paulina haben wir leider nichts mehr gehört, zu Luises großem Kummer, aber wir vertrauen auf Gott, dass es ihr gut geht, und hoffen, dass sie uns und auch dir aus der Hafenstadt Amsterdam, die sie wohl kaum vor dem ersten April erreichen wird, ein paar Zeilen schreibt. Sofern sie denn Gelegenheit dazu findet.*
*Dir zum Trost möchte ich sagen: In allen amerikanischen Häfen gibt es deutsche Gesellschaften, wo sich die Einwanderer registrieren. Auch in Philadelphia. Wir haben beschlossen, diese Gesellschaft anzuschreiben, um Paulinas Verbleib herauszufinden, und werden dir, sobald wir etwas erfahren, Bescheid geben. Ich weiß, das ist eine schwere Prüfung für dich, aber das Wichtigste ist doch, dass es ihr gut geht. Und wer weiß, vielleicht ist es Gottes Wille, euch beide doch noch eines Tages zusammenzubringen. Ich würde es euch von Herzen wünschen.*
*Ansonsten dürfen wir im Pfarrhaus nicht klagen, wir kommen über die Runden und sind gesund. Grüße meinen Sohn ganz herzlich von uns allen, und gib auf ihn acht, damit er sich nicht zu Dummheiten hinreißen lässt. Unser Christian, der gerade eine Arreststrafe wegen Waldfrevels hinter sich hat, macht uns schon genug Kummer.*
*Verbunden in väterlicher Freundschaft,*
*dein Carl Unterseher*

Friedhelm war über diese Zeilen gerührt und enttäuscht zugleich. Viel schlauer war er nun nicht, wusste nur, dass sich Paulina täglich weiter von ihm fortbewegte. Doch dann sagte eine innere Stimme ihm plötzlich, dass noch nicht alles verloren war. Er würde nach jedem Strohhalm greifen, um Geld zu verdienen. Geld für eine Überfahrt nach Philadelphia. Er würde sie wiederfinden, auch wenn er das ganze Land nach ihr absuchen musste. Er hatte gehört, dass Amerika ein freies Land sei, wo eine Frau nicht zur Heirat gezwungen werden durfte, auch nicht vom eigenen Vater. Das gab ihm ein wenig Mut.

«Schlechte Nachrichten?»

Er reichte seinem Freund das Schreiben. «Hier, lies selbst. Und weck mich morgen früh bloß rechtzeitig, ich komme mit dir.»

Als Gassenkehrer verdiente man zwar nur dreißig Kreuzer am Tag, also einen halben Gulden, und ein Sechspfünderbrot kostete bereits einen Gulden, aber für jeden Sack mit Straßendreck, den man abends ablieferte, erhielt man zehn Kreuzer obendrauf.

So standen Friedhelm und Gottlob morgens mit dem sechsten Glockenschlag von Sankt Leonhard auf, packten sich einen Brotkanten ein und eilten in ihren alten Arbeitshosen durch die Dämmerung zur Hauptwache an der Königsstraße. Vor einem Türchen unter den Arkaden bekamen sie eine unförmige Zottelkappe und einen bodenlangen grauen Arbeitskittel überreicht mit gelben Streifen an den Ärmeln, die sie als städtische Gassenkehrer auswiesen, dazu einen kleinen Handwagen mit Besen, Kehrblech und leinenen Müllsäcken. Friedhelm war für die gesamte Königsstraße eingeteilt, vom Tübinger Tor bis zum Königstor, sein Freund für die Kronprinzenstraße mit den jeweiligen Querstraßen. Manchmal begegneten sie sich bei ihrer

Arbeit, wobei Friedhelm es die ersten Tage vermied, überhaupt von der Straße aufzuschauen. Noch immer galt die Tätigkeit des Gassenkehrens, genau wie die des Kloakenreinigers oder des Abdeckers, als höchst anrüchig, obwohl der Status der Unehrlichkeit längst abgeschafft war. Von den feinen Damen, die über die Stuttgarter Paradestraße promenierten, erhielt er oft mitleidige Blicke, was ihn mal wütend machte, mal niederdrückte.

«Lächle die Damen doch einfach an», gab Gottlob ihm einmal zum Rat. «In der Hälfte der Fälle lächeln sie zurück. Bei mir jedenfalls.»

In seiner ersten Arbeitswoche hatte er bis zum Samstag in nur vier Tagen immerhin dreieinhalb Gulden verdient. Wenn er weiterhin so sparsam lebte, würde er jede Woche einen Gulden zurücklegen können. Daran, dass das nur ein Mückenschiss war für eine Reise nach Amerika, verbot er sich zu denken. Gottlob hingegen wollte sich bereits am ersten Wochenende einen Besuch in der Vorstadtschenke gönnen.

«So komm doch mit heute Abend», drängte er ihn auf dem Heimweg. «Du musst doch auch mal ein wenig Spaß haben.»

«Mir tut noch immer der Rücken weh», wehrte er ab. «Und außerdem habe ich mir einen Schnupfen geholt.»

Das war nicht einmal gelogen. Das schöne Wetter hatte nämlich umgeschlagen in feuchtkalten Nieselregen, der die Arbeit draußen im Freien nicht gerade zum Vergnügen machte. Außerdem schlief er wieder schlecht, lag die halbe Nacht im Dämmerschlaf und dachte an Paulina. Seit neun Tagen war sie nun schon unterwegs. Konnte es wirklich sein, dass sie nicht eine einzige Gelegenheit gefunden hatte, ihm ein paar Zeilen zu schreiben und das Brieflein irgendeinem Menschen nach Stuttgart mitzugeben? Die Flussschiffe waren schließlich nur tagsüber unterwegs und landete jeden Abend an. Was also, wenn sie sich längst mit ihrem Schicksal abgefunden hatte? Er wusste, dass sie ihre Eltern trotz allem liebte. Sollte er, falls er weiterhin nichts von ihr hörte, tatsächlich in vier, fünf oder sechs Monaten, wenn er das Geld beisammenhatte, auf gut Glück nach Philadelphia aufbrechen? Dies alles beschäftigte ihn bis hinein in seine unruhigen Träume.

Nein, ihm war heute weiß Gott nicht nach einem überteuerten Krug Bier in lustiger Runde zumute. Hinzu kam, dass er sich an diesem Vormittag zum ersten Mal für seine Arbeit wirklich und zutiefst geschämt hatte. Vor dem Kronprinzenpalais hatte er gerade einen vollen Müllsack auf seine Karre gewuchtet, als er in der Gosse eine tote Katze entdeckte. Das noch junge, magere Tier war ganz offensichtlich von einer Kutsche überfahren worden, Maul und Nase waren blutverkrustet, die Glieder verbogen. Mit dem schwarzen Fell und den vier weißen Pfoten erinnerte es ihn an seine Lieblingskatze aus der Kindheit. Der Kadaver war federleicht, als er ihn mit einer Hand hochnahm, und es tat ihm plötzlich sehr leid, dass das Leben dieser Kreatur nur so kurz gewesen war.

Fast behutsam legte er das tote Kätzchen auf den Müllsack, denn auch das Einsammeln von Tierkadavern gehörte zu seinen nicht gerade ehrenhaften Aufgaben. In diesem Moment stürmten drei Buben aus der Schulstraße herbei, barfuß und in zerrissenen Kitteln, und schnappten sich den Kadaver.

«Was soll das?», rief er, doch die drei waren schon auf und davon mit ihrer Beute. Der größte der Buben drehte sich nochmals um: «Was fragst du so dumm? Wir haben Hunger!»

«Disgusting», hörte er hinter sich eine Männerstimme ausrufen. Ekelhaft!

Er wandte sich um und bemerkte erst jetzt, dass zwei vornehme Herren nicht weit von ihm auf der Königsstraße stehen geblieben waren, um die Szenerie zu beobachten. Sie trugen beide schwarze, glänzende Zylinder, Lederhandschuhe und feine Halbstiefel zu den knöchellangen, enganliegenden Hosen, wobei der eine, ein rotblonder, sommersprossiger Mann, in einem hierzulande nicht üblichen wadenlangen Mantel mit kariertem Cape über Schultern und Oberarmen gewandet war.

«It's really disgusting», fuhr der Engländer fort und deutete mit seinem Spazierstöckchen in Richtung der verschwundenen Knaben, «that hungry children have to eat dead cats in your country!»

«Ach, mein lieber Mister Pommeroy», erwiderte sein Gefährte im eleganten, mit Samt besetztem grauen Gehrock, «ich verstehe Sie doch leider so schlecht.»

«Excuse me … mein Deutsch so miserable …»

«Der Herr möchte sagen», entfuhr es Friedhelm, «dass es ekelhaft sei, wenn hungrige Kinder in diesem Land tote Katzen essen müssen.»

Da starrte ihn der Engländer entsetzt an, und Friedhelm spürte, wie er rot anlief. Als Gassenkehrer in verdreckter Kleidung, noch dazu mit einem Handwagen voller Unrat neben sich, einen Herrn ungefragt auf der Straße anzusprechen, war weiß Gott mehr als unschicklich! Er hatte schlichtweg für einen Augenblick vergessen, in was für einer Lage er sich befand.

Der Engländer musterte ihn denn auch mit hochgezogenen Brauen und voller Geringschätzung. «Astonishing! A garbage man who speaks English!»

Als nun dessen deutscher Gefährte auch noch belustigt zu grinsen anfing, wäre Friedhelm am liebsten im Boden versunken.

«Junger Mann, könnten Sie mir das bitte auch noch übersetzen?», hörte er ihn sagen.

«Der Herr … er findet es erstaunlich», begann er zu stottern, «dass ein Straßenkehrer Englisch spricht. Wenn Sie nun erlauben, dass ich weiterarbeite?»

Damit packte er seinen Besen und begann das Trottoir mit so kräftigen Strichen zu bürsten, als hinge davon sein Überleben ab. Wie tief war er nur gesunken. Nicht auszudenken, wenn ihn Paulina in diesem Moment beobachtet hätte …

«Hör zu, lieber Friedhelm», holte ihn Gottlobs Stimme wieder in die Gegenwart zurück. «Wenn's dir nur drum geht, dein Geld zusammenzuhalten, dann will ich dich heute Abend einladen auf einen Krug Bier. Ich fänd's wirklich schön, wenn du mitkämst.»

Sie waren vor dem Waisenhaus angelangt. Aus einem offenen Fenster ertönte die glockenhelle Stimme eines Knaben.

«Warte», bat Friedhelm seinen Freund und blieb stehen. Er kannte dieses Lied von Pius Alexander Wolff.

*Einsam bin ich, nicht alleine*
*denn es schwebt ja süß und mild*
*um mich her im Mondenscheine*
*dein geliebtes, teures Bild.*

*Was ich denke, was ich treibe*
*zwischen Freude, Lust und Schmerz,*
*wo ich wandle, wo ich bleibe*
*ewig nur bei dir mein Herz!*

*Unerreichbar wie die Sterne*
*wonneblickend wie ihr Glanz,*
*bist du nah', doch ach so ferne*
*füllest mir die Seele ganz!*

In einer ihrer letzten Klavierstunden hatte er diese wunderbaren Verse zusammen mit Paulina gesungen.

«Du weinst ja!», hörte er Gottlob sagen.

«Das ist nur der Staub in den Augen. Lass uns heimgehen, mir ist kalt.»

# *Kapitel* 30

*Tags darauf, am Sonntagmorgen,*
*irgendwo in den Niederlanden*

Mit der letzten Strophe des schönen Kirchenlieds *Großer Gott, wir loben dich* ging die Sonntagsandacht unter freiem Himmel zu Ende. Nach fast einer Woche unter grauem, regenschwerem Himmel, der die Menschen mit Schrecken an das vergangene Jahr erinnerte, war der Morgen wieder wolkenlos, wenngleich kalt. Über der flachen, trostlos-bräunlichen Moorlandschaft schwebte ein Nebelschleier, aus dem auf der anderen Flussseite ein paar Hausdächer und eine Windmühle ragten.

Die Reisegesellschaft zerstreute sich, und jeder vertrat sich noch ein wenig die Beine, bevor es wieder zurück auf das Schiff ging. Auch Paulina. Rechts und links eingehakt bei Bruder und Vater, marschierte sie entlang der Anlegestelle auf und ab, bis sie abrupt stehen blieb.

«Lasst ihr mich endlich einmal los?», rief sie so laut, dass sich sämtliche Mitreisende in der Nähe nach ihnen umdrehten.

«Ja, glotzt ihr nur!», fauchte sie. «Ihr wisst ja, ich bin ein wenig blöde.»

«Hältst du wohl den Mund, Paulina», hörte sie die Mutter hinter sich schimpfen, und sie fuhr herum.

«Wollt ihr mich bis Amerika festhalten wie eine aus dem Irrenhaus?» Leise fügte sie hinzu: «Ihr alle solltet euch was schämen.»

Die Mutter wurde blass und biss sich auf die Lippen, während ihr Bruder sie in die Seite stieß.

«Jetzt mach bloß keinen Aufstand, Paulina. Kannst froh sein, dass dir beim Landgang nicht mehr die Füße gebunden sind.»

«Das werde ich dir und dem Vater auch niemals verzeihen, darauf kannst du Gift nehmen.»

Wieder kam diese brennende Wut in ihr auf, die manchmal so stark wurde, dass sie sich in die Arme kneifen musste. Bei ihrem ersten Landgang hinter Heilbronn hatte Ludwig ihr nämlich auf Geheiß des Vaters tatsächlich wieder einen Strick um die Fußgelenke gebunden, der nur kleinste Trippelschritte erlaubte. Sie hatte sich in Grund und Boden geschämt. Einige der Passagiere allerdings waren so empört gewesen, dass sie den Schiffsmeister herbeiriefen, der prompt den Vater zur Rede stellte:

«Was soll das? Wir sind hier nicht bei den Zuchthäuslern.»

«Meine Tochter ist manchmal nicht ganz bei Sinnen, es ist zu ihrer eigenen Sicherheit!»

«Trotzdem nehmen Sie ihr die Fesseln ab. Wir alle hier werden ein Auge auf das junge Fräulein haben, wenn Sie das beruhigt.»

Woraufhin die Umstehenden eifrig genickt und zu tuscheln begonnen hatten.

Diese Erniedrigung würde Paulina niemals vergessen. Auch jetzt noch erntete sie manch mitleidigen Blick, vor allem von Mariechen Mergenthaler, die ihre Nähe suchte. Was Paulinas Eltern, wie es schien, trotz des sichtlichen Standesunterschieds ganz recht war. Die Mergenthalers waren eine Weinbauernfamilie aus dem Dörfchen Neustadt bei Waiblingen und hatten im letzten Jahr, das gemeinhin nur noch das *Jahr ohne Sommer* genannt wurde, alles verloren, nachdem ihre sämtlichen Trauben grün und unreif an den Reben erfroren waren. Was sie noch besaßen, wurde verkauft, und nun hoffte die Familie, zu der außer Marie noch drei jüngere Geschwister gehörten, auf eine bessere Zukunft in Amerika.

Das Schiffshorn ertönte, und die gut sechshundert Fahrgäste verteilten sich auf die sechs Rheinschiffe, die immerhin ein wenig größer und kommoder waren als die schäbigen Neckarkähne zu Beginn ihrer Reise. Doch selbst mit diesen waren sie erstaunlich rasch vorangekommen. Beschleunigt durch Rudern, Staken und den leichten Wind im Segel ließen sich die Boote Tag für Tag stromabwärts treiben, erst den Neckar, dann ab Mannheim den Rhein hinunter, von den Steuermännern geschickt in der Strömung gehalten, immer hinein in die Flussschleifen, auf sicheren Abstand zu Sandbänken und Inseln. Diese erste Woche bei sonnigem Frühlingswetter hätte durchaus etwas Schönes haben können mit all den verschiedenartigen Landschaften, die an einem vorbeizogen. Doch für Paulina war es eine Fahrt auf den Abgrund zu. Mit jeder Stunde, die sie sich weiter von Friedhelm entfernte, verlor sie an Hoffnung.

Hinzu kamen die schrecklichen Nächte, die man in irgendwelchen namenlosen Orten am Flussufer in Lagerhallen verbrachte, deren Holzböden mit Strohsäcken bedeckt waren. Niemand durfte die Unterkünfte verlassen, da die angrenzenden fremden Territorien den Reisenden untersagten, ihr hoheitliches Gebiet als Flüchtlinge, die sie nun einmal waren, zu betreten, was Paulinas Vater natürlich sehr entgegenkam. Nur die Männer durften nachts hinaus, um in dem umzäunten und bewachten Gelände ihre Notdurft zu verrichten, für die Frauen und Kinder hatte man drinnen hinter einem Vorhang Eimer bereitgestellt. Nachdem dann das Wetter umgeschlagen und es tagsüber immer wieder zu regnen begonnen hatte, sodass die Nässe auch unter die schützende Plane drang, begannen die ersten zu husten und zu schniefen, vor allem in der Nacht. Andere litten an heftigen Blähungen von dem täglichen Einheitsfraß – Graupensuppe mit trocken Brot zum Abend, Graupensuppe mit trocken Brot zum Morgen. Aus dem Heilbronner Gasthaus zum Kranen hatten einige obendrein Flöhe und Wanzen mitgebracht, die sich in Windeseile verbreiteten, dazu kam der Gestank nach Exkrementen und Darmwinden, und so wurden die Nächte in den engen, stickigen Massenunterkünften allmählich für alle zur Tortur.

«Das halte ich keine drei Tage mehr aus», hatte die Mutter an diesem Morgen beim Frühstück geklagt. «So eine Flussreise ist doch alles andere als bequem!» Der Vater hatte sie zu beruhigen versucht: «Übermorgen zu Mittag sind wir in Amsterdam, hat mir der Schiffsmeister soeben versichert. Da wird dann alles besser.»

Übermorgen, hallte es jetzt in Paulinas Kopf nach, als sie vor ihrem Schiff anlangten, das den bedeutungsvollen Namen *Fortuna* trug. Übermorgen würden sie also in Amsterdam ankommen. Sie hatte bislang jeden Tag gezählt: Vierzehn Tage war es nun schon her, dass sie Hohenstetten verlassen, sechsundzwanzig, seitdem sie Friedhelm zum letzten Mal gesehen hatte. In der Hirschenpost war das gewesen, und er hatte ihr «Ich liebe dich!» zugeflüstert.

Ludwig und der Vater hatten sie inzwischen losgelassen, da der Steg zum Schiff recht schmal war. Lorenz, der vor ihnen an Bord gegangen war, drehte sich um und streckte ihr ritterlich seine fleischige Hand entgegen, um ihr über die wacklige Bohle zu helfen. Sie nahm es hin, spürte, wie sie keine Kraft mehr hatte, sich gegen seine Freundlichkeiten zu wehren. Zumal er sich die ganze Schiffsreise über keinerlei Anzüglichkeiten mehr herausgenommen hatte. Im Gegenteil behandelte er sie durchweg rücksichtsvoll, und manchmal warf er ihr einen sorgenvollen Blick zu.

Nachdem sie ihre Plätze eingenommen hatten, fragte Marie, ob sich Paulina zu ihr setzen dürfe, was der Vater mit einem gnädigen Nicken erlaubte. Nicht, dass Paulina das Mädchen als ihre Freundin angesehen hätte, aber sie mochte es gerne in seiner gradlinigen Art und war vor allem froh, hin und wieder den Fängen ihrer Familie zu entkommen. So saß sie kurz darauf zwischen Reling und Marie, deren Geschwister dafür enger zusammenrücken mussten.

«In Amsterdam werden wir uns wohl trennen müssen», sagte Marie traurig.

«Wie kommst du darauf?»

«Nun ja, ich hab gehört, wie dein Vater gesagt hat, dass er in Amsterdam einen hübschen Gasthof für euch suchen will. Bei uns reicht das Geld grad so für eine einfache Vorstadtherberge.»

«Ja, das ist wirklich schade», gab Paulina zurück und meinte es auch so.

Dass ihre Familie in einer weitaus besseren Lage war als die allermeisten hier, hatte sie längst erkannt. Nicht nur, dass sie auf der *Fortuna* mit Abstand das meiste Gepäck dabeihatten, was von vielen neidisch beäugt wurde, dass sie ordentlich gekleidet waren und sich nachts heimlich im Dunkeln an ihren Vorräten mit herzhaftem Käse oder Dauerwurst labten. Aus den Gesprächen rundum hatte sie herausgehört, dass manch einer kaum vierzig oder fünfzig Gulden mit auf die Reise gebracht hatte, und die Mutter hatte einmal voller Anteilnahme geseufzt: «Diese armen Menschen. Zum Leben zu wenig, zum Sterben zu viel. Wir gut haben wir es da doch getroffen.» Woraufhin ein Handlungsreisender in Frack und Zylinder namens Frederick Arbogast, der sich ihnen mit seinem Weib und dem halbwüchsigen Sohn angeschlossen hatte, erwiderte: «Drei Viertel dieser Leute hätte man die Auswanderung verweigern sollen. Da braucht es schon ein Vermögen von tausend oder mehr Gulden, um unterwegs nicht halb zu verhungern.» Ihre Eltern hatten nur vielsagend gelächelt, was mit Sicherheit bedeutet, dass sie noch viel vermögender waren.

Die *Fortuna* legte ab. Der Nebelschleier über den Moorwiesen lichtete sich, die Flügel der Windmühle erstrahlten plötzlich in kräftigem Rot, auf dem Wasser glitzerte das Sonnenlicht. Den mächtigen Rheinstrom, der sich im Königreich der vereinigten Niederlande in mehrere Arme verzweigte, um sein Wasser in die Nordsee zu ergießen, hatten sie längst hinter sich gelassen. Jetzt ging es durch dieses flache Land mit seinen vielen Windmühlen über eher schmale Flüsse auf Amsterdam zu. Und dort würde sich ihr Schicksal endgültig entscheiden.

Nein, sie hatte sich unterwegs nicht in die Fluten gestürzt, dazu hing sie viel zu sehr am Leben. Zugleich kam ihr das fast wie ein Verrat an Friedhelm vor.

Über den Fluss Amstel erreichten sie am übernächsten Tag wie vorgesehen zu Mittag ihr Ziel. Die Anspannung der letzten Tage wich aus den Gesichtern der Reisenden, als unter ihren bewundernden Rufen wie «Oh!» und «Schaut nur!» die sechs Rheinschiffe mit gerefften Segeln über das Wasser glitten, mitten hinein in die berühmte, riesige Hafenstadt.

Selbst Paulina konnte sich dem Staunen über die prächtige Kulisse rundum nicht verschließen. Da gab es hölzerne, weiß gestrichene Brücken, deren Mittelstück wie von Zauberhand auseinanderklappte und in die Höhe gezogen wurde, um ihnen die Durchfahrt zu gewähren. Rechts und links des Flusses gingen Kanäle wie anderswo Straßen ab; Boote schienen hier die

Fuhrwerke zu ersetzen oder dienten, am Kai vertäut, als Marktstände, manche waren gänzlich mit herrlich bunten Blumen beladen. Und erst die Häuser, die das Wasser mit ihrer Giebelseite säumten! Zumeist eher schmal, dafür über etliche Stockwerke in die Höhe gebaut, waren sie allesamt aus Stein, herrschaftlich elegant mit Säulen und Pilastern untergliedert und mit hohen Sprossenfenstern versehen. Manche der Häuser waren weiß getüncht, die meisten indessen aus rotem oder braunem Backstein mit weißen Fenster- und Türrahmen, was sehr hübsch aussah, und alle trugen sie wie Kronen aufs Schönste verzierte Dachgiebel in Treppen- oder Glockenform.

«Was für eine außergewöhnliche Stadt», sagte ihre Mutter und wirkte erstmals auf dieser Reise froh gestimmt.

«Nun ja», erwiderte Frederick Arbogast und strich über seinen nach oben gezwirbelten Schnurrbart, «hübsch anzusehen ist Amsterdam immer noch, zumindest von der Kanalseite her mit all diesen Kaufmanns- und Beamtenhäusern. In Wirklichkeit aber ist das Goldene Zeitalter der Stadt längst vorüber. Wie anderswo auch, hat der Franzose sie in den Niedergang getrieben.» Er verzog abfällig das Gesicht. «Wenn man bedenkt, dass Amsterdam einst den größten Hafen der Welt und den größten Markt für Geld und Waren besaß! Jetzt regiert auch hier hinter den schönen Fassaden die Armut. Tja, die Weltmeere und damit die Märkte werden jetzt von den Briten beherrscht ... Fällt Ihnen im Übrigen auf, dass das Wasser hier nach Kloake stinkt? Die Amsterdamer scheinen die Kanäle als ihre Abortgruben zu benutzen.»

«Nun seien Sie doch nicht gleich wieder so negativ, mein lieber Frederick», warf ihr Vater ein. «Außerdem werden wir hier nur wenige Tage bleiben.»

Während dieses Gesprächs hatte die *Fortuna* am Kai angelegt.

Der Fluss war in seinem Lauf plötzlich durch eine Staumauer abgeschnitten, hinter der sich ein großer, belebter Platz mit prächtigen Gebäuden und einer riesigen Kirche erstreckte. Die Reisegesellschaft geriet in Unruhe. Die einen rafften ihre Habseligkeiten an sich, andere erhoben sich und drängten zur Reling. Paulina aber saß da wie versteinert. Ihre staunende Neugier von eben war verflogen. Nur die eine Frage beschäftigte sie wieder: Was würde sie in Amsterdam erwarten?

«Alle bleiben sitzen, bis ich erlaube, von Bord zu gehen», befahl der Schiffsmeister streng. «Und halten Sie Ihre Papiere bereit, die die königlich-niederländischen Behörden gleich kontrollieren werden.»

Er wies auf drei finster dreinblickende Uniformierte, die sich am Bug der *Fortuna* vor einem hölzernen Wachhäuschen aufgestellt hatten.

Murrend nahmen die Passagiere wieder Platz, bis einer nach dem anderen aufgerufen wurde. Die Gutjahrs und Arbogasts gehörten zu den Ersten, die an Land gehen durften, wo Lastenträger, Fuhrleute und Proviantverkäufer auf die Ankömmlinge warteten und jeden mit ein paar Brocken Deutsch ansprachen.

Paulina schwindelte. Der Lärm rundum schmerzte in ihrem Kopf, aus dem Fluss stieg ihr ein stechender, modriger Geruch in die Nase. Wie hinter einem Nebelschleier sah sie die Uniformierten ihre zahllosen Gepäckstücke begutachten, die von zwei Bootsmännern herangeschleppt wurden. Schließlich winkte man sie weiter, eine Treppe hinauf zu dem weitläufigen Platz. Dort herrschte noch größere Geschäftigkeit: Marktbeschicker schlossen unter Getöse gerade ihre Lauben, Hunde und Kinder streunten zwischen deren Karren auf der Suche nach Essbarem umher, schwere Fuhrwerke rumpelten über das Pflaster, Kutscher knallten mit ihren Peitschen, und nicht weit von ihnen wurde ein barhäuptiger, zerlumpter Mann in Ketten von seinen Bewachern zu einem palastähnlichen Gebäude gezerrt.

Sie musste sich an ihrer Mutter festhalten und holte tief Luft.

«Ist dir nicht gut, mein Kind?»

«Es geht schon wieder.»

«Wir warten noch auf Lorenz, dann bringt der Vater uns in einen schönen Gasthof, wo du dich ausruhen kannst.»

Allmählich trafen auch die anderen Reisenden ein, darunter Lorenz.

«Dieser Strohkopf von Amtmann hatte doch tatsächlich etwas an meinem Reisepass zu bemängeln», schimpfte er mit rotem Kopf. «Hat mich einen ganzen Gulden gekostet, verdammt noch mal. – Du bist ja ganz bleich, Paulina!»

«Ein bisschen müde, sonst nichts.»

Sie blickte sich nach den Mergenthalers um und entdeckte sie mit ihrer bescheidenen Habe abseits der anderen. Ganz verloren wirkten sie, und so ärmlich, wie sie aussahen, buhlte auch kein Gepäckträger, kein Gassenkrämer um ihre Gunst.

Sie hob die Hand. «Marie!»

Das Mädchen winkte zurück, als sie Paulina entdeckte, und lief auf sie zu.

«Ich dachte schon, wir sehen uns nie wieder», sagte sie mit einem scheuen Lächeln.

«Weißt du denn schon, wo ihr übernachtet?»

Marie schüttelte den Kopf. «Wir kennen uns doch hier nicht aus, und niemand, den wir fragen, versteht uns.»

Das liegt wohl eher daran, dachte Paulina, dass dein Vater kein Trinkgeld springen lassen kann. Aber sie sagte nichts und wandte sich stattdessen an ihre Mutter.

«Können wir den Mergenthalers nicht irgendwie helfen? Sie vielleicht mit uns nehmen?»

«Ich weiß nicht ... Was meinst du, Justus Georg?»

Der lachte ein wenig zu laut auf. «Ich glaube kaum, dass unsere Unterkunft bezahlbar ist für diese Leute. Der Schiffsmeister hat uns den Gasthof Zum Seemann empfohlen, am Neumarkt. Dort gibt es nur separate Zimmer mit richtigen Betten, keinen Schlafsaal mit Strohsäcken.»

Da mischte sich zu Paulinas Erstaunen Lorenz ein.

«Deiner Freundin kann bestimmt geholfen werden, Paulina.» Er kramte in der aufgenähten Tasche seines Gehrocks und zog ein paar Münzen heraus. «Komm mit, Mariechen.»

Übertrieben galant nahm er Marie beim Arm und ging mit ihr zu einer Gruppe junger Burschen, die müßig an der Kaimauer herumstanden. Dort gestikulierte er mit den Händen, drückte einem von ihnen etwas in die Hand und winkte Maries Familie zu sich. Dann kehrte er mit dem Mädchen zurück.

«Dein Bräutigam ist sehr hilfsbereit», sagte Marie erleichtert, und Paulina schluckte bei dem Wort *Bräutigam*. «Der junge Mann dort bringt uns in die Jordaan-Vorstadt, nicht weit von hier. Dort gibt es viele Reiseherbergen. Ach, Paulina, ich wünsche mir so sehr, dass wir mit demselben Schiff nach Amerika fahren.»

«Ja, vielleicht sehen wir uns dort wieder», gab sie ausweichend zur Antwort.

Sie umarmten sich herzlich zum Abschied, als Frederick Arbogast zu ihnen trat. «Auf, auf, ich habe ein Fuhrwerk für uns gefunden. Lassen wir den Kutscher nicht länger warten.»

Derweil zerstreuten sich die mit den Rheinschiffen eingetroffenen Reisenden allmählich, da sich die meisten zu Fuß auf den Weg zu ihren Unterkünften machten. Nur wenige hatten so viel Gepäck, dass sie eine Handkarre brauchten oder gar ein großes Fuhrwerk wie sie.

Auf Geheiß der Männer setzte sich Paulina mit ihrer Mutter

auf den Kutschbock, sie selbst gingen nebenher zu Fuß. Der Kutscher schnalzte mit der Zunge, und die beiden schweren Rösser setzten sich gemächlich in Bewegung.

«Sieh mal, Kind, der Hafen!», rief ihre Mutter aufgeregt, und tatsächlich ging auf der anderen Seite des Platzes das Wasser weiter, in einem breiten, langgestreckten Becken, das am anderen Ende durch eine Zugbrücke verschlossen war. Zahllose Lastkähne und Segelschiffe waren hier vertäut, die über Kräne beladen oder entladen wurden.

Die Mutter kniff die Augen zusammen.

«Die scheinen mir aber klein, diese Segler», sagte sie mit besorgtem Unterton. «Mit denen soll man bis Amerika kommen?»

«Nee, niet Amerika.» Der Kutscher neben ihr schüttelte den Kopf. «Dit is de oude haven.»

Frederick Arbogast, der zu allem etwas beizutragen hatte, gab auch hier wieder seinen Kommentar ab.

«Er sagt, dass das der alte Hafen ist.» Er musste laut schreien, um das Rumpeln der Wagenräder zu übertönen. «Ich habe mich kundig gemacht: Diese Schiffe dort fahren nur auf der Zuidersee, die Amsterdam mit Nordsee und Atlantik verbindet. Allenfalls bis Hamburg. Die großen Überseeschiffe liegen draußen vor der Stadt, am neuen Hafen.»

«Das beruhigt mich, Herr Arbogast», erwiderte die Mutter und drückte Paulina in einer Anwandlung von Mütterlichkeit an sich. Wahrscheinlich ahnte sie, wie unglücklich sich Paulina fühlte. So oft wie auf dieser Reise hatte sie sie nie zuvor umarmt.

# *Kapitel 31*

*Wenig später, auf dem Weg zum Gasthaus*

Nachdem das Fuhrwerk drei Kanäle überquert hatte – halb Amsterdam schien aus Wasserwegen zu bestehen –, fuhren sie durch eine recht enge Straße. Auch hier fanden sich herrschaftliche Häuser, doch ihr Zustand war, genau wie der der löchrigen Gasse, nicht mehr der beste. Viele junge Leute, die offensichtlich ohne Arbeit waren, lungerten herum und warfen begehrliche Blicke auf ihr Reisegepäck, einige grell geschminkte Weiber spazierten neben der Kutsche her, mit kokettem Augenaufschlag und anzüglichen Bewegungen, sodass die Mutter schon ganz unruhig wurde. Dann gelangten sie auf einen Platz vor einem alten Stadttor, der ebenfalls mit Marktbuden bestückt war, die jetzt zum Nachmittag bereits geschlossen hatten.

Vor einem schmalen, dunklen Backsteinhaus kam der Wagen zum Stehen. *De Zeeman* war in goldenen Lettern auf dem Aushängeschild zu lesen, das ein Schiff mit drei Segeln zierte.

Großzügig übernahm Arbogast das Bezahlen der Fuhre, und der Kutscher half ihnen, das Gepäck in die Eingangsdiele zu schleppen. Währenddessen rief der Vater in die Schankstube hinein, die dem Lärm nach gut besetzt war: «Herr Wirt? Hier sind Gäste gekommen!»

Paulina ließ sich auf eine der Kisten sinken. Der Schwindel, der die Fahrt über verschwunden war, kehrte zurück. Sie fühlte sich ganz und gar kraftlos.

Ein stämmiger Mann mit kantigem Gesicht und fransigem Haar unter der Schildmütze erschien.

«Sieh an, Amerikafahrer aus Deutschland! Ganz Deutschland scheint derzeit auswandern zu wollen.»

Es klang ein wenig spöttisch, und so verzog der Vater auch keine Miene.

«Wir bräuchten zwei Zimmer mit Waschgelegenheit, koste es, was es wolle. Der Schiffsmeister hat Sie uns empfohlen.»

«Das freut mich. Und Sie haben Glück: Zwei Zimmer hab ich noch frei, damit sind wir voll besetzt. Selbst in unserem Schlafsaal ist kein Eckchen mehr frei.» Er streckte erst dem Vater, dann den anderen Männern die Hand hin. Paulina und ihrer Mutter nickte er nur freundlich zu. «Carl Bösbier mein Name.»

Der Vater lachte und schlug ihm leutselig auf die Schulter.

«Na, dann hoffen wir mal, dass Ihr Bier keinen bösen Kopf verursacht. Ich bin Justus Georg Gutjahr, meines Zeichens ebenfalls Gastwirt. Noch dazu hatte ich die Posthalterei von Hohenstetten inne.»

«Hohenstetten? Nie gehört. Aber um das Bier machen Sie sich mal keine Sorgen, Herr Gutjahr. Wir schenken nur gutes Hamburger Bier aus.»

Er winkte einen Knecht in fleckigem Arbeitsschurz heran und bedeutete ihm in dieser seltsam kehligen Mundart, die ein wenig wie Deutsch klang und doch nicht richtig zu verstehen war, das Gepäck nach oben zu bringen.

«Ich schlage Ihnen vor, dass Sie sich erst einmal stärken. Danach zeige ich Ihnen die Zimmer.»

«Vielleicht sehen wir sie uns besser vorher an», warf die Mutter fast schüchtern ein.

«Vertraust du unserem Wirt etwa nicht, Frau? Mir jedenfalls ist jetzt nach einem kühlen Hamburger Bier.» Er wandte sich wieder an Bösbier. «Sie sprechen sehr gut deutsch.»

«Kein Wunder. Bin ja im Badnerland geboren und aufgewachsen. Der Franzosenkrieg hat mich hierher verschlagen, und der Liebe wegen bin ich geblieben. Kommen Sie.»

Er führte sie in eine große, mit vielen Fenstern versehene Schankstube, in der, wie Paulina gleich auffiel, fast nur deutsch gesprochen wurde. Von dort ging, wie bei ihnen zu Hause, eine kleinere Stube ab, wo die Strohsäcke für die Nacht an der Wand gestapelt waren. Es hätte also doch einen Schlafsaal für die Mergenthalers gegeben.

Die meisten Gäste schienen Auswanderer wie sie zu sein, manche saßen still und fast ängstlich eng beisammen, andere zechten fröhlich und sangen deutsche Lieder. Einen freien Tisch indessen konnte Paulina nirgends entdecken, und sie waren ja immerhin zu acht.

Mit energischen Schritten ging Bösbier auf einen Tisch mit einer Gruppe jüngerer Burschen zu, die recht bescheiden gekleidet waren. Nach einem kurzen Disput erhoben sie sich und verschwanden mit mürrischen Gesichtern nach nebenan, wo das Gedränge noch größer war.

«Hunger haben Sie doch sicher auch?», fragte Bösbier, nachdem sie Platz genommen hatten. «Zu Mittag gab es Wurzelgemüse, aber», er musterte den schicken dunkelgrauen und mit Pelz besetzten Gehrock des Vaters, «wenn Sie ein wenig mehr springen lassen möchten, schlage ich Ihnen auch frische Eier in die Pfanne.»

«O ja!», entfuhr es der Mutter. «Das hatten wir schon so lange nicht mehr. Was meinst du, Paulina?»

Paulina nickte nur müde. Essen war ihr schon lange nicht

mehr wichtig. Eigentlich aß sie nur noch, um bei Kräften zu bleiben.

«Wunderbar.» Bösbier lächelte breit. «Seien Sie übrigens froh, dass Sie in meinem guten Hause gelandet sind, in dem nur ehrliche Menschen verkehren. Hier in Amsterdam herrscht nämlich inzwischen eine Schweinewirtschaft, von der sich kein Fremder eine Idee macht. Ich rate Ihnen, kaufen Sie bloß nichts auf der Straße, lassen Sie sich am besten von niemandem ansprechen, in der Stadt wimmelt es nur so von Halunken. Vor allem meiden Sie unbedingt den Hafen bei einbrechender Dämmerung, wenn Sie nicht Opfer von Straßenräubern werden wollen. Die beiden Damen sollten Sie erst gar nicht ohne männliche Begleitung vor die Türe lassen, wenn Sie verstehen, was ich meine. Leider hat sich nämlich um den einstmals so schönen Neumarkt die Gassenprostitution eingenistet.»

Damit ließ er sie allein.

«Du hast's gehört, Paulina», grinste Ludwig.

«Ihr lasst mich ja ohnehin nicht aus den Augen.»

Lorenz winkte das Schankmädchen heran.

«Für jeden von uns einen großen Humpen mit kühlem Bier, junges Fräulein!»

Bei dem Wort Humpen sah das Mädchen ihn nur verständnislos an, woraufhin er acht Finger in die Luft streckte: «Acht Bier!»

«Für mich und den Jungen bitte nicht», wehrte Frau Arbogast ab, eine stille, blasse Frau. «Bringen Sie uns zwei Apfelsaft.»

Das schien das Mädchen verstanden zu haben. «Twee appelsap», nickte sie.

Das Bier schmeckte wirklich herrlich frisch und würzig, viel besser, als es Paulina aus ihrer Heimat in Erinnerung hatte. Zugleich entspannte es sie ein wenig, trotzdem trank sie nur in kleinen Schlucken. Ganz anders die Männer, die bald schon die zweite Runde bestellten, und als das Essen kam, eine dritte.

Lorenz und der Vater begannen, von Amerika zu schwärmen, dem Land der Freiheit und der unbegrenzten Möglichkeiten. Und von ihrem Vorhaben, gemeinsam ein Gasthaus zu eröffnen.

«Du wirst sehen, mein lieber Lorenz: Die deutschen Einwanderer werden uns die Bude einrennen. Ein richtiges deutsches Wirtshaus mit selbstgebrautem deutschem Bier!»

Lorenz, der neben ihm saß und damit genau gegenüber von Paulina, stieß ihn mit dem Ellenbogen in die Seite. «Du vergisst die eigene Wurstschlachterei, mein Lieber. Das halte ich für noch wichtiger. O nein, verzeih, Paulina: Das Wichtigste wirst du sein, die junge, bildhübsche Wirtin.»

Er zwinkerte ihr auf alberne Weise zu. Dann beugte er sich über die Tischplatte und flüsterte: «Ich werde dich auf Händen tragen als meine Frau.»

«Sei still», gab sie scharf, wenngleich in gedämpftem Tonfall zurück. «Du bist betrunken.»

Sie war froh, dass in diesem Moment das Schankmädchen damit begann, die leeren Teller abzutragen, während sich Carl Bösbier zu ihnen an das Tischende setzte.

«So hat es Ihnen geschmeckt?»

«Ganz wunderbar», riefen ihre Mutter und Frau Arbogast fast gleichzeitig aus.

Er nickte befriedigt und wandte sich an die Männer: «Wohin genau wird Ihre Reise gehen?»

«Nach Philadelphia», erwiderte der Vater. «Pennsylvania soll ja ein uraltes Einwanderungsland der Deutschen sein.»

Lorenz hob seinen Bierkrug. «Da muss unsereins wenigstens keine neue Sprache lernen!»

Alle lachten, bis auf Paulina. Sie sehnte sich plötzlich nach einem weichen Bett und tiefem Schlaf. Sie wollte nichts mehr fühlen und nichts mehr denken müssen.

«Ich hoffe», fuhr der Wirt fort, «dass Sie nicht denselben Fehler begehen wie viele hier.»

«Wie meinen Sie das?», fragte der Vater. Im Gegensatz zu Lorenz und Ludwig wirkte er vollkommen nüchtern.

«Nun ja, so mancher kommt hier nach der langen Anreise fast ohne Barschaft an und traut seinen Ohren nicht, wenn er erfährt, dass eine Fracht nach Amerika hundertsiebzig Gulden für jeden Erwachsenen kostet. Weil man nämlich den falschen Versprechungen der Werber und auch der Rheinschiffer auf den Leim gegangen ist. Die setzen noch immer das Märchen in die Welt, man könne die Frachtkosten in Amerika in aller Ruhe abarbeiten. In Wirklichkeit aber müssen diese armen Tröpfe schon auf dem Schiff hart arbeiten, und bei ihrer Ankunft fallen sie windigen Sklavenhändlern in die Arme, die sie dem Capitain gegen die noch ausstehenden Kosten abkaufen. Weiße Sklaverei nennt man das drüben, was bedeutet, auf Jahre zu schuften und kaum Lohn zu bekommen. Allerdings weigern sich inzwischen immer mehr Capitaine, jemanden auf Borg mitzunehmen, weil es in den amerikanischen Hafenstädten nicht mehr genug Arbeit gibt und sie somit leer ausgehen. Und deshalb sind hier inzwischen Tausende gestrandet und kommen nicht mehr fort.»

«Ich bitte Sie, lieber Herr Bösbier! Halten Sie uns etwa für so dumm, dass wir aufs Geratewohl nach Amerika auswandern?», rief Arbogast empört.

Der Vater hingegen blieb gelassen. «Glauben Sie mir – ich weiß sehr wohl, was uns die Fracht kostet, denn ich habe mich zuvor an seriöser Stelle erkundigt. Und es ist uns allen, die wir hier sitzen, ein Leichtes, die Kosten zu begleichen. Oder sehen wir aus wie arme Schlucker?»

Bösbier lachte gutmütig. «Nein, beileibe nicht. Aber ich hatte auch schon sehr wohlhabende Leute zu Gast, die die Reisekosten völlig unterschätzt haben. Oder einem Erzbetrüger in die Fänge geraten sind, wie jenem Baron von Eckstein, der in seinem Bureau Hunderten von Leichtgläubigen einen Kontrakt zum halben Preis oder noch weniger aufgeschwatzt und in Amerika obendrein urbares Land und Vieh versprochen hatte. Jetzt ist der Kerl mit sechzigtausend Gulden spurlos aus Amsterdam verschwunden.»

Die Mutter war bei diesen Worten sichtlich erbleicht.

«Lieber Justus Georg – das war doch hoffentlich nicht dieser Baron, den du von zu Hause aus angeschrieben hast?»

«Aber nein, Frau. Ich hatte mich direkt an einen Schiffscapitain von gutem Ruf gewandt, dessen Dreimaster Anfang April nach Philadelphia auslaufen soll, und sogleich fünf Plätze für uns reserviert. Damit ersparen wir uns im Übrigen die Vermittlungskosten für all diese Makler und Schiffskommissäre, von denen es hier wohl nur so wimmelt. Und wie Sie soeben sagten, Herr Bösbier: Die Fracht kostet die üblichen hundertsiebzig Gulden bei ausgezeichneter Kost. Gleich morgen werde ich den Kontrakt mit Capitain Stein abschließen, und wenn unsere Freunde hier Glück haben», er wies auf die Familie Arbogast, «bekommen sie auch noch eine Überfahrt.»

«Capitain Stein also …» Bösbier verzog das Gesicht. «Den können Sie getrost vergessen. Der ist ebenfalls auf und davon mit einem Haufen Geld. Und besitzt im Übrigen kein einziges Schiff.»

Der Vater wurde rot. «Ja Herrschaftszeiten – gibt es denn hier nur gottlose Betrüger?»

«Lieber Herr Gutjahr, allein Capitain Steins Aussage, sein Schiff würde Anfang April in See stechen, hätte Sie stutzig machen müssen. Alle Welt glaubt, mit den Amerikaschiffen sei es wie mit den Postkutschen, die pünktlich zu festen Zeiten abfahren. Dass die Segler, nachdem sie ihre Ware aus Amerika gelöscht haben, oft zwei oder drei Monate im Hafen liegen, um auf günstige Winde für die Rückfahrt zu warten, bedenkt keiner. Ich kenne Familien, die warten seit Wochen auf ihre Überfahrt und nagen inzwischen am Hungertuch, wenn sie nicht schon heimgekehrt sind.»

Ein winziger Funken Hoffnung glomm in Paulina auf. Musste der Vater womöglich seine Auswanderungspläne aufgeben? Nach Hohenstetten konnte er nicht zurück, aber irgendwohin nach Württemberg und damit in Friedhelms Nähe. Der Gedanke an Friedhelm versetzte ihr einen wehmütigen Stich. Glaubte er überhaupt noch an ihre Rückkehr? Oder hatte er sie längst aufgegeben?

«Hören Sie – Sie alle hier», fuhr Bösbier fort. «Mir können Sie vertrauen. Ich habe meine deutschen Wurzeln nicht vergessen, und ich weiß, welche Not ihr Deutschen vor allem in den südlichen Landen erlitten habt. Deshalb empfehle ich Ihnen den durch und durch rechtschaffenen Kommissär Wendelin Waakhus. Er ist ursprünglich ein Hamburger Handelsmann und arbeitet mit mehreren soliden Schiffseignern zusammen. Zahlen Sie die lästige Vermittlungsgebühr und wiegen Sie sich dafür in Sicherheit.»

«Wendelin Waakhus also», murmelte der Vater. Paulina sah ihm an, dass seine Selbstsicherheit dahin war.

«Genau. Gehen Sie morgen früh zu ihm, um eine Überfahrt zu reservieren, und sagen Sie ihm einen schönen Gruß von mir. Er hat sein Kontor auf dem Damm, jenem Platz, an dem Sie angekommen sind. Sie können es nicht verfehlen, es befindet sich gleich neben der Alten Börse.»

Arbogast nickte eifrig. «Ich denke, so sollten wir es machen. Nicht auszudenken, wenn man uns hier um unser gutes Geld prellen würde.»

«Wunderbar. Darauf stoßen wir an.» Bösbier winkte das Schankmädchen heran. «Die nächste Runde Bier geht auf Kosten des Hauses.»

Er wandte sich wieder den Männern zu.

«Zwei Ratschläge möchte ich Ihnen noch geben. Zum einen: Nehmen Sie das Schiff, für das Sie sich entscheiden, vorher genau in Augenschein. Zum anderen: Auch wenn es in den Kontrakten anders klingt, so laufen Sie bei der gewöhnlichen Schiffskost immer Gefahr, Mangel zu leiden oder sogar krank zu werden, vor allem, wenn die Überfahrt länger dauern sollte. Sorgen Sie also kurz vor der Einschiffung für gesunden und ausreichenden Proviant, auch für Wein und Bier, da das Wasser an Bord selbst abgekocht irgendwann kaum noch genießbar ist, sowie für eine kleine Handapotheke. Und wenn Sie nicht Wochen in einer Hängematte verbringen möchten, kaufen Sie sich Matratzen. Am alten Hafen gibt es für diese Zwecke mehrere Warenmagazine.»

«Ach, lieber Herr Bösbier – wir sind Ihnen so dankbar.» Der Mutter stand die Erleichterung ins Gesicht geschrieben. «Was haben wir für ein Glück, dass der Herrgott uns zu Ihnen geführt hat.»

In Paulina erlosch der letzte Funken Hoffnung auf Heimkehr. Dankend lehnte sie das Bier ab, das die Schankmagd eben verteilte.

«Ich würde gerne aufs Zimmer gehen», wandte sie sich an die Mutter, «und mich ein wenig ausruhen.»

«Weißt du, was? Ich komme mit, Kind. Die anstrengende Reise, die vielen Eindrücke und Neuigkeiten – das alles war doch ein wenig viel für mich.»

Bösbier nickte. «Unser Mädchen bringt Sie hinauf.»

«Und wir», rief Ludwig mit roten Wangen frohlockend, «machen nachher noch einen kleinen Spaziergang durch das Viertel. Einverstanden, Vater?»

Paulina sah noch Lorenz' enttäuschten Blick, als sie sich erhob, dann folgte sie den anderen – Frau Arbogast hatte sich ihnen angeschlossen – hinaus.

Die beiden Kammern lagen unterm Dach und waren mit der tief angesetzten Schräge alles andere als geräumig. Aber immerhin sah es sauber aus, es gab einen kleinen Waschtisch und richtige Betten. Rasch einigten sie sich auf die Verteilung: Paulinas Familie würde das Zimmer mit den zwei Betten nehmen, die Arbogasts und Lorenz das mit dreien.

«Wir beide können dieser Tage gut in einem Bett schlafen, nicht wahr, Paulina?», beschied die Mutter, streifte die Schuhe ab und streckte sich lang aus.

Hauptsache, nicht in einem Raum mit Lorenz, dachte sie sich.

«Ich muss noch zum Abort», sagte sie. «Das viele Bier …»

Die Mutter richtete sich auf. «Warte, ich begleite dich.»

«Damit ich mich wieder vor allen Leuten lächerlich mache? Nein, bitte nicht. Ich lauf euch schon nicht davon.»

«Das hast du schon einmal gesagt und hast es doch versucht.» Ihre Stimme klang tieftraurig.

«Das war in Heilbronn. Wohin soll ich denn gehen in der Fremde, ohne Reisetasche, ohne Jacke, ohne Geld? Ich will einfach nur pinkeln.»

«Hast ja recht, geh nur. Zum Glück ist der Abort hier nicht im Hof, sondern im Haus.»

Dabei hat sie mit ihrem Misstrauen gar nicht so unrecht, dachte Paulina, als sie im Halbdunkel die knarzenden Treppenstufen hinuntertappte. Sie würde sich die nächsten Tage, wenn sie mit den anderen unterwegs war, genau umsehen und sich die Wege merken. Es musste sich einfach eine Gelegenheit finden, um zu entkommen. Und sich in dieser riesigen, überfüllten Stadt zu verstecken, dürfte kein Hexenwerk sein …

«Hoppla, was für ein Zufall!»

Vor dem Abtritt zwischen Gaststube und Eingangstür stieß sie ausgerechnet auf Lorenz. Seine Augen glänzten vom reichlichen Biergenuss, und er schwankte ein wenig.

«Du zuerst», murmelte sie und war nahe daran, wieder nach oben zu gehen, obwohl ihr die Blase schon drückte.

«O nein, die Dame zuerst.»

«Meinetwegen.»

Sie versuchte, sich möglichst geräuschlos zu erleichtern, da ihr Lorenz' Wache vor der Tür mehr als unangenehm war. Als sie wieder die Diele betrat, hakte er sich bei ihr unter.

«Ich bring dich wieder aufs Zimmer. Nicht dass du uns noch verloren gehst.»

Sie schüttelte seinen Arm ab. «Ich finde schon ohne dich hinauf.»

Doch er blieb an ihrer Seite. Im Flur ein Stockwerk höher stellte er sich plötzlich vor sie und starrte sie mit seinem Hundeblick an.

«Freust du dich denn kein bisschen auf Amerika?»

«Nein!»

«Glaub mir, Paulina: Du bist mir das Teuerste auf der Welt. Was kann ich denn tun, damit du mich ein bisschen magst?»

«Mich am besten in Ruhe lassen», gab sie kratzbürstig zurück.

Da trat er auf sie zu, drückte sie mit seinem Gewicht gegen

die Wand, umfasste ihre Wangen und zwang ihr einen Kuss auf. Einen ekelhaften, nassen Kuss, bei dem er versuchte, mit der Zunge zwischen ihre Lippen zu dringen.

Sie wand sich wie eine Schlange, bis es ihr gelang, ihn gegen das Schienbein zu treten und freizukommen.

«Mach das nie wieder!», schrie sie ihn an, woraufhin sich prompt eine der Zimmertüren öffnete und das erstaunte Gesicht eines älteren Mannes herauslugte. «Nie wieder, hörst du? Sonst tu ich dir was an!»

# *Kapitel 32*

*Tags darauf in Stuttgart,*
*am Mittwoch, den 2. April 1817*

An manchen Tagen, so wie heute, fiel es Friedhelm schwer, sich nicht in Selbstmitleid zu ergehen. Seine Träume von einem Neuanfang mit Paulina waren zerplatzt, er hatte keinerlei Nachrichten von ihr, auch nicht über das Pfarrhaus, und sein Schicksal in Stuttgart schien als Gassenkehrer besiegelt – angesichts des immer größer werdenden Heers an Arbeitslosen und entlassenen Soldaten konnte er fast noch darüber froh sein. Hinzu kam das schlechte Wetter: Seit Ende März war es stürmisch, wechselhaft und regnerisch, was seine Arbeit noch unangenehmer machte. Die vorbeifahrenden Kutschen bespritzten ihn mit Straßenkot, in seinen löchrigen Stiefeln, die ihm Gottlob für die Drecksarbeit überlassen hatte und die eine Nummer zu groß waren, bekam er regelmäßig nasse Füße und wurde somit seinen ständigen Schnupfen nicht mehr los. Aber zumindest konnte er seine eigenen, guten Schuhe schonen: «Für bessere Zeiten», wie sein Freund ihn immer wieder ermunterte. Er selbst glaubte bald nicht mehr an eine Wende. Mit seinem Lohn kam er mehr schlecht als recht hin, und wenn er dann am Spätnachmittag mit klammen Gliedern heimkehrte, verließ ihn erst recht der Mut: An den Lärm und Schmutz, an die Enge und den Gestank in der Wohnung konnte er sich einfach nicht gewöhnen.

Dennoch opferte er dreimal die Woche einen Kreuzer, um sich das Amtsblättchen mit den Stellenangeboten zu kaufen. So auch an diesem nasskalten Mittwochnachmittag. Die stillen Tage der Karwoche hatten begonnen, viele Schenken hatten ebenso wie manche Läden geschlossen. Jetzt nach Feierabend hielten sich sichtlich weniger Menschen auf den Straßen und Plätzen als sonst auf, da die Mehrzahl der Stuttgarter dem Pietismus anhingen und sich daheim zu ihren Familienandachten versammelten. Dafür fanden sich umso mehr Bettler ein, die in diesen Tagen vor und nach dem höchsten evangelischen Feiertag um Mitleid barmten.

Das Glöckchen klingelte, als er die Tür zu Schwaigles Gemischtwarenladen aufstieß, der zum Glück geöffnet hatte. Die Auslagen dort waren von Tag zu Tag karger bestückt.

«Guten Tag, Herr Schwaigle», begrüßte er den schmächtigen Mann freundlich, als der aus dem Hinterzimmer auftauchte. Erstmals fielen Friedhelm die dunklen Schatten unter Schwaigles Augen auf, als ob ihn große Sorgen umtrieben.

«Endlich Feierabend bei diesem Mistwetter, lieber Herr Lindenthaler?», gab Schwaigle zurück und überreichte ihm sogleich das Amtsblatt. «Hab es eigens für Sie aufgehoben, das letzte Exemplar für heute.»

«Das ist sehr nett von Ihnen.» Er legte die vier Pfennige auf die Ladentheke, wobei sein Blick voller Begehren auf ein Säckchen Kaffeebohnen fiel. Wann hatte er zuletzt echten Kaffee getrunken? Geschweige denn, sich einmal richtig satt gegessen?

Schwaigle schüttelte den Kopf. «Behalten Sie nur Ihr sauer verdientes Geld. Es stehen ja doch kaum noch Anstellungsgebote darin, da können Sie es ebenso gut gleich hier durchschauen und mir wieder zurückgeben.»

Überrascht sah Friedhelm ihn an. «Aber Sie brauchen doch selbst jeden Pfennig.»

Erneut schüttelte er den Kopf. «Ich muss den Kramladen aufgeben, es rentiert sich nicht mehr. Der Mietzins ist schon wieder angestiegen. Am Samstag werde ich schließen, so schwer es mir fällt.»

«Ach herrje», entfuhr es Friedhelm. «Das ist jammerschade. Wovon wollen Sie dann leben?»

«Nun, wie Sie wissen, bin ich Witwer, und meine Kinder sind schon erwachsen. Da kann ich zum Glück ganz für mich allein entscheiden. Ich gehe zu meinem Bruder, der einen Hof auf den Fildern hat. Er musste seinen Knecht entlassen, und so will ich mich bei ihm nützlich machen, solange es meine alten Knochen noch erlauben. Bin ja selbst ursprünglich ein Bauernsohn. Wissen Sie, ihr jungen Leute glaubt immer, nur in der großen Stadt sei das große Glück zu finden. Dabei ist es umgekehrt. Ich sage mir: In der Not verhungert man auf dem Land als Letzter.»

Insgeheim musste Friedhelm ihm recht geben. In den Wäldern rund um Hohenstetten hätte er wenigstens nach Pilzen, Beeren oder frischen Kräutern suchen können, hier aber ernährte er sich tagaus, tagein notdürftig von Graupen, schrumpeligen, glasigen Kartoffeln oder Brot, das auf eklige Weise mal nach Sägemehl, mal nach Moos und Flechten schmeckte.

«Ich werde Sie sehr vermissen», sagte er mit ehrlichem Bedauern. Neben Gottlob und der kecken Fanny war Schwaigle einer der wenigen Menschen in Stuttgart, mit denen er sich gerne in Gesprächen austauschte.

«Ich Sie auch, junger Freund. Und mein größter Wunsch ist es, dass Sie bald eine gute Arbeit finden. Eine, die Ihren Talenten entspricht. Nun schauen Sie schon in den Anzeiger – vielleicht ist ja heute Ihr Glückstag.»

«Darauf wage ich schon gar nicht mehr zu hoffen.»

Er schlug das Blatt auseinander und beugte sich über die Ladentheke. Unterhalb der zahllosen Arbeitsgesuche fanden sich wie immer nur wenige Angebote, doch gleich das erste ließ sein Herz schneller schlagen.

*Botengänger gesucht ab sofort*, las er. *Bedingung: zuverlässiger, pflichtbewusster Charakter, guter Leumund. Vorstellung bei N. F. v. Thouret, Königsstraße 16*

«Was ist, Herr Lindenthaler? Haben Sie etwas gefunden?»

«Ich weiß nicht ... Es klingt zumindest nicht schlecht.»

Er reichte Schwaigle das Blatt. Der schob sich seine Brille, die er an einer Kette um den Hals trug, auf die Nase, dann stieß er einen leisen Pfiff aus.

«Botengänge für den Herrn von Thouret – das wäre in der Tat nicht schlecht. Sie wissen, wer das ist?»

«Der Name kommt mir bekannt vor. Ist das nicht der berühmte Baumeister und Maler?»

«Richtig. Nikolaus Friedrich von Thouret hat die vielen schönen Häuser und Residenzen rund um den Schlossplatz entworfen. Er war Hofbaumeister unter König Friedrich, hat damals auch die Innenräume der hiesigen Schlösser und die königlichen Gartenanlagen gestaltet. Auch für den neuen König arbeitet er als Stadtplaner, entwirft sogar Möbel und Gartenhäuser. In meinen Augen ist er ein Genie. Der Brunnen an unserem Charlottenplatz oder der drüben im Akademiehof ist ebenfalls von ihm.»

Friedhelm rutschte das Herz in die Hose. «Ein solch berühmter Mann wird wohl kaum einen Gassenkehrer als Boten einstellen wollen», murmelte er.

«Papperlapapp! Sie werden schließlich nicht in diesem Aufzug vorsprechen. Außerdem ist Thouret ein umgänglicher, eher unscheinbarer Mensch, der seinen Ruhm nicht vor sich herträgt. Ein Katholik übrigens, aber auch das merkt man ihm nicht an. Jetzt laufen Sie rasch nach Hause und kleiden sich so ordentlich als möglich an. Und dann nichts wie hin, bevor das Angebot vergeben ist. Thouret hat sein Wohnhaus in der unteren Königsstraße, gleich neben dem Caféhaus Gauger, Sie können es nicht verfehlen. Allerdings sage ich Ihnen gleich: Viel mehr verdienen werden Sie als Botengänger auch nicht. Aber da sind die Trinkgelder und vor allem die Kontakte. Ich bin mir sicher, dass diese Ihnen, als gebildetem, aufgewecktem Menschen, von großem Nutzen sein können. Viel Glück also.»

«Danke, lieber Herr Schwaigle.»

Friedhelm schüttelte ihm die Hand und wandte sich zur Tür.

«Nein, warten Sie!» Der kleine Mann huschte hinter der Theke hervor und zog einen dunkelbraunen, hohen Filzhut aus der Auslage.

«Nehmen Sie diesen schönen Biberhut, der macht was her. Ich leihe ihn Ihnen aus. Ach was, ich schenke ihn Ihnen. Bis Samstag werde ich ihn sowieso nicht mehr los, und auf den Fildern bauche ich so etwas Elegantes nicht.»

«Das kann ich niemals annehmen.»

«Natürlich können Sie.» Als Friedhelm weiterhin zögerte, fuhr er fort: «Helfen Sie mir einfach am Samstag beim Ausräumen des Ladens. Nach Ihrem Feierabend natürlich.»

«Einverstanden.»

Fast im Laufschritt eilte Friedhelm nach Hause, wo Gottlob in Hemd und Unterhose auf dem Bett lag und sich ein wenig von der Arbeit ausruhte.

«Was ist denn in dich gefahren?», fragte er, als sich Friedhelm in Windeseile auszog, um sich seinen Sonntagsstaat überzustreifen.

«Der Architekt Thouret sucht einen Boten.»

«Na, dann wirf dich mal in Schale, bei einem so vornehmen Herrn. Ich wünsch dir viel Glück.»

Bei den letzten Worten schloss er die Augen.

Nachdem Friedhelm seine Schuhe mit etwas Talg auf Hochglanz gewienert hatte, band er sich das einzig saubere Halstuch um, das er noch besaß, schlüpfte in seinen Gehrock und setzte den Hut auf. Dann lief er nach unten in die Wohnung der Mädchen, die reich mit Spiegeln ausgestattet war. Das Bild von sich, das er vorfand, war nicht gerade umwerfend, aber akzeptabel: Der dunkelblaue Gehrock wirkte zwar ein wenig abgenutzt, dafür war seine Stoffhose noch immer in bestem Zustand. Und der Biberhut machte tatsächlich etwas her!

«Wie schick du bist!», hörte er hinter sich Fanny ausrufen. «Wie ein richtiger Herr.»

«Jetzt übertreibst du aber. Na ja, für einen Botengänger im Hause Thouret reicht es hoffentlich.»

«Du willst dort vorsprechen? Dann wünsche ich dir alles Glück der Welt.»

Sie drückte ihm rechts und links einen freundschaftlichen Kuss auf die Wange, und er machte sich auf den Weg.

Zum Glück hatte es aufgehört zu regnen. Es war nicht weit bis zum Caféhaus Gauger, in dem die vornehme Stuttgarter Welt verkehrte, aber er musste bei jedem Schritt achtgeben, in keine Pfütze zu treten.

Gerade als er die kleine Freitreppe zu Thourets Hauseingang hinaufsteigen wollte, kam ihm ein stutzerhaft gekleideter Mann mittleren Alters entgegen.

«Ich fürchte, du hast Pech», duzte der ihn frech. «Wenn du wegen der Stelle als Bote kommst – die ist mir so gut wie sicher.»

Ohne zu antworten, drückte sich Friedhelm an ihm vorbei

und betätigte den Türklopfer. Es dauerte geraume Zeit, bis ihm ein Diener in Livree öffnete.

«Einen schönen guten Abend. Friedhelm Lindenthaler mein Name, ich komme wegen der ausgeschriebenen Stelle als Bote.»

Der weißhaarige Mann musterte ihn von oben bis unten. «Sie sind spät dran. Zwei Dutzend Anwärter waren heute bereits hier, und ich glaube kaum, dass Herr von Thouret noch jemanden empfangen will.»

Friedhelms Hoffnung schwand dahin.

«Bitte fragen Sie ihn!», flehte er. «Ich habe den ganzen Tag über arbeiten müssen. Wenn Sie ihm wenigstens diese Referenz übergeben? Ich warte so lange hier.»

Er reichte dem Lakaien Pfarrer Untersehers Empfehlungsschreiben.

«Nun gut.»

Die kunstvoll geschnitzte Eichenholztür fiel wieder ins Schloss. Ungeduldig trat er von einem Bein aufs andere, während er zwei vornehme Damen beobachtete, die ihre Schoßhündchen vor der katholischen Kirche Sankt Eberhard spazieren führten. Statt Hauben trugen sie, genau wie er selbst, Biberhüte, was auf der Schwäbischen Alb ein Unding gewesen wäre. Aber er wunderte sich längst nicht mehr über die Mode in der Stadt: Galt auf dem Land für Männer Blau, für Frauen Rot, Schwarz und Grün als Festtagsfarbe, war genau dies hier als bäurisch verpönt. Der Herr trug dunkles Grau, das sogenannte Fürstengrau, die Dame Stoffe in Pastelltönen und dazu die absonderlichsten Kopfbedeckungen.

Fast erschrak er, als er hinter sich den Diener sagen hörte: «Sie haben Glück, junger Mann. Der Hausherr erwartet Sie.»

Friedhelm nahm den Hut ab und trat mit klopfendem Herzen ein. Er staunte nicht schlecht über die riesige Eingangshalle mit ihrer hohen, weißen Stuckdecke. Die rechte Wandseite war gänzlich mit in Öl gemalten Porträts behängt, die linke öffnete sich zu zwei großen Fenstern, die viel Licht hereinließen. In der Mitte führte eine breite, marmorhelle Treppe nach oben, eingefasst von einem kunstvoll geschmiedeten Geländer, der Aufgang war beidseitig von zwei Podesten eingefasst, die Bronze-Büsten zierten. In der linken erkannte er den Dichter Friedrich Schiller.

«Hier entlang, bitte.»

Er folgte dem Lakaien zu einer ledergepolsterten Tür im Hintergrund und befand sich gleich darauf in einem Kabinett mit Schreibtisch, Stehpult und einem Wandregal voller Bücher. Durch ein nur angelehntes Fenster drang Vogelgezwitscher, der Blick ging in einen begrünten Hof. Dort beim Fenster stand ein schlanker, hochgewachsener Mann im nachtblauen Hausmantel aus glänzender Seide, der sich jetzt zu ihm umdrehte. In der Hand hielt er das Schreiben des Pfarrers.

«Seien Sie gegrüßt, Friedhelm Lindenthaler, und treten Sie näher.»

Seine Stimme klang so ruhig und freundlich, wie seine Miene wirkte. Er mochte um die fünfzig Jahre alt sein, das kurze Haar war an den Schläfen ergraut und lichtete sich über der hohen Stirn. Der fein geschnittene Mund und die dunklen Augen hatten etwas Empfindsames, das energische Kinn und die lange Nase in dem bartlosen Gesicht verrieten hingegen Tatkraft. Alles in allem machte er auf Friedhelm einen sehr angenehmen Eindruck.

Er tat, wie ihm geheißen, und deutete eine Verbeugung an.

«Einen schönen guten Abend, hochverehrter Herr von Thouret. Verzeihen Sie bitte, dass ich Sie so spät noch störe. Aber ich hatte den ganzen Tag gearbeitet.»

«Darf ich Sie fragen, als was?»

Friedhelm spürte, wie er rot wurde. Aber er wollte nicht lügen.

«Leider habe ich bislang keine bessere Arbeit gefunden wie die als Gassenkehrer. Aber ich sage mir, immer noch besser als der Wohlfahrt zur Last fallen.»

Falls Thouret hierüber entsetzt war, so ließ er sich es jedenfalls nicht anmerken.

«Als Schulmeister ist das sicherlich eine ungewöhnliche Art, sein Brot zu verdienen, aber Sie haben recht. Nur frage ich mich natürlich, warum Sie die von Ihrem Pfarrer so hochgeschätzte Tätigkeit in Hohenstetten aufgegeben haben und nach Stuttgart gekommen sind?»

«Ich will ehrlich sein, verehrter Herr von Thouret: Es war der Liebe wegen.»

«So hoffe ich, dass sich das wenigstens gelohnt hat.»

Friedhelm nickte zaghaft. «Eines Tages … vielleicht …»

«Nun, junger Mann, Ihr Privatleben geht mich wahrlich nichts an. Hören wir lieber, was Pfarrer Carl Unterseher über Sie schreibt.» Er blickte auf das Blatt in seinen Händen. «Herr Lindenthaler ist äußerst zuverlässig, höflich im Umgang mit Vorgesetzten wie mit Untergebenen, umfassend gebildet, besitzt gute Kenntnisse der französischen sowie sehr gute der englischen Sprache, ist im Glauben gefestigt, ohne extremen Anschauungen anzuhängen …»

Friedhelm hatte die Empfehlung zwar damals gleich gelesen, nun aber, aus dem Mund eines anderen, hörte sich das alles sehr fremd an.

Am Ende sah Thouret ihn erwartungsvoll an. «Würden Sie dieser Beschreibung also zustimmen?»

Friedhelm zögerte kurz, um seine Worte mit Bedacht zu wählen. «Sich selbst einschätzen ist natürlich schwierig, will man sein Licht einerseits nicht unter den Scheffel stellen, sich andererseits nicht wichtigtuerisch aufplustern. Eines aber kann ich Ihnen versichern: Jede einzelne Nachricht von Ihnen werde ich schnellstmöglich und zuverlässig überbringen, und im Falle von mündlichen Nachrichten können Sie auf meine Verschwiegenheit zählen. In Stuttgart kenne ich mich mittlerweile sehr gut aus, aber ich bitte Sie um Nachsicht, wenn ich anfangs den einen oder anderen Adressaten nicht kennen mag, da ich nicht von hier bin. Andererseits habe ich ein sehr gutes Gedächtnis, und ich versichere Ihnen, dass Sie mir nichts zweimal erklären müssen.»

Jetzt war es Friedhelm, der sein Gegenüber erwartungsvoll ansah.

Thouret ließ sich ein wenig Zeit, dann nickte er. «Sie gefallen mir, junger Mann. Kommen Sie morgens schlag neun Uhr zu mir. Am Karfreitag und am Ostersonntag natürlich erst nach dem Gottesdienst, gegen zwölf. Diese Woche möchte ich Sie allerdings noch zur Probe für mich arbeiten lassen. Sind Sie einverstanden?»

«Ja, sehr gerne. Ich freue mich. Wenn Sie mir noch eine Frage erlauben? Vorhin ist mir an Ihrer Haustür ein Mann begegnet, dem die Stelle als Bote so gut wie versprochen ist. Wird er auch zur Probe für Sie arbeiten?»

Thouret verzog spöttisch das Gesicht. «Der Widmayer? O nein – der gehört in jene von Ihnen erwähnte Kategorie wichtigtuerisch und aufgeplustert. Sie haben übrigens noch gar nicht nach Ihrem Lohn gefragt?»

«Das ist mir nicht so wichtig. Zumal ich glaube, dass Sie mich in der hier üblichen Weise bezahlen.»

«Richtig. Für jeden Botengang erhalten Sie zwischen zehn und zwanzig Kreuzer, je nachdem, wie weit der Weg ist. Ausbezahlt wird zum Wochenende, das Trinkgeld dürfen Sie selbstverständlich sofort in die eigene Tasche stecken. Ein Mantel zum Ausgehen wird Ihnen aus meiner Garderobe gestellt, wie auch Hut und Handschuhe, und bei Schlechtwetter nehmen Sie sich einen der Regenschirme vom Eingang.» Er gab Friedhelm das Empfehlungsschreiben zurück. «Dann also bis morgen früh. Ich würde gerne noch länger mit Ihnen plaudern, aber ich bin zum Abendessen eingeladen und muss mich noch umziehen. Ach, da könnten Sie doch gleich ihren ersten Auftrag erfüllen. Richten Sie bitte meinem Freund Dannecker aus, dass es eine Viertelstunde später wird. Wissen Sie, wer Johann Heinrich von Dannecker ist?»

«Ja, ein weithin berühmter Bildhauer. Er wohnt gleich drüben am Schlossplatz neben dem Hoftheater. In einem sehr schönen Stadtpalais, das Sie entworfen haben.»

Um Thourets Mundwinkel zuckte ein kurzes Lächeln. «Wissen Sie auch, wie man diesen Baustil gemeinhin nennt?»

«Ich würde sagen: schwäbischer Klassizismus.»

Jetzt lachte er. «Chapeau, junger Mann! Und das *schwäbisch* davor gefällt mir, das muss ich mir merken!»

# *Kapitel* 33

*In Stuttgart, drei Tage später*

Am darauffolgenden Karsamstag unterschrieb Friedhelm nach seinem letzten Botengang voller Freude den Vertrag, in dem er sich verpflichtete, mit allen ihm anvertrauten Sachen pflichtmäßig umzugehen und sich gegen jedermann getreu, höflich und unparteiisch zu zeigen. Drei Tage war er nun für Thouret unterwegs gewesen, am gestrigen Karfreitag sogar erst ab Mittag, und hatte trotzdem mehr verdient als mit einer Woche Gassenkehren, nämlich fünfeinhalb Gulden. Und das auf eine weitaus angenehmere Weise.

Morgens konnte er ausschlafen bis es hell wurde, während Gottlob längst bei der Arbeit war, dann machte er sich ohne Eile auf den Weg in die untere Königsstraße. Mal übergab ihm gleich der Lakai die Nachricht, mal musste er in Thourets Kabinett warten, bis der seine Botschaft fertiggeschrieben oder ein Päckchen zusammengestellt hatte. Auch in den Hausfluren der Adressaten gab es mitunter viel Wartezeit, da er zumeist ein Antwortschreiben zurückbringen musste. Nein, er schuftete sich wahrlich nicht zu Tode, und das Flanieren kreuz und quer durch die Stadt, einmal sogar bis Kannstatt hinaus, gefiel ihm. Zumal am Gründonnerstag endlich der Frühling zurückgekehrt war.

Trinkgeld gab es nicht immer, aber doch, wie es schien, oft

genug. Zu seinen täglichen Aufgaben gehörte auch der Gang zum Thurn-und-Taxis-Haus am Postplatz, um dort die Sendungen von auswärts abzuholen. Auf dem Weg dorthin war er am Vortag Gottlob begegnet, der gerade dabei war, einen schweren Müllsack auf die Handkarre zu hieven.

«Warte, ich helfe dir», rief er ihm zu.

«Sieh an, der Herr Botschafter», kam es reichlich spöttisch zurück. «Nein, lass lieber. Du machst dir nur deine schicke Livree schmutzig.»

Da erst war Friedhelm bewusst geworden, wie ganz und gar verschieden sie plötzlich aussahen: er selbst in dem mit Borten besetzten blauen Mantel und mit schwarzem Hut, Gottlob im fleckigen Kittel und in staubverkrusteten Stiefeln. Im nächsten Moment war der auch schon weitergezogen.

Inzwischen fragte er sich, ob sein Freund neidisch auf ihn war. Am Abend, darauf angesprochen, hatte der das zwar abgestritten, aber er glaubte ihm nicht so recht.

Einerlei, dachte er jetzt, als er auf die sonnenbeschienene Königsstraße trat. Auch Gottlob wird etwas Besseres finden, da war er sich ganz sicher. Vielleicht würde sich ja sogar über diese Botengänge etwas ergeben. Friedhelm wollte jedenfalls Augen und Ohren offenhalten.

Von der Stiftskirche her schlug es vier Uhr nachmittags, und er war bereits fertig für heute. Nur das in Stoff eingeschlagene Buch, das er unter dem Arm trug, sollte er auf dem Heimweg noch bei einem Bekannten von Thouret vorbeibringen. Der wohnte in der Canzleystraße, genau gegenüber dem Kanzleigebäude, in dem derzeit die Landstände mit dem König um eine freiheitlichere Verfassung rangen.

Das Wohnhaus von Kaufmann Ernst Phillip Rheinwald war zwar nur halb so groß wie das von Thouret, doch durchaus stattlich und noch recht neu in seiner ebenfalls klassizistischen Bauweise. Zu seinem Erstaunen öffnete ihm kein Diener oder der Hausherr selbst die Tür, sondern eine bildschöne junge Frau. Sie war etwas jünger als Paulina und gekleidet, wie er es nie zuvor an einem Mädchen gesehen hatte: Statt der sonst üblichen Frauentracht aus Rock und Mieder trug sie ein einteiliges, knöchellanges Kleid ohne jede Schnürung, dessen elfenbeinfarbener, weicher Stoff ihren schlanken Körper locker umfloss. Das gewagt weit ausgeschnittene Dekolleté schmückte eine doppelreihige Kette aus rotbraunen Granatsplittern, ihre Füße, die unter dem Saum hervorlugten, steckten in flachen, bestickten Stoffschuhen. Aus dem dunkelblonden Haar, das sie nachlässig hinten zusammengebunden hatte, fiel ihr eine lange Locke keck in die Stirn.

Friedhelm glaubte eine griechische Göttin vor sich zu sehen. Das also war eine jener freigeistigen Stadtbürgerinnen, die bei ihm auf dem Land als oberflächlich und verderberisch verschrien waren.

«So beschäftigt der Herr von Thouret jetzt also stumme Boten?», lachte sie, und er spürte, wie ihm die Röte in die Wangen schoss. Mit ihrem frechen Lachen, dem neugierigen Blick aus den blauen Augen und der mädchenhaften Stupsnase löste sich das Bild der Göttin vor seinen Augen zum Glück wieder auf.

«Verzeihen Sie, gnädiges Fräulein, mein Name ist Friedhelm Lindenthaler, und ich habe ein Buch für Herrn Rheinwald dabei. Aber woher wissen Sie, dass mich Herr von Thouret schickt?»

«Das sagt mir Ihr Aufzug. Aber kommen Sie doch herein, mein Vater wird sich freuen. Und lassen Sie das gnädige Fräulein weg – ich bin Lisette.»

Während er in die Diele trat, nahm sie ihm ungeniert das Buch aus der Hand und zog die Umhüllung ab.

«Wie schön! Die Flegeljahre von Jean Paul. Kennen Sie diesen Dichter?»

«Ja, aber ich habe bislang noch nichts von ihm gelesen», erwiderte er wahrheitsgemäß.

«Dann leiht es mein Vater Ihnen sicherlich aus. Natürlich erst», sie zwinkerte ihm zu, «nachdem auch ich es gelesen habe.»

Erneut kam er sich wie ein Schulbub vor. Eine junge Frau, die Jean Paul las, war ihm noch nie begegnet.

Sie gab ihm das Buch zurück. «Warten Sie bitte hier, ich sag dem Vater Bescheid.»

Leichtfüßig eilte sie die Treppe hinauf, und Friedhelm sah sich um. Die Eingangshalle war kleiner und trotz der hohen Stuckdecke weniger herrschaftlich als im Hause Thouret. Man sah sofort, dass hier ein Kaufmann lebte, der offensichtlich mit Tuchen handelte: Die Wände waren bis fast unter die Decke mit Regalen bestückt, die Stoffballen oder Warenproben enthielten, ein breiter Tisch rechts der Steintreppe diente zur Auslage, und die Tür im Hintergrund führte wohl in das Kontor. Der einzige Schmuck war eine Sandsteinskulptur neben der Treppe, die einen verschmitzt dreinblickenden gehörnten Faun darstellte.

«Aha, Thourets neuer Bote hat uns ein Buch gebracht», hörte er eine Männerstimme von oben rufen. Der etwas untersetzte, spitzbärtige Mann, der mit einem freundlichen Lächeln die Treppe herunterkam und ein wenig jünger als Thouret war, trug häuslich-bequeme Pantoffeln zur hellgrauen Tuchhose und eine ärmellose Strickweste.

Erst auf den zweiten Blick erkannte Friedhelm ihn und wäre am liebsten im Boden versunken. Ernst Phillip Rheinwald war kein anderer als der Gefährte des Engländers, der ihm eine Woche zuvor beim Gassenkehren vor dem Kronprinzenpalais auf so unangenehme Weise in die Quere gekommen war.

Auf der untersten Treppenstufe blieb Rheinwald stehen und starrte ihn seinerseits an.

«Wir kennen uns doch, oder?»

Friedhelm nahm den Hut ab und verneigte sich kurz.

«Friedhelm Lindenthaler, der neue Bote von Herrn von Thouret.»

«Nein, so etwas … ich hätte schwören können, dass ich Sie vor einiger Zeit …»

Friedhelm wusste auch nicht, was für ein Teufel ihn plötzlich ritt, als er dem Kaufmann entgegnete: «It is indeed disgusting when children have to starve. Soll heißen: Es ist in der Tat widerlich, wenn Kinder verhungern müssen.»

Da schaute Rheinwald noch verdutzter drein, bevor er in schallendes Gelächter ausbrach.

«Sie sind es wirklich! Der englischkundige Gassenkehrer! Was haben Sie den guten Mister Pommeroy damals aus der Fassung gebracht. Ich habe mit meiner Tochter noch den ganzen Abend darüber gelacht.»

Friedhelm schluckte. Wie schön für Sie, dachte er. Laut sagte er: «Ich habe nicht immer den Dreck von Stuttgarts Straßen gefegt.»

«Verzeihen Sie, Herr Lindenthaler, ich wollte Sie nicht kränken. Aber jetzt interessiert mich natürlich brennend, was Sie vorher gemacht haben. Zumal Thouret sehr heikel ist bei der Auswahl seiner Angestellten.»

Da musste nun auch Friedhelm lachen. Diesem freimütigen Menschen konnte man nicht gram sein.

«Herr von Thouret weiß über meine kurze Zeit als Gassenkehrer Bescheid. Davor war ich Schulmeister in Hohenstetten, einem Weberflecken auf der Schwäbischen Alb.»

Rheinwald nickte. «Als die Zeiten noch besser waren, hatte ich viele Kontakte zum dortigen Weberhandwerk. Auch nach Hohenstetten. Der Niedergang unserer heimischen Weberei ist eine Tragödie.»

«Was allerdings nicht nur an der gegenwärtigen Hungersnot und Teuerung liegt», gab Friedhelm zurück, «sondern auch an der Billigware aus England.»

«Aber das ist es ja gerade, junger Mann. Württemberg hat den Fortschritt verpasst.»

Seine Augen blitzten lebhaft auf. Er hatte dieselben blauen Augen wie seine Tochter, nur war sein Haar dunkel, was einen auffallenden Gegensatz ergab.

«Wir könnten längst weiter sein», fuhr er fort, «wenn der dicke Friedrich weniger an seine Hofhaltung als an den Industrie- und Gewerbefleiß seiner Untertanen gedacht hätte. Dabei lebt hier ein guter Menschenschlag: Der Schwabe, erst recht der Pietist, ist schaffensfreudig, beharrlich bis zur Sturheit und trotzdem offen für Innovationen. Und rebellisch kann er obendrein sein. Aber wenigstens wird nun etwas für die Bildung getan. Bildung ist das wichtigste Gut in einem Land, das über keine Bodenschätze oder große, fruchtbare Ländereien verfügt. Da muss dann eben der Erfindergeist gefördert werden.»

«Nur tut sich der Geist schwer, wenn der Mensch Hunger leidet und friert.»

«Da muss ich Ihnen leider recht geben. Die Armut ist derzeit unser größtes Problem. Wissen Sie, was, Herr Lindenthaler? Ich würde gerne länger mit Ihnen plaudern. Haben Sie Zeit für einen Kaffee mit mir?»

Fast hätte er zugestimmt, zumal ihm Rheinwald immer sympathischer wurde, als ihm gerade noch einfiel, dass Gottlob ihn gebeten hatte, spätestens um fünf Uhr zu Hause zu sein. Es sei sehr wichtig, hatte er nur geheimnisvoll angedeutet, und Friedhelm müsse ihn unbedingt begleiten.

«Das würde ich sehr, sehr gerne annehmen, aber leider habe ich nachher noch eine Verabredung.»

«Dann kommen Sie ein andermal vorbei. Sagen wir, gleich morgen zum Osterkaffee gegen vier Uhr? Da hat unser Haus sozusagen offene Tür für Freunde und Verwandte ...»

«Das ist sehr freundlich von Ihnen, ich werde sehen.»

Danach überreichte Friedhelm ihm das Buch, das er beinahe wieder mit hinausgetragen hätte, und sie verabschiedeten sich mit einem kräftigen Händedruck. Das Trinkgeld, das Rheinwald ihm in die Hand drücken wollte, lehnte er ab. Nach dem doch sehr persönlichen Austausch und der Einladung wäre ihm das befremdlich vorgekommen.

Ganz in Gedanken überquerte er die Planie, die an diesem Karsamstag fast ausgestorben war. Als ob alle Welt der Grabesruhe Christi gedachte. Sein Verstand sagte ihm, die Einladung morgen anzunehmen, da er möglicherweise auf wichtige Leute treffen würde, die ihm nützlich sein konnten. Sein Herz schreckte eher davor zurück. Er wusste nicht, wie man sich in einem solch vornehmen städtischen Umfeld bewegte, sich ausdrückte, sich benahm.

Gottlob kam kurz nach ihm heim. Er hatte sich gerade umgezogen, als der Freund verschwitzt und staubig das Zimmer betrat.

«Wie war dein Arbeitstag?», fragte er in lauerndem Unterton.

«Gut. Ich habe soeben einen sehr netten Kaufmann kennengelernt, der mich sogar zum Kaffee eingeladen hat. Aber ich sollte ja um fünf Uhr zurück sein.»

«Zum Kaffeetrinken also. Und hast du wieder gut Trinkgeld eingenommen?»

«Es geht. Aber warum fragst du das so spöttisch? Gönnst du mir meine neue Arbeit also doch nicht?»

Fast traurig schüttelte Gottlob den Kopf. «Darum geht's nicht. Merkst du eigentlich nicht, dass dein Trinkgeld nichts anderes ist als ein herablassendes Almosen hoher Herrschaften? Damit degradierst du dich doch zu deren Diener.»

«Na und?» Friedhelm wurde wütend. «Besser als deren Straßendreck wegmachen.»

Nein, er hatte sich wirklich nicht vorzuwerfen, dass er lieber Botengänge machte, als Kadaver und Kothaufen zu entsorgen. Aber Gottlobs kleine Spitze saß dennoch.

«Jetzt schau nicht so bös», lenkte sein Freund ein. «Ich freue mich jedenfalls, dass du hier bist. Weil ich deine Unterstützung brauche.»

«Dann lass endlich die Katze aus dem Sack, wohin ich dich begleiten soll.»

«Zu einer Kundgebung auf dem Marktplatz vor dem Rathaus. Um sechs Uhr geht es los.»

Friedhelm sah ihn verwundert an. «Was für eine Kundgebung?»

«Ganz einfach: für gerechte Brotpreise und gegen Hungerlöhne, für die Verteilung der herrschaftlichen Kornvorräte an alle Bedürftigen und gegen Wucher und Spekulation. Kurzum», er grinste fröhlich, «für das Volk und gegen alle Reichen und Mächtigen. Der Gesellenverein verteilt seit Tagen Handzettel in den Häusern der Vorstädte, damit die Leute zu Hunderten und Tausenden kommen. Einige arbeiterfreundliche Vertreter der Landstände haben wir sogar persönlich eingeladen. Natürlich hoffen wir an einem so ruhigen Tag wie dem Karsamstag, dass weniger Polizeidiener und Offiziere als sonst unterwegs sind.»

Friedhelm runzelte die Stirn. «Das grenzt an Aufruhr und ist gefährlich.»

«Vielleicht verhindern wir damit aber auch, dass die Wut der Leute sich ganz andere Bahnen bricht. In manchen Städten wurden schon die Häuser der Bäcker und Händler geplündert oder angezündet. Kommst du also mit? Jeder der dabei ist, zählt.»

Friedhelm dachte nach. Wäre es nicht reichlich feige, zu Hause zu bleiben, zumal Gottlob gerade mit seinen letzten Worten recht hatte? Er wäre sich mit einem Mal schäbig vorgekommen, sich aus allem herauszuhalten, nur weil er mit seiner neuen Anstellung auf der glücklicheren Seite des Lebens stand.

Er gab sich einen Ruck. «Natürlich komme ich mit.»

«Gut, dann gehen wir jetzt in die Küche und schauen, was noch zu essen da ist.»

«Willst du dich nicht umziehen?»

«Wozu? Ich werde in meiner Arbeitstracht als Gassenkehrer gehen.»

«Ich freue mich, dass ihr hier seid, denn es ist wichtig, dass wir zusammenstehen in diesen Zeiten», begrüßte der Krämer Heinrich Lotter vom Gesellenverein die Anwesenden. Er hatte soeben die Einfassung des Marktbrunnens vor dem Stuttgarter Rathaus erklommen. «Viele von euch kommen vom Land, wissen darum, dass die Felder wüst liegen, weil es nach den Missernten im letzten Jahr kein Saatgut mehr gibt. Ihr seid mit euren Familien in die Stadt gekommen, in der Hoffnung, hier ein Auskommen zu finden und nicht zu verhungern. Und jetzt müsst ihr schlimmer darben als zuvor. Aber sind die Kornkammern wirklich alle leer? Hat unser hochverehrter König wirklich nicht die Mittel, Getreidelieferungen ins Land zu bringen, um der Not ein Ende zu setzen? Seht euch doch um, seht all die schönen Häuser, Straßen und Plätze, die rund um die königliche Residenz entstehen. Seht euch die schönen Kleider der Vornehmen an, die durch die Straßen promenieren – sind sie nicht alle wohlgenährt? Morgen feiern wir die Auferstehung des Herrn, das schönste Fest der Christenheit. Heute aber würde sich unser Herr Jesus Christus im Grabe herumdrehen angesichts der Ungleichheit und Ungerechtigkeit im Lande.»

Es folgte ein erster zustimmender Applaus. Zu Gottlobs Enttäuschung waren nicht Tausende auf den von mit hübschen Fachwerkhäusern gesäumten Marktplatz geströmt, der jetzt im Schatten der untergehenden Sonne lag, sondern allenfalls vier- oder fünfhundert Menschen. Die Frauen mit Kindern hielten sich vorsichtshalber am Rande der Menge auf, von den Ärmsten der Armen war niemand zu sehen. War es die Angst, verhaftet zu werden, die viele daran gehindert hatte zu kommen? Oder waren die Menschen in ihrem traurigen Los schon so teilnahmslos und stumpfsinnig geworden?

Friedhelm stand zwischen Fanny und Oskar in der Gruppe seiner Hausbewohner nicht weit vom Brunnen entfernt und fühlte sich plötzlich an Gutjahrs Bekanntmachung damals in Hohenstetten erinnert. Fast hätte er sich suchend nach Paulina umgesehen, als ihm wieder einmal schmerzlich klar wurde, dass er noch immer nicht wusste, wo sie steckte, ob sie wohlauf war und sie sich jemals wiedersehen würden. Als er spürte, wie ihm die Augen feucht wurden, blickte er angestrengt zu Boden.

«So fordern wir hiermit die Ständevertreter auf», fuhr Lotter derweil fort, «in ihrem Streit um eine neue Verfassung nicht nur für die alten Rechte der Ehrbarkeit einzustehen, sondern erst recht für die Belange der großen Masse des einfachen Volkes.

Denn was wären all die Pfarrer, Bürgermeister, Schulmeister, Kaufleute und Amtmänner ohne das Volk, das sie nährt und sich für sie abrackert? Das Volk braucht Hilfe, und zwar sofort! Umso mehr freue ich mich, dass sich unter den Anwesenden der weithin berühmte Dichter und Jurist Ludwig Uhland befindet, ein führender Sprecher der Landstände, der, was wohl die wenigsten hier wissen, auch ein engagierter Anwalt der Armen ist. Er wird nachher ermutigende Worte an euch richten. Zuvor aber will ich die Rede an einen geschätzten Collegen vom Gesellenverein übergeben, an den Taglöhner und Arbeiter Gottlob Unterseher.»

Vor allem rund um Friedhelm brandete nun tosender Beifall auf. Gottlob bestieg den Brunnenrand und reckte angriffslustig sein kantiges Kinn in die Abendluft.

«Liebe Freude, liebe Genossen! In der großen Französischen Revolution galt die Parole: Krieg den Palästen! Friede den Hütten! Dieser Leitspruch gilt noch heute.»

«Bravo!», begann Oskar zu brüllen, doch Fanny hielt ihm den Mund zu.

«Im Namen des Staates, und nicht etwa des Königs, werden noch von den Allerärmsten Steuern erpresst. Hunderttausende schinden sich und hungern für das Wohl des Staates. Wer aber ist der Staat? Der Staat sind wir alle, die Ordner im Staat sind die Gesetze, und die sollten das Wohl aller sichern und nicht einiger weniger. Bei uns aber bezahlen die Arbeiter, die Mägde, die einfachen Bauern den Luxus einiger weniger. Diese wenigen sind eure Melker und Schinder, das Volk ist ihre Herde. Diese wenigen gehen in Zylinder und Frack, ihr anderen barfuß und in Lumpen. Ihr dürft euren Nachbarn verklagen, der euch ein Huhn stiehlt, nicht aber die Obrigkeit, die euch jeden Tag Abgaben, Steuern und Gebühren abpresst. Das alles duldet ihr, weil euch arglistige Schlangen sagen, jede Regierung sei von Gott. Die deutschen Fürsten seien von Gott. Das aber ist eine Lüge!»

Jetzt kamen von allen Seiten zustimmende Zwischenrufe, Männer wie Frauen reckten die Fäuste. Friedhelm wurde mulmig zumute. Obwohl er zugeben musste, dass Gottlob vortrefflich zu reden wusste. Das Blut eines Pfarrers steckte eben doch in ihm.

«Nicht der Fürst ist die höchste, göttliche Gewalt», Gottlobs Stimme wurde noch kräftiger und lauter, «sondern das Volk. Nicht das Fürstenwort ist das Gesetz, sondern das Wort der Landstände, der vom Volk gewählten Vertreter. Gott nämlich hat alle Menschen frei und gleich in ihren Rechten geschaffen. Die Revolutionäre in Frankreich haben es uns einst vorgemacht. Auch wenn die Franzosen ihre junge Freiheit an einen neuen Schinder verkauft hatten – ihre Idee der Freiheit, Gleichheit und Brüderlichkeit ist nicht verloren! Diese Idee wird eines Tages in ganz Europa die Knechtschaft durch die Fürsten ablösen!»

Er machte eine kurze Pause, um in die Runde zu blicken. In diesem Augenblick glaubte Friedhelm das gleichmäßige Stampfen schwerer Stiefel zu vernehmen.

«Jawohl! Freiheit, Gleichheit und Brüderlichkeit!», ertönte es überall im Chor.

Gottlob hob beschwichtigend die Arme. «Lasst mich weiterreden. Jetzt werden euch und den hiesigen Landständen ein paar Brocken dieser Freiheit hingeworfen, aber lasst euch nicht blenden, begnügt euch nicht mit diesen Brocken, das ist nur Sand, den man euch in die Augen streut. Denn bis jetzt ist diese Verfassung nichts als leeres Stroh.»

Weiter kam er nicht. Von zwei Seiten, aus der Schulstraße wie aus der Kirchstraße, stürmte jeweils eine ganze Mannschaft an Polizeidienern heran, die sich mit Knüppeln den Weg frei schlugen. Die Menge stob auseinander, Frauen und Kinder schrien auf, Gottlob und sein Vorredner wurden gewaltsam vom Brunnen gerissen. Friedhelm zögerte nicht, ihm zusammen mit seinen Wohngenossen zu Hilfe zu eilen, doch gegen die Übermacht der Schutzmänner war ihr Versuch aussichtslos. Die Büttel verteilten ihre Schläge in alle Richtungen, sogar gegen die Frauen, einer traf Friedhelm heftig gegen die Schulter und schleuderte ihn rücklings aufs Pflaster, als auch schon ein Dutzend berittener Soldaten heransprengte. Hoch zu Ross und mit gezücktem Degen trieben sie die Aufrührer auseinander, und Friedhelm musste hilflos mit ansehen, wie sein Freund von drei Mann überwältigt und gefesselt wurde.

«Denn wer das Schwert nimmt, der wird durch das Schwert umkommen, sprach Jesus bei seiner Gefangennahme», brüllte Gottlob dabei lautstark über den Platz. «Die Wut des Volkes wird auf euch zurückfallen, das schwöre ich euch.»

Dann wurde er abgeführt, zusammen mit Oskar, Heinrich Lotter und noch einigen anderen, die sich im Kampf besonders hervorgetan oder einfach nur Pech gehabt hatten.

Am späteren Abend erfuhr Friedhelm zu seinem Entsetzen, dass man die Gefangenen zu einem stundenlangen Verhör ins Polizeiministerium gebracht hatte. Oskar war als Einziger gegen eine Geldstrafe freigelassen worden, die anderen sollten als sogenannte *hochgradige Tumultuanten* gleich am nächsten Morgen zur Festungshaft auf den Hohenasperg überführt werden.

# *Kapitel 34*

*Amsterdam am Ostersonntag, den 6. April 1817*

Mit den Auswanderern war es ein großes Elend in Amsterdam. Zu Tausenden saßen sie in der inneren Stadt und in den Vorstädten fest, da längst nicht genug Schiffe fuhren – was die Werber in der Heimat und die Rheinschiffer unterwegs wohlweislich verschwiegen hatten. Neben Württembergern, Baiern und Badenern gab es auch Schweizer und Elsässer, ganze Familien warteten schon wochen-, ja monatelang in trostlosesten Verhältnissen, bis das letzte Geld aufgezehrt war. Trotzdem glaubten nicht wenige immer noch daran, einen Capitain zu finden, der sie nach Amerika auf Borg mitnehmen würde. Scharenweise schlichen sie in der Nähe der Häfen herum wie wandelnde Gespenster, ausgemergelt und in Lumpen gehüllt, wurden hier von der Polizei vertrieben, um dort wieder aufzutauchen. Betteln durften sie nicht, dann drohte die Ausweisung. Daher sangen sie überall auf den Plätzen vaterländische Lieder, mit glanzlosen Augen in den hohlwangigen Gesichtern, von manchen ging ein schier unerträglicher Gestank aus. Hin und wieder steckten ihnen die Holländer voller Mitleid Almosen zu, aber die Stadt war maßlos überteuert, vor allem das Trink- und Kochwasser, das von weit her durch Schiffe hergeschafft werden musste. Amsterdam besaß nämlich keine Brunnen, da durch die Grachten und Kanäle immer wieder Seewasser ins Grundwasser drang.

Einmal hatte Paulinas Vater sie und den Bruder zu ihrem bislang einzigen Ausflug zum neuen Hafen mitgenommen, um dort die großen Überseeschiffe zu bestaunen. Auf dem Weg dorthin waren sie an einer Menschentraube vor einer überdachten Laube vorbeigekommen, wo augenscheinlich für die unglückseligen Deutschen gesammelt wurde. «Zeigen Sie Ihre Mildtätigkeit, und kommen Sie heute Abend zu einer Benefizvorstellung ins Französische Theater», riefen ein Mann im schreiend bunten Harlekinkostüm und ein Mädchen, das als Burgfräulein verkleidet war, im Wechsel auf Deutsch und Holländisch. «Helfen Sie den armen Auswanderern, die sich hier ohne Mittel befinden.»

Als der Harlekin dem Vater einen Handzettel überreichen wollte, schüttelte der entschieden den Kopf. «Für so etwas haben wir keine Zeit.»

«Dann geben Sie jetzt eine kleine Spende, lieber Herr.»

Der Vater nahm Paulina fest beim Arm und zerrte sie eilig weiter.

«Ein paar Kreuzer wenigstens hättest du geben können», sagte sie vorwurfsvoll.

«Ich hab kein Geld dabei. Außerdem gilt für mich der Leitsatz: Spende niemals fremden Menschen, von denen du nicht weißt, ob sie dein sauer verdientes Geld nicht für Bohnenkaffee oder Branntwein ausgeben.»

Daraufhin sagte sie nichts mehr.

Abends im Gasthaus Zum Seemann kam oft die Rede auf diese armen Menschen. Schreckliche Geschichten machten die Runde, von Eltern, die in der Not zu Rabeneltern wurden und ihre Kinder sich selbst überließen, von Müttern, die ihr Neugeborenes erstickten, von Waisen, deren Eltern sich aus Verzweiflung ums Leben gebracht hatten und die nun selbst zu verhungern drohten. Eine Mutter habe sogar ihre drei Kinder vom Kai aus in die Zuidersee geworfen und sich selbst nachgestürzt.

Paulinas Mutter betete viel für diese armen Leute, das Mitleid des Vaters indessen hielt sich in Grenzen. «Das sind doch alles Lügen», pflegte er zu sagen, «die diese Bettelkinder selbst in die Welt setzen. Wenn wir nur endlich fort wären von hier.»

Aber sie saßen noch immer fest in Amsterdam, seit sechs Tagen nun schon, weil das nächste Schiff erst in ein, zwei Wochen gehen sollte. Was Bösbier bereits bei ihrer Ankunft erwähnt hatte, dass man auf die günstigen Winde warten müsste, hatte der Vater wohl nicht ganz ernst genommen, und so verschlechterte sich seine Laune von Tag zu Tag. Dabei fehlte es ihnen an nichts. Sie hatten es tagsüber warm, nachts ein Bett zum Schlafen, und das Essen im Seemann war, wenn man das nötige Geld im Säckel hatte, besser als zu Hause. Manchmal fragte sich Paulina, was wohl aus Marie geworden war, aber im Grunde war ihr alles gleichgültig geworden. Sie schlug die Zeit mit Strümpfestricken tot oder dem täglichen Aufräumen der Dachkammer, verließ so gut wie nie den Gasthof, selbst ihre Gedanken an Friedhelm wurden seltener. Hatte sie sich mit ihrem Schicksal also abgefunden? Das fragte sie sich oft und hatte vor der Antwort Angst.

Fluchtpläne wie in den ersten Tagen nach ihrer Ankunft schmiedete sie keine mehr. Plan um Plan hatte sie da noch fieberhaft durchgespielt, doch jeder war an unüberwindbaren Hürden gescheitert: Für eine Reise mit dem Flussschiff fehlte ihr das nötige Geld, eine Wanderung zu Fuß, ganz allein und auf eigene Faust, war als Frau viel zu gefährlich, ihre Papiere waren in der Obhut der Mutter, sie verstand die Landessprache nicht, und schon allein aus dieser Riesenstadt herauszukommen, erschien ihr unmöglich. Sie war auf dem Land groß geworden, wo man sich notfalls in einer Höhle oder einer Scheune verstecken konnte. Amsterdam aber war ein Moloch, ein bedrohliches Ungeheuer. Allein der Lärm und die mit Menschen, Fuhrwerken und Maultierkarren überfüllten Straßen machten ihr inzwischen Angst. Nicht nur, dass die Stadt von Flüchtlingen überschwemmt war – es wimmelte obendrein von Betrügern, Taschendieben und brutalen Räubern, wie der Gastwirt nicht müde wurde zu warnen. Vor allem am Hafen, aber auch auf dem Neumarkt. Als Frau musste man Angst haben, in eine dunkle Ecke gezerrt und geschändet zu werden, als Mann ausgeraubt zu werden. Und tatsächlich war Ludwig vor zwei Tagen bei einbrechender Dämmerung Opfer von Straßenräubern geworden. Da er kein Geld bei sich gehabt hatte, hatten ihm die beiden Burschen die guten Stiefel von den Füßen gezerrt, und der Vater musste mit ihm neue kaufen gehen. Zum Glück war ihm, von einer Schramme an der Stirn abgesehen, nichts Schlimmeres geschehen.

Eigentlich hätte Paulina sich an diesem Ostermorgen freuen sollen, endlich einmal hinauszukommen, denn sie wollten alle zusammen den Gottesdienst in einer lutherischen Kirche besuchen. Stattdessen wäre sie am liebsten dageblieben. Wieder einmal war ihr schmerzhaft bewusst, dass die missglückte Flucht in Heilbronn die letzte Gelegenheit zur Rückkehr in die Heimat gewesen war. Nicht einmal die Möglichkeit, jemandem einen Brief nach Stuttgart mitzugeben, war ihr auf dieser Reise vergönnt gewesen. Es war alles so sinnlos.

«Was ziehst du nur für ein Gesicht, Kind?», tadelte die Mutter, während sie sich in der Diele des Gasthofs die Mäntel überstreiften. «So freu dich doch, dass es in Amsterdam eine Kirche gibt, in der wir mit unseren Glaubensgenossen die Auferstehung des Herrn feiern können. Und vielleicht triffst du dort ja auch dieses Mädchen wieder, diese Marie. Ihre Familie stammt aus Württemberg wie wir und wird Ostern gewiss in einer lutherischen Gemeinde feiern wollen.»

Daran hatte Paulina nicht gedacht. «Ja, das wäre schön.»

Es war ein kühler, sehr windiger Morgen, über den blassblauen Himmel jagten Wolkenfetzen hinweg. Sie hatten sich von Bösbier den Weg erklären lassen: Die Kuppelkirche liege keine halbe Stunde Fußmarsch entfernt auf der anderen Seite des alten Hafens und sei leicht zu finden. Unterwegs mussten sie immer wieder rücksichtslos vorbeipreschenden Kutschen ausweichen, und nachdem sie denn doch zweimal in die Irre gelaufen waren und zig Brücken überquert hatten, erreichten sie ihr Ziel schließlich gerade noch rechtzeitig zum Glockenläuten.

Eine solch seltsame Kirche hatte Paulina nie zuvor gesehen: Sie war rund, riesig und von einer glänzenden Kuppel mit Dachlaterne besetzt. Die Kirchgänger strömten bereits ins Innere, die Mutter trieb zur Eile an. Wie in Hohenstetten hatten die Frauen auf der rechten, die Männer auf der linken Seite der runden, weiß getünchten Halle ihren Platz, und wie durch Zauberhand sammelten sich die Menschen deutscher Herkunft nahe dem Eingang. Vielen waren die Entbehrungen deutlich anzusehen, sodass sich Paulina fast für das gepflegte Äußere ihrer Familie schämte. Die Mergenthalers indessen konnte sie in der vollbesetzten Kirche nirgends entdecken.

Von der Osterpredigt verstand sie kein Wort, die ihr bekannten Lieder und Gebete sang und sprach sie wie alle um sie herum in deutscher Sprache mit. Beim Vaterunser dann spürte sie doch ein klein wenig Trost.

Da zupfte sie jemand am Ärmel, und sie drehte sich um.

«Marie!», rief sie leise aus.

Sie hätte das Mädchen beinahe nicht erkannt. Noch magerer

als bei ihrem Abschied war Marie geworden, das zusammengebundene Haar klebte strähnig am Kopf, ihre Kleidung roch feucht und muffig, als sie sich umarmten.

«Wie geht es dir?», fragte Paulina leise.

«Nicht sehr gut.»

Eine alte Frau vor ihnen drehte sich empört um und legte den Finger auf die Lippen.

«Komm», flüsterte Paulina, «stellen wir uns ein bisschen abseits.»

An der Wand nahe dem Eingang bat sie Marie zu erzählen.

«Ach, es ist alles so schrecklich. Wir hausen ganz miserabel mit drei anderen Familien auf einem Dachboden, eine andere Familie aus Waiblingen, die wir getroffen haben, ist nebenan mit ihren Kleinkindern in einer halb verfallenen Scheune untergebracht, ohne Stroh und warme Decken. Viele sind krank, husten Tag und Nacht oder haben Fieber, es ist nicht mal genug Wasser da, um sich zu waschen.»

Die Tränen liefen ihr über die eingefallenen Wangen.

«Jetzt haben wir fast kein Geld mehr, aber wir können nicht zurück. Wo wir daheim doch alles verkauft haben. Meine Eltern würden sich zu Tode schämen, wenn sie der Wohlfahrt zur Last fallen müssten.» Sie schluchzte leise. «Wenn ich nur wieder zu Hause wäre!»

Das Mädchen tat Paulina unendlich leid. Plötzlich kam ihr ein aberwitziger Gedanke.

«Ich will auch am liebsten zurück. Zu meinem Verlobten nach Stuttgart.»

«Dann ist dieser Lorenz gar nicht dein Bräutigam?»

«Nie und nimmer. Den haben mir die Eltern ausgesucht, damit ich ihn in Amerika heirate. Hör zu: Wollen wir beide es nicht zusammen wagen? Ich hab ein bisschen was angespart.»

Marie wischte sich die Tränen aus dem Gesicht und schien nachzudenken. Dann schüttelte sie traurig den Kopf.

«Ich kann nicht. Das würde meiner Mutter das Herz brechen.»

Paulina war, als hätte diese Antwort auch über ihr Schicksal entschieden. Und zwar endgültig.

«Schade», murmelte sie nur und kämpfte gegen die Tränen an.

In die Schar der Kirchgänger um sie herum kam Bewegung, der Gottesdienst war zu Ende. Sie nahm Maria beim Arm, um sich mit ihr neben das Portal zu stellen, als auch schon die Mutter auf sie zueilte.

«Paulina! Bist du von allen guten Geistern verlassen, so einfach zu verschwinden? Was hast du dir nur dabei gedacht?» Sie stutzte. «Mariechen? Bist du das?»

«Ja, Frau Gutjahr. Meine Eltern und meine Geschwister sind auch hier.»

«Wie schön. Na, dann kommt, lasst uns draußen auf die anderen warten.»

Wenig später hatten sie sich alle vor der Kirche eingefunden, wobei die Arbogasts nicht sehr erbaut wirkten über das Wiedersehen mit den einstigen Reisegefährten. Tatsächlich ging vor allem von Maries kleinen Geschwistern ein strenger Geruch aus. Der Vater hingegen schlug Herrn Mergenthaler leutselig auf die Schulter.

«Na, ist das Zwischendeck schon gebucht?»

«Nun, ehrlich gesagt …»

«Leider», unterbrach ihn dessen Frau, «gibt es bei den wenigen Schiffen immer noch keine freien Plätze. Aber das wird schon noch.»

«Dann wünsche ich Ihnen viel Glück.» Er schüttelte den beiden die Hand. «Vielleicht sehen wir uns ja in Philadelphia wieder.»

Paulina war nahe dran, ihren Vater um ein Almosen für die arme Familie Mergenthaler zu bitten, doch damit hätte man Maries Eltern wahrscheinlich zutiefst beschämt.

Stattdessen griff sie in ihre Jackentasche, in der sich der Faden der Naht allmählich löste. Mit den Fingernägeln bohrte sie und zog, bis die Naht aufging und sie den Geldbeutel zu fassen bekam.

«Kann ich mich kurz allein von Marie verabschieden?», fragte sie ihre Mutter, die verdutzt nickte, und so zog sie das Mädchen ein Stück weit fort.

«Hier, nimm das bitte. Es ist nicht viel, aber davon könnt ihr wieder Essen und Wasser kaufen.»

Marie starrte auf den Gulden, den Paulina ihr in die Hand drückte.

«Das kann ich nicht annehmen.»

«Du musst. Denk an deine kleinen Geschwister. Ich weiß nicht, ob wir uns je wiedersehen, aber ich wünsche dir, dass sich für euch bald alles zum Guten wendet und dass der Herrgott dich beschützt.»

«Danke!», stammelte Marie. «Ach Paulina, ich werde dich niemals vergessen. Gott schütze dich auch.»

Sie umarmten sich innig, dann eilte Marie zu ihrer Familie zurück, die auf der anderen Straßenseite auf sie wartete.

Mit finsterer Miene winkte der Vater Paulina zu sich.

«Was hast du dem Mädchen da eben gegeben?», fragte er streng.

«Einen Gulden von meinem angesparten Trinkgeld.»

«Einen ganzen Gulden? Bist du noch bei Trost?»

«Du hast doch selbst bemerkt, wie elend sie aussehen.»

«Unsere Tochter hat recht», mischte sich zu ihrer Überraschung die Mutter ein. «Hattest du nicht Geld für den Opferstock mitgenommen, Justus Georg?»

«Ja, und?»

«Du hast doch gewiss nicht alles gespendet.»

Entgeistert sah der Vater sie an. «Was seid ihr nur für überspannte Weiber!»

Dann drehte er sich wahrhaftig um und rief mit seiner donnernden Stimme: «Herr Mergenthaler, warten Sie!», um schwerfällig loszulaufen.

«Danke Mutter.»

«Schon recht. Ich weiß leider, dass dein Vater ziemlich geizig sein kann. Jetzt frage ich dich aber», ihr Blick wurde misstrauisch, «warum du in deiner Jackentasche so viel Geld mit dir herumträgst.»

«Weil es in Amsterdams Gasthäusern vielleicht Diebe gibt?»

«Und wie viel hast du noch?»

Sie überreichte der Mutter den Beutel mit dem Kleingeld. «Vierzig Kreuzer. Du kannst es haben, ich brauche es nicht mehr.»

Beim Mittagessen saß heute ein junges Paar namens Frohmut am Tischende, dessen Verwandte bereits im letzten Herbst glücklich in Philadelphia angekommen waren. Vor allem über das Leben in Amerika wurden die beiden mit Fragen bestürmt, doch Paulina saß nur da, stocherte in ihrem Essen und starrte ins Leere. Erst als die Sprache auf die Überfahrt kam, horchte sie auf.

Wegen schrecklicher Stürme habe die Reise statt der üblichen sieben Wochen ganze zehn gedauert, erzählte der junge Frohmut, der sich selbst gerne reden hörte. Nach sechs Wochen sei die Verpflegung wegen der ständigen Nässe verdorben gewesen, das Wasser brackig geworden, und die armen Passagiere hätten ordentlich Hunger und Durst leiden müssen.

«Am Ende brachen an Bord Wechselfieber und Durchfall aus.» Frohmut blickte übertrieben sorgenvoll in die Runde. «Sie müssen wissen, dass ein großer Dreimaster mehrere hundert Passagiere transportieren kann, von denen die meisten ihre Zeit in den Zwischendecks verbringen. Dort ist es eng und dreckig, ohne ausreichend frische Luft. Ein guter Nährboden also für allerlei Krankheiten, wobei die Seekrankheit noch die harmloseste, die Schiffspest die schlimmste ist. Es soll Segler gegeben haben, mit denen sind am Ende mehr Tote als Lebende angekommen …»

«Nun machen Sie den Damen am Tisch nicht solche Angst», unterbrach Paulinas Vater ihn. Er tätschelte den Arm der Mutter, deren Augen immer größer geworden waren. «Aus genau diesem Grunde, liebe Alwine, werden wir eine Kabine buchen.»

«Sind denn bei den Stürmen viele von Bord gegangen?», fragte Paulina und hatte den Kampf des Schiffes gegen turmhohe Wellen genau vor Augen. Es war ein furchteinflößendes und zugleich verlockendes Bild.

«Nun, davon stand in den Briefen meines Vetters nichts.»

«Auch nichts von Seeräubern?»

«Jetzt hör aber auf, Paulina!», rief die Mutter empört. «Es hört sich an, als würde es dir geradezu Spaß machen, uns noch mehr zu ängstigen.»

Auch der Vater warf ihr einen bösen Blick zu. «All diese aufgebauschten Schreckensmeldungen will ich nicht mehr hören. Ich sage Ihnen was, Frohmut: Den Gefahren von Sturm und Schiffbruch begegnet man am besten, indem man sich ein solides Schiff aussucht und keinen alten, baufälligen Kahn, der noch obendrein überfüllt ist. Da sollte man denn lieber etwas tiefer in die Tasche greifen.»

Frohmut nickte fast ein wenig kriecherisch. «Da haben Sie vollkommen recht. Aber auf Kapitän und Mannschaft kommt es ebenfalls an. Man hört immer wieder vor der Rohheit und Rücksichtslosigkeit der Seeleute. Sie kürzen den Proviant schon gleich zu Anfang, um selbst davon zu profitieren, manche schlagen die Passagiere sogar.»

«Deshalb behaupte ich: Amerikanische Schiffe sind die besten. Sie segeln schneller, haben erfahrene Kapitäne und eine bessere Versorgung. Ich würde kein anderes nehmen, selbst wenn ich noch vier Wochen warten müsste.»

«Ich stelle mir den Tod durch Ertrinken grauenhaft vor», hauchte plötzlich Frohmuts Frau.

«Besser als von Haifischen gefressen werden», warf Paulina ein, deren Gedanken immer düsterer wurden. «Stimmt es eigentlich, dass die Toten einfach über Bord geworfen werden?»

«Schluss jetzt!» Ihr Vater schlug mit der Faust auf den Tisch. «Reden wir lieber von unseren Plänen in Amerika. Was haben Sie beispielsweise vor, Frohmut?»

In diesem Augenblick trat Bösbier an den Tisch und beugte sich zum Vater herunter. Er flüsterte, doch Paulina, die daneben saß, verstand jedes Wort.

«Eine amerikanische Dreimastbark fährt Ende der Woche aus, aber sagen Sie es vorerst nicht weiter. Ich habe heute beim Ostergottesdienst den Kommissär Wendelin Waakhus getroffen. Wind und Wetter stehen gut. Sie sollen am Mittwoch ins Bureau kommen, um den Kontrakt zu unterschreiben und die Fracht zu bezahlen.»

«Wieso erst Mittwoch?», flüsterte der Vater zurück.

«Wenn Sie mit dem Zwischendeck vorliebnehmen wollen, dann gehen Sie meinetwegen gleich morgen früh. Aber Sie wollten ja eine Kabine, und das geht nur in Absprache mit dem Captain. Der aber weilt noch bis Mittwochfrüh bei seiner Braut in Muiden, einer kleinen Stadt an der Zuidersee.»

«Ich wusste, dass wir Glück haben, vielen Dank.» Zufrieden lehnte sich der Vater zurück. «Haben Sie auch Wein im Keller, Bösbier? Das muss gefeiert werden.»

# *Kapitel 35*

*Hohenstetten, am Dienstag nach Ostern 1817*

Mit zitternden Händen legte Carl Unterseher Friedhelms Brief zurück auf das Schreibpult. Ihm schwindelte. Das hatte ja früher oder später so kommen müssen mit seinem Ältesten. Gottlob saß also in der Festung Hohenasperg ein, der Strafanstalt für Staatsfeinde und Rebellen, dem Hausberg der schwäbischen Intelligenz! Wegen Anstiftung zum Aufruhr, wobei der Vorwurf der Majestätsbeleidigung noch zusätzlich geprüft wurde.

Dorothea kauerte in Tränen aufgelöst vor ihm im Lehnstuhl.

«Und wenn man ihn nun tatsächlich wegen Majestätsbeleidigung an den Galgen bringt?», stieß sie hervor.

«Unsinn. In Württemberg haben wir keine Galgen mehr.»

Er schluckte. Auch fünf Jahre Festungshaft würden Gottlob umbringen. Das hielt er niemals durch.

«Du musst sofort deinem Collegen, dem dortigen Anstaltspfarrer, schreiben», flehte Dorothea. «Unser Ältester ist kein schlechter Junge. Und wir müssen beim König ein Gnadengesuch einreichen ...»

«Das werde ich beides tun, gleich heute Abend. Mehr noch: Ich werde morgen früh die Kutsche nach Stuttgart nehmen, um das Gnadengesuch persönlich einzureichen. Und ich will im Polizeiministerium das Verhörprotokoll einsehen. Als Vater und Pfarrer wird man mir das bestimmt nicht verweigern.»

«Ach Carl, ich weiß gar nicht mehr, wohin mit meinen Sorgen. Was haben wir getan, dass der Herr uns so hart prüft?»

«Das wird schon wieder, Frau, das wird schon wieder. Noch etwas: Solange wir nicht genau wissen, was Gottlob vorgeworfen wird, sollte hier im Ort niemand etwas von der Sache erfahren. Auch deine Stundenfrauen nicht.»

«Du hast recht. Aber auch zu Luise vorerst kein Wort, es würde sie zu sehr aufregen.»

«Natürlich», murmelte er. «Aber ich glaube ohnehin nicht, dass sie es verstehen würde, in ihrem Zustand. Ist Dürr noch bei ihr?»

«Ja, er flößt ihr gerade von der Hühnersuppe ein.» Sie begann wieder zu weinen. «Was für ein anständiger junger Mann, ich bin so froh um seine Hilfe.»

Da kamen auch ihm die Tränen, und es war wie eine Erlösung angesichts seiner Sorgen. Luise hatte sich nämlich tatsächlich das Fleckfieber geholt und rang seit Tagen mit dem Tod. Vor gut einer Woche war sie mit Schüttelfrost, Kopf- und Gliederschmerzen aus dem Armenhaus zurückgekehrt, rasch kamen das zunehmend hohe Fieber hinzu und der Hautausschlag. Die meiste Zeit war sie nicht recht bei Bewusstsein, und der Anblick ihrer glasigen Augen und der roten Flecken im Gesicht, an Armen und Beinen schnitt ihm jedes Mal ins Herz.

Emmanuel Dürr schien das nicht abzuschrecken, der Schwerkranken zur Seite zu stehen. Der junge Schulmeister kümmerte sich rührend um Luise, kam täglich nachmittags vorbei, saß auf einem Schemel bei ihr am Bett, wusch ihr den Schweiß von der fiebrigen Stirn oder las ihr aus Johann Friedrich Starcks «Täglichem Handbuch in guten und bösen Tagen» vor, einem Gebets-

und Andachtsbuch, das auch Unterseher sehr schätzte. In seiner Mittagspause durchstreifte Dürr die Gegend auf der Suche nach frischem Gemüse, das hie und da wieder in den Gärten wuchs und für teures Geld verkauft wurde, und gestern hatte er sogar einen ganzen, wenngleich hundsmageren Gockel mitgebracht, den er weiß Gott wo aufgetrieben und für den er wahrscheinlich ein Vermögen bezahlt hatte. Nur damit Luise in diesen schlechten Zeiten eine kräftige Suppe bekam. Er weigerte sich, auch nur einen Pfennig für seine Gaben anzunehmen, und das bei seinem spärlichen Salär. Ja, sie konnten wirklich froh sein um Dürrs Unterstützung.

Mit sichtlicher Kraftanstrengung schob sich Dorothea aus dem Lehnstuhl: «Wenn du erlaubst, gehe ich jetzt zu unserem Gebetskreis bei der Schulbeckin. Ich werde auch für Gottlob beten. Im Stillen natürlich.»

«Ja, gehe du nur beten», erwiderte er und spürte plötzlich einen leisen Widerwillen in sich aufsteigen.

Sie tat ja seit Monaten nichts anderes mehr, während er selbst an Luises Stelle täglich die Armenhäuser aufsuchte, von denen die Gemeinde mittlerweile drei unterhielt und die allesamt überfüllt waren. Er ging zu den Ärmsten, die nicht mehr zu ihm in die Kirche kamen, betete mit ihnen, feierte mit ihnen das Abendmahl, spendete Trost oder nahm einem Sterbenskranken die letzte Beichte ab. Nach Hunger und Not verbreiteten sich jetzt ansteckende Krankheiten wie einstmals die Pest, und ihnen fielen beileibe nicht nur die Greise und Kleinkinder zum Opfer. Vorgestern hatte er den Schäfer Thomas zu Grabe getragen, gestern die ledige Spinnerin Gertrud, die drei kleine Kinder zurückließ. Würde sich seine eigene Tochter diesem Totentanz als Nächstes einreihen?

Nicht nur Luise, sondern seine gesamte Pfarrgemeinde

kämpfte ums Überleben, und in beiden Fällen konnte er nur hilflos zusehen. Drei Viertel der Bewohner von Hohenstetten standen bereits auf der Armenliste, weil sie kein Geld mehr für das Nötigste hatten, Hausrat und Betten bereits verkauft waren. Doch selbst für die Wohlhabenden gab es an manchen Tagen kein Brot, weil die Bäcker weder Mehl noch Kleie auftreiben konnten – da halfen die besten Hungerrezepturen zum Strecken des Brotteigs nichts mehr. So wanderten Ratten und Maulwürfe in die Kochtöpfe, sogar Nachbars Kettenhund oder die Katze, am Ende klaubte mancher das Stroh vom Dach oder kratzte Rinde oder Moos von den Bäumen, um es zu verkochen. Man sammelte und probierte schlichtweg alles, was essbar schien. Nachdem ein einst kräftiger Jüngling an Vergiftung gestorben war, wurde Unterseher nicht müde, vor dem Verzehr von Kadavern oder rohen Pilzen und Flechten zu warnen, und stellte schließlich eine Liste von bekömmlichen Wild- und Nutzpflanzen zusammen, die er in den Haushaltungen verteilte.

Er fragte sich oft, wann er das letzte Mal lachende Gesichter oder spielende Kinder gesehen hatte, wann jemanden zu fröhlicher Musik tanzen. Stattdessen wandelten die Menschen wie Schattenbilder ihrer selbst durch die Straßen, um an der nächsten Ecke entkräftet zu Boden zu sinken. Andernorts, so hatte er gehört, würden Eltern ihre Kinder aussetzen, Väter sich und die Kinder umbringen, um sich den Hungertod zu ersparen.

Viele waren schon fortgezogen, in die ungewisse Fremde, und man wusste ebenso wenig über sie wie über Gutjahr und den Metzgermeister Lorenz. Denen weinte allerdings keiner eine Träne nach, man war stattdessen heilfroh um den als Schultes eingesetzten Chirurgus Keller, der in allem mit großer Umsicht handelte. Vielleicht war Hohenstetten deswegen von Aufruhr bislang verschont geblieben. Anderswo plünderten aufständische Landbewohner Korn- und Mehltransporte, um es unter ihresgleichen zu verteilen, in den Städten kam es zu offener Gewalt gegen Bäcker und Getreidehändler, gegen Müller und Metzger. Wie die Armenhäuser waren auch die Arresthäuser mit Bettlern, Landstreichern, Dieben voll. Auch hier in Hohenstetten, wo alles, was nicht niet- und nagelfest war, gestohlen wurde. Doch was waren ein Holzfrevel oder der Diebstahl eines Huhns, wenn es aus Verzweiflung geschah, gegen die Bereicherung an der Not des Volkes, der so manche unter den Ehrbaren skrupellos nachgingen?

Trotzdem sah er Anzeichen von Hoffnung. Das Wetter zeigte sich zusehends heller und wärmer, ganz anders als im Frühjahr zuvor. Deshalb hatte Schultes Keller gestern kostenlos die letzten Notvorräte aus dem Fruchtkasten verteilt. Damit konnte auf den ersten Feldern mit der Sommeraussaat begonnen werden, was natürlich vorerst die hungrigen Bäuche nicht füllte. Aber es sollte bald noch mehr Korn folgen: König Wilhelm hatte angeordnet, dass alle königlichen und adligen Speicher geleert würden, um die Vorräte, auf Borg und nur zu einem Viertel des Marktpreises, ausschließlich an die Bedürftigen im Land zu verteilen, nicht aber an die Händler, Bäcker und Wirte. Obendrein sollte alsbald im ganzen Land eine große Visitation abgehalten werden, um Wucher und versteckte Vorräte aufzuspüren, wobei sicherlich so einiges zutage kommen würde, wie sich im Fall von Gutjahr gezeigt hatte. Der König hatte also doch ein Herz für Jammer und Not seiner Untertanen.

Unterseher seufzte so tief auf, dass er selbst erschrak. Ja, für seine Gemeinde gab es durchaus einen ersten Lichtstreifen am Horizont, nicht aber für Dorothea und ihn. Luise rang mit dem Tod, und jetzt auch noch die Sorge um seine Söhne – der eine war zum Rebellen geworden, der andere endgültig zum Dieb.

Was hatte sich Christian nur dabei gedacht, als er letzte Woche zusammen mit Michel das Ackergerät von Bauer Schenks Feldern weggeschafft und an einen durchziehenden Alteisenkrämer verscherbelt hatte? Prompt waren sie dabei von dem jungen Schenk erwischt worden und hatten dem im Kampf auch noch die Nase zerschlagen – Christian sicherlich aus alter Wut gegen seine früheren Brotherrn. Wegen ihrer wiederholten Frevel mussten die beiden nun endgültig ins Zucht- und Arbeitshaus Markgröningen, auf ein ganzes langes Jahr. Soldaten hatten sie aus dem Arresthaus abgeführt, nachdem Dorothea und er sich immerhin von ihrem Sohn verabschieden durften. «Verzeih mir bitte, Vater!», hatte Christian ihn angefleht, und Carl hatte um Fassung gerungen. «Du kannst nicht tiefer fallen als in Gottes Hand, ganz gleich, was du getan hast», hatte er ihm schließlich geantwortet.

So hin- und hergeworfen zwischen Hoffen und Bangen fühlte er sich, dass er nachts keinen Schlaf mehr fand.

Unwillkürlich begann er halblaut seinen Lieblingspsalm zu sprechen: «Der Herr ist mein Hirte, mir wird nichts mangeln. Er weidet mich auf einer grünen Aue und führet mich zum frischen Wasser. Er erquicket meine Seele. Er führet mich auf rechter Straße um seines Namens willen. Und ob ich schon wanderte im finstern Tal, fürchte ich kein Unglück; denn du bist bei mir, dein Stecken und Stab trösten mich …»

Diesmal trösteten ihn die Worte nicht. Sein Blick fiel auf das Andachtsbild mit den zwei Wegen. Warum durfte nicht auch der leichte Weg Teil des irdischen Lebens sein? Warum all diese Härten und Prüfungen, wo man doch nichts Böses wollte? Er kniete vor dem Kruzifix nieder, das daneben hing, und begann ein stummes Zwiegespräch mit dem Heiland:

«Herr, ich frage dich mit den Worten meiner Frau: Warum

prüfst du uns so hart? Wie soll ich an deine Güte und Gerechtigkeit glauben in diesen Zeiten? Unsere beiden Söhne sind vom Weg abgekommen, willst du uns jetzt auch noch die Tochter nehmen? Sag mir bitte, was du mit uns vorhast. Hilf mir in meinen Zweifeln.»

Doch er fühlte keine Antwort.

Er erhob sich, strich sich das schüttere Haar aus der Stirn und ging müden Schrittes nach nebenan in die warme Stube, wo Luise wie eine Tote aufgebahrt lag. Damit sie immer in ihrer Nähe sein konnten, hatten sie eigens ihr Bett aus der Dachkammer heruntergeschafft.

Emmanuel Dürr saß mit dem Rücken zu ihm am Kopfende. Unterseher hörte ihn leise ein Lied summen, wie eine Mutter zu ihrem einschlafenden Kind. Als er neben ihn trat, blickte Dürr erschrocken auf und verstummte. Luise schien zu schlafen, ganz und gar friedlich.

Ein wenig unbeholfen strich Unterseher ihr über die rotfleckigen Wangen. «Wie geht es ihr?»

Der Schulmeister begann zu lächeln, was höchst selten vorkam bei diesem viel zu ernsten jungen Mann.

«Sie hat die Tasse mit Hühnerbrühe fast leer getrunken. Glauben Sie mir, Herr Pfarrer: Sie wird es schaffen!»

# Kapitel 36

*Amsterdam, tags darauf am Mittwoch,*
*den 9. April 1817*

«Wir fahren nach Amerika!», rief der Vater, kaum hatte er zusammen mit Lorenz und Frederick Arbogast die Gaststube betreten. Und zwar so laut, dass sich alle Mittagsgäste nach ihm umdrehten. «Am Sonntagmorgen nach dem Schiffsgottesdienst laufen wir aus!»

Schwungvoll warf er den Kontrakt auf den Tisch und umarmte die Mutter. Als Lorenz daraufhin Paulina in die Arme zog, ließ sie es mit angespannten Muskeln geschehen. Er roch nach Bier, wahrscheinlich hatten die beiden ihren Erfolg auf dem Heimweg bereits gefeiert.

Bis zuletzt hatte sie noch auf ein Wunder gehofft. Auf ein Wunder von außen. Etwa, dass plötzlich alle Auswanderer aus der Stadt gewiesen würden. Dass auf lange Zeit keine Schiffe mehr fahren würden oder keine Kabinenplätze frei waren. Oder dass sich die Mutter, da sie so große Angst vor der Überfahrt hatte, doch noch dagegen entscheiden würde. Jetzt aber erlosch der allerletzte Funken Hoffnung.

Zusammen mit Marie hätte sie die Flucht aus Amsterdam vielleicht gewagt, doch auch das hatte sich erledigt. Die Zukunft erschien ihr nun wie eine große Leere, auf die sie unweigerlich zutrieb. Anders als ihre Mutter hatte sie keinerlei Angst vor der

Überfahrt, im Gegenteil: Der Herrgott würde ihr einen wunderbaren Gefallen tun, wenn sie die Seereise nicht überlebte.

«Freust du dich denn gar nicht?» Schwerfällig ließ sich Lorenz ihr gegenüber auf der Bank nieder und wollte nach ihren Händen greifen, die sie sofort an sich zog. Ihr war plötzlich speiübel.

«Jetzt erzähl schon, Justus Georg», bat die Mutter mit dünner Stimme. «Wie sind die Konditionen?»

«Alles bestens. Wir fünf werden zusammen ein Nebenkabinett hinter der Kapitänskajüte beziehen. Das ist natürlich etwas teurer, pro Nase zweihundert statt der üblichen hundertsiebzig Gulden, aber dafür sind wir unter uns, und wir speisen mit dem Kapitän und seinen Offizieren. Wir müssen uns also nicht selbst bekochen, wie die armen Menschen im Zwischendeck, und brauchen daher auch nur wenig Proviant einzukaufen. Ein wenig Chocolade, Dörrobst und Bohnenkaffee vielleicht, ein Fässchen Wein – wir werden sehen.»

«Dem Himmel sei Dank!» Die Mutter wirkte sichtlich erleichtert. «Die Vorstellung, mit Hunderten von fremden Leuten Tag und Nacht im Zwischendeck eingesperrt zu sein, hätte mich doch sehr bedrückt. Was für ein Schiff ist es? Ein amerikanisches?»

«Aber ja. Die *Williams* ist eine Dreimastbark für nur zweihundert Passagiere, also alles andere als überfüllt. Und sie ist im besten Zustand, wie wir uns überzeugen durften. Sie segelt unter dem Capitain Arrowsmith, einem erfahrenen und sehr höflichen, umgänglichen Mann.»

«Was ist mit Ihnen, Herr Arbogast?», wandte sich die Mutter an ihren Reisegenossen. «Haben Sie auch eine Kajüte gemietet?»

Der blickte ein wenig säuerlich drein.

«Nun ja, ich sehe mich zwar durchaus nicht als armen Menschen, wie Ihr Gatte eben sagte, aber das war mir denn doch zu kostspielig. Ich denke, sieben Wochen im Zwischendeck sind durchaus zu ertragen. Es soll dort ja mitunter recht gesellig und vergnüglich zugehen, mit Musik, Spiel und Tanz. Immerhin reisen wir auf demselben Schiff, und auch auf mich macht es einen sehr soliden Eindruck.»

«Und wie ist die Verköstigung?», mischte sich Ludwig, der nicht mit im Kontor gewesen war, in das Gespräch.

«Ebenfalls nicht zu beanstanden.» Der Vater schöpfte sich seinen Teller voll. «Auf den Kopf täglich ein halbes Pfund Fleisch mit Zugemüse und einem Laib Brot, ein halber Schoppen Branntwein, ein Maß Bier, ein Maß Wasser – ach, Junge, lies es doch selbst im Kontrakt nach. Was wir allerdings noch besorgen müssen, sind Regenhüte für die ständige Gischt an Bord sowie Matratzen. Vorgesehen sind lediglich Hängematten, wie im Zwischendeck auch. Aber dafür haben wir ja noch drei ganze Tage Zeit. Sie, lieber Frederick, dürfen übrigens das Kochgeschirr nicht vergessen.»

«Das lassen Sie nur meine Sorge sein», kam es missmutig zurück.

Dass Paulina die ganze Zeit nur stumm und mit hängenden Schultern am Tisch gesessen hatte, schien niemandem aufzufallen. Außer vielleicht der Mutter, die jetzt unter der Tischplatte nach ihrer Hand griff und sie aufmunternd drückte.

«Wisst ihr, was wir als Erstes tun?», fuhr der Vater in bester Laune fort. «Noch heute schicken wir mit der Eilpost einen Brief nach Hohenstetten. Der Pfarrer und der Gemeinderat sollen wissen, dass wir es geschafft haben, dass wir bald schon im gelobten Land sind! Das soll sich ruhig herumsprechen im Flecken, findet ihr nicht?»

«Recht hast du, Justus Georg.» Lorenz hob seinen Bierhumpen und strahlte Paulina an. «Auf das neue Leben in Amerika! Auf unsere baldige Hochzeit!»

Fast verächtlich sah sie ihn an und schüttelte dabei kaum merklich den Kopf.

Amerika war ein freies Land, das hatte sie von allen Seiten immer wieder gehört. Selbst ihr Vater würde sie dort nicht vor den Traualtar zwingen können. Eines aber wusste sie ebenso sicher: Sobald sie den Fuß auf dieses Schiff setzen würde, würde sie Friedhelm nie wiedersehen. Allein der Gedanke brannte plötzlich wie Feuer in ihrem Inneren, und ihr wurde klar: Sie musste ihn wissen lassen, wie es um sie stand.

«Vater, darf ich einen Brief an Luise mitschicken?», fragte sie leise, und ihre Stimme zitterte. «Ich möchte mich darin von ihr verabschieden.»

«Meinetwegen.» Er nickte großmütig.

«Danke.»

Sie senkte den Blick und starrte auf ihren nur halb leer gegessenen Teller. Auch von Luise fiel ihr dieser endgültige Abschied selbstredend schwer, aber ihr wollte sie schreiben, dass sie sich keine Sorgen machen solle und dass sie ihr das Allerbeste für die Zukunft wünsche. Mitten hinein in diesen Brief wollte sie ihre Nachricht an Friedhelm platzieren, mit der Bitte um Weiterleitung. Die Worte an ihn hatte sie genau im Kopf: *Geliebter Friedhelm, ich habe es nicht geschafft, meinen Eltern zu entkommen, jetzt geht es auf das Schiff nach Philadelphia. Wahrscheinlich sehen wir uns nie wieder, und allein der Gedanke tut so weh. Aber du sollst wissen, dass ich Lorenz nicht heiraten werde, da in Amerika ein Pfarrer nicht gegen den Willen der Braut den Heiratssegen geben darf. Und du sollst wissen, dass ich dich mehr liebe als alles auf der Welt.*

# *Kapitel 37*

*Stuttgart, zwei Tage später,*
*am Freitag, den 11. April 1817*

«Einen schönen Feierabend noch und bis morgen, Herr Lindenthaler», grüßte Thourets Lakai wie immer in steifer Freundlichkeit und zog die Tür hinter Friedhelm zu. Es war noch früh am Abend, vielleicht gegen sechs Uhr, und in seiner Rocktasche trug er das Schreiben von Kaufmann Rheinwald, das ihm Thouret heute Morgen übergeben hatte.

Er war zum Abendessen eingeladen. Zwischen sechs und sieben Uhr, je nachdem, wann er seine Botengänge erledigt habe, stand mit schwungvoller Handschrift in dem Brief, werde er mit Freuden von Rheinwald und seiner Tochter Lisette erwartet. Er, Rheinwald, habe ihm einen Vorschlag zu machen, er solle sich aber nur ja nicht unnötig eilen bei der Arbeit.

Friedhelm beschloss, zuerst zur Stiftskirche zu gehen, um zu sehen, was die Turmuhr anzeigte. Nach dem Schrecken über Gottlobs Verhaftung war er am Ostersonntag selbstredend nicht Rheinwalds Kaffeeeinladung gefolgt, war vielmehr nach dem Gottesdienst unruhig kreuz und quer durch die Stadt geirrt und schließlich, trotz der stürmischen Aprilschauer, bis hinaus nach Kannstatt marschiert. Dort hatte er, nass bis auf die Haut, den Booten und Lastkähnen auf dem Neckar nachgesehen und im Wechsel voller Schwermut an Paulina und Gottlob gedacht.

Nach seiner Heimkehr in das leere Zimmer hatte er sich auf das Bett geworfen und wie ein Kind zu weinen begonnen. Die beiden Menschen, die ihm am nächsten standen, waren aus seinem Leben gerissen. Was hatte er in Stuttgart eigentlich noch zu schaffen, wo es hier doch genauso viel Elend gab wie auf dem Land? Schließlich hatte er sich aufgerappelt und Pfarrer Unterseher in einem kurzen Brief die Hiobsbotschaft überbracht.

Die Glocken der Stiftskirche schlugen sechs Uhr, als er nun den Canzleybogen durchquerte. Jetzt hatte er fast ein schlechtes Gewissen, dass er Rheinwald letzthin nicht abgesagt hatte. Aber vielleicht war die Einladung zum Osterkaffee auch nur so dahergesagt gewesen, schließlich kannte er die Gepflogenheiten in der städtischen höheren Gesellschaft nicht. Zumindest schien der Handelsmann es ihm nicht nachzutragen, so warmherzig, wie die die Worte in dem Schreiben klangen.

Vor der Kirche trieb eine Scharwache gerade eine Gruppe Bettler zusammen. Inzwischen wurde jeder, der nur nach Bettler oder Landstreicher aussah, zu Arrest und Zwangsarbeit ins Waisenhaus verbracht. Die Residenz sollte sauber und bettelfrei bleiben.

Als keine fünf Schritte von ihm entfernt ein Wächter seinen Knüppel gegen einen gebrechlichen Alten erhob, ging er kurzerhand dazwischen.

«Haben Sie keinen Respekt vor dem Alter? Hören Sie auf, so grob gegen diese Menschen zu sein. Die sind nicht aus Freude hier, sondern aus Not.»

«Mischen Sie sich nicht ein, junger Mann.» Angesichts von Friedhelms Botenuniform blieb der Wächter jedoch halbwegs höflich. «Wir haben schließlich eine Wohlfahrt, die sich um unsere Armen kümmert, und Fremde haben hier ohnehin nichts verloren.»

Immerhin ließ er den Knüppel sinken und packte den Greis beim Arm.

Friedhelm blieb stehen und blickte der armseligen Meute mit ihren Wächtern nach, bis sie in der Dorotheenstraße verschwunden war. Dann kehrte er zurück auf den Schlossplatz. Wie so oft in diesen Tagen musste er gegen seine Niedergeschlagenheit ankämpfen, die noch verstärkt wurde von den Nachrichten aus dem Pfarrhaus. Ganz unerwartet war nämlich Carl Unterseher am Mittwoch in der Judenstraße aufgetaucht, nachdem er an der Pforte des Schlosses das Gnadengesuch für Gottlob abgegeben hatte. Sosehr sich Friedhelm über das Wiedersehen gefreut hatte, so sehr war es doch überschattet von ihrem gemeinsamen Unglück. Dass es so schlecht um Luise stand, die er sehr mochte, hatte ihn vollends erschüttert, während Christian, da war sich Friedhelm sicher, das Jahr im Arbeitshaus unbeschadet durchstehen würde. Am Ende, nachdem Friedhelm den Pfarrer zu einer Herberge in der Oberen Stadt begleitet hatte, hatten sie sich zum Abschied tröstend in den Armen gelegen. Zuvor waren sie noch beim Polizeiministerium vorstellig geworden, wo man immerhin erfuhr, dass der Krämer Heinrich Lotter für den Aufruhr alle Verantwortung auf sich genommen hatte und die Majestätsbeleidigung wohl vom Tisch war. Aber einige Monate würde Gottlob auf der Festung absitzen müssen, falls er sich nicht abermals den Mund verbrannte.

Friedhelm gab sich einen Ruck. Er musste sich zusammenreißen, durfte nicht immer nur schwarzsehen. Zudem war heute eigentlich ein erfreulicher Tag gewesen. Bei strahlendem Sonnenschein war er viel herumgekommen und hatte dementsprechend gut Trinkgeld eingenommen. Zuhauf hatte es die Menschen auf die Straßen gezogen, ein jeder hatte sein Gesicht in die Frühlingssonne gereckt, man grüßte einander fröhlich oder plauderte über das Wetter, das sich nach jenem schrecklichen Jahr so gnädig zeigte. «Wie viel Sonne wir in diesem Frühjahr schon hatten!», rief man sich zu. «Und genau die richtige Menge an Regen. Das wird endlich ein gutes Jahr!»

Auch er wollte zuversichtlich in die Zukunft sehen! Und wer wusste es schon: Da er von Paulina nichts hörte, konnte es ebenso gut sein, dass sie bereits auf dem Weg zu ihm war. Deshalb musste er alles daransetzen, sich hier eine Existenz aufzubauen. Selbst wenn es nur dazu diente, eines Tages zu ihr nach Amerika zu reisen.

Und letztendlich freute er sich auf das Wiedersehen mit Rheinwald. Als er jetzt in die Canzleystraße einbog, wurden seine Schritte langsamer. Er war tatsächlich ein wenig aufgeregt. Was war das wohl für ein Vorschlag, den der Kaufmann ihm machen wollte? Sollte er künftig etwa *ihm* als Bote dienen?

Er musste nicht lange warten, bis die Hausmagd öffnete, eine streng wirkende, ältere Frau. Bislang war er kein zweites Mal hier gewesen, und so stellte er sich höflich vor und zeigte sein Einladungsschreiben.

Die Magd nickte. «Der Herr wartet im Salon auf Sie. Ich bringe Sie hinauf.»

Im Salon also. Friedhelm wusste zwar, dass man in der feineren Gesellschaft die gute Stube Salon zu nennen pflegte, doch von innen hatte er bislang nie einen gesehen, da er in den vornehmeren Häusern, auch bei Thouret, immer in der Diele oder allenfalls im Kontor oder Bureau empfangen wurde.

Die Treppe mündete in einen langen Flur, von dem mehrere Türen abgingen. Die Tür am Ende war nur angelehnt. Die Magd klopfte kurz dagegen und schob sie dann auf.

Auf der gegenüberliegenden Seite des hellen, fast quadratischen Raumes saß Ernst Phillip Rheinwald mit überkreuzten

Beinen auf einem lindgrünen Kanapee und las Zeitung. Ganz leger trug er wieder seine häusliche Strickweste und die Pantoffeln. Als Friedhelm eintrat, legte er die Zeitung auf das runde Tischchen vor ihm – Friedhelm erkannte Cottas «Morgenblatt für gebildete Stände» – und erhob sich.

«Wie schön, dass Sie es möglich machen konnten, lieber Herr Lindenthaler.» Er kam auf ihn zu und schüttelte ihm die Hand. «Lisette und ich freuen uns sehr.»

«Die Freude ist ganz meinerseits, Herr Rheinwald. Und bitte entschuldigen Sie vielmals, dass ich Ostersonntag nicht kommen konnte. Aus privaten Gründen war es mir leider nicht möglich.»

Kaum hatte Friedhelm die letzten Worte ausgesprochen, merkte er, wie läppisch sie klangen. Aber Rheinwald winkte lächelnd ab.

«Machen Sie sich keine Gedanken. Um sich ein wenig kennenzulernen, wäre es ohnehin die falsche Gelegenheit gewesen. Es ging nämlich zu wie im Taubenschlag. Legen Sie doch ab, und machen Sie es sich bequem.»

Schon stand die Magd neben ihm, nahm ihm Mantel und Hut ab und verschwand damit nach draußen. Rheinwald wies auf die beiden ledergepolsterten Lehnstühle, die rechts und links des glänzenden, gusseisernen Kanonenofens standen.

«Setzen wir uns an den warmen Ofen. Es wird ja abends doch noch empfindlich kalt.»

Während sie Platz nahmen, sah sich Friedhelm verstohlen um. Was für ein wunderschöner Raum! Gegenüber der Ofenseite ließen zwei hohe Sprossenfenster viel Licht herein, trotz der hübsch gerafften, hellen Vorhänge. Zwischen den Fenstern befand sich eine Kommode mit einem dreiarmigen Leuchter aus Messing, einer modernen Tischuhr und einem Wetterglas darauf, darüber hing ein Spiegel mit Goldrahmen an der Wand.

Rechts der Tür hatte auf dunklen Holzregalen die umfangreiche Bibliothek ihren Platz, wobei Friedhelm liebend gerne nachgesehen hätte, welche Werke dort versammelt waren. Vielleicht ergab sich die Gelegenheit ja noch.

Am beeindruckendsten indessen war die Raumseite mit dem Sofa. Eine Bildergalerie bedeckte die Wand fast gänzlich und zog sich über die Ecke bis zum Ofen fort. Doch statt Gemälden wie «Die Auferstehung Christi» oder «Der Tod Abels», die man hie und da in den Hohenstettener Stuben fand, hingen hier durchweg weltliche Bilder: Porträts von bedeutend dreinblickenden Frauen und Männern oder eindrucksvolle Landschaftsgemälde. Dieser Beweis von erlesenem Geschmack setzte sich fort in dem wunderschönen orientalischen Teppich vor dem Kanapee und den Polsterstühlen mit aufgestickten Blumenbuketts, die entlang der Wände aufgereiht waren. Die zierlichen, niedrigen Tischchen zwischen den Stühlen boten den Gästen Platz, ihre Gläser oder Tassen abzustellen. Ein Schreibpult oder eine bäuerlich bemalte Standuhr konnte Friedhelm hingegen nirgends entdecken.

Mit einem Mal fühlte er sich unbehaglich in dieser vornehmen Umgebung, kam sich vor wie ein struppiger Maulesel in einem königlichen Marstall. Allein der mit verspielten Ornamenten bestickte Ofenschirm war ein kleines Kunstwerk.

Rheinwald bemerkte seine Unsicherheit.

«Ich weiß, Sie kommen vom Lande. Da ist man bodenständiger eingerichtet.» Er lachte. «Aber das meiste hier habe ich von meinem fleißigen Vater ererbt, der ursprünglich selbst aus kleinen Verhältnissen stammte. Er war ein Schneidersohn aus Tübingen, hatte das Handwerk von seinem Vater gelernt, bis er beschloss, Stoffe nicht zu verarbeiten, sondern mit ihnen zu handeln. Und ich selbst versuche, das schöne Erbe zu erhalten, auch in den schwierigen Zeiten, die wir gerade erleben.»

In diesem Moment betrat Lisette den Salon, mit einem Tablett in beiden Händen. Sie musste die letzten Sätze gehört haben.

«Das meiste ist ein Haufen Flitterkram, wenn Sie mich fragen. Wenn auch zumeist wertvoll.» Sie stellte das Tablett mit den drei zierlichen Kristallgläsern und der Glaskaraffe, die lohfarbenen Wein enthielt, auf dem Tisch ab. «Aber mein Vater hängt daran und würde lieber den ganzen Tag altes Brot essen, als ein Stück davon zu verkaufen.»

Sie strahlte Friedhelm an.

«Willkommen im Hause Rheinwald. Ein Gläschen Portwein zum Empfang?»

«Ja, sehr gerne», gab er zurück und wagte kaum, sie anzusehen. Glücklicherweise war ihr wallendes Gewand heute weniger tief ausgeschnitten als beim letzten Mal, dafür passte der himmelblaue Pastellton wunderbar zu ihren blauen Augen. Er wunderte sich, dass sie ganz selbstverständlich auf dem Sofa Platz nahm, nachdem sie jedem eingeschenkt und die Gläser verteilt hatte. Sie war es offensichtlich gewohnt, mit den Gästen ihres Vaters zu plaudern. Für die Töchter Hohenstettens unvorstellbar, die saßen allenfalls bei Verwandtenbesuch mit in der guten Stube.

«Möchten Sie ein Pfeifchen zum Portwein rauchen?», fragte Rheinwald und deutete auf die silberne Tabaksdose in Form einer Schildkröte auf einem der Tischchen, doch Friedhelm lehnte dankend ab. Er fürchtete, dass er sich vor Aufregung beim Stopfen ungeschickt anstellen würde, zumal er keine Übung im Rauchen hatte.

«Nun, dann lassen Sie uns anstoßen.» Rheinwald hob sein Glas. «Auf unser Zusammentreffen und auf eine bessere Zukunft!»

Friedhelm richtete sein Glas zuerst in Lisettes, dann in Rheinwalds Richtung. «Haben Sie nochmals ganz herzlichen Dank für Ihre Einladung.»

Der Portwein lag süß und weich auf der Zunge und nahm ihm schon beim zweiten Schluck etwas von seiner Angespanntheit. Wann hatte er zuletzt so etwas Köstliches zu sich genommen?

Er deutete auf ein Gemälde, das seine Blicke immer wieder auf sich zog: In einer südländisch anmutenden, sonnenbeschienenen Landschaft saß ein stattlicher, fast nackter, wenngleich züchtig dargestellter Jüngling inmitten einer größeren Menschengruppe. Er schien mit weit ausholender Gebärde etwas zu erzählen, und alle hörten ihm gebannt zu. Die Farben waren satt und warm, die Haltungen der Figuren so natürlich dargestellt, als ob sie sich gleich bewegen würden.

«Was für ein wunderschönes Bild», sagte Friedhelm. «Man hätte große Lust, sich dazuzugesellen.»

Rheinwald nickte. «Es heißt *Apoll unter den Hirten* und ist von Gottlieb Schick. Ein begnadeter Stuttgarter Künstler, der leider viel zu jung verstorben ist. Ich hatte noch das Glück, ihn kennenlernen zu dürfen.»

«Was sehen Sie in dem Bild?», fragte Lisette und stellte ihr Glas ab.

Wieder war Friedhelm verwirrt von der Forschheit dieser jungen Frau. Er bemühte sich, seine Gedanken zu sammeln.

«Dem Jüngling sieht man die vornehme Herkunft an, aber er hat keinerlei Dünkel, sich unter das einfache Volk zu mischen, von dem ich annehme, dass es sich um Hirten handelt. Ich kenne mich leider zu wenig aus in der Welt der griechischen Gottheiten, aber ich nehme an, dass Apoll etwas Wichtiges zu verkünden hat. Fast wie Jesus seinen Jüngern. Wären da nur zwölf Zuhörer, könnte man das fast als Blasphemie deuten.»

Sie lachte. «Das mit der Blasphemie gefällt mir. Zählt man

nämlich die Kinder heraus, sind es tatsächlich zwölf Hirten. Auch ich mag das Gemälde übrigens sehr.»

«Nun, das mit Jesus und den Jüngern ist beileibe nicht, was mir als Erstes ins Auge sticht», fuhr er fort. «Es ist vielmehr die Lebendigkeit und Wärme des Bildes, und dass es zugleich eine große Ruhe ausstrahlt. Alles Dinge, die wir Heutigen schon so lange vermissen.»

Er hatte plötzlich das Gefühl, nur dummes Zeug geredet zu haben.

«Ich nehme an, meiner Tochter gefällt vor allem der Jüngling Apoll», ergriff Rheinwald mit einem Augenzwinkern das Wort. «Im Grunde handelt es sich um eine Strafaktion des Göttervaters Zeus gegen seinen Sohn. Der wurde nämlich aus dem Olymp verbannt und musste dem König Admetos als einfacher Hirte dienen. Statt sich zu grämen, wandte sich Apoll mit schöner Rede und Musik an die Hirten und Bauern. Apoll hat den Menschen also Kultur, Kunst und das Empfinden von Schönheit überbracht. Was in Zeiten der religiösen Eiferer gerade hierzulande durchaus etwas Blasphemisches hat. Aber Sie haben recht, Herr Lindenthaler, auch auf mich hat das Bild eine beruhigende Wirkung. Manchmal sitze ich auf dem Sofa, betrachte es, und träume mich fort von hier in angenehmere Gefilde.»

Lisette schenkte Portwein nach. «Wenn man meinen Vater so reden hört, möchte man ihm den nüchternen Kaufmann gar nicht mehr glauben.»

«Ich habe eben beide Seiten in mir, mein Schatz. Das Nüchterne wie das Künstlerische.»

Rheinwald erhob sein Glas, und sie prosteten sich erneut zu. In diesem Augenblick fielen die Strahlen der Abendsonne in den Salon und erhellten den ganzen Raum.

«Ich glaube, wir müssen uns gar nicht mehr ins ferne Arkadien wegträumen», rief Lisette entzückt. «Ist Ihnen bei Ihren Botengängen aufgefallen, lieber Friedhelm, wie ungläubig die Leute bei schönem Wetter jedes Mal zum Himmel schauen? Gerade so, als könnten sie es immer noch nicht fassen, dass die Sonne wieder für sie scheint.»

«Ja, man möchte wieder Hoffnung schöpfen.»

«Man möchte, man möchte ... Man *muss* Hoffnung schöpfen. Bald werden wir wieder viel Frisches auf dem Tisch haben. Salat aus Bärlauch, Gartenmelde, die ersten Radieschen zum Beispiel.» Ihre Wangen färbten sich vor Eifer rot. «Alle gärteln sie hier schon, setzen Erbsen und Gelbrüben in die Erde, manche stecken sogar schon Kartoffeln, obwohl man doch sonst bis zum Hiobstag wartet ...»

«Ja, sofern man denn in Stuttgart das Glück hat, ein Gärtlein zu besitzen», unterbrach Friedhelm sie ernst. «Und säen kann nur, wer noch Haber, Roggen oder Gerste hat. Von unserem Pfarrer in Hohenstetten weiß ich, dass dort noch immer nicht genug Saatgut angekommen ist, um die nächste Ernte zu sichern. Wissen Sie, was ich glaube, Lisette? Dass die Not vorerst noch ärger wird.» Plötzlich verspürte er Lust, mit ihr zu streiten, wie sie da in ihrem wunderschönen Kleid unter wunderschönen Gemälden auf dem wunderschönen lindgrünen Sofa thronte. «Aus eigenen Mitteln können sich die meisten doch längst nicht mehr ernähren, zu kaufen gibt's ohnehin nichts, also suchen die Menschen, die nicht in diesen hübschen Häusern hier leben, im Wald nach Vogeleiern, graben nach Wurzeln von Farn, wenn überhaupt noch welcher da ist, rupfen junges Laub von den Sträuchern, und daheim kochen die Frauen ihre Knöpfle aus Kleie und Brennnesseln statt wie früher aus Mehl und Eiern. Als ich letzten Sonntag in Kannstatt war, habe ich den Rückweg über die Weinberge eingeschlagen. Dort haben Scharen von Leuten nach Schnecken gesucht, und die Kinder haben sie an Ort und Stelle vor Hunger roh verspeist.»

Die Röte aus ihren Wangen war verschwunden, verdutzt starrte sie ihn an. Da klopfte die Magd gegen die halb offene Zimmertür.

«Das Abendessen ist angerichtet.»

Lisette sprang auf. «Warte, ich helfe dir beim Auftragen.»

Als sie verschwunden war, sagte Rheinwald leise: «Sie müssen die Keckheit meiner Tochter entschuldigen. Wahrscheinlich bin ich all die Jahre zu nachsichtig mit ihr gewesen, da sie mein einziges Kind ist. Aber Sie müssen wissen, dass sie erst acht war, als meine Frau, ihre Mutter, verstarb.»

«Das tut mir sehr leid.»

«Nun ja, das ist zehn Jahre her, und so habe ich Lisette, mit Hilfe unserer guten alten Hausmagd, mehr schlecht als recht alleine großgezogen.»

«Aber warum haben Sie nicht erneut geheiratet?», entfuhr es Friedhelm. Der Wein hatte ihm wohl die Zunge gelockert.

Rheinwald seufzte. «Ich hätte vielleicht sollen, wollte aber nicht. Ich habe es einfach nicht übers Herz gebracht, meine geliebte Barbara durch eine andere Frau zu ersetzen. Kommen Sie», er erhob sich, «gehen wir nach nebenan ins Esszimmer. Es gibt Zander, frisch aus dem Neckar. Ich hoffe, Sie mögen gebratenen Fisch.»

«Das ist … das ist ganz wunderbar. Ich habe schon so lange keinen frischen Fisch mehr gegessen. Wissen Sie, bei uns oben auf der Rauhen Alb haben wir kaum Gewässer.»

Auf dem Weg ins Esszimmer entdeckte Friedhelm die kleine Musikaliensammlung im Bücherregal: Zwischen Notenbüchern lagen zwei Flöten und eine Violine. «Sie musizieren?»

«Gott bewahre! Ich würde keinen richtigen Ton treffen. Nein, meine Tochter spielt. Jeden Samstag gibt es hier oder bei Freunden Hausmusik in netter Runde. Erleben Sie es doch einfach Samstag nächster Woche mit, da ist unsereins wieder an der Reihe.»

«Sehr gerne.»

In Wirklichkeit hatte Friedhelm das keinesfalls vor. Es würde ihn viel zu schmerzhaft an Paulina erinnern.

Das Esszimmer, das durch einen kleinen Gang mit der Küche verbunden war, hatte schon weitaus mehr von einer guten Stube, wie er es kannte. Eine alte Standuhr gab die Zeit an, der verglaste Aufbau der Anrichte enthielt Geschirr, darunter Kaffee- wie Teegeschirr, Trinkgläser und eine Sammlung von Karaffen. Sammeltassen konnte er keine entdecken, wahrscheinlich waren sie in diesen Kreisen längst aus der Mode gekommen. Desgleichen fehlten die sonst üblichen gestickten Sinnsprüche, die man sich auf dem Land so gerne in teuren Bilderrahmen an die Wand hängte. Bis auf ein in Öl gemaltes Porträt einer melancholisch blickenden jungen Frau, die Lisette auffallend ähnlich sah, waren die hellgrün getünchten Wände leer, dafür mit Rankenornamenten bemalt.

Der Tisch, an dem gut zehn Gäste Platz gefunden hätten, war bereits eingedeckt: Im Hause Rheinwald aß man tatsächlich von Porzellantellern und mit Silberbesteck, was selbst bei den Gutjahrs nur an den Sonntagen üblich war, wie er von Paulina wusste. Frischer Blattsalat war eigens in einer Glasschale angerichtet, aus der Porzellanschüssel duftete es nach fremdartigen Gewürzen wie Muskat, Zimt und Nelken. Er fragte sich, ob man noch einen Gast erwartete, da auf dem blitzsauberen Leintuch vier Gedecke standen, von denen übrigens jedes mit einem blütenweißen Mundtuch versehen war.

Rheinwald bat ihn, an der Stirnseite Platz zu nehmen, er selbst setzte sich ihm gegenüber, als die beiden Frauen den gebratenen Fisch hereinbrachten: zwei ellbogengroße Zander, die bereits mundgerecht in ihre jeweiligen Hälften zerteilt waren. Angesichts des knusprig angebratenen Fisches begann Friedhelms Magen augenblicklich zu knurren – so laut, dass Lisette auflachte, während sie ihm seine Fischhälfte auf den Teller legte.

«Sie haben sich wohl schon länger nicht mehr satt gegessen.»

«Das nicht gerade», entgegnete er verlegen, obwohl sie ins Schwarze getroffen hatte, «aber an so ein feines Essen kann ich mich tatsächlich kaum noch erinnern.»

«Warten Sie es ab, Sie haben ja noch gar nicht probiert.»

Sie setzte sich zwischen ihn und ihren Vater an die Längsseite, während die Magd reihum Bier in die Krüge füllte. Dann nahm auch sie Platz, gegenüber von Lisette.

«Sie erlauben doch, dass Sophie mit uns isst», sagte Rheinwald mit einem Lächeln. «Wir halten das schon seit vielen Jahren so.»

Das nun überraschte Friedhelm und freute ihn zugleich. «Aber ja, auf jeden Fall.»

Er faltete die Hände wie die anderen auch, und Sophie sprach mit ihrer ernsten, von Falten durchsetzten Miene das Tischgebet.

«Ich glaube, ich muss etwas richtigstellen, lieber Friedhelm», sagte Lisette, nachdem sie sich mit erhobenen Bierkrügen Wohlsein und eine gesegnete Mahlzeit gewünscht hatten. «Sie denken vielleicht, wir essen Fisch, weil heute Freitag ist. Der wahre Grund ist Ihre Anwesenheit, da wir uns sonst kaum einen solch teuren Zander geleistet hätten. Fleisch erst recht nicht, da es zu halbwegs normalen Preisen gar nicht erst zu bekommen ist.»

Sie hob den Deckel der Schüssel und schöpfte erst ihm, dann den anderen eine Kelle voll auf den Teller.

«Und dieses köstlich duftende Gemüse ist nichts anderes als

die übliche Mischung aus Kohl, allerlei Wurzelpflanzen und glasigen alten Kartoffeln, allerdings verfeinert mit unseren Restbeständen an edlen Gewürzen. Sophie ist nämlich eine großartige Köchin.»

Täuschte sich Friedhelm, oder blitzten Rheinwalds Augen nun belustigt auf? Er wollte etwas erwidern, doch sie fuhr bereits fort, wobei ihr Gesicht keinerlei Ärger ausdrückte.

«Sie denken womöglich, dass wir im Schlaraffenland leben, während draußen die Menschen verhungern. Ja, es geht uns gut, dem Herrgott sei Dank, aber einschränken müssen auch wir uns. So gibt es den Portwein nur, wenn Gäste kommen, genau wie Bohnenkaffee – alles, solange der Vorrat noch reicht. Und diesen Salat aus Sauerampfrich habe ich selbst heute Morgen gepflückt, hinten an der Nesenbachmündung.»

Friedhelm legte das Tafelbesteck beiseite. Er schämte sich für seine heftigen Worte zuvor im Salon. Lisette mochte vielleicht etwas außergewöhnlich sein, aber in einem hatte er sich getäuscht: Sie war keine verwöhnte Tochter aus gutem Hause.

«Lisette …», stotterte er, «es tut mir aufrichtig leid. Ich wollte Ihnen vorhin nicht zu nahe treten.»

Sie lachte schon wieder. «Mir geht es gar nicht um mich. Auch wenn es mir sehr missfallen würde, wenn Sie in mir eine verzogene Göre sehen. Aber ich möchte das Bild meines Vaters zurechtrücken. Er ist nämlich ein ziemlich sparsamer und gerechtigkeitsliebender Mensch, der sich in dieser harten Zeit nur das Nötigste leistet, weil auch seine Rücklagen fast aufgebraucht sind. Und der trotzdem regelmäßig an Königin Katharinas Wohlfahrtsverein spendet, Geld wie Kleidung. Alles, was Sie hier im Hause an Luxus finden, stammt schlichtweg noch aus guten Zeiten. Und so etwas wie Pferd und Kutsche haben wir längst abgeschafft.»

«Ich glaube nicht», ging Rheinwald dazwischen, «dass Herr

Lindenthaler jemanden angreifen wollte. Im Gegenteil freut es mich, wenn ein junger Mann seinen Verstand benutzt und bei gegebenem Anlass auch seine Meinung vertritt. Und jetzt lasst uns beim Essen über andere Dinge reden. Was halten Sie, lieber Friedhelm – ich darf Sie doch beim Vornamen nennen? –, von England, der neuen Weltmacht, an der sogar Napoleon zerbrach?» Er spießte ein Stück Fisch auf und ließ es genüsslich im Munde zergehen. «Über die Rückständigkeit Württembergs hatten wir uns ja bereits bei unserer ersten Begegnung ausgetauscht, und Sie schienen mir ein wenig kritisch, was die massenhafte und damit kostengünstige Produktion von englischen Gütern betrifft. Aber ist es nicht einfach so, dass England längst den Sprung in die Moderne geschafft hat, während sich hier jeder Bauer mit seinem kleinen, steinigen Stückle abmüht, jeder Handwerker mit seiner kleinen Werkstatt? Meiner Meinung nach ist England in der Zukunft angekommen.»

Da Rheinwald ihn fragend ansah, erwiderte Friedhelm: «Gehört die Zukunft nicht eher Amerika, mit seinen unendlich weiten, blühenden Landschaften? Mit seinen riesigen Hafenstädten, mit der Aufnahme Zigtausender tüchtiger Arbeitskräfte aus Europa?»

«Die ferne Zukunft vielleicht, das wird sich zeigen. Aber die Gegenwart, die gehört schon jetzt den Briten. Nehmen wir nur einmal *mein* Metier, den Tuchhandel: Die Maschinenwebstühle und dampfbetriebenen Spinnmaschinen haben die Textilindustrie revolutioniert. Die Tuchwaren werden nicht nur billiger, sondern auch in der Qualität besser. Und mit den Fabriken werden mehr und mehr Arbeitsplätze geschaffen.»

«Aber soweit ich weiß, leidet auch England unter der Hungerkrise und den horrenden Preisen.»

«Das stimmt, nur sind die Briten längst dabei, diese Krise zu überwinden. Nicht nur durch den Aufschwung in der Industrie und des Freihandels innerhalb des britischen Imperiums, sondern auch, weil die Regierung im Kampf gegen Armut und Arbeitslosigkeit riesige Projekte finanziert, im Straßen- und Brückenbau, im Kanalbau und Ausbau der Überseehäfen. Was wiederum nur möglich ist, weil die Kontrolle über die Staatsfinanzen bei den Volksvertretern liegt, während hier jeder kleine Monarch mit seinen Geldern tun und lassen kann, was er will. Das ist nämlich das Nächste: England ist auch mit seiner freiheitlichen parlamentarischen Verfassung zukunftsweisend.»

«Ist Amerika das nicht auch?»

«Ganz gewiss, nur scheint mir Amerika den Fehler zu machen, zu sehr auf den Fortschritt im agrarischen Sektor zu setzen.»

So ging es eine Weile hin und her, wobei Friedhelm diesen Austausch ebenso genoss wie das wunderbare Abendessen. Lisette hielt sich zurück, stellte nur hin und wieder Zwischenfragen, wenn sie etwas nicht verstanden hatte. Bis jetzt hatte Rheinwald noch nicht einmal angedeutet, was für einen Vorschlag er ihm zu machen hatte, und trotz der angeregten und interessanten Unterhaltung wuchs Friedhelms Anspannung.

Zum Nachtisch brachte Sophie eine Schale mit Dörrobst herein, das mit Honig beträufelt war, doch Friedhelm war von der ungewohnt üppigen Mahlzeit so satt, dass er nur noch zwei, drei Apfelschnitze zu sich nehmen konnte.

Schließlich tupfte sich Rheinwald mit dem Mundtuch sorgfältig seinen Spitzbart sauber und lehnte sich zurück.

«Sie fragen sich bestimmt: Wann rückt der gute Mann endlich mit der Sprache heraus? Nun, zuvor wollte ich Sie noch ein wenig näher kennenlernen, aber mein erster Eindruck von Ihnen als aufgeweckter, umfassend gebildeter junger Mann hat sich bestätigt. Können Sie sich vielleicht denken, worum es mir geht?»

Friedhelm überlegte kurz, bevor ihm ein Licht aufging. Es konnte nur eine Sache gemeint sein. «Sind Sie etwa an meinen Englischkenntnissen interessiert?»

«Ganz genau.» Rheinwald strahlte ihn aus seinen tiefblauen Augen an. «Wie Sie schon damals auf der Gasse gemerkt haben, kann ich mich in dieser Sprache höchstens mit Händen und Füßen verständigen. Da ich derzeit meine Handelsbeziehungen nach England ausbaue, muss sich das natürlich ändern. Ich hatte deshalb bis vor kurzem einen Schulmeister im Ruhestand im Haus, der mir allerdings das reinste Shakespeare-Englisch beibringen wollte. Und auch sonst war es nicht sehr ergötzlich mit dem Mann. Mit Ihnen indessen hätte ich große Lust, einen Neuanfang zu machen. Was meinen Sie?»

«Das … das wäre ganz wunderbar! Ich liebe die englische Sprache seit meiner Schulzeit.»

«Dann wären Sie also einverstanden, mir Unterricht zu geben? Ich werde Sie auch angemessen bezahlen.»

«Sehr, sehr gerne, Herr Rheinwald. Ich könnte jeden Tag nach meinen Botengängen bei Ihnen vorbeikommen.»

Rheinwald zwinkerte erst seiner Tochter zu, dann schenkte er Friedhelm und sich von dem Bier nach.

«Ich hatte es mir etwas anders gedacht. Mit einer Unterrichtsstunde hin und wieder dauert mir das zu lange. Ich möchte Sie als meinen Hauslehrer einstellen. Mehr noch, als meinen Sekretär, der mir die Korrespondenz mit den Briten führt. Sie müssten dafür allerdings bei mir im Haus wohnen, selbstverständlich mietfrei. Unterm Dach sind noch zwei zwar kleine, aber schöne und helle Mansardenzimmer frei. Was halten Sie davon?»

Friedhelm war sprachlos. Das war weit mehr, als er sich jemals erhofft hätte.

«Wir können natürlich auch erst Ihr Salär festlegen», setzte Rheinwald nach.

«O nein, ich bin nur völlig überrascht. Das Salär ist mir beileibe nicht das Wichtigste, das legen wir lieber fest, wenn Sie zufrieden mit mir sind. Aber ich kann Ihnen jetzt schon sagen, dass ich sehr, sehr gerne für Sie arbeiten würde. Bloß: Was ist mit Herrn von Thouret?»

«Da machen Sie sich keine Sorgen. Noch heute Abend werde ich ihm persönlich Bescheid geben und ihm als Ihren Nachfolger eben jenen shakespearebewanderten Schulmeister vorschlagen, einen äußerst zuverlässigen Mann. Thouret wird schon einverstanden sein, zumal Botengänger durchaus häufig ihre Stelle wechseln. Kommen Sie morgen einfach um zehn Uhr bei mir vorbei, dann gehen wir noch einmal gemeinsam zu Thouret, damit Sie sich von ihm verabschieden und Ihren Mantel zurückbringen können. Ich nehme an, er ist Ihnen auch noch den Wochenlohn schuldig.»

Lisette hob ihren Bierkrug. «Auf Ihre neue Anstellung als Handelsgehilfe, Friedhelm! Wir freuen uns sehr!»

Als Rheinwald ihn eine halbe Stunde später mit einer Laterne für den Heimweg zur Tür brachte – draußen war es bereits dunkel –, glaubte Friedhelm noch immer zu träumen. War das nun die Wende in seinem Leben?

Nachdem sie ihren Vertrag nochmals per Handschlag bekräftigt hatten, fragte Rheinwald mit einem hintergründigen Lächeln: «Sie haben vorhin so auffallend von Amerika geschwärmt – Sie haben doch nicht etwa vor, dorthin auszuwandern?»

«In nächster Zeit ganz sicher nicht, dazu fehlen mir die Mittel.»

«Dann bin ich ja beruhigt. Ich möchte Sie nämlich nicht allzu bald wieder verlieren.»

# *Kapitel 38*

*In Amsterdam, am selben Abend des 11. April 1817*

«Jetzt, da Capitain Arrowsmith die Abfahrt für übermorgen endgültig bestätigt hat, lasst uns das feiern!», hatte der Vater nach dem Abendessen lauthals verkündet und für alle Männer im Saal, die mit der *Williams* in See stechen würden, eine Runde Branntwein spendiert, für die Frauen einen Humpen Bier. Frederick Arbogast hatte sich nicht lumpen lassen und die zweite Runde ausgegeben, inzwischen waren die meisten der Männer mehr oder weniger betrunken.

Paulina saß zwischen ihrer Mutter und Frau Arbogast auf der Bank und dachte benommen daran, dass morgen ihr letzter Tag in Amsterdam war. Matratzen und andere notwendige Utensilien hatten sie dieser Tage in einem von Bösbier empfohlenen Warenmagazin erstanden, morgen Vormittag würden sie noch gemeinsam mit den Arbogasts auf dem Markt Frisches für den Proviant einkaufen. Bis auf das Handgepäck war bereits alles auf das Segelschiff verfrachtet worden, das Paulina im Gegensatz zu ihrem Bruder noch immer nicht mit eigenen Augen gesehen hatte. Wobei sich zu ihrer Verwunderung auch die Mutter bislang geweigert hatte, die *Williams* zu besichtigen.

Eigentlich wäre Paulina jetzt am liebsten zu Bett gegangen, aber da sie wusste, dass sie sich nur schlaflos herumwälzen würde, hoffte sie, dass das Bier irgendwann seine Wirkung tat.

«Wisst ihr, worauf ich mich ganz besonders freue?», tönte der Vater gerade lauthals über den Tisch hinweg.

«Auf den ersten richtigen Sturm, der uns alle zum Kotzen bringt», rief jemand vom Nachbartisch.

«Natürlich nicht, du Spaßvogel. Nein, ich freue mich auf die Mahlzeiten mit dem Kapitän, von dem man sicher eine Menge über Amerika erfährt.»

«Dafür werden wir es im Zwischendeck weitaus lustiger haben», rief ein anderer.

Der Vater schnaubte verächtlich. «Wobei ihr euch dann Läuse, Krätze oder noch Schlimmeres holt. Ehrlich gesagt, dauert ihr mich schon, sieben Wochen oder länger so eng zusammengepfercht zu sein. Na ja, ich sage mir immer, wer am falschen Ende spart, der muss die Suppe am Ende auch auslöffeln.»

Lorenz nickte dazu mit einem dümmlichen Lächeln, während der Mund der Mutter bei diesen Worten zu einem dünnen Strich wurde.

Da erhob sich Arbogast mit finsterer Miene. «Weißt du, was, Justus? Deine Großspurigkeit geht uns allen gehörig auf die Nerven. Halt doch am besten den Mund für den Rest des Abends.»

Angespannte Stille trat ein, und für einen Moment glaubte Paulina, die beiden Männer würden sich an den Kragen gehen. Was ihr im Übrigen vollkommen gleichgültig gewesen wäre, wie alles, was um sie herum geschah.

Die Mutter erhob sich ebenfalls. «Ich muss an die frische Luft. Dieser schreckliche Tobaksqualm hier herinnen macht mich noch krank. Begleitest du mich bitte, Justus Georg?»

Widerstrebend ging er mit. Kaum waren die beiden draußen, setzte sich Lorenz kurzerhand neben Paulina auf die Bank, legte ihr mit glasigen Augen den Arm um die Hüfte und küsste sie vor aller Augen auf den Mund.

Ohne nachzudenken, verpasste sie ihm eine Ohrfeige und sprang auf. «Ich hatte dich gewarnt.»

Dann verließ die den Schankraum. Sie war nicht einmal wütend. Nein, es war eher ein tiefer Widerwille gegen diesen Mann, der in ihr schon seit langem sein Eigentum sah und dies nun auch öffentlich kundtat.

Auf dem Weg zur Treppe vernahm sie von draußen die erregten Stimmen der Eltern. Sie öffnete die Eingangstür des Gasthofs einen Spalt breit und lauschte hinaus auf den Vorplatz.

«Wie kannst du dich bloß so über die anderen erheben. Dein Dünkel ist mehr als hässlich!», hörte sie die Mutter zu ihrer großen Verwunderung sagen. «Du erniedrigst all diese Menschen, die hart für die Reise gespart haben.»

«Wie redest du mit mir, Weib!»

«Lass mich ausreden, denn ich bin noch nicht fertig. Glaubst du etwa, ich weiß nicht, wie dein Vermögen, mit dem du hier so protzt, zustande gekommen ist?»

Paulina erstarrte.

«Schweig!», zischte der Vater, doch die Mutter ließ sich ganz offensichtlich nicht mehr den Mund verbieten.

«O nein, höre es dir nur an. Allein durch Spekulation und Wucher sind wir so reich geworden. Gemeinsam mit Lorenz und wahrscheinlich auch noch mit diesem Heiligenbeck hast du Monat um Monat versteckte Kornvorräte angehäuft und damit schlimmer und herzloser geschachert als jeder Jud, während rundum Saatgut und Mehl zur Neige gingen. Glaubst du, ich hätte es nicht mitbekommen? Du und deinesgleichen, ihr seid mitschuldig an der großen Not, aber dafür wirst du dich vor dem Allmächtigen eines Tages verantworten müssen.»

«Bist du noch bei Trost? Was redest du da? Und wennschon, dass bisschen Gerste … ich habe es für dich, für unsere Familie getan! Du hast doch auch von unserem Wohlstand profitiert. Und jetzt biete ich dir sogar ein neues Leben in Amerika!»

«Verkauf mich nicht für dumm. Aus einem einzigen Grund wandern wir aus. Weil dir der Boden unter den Füßen zu heiß geworden ist. Weil du die Rache des ganzen Marktfleckens gefürchtet hast. Weißt du, was, Justus Georg? Wenn ich könnte, würde ich zurück nach Hohenstetten gehen, aber das ist mir verwehrt. Und weißt du, warum? Nicht wegen des Geldes, nicht weil ich Angst hätte, allein die weite Bootsreise zu machen, sondern weil ich mich dort in Grund und Boden schämen müsste für dich. Und noch etwas: Paulina wird Lorenz, deinen dir so kniefällig ergebenen Vasallen, nicht heiraten. Nie und nimmer. Ich lasse es nicht zu, dass du unsere einzige Tochter ins Unglück stürzt. Allein, wie er Paulina immer mit seinen ekligen Blicken verschlingt – widerlich!»

«Das werden wir ja noch sehen, Alwina, das werden wir noch sehen.»

Paulina konnte sich gerade noch die Treppe hinaufflüchten, als ihr Vater auch schon mit einem Ruck die Tür aufriss und wutentbrannt in die Diele stapfte.

Oben in der Kammer legte sie sich in ihren Kleidern aufs Bett und starrte noch immer fassungslos gegen die Balkendecke. Der Vater hatte ihr damals in der Hirschenpost also eiskalt ins Gesicht gelogen! Von wegen, die Gerüchte gegen ihn seien dem Neid der Leute geschuldet. In Wirklichkeit war er genau das, was hinter vorgehaltener Hand die Runde gemacht hatte: ein eigennütziger Geschäftemacher, der seine Macht und Verantwortung als Schultes rücksichtslos missbraucht hatte. Dass ihre Mutter zu ihr stand und die Hochzeit tatsächlich verhindern wollte, hätte Paulina eigentlich trösten müssen, tat es aber nicht.

Viel früher hätte ihre Mutter sich gegen den Vater stellen müssen – jetzt war es zu spät.

Sie schrak auf, als die Mutter die Kammer betrat. Ihre Wangen waren noch immer vom Zorn gerötet.

«Ist dir nicht gut?», fragte sie besorgt und setzte sich an den Bettrand. «Du hast wieder kaum etwas gegessen heute.»

«Ich habe eben keinen Hunger», erwiderte Paulina. Sie wagte nicht zu gestehen, dass sie gelauscht hatte.

«Kind, so geht das nicht weiter. Du bist schon so mager wie diese Marie. Ich mache mir ernsthafte Sorgen.»

«Das musst du nicht», presste Paulina hervor.

Die Mutter seufzte und nahm ihre Hand. «Zu Ostern in der Kirche», sagte sie leise, «da hast du mir einen solchen Schrecken eingejagt, als du plötzlich weg warst. Da hatte ich schon geglaubt, du wärest endgültig davongelaufen.»

Mit einem Mal wollte Paulina ihre Mutter nicht länger anlügen.

«Als wir in Amsterdam ankamen», begann sie zögernd, «da hatte ich das tatsächlich vor. Ich habe sogar Marie gefragt, ob sie mit mir kommt. Aber obwohl sie so großes Heimweh hatte, wollte sie nicht. Weil sie ihrer Mutter nicht das Herz brechen wollte. Da wusste ich, dass ich das auch nicht konnte. Dich heimlich und ohne Abschied verlassen.»

Dass sie es vielleicht trotzdem getan hätte, hätte sich nur eine einzige richtige Gelegenheit geboten, verschwieg Paulina wohlweislich.

Die Mutter schluckte. «Ja, darüber wäre ich todunglücklich gewesen. Wahrscheinlich hätte ich es nie verwunden. Aber auch deinen Vater hätte es sehr getroffen. Glaub mir, auch er liebt dich sehr.»

«Ach ja?», brach es aus ihr heraus. «Der denkt doch nur an sich selbst. Ich ... ich habe gehört, wie ihr euch eben gestritten habt.»

Die Mutter erschrak sichtlich.

«Dann weißt du es also.»

«Ach Mutter, ich bin so enttäuscht von ihm. Als Kind war er immer mein Vorbild gewesen. Weil er so groß und stark war und immer wusste, was zu tun war. Und jetzt muss ich erfahren, dass er seinen Reichtum anderen gestohlen hat. Schon in Hohenstetten hatte ich gefürchtet, dass die Leute mit ihrem Gerede recht haben könnten, und ihn sogar darauf angesprochen. Aber er hat mich angelogen und alles abgestritten. Du hast es also ebenfalls geahnt?»

«Ja, Paulina, und ich schäme mich sehr dafür. Deshalb hatte ich am Ende auch so viel für den Armen-Verein gegeben, hatte mich gefreut, wie du dort so eifrig mitgeholfen hast. Wahrscheinlich hatte ich gehofft, dass ich damit unsere Schuld an den Mitmenschen würde mindern können. Aber das war ein Trugschluss.»

Sie nahm Paulina in die Arme.

«Du willst also tatsächlich lieber zurück nach Hohenstetten als mit uns nach Amerika? Auch wenn ich dir nun sage, dass du Lorenz nicht heiraten musst? Ich schwöre es dir beim Allmächtigem und seinem Sohn Jesus Christus.»

«Ich glaube dir ja. Aber es ist nicht nur wegen Lorenz. Es ist wegen Friedhelm. Wir lieben uns, und ich wollte zu ihm nach Stuttgart. Schon lange vor unserer Reise hierher.»

Da rückte sie auch noch mit dem Rest der Wahrheit heraus und berichtete in allen Einzelheiten von ihrem damaligen Plan. Es tat so gut, der Mutter nichts mehr verschweigen zu müssen.

«Sobald wir in Stuttgart geheiratet hätten», schloss sie, «hätte ich dir geschrieben. Vielleicht hätte sich ja sogar der Vater mit mir versöhnt. Jetzt aber ist alles anders gekommen. Wahrscheinlich hat Friedhelm längst aus dem Pfarrhaus erfahren, dass wir mit Sack und Pack Hohenstetten verlassen haben, und von mir selbst hat er seit Wochen nichts mehr gehört.»

Die Mutter betrachtete sie nachdenklich. Sie wirkte nicht sonderlich überrascht.

«So wart ihr also bis zum Schluss ein heimliches Paar ...»

Paulina nickte stumm. Dann fügte sie, um die Mutter zu beruhigen, noch hinzu: «Keine Sorge, zu mehr als einem Kuss ist es nicht gekommen zwischen uns.»

Nach einem Moment des Schweigens strich die Mutter ihr übers Haar. «Hör zu, Paulina: Ich will deinem Glück nicht länger im Wege stehen. Ich werde eine Lösung finden.»

Paulina verstand nicht. «Eine Lösung? Wie meinst du das?»

«Ich will mir etwas überlegen, wie du schon morgen zurück in die Heimat kannst. Zurück zu deinem Friedhelm.»

Paulina glaubte, sich verhört zu haben. «Aber ... Aber ich will dich nicht unglücklich machen, Mutter!»

«Du hättest mich unglücklich gemacht, wenn du davongelaufen wärst. Aber das bist du nicht, und dafür bin ich dir sehr dankbar. Weißt du, dass ich am liebsten mit dir kommen würde? Aber als Ehefrau muss ich an der Seite meines Mannes bleiben, wie ich es vor Gott geschworen habe. In guten wie in schlechten Zeiten. Du hingegen bist jung, du sollst ein anderes Leben führen dürfen. Werde glücklich mit Friedhelm, er ist ein guter Junge! Und nun versuche zu schlafen, alles Weitere besprechen wir morgen.»

Geschlafen hatte Paulina in dieser Nacht vor Anspannung kaum, dafür hatte sie beim Frühstück erstmals unbändig Hunger.

«Du scheinst ja zu glauben, dass es auf der *Williams* nichts zu essen gibt», zog der Vater sie auf, als sie zum zweiten Mal Brei nachschöpfte, aber sie antwortete ihm nicht. Ihre Enttäuschung saß zu tief.

Nach dem Essen machten sie sich auf den Weg zum Markt, ohne die Familie Arbogast, die offensichtlich nichts mehr mit ihrem Vater zu tun haben wollte. An einer Brotlaube – in Amsterdam gab es tatsächlich noch Brot aus echtem Schrot und Korn – nahm die Mutter sie zur Seite und flüsterte: «Bösbier kennt einen Rheinschiffer nach Heilbronn, der morgen früh ablegt. Er hat Weib und Kind, was mir sehr wichtig ist. Ich kann dich schließlich nicht irgendwelchen fremden Mannsbildern anvertrauen.»

«Dann willst du mich also immer noch gehen lassen?»

«Ja, Paulina.» Sie blickte sie mit einer Liebe an, die Paulina fast schmerzte.

«Aber wie willst du die teure Fahrt bezahlen?»

«Viel mehr als fünfzig Gulden wird es nicht kosten, sagt Bösbier. Er hat mir neunzig Gulden für unser Silberbesteck geboten. Das liegt zum Glück noch im Handgepäck, weil es so wertvoll ist.»

«Das Silberbesteck deiner Mutter, das du immer so in Ehren hältst?» Paulina konnte nur ahnen, wie schwer es ihrer Mutter gefallen sein musste, das Besteck wegzugeben.

Da lächelte die Mutter fast verschmitzt: «Es dient jetzt deinem Glück. Das Geld reicht dir also auch noch danach, für eine Übernachtung im Gasthaus und eine Postkutsche nach Stuttgart. Bösbier meint allerdings, dass wir heute noch die Schiffspassage mit dem Rheinschiffer festmachen müssten. Sobald der Vater seinen Mittagsschlaf hält, gehen wir beide zum Damm an der Amstel. Das sind zu Fuß keine zehn Minuten.»

«Was schwatzt ihr Weiber da hinten die ganze Zeit?», rief in diesem Moment der Vater herüber. «Kommt weiter, diese Brotlaube hier ist viel zu überteuert.»

Es war ihr Glück, dass der Vater in Amsterdam, wo er nichts zu tun hatte, immer träger geworden war und auf einen Mittagsschlaf bestand, zumal er beim Essen reichlich dem guten Hamburger Bier zusprach. So ergab sich die Gelegenheit Stunden später, nachdem der Vater laut schnarchend in seinem Bett eingeschlafen war und Ludwig beim Kartenspiel in der Schankstube saß. Rasch streiften sie sich in der Diele Jacke und Mantel über. Paulinas Reisebündel, das sie vorsichtshalber jetzt schon mitnehmen wollten, lag griffbereit auf dem Boden, als Ludwig ausgerechnet in diesem Augenblick auf dem Weg zum Abtritt aus der Schankstube kam.

«Was habt ihr denn vor?», fragte er überrascht, und Paulina schob ihr Bündel rasch mit dem Fuß in eine dunkle Ecke.

«Wir haben beim Einkauf etwas Wichtiges vergessen», erwiderte die Mutter, «und wollen das noch eben erledigen.»

«Dann begleite ich euch», beschied Ludwig. «Ich kann euch schließlich nicht in dieser gefährlichen Stadt allein herumlaufen lassen.»

Die Mutter schüttelte den Kopf. «Nein, mein Sohn, hierbei handelt es sich um Frauenangelegenheiten, wenn du verstehst, was ich meine. Dabei können wir dich nicht brauchen. Die Apotheke ist gleich hier am Neumarkt, das kurze Stück wird uns schon keiner überfallen am helllichten Tag.»

«Also gut. Aber wenn ihr in einer Stunde nicht zurück seid, gehe ich euch suchen.»

Die Mutter lachte ein wenig künstlich. «Ja, ja, tu das nur. Bis gleich.»

Draußen wehte ein kräftiger, milder Wind, der die dunklen Wolken vom Vormittag vertrieben hatte. Paulina fröstelte es, obgleich die Sonne schon große Kraft hatte. Ihr war mit einem Mal reichlich bange vor diesem entscheidenden Schritt in ihre neue Zukunft. Zugleich war sie tief gerührt von der Großherzigkeit ihrer Mutter, die so unerwartet zu ihrer Verbündeten geworden war.

Sie hakte sich bei ihr unter. «Ich hab dich sehr lieb, Mutter!»

«Ich dich auch, Paulina, ich dich auch.»

Dann eilten sie schweigend durch die Straßen, wobei sich Paulina immer wieder umdrehte, ob Lorenz ihnen folgte. Auch die Mutter wirkte angespannt, zumal sie zehn der neunzig Gulden bei sich trug, da laut Bösbier eine Anzahlung üblich war. Unbemerkt vom Vater hatte sie vor dem Mittagessen ihr Geschäft mit dem Gastwirt abgeschlossen und ihm das Besteck übergeben.

Zu Paulinas großer Erleichterung erreichten sie unbehelligt den Anlegeplatz der Flussschiffe. Auf dem Damm, dem weitläufigen Platz zwischen Amstel und altem Hafen, herrschte große Geschäftigkeit an diesem Samstagmittag, und so kämpften sie sich dicht beieinander durch die Menschenmenge. Bei den Stufen hinunter zum Kai trafen sie auf eine achtköpfige Familie, barfuß, in Decken und Lumpen gehüllt. Das jüngste Kind, an die Brust der Mutter gepresst, war noch im Säuglingsalter. Das waren also wieder einmal arme, ins Elend gestürzte Deutsche, und sie sangen ein Lied, das Paulina sofort erkannte und zu Tränen rührte: *Es ist ein Schnitter, der heißt Tod.*

Unwillkürlich blieben sie beide stehen. Diese Menschen wirkten so bejammernswert schwach und verhärmt, doch ihre Stimmen übertönten den Lärm des angrenzenden Damms, als wollten sie gegen ihre Not anschreien.

«Komm weiter», drängte die Mutter.

«Gleich.»

Ein kleiner Bub von fünf, sechs Jahren, mit fiebrig roten Wangen und riesigen Augen, hörte zu singen auf und starrte Paulina flehentlich an.

«Hast du noch den Beutel mit meinen vierzig Kreuzern, den ich dir nach der Ostermesse gegeben habe?», fragte sie.

«Ja, den habe ich dabei. Ich hätte dir dein Geld ohnehin zurückgegeben. Es freut mich, wenn du den armen Menschen ein paar Kreuzer schenkst.»

Sie griff in die Innentasche ihres Mantels und reichte Paulina das Beutelchen. Die nickte dem kleinen Jungen, der ihr Tun genau beobachtet hatte, mit einem Lächeln zu, wartete noch, bis die letzten Worte verklungen waren, um dann ihre ganzen Ersparnisse in die Mütze zu leeren, die zu Füßen des Familienvaters auf dem Boden lag. Ungläubig starrte der Mann auf den Geldsegen.

«Der Herrgott schütze euch», sagte sie, wandte sich ab und ging rasch die Stufen zum Kai hinunter.

«Du bist ein lieber Mensch», hörte sie hinter sich eine Knabenstimme rufen, in der vertrauten Sprachmelodie ihrer schwäbischen Heimat, und sie drehte sich noch einmal um. Der Junge winkte ihr zu.

«Du auch, mein Kleiner. Wie heißt du?»

«Peterle.»

«Pass gut auf dich auf, Peterle, und auf deine Geschwister auch.»

«Was hast du getan?», rügte die Mutter sie. «Vierzig Kreuzer sind zwei Tageslöhne!»

«Ach Mutter, diese Leute würden gewiss auch gerne in ihre Heimat zurück, aber sie besitzen nun mal kein Silberbesteck, mit dem sie einen Handel machen können. Jetzt dürfen sie sich wenigstens einmal satt essen.»

Sie brauchten nicht lange, um die *Neckarperle* zu finden. Das Boot lag vor einem bauchigen, hölzernen Kran, der Kisten an Bord hievte, und machte einen gepflegten, soliden Eindruck.

Ähnlich dem Rheinschiff, das sie hergebracht hatte, war es flach und langgestreckt, mit einem hohen Segelmast und einer Kajüte für die Besatzung zum Heck hin. Die Bänke für die Passagiere fehlten indessen – ganz offensichtlich transportierten solcherlei Schiffe Menschen nur in eine Richtung, um auf dem Rückweg Waren mitzunehmen.

Die Mutter griff nach Paulinas Hand.

«Jetzt kannst du noch zurück», sagte sie mit dünner Stimme.

Dasselbe hatte Paulina in diesem Augenblick auch gedacht. Ja, noch könnte sie zurück. Doch sie hatte heute Morgen beim Erwachen endgültig ihre Entscheidung getroffen. So schwer ihr der Abschied auch fallen würde – es zog sie alles zu Friedhelm hin.

«Ich weiß», murmelte sie. «Aber ich *muss* gehen.»

Die Mutter nickte traurig. Dann trat sie zu dem überaus kräftigen Mann, der vom Kai aus das Beladen beaufsichtigte.

«Sind Sie Fritz Mangold, der Schiffsmeister?»

«Ja.» Der vollbärtige Mann musterte sie von oben bis unten. «Und Sie sind der Fahrgast nach Heilbronn, den Bösbier uns angekündigt hat?»

«Nein, meine Tochter Paulina fährt mit Ihnen.»

«Warten Sie.» Er machte ein Handzeichen in Richtung einer in grobem Zwilch gekleideten Frau an Deck, die misstrauisch herüberstarrte. «Wilhelmine, übernimm du!»

Er wandte sich wieder der Mutter zu. «Gut, dann machen wir jetzt unser Geschäft.»

«Kann ich Ihnen denn meine Tochter unbesorgt anvertrauen? Sie will wieder zurück in die Heimat.»

«Aber ja. Ich verspreche Ihnen, dass ich sie wohlbehalten nach Heilbronn bringe. Sie haben eine gute Zeit erwischt, schon im nächsten Monat könnte es an Rhein und Neckar Überschwemmungen geben, wenn der Frühling weiterhin so mild bleibt. Die Schneeschmelze naht, und wie Sie vielleicht gehört habe, liegen auf den Bergen riesige Schneemassen. Wenn die schmelzen und noch ein starker Regen dazukommt, können die Flüsse schon mal zu einem tobenden breiten Strom werden. Und dann sind auch die Ufer zu überschwemmt zum Anlanden. Im letzten Jahr hatten wir das andauernd.»

«Ach herrje!»

«Nein, keine Sorge, für die nächsten Wochen sieht es noch gut aus. Hat Ihre Tochter denn ihren Geburtsschein dabei? Ich will in Heilbronn keinen Ärger kriegen mit den Gendarmen.»

«Ja, den habe ich bei mir», erwiderte Paulina, die sich nicht länger wie Luft behandeln lassen wollte. «Ich bin Paulina Gutjahr, und Sie können auch alles gerne mit mir besprechen. Brauche ich sonst noch etwas für die Reise? Und wo werde ich zum Beispiel übernachten?»

Der Rheinschiffer runzelte etwas unwillig die Stirn.

«Du bist ja nicht grad auf den Mund gefallen. Also gut: Wie es bei uns Schiffsleuten üblich ist, übernachten wir an Bord. Du kannst in der Kajüte bei unseren Kindern mit im Bett schlafen. Decken haben wir genug, die brauchst du nicht mitzubringen.»

«Gut, dann gibt Ihnen jetzt meine Mutter die zehn Gulden Anzahlung. Herr Bösbier sprach von insgesamt fünfzig Gulden für die Fracht. Ist das richtig?»

«Fünfzig Gulden?» Der Mann lachte laut auf. «Da hat unser Gastwirt wohl geträumt. So viel nehmen wir vielleicht für die Herfahrt nach Amsterdam, wenn das Boot voll wird. Nein, für die Rückfahrt nehme ich achtzig Gulden, keinen mehr und keinen weniger.»

«Achtzig Gulden?» Die Mutter wurde bleich. «Warum plötzlich so viel?»

«Ganz einfach: Weil das Fahren stromaufwärts mit dem Treideln eine Knochenarbeit ist und obendrein länger dauert. Nämlich drei bis vier Wochen, in denen Ihre Tochter von uns schließlich auch verköstigt werden will.»

Der Schiffsmeister sah nicht aus, als ob er mit sich handeln ließ, und so schlug die Mutter nach kurzem Zögern ein. Paulina sah ihr an, was sie dachte: dass für die weitere Reise nach Stuttgart nur noch zehn Gulden übrigblieben. Ob das ausreichen würde, stand in den Sternen.

Dann folgte die nächste Überraschung.

«Ihre Tochter muss schon heute Abend an Bord, da wir morgen gleich bei Sonnenaufgang ablegen. Ich würde sagen, bringen Sie sie spätestens gegen sechs Uhr, bevor es dämmert.»

«Selbstverständlich, Herr Mangold. Paulina wird rechtzeitig hier sein.»

Paulina erschrak fast. So nah rückte plötzlich der Abschied! Keine letzte Nacht mehr mit der Mutter also, Seite an Seite in einem Bett …

Sie übergaben Mangold den Reisesack und traten den Heimweg an. Die deutsche Familie an den Stufen zum Kai war verschwunden.

«Wir müssen Bösbiers Knecht fragen», die Stimme der Mutter klang heiser, «ob er dich auch schon heute herbringen kann.»

Paulina nickte nur. Der Plan war eigentlich gewesen, dass sie morgen während des Frühstücks einen Gang zum Abtritt vorschützen wollte, damit der Knecht sie dann eilends zum Boot brachte.

«Wir müssen auch», fuhr sie fort, «irgendeine gute Gelegenheit finden, wie du unbemerkt fortkommst aus dem Gasthof.»

Es war der Mutter anzusehen, wie viel Kraft sie diese Worte kosteten.

Da blieb Paulina blieb mitten auf dem Dammplatz stehen.

«Kommst du denn mit? Ich möchte mich am Kai von dir verabschieden.»

Die Mutter wischte sich über die Augen. «Ja, das will ich auch, mir wird schon etwas einfallen. Es tut mir ohnehin so weh, dich gehen zu lassen, auch wenn ich mir sage, dass Kinder nun einmal eines Tages ihre Eltern verlassen. Da wäre ein richtiger Abschied wenigstens ein kleiner Trost.»

Daraufhin stellte Paulina ihr auch noch die letzte Frage, die ihr auf dem Herzen lag. «Wenn der Vater erfährt, was du hinter seinem Rücken für mich getan hast, wird er toben. Er wird dich und mich verfluchen. Erträgst du das denn?»

«Ich habe schon Schlimmeres ertragen, glaub mir. Und er wird sich irgendwann wieder beruhigen, ich kenne ihn schließlich. Vielleicht wird es ihn aber auch zum Nachdenken bringen, auf der Seereise bleibt ihm genug Zeit dafür. Dein Vater, Paulina, ist kein durch und durch schlechter Mensch.»

# *Kapitel 39*

*Stuttgart am Samstag, den 3. Mai 1817*

Seit genau drei Wochen lebte Friedhelm nun schon mit den Rheinwalds unter einem Dach. Er hatte zwei hübsche Mansardenzimmer über der Beletage bezogen, mit großen Fenstern, die beide zu Rheinwalds begrüntem Hinterhof hinausgingen. Das etwas kleinere Zimmer, durch das der Kamin aus der Küche führte, war mit Tisch und Stuhl sowie mit einem Stehpult ausgestattet, das Bord an der Wand bot mehr als genug Platz für seine wenigen Habseligkeiten, von denen die englische Grammatik mit dem Wörterbuch derzeit die wichtigsten waren. In der Schlafkammer befand sich ein Himmelbett mit nachtblauer Gardine, breit genug für zwei Menschen, ein bunt bemalter Kleiderkasten und ein Waschtisch aus Eichenholz mit eingelassener Schüssel, etwas, das er nie zuvor gesehen hatte. Auch gute Bettwäsche und leinene Waschtücher hatte Rheinwald ihm zur Verfügung gestellt, und der Potschamber unter dem Bett war sogar mit einem Silberrand versehen.

Noch immer rieb er sich an manchen Tagen die Augen, weil er glaubte, er sei geradewegs im Paradies gelandet. Dabei war ihm der Abschied von der Judenstraße schwerer gefallen, als er gedacht hätte. Nicht etwa, weil er in der Vorstadt oder im Haus Freunde gefunden hätte, abgesehen vielleicht von der immer fröhlichen oder manchmal auch nur vermeintlich fröhlichen

Fanny, für die er brüderliche Beschützergefühle entwickelt hatte. Nein, eher schon, weil er ein schlechtes Gewissen hatte. Er fragte sich, warum Gott seine Gunst ausgerechnet ihm erwiesen hatte und den anderen nicht. Warum ausgerechnet er ein warmes Nest gefunden hatte, während die anderen weiterhin im Elend hausen und Hunger leiden mussten. Oder sogar im Kerker einer Festung saßen wie Gottlob und seine Gefährten. Aber vielleicht hatte ja gar nicht Gott seine Hand im Spiel, sondern lediglich eine launische Fortuna.

Nun gut, er brachte vielleicht andere Fähigkeiten mit als ein armer Taglöhner oder eine einfache Magd. Aber war nicht schon der Ort, in den man hineingeboren wurde, vom Schicksal bestimmt? Oder war es schlichtweg Zufall, dass er dem Handelsmann Ernst Phillip Rheinwald begegnet war, der ihn nun nach Kräften förderte und seinem Leben eine Wende zum Guten beschert hatte?

Außer sonntags gab er Lisette und Rheinwald, den er inzwischen mit seinem Vornamen Phillip ansprechen durfte, jeden Morgen Englischunterricht, doch eigentlich war Friedhelm derjenige, der täglich Neues dazulernte. Nicht nur, dass er für die englische Korrespondenz zuständig war – Rheinwald brachte ihm überdies das kaufmännische Denken, Planen und Rechnen bei, holte ihn bei Verhandlungen mit Kunden hinzu und lud ihn zu den geselligen Zusammenkünften in seinem Salon ein. Bei diesen Gelegenheiten hatte er auch zweimal Thouret wiedergesehen, der ihm zum Glück ob seines Wechsels zu Rheinwald kein bisschen gram war. Im Gegenteil: Der Baumeister lobte ihn sogar, dass er die Gelegenheit ohne Zögern beim Schopf gepackt habe. Sehr viel unangenehmer war da schon die Begegnung mit jenem Mr. Pommeroy gewesen, der an seinem dritten Tag im Hause Rheinwald unangemeldet hereingeschneit kam, um sich vor der Rückkehr nach England zu verabschieden. Er hatte Friedhelm keines Blickes gewürdigt, sah ihn ihm wohl noch immer den Gassenkehrer. Dafür war sein Sohn Jack, der noch röteres Haar hatte als der Vater, sehr nett gewesen und hatte sich angeregt mit ihm und Lisette unterhalten, wobei seine Augen immer ganz besonders aufblitzten, wenn er mit Lisette sprach.

Nur zu den Abendunterhaltungen außer Haus begleitete Friedhelm den Kaufmann nicht, vorerst jedenfalls. Zum einen, weil er ohnehin kaum Zeit für sich selbst hatte, zum anderen fühlte er sich noch zu unsicher in der Stuttgarter Gesellschaft. Rheinwald respektierte das, fragte ihn aber dennoch jedes Mal aufs Neue, ob er nicht mitkommen wolle, wenn er sich auf den Weg ins Caféhaus, zur Museumsgesellschaft oder ins neue Hoftheater machte – zu Letzterem fast immer in Begleitung von Lisette.

Ja, er war in einer völlig anderen Welt gelandet. Aber es war keine steife, höfische Welt, wie er anfangs befürchtet hatte, sondern eine durchaus bodenständige, bürgerliche, zu der so einige Freigeister zählten und in der er als junger Dorfschulmeister mit offenen Armen aufgenommen wurde. Auch einige Handwerker waren darunter, dazu freidenkerische Unternehmer, für die durchweg England das Vorbild an Fortschritt und Freiheitlichkeit darstellte, und angehende oder bereits bekannte Schriftsteller und Künstler, wie das schillernde Ehepaar Luise und Christian Duttenhofer: Sie war eine weithin bekannte Scherenschnittkünstlerin, er Kupferstecher, er war ruhig und bedacht, sie lebhaft mit einem mitunter bissigen Humor. Ein bewundernswert fein gefertigter Schattenriss von Rheinwald und Lisette, sich mit einem Buch gegenübersitzend, hing im Salon, und Friedhelm hatte sich schon im Voraus darauf gefreut, die Schöpferin des Kunstwerks kennenzulernen. Als die Duttenhofers dann letzte Woche mit ihrem jüngsten Kind zum Sonntagskaffee geladen waren, hatte Lisette ihm die beiden vorgestellt als «ein gefährliches Paar – er sticht, und sie schneidet», womit sie großes Gelächter geerntet hatte.

Rheinwald gehörte indessen nicht zu jener obersten geistigen Elite wie etwa Thouret, Dannecker oder der Verleger Cotta, die regelmäßig literarische Zirkel veranstalteten und sich rühmen konnten, Dichter wie Goethe und Schiller oder Philosophen wie Hegel und Schelling bei sich zu Gast gehabt zu haben. In Rheinwalds Salon ging alles ein wenig kleiner, einfacher und gemütlicher zu, ein jeder durfte sich geben, wie er war. Man plauderte über Literatur, Theateraufführungen, Malerei, über die architektonischen Neuheiten Stuttgarts, das Wetter oder König Wilhelms Liebe zur Pferdezucht und Landwirtschaft. Über die politischen Verhältnisse wurde schon seltener disputiert, und der religiöse Glaube spielte in diesen Kreisen zu Friedhelms Erstaunen fast gar keine Rolle. Die Gäste, darunter auch einige Frauen, waren fast durchweg sympathisch, ein jeder brachte eine Kleinigkeit zum Essen oder Trinken mit, um den Geldbeutel ihres Gastgebers nicht unnötig zu schröpfen. Manchmal wurde auch musiziert, wobei Lisette die Violine wirklich meisterhaft spielte.

Lisette war bei diesen Anlässen fast immer dabei. In ihrer unbekümmerten und mit ihren wallenden Gewändern zugleich ein wenig mondänen Art brachte sie frischen Wind in die Runde, mitunter auch argwöhnisch beäugt von den Ehefrauen der Gäste, die in ihren schwarzseidenen Kleidern mit weißen Handschuhen eher züchtig gekleidet daherkamen. Lisette lachte viel und liebte es, sich vor aller Augen mit Friedhelm zu necken, was ihm so manches Mal die Röte ins Gesicht steigen ließ. Vor allem in letzter Zeit wurde ihm das fast zu viel, wie auch der ständige Trubel im Haus.

Umso mehr liebte er deshalb die Zeit nach dem Mittagessen, zu der er Rheinwald in den Salon begleitete, um nur zu zweit eine Pfeife zu rauchen und in den neuesten Gazetten zu schmökern. Mit ihm konnte man auch wunderbar schweigen. Nur hin und wieder sah er von seiner Zeitung auf, um ihm etwas vorzulesen, was er gewöhnlich mit dem drolligen Satz: «*Listen, my dear friend*» einleitete. Womit er Friedhelm jedes Mal zum Schmunzeln brachte: Der Kaufmann machte zwar große Fortschritte in der englischen Sprache, doch es war ihm nicht abzugewöhnen, das R wie ein Spanier zu rollen, anstatt es wie ein Engländer im Rachen zu verschlucken.

An diesem Samstagmittag war Lisette mit ihren Freundinnen in den königlichen Parkanlagen spazieren, bei herrlichstem Kaiserwetter. Dabei hatte es Mitte April noch einen heftigen Schneesturm gegeben, zum großen Schrecken derjenigen, die ein Garten- oder Feldstückle besaßen, aber anderntags war der Schnee zum Glück wieder geschmolzen. Und der Mai schien zu einem wahren Wonnemonat zu werden – alles spross und gedieh, es war warm wie im Frühsommer. Trotzdem verspürte Friedhelm keine Lust hinauszugehen und hatte heute mehr Mühe denn je, sich auf die neuesten Zeitungsmeldungen zu konzentrieren.

Dabei hätte er allen Grund gehabt, sich zu freuen, nicht nur wegen des Wetters, das endlich eine gute Ernte versprach. Zweimal nämlich hatte er bereits Post von Pfarrer Unterseher bekommen, wobei der zweite Brief von vorgestern durchweg positiv klang: Luise war mit ihrer schweren Krankheit endgültig über dem Berg, wenngleich sie noch immer Erholung brauchte, und anscheinend kümmerte sich an ihrer Stelle nun Emmanuel Dürr um die Armen im Ort und wurde dafür jeden Sonntag zum Mittagessen eingeladen. Hatte Friedhelm sich also doch getäuscht in dem Kerl? Über Gottlob war zu lesen, dass ihm dank guter

Führung einige Hafterleichterungen zugestanden wurden, wie etwa ein täglicher Rundgang im Hof der Festung, und Christian dürfe nun jede Woche nach Hause schreiben. Zuletzt habe er berichtet, dass die Rumfordsuppe im Arbeitshaus Markgröningen mehr Fleisch enthielte als die in Hohenstetten und er schon ordentlich Muskeln angesetzt habe.

Friedhelm unterdrückte ein Seufzen. Ja, er hätte sich darüber freuen sollen, und doch berührte ihn das alles nicht wirklich. Weil nämlich nur sein Verstand ihm sagte, wie gut sich alles entwickelte, nicht aber sein Herz. Dazu hätte Paulina bei ihm sein müssen. Aber er wusste nicht einmal, ob sie noch auf hoher See, bereits in Amerika oder überhaupt noch am Leben war. Pfarrer Unterseher hatte ihm und seiner Tochter Luise zuliebe tatsächlich ein halbes Dutzend Schiffskommissäre in Amsterdam angeschrieben und von einem gewissen Wendelin Waakhus Antwort erhalten: Eine Familie Gutjahr habe sich auf der Dreimastbark *Williams* nach Philadelphia eingeschifft, am Morgen des dreizehnten April. Paulina würde also nicht zu ihm zurückkommen. Zwei Monate war es nun schon her, dass er sie zuletzt gesehen hatte, doch die Zeit kam ihm unendlich viel länger vor. Dass er neuerdings nicht mehr von ihr träumte und sogar Mühe hatte, sich ihr Gesicht vor Augen zu rufen, ließ ihn schier verzweifeln.

«Lieber Friedhelm», schreckte Rheinwald ihn auf und legte seine Zeitung beiseite. «Sie starren mal wieder Löcher in die Luft. Was ist los mit Ihnen?»

«Ein bisschen müde bin ich derzeit, aber das vergeht schon wieder.»

Der Kaufmann schüttelte den Kopf. «Seit drei Wochen wohnen Sie nun schon mit uns unter einem Dach. Meine Tochter und ich sind beide sehr froh darum. Einen besseren Hausgenossen und Lehrer hätten wir uns nicht wünschen können. Aber Sie werden von Tag zu Tag schwermütiger, was im Übrigen auch Lisette aufgefallen ist. Haben Sie vielleicht Heimweh nach Hohenstetten?»

«O nein, Phillip, ganz gewiss nicht. In Stuttgart fühle ich mich inzwischen sehr wohl, und mit Ihnen habe ich wahrlich das große Los gezogen. Dafür bin ich Ihnen auch überaus dankbar.»

«Dann würde ich gern, wenn Sie erlauben, meine andere Vermutung äußern.» Ohne Friedhelms Antwort abzuwarten, fuhr er fort: «Herr von Thouret hat mir gegenüber einmal angedeutet, Sie seien der Liebe wegen hergekommen. Von einer Braut ist aber Ihrerseits nie die Rede gewesen.»

Friedhelm zögerte. Nicht zum ersten Mal fragte er sich, ob Rheinwald ihn womöglich zum Schwiegersohn auserkoren hatte und deshalb so förderte. Andererseits konnte ihm das gleichgültig sein. Was er auf keinen Fall wollte, war, dass der Kaufmann die Gründe für seine Stimmungsschwankungen bei sich selbst suchte. Und so berichtete er in knappen Worten von Paulina, wie sie sich zu Hause heimlich verlobt und in Stuttgart ein neues Leben hatten aufbauen wollen.

«Ein Freund sollte sie hierherbringen», schloss er, «stattdessen hat ihr Vater sie kurz zuvor gewaltsam auf die Reise nach Amerika gezwungen, zusammen mit dem Dorfmetzger, einem dümmlichen Kerl, der vom Alter her ihr Vater sein könnte und den sie heiraten soll.»

«Ach herrje, das tut mir sehr leid für Sie, Friedhelm. Jetzt kann ich Ihre Niedergeschlagenheit verstehen. Deshalb auch Ihr Gedanke, eines Tages nach Amerika zu gehen.» Er klopfte den verglühten Tabak aus dem Pfeifenkopf. «Da ist wohl noch Ihre allerletzte Hoffnung, irgendwann Ihrer Verlobten nach Amerika zu folgen.»

Friedhelm schüttelte traurig den Kopf. «Eigentlich habe ich

gar keine Hoffnung mehr. Ich weiß nicht, ob Paulina nach alledem noch die Kraft hat, sich der Hochzeit zu widersetzen. Ich kann nur noch hoffen, dass sie mir wenigstens schreibt, sobald es so weit ist.»

«Damit Ihr Kopf und ihr Herz wieder frei werden, ich verstehe. Aber selbst wenn es so weit kommt, und das sage ich Ihnen jetzt als väterlicher Freund: Sie werden es überwinden. Sie sind noch so jung, in Ihnen steckt viel Kraft und Mut. Glauben Sie mir: Alles, was wir an Nackenschlägen im Leben überstehen, macht uns nur stärker.»

Rheinwalds Worte waren gut gemeint und mochten wahr sei, aber ein wirklicher Trost waren sie nicht. So nickte er nur.

«Auch ich will jetzt offen zu Ihnen sein, lieber Friedhelm. Sie sprechen hervorragend Englisch, besitzen eine angenehme Art, mit Menschen umzugehen, und haben für alles, was das Handelsgeschäft betrifft, erstaunlich schnell ein Verständnis entwickelt. Nun habe ich für dieses Jahr große Pläne, die ich Ihnen nicht länger vorenthalten möchte: Ich werde nach England gehen. Nicht morgen, nicht übermorgen, aber sobald alles bestens vorbereitet ist. Mit Mister Pommeroy und einem weiteren Handelspartner baue ich mir gerade ein erstes Standbein auf. Und zwar nicht in der Hauptstadt London, die mich als größte Stadt der Welt ohnehin abschreckt, sondern in Manchester in Nordengland, dem Zentrum der neuen Textilindustrie.»

Verdutzt sah Friedhelm ihn an. Damit, dass seine neue Stellung nicht von Dauer sein würde, hatte er am allerwenigsten gerechnet. Zu seinem Glück hatte er bereits einige wichtige Kontakte in Stuttgart geknüpft. Oder war genau dies der Grund dafür, dass Rheinwald ihn in seinen Freundeskreis eingeführt hatte?

«Das sind wahrhaftig große Pläne, Phillip. Nur damit ich ungefähr weiß, wann ich mich nach einem neuen Broterwerb umsehen muss: Wird es noch dieses Jahr so weit sein?»

Rheinwald lachte herzhaft. «Aber nein, da haben Sie mich gründlich missverstanden. Ich brauche doch Ihre Englischkenntnisse! Ich möchte Sie natürlich mitnehmen, als meinen Handlungsdiener und *interpreter*. Und haben Sie keine Angst vor der Überfahrt, von Ostende nach London dauert sie keine Woche.»

«Sie wollen mich wahrhaftig mitnehmen?»

«Genau das ist mein Plan. Sie haben selbstverständlich genug Zeit, es sich zu überlegen, ich denke, es wird auf jeden Fall Sommer. Und bis dahin haben Sie bestimmt auch Nachricht von Ihrer Paulina.» Er zwinkerte ihm zu. «Dann können Sie immer noch entscheiden: Amerika oder England.»

Wie jeden Samstag ging Rheinwald auch an diesem Abend aus, diesmal ins Café Gauger, wo sich die Stuttgarter Bildungsbürger trafen, um zu plaudern, in ausgelegten Zeitschriften und Büchern zu lesen oder Billard zu spielen. Zuvor hatte er Friedhelm noch rasch einen Brief nach Manchester diktiert, den er gleich am Montag früh zum Postplatz bringen sollte.

«Wollen Sie nicht doch mitkommen?», fragte Rheinwald, während er sich in der Diele den Gehrock überstreifte. «Wir hätten ja vielleicht etwas zu feiern heute, falls Sie mein Angebot annehmen, und ich lade Sie natürlich ein.»

«Vielen Dank, aber Ihre Neuigkeiten von heute Mittag haben mich doch sehr überrascht. Ich glaube, ich muss noch in Ruhe darüber nachdenken.»

«Tun Sie das. Setzen Sie sich dazu in den Salon, lassen Sie sich von Sophie einen Humpen Bier bringen, und rauchen Sie ein Pfeifchen. Sie wissen ja, wo alles zu finden ist. Bei mir wird es sicher später, bis morgen also.»

Normalerweise zog sich Friedhelm, sofern er nichts mehr für Rheinwald zu schaffen hatte oder kein Besuch im Haus war, in seine Wohnung zurück. Heute aber hatte er tatsächlich Lust auf eine Pfeife Tobak.

Doch als er die nur angelehnte Tür zum Salon aufschob, fand er Lisette im Lehnstuhl am Ofen sitzen, mit einem aufgeschlagenen Buch im Schoß. Sie trug das elfenbeinfarbene Kleid mit dem weiten Dekolleté, hatte aber ein buntes Wolltuch über Schultern und Ausschnitt gelegt.

«Verzeihung, ich wollte nicht stören», sagte er, als sie aufblickte, und wollte sich schon zurückziehen.

«Aber du störst doch nicht! Und wenn du rauchen willst – das macht mir nichts.» Sie grinste verschmitzt, und im Schein der Kerzen leuchteten ihre blauen Augen auf. «Ich täte dann auch mal an der Pfeife ziehen. Oder ist mein Vater noch da?»

Er kam sich ein wenig tölpelhaft vor, wie er so unschlüssig im Türrahmen stand, und trat ein.

«Nein, er ist ausgegangen.»

«Aha, er sucht wohl mal wieder seine Unterhaltung im Caféhaus. Warum bist du nicht mitgegangen?»

«Mir war heute nicht danach.»

«Heute?» Sie lachte. «Du gehst nie mit. Wenn ich ein Mann wäre und keine Frau – ich täte jeden Abend ausgehen. Aber du hast recht, dort trifft sich immer dieselbe Gesellschaft, da verpasst du nichts. So setz dich doch endlich her, und steh nicht herum wie ein Stecken im Weinberg.»

Von Anfang an hatte Friedhelm es vermieden, mit Lisette allein zu sein, sosehr er sie mochte. Aber er wusste nie, was sie in ihm sah: einen Hausangestellten, einen unbedarften Burschen vom Dorf oder eine Art Bruder? Ein wenig zögerlich nahm er in dem anderen Lehnstuhl Platz.

«Und woher weißt du, dass sich im Café immer dieselben treffen, wenn du abends nicht ausgehst?» Manchmal reizte sie ihn auch zum Widerspruch.

«Aus den Erzählungen. Du denkst vielleicht, Stuttgart sei eine große Stadt, weil du auf dem Land aufgewachsen bist. Aber eigentlich ist es noch immer ein Bauerndorf, wo die Leute ihr Viehzeug durch die Straßen treiben und es nach Misthaufen stinkt.»

«Derzeit wohl eher nicht, wo es kaum noch Vieh im Land gibt.»

«Ja, ich weiß. Aber was ich meine, ist, dass es in anderen deutschen Großstädten viel mehr Kultur für den Bürger gibt und sich die Frauen viel freier bewegen. In Berlin oder Frankfurt zum Beispiel gibt es Frauensalons und weibliche Lesezirkel, da schreiben Frauen Bücher, die auch gelesen werden, oder dürfen an einer Kunstakademie studieren. Eine Luise Duttenhöfer aber musste sich alles selbst beibringen.»

«Nun ja, wir sind hier halt im Schwabenland, vielleicht kommt das alles noch.»

Sie lachte wieder ihr helles Mädchenlachen. «Du hast ins Schwarze getroffen! Anderswo macht man sich schon lustig über uns Stuttgarter Bürgerinnen. Man sagt uns nach, wir seien karg und sparsam, herb und verschlossen.» Sie beugte sich näher zu ihm herüber. «Findest du mich verschlossen?»

Er wich ihrem herausfordernden Blick aus. «Das nicht gerade.»

«Mehr noch …» Sie lehnte sich wieder zurück, und ihre Miene verfinsterte sich. «Es heißt, die schwäbelnde Stuttgarterin sei linkisch im Auftreten, befangen in der Conversation, beantworte Fragen nur kurz und lasse ein Gespräch so rasch als möglich fallen. Ist das nicht unverschämt?»

Wider Willen musste Friedhelm lachen. «Wer sagt solch einen Unsinn?»

«O, das habe ich von so manch gelehrten Mannsbildern gehört oder gelesen. Von einem Jean Paul zum Beispiel.»

«Und trotzdem liest du seine Werke? Mir haben seine Flegeljahre übrigens sehr gut gefallen.» Er erhob sich und wies auf ihr Buch. «Die Gedichte im *Poetischen Almanach* sind auch sehr schön. Ich lass dich dann wieder in Ruhe lesen.»

«Nein, warte. Magst du mir nicht eine Englischstunde geben?»

«Sei mir nicht böse, aber ich bin müde. Morgen wieder.»

Sie hielt ihn am Arm fest. «Was ist mit dir? Warum weichst du mir immer aus?»

«Ich weiche dir nicht aus.»

«Doch, das tust du. Gerade so, als sei dir meine Gegenwart unangenehm.»

«Bitte, Lisette, sag so etwas nicht», stotterte er. «Es hat wirklich nichts mit dir zu tun.»

Sie ließ ihn wieder los.

«Gut, dann glaube ich dir das jetzt einmal, Friedhelm Lindenthaler.» Dabei lächelte sie schon wieder, und in ihren Augen blitzte es belustigt auf. «Hat dir mein Vater eigentlich von seinem großen Vorhaben erzählt?»

«Ja, er hat es mir heute Mittag gesagt.»

«Du glaubst gar nicht, wie ich mich auf England freue. Was für ein Abenteuer! Und endlich heraus aus diesem dumpfen, schwäbischen Biedersinn. Was ist mit dir? Kommst du mit uns?

«Ich … ich weiß noch nicht.»

«Bitte, Friedhelm, komm mit nach Manchester. Du würdest meinem Vater eine riesige Freude machen. Und mir erst recht.»

# *Kapitel 40*

*Eine Woche später in Heilbronn,*
*Samstag, den 10. Mai 1817*

Paulina stand am Bug der *Neckarperle* in der fast schon heißen Mittagssonne und mochte es kaum glauben, dass die Stadt, die vor ihr am linken Neckarufer aus dem Dunst auftauchte, Heilbronn sein sollte. Nach vier endlosen Wochen auf dem Rhein und dem Neckar hatte sie es endlich geschafft und diese elende Schiffsreise hinter sich gebracht. Als Erstes würde sie sich einen günstigen Gasthof für die Nacht suchen, sich endlich einmal richtig satt essen, in der Stadt Seife und Kamm kaufen, um wieder einen anständigen Menschen aus sich zu machen, und am nächsten Morgen die Postkutsche nach Stuttgart nehmen. Nur noch eine einzige Nacht trennte sie von Friedhelm, der seinen Augen wahrscheinlich nicht trauen würde, wenn sie leibhaftig vor ihm stand. So kam nun doch noch alles zu einem guten Ende.

Du brauchst dir keine Sorgen mehr zu machen, sprach sie in Gedanken zu ihrer Mutter, jetzt bin ich fast am Ziel meiner Reise.

Unwillkürlich dachte sie daran zurück, wie sehr es sie trotz allem bis zuletzt geschmerzt hatte, sich vom Vater nicht verabschieden zu können. Die Gelegenheit, mit der Mutter unbemerkt zum Bootsanleger zu entwischen, hatte sich von selbst angeboten: Diejenigen, die sich am nächsten Morgen auf der *Williams* einschiffen wollten, hatten ihren letzten Abend in Amsterdam mit viel Schnaps und Bier gefeiert, allen voran ihr Vater, Ludwig und Lorenz. Alle drei waren sie schon bald reichlich betrunken gewesen, hatten die verschwörerischen Blicke, die sie und die Mutter immer wieder austauschten, nicht einmal bemerkt. Draußen stand schon der Knecht bereit, um sie zur *Neckarperle* zu bringen, als sie schließlich dem Vater verkündeten, vor der Tür ein wenig Luft schnappen zu wollen. «Ja, ja, geht ihr nur – solange ihr mir nicht davonlauft», hatte er gelacht, um gleich darauf in Paulinas Richtung zu höhnen. «Den Brief an deine Freundin Luise hättest dir übrigens sparen können – ich hab ihn nämlich durchgelesen. Der ist mitsamt deinem Liebesgestammel an den Schulmeister im Ofen gelandet!» In diesem Augenblick war das letzte Band zwischen ihr und dem Vater zerrissen. Was war er nur für ein Mensch geworden! Alles war ihr wieder vor Augen gestanden: wie er sie gefesselt und entführt hatte, wie er sie immer wieder erniedrigt, belogen und betrogen hatte. Dass er sich würde ändern können, bezweifelte sie, hoffte es aber dennoch ihrer Mutter zuliebe.

Sie stieß hörbar die Luft aus, als der Flickschustergeselle Franz sie mit dem Ellbogen leicht in die Seite stieß. «Was guckst du so grimmig? Ich dachte, dein Liebster wartet auf dich?»

«Das geht dich rein gar nichts an», gab sie zur Antwort und rückte ein wenig ab von ihm.

Am Rheinhafen von Mannheim hatte man einen Teil der Ladung gelöscht und dafür zwei Handwerksgesellen mitgenommen, die ihr Lager zwischen den Kisten und Fässern an Deck aufschlugen. Der Jüngere der beiden, seines Zeichens ein Flickschuster, hatte ihr bald schon auf dreiste Art Avancen gemacht, und so war sie in diesen beiden letzten Nächten heilfroh gewesen, dass die Außentür der Kajüte abschließbar war.

«Lass sie endlich in Ruh», grinste sein Kumpan. «Die Paulina will nix von dir.»

«Ganz genau, Franz. Weil ich nämlich verlobt bin, wie ich euch schon dreimal gesagt habe.»

Zu ihrer Rechten konnte sie das Wirtshaus Zum Kranen ausmachen, wo ihre unglückselige Reise begonnen hatte. Sie ließ die beiden stehen und bahnte sich zwischen den Frachtstücken und den spielenden Kindern hindurch ihren Weg zur Kajüte, um Jacke und Reisebeutel zu holen. Als sie zurück auf Deck kam, hatte der Schiffsmeister bereits die Segel eingeholt, sein Knecht stand mit der Stake an der Reling bereit.

«Na, Paulina, bist froh, bald in Stuttgart zu sein?», fragte Frau Mangold, die am Steuerruder stand, und lächelte ihr falsches Lächeln.

«Ja, das bin ich», entgegnete Paulina kühl.

Sie war von den Bootseignern eindeutig übervorteilt worden. Anstatt dass sie, wie vereinbart, im Bett der Kinder schlafen durfte, hatte man für sie in der winzigen Kammer eine schmale, schmutzige Hängematte befestigt, und mit der ebenso schmutzigen Decke hatte sie sich erst einmal gehörig Flohstiche geholt. Der ihr zugeteilte Proviant, den sie während der Essenszeiten allein an Deck zu sich nehmen musste, da die Kombüse angeblich zu eng war, war von Woche zu Woche kärglicher geworden, sodass sie ihre eigene Wegzehrung an Dauerwurst und Dörrobst bald schon aufgebraucht hatte. Verdünntes Bier gab man ihr nur zweimal am Tag zu trinken, für die Katzenwäsche mit dem Flusswasser bekam sie zwar ihren eigenen Eimer gestellt, nicht aber Seife und Handtuch. Im Grunde hatte man sie gehalten wie einen Hund, dem man hin und wieder einen Knochen zuwarf. Zudem musste sie täglich beim Treideln mithelfen, wenn die Strömung flussaufwärts zu stark wurde, denn dann nutzte selbst das große Segel nichts mehr. Anfangs hatten ihr danach alle Muskeln und Knochen geschmerzt, aber wenigstens war somit die Zeit schneller vergangen.

Trotzdem wollte sie diesen Leuten nichts nachtragen. Die *Neckarperle* hatte sie, bis auf einen heftigen Sturm in der ersten Woche, wohlbehalten und ohne Zwischenfälle nach Heilbronn gebracht, den Heimathafen der Mangolds, und dafür war sie Gott dankbar.

Kurz darauf legten sie an. Sie wunderte sich, dass der Gasthof fast wie ausgestorben wirkte. Auch von Landgendarmen, die ankommende Reisende gemeinhin überprüften, war nichts zu sehen, und vor dem Eingang zum Kranenwirtshaus stand eine einzige einsame Maultierkarre, auf der ein Mann sein Nickerchen hielt. Dann aber fiel ihr ein, was ihr der Schiffsmeister erzählt hatte: dass nur noch wenige Boote mit Auswanderern Richtung Holland abgingen. Ihr Herz begann schneller zu schlagen, als das Boot fest vertäut war und der Knecht den Steg auslegte. Sie war zurück in Württemberg!

Die beiden Gesellen gingen zuerst an Land, während sie noch immer mitten auf Deck verharrte.

«Was ist, Paulina?», rief Franz ihr zu. «Willst du nicht mit uns in die Stadt gehen?»

Das allerdings hatte sie ganz und gar nicht vor, und so flunkerte sie: «Ich warte noch auf jemanden.»

«Schade. Aber wenn's dir mit deinem Liebsten zu fad wird, findest du uns im Ochsen.»

Sie hob nur kurz die Hand zum Gruß und verabschiedete sich vom Bootsknecht und den Mangolds. Die schienen es indessen eilig zu haben mit dem Löschen der Ladung und sahen kaum auf. Mit ihrem Reisesack über der Schulter balancierte sie über den wackligen Steg und betrat endlich heimatlichen Boden.

Fast zwei Monate war es her, dass sie genau hier versucht hatte, ihren Eltern und Lorenz zu entkommen, die nun ohne sie auf dem Weg nach Philadelphia waren. Sie konnte es noch immer kaum fassen, dass sie jetzt ein freier Mensch war.

In einem plötzlichen Glücksgefühl sah sie sich um. Die Bäume, die Sträucher, das Gras – alles leuchtete in einem so satten Grün, wie es nur der Mai zustande brachte. Die Wiesen hinter dem Gasthaus, auf denen sogar eine Schar Gänse graste, waren mit bunten Blumen betupft, am Wegrand blühten Büsche in kräftigem Gelb, der Neckar glitzerte silbern unter einem wolkenlosen Himmel. Ob die Menschen hier noch immer solch große Not litten?

Am Ufer war es bedeutend wärmer als an Deck, wo stets ein kühlender Fahrtwind gegangen war, und sie bekam Durst. Sie beschloss, im Kranenwirtshaus einen Krug Most zu bestellen, bevor sie sich auf den Weg in die Stadt machte. Außerdem würde es nicht schaden, zu diesem Carl und seinem Kumpan einen größeren Abstand zu lassen. Ihre zehn Gulden wollte sie für Abendessen, Übernachtung und Postkutsche aufheben, aber die Mutter hatte ihr zum Abschied noch eine Handvoll Kreuzer zugesteckt, zusammen mit einer Adresse.

Sie griff in ihre Jackentasche und zog das Blatt Papier heraus. Gerührt betrachtete sie die zierliche Handschrift ihrer Mutter. *In Liebe, deine Mutter*, stand unter der Adresse des Amsterdamer Kommissärs Wendelin Waakhus. Paulina hatte ihr mehrfach versprechen müssen zu schreiben, sobald sie in Stuttgart gut angekommen sei. Waakhus würde dann die Post weiterleiten an die deutsche Gesellschaft in Philadelphia. «Lass mich ein wenig teilhaben an deinem Glück», waren ihre letzten Worte gewesen, bevor Paulina die *Neckarperle* bestieg.

Ja, das wollte sie nach ihrer Ankunft gleich als Erstes machen.

Ihr einen ausführlichen Brief schreiben und auf das Postamt bringen.

Dann tastete sie nach ihrem Lederbeutelchen mit dem Geld – und stutzte. Es fühlte sich seltsam an. Als sie den Beutel herauszog und öffnete, stockte ihr Herzschlag: Statt Münzen enthielt er flache Kieselsteine!

Die Knie wurden ihr weich. Man hatte sie bestohlen! Das mussten die Mangolds gewesen sein, wer sonst? Aber wann und wie? Tag und Nacht hatte sie auf dem Boot verbracht, zum Schlafen die zusammengerollte Jacke mitsamt Geld und Papieren darin als Kopfkissen benutzt, und bei den wenigen kurzen Landgängen am Abend wegen der Kälte die Jacke übergezogen. Dann fiel es ihr wie Schuppen von den Augen: Beim Treideln hatte die Schiffsmeisterin das Ruder geführt, während alle anderen am Seil hingen. Und außer an Regentagen hatte Paulina bei dieser anstrengenden Arbeit die Jacke an Bord gelassen.

Fast gelähmt vor Schreck drehte sie sich zum Wasser um. Vor der *Neckarperle* war inzwischen ein Fuhrwerk vorgefahren, Kisten und Fässer wurden aufgeladen, die Mangoldin mit ihrer Kommandostimme stand mittendrin.

Die Wut über den gemeinen Diebstahl gab ihr wieder Kraft. Mit festen Schritten kehrte sie an die Anlegestelle zurück und baute sich vor der Schiffsmeisterin auf.

«Wann haben Sie mir mein Geld gestohlen?»

«Wie?» Das feiste Gesicht der Frau lief rot an. «Was faselst du da?»

Paulina leerte ihr die Kieselsteine vor die Füße. «Haben sich meine zehn Gulden und fünfzehn Kreuzer also über Nacht in Stein verwandelt?»

«Du hast doch den Verstand verloren. Glaubst du etwa, wir bestehlen unsere Fahrgäste?»

«Genau das meine ich. Zum Beispiel, während ich beim Treideln mitgeholfen habe.»

Inzwischen war Mangold hinzugekommen. «Was ist hier los?»

«Dieses unverschämte Ding», fauchte seine Frau, «behauptet, dass wir sie bestohlen hätten.»

Paulinas Stimme begann nun doch zu zittern. «Mein ganzes Geld ist weg, im Beutel waren nur noch Steine.»

«Jetzt hör aber auf.» Der Schiffsmeister starrte sie an. «Das kann doch gar nicht sein. Was ... was ist mit den Handwerksburschen? Die hatten es ja ziemlich eilig wegzukommen.»

«Das ist Unsinn. Die wollten schließlich, dass ich sie in die Stadt begleite. Das hätten sie kaum gesagt, wenn sie mich bestohlen hätten. Außerdem haben sie die Kajüte nie betreten. Geben Sie mir jetzt sofort mein Geld zurück.»

«Das muss ich mir nicht länger anhören», schnauzte die Mangoldin. «Das ist eine infame Verleumdung! Verschwinde, bevor wir dich im Wirtshaus festsetzen und die Gendarmerie holen.»

Drohend trat der Schiffsmeister dicht an Paulina heran. Er überragte sie um zwei Kopflängen und hatte Hände wie Schaufeln. «Du hast gehört, was meine Frau sagt. Geh jetzt!»

Paulina wusste, dass sie verloren hatte. Ohne ein weiteres Wort drehte sie sich um und ging schwer atmend davon. Nun besaß sie also keinen Kreuzer mehr, hatte nichts zu essen und sah aus wie eine Landstreicherin mit ihren ungewaschenen Haaren und dem fleckig gewordenen, einst so hübschen Jäckchen.

Was sollte sie nur tun? Sie musste einen klaren Kopf behalten. Denk nach, Paulina, sagte sie sich. Wie weit ist es nach Stuttgart? Ihrer Schätzung nach war der Weg dorthin zu Fuß in knapp zwei Tagen zu schaffen, wenn sie jetzt gleich losmarschierte. Zur Nacht könnte sie bei einem Pfarrhaus anklopfen – eine junge, alleinstehende Frau würde man nicht abweisen und ihr vielleicht sogar ein warmes Essen geben.

Ohne nochmals zurückzuschauen, nahm sie den Weg in Richtung Stadt. Die Verzweiflung über ihre Lage trieb sie immer wieder in den Laufschritt, und sie musste sich regelrecht zwingen, langsamer zu gehen. Nein, sie durfte nicht den Kopf verlieren. Auch ohne Geld würde sie es bis Stuttgart schaffen.

Vor der Neckarbrücke an der Stadtmauer hatte sie sich ein wenig beruhigt. Sie fragte eine alte Magd nach der Landstraße in Richtung Stuttgart.

«Ganz einfach: über die Brücke, dann rechts herum immer die Mauer entlang und beim nächsten Tor, dem Fleinertor, die Ausfallstraße nach Süden.» Die Alte legte die Stirn in Falten. «Geht's dir nicht gut, Kind?»

«Doch, doch. Wissen Sie vielleicht, wie spät es ist?»

«Vorhin hat's zwei geschlagen. Hör zu: Am Fleinertor gibt's einen Brunnen, da kannst dich erfrischen. Aber halte dich besser fern von den Wachleuten.»

Paulina bedankte sich und setzte ihren Weg fort. Ihr blieben also noch gut vier, fünf Stunden, bis sie sich nach einem Nachtquartier umsehen musste. An besagtem Brunnen stillte sie ihren Durst, füllte die kleine Feldflasche auf und wusch sich notdürftig Gesicht und Hände. Als sich ein uniformierter Schutzmann näherte, machte sie sich eilends davon. Sie hatte zwar ihren Geburtsschein bei sich, aber kein Geld, was sie verdächtig machte.

Anfangs kam sie gut voran. Sie hatte sich drei Mägden angeschlossen, die auf ihrem Heimweg zu einem Ort namens Lauffen waren und zu ihrer Erleichterung kaum einmal das Wort an sie richteten. Doch schon nach etwa zwei Stunden, als die Straße wieder den sich durch die Landschaft schlängelnden Neckar erreichte, vermochte sie kaum noch Schritt zu halten mit ihren

Begleiterinnen. Nun rächte sich, dass sie sich in Amsterdam nie ordentlich satt gegessen hatte und deshalb so abgemagert war. Die Wochen auf dem Boot hatten sie vollends kraftlos gemacht.

Plötzlich blieb die Magd namens Maria stehen.

«Seht nur!» Sie deutete auf den nahen Neckar, wo ein Kahn offenbar durch die Strömung ans Ufer getrieben worden war. Ein bäuerlich aussehender Mann versuchte, mit seiner Stake das Boot freizubekommen, als auch schon zwei junge Burschen mit Rückentragen auf ihn zustürzten.

«Kommt!», rief Maria, und alle drei rannten sie los. Im nächsten Moment verstand Paulina auch, warum: Die Burschen waren auf das Boot gesprungen und begannen eine Rangelei mit dem Kahnfahrer. Während der eine ihn festhielt, wuchtete der andere nach und nach die geladenen Säcke ans Ufer. Das Boot wurde geplündert!

Da rannte auch Paulina die Böschung hinunter, ohne lange nachzudenken. Sie hatte Hunger, hatte seit dem Napf Mehlbrei am Morgen nichts mehr zu sich genommen. Als sie am Ufer ankam, stopften sich die Mägde gerade ihre Taschen mit Feldfrüchten voll, und als der arme Mann zu brüllen begann, schubste ihn sein Bewacher kurzerhand ins Wasser. Paulina erschrak, sah dann aber, dass er in dem flachen Wasser durchaus stehen konnte. Da bückte auch sie sich über einen der aufgeschnittenen Säcke und füllte sich kurzerhand beide Jackentaschen. Erst dabei bemerkte sie, dass es sich bei den Früchten lediglich um kleine, verschrumpelte Saatkartoffeln handelte.

«Los, weg hier», befahl Maria, und sie beeilten sich, zurück zur Straße zu kommen, die zu ihrem Glück menschenleer war. Als Paulina sich umdrehte, sah sie den Bauern laut fluchend ans Ufer klettern, die beiden Jungen flüchteten mit ihrer Beute in einem Ruderboot.

Jetzt hatte sie also zum ersten Mal im Leben einen Menschen beraubt. Dann aber sagte sie sich, dass der Mann mehr oder weniger mit dem Schrecken davongekommen und sein Verlust nicht allzu groß war. Nur: Was sollte sie mit rohen Kartoffeln anfangen?

Unter freudigem Kichern setzten die drei Mägde ihren Weg fort.

«Das gibt ein feines Essen heute Abend», frohlockten sie. «Endlich mal keine Wassersuppe mit Graupen.»

Mit Mühe schloss Paulina zu ihnen auf. Ihr lief inzwischen der Schweiß über die Stirn, obwohl sie sich die Jacke längst ausgezogen und um die Hüften geschlungen hatte.

«Wartet! Ich muss bis nach Stuttgart und kann mit rohen Kartoffeln nichts anfangen. Habt ihr vielleicht ein bisschen Brot dabei? Dann könnten wir tauschen.»

Maria blieb stehen, legte den Kopf schief und grinste. «Wir könnten dir deine Grumbieren auch einfach so wegnehmen.»

«Ihr könntet mir auch einen Knüppel über den Kopf schlagen und mich ausrauben. Aber ich sag's euch gleich: Ich bin schon ausgeraubt worden, und außer ein bisschen Wäsche hier im Bündel habe ich rein gar nichts mehr.»

Marias Grinsen erstarb. «Schon gut, war nicht so gemeint. Hier», sie nestelte in ihrer Schultertasche, «kannst meinen Brotkanten haben.»

Am Ende besaß Paulina drei trockene Brotkanten und war ihre Kartoffeln los.

«Wir gehen dann mal voran», beschied ihr Maria. «Du läufst uns zu langsam.»

Paulina nickte und ließ sich am Wegrand erschöpft ins Gras sinken. Sie konnte auch ebenso gut allein weiterwandern, war sie doch tatsächlich völlig mittellos. Wer ihr Jacke und Reisesack klauen wollte – nur zu. Bloß um den rosenfarbenen Schmuckstein von Luise hätte es ihr leidgetan.

Trotz ihres Bärenhungers machte sie sich vorerst nur über eines der Brotstücke her. Es war ohnehin so trocken und hart, dass sie zum Herunterspülen ihre ganze Feldflasche leer trank, und schmeckte zudem unangenehm bitter. Wahrscheinlich war Moos darin verbacken. Am liebsten hätte sie sich danach in den Schatten eines Baumes gelegt, um auszuruhen, doch dann wäre sie wahrscheinlich tief und fest eingeschlafen.

Sie zwang sich wieder auf die Beine und folgte der Landstraße. Am Abzweig zu dem Städtchen Lauffen zögerte sie: Eigentlich sollte sie an einem Brunnen ihre Flasche auffüllen, aber sie fürchtete, kontrolliert zu werden, so abgerissen, wie sie aussah. Sie wusste inzwischen, dass sie gar nicht im Lande sein durfte: Für die Erlaubnis zum Auswandern hatten ihre Eltern ein Rückkehrverbot unterzeichnet und auf das württembergische Bürgerrecht verzichtet. Eigentlich hätte sie spätestens in Heilbronn im Rathaus einen Laufpass für den Heimweg beantragen müssen, der nur für kurze Zeit galt. Doch erstens waren Rathäuser am Wochenende geschlossen, und zweitens war sie nun, ohne Reisegeld und bis auf ihren Geburtsschein ohne Papiere, für die Obrigkeit nichts anderes als eine hergelaufene Vagantin.

Besser, sie mied alle Ortschaften, und so schleppte sie sich auf der staubigen Landstraße voran. Hin und wieder wurde sie von einer Maultierkarre überholt, dann winkte sie heftig, doch niemandem fiel ein, sie ein Stück mitzunehmen. Wenigstens verlor die Sonne an Kraft zum Spätnachmittag, und sie fand ein Bächlein, um ihren brennenden Durst zu stillen und die Feldflasche aufzufüllen. Tröstlich war auch der Anblick der Bauern, die wieder auf ihren Äckern arbeiteten, wo die Saat spross.

Als die Sonne schon tief stand, tauchte nach einer Neckarschleife eine größere Stadt auf. Unschlüssig blieb sie stehen. Jetzt galt es, sich zu entscheiden: sich eine Feldscheuer suchen, um die Nacht in all ihre Kleidungsstücke gewickelt auf dem kalten Boden zu verbringen, oder das Wagnis eingehen und in der Stadt am Pfarrhaus anzuklopfen. Die Beine waren ihr mittlerweile schwer wie Blei, ihr Magen knurrte bereits wieder heftig, obwohl sie gerade erst den zweiten Brotkanten verzehrt hatte.

Da sah sie in einer Staubwolke einen einzelnen Reiter auf sich zutraben, was nichts Gutes zu bedeuten hatte. Pferde besaßen nur noch die Reichen – oder eben die Gendarmerie!

Rasch suchte sie Schutz im Schatten hoher Sträucher, die das Neckarufer säumten, als der Reiter sein Ross in Galopp trieb. Sie erkannte die blaue Unform der Landjäger und drückte sich tiefer ins Gebüsch, wobei die Zweige ihr die Stirn zerkratzten.

«He, du! Heraus aus deinem Versteck!»

Keine zwei Schritte von ihr entfernt hatte der mit einem Degen bewaffnete Gendarm sein mageres Pferd gezügelt, das vor Anstrengung heftig schnaufte. Da ihr die Flucht zum Flussufer durch das Gesträuch versperrt war, gehorchte sie.

Der noch junge Mann schob seinen Tschako mit dem roten Federbusch aus der Stirn. «Sieh an, wer wollte sich denn da vor der Staatsmacht verbergen?»

Sie nahm all ihren Mut zusammen und erwiderte fast trotzig: «Weiß ich, wer mir als allein reisender Frau auflauern will?»

«Da schau her – eine Reisende bist du also? Von wo nach wo ist sie denn unterwegs, die allein reisende Frau?»

«Ich komme von Heilbronn und will nach Stuttgart zu meinem Verlobten.»

«Dann hast du ja gewiss ein wenig Reisegeld und deinen Passierschein dabei.»

Sie schüttelte den Kopf. «Das wurde mir alles in Heilbronn gestohlen.»

«Aha!» Der Gendarm musterte sie spöttisch. «Du glaubst gar nicht, wie oft wir das von euch Landstreicherpack zu hören bekommen.»

Er glitt vom Pferd, und ehe sie sich's versah, hatte er ihr das Reisebündel abgenommen und wie einer Diebin die Hände auf den Rücken gefesselt.

«Was soll das? Ich habe nichts getan. Und ich bin auch keine Vagantin, sondern die Tochter eines Schultes.»

«So siehst du mir gerade aus.» Er schwang sich mit ihrer Tasche in den Sattel. «Los, vorwärts. Ich bring dich ins Arresthaus. Dort wird mein College, der Herr Wachtmeister, schon die Wahrheit aus dir herausbringen.»

«Nur herein in die gute Stube.» Der Gendarm mit dem grauen Backenbart nahm gemächlich seine Beine von dem klobigen Holztisch und winkte Paulina heran. «Willkommen im Stationsgefängnis der Oberamtsstadt Besigheim. Korporal, nimm Er dem Weib die Fesseln ab.»

«Jawohl, Herr Wachtmeister.»

Sie atmete auf, als der Druck von ihren Handgelenken verschwunden war, und blickte sich um. Durch ein vergittertes Fenster fiel ein letztes Abendlicht in den schmucklosen, weiß getünchten Raum, an dessen Rückseite sich zwei ebenso vergitterte Zellen anschlossen. Dahinter glaubte sie die Schatten regloser Gestalten zu erkennen. Der kleine Ofen zwischen den beiden Gittertüren war nicht befeuert, und ihr fröstelte augenblicklich. Sie löste ihre Jacke von den Hüften und streifte sie sich über.

«Darf ich mich setzen, Herr … Herr Wachtmeister?» Sie deutete auf einen Schemel an der Wand. «Mir ist nicht wohl.»

«Nein. Sitzen kannst du noch die ganze Nacht. Korporal, erstatte Er Bericht!»

Reichlich ausschweifend schilderte ihr Bewacher die Gefangennahme, wobei er behauptete, sie habe sich gewehrt.

«Das ist nicht wahr», unterbrach sie ihn. «Und ich bin auch keine Landstreicherin.»

«Schweig!»

Der Wachtmeister ließ sich ihre Reisetasche reichen und zog den Inhalt mit spitzen Fingern heraus, um ihn auf dem Tisch auszubreiten.

«Eine kurze Chemise, ein wollener warmer Unterrock, ein dunkelgrüner Oberrock, ein rotes Schnürmieder, eine Leinenhaube, ein bestickter Halskragen, ein Kästchen mit einem eher wertlosen Schmuckstein ...»

Er sah auf.

«Die Kleidung ist ziemlich schmutzig und mit üblem Geruch behaftet, allerdings von guter Qualität. Genau wie deine Lederschuhe. Wo hast du das Zeug gestohlen?»

«Es gehört alles mir.» Allmählich wurde sie zornig. «Ich sage doch, dass ich keine Vagantin bin. Ich bin die Tochter des Schultes von Hohenstetten auf der Rauhen Alb.»

«Und ich der Polizeidirektor von Württemberg.»

Sie griff in die Jackentasche. «Hier ist mein Geburtsschein.»

Mit zusammengekniffenen Augen studierte er das Papier. «Hm. Wenn du doch aus anständigem Hause bist, warum treibst du dich dann auf der Straße herum? Und warum sieht deine Kleidung aus, als hätte sie wochenlang im Kartoffelkeller gelegen?»

«Ganz einfach. Weil ich seit Wochen keine Gelegenheit zum Waschen hatte.» Sie zögerte kurz mit ihrer nächsten Aussage, wusste sie doch, dass zurückgekehrte Auswanderer erst recht in

Verruf waren. «Ich bin mit dem Boot von Amsterdam nach Heilbronn gekommen.»

«Eine Möchtegern-Auswanderin also. Da hat es wohl mit der Seefahrt nach Amerika nicht so recht geklappt? Dann hast du doch sicher eine Auswanderungsbewilligung bei dir, oder?»

«Nein, die haben meine Eltern.»

«Und denen bist du in Amsterdam davongelaufen, ich verstehe.»

Sie gab sich Mühe, ruhig zu bleiben, und griff abermals in ihre Jackentasche. «Nein, ich bin mit ihrem Einverständnis zurückgekehrt. Weil ich zu meinem Verlobten nach Stuttgart will. Hier, das ist von meiner Mutter.»

*«In Liebe, deine Mutter»*, las er spöttisch vor. «Wie herzerwärmend! Ich will dir was sagen, Paulina Gutjahr: Diese Auswanderungssucht im ganzen Land steht mir bis oben hin. Da sagt sich ein jeder Einfaltspinsel: Wandern wir doch mal nach Amerika oder Bessarabien aus, weil's da schöner ist als hier. Dann aber geraten sie ruck, zuck ins Elend, weil ihnen ihr bisschen Geld ausgegangen ist, kehren kleinlaut zurück und fallen unserer Armenkasse zur Last. Nachdem sie zuvor alles verkauft und sogar auf ihr Bürgerrecht verzichtet haben, betteln sie jetzt als Staatenlose um die Gnade, wieder in ihr Vaterland aufgenommen zu werden. Viel zu lax ist unser Staat mit solchen Leuten wie dir. Aber gut, morgen bringt dich die Bettelfuhr zurück in deine Heimatgemeinde Hohenstetten, dann sollen die dort eben schauen, was sie mit dir anstellen.»

«Bitte nicht! Ich kann nicht zurück nach Hohenstetten.»

«Ist dir das Frauenarbeitshaus lieber? Korporal, bring Er sie in die Zelle.»

# *Kapitel 41*

*Am nächsten Tag, Sonntag, den 11. Mai 1817*

Paulina blickte den beiden Reitern nach, die in Richtung Ludwigsburg davontrabten. Das dritte Mal war sie nun schon von Landjägern angehalten und überprüft worden, und sie fragte sich inzwischen, ob sie tatsächlich so verwahrlost aussah, dass jedermann sie für eine Landstreicherin hielt. Zu ihrer großen Erleichterung musste sie sich wenigstens nicht mehr verstecken, da der Wachtmeister am Morgen ein Herz gezeigt und ihr einen Passierschein bis Stuttgart ausgestellt hatte.

«Aber dass du dich dort am Montagfrüh ja gleich bei den Behörden meldest, zusammen mit deinem Verlobten. Sonst wird man dich auch aus Stuttgart fortbringen. Aber ich denke, weil unser Land nach dieser Notzeit junge und gesunde Frauen dringend braucht, wird dir die Rückkehr ins Vaterland wohl gnädigst gestattet werden.»

Paulina kam dies einem kleinen Wunder gleich, nach ihrer Nacht in der Zelle mit zwei garstigen Weibern und einem lautstark schnarchenden Trunkenbold im Nebenraum. Die Weiber hatten ihr, kaum dass sie ihre müden Glieder auf dem Strohsack ausgestreckt hatte, das letzte Stück Brot aus der Hand gerissen und ihr, als sie sich wehren wollte, mit einer Tracht Prügel gedroht. Trotz ihres nagenden Hungers war sie irgendwann vor Erschöpfung eingeschlafen, hatte so tief und fest geschlafen wie lange nicht mehr. Erst von dem donnernden Ruf des Wachtmeisters war sie am Morgen erwacht: «Die Bettelfuhr steht draußen bereit.» Aber sie hatte nicht mit hinausmüssen, sondern stattdessen ihren Laufpass erhalten und obendrein einen halben Blechnapf voll mit warmem Mehlbrei, dem restlichen Frühstück der Gendarmen. Am Ende hatte der Wachtmeister ihr sogar noch eine gute Reise gewünscht, als sie sich im kalten Morgennebel auf den Weg machte.

Auch jetzt, nur noch zwei Wegstunden von ihrem Ziel entfernt und bei mittlerweile wieder strahlendem Sonnenschein, dankte sie dem Herrgott für ihr großes Glück. Denn das war ihre Verhaftung zweifellos gewesen, da sie ihr für die Nacht ein schützendes Dach über dem Kopf sowie einen Passierschein und ein Frühstück beschert hatte. Wäre da nur nicht die gehässige Bemerkung des jungen Korporals gewesen, der bei ihrer Entlassung ebenfalls zugegen gewesen war: «Wahrscheinlich hat sich dein Bräutigam in Stuttgart längst eine andere gesucht.»

Dieser Satz hatte sich während ihrer Wanderung nach und nach wie ein Stachel ins Herz gebohrt und hallte ihr nun lautstark in den Ohren nach. Bislang hatte sie nie daran gezweifelt, dass Friedhelm auf sie warten würde. Aber was konnte nicht alles in zwei Monaten geschehen sein, zumal er nie wieder von ihr gehört hatte?

Sie versuchte, diesen schrecklichen Gedanken von sich abzuschütteln, während sie die gut ausgebaute Chaussee, die nun strikt nach Süden führte, entlangstapfte. Im nächsten Bauerndorf, in dem kein Hund bellte, kein Hahn krähte, hielt sie auf das Pfarrhaus zu, weniger in der Hoffnung, sich satt essen zu dürfen, als sich vielmehr endlich einmal ordentlich mit Seife zu waschen, das Haar zu kämmen und vielleicht die gröbsten Flecken aus ihrer Jacke zu reiben. Sie fürchtete sich nämlich plötzlich vor dem Erschrecken in Friedhelms Augen, wenn sie sich wiedersahen …

Dieser Gang war indessen vergebens. So laut sie auch gegen die Tür klopfte – niemand öffnete ihr. Eine bucklige Frau kam des Weges, die so krumm ging, dass ihre Nase bald den Boden berührte.

«Da kannst noch so klopfen, Mädchen: Unser Herr Pfarrer und seine Frau sind verstorben. Am Faulfieber. Der Herr sei ihrer Seelen gnädig. Und wenn du betteln willst – hier gibt dir keiner was ab. Weil wir nämlich selbst nichts haben. Außer frisches Wasser am Brunnen. Da wird dich keiner schimpfen, wenn du was trinken willst.»

Damit schlurfte sie weiter. Nicht erst jetzt erkannte Paulina, dass sich in ihrer Heimat kaum etwas geändert hatte. Bis auf die Hoffnung auf eine gute Ernte vielleicht, doch die machte nicht satt.

Nachdem sie am Dorfbrunnen ihren Durst gestillt und sich Gesicht und Hände gewaschen hatte, argwöhnisch beäugt von einigen Dorfbewohnern, setzte sie ihren Weg fort. Der füllte sich zusehends mit Handkarren und Fußgängern, was ein Zeichen dafür war, dass sie sich der Residenzstadt näherte. Zu ihrer Linken erstreckten sich bewaldete Hügel und Weinberge, dazwischen Obst- und Gemüsegärten. Dort gediehen jetzt frische Karotten, Kohlraben und Radieschen, und allein bei dem Gedanken daran lief ihr das Wasser im Mund zusammen. Seit dem Morgenessen im Arresthaus hatte sie nämlich nichts als Sauerampfer und Löwenzahn zu sich genommen, indessen hätte sie es nie gewagt, sich diesen paradiesischen Gärten auch nur zu nähern. Die Gefahr, wegen Mundraub erneut im Gefängnis zu landen, wäre zu groß gewesen.

Schließlich sah sie unter sich im Talkessel Stuttgart liegen. Im

Vergleich zu Amsterdam wirkte die Hauptstadt des Königreichs Württemberg, die sie nie zuvor besucht hatte, von hier oben eher wie ein größerer Marktflecken. Zu ihrer Verwunderung regte sich in ihr bei diesem Anblick keinerlei Gefühl. Hätte sie nicht vor Freude jauchzen müssen, wo sie nun fast am Ziel war? Wo blieb das Glücksgefühl, demnächst mit Friedhelm vereint zu sein?

Es ging nun deutlich bergab. Ihre Schritte wurden schwerfällig, was nicht nur der Mittagswärme und dem Abstieg geschuldet war. Eine dunkle Angst ergriff von ihr Besitz. Die Angst, dass nichts so sein würde, wie sie es sich erträumt hatte. Mehr noch: dass Friedhelm sich mittlerweile etwas ganz anderes erträumte, und das auch nicht mehr mit ihr.

Im Tal angekommen, gelangte sie bald schon an ein prächtiges Tor mit dem Landeswappen im Giebelfeld. Der Schlagbaum davor war hochgezogen. Sie zeigte dem Wächter ihren Laufpass vor, auf dem der Besigheimer Wachtmeister Gottlobs Anschrift vermerkt hatte.

«Judenstraße, so, so …» Abschätzig musterte der Mann sie. «Nicht gerade die vornehmste Wohngegend, aber das passt ja auch zu dir. Hör zu: Du gehst jetzt zügig durch die Königsstraße, und zwar, bitte schön, ohne jemanden zu belästigen, und hinter dem Neuen Schloss dann links hinüber zu unserer Stiftskirche. Von dort ist's nicht mehr weit bis in die Leonhardsvorstadt.»

Sie nickte nur müde, obwohl sie sich über die Unterstellung, jemanden belästigen zu wollen, ärgerte. Für die Schönheit der schnurgeraden Prachtstraße, auf der vornehme Menschen in der Sonne flanierten, als gäbe es keine Not, hatte sie kein Auge. Sie war hungrig, der Riemen der Tasche drückte auf der Schulter, Schweiß rann ihr den Rücken herunter. Bei besagter Kirche fragte sie sich weiter durch, an dem Brunnen vor einem langgestreckten, fast dreieckig zugeschnittenen Gebäude löschte sie noch einmal ihren Durst, um dann mit klammem Gefühl die Vorstadt zu betreten.

Über die Schäbigkeit der engen, dunklen Judenstraße erschrak sie dann doch. Die Menschen, die müßig im Freien herumstanden oder auf Treppenstufen hockten, wirkten allesamt mehr als ärmlich, und niemand schien sich über ihre Anwesenheit zu wundern, vermutlich weil Paulina mittlerweile so aussah, als gehörte sie hierher. Dass Gottlob, als Sohn eines Pfarrers, in solch einer Gegend lebte, mochte sie kaum glauben. Sie konnte nur hoffen, dass Friedhelm mittlerweile eine andere Unterkunft gefunden hatte.

Ein kleiner Bub zeigte ihr den richtigen Hauseingang, doch als er die schmutzige Hand ausstreckte, musste sie bedauernd den Kopf schütteln: «Ich hab nichts für dich, Kleiner.»

Im ersten Stockwerk öffnete ihr niemand, im Stockwerk darüber war die Wohnungstür nur angelehnt. Von dem schmalen, tiefrot getünchten Flur gingen mehrere Zimmer ab, ein schwerer, süßlicher Geruch hing in der Luft.

«Ist da wer?», rief sie, als auch schon zwei Frauen mittleren Alters aus einem der Zimmer traten. Sie trugen nur ein leinenes Unterhemd über dem Rock und waren offensichtlich gerade dabei gewesen, sich gegenseitig die Haare zu frisieren. Die ältere, die stark geschminkt war, hielt einen Kamm in der Hand und glotzte sie misstrauisch an.

«Willst du etwa anheuern bei uns? Solche Hungerhaken wie du sind bei den Mannsbildern nicht gerade beliebt.»

Da erkannte Paulina zu ihrem Schrecken, dass sie bei Huren gelandet war.

«Nein, nein, ich suche Gottlob Unterseher. Wohnt der nicht hier?»

«Der hat über uns gewohnt.» Die Frau verzog ein wenig spöttisch das Gesicht. «Jetzt wohnt er auf dem Hohenasperg.»

«Wo?»

«Na, im Staatsgefängnis. Wegen Anstiftung zum Aufruhr.»

«Gütiger Himmel!», entfuhr es Paulina, doch der Schrecken sollte noch kein Ende haben.

«Und Friedhelm? Friedhelm Lindenthaler?»

«Wer?»

Die Jüngere stieß ihre Gefährtin in die Seite. «Das ist der Bursche, mit dem unsere Fanny so gut befreundet war. Aber der ist auch weg.»

«Etwa ... etwa auch im Gefängnis?»

«Der doch nicht. Der ist jetzt Hauslehrer bei vornehmen Leuten. Ja, der Friedhelm war schon immer ein Besonderer, ein ganz schmucker Bursche. Kein Wunder, dass unsere Fanny ein Aug auf den hatte.» Sie kicherte. «Die weiß bestimmt, wo der jetzt wohnt.»

Paulina wurde heiß und kalt zugleich.

«Ist diese Fanny hier?»

«Nee, die ist was Besseres geworden. Die arbeitet jetzt drüben in Berg in der Baumwollspinnerei. Das hat ihr dieser Friedhelm vermittelt. Wo sie wohnt, weiß aber keiner. Am besten fängst du sie morgen früh vor der Spinnerei ab.»

In Paulinas Kopf drehte sich alles. Konnte es wirklich sein, dass Friedhelm jetzt mit einer Hure zusammen war? Sie ließ sich auf einen Holzschemel sinken, der an der Wand stand.

«Darf ich mich einen Augenblick ausruhen?»

Die Ältere nickte. «Wenn's nicht zu lange ist. Die ersten Freier kommen bald. Hast du Durst?»

«Nein, ich habe gerade getrunken. Aber habt ihr vielleicht ein kleines Stück Brot für mich?»

«Tut mir leid, aber wir sind vier Frauen hier und müssen uns das Brot gut einteilen. Aber warte.» Sie verschwand hinter einer der Türen und kehrte mit zwei dünnen Karotten zurück. «Hier, die kannst haben. Heute früh frisch aus dem Boden gezogen. Aus einem herrschaftlichen Garten.»

Gedankenverloren biss Paulina kleine Stücke ab, wobei ihr Magen nur noch lauter zu knurren begann.

«Ist einer der beiden dein Bräutigam?», fragte die Jüngere und sah sie mitleidsvoll an.

Paulina wusste nicht, was sie antworten sollte, und schüttelte daher nur den Kopf. Plötzlich wollte sie bloß noch weg von hier.

«Ich gehe dann mal wieder. Ihr wart sehr nett zu mir, danke.»

«Warte, so solltest du nicht auf die Straße. Hast du Läuse?»

«Nein, warum?»

Die Ältere reichte ihr den Kamm. «Mach dir die Haare ein bisschen zurecht. Schau, dort ist ein Spiegel.»

Der Anblick, den Paulina im Spiegel vorfand, ließ sie zusammenzucken: Ihre Augen waren rot gerändert vom Staub der Landstraße, darunter lagen tiefe Schatten, ihre sonnenverbrannten Wangen wirkten eingefallen, die sonst so schönen Locken klebten strähnig am Kopf. Und auf der Stirn prangte ein fingerlanger blutiger Kratzer, den ihr das Versteck im Gebüsch beschert hatte. Sie sah verheerend aus.

Die beiden Frauen halfen ihr, das Haar durchzukämmen, es hochzustecken und unter der Haube aus ihrem Reisesack zu verbergen. Am Ende schleppte eine von ihnen sogar Puder heran, um die Schramme auf der Stirn ein wenig abzudecken.

«Wenn du nicht weißt, wo du heut Nacht schlafen sollst, kommst einfach wieder her. Irgendein ruhiges Eckchen wird's für dich schon geben.»

Heftig schüttelte sie den Kopf. Zwischen Freiern und Huren würde sie keinesfalls übernachten.

«Danke für alles, aber ich komme zurecht.»

Wenig später fand sie sich, ohne zu wissen, wie sie dort hingefunden hatte, in einer schattigen Kastanienallee neben dem Königsschloss wieder. Rechts und links des Kieswegs standen Steinbänke, auf der einzig freien ließ sie sich nieder.

Was sollte sie tun? Sollte sie morgen früh tatsächlich diese Baumwollspinnerei aufsuchen und nach Fanny fragen, um Friedhelms Anschrift herauszufinden? Wollte sie das überhaupt noch – ihn wiedersehen, wo er sich doch schon anderweitig getröstet zu haben schien? Wahrscheinlich wäre es das Beste, sich trotz ihrer Erschöpfung wieder aufzuraffen, um weiterzuziehen. Bloß wohin? Zu ihrem ältesten Bruder Julius Georg nach Ulm? Der hatte nach dem großen Streit mit dem Vater die Verbindung zur Familie abgebrochen, seit über zwei Jahren hatte sie nie wieder von ihm gehört. Oder sollte sie nach Hohenstetten zurückkehren, auch wenn ihre Familie in Verruf geraten war? Aber dort war wenigstens Luise, und im Pfarrhaus würde sie fürs Erste gewiss unterkommen. Ja, das wäre das Beste, und zum Übernachten würde sie sich draußen auf dem Land irgendeine einsame Scheune suchen. Ihr fielen jetzt schon vor Müdigkeit fast die Augen zu.

Dann kam ihr plötzlich in den Sinn, dass sie nur einen Passierschein bis Stuttgart besaß und sich morgen auf dem Rathaus melden sollte. Selbst wenn sie sich entschied, nach Hause zurückzukehren: Da zwischen Stuttgart und Hohenstetten zwei Tagesmärsche lagen, konnte sie fast sicher sein, irgendwann von Landjägern aufgestöbert und als Vagantin festgehalten zu werden. Auch wenn sie jetzt ein klein wenig ordentlicher aussah, so waren ihre Kleidung und ihre einst weiße Haube immer noch fleckig, die Ränder unter ihren Fingernägeln schwarz, und wahrscheinlich roch man auf drei Schritte Entfernung, wie lange sie kein Bad mehr genommen hatte. Man würde sie abermals in ein Arresthaus bringen oder gleich in der mit Schande behafteten Bettelfuhr nach Hohenstetten. Aber war das im Grunde nicht einerlei? War es nicht viel schlimmer, vor der Tatsache zu stehen, dass Friedhelm nun eine andere Liebe hatte?

Und da war es auf einmal wieder, das Bild von ihm vor ihrem inneren Auge, wie er sie so voller Zuneigung ansah und ihr «Ich liebe dich» sagte. Sogar auf seinen sicheren Schulmeisterposten hatte er verzichtet, nur um mit ihr zusammen sein zu können. Würde er sich da so schnell von ihr abwenden? Und nach allem, was sie selbst in den letzten Monaten durchgemacht hatte – sollte sie da jetzt so einfach aufgeben?

Ihr schwindelte. Sie wusste schlichtweg nicht mehr, was sie denken, geschweige denn, was sie tun sollte. Allmählich fühlte sie sich wie in einem Albtraum, aus dem es kein Entrinnen gab. Außerdem war ihr vor Hunger schon wieder ganz schlecht.

Sie wischte sich den Schweiß von der Stirn. Wie hinter einem Nebelschleier sah sie all die schönen Menschen, die mit ihren Schoßhündchen und Kindern auf und ab promenierten und den warmen Sonntagnachmittag genossen, die Knaben auf ihren Steckenpferdchen, die kleinen Mädchen mit Bällen oder Reifen. Arme Menschen in Lumpen und ohne Schuhe wie in der Vorstadt gab es hier keine. Durfte eine wie sie überhaupt hier sitzen und sich ausruhen? Starrten manche nicht schon feindselig zu ihr herüber?

Nicht weit von ihr rief ein Vater, im hellen Gehrock und Zylinder, seine Kinder zu sich und brach einen großen Wecken in Stücke. Da konnte sie nicht an sich halten und stemmte sich von der Bank hoch.

«Bitte, lieber Herr», sie trat ein paar kraftlose Schritte auf den Mann zu, «ich bin auf meiner Reise ausgeraubt worden und hab großen Hunger.»

Der Mann starrte sie wortlos an, seine Frau nahm die beiden jüngsten Kinder bei der Hand, und beide drehten ihr den Rücken zu, um eilig weiterzulaufen.

In diesem Moment schlug ihr jemand von hinten einen Stock gegen die Schulter.

«Betteln verboten!»

Sie fuhr herum und blickte einem grimmigen Schutzmann ins Gesicht.

«Wo ist dein Pass?»

Sie griff in ihrer Jackentasche nach den Papieren, als sie im Sonnenlicht mitten auf dem Kiesweg drei Menschen stehen sah, in ein angeregtes Gespräch vertieft: einen gut gekleideten Herrn im besten Alter, eine noch sehr junge Frau mit Handschuhen, rundem Hut und in ein helles, fließendes Sommerkleid gewandet, wie es nur die Stadtbürgerinnen trugen, dazu einen jüngeren Mann in hellgrauem Gehrock, der, während die junge Frau zu lachen begann, plötzlich zu ihr herüberblickte. Paulina erstarrte: Es war Friedhelm, ganz ohne Zweifel!

Die Knie gaben unter ihr nach, und sie wäre fast gestürzt, hätte der Schutzmann sie nicht am Arm festgehalten. Sie hätte nach Friedhelm rufen können, doch die Scham schnürte ihr die Kehle zu.

«Besoffen bist du auch noch?», hörte sie den Schutzmann blaffen, doch sie hatte nur Augen für die drei Menschen, die sich jetzt langsam entfernten. Die junge Frau, die sich bei Friedhelm untergehakt hatte, war keine Fabrikarbeiterin und schon gar keine ehemalige Hure. Das musste die Tochter des Hauses sein, in dem er sich als Lehrer verdingte. Und so vertraut, wie die beiden wirkten, eine enge Freundin oder sogar seine Braut. Er drehte sich noch einmal in Paulinas Richtung, dann verdeckte eine Kutsche die Sicht.

«Los, mitkommen!»

Der Schutzmann zerrte sie grob am Arm. Sie wollte etwas zu ihm sagen, brachte aber kein Wort heraus. Ohne Gegenwehr ließ sie sich von ihm abführen.

Die Welt um sie herum war zu einem Scherbenhaufen geworden.

# *Kapitel 42*

*Kurze Zeit darauf*

«Was ist mit dir?», fragte Lisette, als sie vor Rheinwalds Haus angelangt waren. «Du schaust drein wie Hiob, der gerade seine zehn Kinder verloren hat.»

Sie hatte Friedhelm und ihren Vater überredet, statt der üblichen Zeitungslektüre nach dem Mittagessen einen Spaziergang mit ihr zu unternehmen, angesichts des herrlichen Wetters.

«Ich weiß nicht ...», erwiderte Friedhelm, noch immer verwirrt. «Ich dachte eben, ich hätte einen Bekannten gesehen. Aber ich habe mich wohl getäuscht.»

Sie grinste. «Jedenfalls habe ich meine Wette gewonnen. Das hat keine drei Minuten gedauert, bis Schutzmann Rupp das arme Mädchen entdeckt und abgeführt hat. Jetzt bist du mir für nächsten Sonntag eine Kahnfahrt auf dem Neckar schuldig.»

«Es gibt schlimmere Wettschulden», versuchte er zu scherzen, während Rheinwald an seinem Schlüsselbund nestelte. Von der Stiftskirche her schlug es drei Uhr.

«Ach herrje», murmelte der Kaufmann. «Gleich kommen die ersten Kaffeegäste. Hoffentlich hat Sophie alles vorbereitet.»

Lisette legte Friedhelm die Hand auf die Schulter, während sie eintraten. «Heute ist der Tübinger Student Gustav Schwab dabei, der in der Zeitung gerade sein erstes Gedicht veröffentlicht hat. Im Herbst wird er eine Professur hier am Königlichen Gymnasium antreten, und ich glaube, er wird dir gefallen.»

«Bestimmt», erwiderte er geistesabwesend.

War das ein Hirngespinst, oder war das tatsächlich Paulina gewesen? Die magere junge Frau mit den eingefallenen Wangen hatte zum Erbarmen ausgesehen, doch ihr Blick, ihr Gesichtsausdruck hatte ihn ins Herz getroffen. Nein, er konnte sich nicht getäuscht haben.

Abrupt blieb er auf halber Treppe stehen. Wohin brachte man gemeinhin Bettler und Vaganten? Ins Waisen- und Arbeitshaus.

«Entschuldigt mich bitte, aber ich muss nochmals fort. Vielleicht wird es doch später bei mir mit dem Kaffeetrinken.»

«Das mit deinem Bekannten lässt dir wohl keine Ruhe?» Lisette blinzelte ihm zu. «Aber du vergisst hoffentlich nicht, dass du uns heute Abend zum Essen in den König von England eingeladen hast.»

«Selbstverständlich, liebe Lisette. Ich denke, ich bin in einer Stunde zurück.» Er versuchte sich an einem Lächeln. «Und halte mir einen Stuhl neben Gustav Schwab frei.»

An seine Abendeinladung hatte er in diesem Augenblick wahrhaftig nicht mehr gedacht. Es gab nämlich für ihn zweierlei zu feiern. Zum einen war drei Tage zuvor ein Geldbote der Königlich Württembergischen Hofbank eingetroffen, mit einer Sendung nicht etwa für Rheinwald, sondern für ihn höchstpersönlich. Sagenhafte einhundertachtzig Gulden enthielt das Päckchen, das Geld aus seinem Erbe. Sein Bruder Adam hatte dafür Haus, Grund und Inventar versteigern lassen müssen, aber wahrscheinlich war er ohnehin bis über beide Ohren verschuldet gewesen. Rechnete man seine Einkünfte als Hauslehrer und Handelssekretär dazu, durfte Friedhelm sich nun einen wohlhabenden Mann nennen. Zum anderen war zeitgleich ein Brief von Gottlob eingetroffen, dass er zum ersten Juni aus der Festungshaft entlassen würde und ins Pfarrhaus nach Hohenstetten zurückkehren wolle. «Vielleicht zeigt sich mein Vater ja milde und setzt sich für mich als Hilfslehrer ein», hatte er geschrieben, wovon Friedhelm felsenfest überzeugt war.

Den ganzen Weg zum Waisenhaus hatte er im Laufschritt zurückgelegt, doch vor dem Eingangstor blieb er stehen. Wenn das Mädchen wirklich Paulina gewesen war, wie musste die Szene vorhin auf sie gewirkt haben? Er im feinen Gehrock, mit einem Mädchen am Arm, scherzend und plaudernd. Paulina musste doch jetzt denken, dass Lisette seine Braut sei. Dabei hatte sich zwischen ihnen längst alles geklärt: Sie war seit längerem mit Jack Pommeroy, den Karottenkopf, wie sie ihn liebevoll nannte, verlobt. Friedhelms Befürchtung, dass Rheinwald in ihm den künftigen Schwiegersohn sehen könnte, war also völlig unbegründet gewesen. Jack und Lisette schrieben sich jede Woche Briefe, und im Sommer würden sie in Manchester heiraten. Im Gegenzug wusste Lisette nun alles über Paulina und half ihm in ihrer unbekümmerten Art immer wieder einmal aus seinen Anfällen von Schwermut heraus. Ja, sie waren sich seither herzlichst verbunden, wie Bruder und Schwester.

Er hielt auf den Wachmann neben der Toreinfahrt zu.

«Ich bin Friedhelm Lindenthaler, Privatsekretär des Tuchhändlers Rheinwald. Hat Schutzmann Rupp hier soeben eine junge Frau eingeliefert?»

«Ja, Herr.» Der Mann verzog abschätzig das Gesicht. «Ich würd allerdings eher sagen: eine Landstreicherin.»

In diesem Moment trat Rupp durch den Torbogen ins Freie.

«Ah, der Herr Lindenthaler. Überbringen Sie der Anstalt wieder eine Spende von Kaufmann Rheinwald?»

«Nein, diesmal bin ich aus anderen Gründen hier. Ist der

Name der jungen Frau, die Sie gerade herbrachten, Paulina Gutjahr?»

«Ganz genau. Kennen Sie die etwa?»

«Und ob.» Friedhelms Herz schlug heftiger. Er hatte nicht vor, diesem Mann alles auf die Nase zu binden, und so fuhr er in sorgfältig bedachten Worten fort: «Das Fräulein Gutjahr stammt aus meinem Heimatort und war auf dem Weg zu mir. Sie ist im Übrigen völlig unverschuldet in diese missliche Lage geraten. Hat Sie Ihnen denn nicht gesagt, dass sie zu mir wollte?»

«Nein, sie spricht kein Wort. Mit niemandem. Im Moment ist sie im Bureau des Oberinspektors.»

«Bitte bringen Sie mich zu ihr.»

Rupp tauschte einen Blick mit dem Wachmann aus, der schließlich nickte.

Fast traumwandlerisch folgte Friedhelm dem Schutzmann durch den kühlen Torbogen. Er konnte es nicht fassen: Paulina war zurück!

Im Bureau fand er sie zusammengesunken auf einem Stuhl vor dem riesigen Schreibtisch des Anstaltsleiters.

«Paulina!»

Er lief auf sie zu, beugte sich zu ihr herunter und schloss sie in die Arme. Wie zerbrechlich sie war. Wie ein verhungertes Katzenjunges. Als sie zu ihm aufsah, war ihr Blick erschreckend ausdruckslos.

«Sag etwas zu mir», bat er und musste gegen die Tränen ankämpfen, als er sich wieder aufrichtete. Doch sie schwieg.

«Bitte verzeihen Sie vielmals, Herr Oberinspektor», wandte er sich an den Mann hinter dem Schreibtisch, der dem Ganzen in einer Mischung aus Verwunderung und Empörung über seinen Brillenrand hinweg zugesehen hatte. «Ich bin Friedhelm Lindenthaler vom Handelshaus Rheinwald und …»

«Ich kenne Sie, Herr Lindenthaler», unterbrach ihn der Leiter. «Erklären Sie mir lieber, was Sie mit diesem verstockten Weib zu schaffen haben.»

«Das Fräulein Gutjahr ist weder verstockt noch irgendein Weib», gab er ruhig zurück. «Sie ist ausgehungert und restlos erschöpft und hat eine lange Reise hinter sich. Nicht wahr, Paulina?»

Er fasste nach ihrer Hand und drückte sie fest.

Müde hob sie den Kopf und stieß mit spürbarer Anstrengung hervor: «Ich wurde ausgeraubt. Auf einem Rheinschiff von Amsterdam nach Heilbronn. Aber … was machst du hier, Friedhelm? Wo bin ich hier gelandet?»

«Es wird alles gut, glaub mir. Du hast es geschafft!» Er wandte sich wieder an den Anstaltsleiter. «Haben Sie gehört, Herr Oberinspektor? Ihr ist ein Unglück zugestoßen. Darf ich sie also mit zu mir nach Hause nehmen? Paulina Gutjahr ist nämlich meine Braut.»

«Ihre Braut?» Völlig verdutzt zog der Anstaltsleiter die Brauen in die Höhe. «Nun gut, meinetwegen. Dann füllen Sie beide noch rasch diese Papiere aus. Damit ich auch endlich den Tag des Herrn genießen kann.»

Paulina hatte Mühe, mit Friedhelm Schritt zu halten, als sie kurz darauf das Waisenhaus verließen, und er musste sich zwingen, langsam zu gehen. Den ersten Schrecken über ihren Zustand hatte er überwunden, jetzt jubilierte alles in ihm. Sie war zu ihm zurückgekehrt, war endlich leibhaftig an seiner Seite! Er konnte nur erahnen, was sie dafür auf sich genommen hatte.

«Du musst mir später alles in Ruhe erzählen. Bist du denn krank oder irgendwo verletzt?»

«Nein, Friedhelm, nur müde. So unsagbar müde.»

«Es ist nicht weit zu den Rheinwalds. Du wirst sehen, es sind ganz liebe Menschen, Phillip Rheinwald und seine Tochter Lisette. Ich habe eine eigene kleine Wohnung bei ihnen, dort kannst du dich ausruhen. Und die Hausmagd Sophie wird dir etwas zu essen machen, sie ist eine wunderbare Köchin, die aus nichts einen Gaumenschmaus zaubern kann.»

So plapperte er auf sie ein, während er sie am Arm die Dorotheenstraße hinaufführte, von den neugierigen Blicken der Passanten verfolgt. Er redete und redete, wie um ihr wieder Kraft zu geben und zu zeigen: Alles wird gut.

Als sie die Kastanien der Planie erreicht hatten, blieb sie an jener Stelle, bei der er sie um Brot betteln sah, stehen.

«Diese Lisette und du – ihr scheint sehr vertraut.»

Auf diese Frage hatte er gewartet.

«Ja, das sind wir inzwischen. Sie ist nämlich ein sehr offenherziger Mensch und wird dich mit Freuden aufnehmen. Ich habe ihr und auch ihrem Vater viel von dir erzählt. Glaub mir, wir sind wie Geschwister miteinander, sie selbst ist bis über beide Ohren in einen englischen Kaufmannssohn verliebt, den sie bald heiratet. Außerdem», er musste plötzlich lachen, «ist sie mir viel zu überdreht, ein echtes Stadtfräulein eben.»

In ihre Augen trat endlich wieder Glanz.

«Und diese … diese Fanny?», fragte sie nach kurzem Zögern.

Überrascht sah er sie an. «Woher kennst du Fanny?»

«Ich war bei deiner alten Anschrift, in der Judenstraße. In einer etwas seltsamen Wohnung haben mir zwei Frauen erzählt, dass du mit Fanny gut befreundet wärst. Sie ist eine Hure, nicht wahr?»

Jetzt wurde er doch noch verlegen. «Ja, das war sie, aber sie hat es geschafft, da herauszukommen. Mit Phillip Rheinwalds Unterstützung hat sie jetzt eine Anstellung in einer Baumwollspinnerei, und ich wünsche mir sehr für sie, dass sie durchhält.

Sie ist im Grunde ein gutes Mädchen, wenn auch vielleicht ein wenig einfältig. Und vielleicht», er zwinkerte ihr zu, «war sie auch mal ein ganz klein bisschen verliebt in mich. Aber ich habe ohnehin immer nur an dich gedacht.»

Da lächelte sie erstmals. Erst zaghaft, dann voller Freude, und endlich erkannte er die alte Paulina wieder.

«Ich glaube», sagte sie und lehnte sich an seine Schulter, «dass auch du mir viel zu erzählen hast.»

«Das stimmt.»

Plötzlich wurde sie ernst und blickte an sich herunter.

«Friedhelm, so schmutzig kann ich niemals zu diesen Leuten.»

«Was redest du da? *Diese Leute* sind meine Freunde!» Er strahlte sie an. «Weißt du, als was der Kaufmann mich kennengelernt hat? Als einen von oben bis unten verdreckten Gassenkehrer! Da passt doch eine Landstreicherin als meine Braut ganz wunderbar.»

# Kapitel 43

*Auf dem Ärmelkanal, 1. Juli 1817*

Alle vier lehnten sie an der Reling des Zweimasters *Hope*, eines niederländischen Handelsschiffs, und bestaunten das endlos lange Band von Felsen, das sich blendend weiß aus dem Blau des Ärmelkanals erhob.

«Wie schön! Das also ist England», rief Paulina und schmiegte sich an Friedhelm. Um den Hals trug sie den rosenfarbenen Schmuckstein, den sie zuletzt noch in Stuttgart zu einer Halskette hatte fassen lassen, in Erinnerung an Luise, an ihre Heimat, an ihre abenteuerliche Reise.

Friedhelm legte den Arm um sie. «Das sind die berühmten Kreidefelsen von Dover. Bald schon erreichen wir die Mündung der Themse, und stromaufwärts liegt London.»

«Was bin ich heilfroh darüber», schnaubte Lisette und musste ihren breitrandigen Hut festhalten, damit er nicht davonflog. «Nie wieder setze ich einen Fuß auf ein Segelschiff. Diese ewig stürmische See hat mich ganz krank gemacht.»

«Stürmisch?» Ihr Vater lachte. «Das sag mal den Seeleuten hier. So eine ruhige Überfahrt hat es schon lange nicht mehr gegeben, meinte der Capitain.»

«Ich fand es aufregend!» Paulina seufzte beglückt. Sie konnte gar nicht genug bekommen vom Anblick der Küste über der tiefblauen See und bedauerte es fast, bald wieder an Land zu sein.

Friedhelm gab ihr einen Kuss auf die Wange. «So bist du nun doch noch zu deiner Seefahrt gekommen.»

«Himmel, ihr Turteltauben macht mich ganz neidisch», beschwerte sich Lisette in gespielter Empörung. «Wo ich selbst noch Tage warten muss, bis ich meinen Karottenkopf in Manchester in die Arme nehmen darf.»

Ihr Vater nahm sie bei der Hand. «Ich verwette unsere Reisekoffer, dass Jack schon im Londoner Hafen auf dich wartet. Komm, lassen wir die beiden ein wenig allein.»

Breitbeinig balancierten die Rheinwalds in Richtung der Kabinenaufbauten, wo die Freunde sich mit einem netten Kölner Kaufmannsehepaar eine Kajüte teilten.

Paulina wickelte sich fester in ihren neuen Reisemantel. Trotz des schönen Sommerwetters war der Wind an Deck kühl. Sie musste an ihre Familie denken, die nun schon einige Zeit in Philadelphia war, und hoffte darauf, bald schon Post von ihrer Mutter zu bekommen. Dass sie sich wohl nie mehr wiedersehen würden, machte sie immer noch ein bisschen wehmütig. Trotzdem wusste sie, dass sie den richtigen Weg eingeschlagen hatte. Zudem konnte man sich schreiben, auch wenn die Post einige Wochen brauchte. Ihr Brief mit der großen Neuigkeit, dass sie auf dem Weg nach Manchester war, zusammen mit ihrem Ehemann Friedhelm, würde hoffentlich bald schon in Amerika eintreffen.

Sie betrachtete den vergoldeten Ring an ihrem Finger, als sie Friedhelms Wange an ihrer Wange spürte. Eine tiefe Freude und Dankbarkeit durchströmte sie wie ein warmer Schauer: Sie waren jetzt Mann und Frau, ein neues Leben nahm seinen Anfang.

Kurz vor ihrer großen Reise hatten sie in Hohenstetten geheiratet, mit Luise und dem frischgebackenen Hilfslehrer Gottlob als Trauzeugen. Endlich war ihrer beider größter Wunsch in Erfüllung gegangen, noch dazu in ihrem Heimatort, inmitten der Gemeinschaft von vertrauten Menschen. Die schönste Überraschung hatte ihr Luise bereitet, die von dem todbringenden Fleckfieber vollständig genesen war: Emmanuel Dürr habe um ihre Hand angehalten, und sie habe ihm ja gesagt, diesem seltsamen Kauz, der nach und nach ihr Herz erobert habe. Das Aufgebot sei schon bestellt.

Natürlich hatte es bei ihrem Besuch in Hohenstetten auch bedrückende Momente gegeben: Noch immer war die Armut auf der Rauhen Alb erschreckend, viele hatten wie sie die Heimat für immer verlassen, nicht wenige hatte die Not das Leben gekostet. Doch wie dem zum Trotz hatten sie ausgelassen gefeiert, musiziert und getanzt bis in die Nacht, im Freien auf dem Marktplatz. Jeder im Ort war willkommen gewesen, und Speis und Trank waren vielleicht nicht gerade fürstlich gewesen, aber es hatte für alle ausgereicht. Umso tränenreicher war zwei Tage später der Abschied ausgefallen, und Friedhelm und sie hatten versprechen müssen, eines Tages zu Besuch zu kommen – auch Friedhelms Schwester Auguste, mit der er sich versöhnt hatte. Sein Bruder Adam war übrigens kurz vor der Hochzeit auf Nimmerwiedersehen aus Hohenstetten verschwunden, worüber sie beide eher erleichtert als traurig waren.

«Woran denkst du?», fragte Friedhelm.

«An unsere wunderbare Hochzeit.»

Er küsste sie abermals. «Das war der schönste Tag in meinem Leben. Weißt du noch, wie Emmanuel Dürr mit dem Bierkrug in der Hand auf dem Tisch getanzt hat? Und dabei in seiner Unbeholfenheit Pfarrer Unterseher, seinem künftigen Schwiegervater, das ganze Bier in den Kragen geschüttet hat?»

«O ja!»

Sie lachte auf. Dann wurde sie ernst.

«Wenn ich jetzt in Amerika wäre – wärst du dann auch ohne mich nach England gefahren?»

«Vielleicht. Aber ich wäre niemals so glücklich gewesen wie jetzt. Und ich hätte dir niemals an der Reling eines schwankenden Schiffes auf dem Weg zum Londoner Hafen sagen können, wie sehr ich dich liebe.»

# Epilog

*Aus der Chronik des Pfarrers Carl Unterseher, Hohenstetten*
*Sonntag, den siebten September anno 1817*

Heute den kleinen Gottfried Ernst Schenk getauft. Dem Herrn sei es gedankt, es kommen wieder mehr Kindlein auf die Welt, und sie bleiben am Leben! Denn die schlimmste Not ist nun gelindert, und mit Gottes Segen wird sich der Hunger im Lande bald legen: Nach einem wunderbar warmen, wenn auch gewitterreichen Wachstumswetter in diesem Frühjahr und Sommer konnte heuer nämlich endlich eine gute Ernte eingebracht werden. Und so will ich dieses Ereignis mit einigen wenigen Worten für die Nachwelt festhalten.

Was war das für eine Glückseligkeit, als drei Tage nach Mariä Himmelfahrt der erste Erntewagen auf unserem Markt einfuhr! Geschmückt mit Blumenkränzen und dem schönen Psalmenvers *Die mit Tränen säen, werden mit Freuden ernten* wurde er unter Glockengeläut und mit preisendem Jubel empfangen, dankbar betend von den Alten, lachend von den Jungen, ausgelassen tanzend und springend von den Kleinsten. Die Musik spielte auf, und aus bewegter Seele stimmte unsere Schuljugend «Nun danket alle Gott» an, sodass einem jeden die Tränen über die abgemagerten Gesichter rannen.

So mögen wir alle diese überstandene Schreckenszeit als Mahnung sehen und die gute Ernte im ganzen Land als Zeichen von Gottes unermesslicher Güte. Die Preise fallen endlich wieder deutlich, und auch das Königspaar tut jetzt viel für sein Land und seine Menschen. Die Königin hat in Stuttgart eine Armenschule gegründet, der König einen landwirtschaftlichen Verein für Ackerbau und Viehzucht, um künftig das Übel an der Wurzel zu packen. Und dem Wucher ist jetzt durch neue Gesetze ein Riegel vorgeschoben. All das, um des Volkes Wohlstand und Gesundheit wiederherzustellen. Sogar eine Württembergische Spar-Casse ist geplant, damit der einfache Mann Rücklagen für schlechte Zeiten bilden kann.

Noch sind die Menschen zwar arm und verschuldet, und es wird viel Kraft brauchen, aber überall herrschen Hoffnung und Aufbruchstimmung. Selbst die Ställe füllen sich allmählich wieder mit Vieh, da das Gras heuer viel kraftvoller gewachsen ist, und es gibt wieder Schmalz und Milch. Auch Obst spendet uns das Füllhorn der Natur wieder reichlich.

Mit unserem armen, gebeutelten Württemberg geht es nun wieder aufwärts. Gott schütze uns fürderhin vor Hungersnot, Mangel und teurer Zeit. Amen.

# *Nachwort der Autorin*

Geplant war mein Roman über das sogenannte «Jahr ohne Sommer», einer der größten Klimakatastrophen der jüngeren Geschichte, schon länger. Entstanden ist er dann mitten in der Corona-Pandemie, und am Ende meiner Arbeit ereignete sich auch noch die verheerende Flutkatastrophe von Mitte Juli 2021. Beim Schreiben drängten sich mir so manche Parallelen von damals zu heute auf: etwa das Entsetzen der Menschen darüber, dass die Krise nicht nur ihren Landstrich betraf, sondern ein fast globales Ausmaß hatte, dazu die oftmals abstrusen Erklärungsversuche nach den Ursachen der Katastrophe, die Suche nach Schuldigen und Sündenböcken, die Hilflosigkeit der Regierenden. Auch die Reaktionen der Menschen in jener Zeit waren so vielfältig wie heute: Die einen verharrten in Schockstarre oder ergaben sich teilnahmslos dem Schicksal, andere trieb es, in Erwartung des Weltendes, zu übersteigerter Frömmigkeit, und sie schlossen sich extremen Sekten an. Nicht wenige profitierten mit hoher krimineller Energie von der Krise. Doch es gab auch die, die sich aufopfernd um ihre Mitmenschen kümmerten, oder jene, die mit dem Mut der Verzweiflung ihre Heimat verließen, um im fernen Amerika oder Russland ein neues und hoffentlich besseres Leben zu beginnen. So wanderten im Hungerjahr 1816/17 allein aus Württemberg rund 17 500 Menschen aus.

Dass die damalige Klimakatastrophe mit all ihren schrecklichen Folgen von dem gewaltigen Ausbruch des Vulkans Tambora auf der indonesischen Insel Sumbawa im April 1815 herrührte, wusste man lange Zeit nicht, aber es gab schon vereinzelt Vermutungen in diese Richtung. Bewiesen wurde die These erst 1913 in einer Untersuchung des amerikanischen Physikers William Jackson Humphrey. Heute gehört es zum Allgemeinwissen, dass der massenweise Ausstoß von Asche, Gasen und Schwebeteilchen (Aerosole) die Zusammensetzung der Atmosphäre und damit das Klima weltweit verändern kann. Die Folgen für Wirtschaft, Kultur und Politik waren enorm, und wie bei der heutigen Corona-Pandemie oder Klimaerwärmung kannte diese Katastrophe keine Staatsgrenzen. Besonders betroffen von der Not waren Württemberg, Baden, die Schweiz und Österreich, also Länder, die weit entfernt vom Meer und damit den Häfen lagen, wo immerhin Frachtschiffe anlegen konnten. So waren diese Binnenländer von Getreideimporten wie zum Beispiel aus Russland quasi abgeschnitten, zumal auch die Flüsse durch den vielen Regen oft Hochwasser führten.

Wie so oft in der Geschichte der Menschheit lag auch in der damaligen Krise die Saat zu etwas Neuem: Die Industrialisierung der zuvor feudal geprägten Agrargesellschaft nahm an Schwung auf, zunächst in England, dann auch in den deutschen Staaten, der Ruf nach Demokratisierung wurde lauter, der Mensch immer erfinderischer. Ganz deutlich ist das an dem einst bitterarmen Württemberg zu beobachten, einem Land ohne Bodenschätze und mit extrem kleinteiliger Landwirtschaft. Dort brachte der zähe Tüftlergeist schwäbischer Erfinder und Unternehmer, wenn auch unterbrochen durch die neuerliche Nahrungskrise infolge der Kartoffelfäule 1845, allmählich die Wende zu mehr Wohlstand und machte Baden-Württemberg am Ende zu dem, wofür es heute weltweit steht. Aus dem Volk der Hungerleider war ein Volk der Erfinder und Schaffer geworden, für das Namen stehen wie Carl Heinrich Knorr, Robert Bosch, Gottlieb Daimler, Wilhelm Märklin, Matthias Hohner, Margarete Steiff. Nicht zu vergessen die schwäbischen Dichter und Denker: Ludwig Uhland, Georg Wilhelm Friedrich Hegel, Georg Herwegh, Hermann Hesse, Albert Einstein, Max Horkheimer sowie der Maler Oskar Schlemmer oder der Hollywoodbegründer Carl Lämmle, um nur einige zu nennen. Dieser Aufschwung, wenn auch zwei Generationen später als in England, wurzelte nicht zuletzt in dem für damalige Zeiten erstaunlich gebildeten Handwerk und erblühte übrigens vor allem in Neckarschwaben, dem pietistischen Kernland Württembergs.

Beigetragen zu dieser positiven Entwicklung hatte auch König Wilhelm, der von 1816 bis 1864 herrschte und im Gegensatz zu seinem despotischen, absolutistischen Vater Friedrich eher liberal und volksnah gestimmt war. Er führte das von Napoleons Gnaden geschaffene Königreich allmählich aus der Hungerkrise heraus, wurde zum gefeierten Förderer und Erneuerer von Agrarwirtschaft und Viehzucht, gründete 1818 die Landwirtschaftliche Unterrichts-, Versuchs- und Musteranstalt in Hohenheim, aus der später die Universität Hohenheim hervorging. Im gleichen Jahr rief er ein *«jährlich am 28. September zu Kannstatt abzuhaltendes landwirtschaftliches Fest»* ins Leben, das bis heute als Cannstatter Volksfest gefeiert wird. Seine Frau stand ihm an Engagement in nichts nach, wobei sich Königin Katharina vor allem der Armenpflege und Bildung widmete. Aus jener Not 1816/17 heraus gründete sie einen überregional tätigen Wohltätigkeitsverein, das heutige Wohlfahrtswerk Baden-Württemberg, darüber hinaus mit dem Katharinenstift ein Erziehungsinstitut für Mädchen (heute Königin-Katharina-Stift-Gymnasium), das Stuttgarter Katharinenhospital sowie mit der Württembergischen Landessparkasse eine der weltweit ersten Sparkassen für die kleinen Leute, um künftiger Not vorzubeugen. Früchte trugen all diese Bemühungen natürlich erst Jahre nach der Hungersnot, denn hierzu brauchte es noch weitere politische Maßnahmen und vor allem das neuartige Verkehrsmittel der Eisenbahn, dessen Ausbau in Württemberg (1847 bis 1850) durch die bergige Topografie des Landes überaus kostspielig war. Aber auch hier blieb Wilhelm am Ball und legte auf diese Weise nicht nur in der Hauptstadt, sondern überall im Land die Grundlage für eine noch heute weitgehend mittelständisch geprägte Industrie mit zahlreichen Arbeitsplätzen.

Ein letztes Wort zu meinem Schauplatz Hohenstetten: Hierbei handelt es sich um einen fiktiven Ort auf der Rauhen Alb, der Hochfläche des süddeutschen Mittelgebirges Schwäbische Alb. Manche Leserinnen und Leser werden sich an die beiden Weber-Orte Laichingen und Feldstetten erinnert fühlen, was kein Zufall ist. Mein Hohenstetten ist ein Konglomerat aus beiden Orten, basierend auf Recherchen zu ebenjener Gegend, die von der Not besonders stark betroffen war. Doch sämtliche Figuren sind meiner Fantasie entsprungen, denn die Chronik eines realen Ortes zu verfassen, lag mir fern. Hohenstetten steht vielmehr für einen exemplarischen Mikrokosmos in Zeiten einer schweren Krise.

# *Glossar*

*Abtritt* – Abort, einfache Toilette

*Akkord* – Musik: harmonischer Zusammenklang mehrerer Töne

*Accord machen* – veraltet: Vertrag abschließen

*Allmende* – gemeindeeigenes Land, das der Allgemeinheit dient

*altgläubig* – katholisch

*Altwürttemberg* – Stammgebiet Württembergs vor 1803; dieses war im Gegensatz zu Oberschwaben seit der Reformation evangelisch

*Apoll, Apollon* – Sohn des Zeus: Gott des Lichts, des Frühlings und der Künste in der griechischen / römischen Sagenwelt

*Arkade* – Baukunde: Bogenreihe, Bogengang

*Arkadien* – Landschaft auf der griechischen Halbinsel Peloponnes; in Malerei und Dichtung als ländliche Schäferidylle verklärt

*arretieren* – gefangen nehmen, in Arrest setzen

*Aufwärterin* – hier: ambulante Krankenpflegerin

*Austerlitz* – Kleinstadt in Mähren (Tschechien); hier fand am 2. Dezember 1805 eine entscheidende Schlacht der Napoleonischen Kriege zwischen Russland, Österreich und Frankreich statt, aus der *Napoleon Bonaparte* als Sieger hervorging

*Bagage* – Gesindel, Pack (aus frz.: Gepäck)

*Baierwind* – Wind aus Bayern, also Ostwind

*baltisches Meer* – alter Name für Ostsee

*Bark* – Segelschiff mit mindestens drei Masten

*Bartholomä* – Datumsangabe nach Bartholomäus, einem der zwölf Jünger Jesu: 24. August

*Beletage* – französisch: schönes Stockwerk; herrschaftliche Wohnung, zumeist im zweiten Stockwerk

*Berg* – früher Dorf, heute Stadtteil im Osten Stuttgarts, bekannt für seine Mineralquellen

*Besigheim* – württembergische Stadt am Zusammenfluss von Enz und Neckar

*Bessarabien* – historische Landschaft in Südosteuropa (heute zu Moldawien, damals zu Russland); ab 1813 von zahlreichen deutschen Auswanderern besiedelt

*Bettelfuhr* – organisierter Abtransport von Landstreichern in ihre Heimatgemeinden

*Biberach* – Stadt im württembergischen *Oberschwaben*, seit der Reformation konfessionell gemischt, mit gemeinsamer Stadtkirche

*Biberhut* – aus Biberhaar gefertigter, hoher Filzhut; Vorläufer des Zylinders

*Blaubeuren* – württembergische Kleinstadt am Fuß der *Schwäbischen Alb*

*Brauner* – Fellfarbe bei Pferden: braun, mit schwarzer Mähne und schwarzem Schweif

*Brunnenstraße* – alter Name für die Stuttgarter Pfarrstraße in der *Leonhardsvorstadt*

*Büttel* – gerichtliche Hilfsperson, veraltet für Schutzmann oder Gendarm

*Buttenhausen* – heutiger Ortsteil vom *Münsingen*, damals mit großer jüdischer Gemeinde

*Canzleybogen* – Durchgang vom heutigen Schillerplatz (Alte Kanzlei) zur *Königsstraße*

*Canzleystraße* – heutige Willi-Bleicher-Straße beim Schlossplatz

*Caritas* – christliche Nächstenliebe und Wohltätigkeit

*Chapeau* – französisch für Hut, hier im Sinne von: Hut ab!

*Chemise* – französisch für Hemd, Unterhemd

*Chladni, Ernst Florens Friedrich* – deutscher Physiker und Astronom (1756–1827)

*Christenlehre* – sonntäglicher Religionsunterricht

*Cölln* – gemeint ist hier Köln, das damals preußisch war

*Cotta, Johann Friedrich* – Stuttgarter Verleger und Politiker; seine Vorfahren gründeten 1659 in Tübingen die Cotta'sche Verlagsbuchhandlung

*Damm* – niederländisch «Dam»: zentraler Platz in Amsterdam, der ursprünglich ein Damm an der Binnen-Amstel war, was der Stadt ihren Namen gab

*Damoklesschwert* – sinnbildlich für drohendes Unheil; nach dem antiken Gleichnis von Damokles, einem Höfling des Tyrannen Dionysius von Syrakus

*Dannecker, Johann Heinrich von* – Stuttgarter Kunstprofessor und Hofbildhauer des *Klassizismus* (1758–1841)

*Dekan* – Vorsteher der Pfarreien eines Kirchenbezirks

*Dettingen (an der Erms)* – württembergische Gemeinde nordöstlich von Reutlingen

*Dieudonné, Carl Friedrich* – siehe *Schiedmayer*

*Dover* – südenglische Hafenstadt, berühmt für seine Kreidefelsen

*Dunk* – Weberkeller, typisch für die einstigen Weberdörfer auf der *Rauhen Alb*

*Dur* – Musik: Geschlecht einer Tonleiter, Tonart oder eines *Akkords*; das Gegenstück dazu ist das eher weicher, wehmütiger klingende Moll

*Duttenhofer, Luise* – bekannte schwäbische Scherenschnittkünstlerin (1776–1829)

*Ehrbarkeit* – städtische Oberschicht seit der frühen Neuzeit, die in *Altwürttemberg* politisch ein besonders starkes Gewicht hatte

*eintürmen* – gefangen nehmen

*Eisheilige* – Gedenktage der Heiligen Pankratius, Servatius, Bonifatius und Sophia vom 12. bis 15. Mai, an denen es noch zu Bodenfrost kommen kann

*Engelmacherin* – Umschreibung für eine meist heilkundige Frau, die Abtreibungen vornahm

*Erdfälle* – Trichterlöcher auf der *Schwäbischen Alb*

*Erwecker, Erweckungsbewegung* – christliche, volks- und bibelnahe Bewegung, die auf dem plötzlichen und tiefen Ergriffensein durch Gott beruht und oft zu radikalen Kehrtwenden im Lebenswandel führt

*Etüde* – Musikstück für ein Soloinstrument, das dem Vervollkommnen der Spieltechnik dient

*Faulfieber* – als Komplikation von *Fleckfieber* mit brandigen (fauligen) Hautveränderungen

*Faun* – gehörnter Waldgeist, Mischwesen aus Mensch und Ziegenbock

*Feldmark* – Gesamtheit der gemeindeeigenen Nutzungsflächen

*Filder* – Hochebene südlich von Stuttgart

*Flachs* – Rohstoffpflanze zum Leinenweben

*Flecken* – mundartlich für Dorf, kleine Ortschaft

*Fleckfieber* – Hungertyphus, durch Zecken, Flöhe, Milben, Läuse übertragen; gefördert also durch mangelnde Hygiene, aber auch durch Ausgezehrtheit und Kälte

*Fortuna* – lateinisch für Glück; römische Schicksalsgöttin

*Frevel* – Vergehen

*Friedrich I., König von Württemberg* – zunächst Herzog, seit 1806 durch *Napoleons* Gnaden König, der ausgesprochen absolutistisch und autoritär regierte (1754–1816)

*Fron* – unentgeltliche Dienstpflichten, ursprünglich gegenüber den Grundherren, später gegenüber der Gemeinde

*Fruchtkasten* – Kornhaus, Getreidespeicher

*Fuchs* – Fellfarbe bei Pferden: durchgehend (rötlich) braun, auch an Mähne und Schweif

*Fuß* – (auch Schuh) altes Längenmaß, um die 30 cm

*Garde* – militärische Leibwache

*Gartenmelde* – alte Salatpflanze

*Gauger* – das Café Gauger ist der Vorgängerbau des heutigen Marquardtbaus am Stuttgarter Schlossplatz

*Gazette* – veraltete Bezeichnung für Zeitung

*Geck* – siehe *Stutzer*

*Gehrock* – halblanger Männermantel

*Geigenständle* – schwäbisch für Musikerbühne, Podest

*Gemeindepfleger* – Rechnungsführer, Kämmerer einer Gemeinde, im alten Württemberg auch Bürgermeister genannt

*Gendarmerie* – militärisch organisierte Landpolizei, auch: Landjäger

*Generalpardon* – Generalamnestie (Straferlass) für ganze Straftätergruppen

*Georgi, Georgitag* – Datumsangabe nach dem heiligen Georg, dem Drachentöter (gest. 303): 23. April

*Gerhardt, Paul* – evangelischer Theologe und Kirchenlieddichter (1607–1676)

*Gertrudentag, Gertrudis* – Datumsangabe nach der Heiligen Gertrud von Nivelles (626–659): 17. März

*gewalkt* – siehe *walken*

*Gockel* – mundartlich für Hahn

*Grande Armee* – Armee von *Napoleon Bonaparte*

*Graupen* – Nahrungsmittel aus geschälten Gersten- oder Weizenkörnern

*Großer Gott, wir loben dich* – populäres evangelisches wie katholisches Kirchenlied, 1771 von Ignaz Franz verfasst

*Grünreife* – frühes Reifestadium des *Flachs*

*Grumbieren* – mundartlich für Kartoffeln (Grundbirnen)

*Grundherrschaft* – vom Mittelalter bis ins 19. Jahrhundert vorherrschende Verfügungsgewalt adliger oder kirchlicher Herren über das Land der Bauern; im alten Württemberg meist in Form von Erbpacht

*Haber* – Hafer

*Haderlump* – Nichtsnutz, liederlicher Mensch

*Häusler* – Dorfbewohner, der nur einen kleinen Anteil an einem Haus («Häusler») und ein Ackerstück auf der *Allmende* besitzt

*Hahn, (Johann) Michael* – schwäbischer *Pietist* und *Erwecker* (1758–1819)

*Harmonium* – Tasteninstrument; äußerlich dem Klavier ähnlich, in der Tonerzeugung dem Akkordeon

*Hausarme* – anerkannte almosenbedürftige Bewohner einer Gemeinde

*Heilige Allianz* – Bündnis zwischen Österreich, Russland und Preußen gegen den besiegten *Napoleon Bonaparte* am 26. 9. 1815 in Paris; Kerngedanke war die Sicherung eines ewigen Friedens im christlichen Europa

*Heilige, Heiligenkasten* – hier: Kirchenvermögen einer Pfarrei

*Heilig's Blechle* – im Württemberg des 18. Jahrhunderts wurden die anerkannten ortsansässigen *Hausarmen* durch Blechzeichen ausgewiesen. «Heilig», da die Unterstützung durch den kirchlichen *Heiligenkasten* erfolgte

*Herbst, herbsten* – süddeutsch für Weinlese

*Hering, Carl Gottlieb* – deutscher Musikpädagoge und Komponist (1766–1853)

*heuer* – süddeutsch für: dieses Jahr

*Hiob* – biblische Gestalt, dem Gott schwerste Prüfungen auferlegte («Hiobsbotschaften»)

*Hiobstag* – Datumsangabe nach der leidvollen Bibelgestalt *Hiob*: 9. Mai

*Hohenasperg* – altwürttembergische Festung und Gefängnis bei *Ludwigsburg*; noch bis 1945 saßen hier vor allem politische Gefangene ein

*Honoratioren* – Standespersonen, hochgestellte Persönlichkeiten eines Ortes

*Hüle, Hülbe* – Teich, Weiher auf der sonst eher wasserarmen Hochfläche der *Schwäbischen Alb*; im Dorf diente sie als Viehtränke und Löschteich

*Humpen* – Bierkrug mit Henkel

*Intelligenzblatt* – Anzeigenblatt, den politischen Tages- und Wochenzeitungen meist beigelegt

*Jahreslosung* – religiöse Leitverse für das neue Jahr

*Johanni* – Datumsangabe nach Johannes dem Täufer: 24. Juni

*Judenstraße* – heutige Brennerstraße in der Stuttgarter *Leonhardsvorstadt*

*Kabinett* – hier: Hinterzimmer, Nebenzimmer

*Kalesche* – vierrädrige Reisekutsche

*Kamisol* – hüftlange Ärmelweste, vorne geknöpft, mit Stehkragen, unter dem offenen Gehrock sichtbar

*Kanapee* – veraltet für Sofa

*Kannstatt* – das heutige Bad Cannstatt ist der älteste Stadtbezirk Stuttgarts (einstiges Römerkastell)

*Kanon* – Lied mit mehreren Stimmen, die nacheinander einsetzen

*Katarrh* – veraltet / umgangssprachlich für starke Erkältung

*Katechismus* – Lehrbuch zum christlichen Glauben

*Katharina* – Katharina Pawlowna war die Tochter des russischen

Zaren Paul und zugleich Cousine von König *Wilhelm*, den sie 1816 heiratete; als Königin und Wohltäterin sehr verehrt, starb sie nur drei Jahre später nach einer schweren Grippe am Schlaganfall, mit nicht einmal 32 Jahren

*Katheder* – veralteter Name für ein (erhöhtes) Lehrerpult

*Kindbett* – auch Wochenbett: Erholungszeit der Mutter unmittelbar nach der Geburt

*Kirchenkonvent* – kommunale kirchliche Stiftung im alten Württemberg, die im Falle von kleineren Vergehen auch ein Rüg- oder Sittengericht einberufen konnte

*Klassizismus* – Epoche der Kunst- bzw. Baugeschichte zwischen 1770 und 1840, die angelehnt an die Antike mit ihrer geradlinigen Formenstrenge Barock bzw. Rokoko ablöste

*Knöpfle* – schwäbische Eierteigwaren; im Vergleich zu den verwandten Spätzle sind sie runder geformt

*Koben* – Verschlag, kleiner Stall

*Königsstraße* – heutige Haupteinkaufsstraße von Stuttgart

*Kollekte* – Geldsammlung für kirchliche oder karikative Zwecke

*Kombüse* – Küche auf einem Schiff

*Kommilitone* – Mitstudent

*Kommissionär* – hier: Kaufmann im Auftrag der Regierung

*kommod* – aus dem Französischen für bequem, gemütlich

*Kontor* – veraltet für Büro, Niederlassung

*Kornwucher* – Spekulation mit Getreide, indem durch Aufkauf und Horten die Preise hochgetrieben werden

*Korporal* – untere Rangstufe der *Gendarmerie*

*Krankensalbung* – rituelle Handlung des Pfarrers an Kranken und Sterbenden

*Kreis-Kommission* – hier: Regierungsausschuss in einem der vier württembergischen Kreisverwaltungen; die Region um *Münsingen* gehörte zum Donaukreis

*Kreuzer* – kleinere Münze: 60 Kreuzer ergeben einen Gulden

*Krüdener, Juliane von* – adlige *Pietistin*, Schriftstellerin und Beraterin des russischen Zaren Alexander I.; nach einem *Erweckungs*erlebnis gründete sie in Württemberg eine religiöse Gemeinschaft und scharte in der Hungerszeit mit ihren zum Teil sozialrevolutionären Gedanken Tausende Anhänger um sich (1764–1824)

*Kuppelkirche* – *lutherische* Kirche in Amsterdam

*Kutteln* – Gericht aus den Mägen von Wiederkäuern, zumeist Rindern

*Lakai* – uniformierte Diener in einem herrschaftlichen Haushalt

*Landexamen* – Schon seit der Reformation wurde Bildung im alten Württemberg großgeschrieben: Schüler aus allen Schichten konnten sich über diese heute noch existierende landesweite Prüfung für eine der evangelischen Klosterschulen bewerben

*Landauer* – vornehme vierrädrige, viersitzige Reisekutsche mit klappbarem Verdeck

*Landjäger* – siehe *Gendarmerie*

*Landstände* – hier: bürgerliche, geistliche und adlige Fraktionen der Landtagsversammlung in *Altwürttemberg*

*Lebensbauer* – abhängiger Bauer, dessen Grund und Hof einem Lehensherrn / Grundherrn gehört

*Lenninger Tal* – Tal am Nordwestrand der *Schwäbischen Alb*

*Leonhardsvorstadt* – alte südöstliche Handwerkervorstadt Stuttgarts, nach der Pfarrkirche Sankt Leonhard; auch Esslinger Vorstadt oder Bohnenviertel genannt

*Linnen* – Leinengewebe, Leintuch

*Livree* – uniformähnliches Gewand von *Lakaien*

*lohfarben* – Farbe von Gerberlohe, helles Rotbraun

*Ludwigsburg* – württembergische Barock- und Residenzstadt nördlich von Stuttgart *lupfen* – oberdeutsch für anheben, hochheben

*lutherisch* – evangelische Glaubensrichtung nach dem Theologen und Reformator Martin Luther (1483–1546)

*Mäckler* – Makler, Zwischenhändler

*Maierbauer* – ursprünglich Verwalter eines grundherrschaftlichen Gehöfts (Maierhof), später in Württemberg Vollbauer mit größerem Landbesitz

*Maierhof* – siehe *Maierbauer*

*Mariä Himmelfahrt* – Datumsangabe: 15. August

*Mariä Verkündigung* – Datumsangabe: 25. März

*Markgröningen* – Kleinstadt bei *Ludwigsburg*

*Markung* – Gemarkung, Fläche

*Marstall* – herrschaftlicher Pferdestall

*Martini, Martinstag* – Datumsangabe nach dem heiligen Martin, Bischof von Tours (316–397): 11. November; traditionell Ende des bäuerlichen Wirtschaftsjahres

*Matte* – süddeutsch für Wiese

*Menetekel* – unheilverkündende Warnung

*Mephisto* – Teufelsfigur in Goethes Faust-Tragödie

*Messner* – Küster, Kirchendiener

*Michaelis* – Datumsangabe nach dem Erzengel Michael: 29. September

*Moll* – siehe *Dur*

*Morgenblatt* – «Morgenblatt für die gebildeten Stände»: führende Kulturzeitschrift der damaligen Zeit; 1807 bis 1865 in Stuttgart und Tübingen von *Cotta* herausgegeben

*Münsingen* – württembergische Kleinstadt auf der *Schwäbischen Alb*, früher *Oberamts*stadt

*Mundraub* – Kleindiebstahl von Nahrungsmitteln

*Napoleon Bonaparte* – französischer General, Revolutionär, Diktator und Kaiser der Franzosen (1769–1821); der gebürtige Korse prägte einerseits Frankreich durch zahlreiche Reformen, andererseits stürzte er Europa in langjährige Kriege

*Nesenbach* – Bach durch Stuttgart, Zufluss des Neckars

*Neumarkt* – niederländisch Nieuwmarkt: mittelalterlicher Platz in Amsterdam

*Nürtingen* – Stadt am Neckar im Vorland der *Schwäbischen Alb*

*Oberamt(sbezirk)* – altwürttembergische Verwaltungseinheit, mit den heutigen Landkreisen vergleichbar

*Obere Stadt* – auch Hospitalvorstadt nach der Hospitalkirche: planmäßig angelegte bürgerliche Vorstadt nordwestlich der Stuttgarter Kernstadt

*Oberschwaben* – historische Landschaft im südlichen Württemberg zwischen Bodensee, *Schwäbischer Alb* und Bayern bzw. Österreich; das auch heute noch überwiegend katholisch geprägte Gebiet wurde 1806 ins neue (protestantische) Königreich Württemberg integriert

*Obolus* – kleinerer Geldbetrag, Gebühr, Spende (ursprünglich griechische Münze)

*Oheim* – altes Wort für Onkel

*Olymp* – höchstes Gebirge Griechenlands, zugleich Wohnort der Götter aus der griechischen Sagenwelt

*Ostende* – belgische Hafenstadt

*Palmsonntag* – Sonntag vor Ostern, der dem Einzug Jesu Christi in Jerusalem gedenkt

*papistisch* – abfällig für katholisch

*partout* – aus dem Französischen: unbedingt

*perdu* – aus dem Französischen: verloren, abgeschafft

*Personalunion* – in einer Person

*Pfleger* – Verwalter, Kassenwart

*philisterhaft* – verbohrt, engstirnig, kleinkariert

*Pietist, Pietismus* – Reformbewegung des Protestantismus: Das

Individuum und sein persönliches Gotteserlebnis erhält einen höheren Stellenwert als die reine Lehre; die ursprünglich frühaufklärerische Bewegung hat zahlreiche Entwicklungen durchlaufen bis hin zu radikaler Kirchenkritik, Separatismus oder *Erweckung*

*Pilaster* – in eine Mauer eingearbeiteter oder darauf angesetzter Wandpfeiler

*Planie* – einstige Stuttgarter Flaniermeile zwischen Altem und Neuem Schloss, heute Richard-von-Weizsäcker-Planie

*Pöschl, Thomas* – katholischer Priester und Kopf einer schwärmerischen Glaubensbewegung, die einen nahen Weltuntergang vorhersah (1769–1837)

*Poetischer Almanach* – Gedichtband der sogenannten Schwäbischen Dichterschule von 1812

*Posthalterei* – Pferdewechselstation für die Reit- und Fahrpost, oft in Verbindung mit einem Gasthaus

*Poststraße* – altwürttembergische Staatsstraße, die dem Handel und Postverkehr diente

*Potschamber* – schwäbischer, aus dem Französischen stammender Ausdruck für Nachttopf (pot de chambre)

*probat* – passend, tauglich

*Provisor* – Stellvertreter, Gehilfe; hier: Hilfslehrer

*Psalmen* – religiöse Gedichte, Lieder und Gebete aus dem Buch der Psalmen (Psalter) im Alten Testament

*Rauhe Alb* – geografischer Begriff für die Hochfläche der *Schwäbischen Alb*

*raufen* – hier: ernten des Flachses durch Ausreißen

*reffen* – Segel einholen

*Reformationstag* – 31. Oktober: evangelische Gedenktag an die Reformation durch Martin Luther und dessen Thesenveröffentlichung am 31. 10. 1517

*Rekrut* – frisch geworbener Soldat

*Reling* – Schiffsgeländer

*Remise* – Wirtschaftsgebäude für Kutsche und Wagen

*Rheinbund* – 1806 von *Napoleon* gegründetes Militärbündnis zwischen Frankreich und zahlreichen deutschen Staaten, darunter Baden, Bayern und Württemberg, die sich verpflichteten, Frankreich im Kriegsfall beizustehen und Soldaten zu stellen

*rösch* – schwäbisch für knusprig

*Rüggericht* – siehe *Kirchenkonvent*

*Rumford, Reichsgraf von* – eigentlich Benjamin Thompson: britischer Offizier, Politiker, Wissenschaftler und Erfinder (1753–1814); in Diensten der bayrischen Armee wurde er angesichts des Elends der einfachen Soldaten zum Sozialreformer und erfand die Rumfordsuppe, ein billiges, aber nahrhaftes Eintopfgericht, das europaweite Verbreitung in der Armenfürsorge fand

*Russlandfeldzug* – enorm verlustreicher Feldzug *Napoleons* gegen Russland 1812; neben französischen Soldaten verloren u. a. auch tausende deutscher Soldaten ihr Leben, die Frankreich durch den *Rheinbund* verpflichtet waren

*Salär* – veraltet, heute noch süddeutsch für Lohn (aus dem französischen *salaire*)

*schaffig* – süddeutsch für fleißig

*Scharwache* – städtische Wachmannschaft, Patrouille

*Scheffel* – Getreidemaß: in Württemberg rund 177 Liter

*Schelle* – kleine Glocke

*Scheuer* – süddeutsch für Scheune

*Schick, Gottlieb* – Stuttgarter Maler, der vor allem für seine Historienbilder und Porträts berühmt war (1776–1812)

*Schiedmayer, Johann Lorenz* – bekannter Stuttgarter Klavierbauer, der zusammen mit Carl Friedrich Dieudonné um 1817 eine Werkstatt in der Charlottenstraße 4 hatte (1786–1860); die Nachkommen sind bis heute Instrumentenbauer

*Schiffspest* – Typhus oder auch *Fleckfieber*

*Schildwirtschaft* – Gasthaus für Getränke, Speisen und Übernachtungen, meist mit *Remise*/Stall und Festsaal; quasi eine Vorform des Hotels

*Schindanger* – auch Wasen, Schelmenacker: gemeindeeigener Acker, auf dem verendetes Vieh entsorgt wird

*Schlag* – hier: Tür einer Kutsche

*Schnappsack* – auch Knappsack, Tragsack, Ranzen: alte Bezeichnungen für Rucksack

*Schranne* – Kornhaus, auch Marktplatz für den Getreidehandel

*Schuh* – altes Längenmaß, siehe *Fuß*

*Schultes, Schultheiß* – Ortsvorsteher, Dorfbürgermeister

*Schwab, Gustav* – Stuttgarter Theologe und Schriftsteller, der zur Schwäbischen Dichterschule zählt (1792–1850); sein berühmtestes Werk ist «Die schönsten Sagen des klassischen Altertums»

*Schwäbische Alb* – süddeutsches Mittelgebirge, bis 1015 m hoch, nach Nordwesten durch einen markanten Steilabfall begrenzt (Albtrauf), nach Südosten sanfte Abflachung ins Donautal

*Schwäbischer Merkur* – überregionale Stuttgarter Tageszeitung, herausgegeben von 1785 bis 1941

*Seldner* – Kleinstbauern, Tagelöhner in einem Dorf; die in der Regel ein kleines, einfaches Häuschen besaßen, ihr Acker war aber Eigentum der Dorfgemeinde (*Allmende*)

*Simri* – altes Hohlmaß von rund 22 Litern

*Stake* – Stocherstange zum Fortbewegen von Booten

*Ständer* – stangenartige Abtrennung im Pferdestall

*Starck, Johann Friedrich* – lutherischer Theologe und pietistischer Schriftsteller, dessen Erbauungsschriften und Kirchenlieder sehr beliebt waren (1680–1756)

*Stiftskirche* – (früh)gotische evangelische Hauptkirche und eines der Wahrzeichen Stuttgarts

*Stiftungspfleger* – siehe *Pfleger*

*Stöltzlin, Bonifacius* – schwäbischer lutherischer Theologe und Schriftsteller (1603–1677)

*Stückle* – schwäbischer Ausdruck für ein kleines Feld- oder Gartengrundstück

*Stutzer* – eitler Mensch, der sich übertrieben modisch kleidet; auch Geck genannt

*Sumbawa* – indonesische Insel östlich von Lombok und Bali

*Suppingen* – Dorf bei Laichingen auf der *Schwäbischen Alb*

*Tambora* – Vulkan auf *Sumbawa*: Der Ausbruch vom April 1815 gilt als einer der heftigsten der Menschheitsgeschichte, die Höhe des Bergmassivs schrumpfte dabei von damals rund 4300 Metern auf nur noch 2850 Meter

*Thouret, Nikolaus Friedrich von* – Architekt, Maler und Hofbaumeister unter König *Friedrich* und dessen Sohn *Wilhelm* (1767–1845); heute noch finden sich in Stuttgart und *Ludwigsburg* zahlreiche Spuren seines Wirkens

*Thurn und Taxis* – norditalienisches Hochadelsgeschlecht, das das europäische Postwesen begründete

*treideln* – Ziehen von Wasserfahrzeugen stromaufwärts, durch Menschen oder Zugtiere

*Trottoir* – französisch, aber auch schwäbisch für Gehweg

*Tschako* – militärische Kopfbedeckung in zylindrischer Form

*tumb* – arglos, einfältig

*Uhland, Ludwig* – schwäbischer Dichter, Jurist und Politiker, der für bürgerliche Reformen eintrat (1787–1862)

*Unehrlichkeit* – niederster sozialer Status, der in die frühe Neuzeit zurückreicht

*Unterland* – hier: die tieferen Lagen des württembergischen Neckarbeckens

*Urach* – heute Bad Urach: Kleinstadt am Aufstieg der *Schwäbischen Alb*

*Vaganten* – fahrende Leute, Landstreicher, Wohnsitzlose

*Valentinstag* – Datumsangabe nach dem Heiligen und Märtyrer Valentin von Terni, der u. a. als Patron der Liebenden verehrt wird: 14. Februar

*Vasall* – treu ergebener Knecht, Diener eines Lehnsherrn

*Vesper* – in Süddeutschland für Imbiss, Brotzeit am Nachmittag

*Viktualien* – altes Wort für Lebensmittel

*visitieren* – besichtigen, im Sinne von kontrollieren

*walken* – mechanisches Verdichten von Wollstoffen, um sie zu verfilzen

*Wann wir in höchsten Nöten sein* – Kirchenlied des Reformators Paul Eber (1511–1569)

*Wecken* – schwäbisch für Brötchen

*Welschkorn* – veraltet für Mais

*Wetterglas* – mit farbiger Flüssigkeit gefülltes, karaffenförmiges Glas, Vorläufer des Barometers

*Wilhelm I.* – ab 1816 König von Württemberg als Sohn und Thronfolger *Friedrichs I.*, in zweiter Ehe mit seiner Cousine *Katharina* verheiratet (1781–1864); er führte Württemberg mit seinen Reformen in Landwirtschaft und Sozialwesen aus der Krise nach der Hungersnot

*Wilna* – heute Vilnius, Hauptstadt von Litauen

*Waiblingen* – württembergische Stadt östlich von Stuttgart

*Wolff, Pius Alexander* – deutscher Schauspieler und Dichter (1782–1828)

*Zehnt* – Abgabe (Geld oder Naturalien) an Kirche oder weltliche Grundherren; im alten Württemberg kam es einer Steuer gleich

*Zehntscheuer* – siehe *Fruchtkasten*

*Zeus* – oberster Gott in der griechischen Mythologie

*Zichorienkaffee* – Ersatzkaffee aus gerösteter Wurzelzichorie (seit Mitte des 18. Jahrhunderts)

*zirkumpolar* – um Nord- oder Südpol herum

*Zottelkappe* – Kopfbedeckung der Weber: flache Kappe mit rechtsseitig herabhängender Quaste (Kordeln)

*Zuidersee* – niederländisch für Südmeer: Die ursprünglich flache Meeresbucht der Nordsee wurde durch Eindeichung zum heutigen Binnengewässer Ijsselmeer im Nordwesten der Niederlande

*Zweispänner* – Wagen mit zwei Zugtieren / Pferden

*Zwiefalten* – Gemeinde mit ehemaliger Benediktinerabtei am südöstlichen Rand der *Schwäbischen Alb*

*Zwilch* – dichtes, reißfestes Gewebe aus Wolle, Leinen oder auch Baumwolle

# *Danksagung*

An dieser Stelle danke ich ganz herzlich Anne Tente vom Rowohlt Verlag, die mich bei der Endfassung des Romans mit ihrem Adlerblick und feinem Gespür für erzählerische Stolpersteine so wunderbar begleitet hat.

## Weitere Titel

Das Mädchen und die Herzogin

Der Hexenjäger

Der Pestengel von Freiburg

Der Turm aus Licht

Die Bettelprophetin

Die Himmelsbraut

Die Räuberbraut

Die Vagabundin

Henkersmarie

Unter dem Banner des Kreuzes

Wie der Weihnachtsbaum in die Welt kam

***Die Hexe von Freiburg***

Die Hexe von Freiburg

Die Tochter der Hexe

Die Gauklerin

***Ein Fall für Serafina***

Das Aschenkreuz

Hostienfrevel

Das Siechenhaus

Tod im Höllental

Die Tote in der Henkersgasse

Die Wölfe vor den Toren